Homens elegantes

Samir Machado de Machado

Homens elegantes

edição revista
e atualizada pelo autor

todavia

Comecei a pensar no mundo para o qual eu devia voltar, com sua pressa brutal e sua indiferença. Eu teria de me tornar um novo homem. Teria de andar de novo em companhia de meus captores e dos agentes de minha humilhação, teria de ser examinado por eles de forma crítica em busca de vestígios das cicatrizes que eles mesmos me haviam infligido. Eu teria de fazer algo em favor daqueles que eram como eu e por outros ainda mais indefesos. Eu teria de abandonar essa introspecção mortal e, em vez disso, me enriquecer. Eu teria até mesmo de odiar um pouco.

Allan Hollinghurst, *A biblioteca da piscina*

Bond olhou o homem com o reconhecimento que há entre trapaceiros, entre homossexuais, entre agentes secretos. É o olhar comum aos homens ligados por segredos — por problemas em comum.

Ian Fleming, *O homem da pistola de ouro*

Abertura **13**

Primeiro ato: Acaso

1. Uma nova espécie de monstro **17**
2. South Audley Street, nº 74 **32**
3. Catecismos **44**
4. Batido & Lançado **59**
5. *Dandy darling* **77**
6. O Baile do Trovão **95**
7. Trimalquião no West End **116**
8. Trunfo de paus **133**
9. Uma comunidade de segredos **152**

Intermezzo I **173**

Segundo ato: Coincidências

10. Baskerville **179**
11. "Iagos, tais como vós..." **192**
12. Eu vi el-rei andar de quatro **213**
13. Nos braços de mil fúrias **234**
14. New Bond Street, nº 21 **256**
15. Banquetes **277**
16. Merryland **299**
17. Fuga de Merryland **320**

Intermezzo II **345**

Terceiro ato: Ação inimiga

18. Um inverno de descontentamento **351**
19. Elegâncias excepcionais **361**
20. Lady Tamora, *ou* Da importância de ser sincero **380**
21. Fique calmo e siga em frente **395**
22. Veado à moda da casa **407**
23. O colapso da Razão **423**
24. Confissões de uma máscara **443**
25. O incitador de terremotos **463**
26. O auriga **473**
27. *Joy Stick* vs. *Game-Cock* **487**
28. Os acontecimentos e sucessos
de Homens Elegantes **503**

Epílogo **517**

Nota do autor **519**

Cidades de Londres e Westminster, e a freguesia de Southwark em 1760.

1. Hyde Park
2. Embaixada portuguesa
3. New Bond Street, nº 21
4. O Libertino da Lua
5. Humilde residência de Mr. Fribble
6. Teatro de Sua Majestade
7. Museu Britânico
8. Ponte de Westminster
9. Teatro Real Drury Lane
10. Casa de chá dos Twining

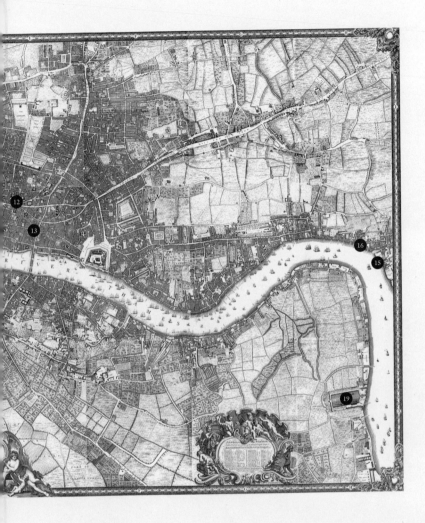

11. Shaken & Speared
12. Mansion House
13. Monumento ao Grande Incêndio
14. Taverna Elephant & Castle
15. Docas de Lime Kiln
16. Taverna The Grapes
17. Jardins de Marybone
18. Jardins de Vauxhall
19. Grandes docas de Howland
20. Estrada para Highgate e Hampstead

ACONTECIMENTOS & SUCCESSOS
de

HOMENS ELEGANTES

CONTRA

Os incitadores de terremotos

E DOS MÛITOS TRABÁLHOS & ADVERSIDADES QUE PASSÁRAÕ,
SENDO SEMPRE CONSTANTES EM DONAYRES & GALHARDIAS.

---

*Obra de grande recrêo & divertimento offerecida
a quem comprar este gallante papel.*

Escrito por L. M. da S. y A.

Traduzida livremente, alterada & accommodada
a linguagem portugueza por
SAMIR MACHADO DE MACHADO

SAÕ PAULO;
ANNO MM.XXV

Com todas as licenças, & approvações necessárias.

Abertura

O passado é um confeito da memória: crava nele a colher e escorrerá o recheio do presente; prove-o e sentirá o gosto do futuro. Sirvo-te aqui um banquete; deu-me trabalho, então espero que aprecies. Viajar ao passado é como toda viagem, e já se disse que serve para regular a imaginação pela realidade, para que, em vez de ficarmos cogitando possibilidades, a conheçamos como ela é.

Ergam-se, portanto, as cortinas deste teatro de papel: camadas de belíssimos desenhos coloridos à mão, hábeis recortes vazados em ilusão de perspectiva, vívidos violinos valsam velozes, velha música com novos arranjos. Entra o Prólogo, pigarreia, vai começar (silêncio na plateia!). Diz: "Jovens, eis que no ano da graça de 1760, o Império português já evanescia. Tendo deixado a educação de sua gente em mãos jesuítas por tempo demais, o espírito da nação definhou em uma espiral de beatice, superstições e ignorância. Se, para além de suas fronteiras, a Europa avançava sob o Iluminismo, nós engatinhávamos para trás, de volta ao medievo. Mas nem tudo estava perdido! Um violento sopro de ar varria nosso claustro, enxotando os jesuítas e nos arrastando à força para as Luzes. E ai de quem se opusesse à vontade daquele que era mais realista do que o rei, e quiçá tão poderoso quanto: Sebastião José, o conde de Oeiras, a quem o futuro lembrará como marquês de Pombal".

Sai o Prólogo, entra o castrato. De salto alto, roupas estelares e peruca ultrajante, canta: "*Son qual nave che agitata, da più scogli in mezzo all'onde, si confonde e spaventata va solcando in alto mar".* Sangue! Som! Fúria! Um barco singra ondas de papel. Entram os personagens, recortes suspensos bailando em sombras sinuosas e sensuais. Novos cenários, cenas do porvir: um livro obsceno, pares dançando em um baile trovejante, o destino decidido em um naipe de paus; homens lutam com espadas e a plateia vira palco de duelos; a morte desce uma escadaria entre bustos de reis. Duplos tremores balançam a plateia, que se pergunta: "Será real, ou parte do espetáculo?". A verdade é dita por trás de máscaras; e a mentira, pelo papel: uma boa impressão é a última coisa que fica.

De ti, leitor bem-aventurado, excitarei os olhos com os mais finos tecidos, o paladar com os mais doces confeitos; sangue e violência para chocar sensibilidades, obscenidades para perturbar os castos, lascívias para atrair iniciados e, acima de tudo, indecências para provocar terremotos. Sou homem do mundo, não julgo. Minha pena será o pincel de um paisagista, ela retrata apenas o que vê, e nada acrescenta. Tudo o que aqui narro aconteceu; se houver algum mentiroso, portanto, não serei eu.

Cá me despeço, e deixo-te nas mãos de minha prosa.

L. M. da S. y A.

PRIMEIRO ATO
Acaso

I.
Uma nova espécie de monstro

Toda viagem é uma tradução. Aquele que desembarca não é a mesma versão que parte, e sim algo novo, adaptado, uma releitura para um novo público, ainda que mantendo a essência. Não raro algo se perde, algo se ganha, sobrepujado pela nova versão revista e alterada. Pois que uma viagem é tanto o resultado quanto o processo: viajar é transferir, transferir é transladar, transladar é traduzir. Ele ama viajar, ele odeia viajar, e depois de tanto tempo cruzando o oceano, já não sabe dizer se o arrebatamento da chegada é maior do que o alívio de se ver livre da travessia. Foram três meses no mar indo do Brasil ao reino, e mais duas semanas indo do reino ao seu destino final. A solidão é o veneno que corrói seu espírito, que o torna mais cínico e indiferente a cada ano que soma aos seus atuais vinte e quatro, e nem os livros que trouxe consigo foram suficientes para afastar sua melancolia. Observa à sua volta: ninguém está olhando, aproveite, se lance ao rio logo de uma vez, que diferença fará?! Pule agora, ninguém notará sua falta, jamais notaram, nunca notarão. Quem é você, Érico Borges, tão pequeno, em um mundo tão indiferente? Vamos, pule! Não há nada para impedi-lo.

Mas há, sim. Há a visão daquela cidade. E uma nova cidade é uma nova oportunidade: reinvente-se. Reconstrua. Retraduza. Anime-se! Apenas os vivos podem se reinventar, e é cedo na vida para tanta melancolia.

Entregue às mãos do prático, o *Rainha de Portugal* manobra sua entrada nas docas de Howland. Mais de cinquenta naus estão abrigadas ali, cujos mastros de velas recolhidas oscilam ao vento feito uma floresta de troncos nus. É uma azáfama de embarques e desembarques, balbúrdia de marinheiros, pescadores, aguadeiros e vendedoras de ostras a gritar por todo lado, gente e naus do mundo inteiro confluindo. Aquela cidade é o nó que une linhas invisíveis por todo o globo. Pois há algo em comum entre os cativos levados da África aos canaviais das colônias; entre os que se embrenham nos rios e minas da América em busca de ouro e diamantes; entre os que cruzam os mares caçando o óleo de baleias que iluminará as ruas das cidades; entre as famílias nos vinhedos do Douro e os batalhões sangrando no calor sufocante do Oriente pelo comércio dos chás e dos temperos com a China. Pois que todos sobre a Terra estão ligados uns ao outros sem o saber, fluindo como sangue nas veias invisíveis das rotas de comércio, fazendo pulsar a cidade que é o monstruoso coração do mundo: Londres.

Érico Borges teve a juventude dividida em partes iguais entre Portugal e o Brasil. Vinha agora do trabalho na alfândega no Rio de Janeiro, e se até então não sabia dizer ao certo o que ambicionava da vida, desconfiava de que era mais do que tivera até então. A possibilidade que agora recebia, de uma carreira diplomática, era a oportunidade de uma vida.

Como o navio já havia passado alguns dias fundeado em Gravesenda, na entrada do Tâmisa, teve tempo de despachar um mensageiro e avisar à embaixada que chegara. À tarde, finda a vistoria do fisco inglês e de médicos à cata de enfermidades, quando enfim estão livres para descer às docas Howland, é sem surpresa que lhe avisam que alguém o espera no cais. Apontam, e ele olha por sobre a amurada.

Ali está um homem "no chifre da moda", como se diz no Brasil: sobrecasaca e calções de seda rosa claros, babados nos punhos, chapéu bicorne com plumas e um longo bastão de caminhada. Tal é sua elegância que Érico se constrange pela simplicidade de seus próprios trajes — veste casaca e calções pretos de corte simples sem nenhum adorno, pois no Brasil o governo de sua majestade proíbe as sedas finas e os enfeites nas roupas. Mas aqui ninguém o conhece, aqui o mundo é novo e cheio de possibilidades, e decide que irá se tornar, enfim, o homem que sempre quis ser, e não aquele que as circunstâncias impuseram a ele. A ideia de renovação o anima e o desperta. Assim são seus humores: em um instante, cogitava se atirar ao rio; no outro, tal pensamento já lhe parece absurdo e a custo contém a empolgação juvenil pelas novidades.

Estamos no dia 1º de outubro do ano de 1760. Doze anos antes, as redescobertas de Pompeia e Herculano reavivaram um gosto pela cultura clássica que agora se impõe como a nova moda; em Portugal, nobreza e clero se veem acuados, a primeira pela execução dos Távora e o segundo pela expulsão dos jesuítas, mas a burguesia sorri satisfeita e floresce; na França, Voltaire acaba de publicar a obra pela qual será mais lembrado; no Vaticano, o papa Clemente XIII cisma com a nudez das estátuas e manda cobrir as partes íntimas de seus mármores com decorosas folhas de parreira; na Áustria, Maria Antonieta é uma criança a brincar com suas bonecas, dez anos ainda a separam do dia em que provará seu primeiro macaron, e três décadas de quando será separada de sua cabeça. E, por toda a Europa, *philosophes* divulgam ideias inconvenientes: de que os reis não deveriam ter poder absoluto, e não se deve aguardar a felicidade após a morte, mas, sim, buscá-la em vida — contanto que não seja nos campos de batalha da guerra em curso, que um dia será lembrada por sua duração de sete anos.

A carta de apresentação que Armando recebeu na embaixada, cedo naquela manhã, dizia que deveriam esconder dos ingleses a chegada de um enviado de Lisboa até decisão em contrário, e atender a todas as suas necessidades, inclusive os gastos, para o cumprimento de sua missão. Com o embaixador fora da cidade até o dia seguinte, restou a ele, Armando, no papel de primeiro-secretário da embaixada, receber o sujeito.

Mas quem será esse recém-chegado? Em uma primeira olhada, não há muito o que dizer do rapaz, exceto que se veste com a simplicidade que se atribui na corte à falta de gosto dos brasileiros. Contudo, tal é a confiança casual de seus ares, o olhar calmo e desinteressado, o corpo compacto e firme a andar com uma elegância sinuosa e gingada de pantera, que compensa na atitude qualquer carência em suas vestes. O rosto triangular faz a boca parecer mais larga, especialmente marcada nos cantos dos lábios, dando a seu sorriso uma seriedade grave; o cabelo moreno é cortado curto, com a franja caindo sobre a testa como um floreio tipográfico; sua pele trigueira denuncia no bronzeado que passou as últimas semanas no mar.

Armando esperava alguém mais velho; este que vem ali parece mais jovem do que ele próprio. Tendo chegado à fronteira dos trinta, sente com amargor a alcunha de "jovem" se afastar de si.

Mas há uma particularidade no rapaz: desce do navio carregando uma caixa de chá de mogno, ao estilo *bombé*, com as iniciais E. B. gravadas em letras douradas, que segura debaixo do braço de modo protetor, como uma criança faria com seu brinquedo favorito. O olhar tranquilo acompanha um sorriso formal, um pouco irônico, reforçado pela curvatura das sobrancelhas. Dele Armando só sabe o nome, e é com isso que o interpela.

— Tenente Borges, presumo? Sou o sr. Pinto, primeiro-secretário do embaixador.

— Por favor, me chame de Érico — diz o rapaz, com um aperto de mão áspero e um tanto forte demais.

— Neste caso, sou Armando. Venha, um coche nos espera.

O secretário olha ao seu redor confuso e pergunta: sem criados? Viaja sozinho. Armando ergue uma sobrancelha, surpreso.

Que incomum! E suas malas? Érico aponta um único baú, que o estivador já aloja no coche. Os dois entram e sentam-se de frente um para o outro. Armando puxa o relógio de bolso. São duas horas de viagem até chegarem a Westminster, e pergunta se Érico já fizera seu câmbio.

— Ainda não. Quanto vale nosso real diante da libra esterlina?

— Um só real não vale nada — ri Armando. — Mas uma libra vale três mil réis, de modo que o vintém se troca por um pêni, o tostão, por sete pênis, e nosso quartinho de ouro vale seis xelins.

— Hm, o que trago foi cunhado no Brasil — lembra Érico. — Faz diferença?

— Claro que não. Vir para cá é o destino de todo ouro brasileiro, afinal.

Bota o braço para fora e dá duas batidas no coche, que parte sacolejando. Armando lhe informa que o embaixador está no interior e deve voltar no dia seguinte pela manhã. Érico assente com um meneio e olha distraído pelas janelas, ansioso para falar, mas temendo parecer afobado ou — o horror! — um caipira deslumbrado com a cidade grande. Depois de algum tempo olhando a paisagem tediosa, quebra o silêncio:

— Westminster, você disse? Pensei que a embaixada ficasse em Londres.

— Sim, na South Audley Street, perto do Hyde Park. A embaixada, o rei, o Parlamento, tudo fica em Westminster. Mas Westminster é Londres, assim como Southwark ou a City... "Esta coisa grande e monstruosa", como disse Dafoe, que se põe a devorar as cidades menores ao seu redor — Armando aponta para fora, uma sucessão de terrenos pantanosos pontuados por casas e plantações. Também ele anseia por descobrir o motivo real que trouxe aquele rapaz distinto à embaixada e, em uma mudança brusca de assunto, pergunta: — Se me permite a indiscrição, está cá pelo vinho?

— Que vinho? — Érico franze a testa.

— O vinho do Porto adulterado. Que os ingleses revendem de nós.

Ah, sim! O vinho que é desde sempre o maior produto de exportação portuguesa, mas cujo comércio é dominado, de ponta a ponta, por mãos inglesas — alguns comissários, ainda no Porto, compram vinho de qualidade e o misturam com vinho ruim, ou mesmo água, para aumentar o lucro ao revendê-lo no Reino Unido, comprometendo os negócios e o bom nome do produto português. Érico tem conhecimento do problema, mas não está ali por isso. O que o traz a Londres é outro tipo de contrabando, de menor impacto na economia, mas de grande impacto na política reinol: os livros.

— Ora essa! E que gênero de livros?

— Do tipo filosófico livre, se me entende.

— Compreendo — mente Armando.

Érico dá um sorriso complacente, retribuído por Armando; ambas as expressões se desfazem assim que se extingue a necessidade formal de existirem. Nisso Armando reconhece no recém-chegado o mesmo charme que cultivou em si, calculado para fazer as coisas acontecerem disfarçando a urgência. É o que chama de "sorrisos diplomáticos". Terão algo mais em comum? Talvez as reservas de Érico, que tomara por timidez, sejam mesmo só cansaço. Ou talvez seja fome? Propõe comerem logo mais, quando os cavalos pararem para descansar.

Érico olha para os lados, decepcionado com aquela paisagem ordinária. Onde está a imensa cidade que lhe prometeram? Armando se lembra de si próprio quando chegou a Londres pela primeira vez: um rapaz ambicioso de origem humilde, filho de camponeses analfabetos. Foi apenas pela graça de um padrinho influente que conseguiu se dedicar aos estudos e ser nomeado primeiro-secretário naquela embaixada. Para ele, aquela cidade é o paraíso: sempre há algo a se fazer e jamais se fica entediado.

— Tem praticado seu francês? — Armando pergunta.

— Não. Deveria? Afinal, estamos na Inglaterra.

— Ora, a língua da diplomacia é o francês, como imagino que saiba. Quase nenhum embaixador fala inglês. O nosso não fala. Aliás, nem o rei Jorge II, que é hanoveriano, fala. O rei detesta a língua inglesa e só fala alemão.

Érico conta que, sendo filho de uma inglesa e um português, cresceu com duas línguas de berço. Mesmo tendo nascido no Brasil, viveu no reino dos cinco aos quinze anos, na cidade do Porto. Do francês sabe apenas o protocolar, mas desde cedo estudou latim — em surtos de pedantismo, poderia citar Juvenal, Marco Aurélio e Virgílio de memória —, além de saber grego antigo razoavelmente bem, fruto de sua fascinação adolescente por épicos homéricos, diálogos platônicos e poesia pastoral. Sua mãe inglesa, temendo que o filho se inclinasse aos hábitos provincianos e rudes da família portuguesa, impôs-lhe uma educação de fidalgo, a incluir não só as artes de conversação, mas as do corpo: esgrima, dança, montaria, saber como caminhar em um jardim ou tomar lugar à mesa com uma espada na cinta. Érico conta tudo de um modo falsamente casual, no intento de impressionar seu guia e espantar a impressão antecipada de que, por ser brasileiro, seja um iletrado, como os reinóis em geral supõem.

— Eu *sei* francês. Só não acho que vou precisar muito, para o que vim fazer aqui — diz Érico, que em seguida tenta compensar qualquer má impressão com um arroubo filológico: — De todo modo, sempre vi nas línguas germânicas algo de duro e reto, que as faz mais dinâmicas e diretas. E as latinas têm uma voluptuosidade meio circular, cheia de acentos e cedilhas, muito específicas e, ao mesmo tempo, bastante decorativas. E digo isso pensando no português, não no francês.

— E qual tipo prefere? — Armando o provoca. — O idioma reto ou o circular?

— Hogarth diz que a beleza está no ondulado das linhas serpentinas.

— Ah, um leitor de Hogarth! Mas no Brasil? Imagino como deve ser difícil a vida de um leitor por lá. Tenho parentes que vivem a me pedir que envie livros, mas quase sempre são barrados na alfândega. Bem, o senhor deve saber isso melhor do que ninguém. — Armando tem uma súbita desconfiança. — Como fazia para conseguir livros lá?

— Ora, da mesma forma como se consegue tudo: pelo contrabando — Érico sorri. Estrala as juntas dos dedos, ansioso. Uma xícara de chá nas mãos é tudo de que precisa. — Mas vamos, me fale de Londres. Me fale mais desta "nova espécie de monstro".

Anglófono convertido, Armando se empolga: vive naquela cidade há tantos anos que se sente mais inglês do que português. Conta que, certa vez, ao discutir com um irlandês, o xingou de papista! Ah, Londres! O que mais pode lhe dizer? O dinheiro atrai gente de toda sorte; comerciantes, investidores e seguradoras são como pequenas luas girando em torno de seus planetas, as cafeterias da City, onde abundam as três paixões europeias: cacau, café e chá. Nem tudo são negócios, há também os prazeres: casas de chocolate em St. James, jardins públicos em Vauxhall ou Ranelagh, os teatros de Covent Garden, as prostitutas de Charing Cross, os sodomitas em Moorfield... é como se todos os pecados dessem as mãos e dançassem a *allemande*. De tédio, garante, ninguém morre.

O coche para em uma pousada à beira da estrada, Érico desce e estica os braços, fazendo estalar as juntas nos ombros. A tabuleta em frente exibe um elefante com um castelo nas costas, e a imagem lhe traz algo à memória:

— "Nos subúrbios ao sul, no Elefante, está a melhor pousada!"

— Perdão? — Armando, descendo logo atrás.

— Shakespeare, *Noite de reis*. Terceiro ato, se não me engano. Que coincidência!

— É um literato, pelo que vejo. Um português lendo Shakespeare só não é mais exótico do que um inglês lendo Camões. Mas aqui acaba de sair uma tradução, então é moda.

— O português?

— Camões — corrige Armando. — O português nunca está na moda.

Enquanto aguardam a comida, Érico conta que sua avó inglesa possuía um volume com todas as peças daquele autor, pouco conhecido em Portugal, e *Noite de reis* era uma de suas favoritas. E aquela frase aleatória sempre chamou sua atenção.

— Peculiar — diz Armando. — Mas, como você disse, deve ser apenas coincidência.

— A coincidência a que me refiro é termos descido justo aqui. Os antigos teatros elisabetanos ficavam mesmo "nos subúrbios ao sul" do Tâmisa — explica Érico. — E esta taberna aqui aparenta ser antiga. Com certeza é daquela época.

— Vejo que já esteve em Londres antes.

— Não, é minha primeira vez aqui — confessa Érico.

— Posso estar errado, mas *Noite de reis* se passava nos Bálcãs, não?

— Sim, mas propaganda não é para fazer sentido, é para pagar as contas. Escritores são todos uns mortos de fome. Shakespeare também precisava comer.

— Aliás, nós também — diz Armando, mais interessado na comida posta à mesa.

Érico recebe uma cumbuca com um guisado insosso e mal temperado, escondido debaixo de uma grossa camada de purê de batatas, e suspira em desalento.

— Batatas estão na moda agora — diz Armando. — Mas não se pode esperar muito da comida inglesa. É como dizem, são uma gente que tolera trinta religiões, mas se contenta com apenas um molho. Por isso os melhores cozinheiros são estrangeiros.

Voltam ao coche e seguem viagem, passando por uma sequência sem fim de terrenos pantanosos e pequenas plantações, até surgirem casas à beira da estrada, e logo adiante mais casas, até que se juntam ao tráfego de coches e carroças que vêm e vão em intensidade crescente quanto mais perto chegam da boca do monstro urbano.

Enfim, ali está a cidade que lhe prometeram! Érico salta do assento — com tanta vivacidade que assusta Armando —, abre a portinhola e põe metade do corpo para fora como se fosse pular do coche em movimento: não quer que sua primeira visão daquela cidade seja emoldurada por janelas estreitas. Transborda de empolgação, e a única coisa que consegue dizer é:

— *Uau!*

É um novo cenário que se revela, como o abrir horizontal da cortina de boca de cena: tela larga de Canaletto, cores intensas, brilho solar. Barcos e balsas que fluem rio acima e rio abaixo, o Tâmisa a correr volumoso e barrento entre os pilares majestáticos da ponte de Westminster, diante da qual o palácio homônimo, robusto e medieval, com o poente às costas, oculta sua fachada na própria sombra; poente cujos raios cor de cobre tingem os telhados e os muros e as peles dos cavalos e as roupas dos pedestres. Tilintam ferraduras, rangem rodas, relincham bestas, pessoas anônimas e indiferentes trombam ombros. O fedor de esgotos e do estrume dos animais se mistura ao aroma das padarias e das lojas perfumadas. Tudo vai e tudo vem banhado pela mesma luz do fim da tarde a se refletir nos tijolos acinzentados dos prédios, enchendo o ar de um matiz rosáceo. É a maior cidade que verá em sua vida, pois não há nada maior em todo o Ocidente. Pintura viva, efeito catártico: uma gaivota que voa muito acima do mundo olha para baixo e vê um labirinto dourado onde homens e seus coches são como formigas, entrando e saindo em longas filas a carregar oferendas para alimentar as entranhas do monstro.

Vertigem de vozes, torvelinho de gentes, remoinho de ruas: Érico senta-se, tonto e inebriado em seu arrebatamento. É impossível conter a euforia: aquela é Londres, a cidade por tantas vezes escrutinizada em suas leituras; apenas entrar nela é como entrar em um grande cenário de palco, uma adaptação para a vida real de toda a literatura que devorou na adolescência. É a cidade descrita por Fielding, Swift e Defoe, das mocinhas apaixonadas de Eliza Haywood e dos aventureiros de Tobias Smolett, a cidade das elegâncias de Addison e Steele, a Londres de Shakespeare e do dr. Johnson. Respira fundo e solta o ar devagar. Passam a ponte, dobrando a direita na Parliament Street, à mercê das torres góticas da abadia de Westminster, seguindo por White Hall; passam por uma maré de coches, carroças, cabriolés, currículos, berlindas, landós e carruagens, damas elegantes carregadas por criados em liteiras (que ali chamam de "cadeirinhas-sedãs"); meninos engraxates que oferecem aos berros a limpeza de sapatos por meio pêni; uma mulher com um cesto na cabeça a gritar *um pudinzinho, um pudim quentinho*; à esquerda um belíssimo palacete, o edifício dos Horse Guards. Cavalos e pessoas relincham, um cão vadio late em um beco; em Charing Cross, diante da estátua equestre de Carlos I, dois homens presos ao pelourinho por punhos e cabeça xingam meninos que lhes atiram verduras podres, bolas de lama e gatos mortos. Seguem até Haymarket, onde tal é a correnteza de homens e veículos aglutinados que são obrigados a parar, e Érico se alarma: o que é isso, uma turba? Armando o tranquiliza: apenas a torrente habitual de frequentadores da ópera, e aponta o Teatro de Sua Majestade em frente ao qual um grupo de insuspeitas damas canta na esperança de ganhar alguns trocados. Preso no trânsito, Érico mete as mãos no bolso e da janela do coche lhes joga algumas moedas, dizendo: "Cantem para mim, finas damas!". E elas cantam:

Casas, igrejas em si conjugadas,
ruas hostis em quaisquer temporadas,
prisões e palácios estão lado a lado,
pontes, portões, o Tâmisa irrigado;

Coisas alegres o bastante a tentar-te,
brilhantes nas faces, vazias no ventre,
artes mecânicas, negócios fugazes
berlindas, landós e coches velozes

Licenças, meirinhos, contas a pagar,
lordes por seus serviçais acuados
bandidos na noute a matar e roubar,
algozes, vereadores e criados;

Advogados, padres, médicos e escritores,
nobres ou humildes, gente de toda laia:
valem menos do que cobram em valores,
vilania que pela terra se espraia;

Mulheres, negras, ruivas, belas, e velhas,
santonas tal que nunca rezarão,
bonitas e feias, abertas ou quietas,
algumas que vão, algumas que não.

Tantos rapazes sem um tostão,
tantas viúvas com disposição,
tantas barganhas, se o alvo acertais.
Isto é Londres! Como gostais?

O trânsito flui e o coche segue caminho. As ruas superlotadas trazem algo de festivo à cidade, é um eterno dia de feira. Érico sente aquela cacofonia como um anúncio, pleno de maldosa indiferença, de que cada esquina esconde um universo particular de transações e problemas. Anseia ele também por tomar parte naquela coletividade de indivíduos, ser uma pincelada a mais na grande pintura, correndo apressado com seus próprios problemas e despercebido do conjunto a que pertence. Aquele ali que passa, de quem será ele personagem? Ó passante, diga algo, para que se saiba se és personagem do *Tom Jones* ou do *Moll Flanders*! Aquele cão, aquele cão vadio que ali vai, já o viu descrito no *Aventuras de David Simple*, talvez não descrito, mas certamente imaginado; com certeza é o mesmo cão! E as ruas parecem todas tão organizadas, com tantos postes e detalhes inusitados, como aquele chanfro às bordas da rua, para que serve o chanfro?

— Evita que animais e carros disputem o mesmo espaço com pedestres — explica Armando. — Assim se eleva a passagem dos pedestres com esse meio-fio de pedra.

— Que moderno! — admira Érico, sentindo-se muito bronco por não saber disso.

O coche entra à esquerda em Picadilly e passa por uma sucessão de casas e palacetes cujas fachadas abundam de colunas e balaustrada com ares clássicos. E como devem ser bem iluminadas aquelas casas, com suas janelas cheias de vidros! No Brasil, o governo não permite enfeites nas casas, não permite nem o fabrico do vidro, que chega importado e é sempre caríssimo, vivem todos fechados em lares escuros atrás de gelosias, feito freiras em um claustro.

— Aqui está muito na moda dar ares de Grécia e Roma Antiga às construções — diz Armando, percebendo o encanto de Érico com a arquitetura.

Érico sabe disso: explica que, para o olhar austero do inglês protestante, excessos decorativos são gostos católicos. O espírito bretão é voltado ao campo, portanto a nova moda de retorno aos clássicos agrada mais ao seu gosto pastoril. Acúmulos e sobreposições de detalhes têm seu valor, mas são já modas do começo do século; estilos decadentes que, se ainda guardam alguma beleza, é como a de pérolas disformes, ditas *barrocas*, que, por mais belas que sejam, ainda assim são imperfeitas. E para olhos anglicanos, os católicos são todos idólatras supersticiosos, apegados a suas imagens de santos, fetiches, bentinhos e todo penduricalho que dá vazão às suas crenças exageradas e cegas. Ainda mais agora que, do outro lado do canal da Mancha, exilado na França, há um pretendente católico ao trono. Ali quem reforma sua casa, ao escolher entre o barroco ou o neoclássico, está marcando sua posição política. O que para Érico soa como exagero, misturar algo tão elevado como a estética com algo tão mundano como a política.

— Mas não há coisa mais política do que a estética! — diz Armando. — E me explique, como está aqui há apenas duas horas e já sabe mais do que eu, que cá moro há anos?

— Já li tudo que há para ser lido sobre esta cidade — Érico ergue os ombros, constrangido com o desnudar de sua anglofilia. — Na casa dos meus avós ingleses havia todos os números do *Spectator* e da *Gentleman's Magazine*. Tem quem sonhe com as modas de Paris ou as igrejas de Roma, eu sonhava com as ruas agitadas de Londres.

O coche segue por Piccadilly ladeando o Green Park e vira à direita na Clarges Street, onde uma cadeirinha retarda o fluxo e uma mulher aproveita para tentar vender morangos aos berros. Quando enfim saem na Curzon Street, o trânsito está lento, pois outra multidão percorre o mesmo caminho.

— Ah, sim! Hoje é feriado — lembra Armando. — Dia de enforcamento. O senhor está com sorte! Que acha? Tyburn não fica muito longe da nossa embaixada.

Érico está cansado, mas não se opõe. O coche sobe Tyburn Lane, margeando o Hyde Park. Os dois chegam em cima da hora para conseguir um bom lugar onde parar o veículo, pois as arquibancadas já lotaram e uma pequena multidão cerca aquele grande triângulo de madeira sustentado por um tripé a quase dez metros de altura: é a "árvore de Tyburn" exibindo seus frutos. Érico e Armando sobem juntos ao banco do cocheiro para ter uma visão melhor: dois corpos já estrebucham pendurados nas alturas, colgados por cordas no pescoço, quando o terceiro e último condenado do dia faz seu discurso final em palavras que não chegam até eles. Vendedores ofertam petiscos e refrescos, outro vende folhetos contando a terrível história dos condenados do dia. O último deles é um cavalheiro distinto, coisa rara de se ver — será que lhe faltou dinheiro para subornar o juiz? Armando lê em seu folheto que aquele ali "matou o criado a pauladas", mas, devido a sua posição social elevada, ganhou o direito de ser enforcado com lenço de seda.

Logo cessa o discurso do verdugo, os tambores ressoam, a multidão fica em silêncio. A um gesto dele, os cavalos correm para um lado puxando a corda, o corpo ascende veloz, e o condenado se agita sapateando no ar. Chapéus são atirados ao alto em comemoração, damas educadas batem palmas. No Brasil, terra de escravos, Érico se acostumara com tantos horrores cotidianos que sua capacidade de percebê-los quase se anestesiou. Quase. Agora fica ao mesmo tempo maravilhado e estarrecido com a troca que acaba de testemunhar, pois a dignidade concedida ao condenado em seu momento final, com uma morte rápida, é extraída da plateia ao torná-la um espetáculo. Sente-se tonto, o estômago se contrai de fome e náusea, a cabeça lateja.

O coração do mundo pulsa.

2.
South Audley Street, nº 74

Para onde vais, Érico Borges, e de onde vens? A verdade é que nunca quis ser soldado em específico, mas se havia algo que definitivamente não queria era ser um mercador de vinho como o pai, os avôs e os bisavôs. Dizia-se na família que a ida de seus pais ao Rio de Janeiro foi um arranjo muito fortuito, pois seu avô materno, um inglês que trabalhava como comissário de vinho no Porto, por sua condição de estrangeiro, era impedido de conduzir negócios com o Brasil. Já seu pai, um reinol, tinha contatos e meios para estabelecer uma conexão lucrativa: o governo proíbe o Brasil de produzir seus próprios vinhos, e tudo precisa ser adquirido do reino. Assim seus pais viajaram, e Érico nasceu no Rio de Janeiro.

Lembra-se muito pouco daquela época. Quando esse mesmo avô faleceu, seu pai teve medo de que os cunhados ingleses tomassem para si a maior parte dos negócios, e lá foram eles de volta à cidade do Porto. Érico tinha então cinco anos. No Porto, viveu dividido entre a influência inglesa da mãe, que o moldava conforme suas ambições de ascensão burguesa, e as obsessões muito lusitanas de seu pai por fidalguia. E quando, uma década mais tarde, o pai decidiu refazer a conexão de negócios com o Brasil, lá foram eles de volta para o Rio de Janeiro. Mas Érico estava agora com quinze anos e, ao desembarcar naquela terra ao mesmo tempo estranha e familiar, tinha já o apetite adolescente por aventuras. Nada o horrorizava mais do que a vida mesquinha de comerciante que o pai levava, contando tostões feito um personagem de Defoe. Ele queria mais, embora não soubesse o quê. Como no Brasil havia demanda por bons oficiais, e o governador do Rio de Janeiro estava prestes a partir para demarcar a fronteira sul, convenceu o pai a lhe comprar um posto de oficial de cavalaria de dragões na Comissão Demarcadora. Ainda que fosse mazombo, havia crescido no reino, o que aos olhos de seus superiores o fazia mais digno de confiança do que os criados na colônia. E a vida de soldado em eterno movimento lhe convinha: receava que, se parasse, desabaria no vazio.

O sol da manhã agora bate em seu rosto. O quarto que lhe deram fica no último andar de uma típica *townhouse* britânica, robustas casas geminadas de três a quatro andares, construídas para atender à fidalguia rural como morada urbana. Aquela, alugada para servir de embaixada ao reino de Portugal, espremida entre suas gêmeas, perde-se numa rua de prédios semelhantes — uma embaixada discreta para tempos de discrição.

Revira-se na cama, fugindo da claridade. Mas se o sol já está assim tão alto, então deve ser tarde, e se levanta. Urina em um penico de porcelana, o qual tampa e deixa sobre a cômoda para a camareira levar depois. Abre o tampo duplo do gabinete de mogno, revelando uma bacia de prata na qual verte a água de um gomil, lava as mãos e o rosto e seca-se com um pano; busca a escova de dente de pelo de cavalo, a tigela com o sabão de barbear, o pincel e a navalha. Na noite anterior, tomara um banho excepcional, a pele ainda exala o aroma de lima e limão dos sais de banho. Termina de se barbear, seca o rosto e treina o sorriso na frente do espelho: não, não tanto assim, talvez algo mais contido... sim, isso mesmo. Poderia ter sido ator. Repete o movimento uma, duas vezes, até memorizar a posição muscular: tranquilidade, suavidade. Suas sobrancelhas são um tanto grossas, a curvatura lhe dá um ar cruel: franze o cenho uma, duas vezes, testando um ar despreocupado e confiante, *debonair*. Abre o malão de couro surrado e tira dele outra muda de roupa preta e sem graça igual à que viera usando, que foi para lavar.

Assombrando o fundo do malão está aquele livro que originou sua viagem: tem o tamanho de um duodécimo, encadernado em couro de tom borgonha, na capa o título CATHECHISMVS em letras douradas.

Da rua, vem o som de ferraduras contra o chão de pedra parando diante do prédio. Escuta a voz de Armando em tom servil, perguntando algo sobre a qualidade das estradas; de resposta, recebe um resmungo qualquer. Érico abre a janela de guilhotina e olha para baixo, vê a berlinda do embaixador parada na frente do prédio, e uma mão de mulher enluvada que sai do coche a pedir apoio. Armando a segura e ajuda a descer dali uma jovem morena de traços delicados, tal qual uma fada saída do séquito de Titânia. Pressentindo que está sendo espiada, movida por sabe-se lá que sentido extraordinário de que são dotadas as mulheres, ela ergue o rosto para o alto, seus olhares se cruzam. Érico tem a súbita noção da indelicadeza que comete, sendo vulgar de sua parte espiar assim, e se recolhe muito rápido, batendo a cabeça no batente da janela.

A casa se agita. Criados sobem e descem as escadas; enquanto as camareiras terminam de arrumar os quartos, no porão a cozinha finaliza os últimos detalhes de cada prato. Érico não havia notado, no dia anterior, as decorações em gesso no teto recuado acima da escadaria, que exibem rostos clássicos emoldurados por ramos e cornucópias. Rostos antigos, gregos e romanos que observam os vivos em silêncio. Entre os lanços de degraus do primeiro e do segundo piso, seu caminho se cruza com o da recém-chegada, que sobe acompanhada por Armando.

— Ah, o indiscreto da janela — diz ela, estendendo a mão enluvada para ser beijada. — O senhor deve ser o hóspede de que falaram.

— Perdoe este cavalheiro descortês — diz Érico, tomando-lhe a mão e beijando-a. — Mas, se me permite outra indiscrição, a quem tenho a honra de conhecer?

— Maria, este é o tenente Érico Borges, que acaba de chegar da corte — Armando se assume como mestre de cerimônias. — Tenente, esta é...

— Maria Fernanda Simões de Almeida — avança ela. — É sempre um prazer ver um rosto novo falando minha língua. O senhor é o novo intérprete do titio?

— Intérprete? Não, não creio. Mas estou inteiramente a seu dispor.

— E o que fará para nós então, tenente?

— O que a senhorita gostaria que eu fizesse?

Ela não parece ter mais do que vinte anos e, contudo, fala com a leveza e segurança de uma pessoa mais vivida, acostumada às inevitabilidades. Sua voz, quase etérea, um tantinho rouca, tem aquele tom distraído e suave de quem nunca teve as próprias finanças como fonte de preocupações:

— Ah, esta já é uma casa de segredos. Prefiro que seja o que realmente é.

— Ai de mim, senhorita! Minha especialidade é fingir ser o que não sou.

— Então rogo para que o senhor seja muito bom no seu ofício. Nesta cidade, receio que o mercado já esteja saturando. Logo começará a derrocar. — Voltou-se para Armando: — Eu *gostei* dele! Será que ele poderia ir conosco ao teatro no sábado? — E de volta a Érico: — O senhor iria?

— Será um prazer.

— Bem, preciso de um momentinho para me recompor dessa viagem horrível, Armando, o que é o estado dessas estradas? Mas esta é uma casa portuguesa, cá se janta, graças a Deus, então creio que nos veremos em breve, não? Até já.

Érico se despede e continua a descer as escadas até o térreo; Armando agora o acompanha:

— Muito bem — Érico murmura —; agora, me diga, quem é ela?

Maria é sobrinha e afilhada do embaixador, explica Armando, e está ali para encontrar um bom pretendente. Seu tio tem preferência por alguém com um título de nobreza, embora isso não seja obrigatório; ter dinheiro, contudo, é condição sine qua non.

— E o que *ela* acha disso?

— Só está feliz por ter saído de Portugal. E, na opinião do embaixador, é mulher e não tem que achar coisa alguma. O que não a impede, claro, de recusar uma dama de companhia, de se cercar de boêmios, frequentar cafeterias e sabotar todas as propostas de casamento que lhe chegam, agindo assim feito louca. Ela bem gostaria de ser deixada em paz, mas, com o dinheiro que tem, nunca lhe faltarão pretendentes — ele o toma pelo braço, de um modo afetuoso. — Venha, já passa do meio-dia, é hora do jantar; não somos ingleses para ficar passando fome até a hora da ceia. Vou apresentá-lo aos demais.

A equipe da embaixada é composta de mais dois subsecretários, cujas principais habilidades, segundo Armando, são as de entrarem mudos, saírem calados e não se fazerem notar, exceto quando é necessário elogiar e concordar com tudo que o embaixador diz. Há também um capelão, responsável pelas missas na capela erguida nos fundos — um dos poucos templos católicos permitidos em Londres, em geral nas embaixadas —, além da criadagem, entre valetes, camareiras e lacaios, e da equipe da cozinha. O embaixador, cansado da viagem, tomaria apenas uma sopa em seu gabinete e receberia Érico depois.

Enquanto esperam Maria descer para servir a comida, um dos subsecretários pergunta como andam as coisas no reino, agora que os jesuítas foram expulsos, e se ainda repercute o caso dos Távora. Mas, como Érico vem da colônia, não sabe muita coisa e, no mais, Armando pigarreia: melhor mudar para assuntos menos políticos. Logo a conversa envereda para o tema que domina a embaixada desde o ano anterior: a iminência da guerra, e as consequências da batalha naval na costa de Lagos — um enorme desrespeito à soberania de Portugal, na opinião de todos, e fonte das dores de cabeça diplomáticas pelas quais vinham passando no último ano.

Tudo começou quando a frota francesa, oito naus vindas do Mediterrâneo, se viu encurralada perto de Gibraltar pelos ingleses. Metade dos navios foi capturada ainda nas águas de Espanha, e a outra metade fugiu para as águas neutras do litoral português, buscando abrigo diante do forte de Lagos. Mas quem disse que os ingleses respeitariam a neutralidade de Portugal? Entraram na baía, atacaram os franceses, capturaram seus navios e os levaram para a Inglaterra como butim. No conflito, uma bala de canhão chegou a bater nos muros da fortaleza, um acinte! E agora os franceses, indignados e com razão, cobram de Portugal que vá lá exigir dos ingleses que devolvam seus navios, tomados de modo ilegal segundo as leis da guerra. O que todos sabem que nunca acontecerá, mas vá explicar isso aos franceses...

— Estamos em meio à briga de reinos graúdos e ninguém nos leva muito em conta no meio disso tudo — observa Érico.

— Nós somos a viúva rica da Europa — diz Armando. — Uma velha beata e lenta de ideias, que todos fingem respeitar por estarem de olho no lindo dote das nossas filhas.

— Que dote, as colônias? De África ou Goa não sei de nada, mas no Brasil vive-se à míngua — diz Érico. — Para que não fique ouro no Brasil, a Lei Pragmática da sua majestade proíbe que se fabrique qualquer coisa, e tudo é importado de Portugal. Mas Portugal também não manufatura nada, e, pelo que vi, do chapéu à farinha de pão, tudo é importado dos ingleses. O reino está falido, e não entendo como. Que se faz com o ouro que enviamos para lá?

— Ora, há que se pagar as mercês reais, não? — lembra Armando. — Nossa gente dorme, acorda e respira na esperança de receber uma pensãozinha da Coroa, um foro privilegiado de fidalgo, metade do reino vive de tenças e mercês e, ainda assim, elas atrasam. Não deve haver um único pagamento em dia em todo o império. — E, baixando o tom de voz, acrescenta: — O embaixador que o diga. Ele tem tirado do próprio bolso para fechar nossas contas. É uma situação muito constrangedora...

Começa na mesa uma discussão sobre o estado das coisas no reino, em que se discute como chegaram a esse ponto. Terá sido com o falecido João V, pai de sua majestade, el-rey, que, dizem, só queria saber de comer doces, ouvir histórias da carochinha e se deitar com freiras? Ou terá sido ainda antes, nos tempos dos Filipes, quando Portugal foi anexado à Espanha, e do qual mesmo depois da Restauração nunca mais se recuperou? Érico, nesse ponto, compartilha da opinião de seu chefe, o conde de Oeiras: o atraso mental do reino era resultado direto do fato de a educação pública ter ficado nas mãos dos jesuítas por tanto tempo. Educando o povo apenas para a obediência passiva e não para a livre empresa, formou gerações de beatos supersticiosos e ignorantes, presos ao medievo enquanto o resto do mundo avança. Que maior prova queriam do que a ausência, naquele século, de um escritor, artista, músico, arquiteto ou filósofo de enlevo entre sua gente, tanto que precisavam importá-los da Itália, da França, de todo lugar?

— Ora, no teatro temos António da Silva — diz um dos subsecretários. — Suas peças são ótimas, pena que não escreva nada novo há algum tempo. Por onde andará ele?

— Foi queimado na fogueira — lembra Érico.

— Ah, é mesmo — o subsecretário enrubesce, constrangido. — Ele era judeu, não?

— E brasileiro.

— Mas nas ciências não houve o padre Bartolomeu de Gusmão, o da passarola?

— Que nunca a terminou — lembra Érico. — A Inquisição o ameaçou, se não encerrasse o experimento. Aliás, outro brasileiro.

— E Matias Aires? — insiste o pároco. — Um grande pensador e filósofo, educado pelos jesuítas, estudou em Coimbra...

— E depois na Sorbonne, que o salvou da mentalidade de coimbrão — rebate Érico. — Além disso, também era brasileiro. Como também são do Brasil as modinhas, os lundus, a música que agora toca nos salões do reino. Nada novo nasce em Portugal.

— Do reino ou de além-mar, somos todos portugueses — lembra o pároco.

— Uma pena que a corte só se lembre disso na hora de nos cobrar impostos — retruca Érico. — Expulsar os jesuítas no ano passado foi o primeiro e necessário passo para purgar Portugal, e tão cedo Malagrida for para a fogueira, melhor. Opiniões do conde de Oeiras, não minhas — ressalta. Ainda que concorde com elas, Érico tem a precaução de se escudar na opinião do chefe antes de assumi-las como suas.

O capelão da embaixada já se remexe na cadeira, desconfortável. Não é jesuíta, mas teme mesmo assim que, nesse ritmo, seus colegas de profissão terminem todos na fogueira em que eles mesmos tanto jogaram outros; e diz que há opiniões que não é de bom-tom se dizer em voz alta, mesmo ali, pois o embaixador é homem de muita fé.

— Estamos longe do reino, padre. E do titio, que não vai descer para jantar — diz Maria, entrando de supetão, o que faz os homens se levantarem da mesa por respeito. — Creio que podemos nos permitir a ousadia de discutir *ideias*. — E, para os criados, com autoridade de anfitriã, ordena: — Podem servir.

É servido gigote de cordeiro, um assado de carne picada fervida em molho de toucinho sem torresmo, com uns golpes de vinho, e acompanhada de ovos. Érico aspira devagar o perfume — noz-moscada, pimenta, gengibre — e, ao degustar a primeira garfada, fica em silêncio solene e concentrado. Uma refeição decente, enfim!

— Cá está um que sabe apreciar um bom gigote — provoca Maria.

— Desculpem-me. Do Rio de Janeiro a Lisboa foram quase três meses no mar, estava ansiando um prato civilizado. — Érico serve-se de mais um bocado. — Os animais que se leva a bordo nunca duram muito, e o que sobra de carne vai para o vinagre, o que faz com que tudo fique duro, rançoso e de gosto azedo. A água também não dura muito e logo fica salobra, o vinho avinagra, e tudo que há para se beber são os destilados, seja você passageiro ou tripulante, adulto ou criança. E minha viagem foi longa. Não que meus tempos no Brasil fossem muito melhores. Lembro uma noite, certa vez, em que pensei: se morro agora, a última coisa que terei bebido terá sido um vinho aguado, da pior espécie, junto de um queijo horrendo. Desde então, tento extrair o máximo de prazer possível da qualidade de tudo que bebo e como. E Deus, como reza o ditado, vive nos detalhes. Seja nas sutilezas complexas de um tempero ou nas nuanças de um aroma, os detalhes... — faz uma pausa, a conjunção alquímica dos condimentos com o toucinho provocando-lhe um êxtase lingual, e seu silêncio cria uma aura de expectativa à mesa: o gigote lhe provoca uma epifania, uma súbita compreensão da ordem do mundo que interrompe seu raciocínio anterior. — Se pararmos para pensar, a comida é o que justifica tudo. É por isso que estamos aqui.

— Não compreendo — diz Armando.

— Eu tampouco — Maria faz coro. — Rogo para que se explique, sr. Borges.

— O que Colombo buscava quando descobriu a América por acidente? Uma nova rota para as Índias — lembra Érico. — A América só existe como tal porque cansamos de comida sem tempero, porque queríamos mais chá e açúcar. Pensem quantas civilizações foram esmagadas, guerras travadas, pessoas escravizadas... em nome de quê? De religião, de glórias nacionais, de ouro? Não. Em nome do gengibre, da noz-moscada, das favas de baunilha e do chá. E é por isso que eu aprecio um bom prato de comida, senhorita. Pois foi essa necessidade de agradar ao paladar o que conjurou a terra de onde venho, o barro vital do qual fomos moldados. Quando se trata de mover o mundo, a fé das gentes e a ambição dos reis não são nada comparados à vontade de variar o prato. A culinária é o verdadeiro eixo que equilibra o globo.

— Estou impressionado que um gigote possa inspirar tal filosofia — diz Armando.

— É um modo de dizer, como já observou uma amiga minha, que eu penso demais.

— Ah, seria uma amiga muito próxima, sr. Borges? — pergunta Maria.

— Sofia? Como uma irmã — Érico sorri. — Com a qual, aliás, prometi me corresponder por cartas, sem falta.

— E uma moça de boas intenções deveria ficar enciumada?

Armando pigarreia e encara Maria, apontando com os olhos: olhe ali o padre, os secretários... Ela ergue o rosto e faz um beicinho. A opinião dos outros não lhe interessa.

— Depende de quem seja essa moça — diz Érico.

— Oh, não sou eu, não se preocupe — diz Maria. — Minhas intenções nunca são boas. Mas, sendo o senhor recém-chegado e solteiro, sinto que é minha obrigação apresentá-lo à sociedade, algumas amigas minhas ficarão encantadas. Aliás, seu sotaque... Ele é, como direi... sinuoso, melífluo, mais aberto e menos chiado do que o habitual. De que parte do reino o senhor disse que é?

— Do Rio de Janeiro, senhorita.

— Ah, pois achei mesmo que não parecia sotaque do reino.

— Curioso, pois no Brasil acham meu sotaque muito reinol. Cresci no Porto, mas sou muito influenciável, e nas minhas idas e vindas, meu sotaque virou uma bagunça.

— Armando me disse que sua mãe é inglesa, estou certa? — ela prossegue, mais interessada em sua vida pessoal: — Deve ser muito peculiar falar uma língua com o pai e outra com a mãe.

— Oh, minha mãe fala português muito bem. Quando quer.

Érico lhes conta uma anedota pessoal: quando pequeno, sua mãe costumava conversar com ele apenas em inglês, de tal modo que, até que regressasse ao reino, Érico julgou que fosse uma língua exclusiva e secreta entre eles dois. Qual não foi sua decepção, para não dizer seus ciúmes, quando, ao conhecer os parentes ingleses no Porto, descobriu que outros também falavam aquela língua. Por birra infantil, só aceitava falar com eles em português.

— Soube também que o senhor vem de uma família de comissários de vinho — segue Maria, insistente. — Deve ser um grande conhecedor da bebida, sr. Borges.

— Vejo que Armando consegue passar uma grande quantidade de informações num curtíssimo espaço de tempo — Érico olha de soslaio. — Mas, ai de mim, senhorita, a verdade é que nunca me interessei muito pelos negócios da família. Sei uma coisa ou outra, mas não sou grande apreciador. Exceto talvez daquele excelente vinho que os franceses produzem na Champanha. Pouco patriótico da minha parte, eu sei. Mas imagino que, com o bloqueio da guerra, não se encontre muito por aqui.

— Sabendo a quem pedir, consegue-se de tudo — insinua Armando. — Até porque, em matérias de bom gosto e modas, tudo hoje em dia ou é italiano ou é francês.

— Isso me lembra de que preciso do seu auxílio, meu caro — diz Érico.

— Eu? — Armando se assanha. — Muito me honra...

— Preciso comprar roupas novas, e reconheço que você tem muito bom gosto em...

— Sr. Borges! — Maria, com um protesto fingido, larga o garfo sobre a porcelana com calculado estrépito dramático. — Não *ouse*... eu o proíbo, não ouse ir às compras sem mim!

Ela e Armando trocam olhares levemente enciumados.

— Receio que nossa querida Maria esteja acometida por um leve, como direi?, furor diante da ideia de gastar dinheiro que não se tem com coisas que não se precisa — cutuca Armando.

— Que culpa tenho eu se o preço da felicidade não é tabelado? — ela rebate.

— E que espécie de felicidade se compra por aqui? — instiga Érico.

— Depende. Nos pés, são de brocado, com lindas solas vermelhas e salto alto.

Érico sorri. Como todo aquele que é por demais reservado, quieto e pensativo, sempre teve como melhores companhias justamente os tipos extravagantes e solares. Algo lhe diz que acabara de fazer uma nova amiga, mas, antes que a conversa prossiga, um criado vem avisar que o embaixador, enfim, está pronto para recebê-lo.

3.
Catecismos

O rosto alongado, impressão causada pelo nariz e pela testa proeminentes, corre os olhos pela papelada em silêncio enquanto Érico e Armando, ambos de pé diante de sua mesa, aguardam que termine a leitura. Martinho de Melo e Castro tem nos gestos e no tom a autoconfiança de alguém que, aos quarenta e quatro anos, alcançou o ponto mais alto de uma carreira diplomática bem-sucedida: a representação portuguesa em Londres. Não tem ilusões, sabe que tudo deve à boa vontade do conde de Oeiras, mesmo que discorde de muitas de suas posições — a começar pela tendência de pôr a culpa de tudo nos jesuítas. Como quase todo fidalgo português, Martinho de Melo foi educado em escolas jesuítas, avessas aos ares modernos que veem soprar da Europa como miasmas. Aristotélico e escolástico, estudante de direito canônico nas horas vagas, é o retrato do intelectual português de sua época: um pensamento rígido, imposto no ambiente universitário, num misto de boçalidade fradesca e pedantismo acadêmico, nutrindo a crença arraigada de que a religiosidade do mais católico dos reinos europeus não é a causa de seu atraso e evidente decadência, e sim a chave de seu futuro. Ou, em outras palavras, que tudo dará certo e melhorará, se as coisas não apenas pararem de evoluir, mas, de preferência, que retrocedam um pouco, pois o mundo gira rápido demais.

— Pois bem, tenente — o embaixador põe de lado a carta do conde de Oeiras. — Pelo que entendi, o senhor veio praticamente direto do Brasil para cá, não ficou nem uma semana na corte, é isso? Está a par do que ocorre na Europa?

— Sei que há guerra, senhor, e nós não estamos nela.

— Sim, e dê graças a Deus por isso, pois se estivéssemos Portugal estaria perdido. — Aponta as poltronas diante de sua mesa: — Sentem-se os dois, por favor.

O que ocorre agora na Europa, explica Martinho de Melo, é uma briga de família. Contudo, quando as famílias são de reis, os atritos são mais trágicos, pois brincam com seus exércitos como se jogassem num tabuleiro. A Áustria, outrora aliada inglesa, agora se une à França e à Rússia para atacar um inimigo comum: Frederico da Prússia. Da sua parte, os ingleses bem teriam ficado quietos em seu canto, mas seu eleitorado de Hanôver está no meio da disputa. E por que Hanôver é tão importante? Uma questão muito peculiar: a lei inglesa proíbe que um católico assuma o trono do Reino Unido. Quando a rainha Anne morreu sem herdeiros, no começo do século, foi preciso buscar o parente protestante mais próximo da família real, e este acabou sendo o príncipe eleitor de Hanôver, convidado a se tornar o rei Jorge da Inglaterra. Vivem agora já sob o reinado de Jorge II, que, assim como o pai, nem sequer fala inglês. Portugal e Espanha, por sua vez, estão neutros. Mas há um problema: sua majestade cristianíssima, Luís XV da França, é primo-irmão de sua majestade católica, Carlos III da Espanha, ambos da dinastia Bourbon. Se assinarem mais um de seus "pactos de família", isso forçará a Espanha a declarar guerra à Inglaterra. E, se isso ocorrer, sua majestade fidelíssima de Portugal terá de assumir um lado.

— E sendo a rainha Mariana irmã do rei da Espanha, isso faz do nosso rei um Bourbon por cunhadio — lembrou o embaixador. — Está me acompanhando?

— Sim, são todos parentes entre si — atalhou Érico.

— Por outro lado, nossa economia toda está nas mãos dos ingleses. De cada dez litros de vinho que saem dos nossos portos, eles compram oito — completa Armando. — Em troca de quase tudo que há em Portugal, dos panos à farinha do nosso pão. Então, em caso de guerra, o rei precisará escolher entre nossa economia e seu cunhado.

— Olhe os mapas, tenente, basta que se olhem os mapas — Martinho de Melo se ergue da poltrona e caminha para o canto da sala dominado por um grande globo terrestre que se sustenta em um disco de madeira por pés em forma de sereias. É uma peça de mobília exuberante e imponente, que impressiona Érico por sua beleza ostensiva. Esse tipo de mobília ricamente decorada não se vê no Brasil pois, claro, lá o governo proíbe tais excessos. O embaixador se volta para Armando: — Alcança-me um pouco de clarete, por gentileza? Aceita algo para beber, tenente? Cá temos vinho de verdade, e não aquela porcaria que os ingleses fazem passar pelo nosso.

— Não, senhor, obrigado, mas — volta-se para Armando —, se houver limões na cozinha, um pouco de açúcar e uma dose de rum ou cachaça, poderia me fazer a gentileza de solicitar esse refresco?

Armando ergue a sobrancelha: aí está um que fica à vontade rápido demais… Abre a porta do escritório e passa a ordem ao lacaio, enquanto Érico e o embaixador se aproximam do globo terrestre. Martinho de Melo gira a esfera e aponta a Europa.

— De um lado, Portugal é todo fronteira, aberto aos espanhóis e aos franceses; do outro, é todo litoral, que os ingleses dominam… e nossas colônias? Lisboa se preocupa tanto com a corte que se esquece de que necessitamos defender o Brasil. Olhe — ele gira o globo, mostrando a América. — Se os espanhóis nos atacam… que me diz o senhor, que esteve por lá e lutou naquelas bandas?

Érico observa o contorno do continente, medindo as distâncias com os dedos. Ali está a bacia do Prata e o Rio de Janeiro, ambos no Brasil; mais acima, a capital Salvador, o Grão-Pará, lugares que conheceu e que, só agora percebe, são uma distância percorrida maior do que toda a extensão da Europa. Sente uma súbita melancolia pelo mundo que deixou para trás, correndo o dedo pelo relevo da costa brasileira como se pudesse encurtar a distância titânica que o separa dela. Olha Martinho de Melo e reflete sobre o quanto deve lhe falar e o quanto deve ocultar. A orientação recebida em sua passagem por Portugal deixou bem claro que está desobrigado de se submeter à autoridade do embaixador; porém, tudo será mais fácil se contar com sua simpatia. O que ele quer ouvir? Uma opinião de verdade, ou apenas que lhe confirmem suas crenças?

— Pela minha experiência, senhor, é justamente a situação no Brasil que deixa Portugal vulnerável — explica Érico. — E cada vez mais dependente dos ingleses. Sei do que falo, pois integrei a Comissão Demarcadora da Fronteira ao Sul, muito já lidei com castelhanos, jesuítas e índios. Os ingleses não querem negociar com Portugal, querem negociar com o Brasil, é lá que o ouro está. E nossa costa, sendo grande e mal vigiada, está dominada por contrabandistas, a maioria deles, veja só, ingleses. Em Lisboa, acredita-se que a ambição deles seja invadir Buenos Aires...

— Minha nossa, se isso acontece, não haverá nada que os impeça de eles próprios invadirem o sul do Brasil — Martinho de Melo bufa, incomodado. — Eles não têm respeito algum pela nossa fronteira. Creio que soube do que ocorreu em Lagos no ano passado? Os franceses nos pressionam, querem que exijamos dos ingleses seus navios de volta, mas nunca serão devolvidos, e isso só serve para nos desgastar tanto com um lado quanto com o outro, e a me fazer ir e vir de encontros com ministros, levando protestos e recebendo negativas. — Ele toma um gole do clarete. — Mas, claro, uma invasão inglesa, no momento, não passa de conjetura. Nossa realidade são os espanhóis. Como estamos, no Brasil, em relação a isso?

— O Brasil está abandonado, senhor; de lá tudo se tira e nada se constrói. Nossa gente é deixada à míngua e se contenta com o que tem. Perdendo o Brasil, el-rei poderá se intitular sua majestade encurraladíssima — sorri do próprio chiste, mas Martinho de Melo se mantém sério e sisudo.

— E nossas defesas? Se nos atacam, quais nossas chances contra os espanhóis?

— Se atacarem nossa costa, o Rio de Janeiro está desprotegido — lembra Érico. — Há só quinhentos soldados na cidade, as muralhas estão em ruínas e a artilharia é imprestável. Mas a porta de entrada mais provável deverá ser pelo Sul. E essa porta está fechada por três trancas, nossos dois fortes em Rio Pardo e Rio Grande, e o forte de Santa Teresa, a meio caminho de Sacramento. Contudo, lá também os soldados estão com os uniformes rotos, os soldos atrasados, há poucos recursos, pouca munição, pouca comida. Aqui... — assinala no mapa o ponto onde julga estar Vila Rica. — Se os espanhóis invadirem o sul do Brasil, podem subir até nossas Minas sem encontrar quase nenhuma resistência, e aqui se unirem com mais tropas entrando pelo Paraguai. Para evitar isso, seria preciso povoar as missões jesuítas com gente nossa, mas ainda há índios por lá. Os casais de açorianos enviados não puderam ocupar aquela terra e acabaram ficando por onde desembarcaram, aqui nos entornos do lago Viamão. De modo que as missões continuam sendo uma fronteira aberta, e nada saiu como o planejado. E as ordens do conde de Oeiras são claras: enquanto não se ocuparem as Missões, Sacramento fica conosco. O Tratado de Madri não serviu para nada.

— O Tratado de Madri sempre foi uma bela porcaria, se quer saber — o embaixador volta para sua poltrona e, com um gesto, convida Érico a se sentar outra vez. — Estaríamos entregando aos espanhóis, de lambugem, a praça de guerra na Colônia do Sacramento e todos os territórios à volta, em troca de quê? Sete miseráveis aldeias de índios, que, para serem ocupadas, geraram uma guerra que nos custou vinte e seis milhões de cruzados de prata!

— Terá sido um dinheiro jogado fora, sem contar as vidas, quando os espanhóis chegarem — lamenta Érico. — E é o que acontecerá, cedo ou tarde. Se as fortalezas no Sul caírem, se o Brasil for invadido, não haverá para onde o rei fugir. Não haverá para onde português algum fugir.

— Temos visões parecidas. Não há o que fazer quanto às colônias, claro: o fato é que o governo está quebrado, o ouro que havia foi usado para a reconstrução após o terremoto, não há dinheiro, e se houver, é em Portugal que se necessita dele. O que o Brasil precisa é de colonos e cultivadores, não de artistas e fabricantes. É assim que sempre funcionou, é assim que sempre será. No momento em que lhe dermos alguma autonomia, cedo irão pensar que não precisam mais de nós.

— Mas enquanto o Brasil se mantiver nessas condições, estimula-se a cobiça dos nossos inimigos.

Martinho de Melo franze a testa. Não está acostumado a ser refutado.

— Ora, por isso precisamos agir com cuidado. E por isso precisamos dos ingleses. Com os espanhóis à espreita, o auxílio que nos dão será essencial. Há que se reconhecer, tenente, que essa gente tem espírito empreendedor e cobiça insaciável, e ambos são valores que formam uma grande nação; contudo, o inglês imagina que nasceu para ser senhor dos cabedais do mundo. É por isso, meu caro, que não entendo que importância tem isto — bate com os dedos, desdenhoso, contra o envelope da carta sobre sua mesa. — Sinceramente, eu esperava que cá estivesse para nos ajudar com a situação do vinho, que é muito mais importante, e não com um livro tolo.

A ironia é que, de certo modo, o vinho fora o que o trouxera ali. Meses antes, um brigue mercante chegou ao Rio de

Janeiro declarando vinhos como carga, tendo como origem a cidade do Porto. Contudo, ao desembarcar sua carga, os escravos nas docas notaram que alguns barris eram muitíssimo mais pesados do que o habitual. Quando Érico os abriu, a surpresa: a carga era de livros. Em uma primeira olhada, pareciam livros religiosos, pois traziam gravado nas capas a palavra latina CATECHISMVS em letras douradas. Uma vez abertos, porém, o conteúdo revelava ser muito distinto: um popular romance obsceno inglês. A técnica era conhecida no meio livreiro como *casar as edições*, ocultando uma obra dentro de outra. De nada adiantou prenderem a tripulação, pois esta não tinha ideia da carga. O mercante de vinhos tampouco poderia contribuir com alguma informação: havia ali mais barris do que tinha encomendado. Quem poderia dizer algo fugiu: o capitão, de nome João Correia, e dois imediatos, que embarcaram de modo clandestino de volta à Europa.

Érico foi designado para viajar a Lisboa e comunicar o fato ao governo. Por motivos que só o conde de Oeiras saberia dizer, a situação lhe despertou um interesse particular. O proprietário do navio foi preso no mesmo dia, declarando não saber de nada. Ameaçado de envio à Inquisição, jogou toda a culpa sobre o capitão desaparecido. Isso não os levaria a lugar algum, mas Érico sabia que muitos comerciantes ingleses no Porto usam de intermediários portugueses para burlar o decreto que os proíbe de fazer comércio com o Brasil. Uma análise no livro-caixa do homem preso revelou que o capitão usava um nome falso: tratava-se, na verdade, de um escocês conhecido como John Strapp, mas que também se passava por francês sob o nome de Jean d'Estrapes.

— Não compreendo, qual o sentido de enviar tamanha carga de obscenidades ao Brasil? — Martinho de Melo se irrita. — Quantos...? Seiscentos exemplares! Não há comércios mais lucrativos? Esses ingleses não conhecem limites para sua ganância?

— É por isso que estou aqui, senhor. Pois talvez não tenham sido os ingleses.

— O que quer dizer?

— Que os livros, senhor, eram traduções. Estavam todos em português.

O embaixador se larga na poltrona.

— Então foram impressos no reino?

— Receio que a situação seja mais complexa, senhor.

A técnica de impressão utilizada naqueles livros era coisa nova, que nunca se viu em Portugal — em especial, no desenho da tipografia. Então de onde vieram os livros? Nos livros-caixa, somas consideráveis foram recebidas de nomes como Pedro de Nassetti, Jean Melville e Alexandre de Martins, nomes que não pertenciam a ninguém conhecido no reino, e talvez fossem todos nomes falsos. Uma fraude financeira, feita para ocultar o verdadeiro financiador.

Mas quando Érico foi confrontar o sujeito, o homem desapareceu de sua cela. Fugiu, disseram. O conde de Oeiras ficou furioso, mandou oficiais a todos os portos e postos de fronteira, queria que fosse capturado a todo custo, mas não foi necessário. Encontraram-no em sua própria casa, afogado dentro de um barril de vinho.

— Que horror! — diz Armando, chocado. — Custo a crer que um punhado de livros justifique tanto! Ainda que no caso sejam livros obscenos...

— E que sabe o senhor sobre o perigo dos livros, seu leviano? — o embaixador se enerva. — Virou livre-pensador, agora? Decerto se acostumou tanto com o excesso de liberdades que se cultiva cá neste país que nem percebe o perigo, então explico: se der ao povo alguns livros, irão querer mais; se lhes der muitos livros, logo começam a ter ideias e a querer escrever os seus próprios, e então escreverão peças, e peças necessitam de músicas, e logo estarão compondo baladas, canções e então... — bate com o punho na mesa, irritado com algo que a seu ver os jovens são incapazes de compreender. — Então haverá algo em comum unindo os habitantes de Salvador aos do Rio de Janeiro, os mineiros das Gerais e os colonos do Sul. Haverá histórias. E o que acontece quando as pessoas passam a compartilhar histórias? Descobrem que têm problemas em comum, dificuldades e anseios semelhantes, e toda sorte de sentimento inconveniente que as histórias geram, criando o maior perigo de todos: o senso de comunidade. E no momento em que os colonos brasilianos assumirem uma identidade comum, distinta dos portugueses reinóis, haverá dissidências, haverá revoltas. Como se todo ano já não houvesse revoltas o suficiente naquela terra.

— Neste caso, senhor, a própria corte ajudaria muito se lembrasse que os brasilianos são tão portugueses quanto os reinóis, e parasse de tratá-los feito portugueses de segunda classe — retruca Érico, atraindo para si um olhar irritado. — Nossa política é que está nos levando a um caminho sem volta. Pode levar anos, ou décadas, mas, se não mudarmos nosso caminho, a separação será inevitável. Quanto tempo se pode manter uma corda esticada sem que arrebente?

— Por tanto tempo quanto mandarem que fique! — Martinho de Melo brada e bate na mesa, fazendo a taça de vinho tremer. — Pensar o contrário é sedição! E livros são as sementes da sedição.

— Não estou defendendo dissidência alguma, senhor — esquiva-se Armando. — Apenas fico surpreso que tal sorte de literatura gere um contrabando tão vultoso, bem como que tenha quem queira matar por ela. Aqueles livros, em particular, eram apenas uma bobagem inofensiva.

— Inofensivos? Armando, sua juventude é a mãe da sua ignorância, por isso eu o perdoo — o embaixador se acalma. — Apenas numa coisa concordo com os senhores: ainda que se deva louvar a preocupação do conde de Oeiras com a moral do nosso reino, há problemas mais urgentes...

— Posso estar errado, senhor... — propõe Érico. — Contudo, sou levado a crer que exista algum interesse pessoal de Oeiras em ver esse assunto resolvido.

Martinho de Melo bufa e toma outro gole de vinho.

— Sim, assim também me parece. Só peço que trate os ingleses com cuidado e desconfiança, dada a situação que já lhe expliquei. A propósito, o que o levou a concluir que foi cá em Londres, e não em França ou Espanha, que esses livros foram impressos?

— Alguns detalhes muito sutis, senhor — explica. — Primeiro, os substantivos estão todos com iniciais maiúsculas, um costume inglês adquirido por influência dos impressores alemães. Em Portugal não se faz isso. Depois, há as marcações dos diálogos.

— O que há com os diálogos?

— Na língua inglesa, usam-se aspas normais no começo e no fim das frases para marcar as falas; já na francesa e na espanhola, tem-se preferência pelas aspas ditas angulares ou latinas. Mas em Portugal não se adotou nenhuma regra, é uma bagunça, pois nossos tipógrafos foram treinados no estrangeiro, ainda que haja uma tendência a se preferir o uso do travessão de um quadratim, o "travessão M", como se diz, para dar mais clareza à marcação do diálogo...

— Vá logo ao ponto, rapaz.

— O ponto, senhor, é que os livros em questão utilizam aspas à inglesa, logo...

O embaixador faz uma careta. Batem à porta: é o lacaio trazendo em uma bandeja de prata a taça com a bebida de Érico.

— O que leva à minha outra pergunta — continua Melo e Castro, com um tom que aparenta sobretudo indiferença: — Como o *senhor* se envolveu nisso tudo, tenente?

Era como se um alfaiate houvesse talhado Érico para aquela missão. Não bastasse já sua experiência como fiscal a investigar os contrabandos na alfândega, tinha amizade com um notório contrabandista de livros do litoral brasileiro, embora tenha preferido omitir esse detalhe ao embaixador. Também serviu sob o comando de um sobrinho do conde de Oeiras, de tal forma que, ao chegar à corte, possuía todas as recomendações e qualificações necessárias. A sorte, como Érico gosta de repetir, é o que ocorre quando a preparação encontra a oportunidade.

— Há mais a contar, senhor. Contudo, deve ser dito apenas ao senhor — avisa Érico. — Se Armando não se importar.

— Ele não se importa. Armando... — o embaixador o dispensa num meneio.

Armando se ergue da cadeira e sai, resignado e polido.

Érico explica ao embaixador que o que irá lhe contar não poderá sair daquela sala, pois é de conhecimento restrito mesmo entre os maiores do governo. Pois se murmura que Luís XV tem um canal oculto em sua diplomacia, um gabinete para serviços secretos que responde apenas a ele e conduz missões nem sempre de acordo com o que seus ministros declaram em público. Diz-se que, por esse meio, teriam operado seus interesses na ascensão da tzarina da Rússia e nas pretensões do príncipe de Conti ao trono polonês. Se for verdade, está se lutando também uma guerra nas sombras, movida por um ministério secreto formado unicamente de espiões, coisa até então inaudita.

Não se sabe quais seus planos, o que pretendem ou quem o integra. Foram mencionados os nomes do dramaturgo Beaumarchais e de uma certa Lady Lea de Beaumont, que teria servido como dama de companhia da tzarina, mas que pode ter sido na verdade um homem atuando *en travesti*. O que aflige o conde de Oeiras não é só a possibilidade do envolvimento da França nessa questão dos livros, mas que o rei Carlos da

Espanha, inspirado em seu primo, tenha criado seu próprio gabinete secreto.

— Se é tão secreto assim, como ficamos sabendo disso antes dos ingleses?

— Com um trapaceiro vendendo títulos públicos franceses na Holanda, chamado Chevalier de Seingalt — explica Érico. — Um boa-vida inepto, o senhor deve saber como ocorrem essas coisas: se as paredes têm ouvidos, as camas mais ainda. Pois o sujeito na verdade era um veneziano conhecido pelo nome de Casanova, os títulos que vendia não tinham lastro e ele fugiu cheio de dívidas, vendendo informações em troca de saldá-las. Uma delas foi a da existência desse serviço secreto, a que chama de *Secret du Roy*, que pode muito bem ter sido algo inventado por ele apenas para engrandecer a si mesmo, vendendo a ideia de ser muito próximo de Luís XV. A outra informação que nos deu é mais factível: de que a França está endividada até a alma. Duas coisas que os ingleses não sabem ainda.

— E temos motivos para desconfiar dos franceses na questão deste livro?

— Não temos como saber, senhor. Este livro, a própria existência dele e em tal quantidade, é algo estranho demais para ser ignorado — lembra Érico. — Mas, se os espanhóis invadirem o Brasil, o que impede os franceses de se juntarem à festa e invadirem o Grão-Pará pela Guiana? De qualquer modo, não faltam inimigos querendo se aproveitar da nossa fraqueza. É por isso que estou aqui. O conde de Oeiras crê ser uma boa ideia organizar sua própria rede de informações.

Martinho de Melo bate os dedos contra o tampo da mesa e o observa.

— Não preciso, mas repetirei: tome cuidado com os ingleses. Digo por experiência própria, é necessário muito sangue-frio para lidar com a fleuma dessa gente. E se me permite, tenente Borges, que tipo de experiência o senhor tem nesse ramo?

— Senhor, eu era fiscal de alfândega no Brasil — Érico sorri. — Se tem algo que entendo bem é de contrabandos. Mas não posso lhe dizer mais do que já lhe disse. O conde de Oeiras confia em mim e, por extensão, o senhor deve confiar também.

O embaixador resmunga baixinho algo incompreensível, mas se dá por satisfeito.

— Tudo que quero é um problema a menos — Martinho de Melo dá de ombros. — Agora, se não for pedir muito que satisfaça minha curiosidade, como vai resolver isso?

— Alguém traduziu esse livro, alguém o imprimiu e alguém planejou sua distribuição. Com qual objetivo? Seria lucro ou apenas subversão? Um ataque ao rei, ou ao próprio conde de Oeiras? Vou começar pelos livreiros da cidade. Minhas ordens são de enviar relatórios toda semana às terças, quando sai o paquebote dos correios à Lisboa.

— Sim, me parece sensato. Agora, um conselho que me ocorre, tenente: o senhor disse que tem sangue inglês por dois costados, correto? Qual o sobrenome da sua mãe?

— Hall, senhor.

— Pois sugiro que o use, de agora em diante. O senhor será apresentado como adido desta embaixada, o que deve lhe abrir algumas portas. Mas, nas ruas, não espere nenhuma recepção calorosa. Mesmo que sejamos aliados dos ingleses desde o início dos tempos, nas ruas nos desprezam como papistas, dizem que não temos cá o que fazer, comendo o pão e bebendo a cerveja que toca a eles. Há panfletos sendo vendidos por toda a cidade com mentiras sobre nosso reino, sobre a guerra contra os guaranis, sobre os excessos da nossa Inquisição. E isso é o que vem das classes baixas, pois as pessoas de mais consideração apenas silenciam, e sabe Deus o que há no seu coração. Então, tanto melhor será se pensarem que, ao menos em parte, o senhor é um deles. Compreende?

— Sim, senhor.

Martinho de Melo o dispensa. Érico se levanta e já se dirige à porta da sala quando o embaixador o chama outra vez.

— Uma última coisa, tenente. Como el-rei irá chamar isso tudo? Esse seu... gabinete secreto? Apenas por curiosidade.

— Bem, senhor, o rei não se interessa pelos pormenores diplomáticos, esta operação toda está sob o comando direto do conde de Oeiras. No momento, optou-se por um nome neutro e burocrático. Somos apenas o "Gabinete de Exportações Universais".

— Neutro e burocrático — assentiu o embaixador. — Isso resume nosso país.

Érico sai da sala do embaixador com um sorriso torto. Sua mãe iria gostar dessa inversão de sobrenomes. Para na beira da escadaria, apoiado na balaustrada, e suspira. Ergue o rosto e encara no teto o olhar vazio da face de um imperador romano rodeado de cornucópias, esculpido no recuo do forro de gesso. Armando, sentado em uma poltrona do corredor, se levanta e vem até ele.

— O homem é difícil, mas costuma ser sensato — diz Armando, pousando a mão em seu ombro. — Pode contar que irá ajudá-lo em tudo que for preciso.

— Esse homem... é a síntese de tudo o que retarda Portugal — Érico fala baixo e entredentes, com uma raiva latente na voz. — Como justo alguém como *você* consegue trabalhar para ele?

— "Alguém como eu?" — Armando se afasta. — O que isso quer dizer?

— Sabe muito bem o que quero dizer — volta sua atenção para a cabeça romana. — Você não pensa como ele. Você e eu não somos como ele, e, assim como nós, há muitos outros que... Portugal merece mais do que eles podem dar. Mas aqui está você, trabalhando para os interesses que mantêm o mais atrasado reino europeu no seu atraso.

— Você também trabalha para "essa gente" — lembra Armando, em contínuo tom conciliatório de elegante pragmatismo. — As ideias do seu querido conde de Oeiras podem ser modernas para Portugal, mas, comparadas ao resto da Europa, são a vanguarda do século passado. Pessoas como nós, os "estrangeirados", conhecemos o mundo e sabemos que ele tem possibilidades muito maiores do que a cabecinha de um coimbrão como Martinho de Melo pode conceber. Mas estamos em posição de mudar alguma coisa? Eu não estou. E como "gente como nós" lida com gente assim? Com máscaras. A vida é um infinito baile de máscaras, meu caro. Não é meu verdadeiro eu quem senta à mesa com o embaixador e suporta seus comentários tacanhos. É a máscara. E esse tem sido meu expediente desde o dia em que cheguei, seis anos atrás.

— E não é cansativo?

— Querido, estamos em Londres — ele ergue os braços, animado. — Cansativo seria se eu estivesse no reino. Cá não faltam distrações. Depois de algum tempo nesta cidade, diga-me se vai querer voltar para nossa terrinha. Eu certamente não vou. Isto lhe garanto: para Portugal não volto jamais e... O que tanto está olhando, afinal?

— Aquele ali, quem é? — Érico aponta um rosto de gesso no teto sobre as escadas.

— Não faço ideia. Adriano, César, Alexandre? Uma dessas fanchonas que já governaram o mundo. A decoração fazia parte da casa quando foi alugada. Por quê?

— Não sei dizer, mas, por mais que eu goste da cultura clássica, decorar uma casa com faces vazias que parecem estar sempre nos observando... há algo de sinistro nisso.

— Ou obsceno. Por falar nisso, adoraria dar uma olhada nesse famigerado livro que carrega consigo para todo lado. Fico a me perguntar: o quão indecente pode ser?

4.
Batido & Lançado

Pois tão cedo me beijou, puxou as cobertas, e pareceu extasiado com a visão completa de minha pessoa, que cobriu com uma profusão de beijos sem poupar parte alguma de mim. Então, ajoelhando-se entre minhas pernas, tirou a camisa, desnudando suas coxas peludas e seu duro e ansioso cacete, coroado de vermelho e enraizado em densos encaracolados, que cobriam sua barriga até o umbigo e lhe davam os ares de um pincel de carne.

Armando ruboriza, fecha o livro e devolve a Érico o exemplar com um sorriso constrangido. É a manhã seguinte, e o coche sacoleja ao dobrar em Charing Cross para entrar na Strand. Pergunta como aquele amigo judeu de Érico poderá ajudá-los.

— Não é um amigo — explica Érico. — Aliás nem o conheço, e creio que o sujeito não simpatiza com portugueses em geral. Mas ele é irmão de um amigo meu, um notório contrabandista de livros do Brasil, e espero que isso angarie alguma simpatia.

Armando olha pela janela. Tinham acabado de cruzar por baixo do grande arco cerimonial de Temple Bar. Estão agora entrando naquela que de fato é a cidade de Londres, uma pequena área conhecida como a "City", delimitada pelos muros da antiga vila romana que a originou, e administrada de modo autônomo pelas guildas comerciais que formam a Corporação de Londres. Ali, cada guilda elege seus vereadores, que elegem xerifes, que por sua vez elegem o lorde prefeito que a comanda. Ou seja, uma legítima plutocracia, disfarçada de democracia, dentro de uma monarquia constitucional: uma cidade *mise en abyme*.

O coche entra em Paternoster Row, onde descem. A gigantesca cúpula da Saint Paul se impõe acima dos prédios. Ali não faltam livrarias, só naquela quadra há mais comércios de livros do que em todo o Brasil. A loja que procuram é a de número 8. Com o bastão, Armando aponta uma, com um par de típicas janelas salientes em arco, acima do qual se lê:

SHAKEN & SPEARED

É aquela mesma. Detrás do mosaico de vidro em caixilhos negros de suas janelas, são oferecidos lançamentos recentes, vendidos à folha solta ou em encadernações simples, ficando depois a cargo do leitor encaderná-los a gosto — serviço que a loja também oferece. Há algumas edições mais vistosas, já encadernadas, encomendadas por algum cliente que esqueceu de buscá-las e ali se exibe como chamariz. Já as gravuras e caricaturas do momento, estas pendem de varais e são vendidas à folha solta, indo desde reproduções de pinturas recentes até sátiras políticas das últimas semanas. O que mais se destaca, porém, é uma pilha de exemplares de encadernação simples, todos de uma mesma obra, dispostas naquele modo opressivo e vulgar dos livreiros quando querem nos impor os lançamentos da moda como leitura obrigatória. Um cartazete garante ser aquele o livro mais vendido de todos os tempos, lançado de modo concomitante em cinco países, "já proibido em Paris e Gênova" e ali oferecido em francês, italiano e inglês: é *Cândido, ou O otimismo*, de autor anônimo, um certo Monsieur dr. Ralph.

— Nada garante mais sucesso do que a censura — diz Armando. — Posso imaginar os tipógrafos vendo a condenação e dizendo, "bom, vamos preparar mais uma tiragem".

— Você o compraria só por ter sido censurado?

— E há motivo melhor? Eu meço a qualidade de um livro pela sua capacidade de incomodar.

Entram na loja. Érico pede que deixe a conversa consigo, e Armando sai flanando pelo labirinto de mesas de mogno abarrotadas de livros. O ar está tomado pelo cheiro ácido e seco de madeira e papel, e as paredes por grandes e altos armários expositores de carvalho, repletos de prateleiras. A livraria é habitada pelos tipos de sempre: duas mocinhas que levam nos braços pilhas de romances açucarados de Eliza Haywood enquanto cochicham, entre risinhos empolgados, sobre o quanto aquelas histórias se parecem com a própria vida delas; um senhor de avançada idade em uma poltrona está lendo o *Vitruvius Britannicus*, um desses belíssimos livros ilustrados cujo tamanho requer a mesa de um monge copista, o tipo de livro que muito se folheia e pouco se compra; e por fim dois rapazes de ares universitários discutindo os ensaios de Montaigne, um em tom pedante e presunçoso, o outro servil e admirado. No centro da livraria há um balcão quadrado, e dentro dele um adolescente entediado faz anotações em um livro-caixa.

Érico pergunta pelo Milanês. O garoto lhe aponta os fundos, onde um homem em uma escadinha consulta as prateleiras mais altas. É um sujeito robusto, com cerca de cinco côvados de altura e tão largo nos ombros quanto uma porta, metido em sobrecasaca e calções marrom-escuros. Um pouco barrigudo, segura um livro entre os joelhos, outro debaixo do braço esquerdo, outro aberto na mão esquerda com o polegar marcando a posição da página, e na direita, erguido à altura dos olhos, um quarto volume. Cultiva suíças, mas de resto traz o rosto barbeado. Usa óculos grandes e redondos que ampliam seus olhos castanhos e o fazem parecer uma grande coruja. Érico nota que o Milanês é muito parecido com o irmão que conheceu no Brasil, apenas mais rechonchudo. Fica em dúvida se deve interpelá-lo em inglês ou português. Optar pela língua lusa revelaria sua origem, então decide falar em inglês, em toda a sua neutralidade coroada de aspas:

"Com licença, estou à procura de um livro."

"Não diga!", grunhe o Milanês, sem tirar os olhos do que lê.

"Um livro muito específico, um romance inglês ao estilo dos contos filosóficos franceses. Mas não do filosófico comum, seria mais... filosófico livre."

"Ah, compreendo", o Milanês continua sem encará-lo, mas aponta a direção com a cabeça. "Há uma prateleira para literatura de onanistas no fundo, à esquerda."

"Na verdade, eu já tenho o livro. É uma edição muito rara, e gostaria de descobrir quem o imprimiu. Não há informações claras no colofão."

"O que está dizendo, meu senhor, é que se trata de um livro pirata", grunhe o Milanês. "E eu não trabalho com piratas."

"Ah, trabalha. Eu sei que sim."

"E o que lhe dá tanta certeza?"

"Seu irmão."

O homem fica em silêncio, baixa o livro e o encara pela primeira vez.

"Meu irmão está morto."

Érico já esperava por essa resposta, que sabe não ser verdade. Pois em seus tempos de fiscal de alfândega no Rio de Janeiro, quando topava com obras proibidas nas bagagens de viajantes, em geral fazia cumprir a lei. Mas também ele se entediava, e quando queria um novo livro, sabia a quem procurar: o irmão daquele livreiro, a quem recorria em busca de leituras nem sempre permitidas pela Inquisição. Em troca, aceitava que se deixasse passar algumas cargas aqui e ali, sempre que o passageiro lhe fizesse um código peculiar e secreto, criado por aqueles dois irmãos livreiros, que consiste em saudar o outro com a mão erguida, os dedos abertos de dois em dois e o polegar mantido separado de igual modo, que se julga representar a letra hebraica *Shin* e possui o sentido de desejar ao outro uma vida longa e próspera.

Ele faz o gesto, que o Milanês logo reconhece.

"Ah, muito bem, por que não disse logo?", diz ele, guardando de volta os livros e descendo da escadinha. "Vejo que trouxe o livro com você, deixe-me ver."

Mas, antes que o livreiro pegue o livro, são interrompidos por uma mulher exaltada, que entra às pressas na loja com um embrulho em mãos, vindo direto a eles.

"Milanês! Seu judeu saloio, você me passou a perna!"

"Como assim, minha senhora?"

"Eu falei: era um presente para meu sobrinho, eu queria o melhor livro que você tivesse, e você me vendeu este *Engenhoso fidalgo dom Quixote não-sei-de-onde*!"

"A senhora pediu minha opinião, e eu considero este o melhor livro já escrito."

"Mas acabo de passar em frente a outra livraria, e o que vejo? O Engenhoso *cavaleiro* dom Quixote! E custa o mesmo preço!"

"Minha senhora, aquele é continuação deste..."

"Ora, Milanês, no que se entende de nobreza, cavaleiro é título muito superior a fidalgo, e eu disse que queria o *melhor* livro para o menino!"

O Milanês e o garoto no balcão trocam olhares nos quais se resume o desespero resignado da Criação; tira os óculos, coça os olhos e consente, balançando o rosto.

"Não seja por isso, faremos a troca para a senhora. Davi, atenda a senhora, por favor."

Puxa Érico pelo ombro para um canto mais discreto ao fundo da livraria, logo atrás de uma escada. Para surpresa do próprio Érico, o livreiro lhe dirige a palavra num bom português entrecortado de travessões:

— Pois bem, vejamos que tão licenciosa obra o senhor cá nos traz — diz.

— Ah, o senhor fala português!

— É claro que falo português, meus pais eram sefarditas. Bem, tecnicamente, minha mãe falava ladino, mas quando se irritava misturava todas as línguas.

— Sim, mas… como sabia que *eu* sou português?

— O senhor tem os trejeitos — diz o Milanês. — E meu irmão cultiva tal sorte de má companhia… é muito apegado às nossas raízes lusitanas.

— Pensei que o chamassem de Milanês por ter nascido em Milão.

— Decerto que não foi por rolar em ovo e farinha antes de fritar na panela — ele pega o exemplar que Érico lhe estende. — Hoje é o dia das perguntas idiotas, suponho? Ou isso ou… upa-lá-lá! — Vê a folha de rosto, onde o título se exibe em despudoradas letras capitulares: *Fanny Hill, ou Memórias de uma mulher de prazeres*. — Bem, isso faz sentido, pois este livro cá só se encontra mesmo em edições piratas. E este é ilustrado ainda por cima… De fato, muito obsceno. Aliás, este é um que sempre vende bem, não o tenho mais na loja, mas posso conseguir outro para o senhor. O que sabe a respeito deste livro?

— Li na viagem. Essa moça aí se entrega mais do que assinatura de jornal.

Mas o Milanês não se refere à trama, e sim ao contexto: a história daquele livro era notória pela confusão que causou. John Cleland, um ex-funcionário da Companhia Britânica das Índias Orientais, o escrevera no tempo em que passou preso por dívidas. Era um homem culto, e em seu livro se propunha ao desafio estético de escrever a vida de uma prostituta de luxo nos atos mais despudorados possíveis, porém com a elegância e estilo do novo gênero da moda, o romance de ficção. E nisso o livro era um tour de force. Por mais repetitivas que fossem as "ações", Cleland fez uso de um vocabulário versátil para evitar repetições de palavras, e eufemismos dos mais variados para não usar expressões chulas. Seu sucesso foi estrondoso, e apesar de conter inúmeras descrições de Fanny afogando o ganso, cerrando a paçoca e esculhambando a bacana, chegando até mesmo a descrever as práticas tríbades que se julga ter sido popular entre Safo de Lesbos e suas seguidoras, foi só mais de um ano depois de seu lançamento, quando saiu o segundo volume, que se fez escândalo. Pois em meio a tanta libertinagem e frascaria, num capítulo em que Fanny viaja para visitar uma amiga, seu coche quebra e ela é forçada a se hospedar numa taverna, onde observa, por um buraco na parede, dois rapazes cometerem, descrito às claras pela primeira vez numa ficção em prosa, o pecado inominável.

O bispo de Londres, Thomas Sherlock, mandou prender os editores até que revelassem quem era o autor, sob a acusação de "corromper os súditos do rei". Pagou-se uma multa, renegou-se a obra, alegou-se culpa da juventude e quetais, e, para desgosto do bispo, ficou tudo por isso mesmo. Pois a verdade era que, àquelas alturas, todo homem de respeito já possuía um exemplar bem escondido em sua biblioteca, para servir em momentos solitários. E de qualquer forma, já era tarde demais: a atenção do público foi atiçada pelo processo, a obra ganhou vida própria em edições piratas feitas à revelia de seu criador, que não tinha como ganhar mais nenhum tostão com ela, pois a edição oficial estava censurada. E assim censor e autor saíram ambos frustrados dessa história.

— Só não entendo uma coisa: piratas estão entre os tipos mais iletrados e estúpidos que já conheci — diz Érico, o ingênuo. — O que os levaria a imprimir livros?

O Milanês o encara em silêncio. Julga que Érico está fazendo pilhéria, mas então se dá conta de que este fala sério, revira os olhos e murmura: "Ah, o filisteu!".

Em Londres, todos os livros impressos possuem um registro de propriedade, chamado "direito de cópia", feito pela

Venerável Companhia de Impressores e Jornalistas, e que pode ser vendido tal qual um pedaço de terra. Quando uma obra é impressa à revelia do detentor de seus direitos, chamam-no ali de "edição pirata". A verdade é que livros são um negócio bastante caro de se produzir e, via de regra, inacessíveis para bolsos menos afortunados. As edições piratas, embora de menor qualidade, têm preços mais baixos. E há a questão da liberdade de expressão, como no caso de Voltaire: sua última obra já havia sido censurada na França, e se não fossem as edições piratas impressas na Inglaterra que são enviadas para lá, não haveria como se ter acesso à obra — o Milanês aponta aquela pilha de livros da vitrina.

— Aqueles são de Voltaire? Mas dizia "dr. Ralph".

— É um pseudônimo, porém todos sabem que o autor é Voltaire.

Para recompor sua imagem aos olhos do Milanês, Érico aponta o *Fanny Hill*:

— Sabe, não é mau livro. Me pareceu inferior a Fielding, claro, mas é muito superior àquele humor vulgar e individualista de Smolett. Me lembrou um pouco as heroínas de Dafoe...

O Milanês ergue uma sobrancelha e pensa "hmm, ao menos não é um completo parvo". Então uma ideia lhe ocorre e ele ergue o dedo pedindo silêncio. Vasculha os panfletos em sua mesa à procura de algo.

— Ah, cá está. Veja. Este é do tipo que muito se vende, mas pouco se lê.

Entrega-lhe o panfleto, intitulado *Carta do lorde bispo de Londres ao clero e ao povo de Londres, por ocasião dos recentes terremotos,* e explica que, por coincidência, pouco após a publicação do *Fanny Hill*, Londres foi abalada por leves tremores de terra, que na opinião do bispo eram "um chamado de Deus ao arrependimento" pela "lascívia desnatural provocada pelo vil livro".

— Ele literalmente acusou o livro de ter provocado um terremoto, e Londres, de ser a cidade do pecado — diz o Milanês. — Por

ironia, foi a santíssima Lisboa quem ruiu cinco anos depois. Aliás...
— e parecendo se dar conta de algo, silencia.

Érico sente que alguma coisa está errada. O Milanês pergunta, com um tom frio:

— O que um português faz na minha loja, afinal?

— Ora, já falei. Preciso identificar o impressor desta edição pirata.

— Sim, mas para quê, se me permite perguntar?

Érico sabe que não irá muito longe se não disser mais. Então conta do navio apreendido no Rio de Janeiro, da imensa tiragem daquela obra e dos motivos que o levaram a crer ter sido impresso na Inglaterra.

— O senhor então trabalha para a Coroa portuguesa — conclui o Milanês. — Diga-me, como andam as coisas por lá? Queimando muitos dos meus patrícios na fogueira?

— Na verdade, venho do Brasil, e garanto que faz anos que um judeu não é...

— O que fizeram com o resto da tiragem deste livro? — interrompe o Milanês.

— Foi... hmm... — Érico percebe a armadilha, mas é tarde demais. — Foi queimada.

— Queimada? Queimada! QUEIMADA! — a palavra estoura na boca do livreiro como um disparo de pólvora. — Maldita seja toda a sua raça, português saloio! Cambada de biblioclastas! Bando de santarrões! Corja de labregos, isso sim! Por um acaso o povo precisa de livros para sair fornicando pelos cantos? Vai me dizer que sem isso fode-se pouco no Brasil? Queimado! Súcia de hipócritas! Récua de beatorros! É assim que sempre começam, primeiro queimam livros, depois queimam gente! Que tranquem logo todo o seu reino num claustro e se ponham a rezar até morrerem de fome! Sua caterva de patamazes! Mátula de tartufos! E *o senhor...* conheço gente do seu tipo. Não passa de um *agent provocateur*, destes que se despacha pelo estrangeiro para criar confusão!

— O senhor não está me...

Érico não consegue terminar a frase, pois o Milanês irrompe num jorro verborrágico ("sequela de tabaréus basbaques! Saparia de campanudos estultos!") que estava entalado em sua garganta por anos. Embora grite em português, os clientes que estão pela loja os observam impressionados, pois a linguagem da ofensa é universal. Antes que a situação fuja ao controle, Érico se impõe:

— MEU SENHOR! — eleva o tom, quase grita. O Milanês se dá conta da cena que criou e se cala. Érico aproveita a brecha e, num tom brando, porém incisivo, retoma: — Creio que não me entendeu, então vou ser bem claro: meia dúzia de livros contrabandeados aqui ou ali, como o senhor e seu irmão fazem, não incomodam a ninguém, mas seiscentos são um escândalo. Quem quer que tenha feito essa trapalhada, é um amador que pôs em risco a pequena rede que os senhores operam no reino, pois atraiu atenção demais ao problema. Portanto, é uma questão tanto do *seu* interesse quanto do meu ver isso resolvido com discrição. Sinceramente, não dou a mínima para o que outros leem. Minhas ordens são para encontrar o impressor deste livro, e de nenhum outro. Compreende? Sou apenas o instrumento de forças maiores, que parou para avisá-lo do perigo. Não preciso do senhor. Se interrogar os livreiros desta cidade, cedo ou tarde chego a algum resultado. Mas se o que seu irmão me disse for verdade, o senhor é bem informado, bem relacionado, e se me ajudar não só poupará meu tempo, como estará alerta para qualquer outro perigo que ameace o pequeno esquema de contrabando da sua família. Vê? Não o estou ameaçando. Estou lhe estendendo a mão.

O Milanês respira fundo. Sopra o ar devagar. O rapaz no balcão pergunta se está tudo bem, ele responde balançando a cabeça em afirmativo e diz: pois muito bem, ao trabalho. Abre o livro outra vez, indo direto às páginas finais. Não há colofão.

— Seiscentos exemplares, o senhor disse?

— Isso é muito?

O Milanês garante que sim. Com expectativas de muito sucesso, uma primeira edição pode esperar vender duzentos ou trezentos exemplares; apenas panfletos religiosos atingem tiragens de dezenas de milhares, mas estes são vendas de números enganosos, pois os livros de bispos são comprados pelos próprios às centenas para distribuir entre gente simplória do campo, que às vezes sequer sabe ler, e em geral terminam como forro de galinheiro.

Mas com literatura de verdade é outra coisa. Livro não é pão, não se compra todo dia. Um trabalhador ali ganha uns dez xelins por semana, o que equivale a cerca de mil e setecentos réis, e sustenta toda a sua família com isso. Já um exemplar de *Robinson Crusoé* custa cinco xelins (ou oitocentos e noventa réis), e o *Tom Jones*, que o editor espertalhão dividiu em seis volumes, sai a três xelins cada tomo (ou quinhentos e trinta réis). Assim, ou se come ou se lê. O que se paga por um livro pode alimentar uma família inteira por uma semana. A literatura é, no fim das contas, um passatempo de abastados. Claro, há bibliotecas itinerantes alugando livros por preços mais acessíveis, mas não releva o fato de livros serem um luxo para poucos. E uma tiragem de seiscentos exemplares, se já é muito otimista para aquelas bandas, para o Brasil é uma insanidade. Lá, os maiores compradores são os colégios de jesuítas e carmelitas espalhados pelas capitanias, mas estes compram tão somente livros religiosos ou de ciências. Quem investiria tanto dinheiro com tão poucas perspectivas de lucro?

— Mas este livro é pirata, não? — lembra Érico. — O custo deve ser muito menor.

— Isso é relativo. De fato, para produzir, deve ter pagado no máximo uns xelins a algum tradutor de aluguel com a fome batendo à porta.

— Que, aliás, fez um serviço duvidoso — acrescenta Érico, apontando um trecho. — Aqui, optou por uma tradução literal que, embora correta, perdeu o sentido, e cá, até anotei, caiu em vários falsos cognatos. O que me faz crer que ou o tradutor não conhece bem a língua de origem, ou de destino.

— Ou seja, quem você procura não é nativo nem daqui nem de Portugal.

— E pode ter sido impressa em qualquer lugar do Reino Unido — lamenta Érico.

— Oh, não — garante o Milanês. — Tenho certeza de que foi impressa em Londres.

Para o Milanês, isto é óbvio: editar um livro não é pouca coisa. Em geral, os próprios livreiros são também os editores. O custo do texto em si é o menor dos problemas, pois ao autor não se paga mais do que trinta libras pelo Direito de Cópia da obra, que é perpétuo. A não ser que o autor esteja no nível de um Pope ou um Fielding, quando então a soma se torna muito maior e, aí sim, o autor pode até ganhar parte das vendas — nesses casos, quando o sucesso da obra já vem garantido, faz-se um leilão nos mesmos moldes que se faz com os lucros de um navio: vende-se em metades, quartos ou décimas sextas partes.

A partir daí começa o trabalho de impressão: há os compositores, para escolherem os tipos móveis e comporem as páginas conforme a imposição necessária, caso o livro seja um fólio, quarto, octavo, duodécimo ou até um sextodécimo bem pequeno, de bolso; há os mestres impressores, que aplicam a tinta e prensam o papel; os encadernadores, a costurarem os cadernos, colar as capas, uni-las ao miolo pelas guardas. E então é preciso anunciar nos jornais, e antes mesmo de o livro ficar pronto, algum maldito pirata já pode ter subornado alguém da oficina, e o livreiro se depara com edições clandestinas nas vitrinas de outros. Aconteceu com Fielding. Editar um livro é trabalhoso, caro e envolve muita gente. E depois há que se pôr à venda. Livros também servem como moeda de troca, em permutas com outros livreiros até mesmo de outros países, para que se possa ter um bom sortimento na loja. Nesses casos, o valor do livro é calculado não por exemplar, mas pela quantidade de folhas, e as de obras licenciosas ou censuradas são sempre as mais valiosas, pois têm mais procura. Para isso, o Milanês mantém contato não com as grandes guildas de impressores, mas com as pequenas oficinas editoras do continente, muitas delas clandestinas, que são hoje em dia as que correm riscos ao imprimir os livros mais ousados. Mas um livro do tamanho daquele *Fanny Hill* não se imprime da noite para o dia.

— Quando se quer ocultar algo, por vezes a melhor forma de fazê-lo é deixando-o à vista de todos — lembra o Milanês, andando pela loja e pedindo que Érico o acompanhe. — Veja, por exemplo, esta prateleira: nos clássicos da filosofia grega e latina há Platão, Homero, Heródoto e Virgílio. Mas se eu pegar cá este exemplar do *Fedro* e este outro do *Banquete*, e juntar com aquele ali do *Satyricon*, de Petrônio, forma-se uma sequência de leituras de interesse particular para sodomitas, por exemplo. E se eu acrescer ao conjunto o *Mercador de Veneza* de Shakespeare, você passaria a notar na amizade entre Antônio e Bassânio outras camadas de interpretação. Ou seja, a mesma informação, quando rearranjada, cria um novo sentido para o conjunto: essa é a base dos códigos secretos, do mundo dos espias. Agora, há mais de cem mestres impressores em Londres, e bem se sabe que, para uma pessoa que queira desaparecer por completo, basta se mudar de um bairro a outro desta cidade, que talvez nunca mais cruze com seus antigos vizinhos.

— E que informação devo procurar que ajuste o foco dessa nossa lente?

Como cada mestre impressor possui um estilo próprio, um gosto particular de compor a página de um livro, variando desde a escolha de estilo das letras nos tipos móveis ao espaçamento das margens, o Milanês propõe que Érico deixe o livro com ele por alguns dias. Vai estudá-lo e consultar um ou dois conhecidos em sua guilda que poderão indicar um caminho.

— Mas quem o senhor procura é o *investidor* desses livros, não é? — lembra o Milanês. — E, para isso, sugiro que vá atrás de alguém com bastante dinheiro para investir, mas que agora provavelmente estará querendo recuperar o investimento perdido.

"Com licença", interrompe um cliente recém-entrado na livraria, "vocês poderiam me ajudar? Estou procurando por um livro que li alguns anos atrás. A capa era em couro vermelho, mas não sei o título nem o autor. Lembro que me fez rir bastante. Sabem de qual falo?"

O Milanês olha desesperançado para Érico e promete avisá-lo assim que tiver uma resposta. Despedem-se, e vai atender sua desorientada clientela.

Armando e Érico saem da livraria e caminham por um beco que os deixa diante da Saint Paul. Armando está empolgado: leu alguns trechos daquele livro da moda exposto nas janelas, não resistiu e comprou um exemplar do *Cândido*.

— Ouvi dizer que é de Voltaire — observa Érico.

— Sim, eu soube. E sabe o que mais? Fala-se de Portugal na obra, e do terremoto. Fala-se até dos índios e dos jesuítas no Brasil.

— Aposto que é cheio de generalizações rasas sobre nossa gente.

— Sim, bastante — diz Armando. — Faz nossa justiça parecer desumana, nossos religiosos hipócritas, retrata nossa gente como fanática e traiçoeira e… não está prestando atenção em nada do que eu digo, não é?

Érico se ocupa de observar o domo da Saint Paul: o gigantismo do prédio o enche de maravilhamento, talvez seja a maior construção humana que já viu até então. Se pudesse, ficaria ali parado por mais tempo, não fosse a sensação de que há algo de errado com a multidão que sai da missa e os cerca, um nervosismo latente. Armando, ocupado em folhear seu livro e desviando das pessoas com os sentidos de um morcego, nada percebe. É um burburinho crescente, as pessoas param de andar e olham umas para as outras, a sensação da iminência de algo.

— Armando — chama Érico. — Largue essa bobagem. Está acontecendo algo.

Então um homem no meio do grupo toca nos bolsos da casaca e, dando pela falta de algo, grita: "Cuidado com os bolsos!". Quase de imediato, cai ao chão golpeado na cabeça. Uma mulher berra, os mais próximos se afastam e, em meio às gentes, como um pequeno exército que se destaca dentre uma divisão maior, oito ou dez rapazes se movem em paralelo, afastando-se do grupo, correndo em direção à Ludgate Street e sumindo entre os becos. Um grupo de soldados chega, tarde demais para fazer algo de útil. Armando toma Érico pelo braço e fala para apressarem o passo. Atiram-se dentro do primeiro coche de aluguel que encontram livre e dão o endereço da embaixada.

— Sobrevivemos! — Armando respira, aliviado.

— Que lugar! — resmunga Érico, entre o deslumbrado e o indignado.

— Você se acostuma — Armando dá de ombros. — E agora, qual o próximo passo?

— O próximo passo é descobrir alguém que tenha perdido uma pequena fortuna imprimindo aqueles livros e esteja tentando recuperá-la — diz Érico. — Outro caminho é descobrir mais sobre o tal capitão John Strapp. Alguém nas cafeterias deve ter escutado seu nome, é o momento de sair a fazer perguntas.

— Hmm, Érico, se me permite... — Armando põe o indicador contra os lábios, cacoete de quando se põe a pensar. — As cafeterias cá são como pequenos clubes abertos, um misto de teatro e tribunal. O modo como alguém se veste, a língua rápida numa boa resposta, até mesmo o jeito de segurar a colher... o sucesso de qualquer um pode depender da impressão inicial que passa.

— Entendo — Érico olha para suas próprias roupas. — Estou em déficit nesse quesito, não é?

— Em tese, não há nada de errado com o modo como se veste, meu caro. Não está ruim, está apenas... medíocre, neutro demais. Não se trata da sua própria pessoa, mas de quem deve ser aos olhos da cidade para conseguir o que quer. É como criar um personagem. Quem você será, Érico?

— Não sei. Quem devo ser?

— Um investidor, talvez? Um homem de negócios, com certeza. Mas de que tipo? Que tal um título de nobreza? Você já é adido da embaixada. Façamos de você alguém tão interessante que, melhor do que extrair respostas, fará com que a informação chegue a si. Digamos que seu pai tenha falecido há pouco, de modo que você herdou dele recentemente o título, a fortuna da família está em risco, e você veio em busca de novos negócios.

— Bem, meu pai de fato faleceu há pouco e deixou as finanças da família uma bagunça — diz Érico. — Mas... um nobre? Vão acreditar nisso?

— Contanto que não saia se dizendo marquês ou duque, pois esses títulos rei nenhum sai distribuindo feito doce, ninguém está tão familiarizado com a genealogia das grandes casas europeias a ponto de dizer quantos condes ou barões há em Portugal. De fato, não creio que haja atualmente um baronato sequer no reino. Por que será? Bem, não importa. É perfeito. Que tal?

— Virei barão — anima-se Érico. — Mas uma boa mentira deve ser temperada com doses de verdade, não acha? Seria bom manter meu passado militar no Brasil. E o que vim fazer aqui?

O que todo nobre de um país falido como Portugal faria: com o atraso de el-rei em pagar as pensões reais, e a economia aos solavancos, dispensou a criadagem e viajou sozinho, decidido a investir seu dinheiro em Londres. Com o bloqueio imposto à França, os ingleses não têm outra opção a não ser comprar vinho português, e Érico entende uma ou outra coisa de vinhos para sustentar o disfarce.

— E o que mais? Entro numa cafeteria, chacoalho a bolsa e grito "quem quer dinheiro?".

— Claro que não, para isso existem as mesas de jogos. É bom nas cartas?

— Modéstia à parte, sou. Creio ter lido tudo o que Mr. Hoyle já escreveu sobre o assunto. Uíste, piquê, brisca, espenifre, pacau, chincalhão, você é quem manda.

— Muito tempo livre nos navios, pelo que vejo.

— Nem me fale.

Seria bom que o vissem frequentando a sociedade, indo ao teatro ou a alguma casa de chocolate, para então fazer seu début em grande estilo, em algum baile. O que há para as próximas semanas?, pergunta-se Armando. Mas claro! Beckford!

— Quem é Beckford? — pergunta Érico.

— O homem mais rico do Reino Unido — explica Armando. — Seu filho nasceu esta semana, aliás, no mesmo dia em que você chegou. Ele dará um baile para comemorar. Mandou um convite a Martinho de Melo, que inclui seus secretários. Certamente podemos encaixá-lo na lista. Até lá, teremos tempo de *inventá-lo*. Amanhã não posso. Gostaria de acompanhá-lo às compras, mas tenho que ir com o chefinho visitar o primeiro-ministro... outra vez pedir por aqueles malditos navios franceses. Ora, leve Maria com você! Ela tem bom gosto, e, de todo modo, vai nos matar se não a levarmos. Ela sabe que você não é nenhum barão, mas não sabe o que o trouxe aqui. Vai gostar da brincadeira. E, hmm, Érico? Seria bom se evitasse tomar sol. Você sabe, a pele bronzeada denota trabalho no campo, e há limites no que um pó de arroz pode disfarçar num tom de pele como o seu...

— Não fico muito mais branco do que isso — ofende-se Érico. — Não há o que ser feito, tive uma bisavó que era bugra.

— Sim, sim, claro, não se ofenda. E, de qualquer modo, o sol *definitivamente* não será um problema nesta cidade. Você tem ares... como direi? Mediterrâneos. Vamos inventar algum baronato litorâneo para você. Algo no Algarve, talvez? Os algarvienses são todos um pouco mouros. Aliás, não se preocupe com os custos, está bem? Sou eu que cuido das contas da embaixada, então colocaremos tudo nelas.

— Pensei que iam mal, e que o embaixador tira do próprio bolso para quitá-las.

Armando sorri, pondo os pés no banco à sua frente e as mãos na nuca.

— Exatamente.

5.
Dandy darling

As janelas em arco, bojudas, projetando-se trípticas com suas esquadrias de vidros em mosaico, transformam a fachada de cada loja numa sucessão de grandes e luminosos escaparates. Os produtos são expostos em arranjos criativos e habilmente iluminados com velas e vidros coloridos, a prometer felicidades eternas no caleidoscópio das ruas. A abundância o atordoa: são relojoeiros, vidraceiros, boticários, cuteleiros, chapeleiros, tapeteiros, linheiros, perfumistas, ferreiros, joalheiros, impressores, livreiros, vinheiros, sapateiros; lojas de anáguas para as senhoras e de bastões de caminhada para os cavalheiros, lojas de mapas, lojas de leques, lojas de instrumentos musicais. "Comprar" é mera consequência colateral; "ir às compras" é como ir ao baile ou ao teatro, existe para ver e ser visto. Olhe ali aquelas duas: vestidas de um modo que parece mais adequado a uma visita do que a um passeio. Olhe ali naquela loja: como são galantes os vendedores, lindos janotas trajados ao estilo do continente, de modos deliciosamente afetados, desdobrando-se em salamaleques com sua clientela. Olhe ali aqueles rapazes que vêm pela rua: casquilhos vestidos à última moda, circulando de loja em loja sem comprar nada, apenas observando as moças e impacientando os vendedores. Que importam as guerras e as misérias enquanto se puder flanar por aquele Olimpo de promessas eternas de belezas efêmeras, pleno de sabores, aromas, artes e ofícios aglomerados sob o manto da elegância?

— Não sou um ovo, mas estou chocado — diz Érico, em estado de basbaque, andando de braços dados com Maria. Haviam tomado um coche até a Oxford Street, na altura da Hanover Square, para descer a Bond Street por toda a sua extensão até Picadilly. Ele aponta: — As placas, vê? Que peculiar.

— Confesso que me escapa o que há de tão especial nas placas, sr. Borges — diz Maria.

— Percebe que todas apresentam o nome das lojas por escrito? Não um peixe indicando a peixaria, ou uma agulha para um linheiro, mas nomes. Letras. Significa que aqui todos sabem ler. Que coisa maravilhosa, uma cidade inteira que sabe ler.

— Tem razão. Estou cá há tanto tempo que confesso que nem percebia.

— E por favor, me chame de Érico. No Brasil não somos de muitas formalidades.

— Ora, é mesmo? Por que será isso? Eu acho as formalidades muito elegantes.

— Não faço ideia. Deve ser o calor. Ninguém se presta a salamaleques quando só se tem pensamentos para uma brisa que alivie.

— Como aqui faz frio, eu o chamarei de sua senhoria, agora que soube que virou barão. Estou cá há mais tempo e nunca ganhei nada — ela se finge de magoada. — Também quero para mim, onde se compra? Aceitaria ser viscondessa...

— Estavam em promoção na Feira das Vaidades, um título por metade do dobro — diz Érico. — Mas sem pensão real, infelizmente.

— Que seja só Érico então. E devo lhe dizer, querido, que após aquele seu discurso sobre os detalhes que dão valor à vida, é uma vergonha que tenha levado quatro dias nesta cidade para finalmente ir às compras comigo. Quais os planos de hoje?

— Estou nas suas mãos. O que me sugere? Como vive um cavalheiro inglês?

— Acorda tarde, isso é certo. Cá inclusive não se janta ao meio-dia feito gente civilizada, preferem morrer de fome do desjejum à ceia, exceto quando pausam para o chá. Um costume, aliás, que devem a nós. Bem... — ela conta nos dedos. — Em ordem: faz o toilette, a demorar conforme o alinho de cada um, e ao final da manhã vai-se às compras. Oh, nisso estamos dentro do previsto. Depois, dá-se um passeio no parque. Ali no Hyde Park há uma trilha redonda chamada de "o anel" onde não se permite coches alugados, apenas os particulares. É bom para ver e ser visto. Ao fim da tarde, faz-se a ronda nas cafeterias para saber das notícias e ler alguns jornais, ao entardecer vai-se nalgum clube desperdiçar a herança nas cartas... cai a noite e vai-se ao teatro, e encerra-se a jornada em algum bordel de preferência.

— Soa muito elegante, mas não sou do tipo que frequenta bordéis.

— Não imaginei que fosse, querido.

— E, sinceramente, detesto café.

— Ora, isso sim me deixa surpresa! Eu adoro.

— Achei que fosse malvisto uma dama beber café.

— E o que não é malvisto uma dama fazer? A reputação é o primeiro grilhão que se impõe à mulher, querido. "Se todo homem nasce livre, porque toda mulher nasce uma escrava?" É de Mary Astell, um panfleto que li por aí. Armando deve ter lhe dito que, supostamente, estou cá nesta terra em busca de marido, mas nisso faço como Penélope, desfio a mortalha que os outros tecem para mim.

— E quem seria seu Ulisses?

— No momento há dois: um bom francês na garrafa e um italiano na partitura.

São atraídos pelas janelas de uma loja de tecidos onde o vendedor deixa as fazendas caírem sobre bonecas de vime, simulando o caimento de um vestido. Armando lhes dera o endereço de seu alfaiate particular, em algum ponto da Conduit Street próximo da Savile Row. E quanto mais passam de vitrina em vitrina e Érico tenta decidir do que gosta, mais ele se confronta com uma dúvida inédita: seu gosto pessoal. Era questão sem sentido no Brasil, onde a Lei Pragmática de el-rei proíbe que se tenha tecelagens, roupas com bordados, qualquer luxo ou arte decorativa. No exército, usava a casaca azul de dragão da cavalaria, e na vida civil usava o que se permitia importar do reino. Mas uma coisa é se contentar com uma oferta limitada, e outra é escolher dentre todas as opções existentes. Embora Érico veja o barão como um personagem, não vê motivo para não fazer dele uma versão melhor de si mesmo. A vida, afinal, é uma sucessão de máscaras.

— Sempre fui da opinião — diz Maria, arrastando-o de uma vitrina a outra — de que as roupas devem refletir o temperamento de quem as veste. Fazê-lo à vontade, imbuí-lo de um senso de familiaridade com o traje. E há quem tenha uma percepção tola de que se deve agir ou se mover diferente quando se está bem-vestido. Diga-me, Érico querido, como definiria o *seu* gosto?

Érico elencava como principal motivo para limitar suas roupas à cor negra o fato de lhe poupar o tempo na decisão. Mas lhe vem à mente uma frase de Addison:

— "Alguns homens, como alguns quadros, são mais adequados a um canto da sala do que sob o foco da luz direta."

— Credo, que ideia lúgubre! Quem quer ser confundido com o papel de parede? Você tem potencial, vamos lapidá-lo. Não sou de me intimidar com desafios.

Mal atravessam a rua, são fustigados pelo assédio de ambulantes. Um vendedor de vassouras berra "vara, varinha e vassoura, espane sua roupa ou espanque sua senhora"; depois um pirralho a vender pães de mel que garante estarem "quentinhos e fumegantes". A cada passo, a cidade inteira se abre em um grande e colorido tabuleiro de vendedor. Outra vitrina atrai Érico: um vendedor de armas. Cada pistola parece competir com a outra na qualidade dos entalhes e no refinamento. Está distraído com aqueles belos brinquedos quando, refletido nos vidros, vê uma figura de colorido esfuziante se aproximar de Maria.

«*Darling!*»

É um ponto de exclamação cintilando de dandismo, deslizando em meio à gente comum, sorriso de queixo erguido e uma leve contenção efeminada no canto dos lábios. Veste sobrecasaca de tafetá com listras de cores violeta e púrpura, e bordados com fios de prata; e sob ela um colete de cetim creme e um volumoso lenço branco amarrado no pescoço, a fluir de sua garganta em uma cascata de rendas, no ombro uma capa negra e na cabeça uma cartola violeta cuja aba forma um V acima do rosto — este, levemente branco de pó, com um toque de ruge nas maçãs do rosto e lábios intensamente corados que fazem cada movimento de sua boca ganhar uma expressividade teatral. Maria inicia com o sujeito uma rápida troca de fofocas. Érico pigarreia, e o estranho se volta para ele.

"Oh, e quem é este cavalheiro encantador?"

"Querido, perdão...", diz Maria. "Este é o barão de...?"

"Lavos", completa Érico, com uma mesura. "Érico de Borges--Hall, seu criado."

"William Fribble, seu escravo", e se curva em um salamaleque exagerado. "Um novo passarinho nesta linda coleção de avis raras portuguesas em Londres?"

"Érico é recém-chegado do Brasil", informa Maria.

"Brasil! Que *fantabuloso*!", bate o longo bastão de caminhada contra o chão e curva o corpo para trás, como se fosse necessário tomar distância para vê-lo melhor. "É lá onde estão os índios, os jesuítas e onde acontecem todos aqueles massacres interessantes sobre os quais lemos nos jornais? Um amigo meu já visitou sua terra…" Faz um beicinho e revira os olhos, buscando uma lembrança como quem procura trocados na bolsa. "Ou terá sido o Peru? Qual é mesmo o nome da sua capital?"

"Salvador da Bahia."

"Isso mesmo! Deliciado em conhecê-lo!" Fribble corre os olhos por Érico de cima a baixo e contém um sorriso de aprovação. "E o que o trouxe para este lado do oceano?"

"Um navio."

Fribble ergue uma sobrancelha, avaliando se aquela resposta é ironia ou falta de imaginação, e se volta para Maria: "Já soube do grande baile que William Beckford está preparando? Toda Londres só fala nisso". Ela mal abre a boca e ele a interrompe: "Ora, que farão mais tarde? Por que não nos encontramos em alguma cafeteria? As duas coisas que você mais gosta, querida, tomar café e *épater la bourgeoisie*. Podemos contar quantas caras feias lhe farão dessa vez!"

"Seria adorável, mas Érico não gosta de café."

"Convenhamos, é apenas água suja", defende-se Érico. "Chá seria melhor."

Fribble junta as mãos e ergue o rosto: "Pelas musas, sim! É o que vivo dizendo a ela. O senhor deve ser um enviado dos céus. Que delícia, temos tanto em comum! Por favor, que seja na minha humilde residência. Podemos até mesmo ir ao teatro depois. Moro a meia quadra de tudo que há de mais interessante nesta cidade… depois de mim, claro!". Solta uma risada espalhafatosa. "A não ser que vocês dois estejam planejando algo mais… como direi? *Privée?* Não quero ser inconveniente."

Os dois se apressam em dizer que não, de modo algum, teatro lhes parece perfeito. O passeio fica combinado, Fribble se despede de Maria com dois beijinhos sem encostar o rosto para não borrar o ruge de suas bochechas, mas cumprimenta Érico com a mão estendida e um sorriso dúbio, como se selasse um acordo implícito.

"Foi um prazer conhecê-lo", diz Érico.

"E pode continuar sendo", retruca Fribble. Toca a cartola em despedida e acena para dois fortões que vêm carregando uma liteira. Entra, sopra-lhes beijinhos e vai.

Pouco depois, Érico e Maria estão no ateliê do alfaiate indicado por Armando; ele de pé sobre um banquinho, braços abertos feito um crucificado enquanto os aprendizes lhe tiram medidas; ela sentada em uma poltrona, observando-o de modo crítico e dando instruções ao alfaiate: nada de exagerado, nada de exibicionismos, excessos não são de seu feitio. O único comentário que quer que seja feito sobre suas roupas é o quanto são elegantes — o olho, acredita ela, não deve se fixar em formas muito estreitas ou muito largas, o conjunto deve ser visto como um todo.

— Basicamente o contrário do seu amigo — observa Érico.

— Como disse antes, a roupa deve refletir o humor de quem a usa.

— Concordamos então que sou do tipo para ficar à sombra?

— Tem uma opinião muito dura sobre si mesmo! Não, concordamos é que a discrição lhe cai melhor do que o excesso. Sentir-se confortável é o mais importante.

Para ela, as roupas devem refletir três funções: aquecer quem as usa, estabelecer a posição social que se quer passar e, a mais importante, atrair o interesse de quem se deseja atrair. Érico se vira para o grande espelho oval, testando a sobrecasaca que o alfaiate ajusta em seu corpo.

— Há homens de negócios que gostam de se imaginar brutais, é a fantasia deles — diz Maria. — E o tipo de homem que você precisa atrair não dará confiança se você ceder aos excessos de gosto de um Bill Fribble, por exemplo.

— Imagino que ele tampouco tenha paciência com esses tipos.

— Hmm, não, pelo contrário, ele não é muito seletivo.

— Nos negócios?

— Nos homens, querido — ri Maria.

— Ah, sim... — Érico se olha outra vez no espelho, mais preocupado com o caimento da roupa. — Muito me espanta que saiba desse tipo de coisa.

— Ora, querido... — ela sorri com deboche. — Não estive escondida numa caverna para saber tão pouco dos caminhos do mundo. Não há como se passar algum tempo em corte alguma sem adquirir uma certa ideia a respeito. Se fosse preciso detestar cada homem que nutre afeto pelo próximo, seria impossível encontrar seis pessoas das quais gostar ou, ao menos, não desgostar. Na verdade, parece-me que nós, mulheres, sabemos mais do assunto do que vocês.

— Ah, eu sei uma coisa ou outra sobre o assunto. Estive no exército... — Érico dá um puxão no colete para ajustar o caimento — ... e já vi de tudo. Então, o que me diz?

Ele se volta para ela, exibindo a roupa nova.

— Você a veste com tanto desdém — diz Maria. — Fica perfeito.

Uma hora depois, estão na sala de chá de um casarão em frente a Leicester Fields — a humilde residência de Mr. Fribble é tudo, exceto humilde. Flechette, o mordomo, é um negro muito alto e esguio, veste uma libré cor de cereja justíssima e, por questão de elegância, só fala em francês. Avisa que Fribble os espera nos jardins. Lá o encontram repousado em uma chaise longue, vestindo um roupão de seda a que chamam *banyan*, de cor verde com estampas florais, e barrete de musselina rendada na cabeça, a saudá-los:

«*Darlings!*»

Os dois se instalam nas poltronas, e Érico exibe seu novo chapéu: um tricorne negro de plumas brancas, comprado em um irrefreável impulso de consumo ao passar em frente ao ateliê de James Lock, chapeleiro instalado em um agradável prediozinho de número 6 na St. James Street. É preciso aproveitar as oportunidades, pensa ele, tentando justificar o custo extravagante daquela peça. Não se encontram bons chapéus de fabricação estrangeira no Brasil: o governo, é claro, proíbe.

"Lindo chapéu", elogia Fribble. "Todos estão comprando de Mr. Lock depois que ele passou a fornecer os chapéus do exército. Está muito macarôni hoje em dia."

Érico agradece com um sorriso e cerra os olhos, confuso.

— O que ele quis dizer com isso? — murmura para Maria.

— Que é jovial, vibrante e cosmopolita, como os rapazes que voltam de viagens à Itália trazendo novas modas, os "macarônis".

— E por que os chamam logo assim?

"Porque tal qual macarrão, podem ficar muito saborosos com a cobertura certa. Já experimentou um penne? Depois que o põe na boca, não quer outra coisa", intromete-se Fribble. Érico percebe que precisa tomar cuidado com o que diz perto dele, pois sendo amigo de Maria e Armando há tanto tempo, é até natural que entenda algo de português. E Fribble em seguida cantarola: "'o macarôni é o sexo/ que deixa o filósofo perplexo; entre os especialistas, se acredita/ que ele seja hermafrodita'".

Flechette chega ao jardim trazendo o chá, em um serviço de faiança de vidrado creme Wedgwood com esmaltes pintados à mão, trabalho de requinte que não se vê no Brasil, pois lá o governo não permite que... arre, Érico, esqueça o governo! O mordomo serve três xícaras e entrega uma para cada.

"O creme é feito com leite de burra", ressalta Fribble. "Leite de burra está muito macarôni."

Para seu extremo espanto, Érico vê os dois verterem o chá da xícara ao pires, e nele bebem como se fosse uma sopa. Será a nova moda, será que assim é mais "macarôni"? Essa gente é louca, isso aqui é um hospício. Constrangido, desvia o olhar para o alto e bebe da xícara.

"Já esteve na Itália, suponho?", Fribble o arranca do devaneio.

"Hmm? Sim. Fiz meu *Grand Tour* na adolescência."

"Érico é metade inglês pelo lado da mãe", explica Maria. "Ingleses do Porto."

"Mas isso foi antes de voltarmos ao Brasil, claro", completa Érico.

"Visitou Roma numa boa época, então", diz Fribble. "Quando ainda se podia ver as estátuas do Vaticano *au naturel*."

"Acalme esse rabo, querido", murmura Maria.

Alheio a isso, Érico bebe um gole de chá: "Excelente seu chá. Arriscaria dizer que é um *souchong*, não?".

"Ora, não sei, deve ser", Fribble se vira para o mordomo. "Flechette? *Oui?* É, sim. Como soube?"

"Pelo leve aroma oxidado, não tostado, com notas florais que..."

Fribble põe a mão sobre o peito, dramático: "Deus do Céu, um *connoisseur*. Minha alma gêmea! O senhor fica mais e mais interessante a cada minuto. Maria, você tem razão quando diz que nos arranjou um diamante bruto! Bem dizem que as melhores joias vêm do Brasil".

"Tenho o que os gregos chamariam de '*mania*' por uma boa xícara de chá", acrescenta Érico.

"Também adoro os costumes gregos, faço tudo à moda grega", retruca Fribble, com sua risada exagerada. E emenda: "Mas me fale mais deste seu *Grand Tour*, querido!".

"Minha mãe sonhava em conhecer o mundo antigo desde que descobriram Herculano", explica Érico. "Quando leu nalgum jornal sobre a descoberta de Pompeia, ficou eufórica e disse que era um sinal de que chegara nossa hora. Tinha planos, inclusive, de completarmos nossa viagem visitando alguns parentes aqui na Inglaterra mas, bem, a vida e os negócios do meu pai se puseram no caminho, e precisamos encerrar a viagem mais cedo e embarcar para o Brasil."

"Chega de falar do barão, Fribble querido", interrompe Maria. "Me fale do baile."

É o tema de todas as rodas de conversa: o baile do vereador William Beckford na próxima semana. O recém-nascido, seu primeiro filho legítimo, é provavelmente o bebê mais rico do Reino Unido. Cada mínimo detalhe do baile vem sendo mantido em mal guardado segredo, e cada nova informação a escapar causa uma convulsão nos salões de chá da cidade. Sabe-se, por exemplo, que o lorde prefeito de Londres oferecera Mansion House para sediar o baile. Que mais de vinte violinistas já tinham sido contratados, ao dobro do preço, para tocarem por toda a noite. Que são esperados quase mil convidados, sem contar os penetras; e da nobreza, só da Câmara dos Lordes serão seis duques, dois marqueses, trinta condes, quatro viscondes e uns quinze barões.

"Esse Beckford é muito rico, suponho?", pergunta Érico.

"Ele *fede a dinheiro*, querido. É praticamente dono da Jamaica", diz Fribble. "Ou, como gosto de dizer, ele é um desses novos deuses do Olimpo, o verdadeiro poder que derruba reis e produz guerras, os titereiros da economia e da nossa vida. E eles sabem disso. O próprio Beckford adotou este tema para sua festa: Zeus no Olimpo, com relâmpagos nas mãos, pronto a fulminar os mortais. Contratou um dos irmãos Adam para cuidar da decoração, e diz que o baile irá ribombar 'como um trovão' ecoando por dias."

Flechette entra com três ingressos em uma bandeja. Fribble mandara o mordomo buscar ingressos do que ainda houvesse disponível dentre os espetáculos musicais, nada tão pomposo como uma ópera, apenas uma boa peça musical inglesa, e Flechette comprou para o Teatro Real Drury Lane, não muito longe dali.

Fribble pede que o aguardem por um instante, para que se vista com algo mais frugal e adequado ao rendez-vous social dos teatros. Logo surge exuberante numa casaca de brilho verde-metálico — verde estava muito macarôni, Érico soube depois —, com uma peruca de rolinhos, um pequenino chapéu decorativo no topo e uma luneta debaixo do braço.

"Isso é frugal?", pergunta Maria.

"A tirana de Paris ordena, e não é por estarmos em guerra que a desobedeço", justifica Fribble.

— Que tirana? — Érico murmura.

— A mais terrível de todas, querido — explica Maria. — A moda.

Meia hora depois, os três já se acotovelam na entrada, em busca do folheto com a programação: primeiro será apresentado um revival da *Ópera dos mendigos* de John Gay, em três atos, seguida por uma popular farsa chamada *Love-a-la-Mode*, com promessas de músicas e danças. Fribble corre os olhos pela escalação do elenco e solta um sonoro e perturbado "*fuck*".

"Que houve, querido?", pergunta Maria.

"É Garrick. Ele está na peça! Maldito seja Flechette, deveria ter verificado antes de comprar. Ele tem parte neste teatro, afinal de contas."

"Sinceramente, querido, achei que já tivesse superado isso."

"*Jamais*, querida! Há coisas que não se pode perdoar, e o que ele me fez é destas."

"Muito bem, então apenas não o aplauda, e está tudo certo."

"Mas ele é bom ator, afinal, e a arte deveria estar acima dessas coisas, não?"

"Meu Deus, Fribble, decida logo o que quer."

Érico se intromete: o Garrick de que falam é David Garrick? O "Grande Garrick"? Sendo admirador de Shakespeare, era impossível não ter ouvido falar daquele que era o maior ator de sua época, responsável por resgatar os textos originais do bardo e transformá-lo no grande autor nacional inglês. Primas de sua mãe viviam falando dele em suas cartas. Havia poucas pessoas vivas que Érico idolatrasse sem nem mesmo conhecer, e David Garrick era uma dessas. Talvez Fribble pudesse apresentá-los, ou seria a natureza de sua querela tão grave assim?

Fribble dá de ombros, e os três cruzam o foyer rumo à cabina.

O teatro: o burburinho, as deliciosas coleções de tipos reunidos na plateia. Os lacaios e cocheiros nas galerias superiores, onde os ingressos são mais baratos; os artesãos com suas esposas e filhas nas galerias centrais, as damas e os cavalheiros nos camarotes, e toda variedade de classes e gentes misturada na plateia, a disputar os assentos da parterre no tapa, para não precisar ficar de pé nos corredores laterais entre as poltronas. Para quem está na plateia, o mais democrático dos ambientes; para quem estará no palco, a mais inclemente ditadura. Maria olha por alto e cutuca Fribble: "Não é aquele seu amigo Billy Dimple que está ali? Ao lado de Sir Diddle?".

"Voltaram a se falar, pelo visto."

"Mas nem sabia que haviam brigado. De novo? O que houve desta vez?"

"A mesma discussão que divide nossa doce comunidade há décadas, querida: qual das divas foi a maior dos palcos: *La* Faustina ou *La* Cuzzoni? Chegaremos ao fim dos tempos sem um veredito."

Érico, então, os interrompe: "O que você tem contra Garrick, afinal?".

"Melhor seria perguntar o que Garrick tem contra mim", retruca Fribble, com um muxoxo. Troca olhares com Maria, que sabe bem ser aquele um assunto do qual ele não gosta de lembrar, mas por fim ergue os ombros, decidido a contar.

"Há catorze anos, quando eu era ainda mais jovenzinho do que agora... podemos até dizer que *mergulhado no frescor da vida*, um tanto sensível e delicado talvez, tendo deixado minha Edimburgo natal e recém-regressado do meu *Grand Tour*, deslumbrado com o mundo... eu, eu mesminho, por algum devaneio conformista, fui levado a crer que seria uma boa ideia me *casar*. Foi a época em que passei a frequentar o *beau monde* e fiz a maior parte dos meus amigos. David Garrick já era famoso, e eu não o conhecia melhor do que alguém cujo rosto nos acostumamos a ver nas festas. Talvez tenhamos trocado uma ou duas palavras, na casa de amigos em comum. Qual não foi minha surpresa quando, na estreia de uma comédia escrita por ele, *Miss in Her Teens* era o título, descubro que um personagem importante tem meu próprio nome! Uma caricatura, uma paródia grotesca de mim, feita para contentar o humor baixo do vulgo, e cheio de ideias preconcebidas sobre... sobre... nossa gente. Você sabe, nós, os jovens aculturados que voltam do continente com um gosto mais... como direi?, afrancesado. E, querido, que mal há em se usar uma peruca um pouquinho avantajada, ou em tratar as mulheres e uns aos outros com refinamento e delicadeza? Aos olhos de um simplório, toda elegância vira afetação. O provinciano não tolera novidades, isso o confronta com as próprias limitações do seu conhecimento, pois, para o conformista, nada é mais terrível do que cogitar a possibilidade de que não se viu nem se sabe tanto assim do mundo."

Fribble deixa Érico fascinado: tornar-se alvo de um *roman à clef* é o tipo de coisa do qual se lê na biografia de pessoas interessantes. Não fosse seu temor supersticioso por chamar atenção, poderia sonhar que ocorresse o mesmo com ele algum dia?

"Mas, enfim", continua Fribble, "a peça foi esnobada pela crítica, embora tenha feito certo sucesso de público. E desde então, não faltaram cocheiros desaforados a repetir falas e me perguntar: 'Como vai o dedo mindinho, Mr. Fribble? Onde está sua *Margery*, excelência?'"

— Quem é Margery? — Érico pergunta a Maria.

— É uma gíria, querido — explica ela — para "maricas".

"Deve ter sido horrível passar por tudo isso", apieda-se Érico.

"Oh, meus amigos me deram apoio. E tomaram tudo como ofensa pessoal."

"Como se ser macarôni fosse o mesmo que ser superficial e fútil", completa Maria.

"Oh, não, querida! Essa é *exatamente* a questão! E se a superficialidade e a futilidade forem parte da nossa proposta estética? Qual o problema disso? Já não há tragédias o suficiente na vida, todo santo dia? Por acaso vão me dizer que não se pode sorrir, pois ainda há tristezas nalgum lugar? Futilidades e superficialidades são as doces coberturas dos amargos confeitos da vida! São os confortos que nos fazem esquecer a gravidade dos nossos problemas, tratando com leveza aquilo que é sério, e com seriedade aquilo que não tem importância alguma. Afinal, há coisa que nos faça sorrir mais do que uma conversa sobre algo completamente superficial? Há algo de muito triste naqueles que não têm o dom da leveza. Existem e vivem apenas para cumprir funções. Não são gente, são ferramentas da máquina do mundo."

"Mas você vive no centro do mundo", observa Érico. "O que dizer para quem está nas margens? Como falar de confeitos para um escravo que vive de carregar barris de excrementos todo dia até o mar? Seria cruel lhes falar de coisas que nunca terão."

"É o senhor quem está dizendo que nunca terão, meu caro", retruca Fribble. "A única crueldade que vejo é privá-los de sonhar com algo melhor. Se não te permitem sonhar com confortos, mesmo que inatingíveis, de que serve a própria vida? O que será de nós quando formos privados da imaginação? Mas a peça já vai começar, então resumirei minha história: não guardo rancores. Garrick é um poltrão talentoso, e me reservo o direito de reconhecer tanto sua imbecilidade quanto seu talento. De resto, aprendi a me defender dos maldosos."

Por instantes, a trajetória descendente de uma casca de laranja, arremessada das galerias superiores por algum labrego, os distrai. Vai parar dentro do decote de uma senhora na plateia baixa, e um xingamento feroz sobe de volta.

Érico retoma: "Como assim? O que quer dizer?".

"Aprendi a me impor", diz Fribble, girando o castão de sua bengala, revelando dentro a lâmina de uma espada. "Um cavalheiro precisa fazer bom uso da sua bengala."

"Para ser sincero, sempre preferi a pistola."

"Hmm, tenho certeza de que o senhor possui uma excelente…", mas Fribble não termina a frase, pois Maria lhe dá um cutucão. Ele muda de assunto: "Foi-me dito que quanto maior for o comprimento do cano, mais potente é a rajada, será verdade?".

"Uma pegada firme também ajuda."

"Meninos", sussurra Maria. "A peça vai começar."

Ergue-se a cortina. Palmas, silêncio. A trama é uma paródia das óperas italianas, com salteadores no lugar de heróis e prostitutas em vez de princesas, mas tem uma peculiaridade curiosa: a base de seu enredo é cheia do que se convencionou chamar de "clichês" e "chavões", o que basta para fazer com que narizes esnobes, que se contorcem com tudo que julgam ser de apelo fácil ao vulgo, esqueçam que é necessário primeiro criar a *expectativa* da previsibilidade para depois subverter convenções.

Em meio ao primeiro ato, Érico tem a impressão de ouvir o tilintar do aço de quando sabres se encontram, mas não há duelo em cena. Mais tarde, Fribble fofoca que dois cavalheiros estavam a resolver suas diferenças nos corredores. Érico fica impressionado: um duelo de honra? Em plena ópera! Terá sido por amor a alguma dama? Mas Fribble dá de ombros: quem se importa? É um incômodo corriqueiro, coisas assim acontecem noite sim, noite não. Isso quando não são damas se estapeando ao descobrirem serem amantes do mesmo cavalheiro.

E eis que chega ao fim: antes das palmas, porém, o inquieto Fribble se levanta, pede licença e se despede, pois quer evitar o dilema moral de ter que aplaudir um desafeto por honra à arte. Mas não sai sem antes pôr a mão sobre o ombro de Érico, dar uma piscadela e dizer: "Espero vê-lo em breve na Lua".

Érico não faz ideia do que ele quis dizer.

Uma hora mais tarde, Érico sobe as escadas para o quarto, exausto. A cidade o atacou com tudo o que tem de melhor e mais intenso, cores e sabores, informação demais para assimilar. Vê a luz de velas que escapa pela porta entreaberta da biblioteca, uma saleta de estantes e poltronas confortáveis, onde encontra Armando lendo uma obra de Winckelmann à meia-luz de um castiçal.

— E então, como estava o teatro? — pergunta.

— Dramático — Érico se deixa largar numa poltrona macia, afundando dentro da própria casaca, estica as pernas e larga o chapéu na mesinha ao lado. Aquela cidade tem sido um assalto aos sentidos, e quatro dias já lhe pesam como quatro semanas. Tantas pessoas, tantos lugares, tantas informações são como um labirinto sem corredores, mas com muitas trancas.

— Belo chapéu — diz Armando.

— Obrigado. Seu amigo William Fribble também gostou.

— Bill Fribble? Então... ele conseguiu encontrar vocês? — Armando esconde mal a ansiedade, no que Érico julga ver uma ponta de ciúmes.

— Ele sabia onde estávamos, para nos encontrar? — pergunta Érico, desconfiado.

— Eu, hmm, posso ter falado de você para ele, assim meio *en passant*, e ele ficou, hmm, empolgado com a possibilidade de conhecê-lo.

— Sim, ele foi conosco ao teatro, inclusive. Tem um bocado de personalidade, esse seu amigo.

— Acho que ele é por demais um *rake*, para ser sincero.

— Um ancinho? Como assim?

— Não, *rake* como em *rakehell*. Desculpe, esqueci a palavra em português... ah, um dissoluto, um libertino.

— Achei que ele fosse seu amigo.

— E ele é, não falo como ofensa e ele tampouco se ofenderia. Mas penso que é um lado dele que acho um tanto... exagerado. Um pouco demais para meus pudores lusos, creio. Nesta vida, há quem prefira comer *à la carte*, e a quem prefira comer à vontade no bufê. — Armando marca a página com um fitilho colorido e põe o livro de lado. — E então, comprou suas roupas novas? Saiu muito caro?

— Obscenamente caro.

— Ótimo — Armando sorri, vingativo e satisfeito, e volta sua atenção para o livro.

Até a noite da festa, Érico terá uma semana inteira para descobrir a cidade e se acostumar com sua geografia. Mas isso será durante o dia.

— Diga-me, Armando, você que me parece ter muitos contatos nessa cidade... se um cavaleiro buscar certo tipo de entretenimento que necessita de *discrição*... você sabe, boa bebida e belas companhias... Com certeza, numa terra de tantas possibilidades, não devem faltar opções.

Armando se empertiga surpreso e sorri, malicioso.

— Sim, sim... creio que conheço o lugar perfeito para levá-lo.

Érico lhe aponta o dedo e estala a língua. Levanta-se da poltrona, já sonolento, e anuncia que irá se recolher à cama. Mas Armando o chama antes que saia: está preocupado com a questão do baile, não quer fazer pouco caso das habilidades de dissimulação de Érico, mas é preciso que saiba que o tipo de gente que irá encontrar lá, a nata da nata, os ricaços, a nobreza, os principais embaixadores, são todos gente cuja astúcia é proporcional às ambições, gente que o esmagaria no caminho sem perceber.

— É um terreno pantanoso — conclui Armando. — E talvez um palco diferente daquele em que você costuma atuar, se me faço entender. Não quero vê-lo com as calças na mão.

— Não quer? — Érico sorri, com surpresa fingida. Cobre um bocejo com a mão, abre os braços e junta as mãos às costas fazendo estalar os ombros. — Meu caro, o palco se faz onde está o ator. E o bom ator não atua para a plateia, atua para Deus; a plateia apenas testemunha. E, modéstia à parte, sou um ator muito bom. Confie em mim.

6.
O Baile do Trovão

Uma semana se passa: o som de uma orquestra de cordas e metais ecoa no entardecer de Londres. A multidão se aglomera em frente à Mansion House para ver a chegada das carruagens e as roupas elegantes dos convidados. Soldados mantêm a turba à distância, enquanto lacaios com lanternas venezianas iluminam o caminho. A cada coche que desembarca seus passageiros, uma dupla de artistas orientais gira nas mãos suas tochas e cospe uma bola de fogo: o sono da razão produz festas monstruosas.

Um coche para. O lacaio abre a portinhola e baixa o estribo. Um pé se apoia na escadinha: sai um sapato de couro preto com fivela de prata cravejada de brilhantes, o salto vermelho à moda de Luís XV. Desce a figura serena de um homem elegante, casaca azul-marinho de veludo italiano, a gola rija dando ao rosto a elegância de um busto esculpido — rosto este que vem empoado, pálido como mármore e rosado nas bochechas. O toque final: uma pinta de tafetá debaixo do olho. Sob a casaca veste um colete de brocado cinza-escuro, com padrões florais bordados em fios de prata, como dita a moda para o outono, fechado por duas fileiras paralelas de botões. Nas pernas, meias de seda branca até os joelhos, atadas aos calções azul-marinho por meio de ligas com lacinhos, estes bem justos, modelando belas coxas de cavaleiro. No pescoço, o jabô cai com graça por sobre o peito, encobrindo a camisa de linho, com babados que escapam também pelas mangas, envolvendo seus punhos nas mais ricas rendas. A peruca é de cabelos escuros e da mesma cor natural dos seus, com um par de rolinhos acima de cada orelha e terminando num rabo de cavalo que vai dentro de uma bolsa de seda negra, fechada com fita azul.

A roupa faz o homem, e o figurino faz o personagem. Olha para cima, para aquele edifício monumental, robusto como um titã constrito pelos prédios ao redor, o pórtico de colunas coríntias a vazar luz e música, e sorri satisfeito: nasci para isso, é hora de abalar. Entrega o cartão de visitas, um criado pede que o siga. Atravessa salas e galerias. A música que ecoa distante vai crescendo. Seu nome é cochichado para o lacaio da porta.

"O barão de Lavos!", anuncia o lacaio, golpeando o chão com um bastão.

Luz e som o absorvem. No instante em que entra, a orquestra inicia o concerto número dois do *La Stravaganza* de Vivaldi. No Salão Egípcio da Mansion House, que de egípcio só tem o nome, Érico sente algo próximo do arrebatamento: é um grandioso salão oblongo de teto abobadado, percorrido de uma ponta a outra por imensas colunas compósitas, circundado por galerias balaustradas no segundo piso, e terminando de cada lado em grandes vitrais. O salão está inundado pela luz de milhares de velas, distribuídas por infinitos lustres e castiçais — infinitos sim, pois seus lumes são multiplicados por espelhos, mergulhando tudo em uma aura dourada, tilintando no espocar multicor de cristais. É o brilho do Olimpo, onde tudo é imperioso, epopeico e brutal: como nas igrejas, um templo construído para tornar o homem pequeno diante da magnificência divina. Exceto que ali é o templo de outro tipo de poder.

Alguns rostos se viram para observá-lo e se desviram desinteressados. Ele retribui os olhares curiosos das damas com um boa-noite como se as conhecesse, e ao se afastar escuta: "Quem é este cavalheiro que acabou de entrar?". Sim, deixe que perguntem. Copos tilintam, vozes tentam se fazer ouvir acima da música e do sapatear dos pés no grupo que dança quadrilhas ao centro do salão, uma agitada cacofonia que atordoa os sentidos. Em meio às cabeleiras, perucas de madames e macarônis se sobressaem como torres de catedrais na linha do horizonte: são torres de cabelo em caracóis, em cachos, em anéis ou ondas, frisadas, riçadas ou enroladas como conchas de berbigões. Olhe só, ali está o coque *carro triunfal*, o coque *moinho de vento* e o penteado *montanha do Japão*, coisas que só conhecia de ver nos catálogos de modas que vinham do reino ao Brasil, mas que na colônia quase não se usa, pois junta muito piolho — pensando bem, é melhor até tomar distância.

Passa por um macarôni carregando nos braços um abacaxi com a pompa de um orbe real. São loucos esses europeus. Chega um lacaio. Na bandeja, oferece daquelas taças de bojo baixo e largo (moldadas, segundo a lenda, do seio de uma mulher) com *vin de Champagne* dourado e borbulhante. Érico, sabendo-se alvo de olhares, pega a taça com elegância pela haste, com o polegar e mais dois dedos — jamais três!

Opa! Aquelas duas ali o encaram. São parecidas, talvez irmãs. Cochicham, dão risinhos, e a mais velha abre o leque: varetas negras de casco de tartaruga, entalhes folheados a ouro, na seda um desenho pastoral. Só aquele leque custaria seu soldo inteiro, coisa assim não se vê lá no Brasil pois o governo não... concentre-se, Érico! A moça ergue o leque na mão esquerda diante do rosto. Com certeza é um código que ele desconhece. Ele faz uma careta confusa, e ela fica frustrada.

"O Chevalier de Balibari!", anuncia o lacaio, golpeando o piso com o bastão. Érico se volta para o recém-chegado. Outro pomposo, com maquiagem em excesso e um tapa-olho. Não o interessa. Volta sua atenção para o centro da festa: ali, a qualquer momento, um daqueles homens com cálices nas mãos a conversar nas rodinhas pode se revelar o anfitrião. Érico é do tipo que se deslumbra com artes e ofícios, mas raramente com pessoas — já conheceu sua cota de figurões, quase todos tão centrados em si próprios que se esquecem do mundo ao redor. Para eles, executa sempre o mesmo jogo mental: observa-lhes bem o rosto e se lembra de que, sejam quem forem, todos usam um penico. Mas não pode deixar de pensar que é atraente, e potencialmente útil, conhecer aquele de quem ouvira falar a semana toda, conforme o assunto do baile foi dominando as conversas de praticamente todas as rodas a que foi apresentado.

Beckford. O único herdeiro da família mais rica da Jamaica, dono de umas trinta plantações de açúcar, proprietário de vinte e dois mil acres de terra e senhor da vida e da morte de três mil escravos que, quando lá vivia, comandava com mão de ferro. Em Londres, sabe-se que mantém um verdadeiro harém de amantes espalhadas por toda a cidade e um sem-número de bastardos, mas que esse bebê que há pouco nasceu foi seu primeiro herdeiro legítimo. Dizem que sua fortuna ultrapassa agora a casa do milhão: será o primeiro a morrer *milionário*. Sua influência é tanta, dizem, que não temeu afrontar o próprio rei, para lembrá-lo de que, naquele país, mesmo o poder régio se submete a um Parlamento, "após uma *feliz* constituição, numa *necessária* revolução gloriosa". E com gente assim Érico nunca deixa de se perguntar: estará isso escrito em sua face? Será que se converteria tal soma tirânica de poderes em algo físico ou sonoro, como uma reverberação ao redor?

"John Trelawney, fidalgo, e o dr. David Livesey!", anuncia o lacaio, batendo com o bastão. Circulando, Érico, circulando, pois Armando e Maria já devem estar por ali, vieram mais cedo com o embaixador e urge encontrá-los. Precisa de um rosto familiar que lhe apresente as pessoas. Larga a taça vazia na bandeja de um lacaio que passa, e só então nota que todos os criados vestem casacas de um vibrante azul-marinho. No centro do salão, oito pares dançam uma *polonaise* em passos ágeis, saltitando para os lados, para a frente, rodopiando, trocando de posições e batendo palmas sob o olhar cansado dos mais velhos. Não dança há tanto tempo que deve ter enferrujado. Espere, é Maria dançando lá...?

«*Darling!*», a voz musical e aguda surge ao seu lado. O traje de Fribble é de um branco luminoso, as enormes mangas nos punhos com quase um palmo de comprimento, engomadas e rijas como lâminas, o lenço cor de creme no pescoço é amarrado em um vistoso nó borboleta, e a peruca morena se projeta em um topete Pompadour.

Érico sorri. Fribble, com seus excessos vibrantes, é o tipo de pessoa capaz de revitalizar a energia de alguém apenas com sua presença. Érico abre os braços, palmas para cima, à espera de uma avaliação dos novos trajes.

"Sim, você está um *ar-ra-so*, querido", diz Fribble. "Estava eu ali no cantinho, dando uma conferida no seu, hmm, material, sem nem perceber de quem se tratava, quando então me dei conta: 'Menina, conheço o alfaiate deste que aí vai'. Particularmente gosto de mais pompa, mais brilho, mais tudo, mas devo lhe dizer que a sobriedade cai muito bem em vossa senhoria. Como se sente?"

"Alto. Não é do meu costume usar saltos assim."

"Querido, o salto alto é *de rigueur* para um homem de importância em qualquer corte. Tanto que até as mulheres começaram a usar", diz Fribble. "Além disso, empina a bunda. Não há mal algum exibir o que se tem de melhor, não acha?"

Érico enrubesce, o que passa despercebido por baixo de tanto pó de arroz.

"Érico não é um pavão, ao contrário de uns e outros", retruca Armando, que surge ao seu lado em traje de veludo verde listrado, com zelo de pai pela virtude da filha.

"Armando, *ma bichette*, se bem me lembro, você adorava ver o rabo dum pavão abrir", Fribble termina a bebida e a larga descuidado no pé de um castiçal. "E falando em rabos, você não tem que ficar lambendo o do seu chefinho insuportável, não?"

"Ele não precisa de mim no momento", ergue os ombros, aliviado. "Eu o deixei conversando com o embaixador de Avilan."

"Vanolli Berval? Um sujeitinho traiçoeiro. O que querem vocês portugueses com Avilan? Vocês podem falar a mesma língua, mas eles estão no bolso dos franceses."

"O de sempre. Pleitear a intervenção deles no assunto daqueles navios."

"Urgh", Fribble revira os olhos. "Por que me parece que, depois de certa idade, os machos da espécie humana não conseguem mais falar de amenidades, é preciso sempre tratar de assuntos 'vitais' a todo momento? Como se alguém neste salão pudesse acabar com a guerra hoje."

"Há tantos embaixadores aqui, que talvez alguém possa", sugere Érico.

"Oh, isso seria extremamente vulgar!", protesta Fribble. "Há lugares mais apropriados para isso. De todo modo, que sei eu? Ao menos é uma moda que já vai tarde."

"Como assim? Qual moda?"

"Não alimente a fera, Érico", diz Armando, "ou ele começará a filosofar."

Fribble lhe faz um beicinho, e se volta para Érico: "A moda em conversas, querido. Elas se dividem em dois estilos. O primeiro, aquele fluxo contínuo de ideias, hermético e pesado, que se alimenta do próprio senso de importância, e que predomina onde quer que prevaleçam os inimigos da elegância. Um saber que se arroga masculino, cheio de pompa e pretensa seriedade. Mas é uma tendência que já se evapora, a cada dia mais obsoleta nos salões. Não está nada, nada macarôni. Já o segundo estilo, ah, este sim... é leve, solto, desconexo. Pequenas porções de sentimentos, fatias suaves e charmosas de amenidades, o doce prazer da conversa jogada fora que... ai, queridos! Estamos aqui a beber de barriga vazia! Isso nunca funciona. Venham, vamos até ali à mesa do bufê".

"Sir Edward e Lady Waverley!", anuncia o lacaio, e bate o bastão, enquanto os três se aproximam de uma larga mesa. Os pratos com comida estão dispostos em elaborados arranjos simétricos: canapés de salmão defumado, ostras, crostinis de queijo e toicinho decorados com folhas de agrião, ovos recheados com cremes de queijo e lascas de faisão cozido, formando círculos concêntricos ao redor de uma escultura de fragata inglesa toda folheada a ouro, a servir de centro de mesa. Tão exuberante é aquela apoteose de excessos que Érico sente-se intimidado em comer e desfazer o arranjo. Não que isso seja um problema: o pequeno exército de lacaios em librés azul-marinho repõe os acepipes sem parar, de modo a jamais se perder o efeito estético e simétrico.

"Deve haver um batalhão de cozinheiros abaixo de nós", observa Érico.

"Oh, sim, contratados de quase todas as padarias da cidade", confirma Fribble, que começa a enumerar uma relação detalhada: foram comprados para aquela noite cerca de trezentos perus, quarenta faisões, seiscentos frangos, cento e cinquenta galinhas, dezesseis cabritos, cinquenta patos, vinte leitões, setecentos carneiros, mil e quinhentas peças de caça miúda e uma quantidade incalculável de salmões, camarões e peixes grandes que despovoaram o reino de Netuno. Acompanhados, claro, por duzentas e trinta variedades diferentes de saladas.

Érico se impressiona com o detalhismo da memória de Fribble, e com o tanto que sabe de uma festa que nem é sua. Já Armando se resume a revirar os olhos com o exibicionismo do amigo.

"Um passarinho me contou tudo", gaba-se Fribble. "Sempre há um deles pousando no meu ombro para cantar as novidades."

"E com frequência é uma rola", completa Armando. "Mas sei de algo que talvez você não saiba. A condessa de Coventry, Maria? Morreu! Semana passada."

"Não!", Fribble leva a mão ao peito, em um choque exagerado.

"Amiga sua?", Érico pergunta.

"Não…", Fribble faz uma careta indiferente. "Eu a conhecia de vista. Tão jovem! Tão bonita! E dava para pintar a quilha de um navio com o tanto de maquiagem que ela passava naquele rostinho. Dizem que o marido já a perseguiu ao redor da mesa de jantar com um lenço, tentando limpá-la!" Os três gargalham.

"Mas morreu de quê, a pobrezinha?", pergunta Érico.

"Dizem que o chumbo no ruge e no pó de arroz contaminou seu sangue", completa Armando, "a pele se encheu de erupções e pústulas, e ela morreu desfigurada. Uma vítima da moda, suponho."

Os três ficam em silêncio.

"Como eu dizia, sobre a leveza da conversa…", retoma Fribble.

"Você defendia a superioridade do fútil sobre a conversa séria", retoma Érico. "Mas esquece que, quando dois cavalheiros debatem, é uma forma de duelo. Por isso a seriedade e a autoimportância. São as pedras que afiam os argumentos."

"Mas se alguém tem tanta certeza das próprias opiniões, que interesse tem em qualquer conversa?", questiona Fribble. "Além disso, chamados ao duelo não passam da típica coerção dos argumentos masculinos. Ora, meu bom barão, sei que você pode mais do que isso! Afinal, o Homem Elegante deve ser a melhor das companhias. Deve surpreender seus ouvintes com pequenas tiradas de imaginação; não uma bajulação vulgar, tampouco uma réplica espertinha, nem pode chegar tão baixo a ponto de se tornar astuto. É uma questão de momento e oportunidade: sempre haverá aquela hora em que a festa arrefece, os ânimos ficam lânguidos e sonolentos, e o que um elegante faz nessas horas? Usa seu talento! Chega próximo de uma dama…", Fribble se vira para Armando e põe a mão em seu ombro, "e com a cara mais facécia, diz: 'Madame, que vestido fabuloso! Mande matar a costureira antes que faça cópias!'" Fribble gargalha da própria piada. "Claro, não precisa ser tão espirituoso, mesmo uma obviedade intencional já serve, pois esse é o talento do Elegante. Um pequeno elogio, nada mais, e então algo em seus modos...", gira o pulso de modo afetado, erguendo a palma para cima, oferecendo algo aos céus, "ou algo em sua voz...", gira os dedos pela garganta, "reanima as pessoas como que por mágica: volta-se a conversar, a trocar palavras, riem do próprio ridículo da sua tirada, mas riem, conversam, e a noite se reanima. Crê ser este um talento menor? É necessário um artista para conjurar algo do nada, um mago da restauração da alegria e do prazer da convivência. Aqui, rapaz!", faz o lacaio se aproximar e os três pegam novas taças de champanhe.

"Um brinde, então?", propõe Érico.

"À superficialidade sensível", sugere Armando.

"À alegria de viver, apenas", determina Fribble.

O lacaio anuncia: "Sir David Balfour e Lady Catriona!", e bate o bastão. Armando murmura: vejam ali quem vai, e aponta não os recém-chegados, mas um homem de rosto oval, grandes olheiras e um bigodinho fino e ridículo sobre o lábio superior. Érico dá de ombros, perguntando se deveria saber quem é. Pois aquele, explicam, é o conde de Fuentes, embaixador plenipotenciário da Espanha, que vem acompanhado de uma dama que Armando nunca viu antes, mas que certamente não é sua esposa, e busca o olhar de Fribble na expectativa de que revele sua identidade.

"Não conheço *todo mundo*, querido", esquiva-se o macarôni. "Ainda não."

"Malditos castelhanos", Érico diz com uma raiva sincera. "Como os detesto!"

"Ora, não deixe suas divergências políticas se tornarem opiniões preconcebidas sobre toda uma gente, querido", Fribble retruca, mais diplomático do que os diplomatas. "Eu, por exemplo, *adooooro* tudo que vem da França. Exceto os franceses, claro."

"Não sei como lidam com isso por aqui, Armando", diz Érico, "mas no Brasil os malditos espanhóis nos invadem o tempo todo, indo e vindo pela nossa fronteira de um modo muito..."

"... promíscuo, talvez?", ri Fribble. "Longe de mim querer afirmar quem penetrou quem primeiro, mas se me permite uma visão do assunto com mais distanciamento crítico, ou mais britânica, se preferir, não vejo que autoridade teve um velho eunuco no Trono de São Pedro para dividir um continente inteiro entre vocês e os espanhóis, e deixar o resto da Europa de fora. Mas, vamos, deve haver algo que você admire nos espanhóis e não saiba! O vinho, por exemplo? O vinho é excelente."

"O português é melhor", rebate Érico.

"A música, então?", insiste Fribble.

"A portuguesa é melhor."

"Eles trouxeram o chocolate ao mundo, oras."

"Qualquer freira portuguesa faz doces melhores com açúcar e ovos."

"E que tal a literatura? Cervantes, afinal, e seu *Dom Quixote...*"

"Bah! Não chega aos pés de Camões!"

"Ora, deve haver algo que admire neles."

"Nada."

"Nada?"

"Nada", repete com teimosia.

"Oh, céus", Fribble finge assombro. "Duro como pedra."

E o lacaio anuncia: "O reverendo Gleenie e a srta. Grace Maskew!", e bate o cetro. A orquestra encerra uma música e começa outra. Os três ganham um rápido vislumbre de Maria dançando em meio aos pares. Armando se preocupa: não estaria ela bebendo demais, dançando demais, ainda que seja bom ver Maria distraída e feliz?

"Deixe-a se divertir, você não é o tutor dela", diz Fribble, "e ela está melhor agora do que jamais esteve. Espero que aqueles tempos negros não voltem nunca mais."

Érico fica surpreso: do pouco que a conheceu até agora, Maria lhe parecia perfeitamente avoada e feliz. Que tristeza pode haver na vida de uma jovem cujas únicas preocupações são os próximos sapatos a comprar, ou que danças serão tocadas no próximo baile? Iria mais longe a dizer que, assim como Fribble, ela parecia impermeável a qualquer preocupação mais séria.

"Você não sabe?", Fribble o questiona com um erguer de sobrancelha, voltando-se para Armando num tom sério e ríspido: "Você não lhe contou?".

"Não faço fofocas dos meus amigos", defende-se Armando.

"Até parece!", grunhe Fribble. "Vamos, diga a ele!"

Armando observa Maria dançar e hesita. Não quer retomar um tema tão dolorosamente triste numa noite tão divertida, além de nutrir o temor supersticioso de que invocar uma lembrança ruim é atiçá-la. Mas o fato é que, há cinco anos, Maria estava, como quase toda mulher de sua classe, sendo obrigada pela família a noivar com um homem que mal conhecia, muito mais velho, e com o qual mal trocara algumas palavras. Protestou: disse que só se casaria por amor, como nos romances franceses. Seu pai, culpando-se pela leniência de tê-la deixado encher a cabeça com literatura, acusou-a de viver nas nuvens, de pôr em risco o nome familiar, de cometer o maior e o pior dos crimes, o da desobediência paterna. Resultado: recusou-se a falar com a filha enquanto esta não se fizesse sensata. Sua mãe concordou com o marido. Apenas nas irmãs menores encontrou algum refrigério, e a cisão familiar durou dias, até chegar a manhã do dia 1º de novembro, o Dia de Todos os Santos. A família inteira planejou ir à igreja. Em segredo, queriam fazer Maria encontrar seu futuro marido na missa. Mas, assim que ela descobriu a trama paterna, o resultado foi uma discussão feroz entre ela e os pais, que culminou em um tapa no rosto. Maria se trancou ao quarto e se pôs a chorar, e a família foi à missa. Contudo, movida talvez pelo espírito daquele dia santo, arrependida das palavras duras que dissera à mãe, julgou que não haveria melhor oportunidade para encerrar tudo aquilo do que encontrar o noivo e lhe dizer logo na cara o quanto detestava a ideia daquele casamento, e o quanto o faria um homem infeliz se a forçasse a se casar sem amor. Chamou os criados, embarcou na liteira e mandou partir, com pressa de chegar antes de a missa se encerrar. Mas é claro que ela nunca chegou.

"Ah, meu Deus", diz Érico, dando-se conta do rumo daquela história. Estava no Brasil na época, incorporado ao regimento de dragões de Rio Pardo, combatendo os guaranis nas missões jesuítas. Mesmo tão longe, também perdeu familiares naquela tragédia: o dia 1º de novembro de 1755, a data do Grande Terremoto de Lisboa. "Qual era a igreja?"

"Santa Maria Maior...", diz Armando.

A catedral de Lisboa, atingida pelo tremor bem no horário da missa, desabou sobre os fiéis, esmagando todos eles. Mais tarde, Voltaire usaria aquilo como argumento para comprovar a indiferença de Deus, e Rousseau contra-argumentaria que não tinha sido Deus quem amontoara casas sobre casas ao longo dos séculos em estruturas sem nenhum planejamento. Lisboa era uma cidade medieval e precária.

O primeiro tremor durou poucos minutos, abalando de modo considerável a estrutura dos prédios. Maria, a caminho da igreja, caiu da cadeirinha quando os criados foram atingidos por estilhaços de tijolos e reboco que saltaram das casas. Em seguida veio o segundo tremor, mais forte: quem estava em casa foi à rua, quem estava na rua correu, e enquanto Maria corria em desespero rumo à igreja, só conseguia pensar na família, nos pais, de quem se despedira brigada, e nas irmãs pequenas.

Então veio o terceiro e último tremor. Os prédios à sua volta ruíram feito castelos de areia, o chão rasgou como papel, ela viu pessoas caindo em fendas, viu crianças sendo esmagadas por paredes. Como Pompeia, Lisboa estava sendo destruída por inteiro. Quando Maria enfim chegou aos escombros da catedral e viu os corpos, ficou imóvel, a boca aberta num grito que nunca conseguiu tirar da garganta. Deve ter permanecido por algum tempo, pois não se deu conta de que o Tejo, que havia recuado no início dos tremores, agora invadia a cidade na forma de ondas gigantes. Ela se deixou levar, desejando morrer. Mas enquanto era arrastada pelas ruas de Lisboa, enquanto era sugada de volta ao mar no repuxo, agarrou-se por instinto aos galhos de uma árvore. Algo nela lutou para sobreviver. Conta-se que ali ficou até ser encontrada no dia seguinte, quando as águas se recolheram. Os que restaram na capital do império português se dividiram em dois tipos: os desesperados e os oportunistas, um dos quais tentou cometer contra ela o mais horrendo dos crimes que se comete contra uma mulher.

O que restou de Maria depois daquele dia? Não se podia dizer. Martinho de Melo, seu tio e padrinho, mandou trazerem-na para Londres, na esperança de que a agitação da capital inglesa a distraísse, e de que ali ela encontrasse um casamento sólido que a mantivesse distante das lembranças horríveis do passado.

"Quem somos nós para julgar o desejo dos outros por se aterem ao superficial?", pergunta Fribble. "Quem somos nós para dizer a alguém o que é a realidade do mundo? Um ano depois de chegar aqui, ela tentou…"

Não completa o que ia dizer, pois a música havia se encerrado e Maria, tendo visto que Érico já chegara, se aproxima e o toma pelo braço.

— Diga que sabe dançar.

O lacaio anuncia: "O barão Armínio Chuvasco de Rondó", e bate o cetro. Érico mal tem tempo de responder e já é puxado para o meio do grande grupo que se forma.

— Não seja tímido, Érico querido. Você sabe, uma dama não deve jamais tomar a iniciativa, cabe ao cavalheiro convidá-la. Mas a orquestra vai tocar essa nova melodia da moda, conhece? Chama-se "O salteador cavalheiro". Faz muito sucesso nos bailes.

— Se é moda, é moda. Me ensine os passos, e sou todo seu.

— Começa como uma *gavotte*, mas os passos são de minueto, depois há uma procissão e termina como uma *allemande*. Entendeu tudo?

Não sabe se entendeu, mas logo irá descobrir. Doze pares se formam no centro do salão, uma fileira de galantes paralela a uma fileira de damas. A orquestra começa. Homens se curvam em saudação às damas; elas, por sua vez, dobram os joelhos aceitando a cortesia. Violinos. *Jeté*, atrás, à frente, *jeté*, atrás, à frente, *demi-coupé* à direita, *demi-coupé* à esquerda. Suas pernas têm uma memória própria, e é com alívio que Érico sente os passos do minueto ressurgirem por instinto.

— Se olhar matasse, eu cairia morta a qualquer instante — murmura Maria.

— Por que diz isso? — rebate Érico, ainda perturbado pela história que ouviu há pouco.

Uma mão às costas, a outra estendida. Aproximam as palmas sem tocá-las. Afastam-se. O movimento se repete, invertendo os braços.

— Sua admiradora me encara feito uma medusa.

Repetem outra vez o cumprimento e giram invertendo as posições.

— Quem? — Érico olha ao redor.

Chega o movimento de procissão, e com ele uma resposta: giram outra vez, cada um tomando a mão do par oposto. A moça com quem Érico pareia é a mesma que viu na entrada, com o leque exuberante, que agora lhe sorri toda coquete, com um exagero um tantinho perturbador. Ao fim do movimento de procissão os dois giram e, para alívio de Érico, retornam aos seus pares originais.

— Mal deve ter quinze anos — dispensa ele. — Muito nova para mim.

Segura a mão esquerda de Maria com sua mão direita e ergue o braço; ela gira.

— Julieta tinha treze e Romeu, dezesseis — lembra Maria.

Trocam de mãos: é a vez dele de girar debaixo da mão dela.

— Um amor que durou três dias e deixou seis mortos. — Érico para de girar e ergue o braço, ela gira. — Não é meu ideal de romance.

Dão-se as mãos cruzadas, ela gira em seus braços, ele gira nos dela. O movimento termina deixando-os muito próximos, a mão de Maria às suas costas.

— E quem é ela, afinal? — pergunta Érico. — Você a conhece?

Afastam-se. Ele gira, ela gira. Sem largar as mãos, aproximam-se, afastam-se, aproximam-se e afastam-se. *Jeté*, atrás, à frente, *jeté*, atrás, à frente. A leveza e a graça dos gestos o contagiam. Fazia muito tempo que não se divertia tanto assim.

— Lady Catherine Fitzwilliam — diz Maria. — E sua irmã Anne. Muito ricas.

— E muito assanhadas.

Ao se aproximarem, entrelaçam-se quase num abraço e, sem largarem as mãos, ele a desenrola como um pião, fazendo Maria girar rápido e sua saia-balão se alargar.

— Não as culpo — diz Maria, recuperando-se. — Você é um homem solteiro em posse de uma grande fortuna, afinal.

— E minha fortuna é tão imaginária quanto meu título.

Outra vez os casais trocam de pares, e outra vez Érico se vê de mãos dadas com a jovem Lady Catherine. Linda festa, ela comenta, ele concorda em um monossílabo. Atravessam de volta o caminho até a posição inicial do começo da dança. Simetria. Param, viram-se de frente um para o outro, mãos às costas, recuam um passo, viram-se para os respectivos pares e continuam a dança. A garota tem um quê insistente, é um alívio voltar aos braços de Maria. Aproximam as palmas, afastam-se.

— E o leque, o que significa?

— Que leque?

Invertem os braços, aproximam as palmas, afastam-se.

— Ela fez gestos para mim com o leque.

— Como eram?

Giram ao redor um do outro duas vezes, até voltarem às posições originais.

— Na mão esquerda, em frente ao rosto. Não... na direita.

— Se for na direita, ela quer te conhecer.

Jeté, atrás, à frente, *jeté*, atrás, à frente, e então o *balancé*: *demi-coupé* à esquerda, *demi-coupé* à direita.

— E acha que eu deveria conhecê-la?

— Depende do que busca numa mulher.

A música acaba. Os casais cumprimentam um ao outro e depois os casais ao lado. Lady Catherine lança um último olhar esperançoso para Érico, que puxa Maria para longe do centro do salão.

— O que quer dizer? — pergunta Érico.

— Essas moças ricas do interior, quando vêm à cidade procurar casamento, é porque já estão vendendo o leite sem a nata. Vamos, venha que vou te educar nos códigos secretos femininos.

"A sra. Susan Barton!", anuncia o lacaio, golpeando o chão. Há mais gente agora e é preciso certa malemolência para ziguezaguear entre as pessoas sem ser brusco. Uma pena de faisão vinda de alguma imensa peruca encosta em seu olho, ele a afasta irritado. Uma senhora pomposa rodeada de jovens interesseiros exibe o enorme diamante em forma de octaedro que pende de seu colar. Há grandes chances de que seja uma pedra brasileira, tirada das Minas Gerais por um escravo, enviada a Lisboa e usada para pagar as dívidas da corte, indo parar nas mãos de algum joalheiro de Haia, que a poliu e incrustou naquele colar, vendendo para algum comerciante inglês, exposta nas lojas da Bond Street até ser enfim adquirida pelo marido corno, e indo pender nas carnes murchas da galinha velha.

— Érico, em que mundo você está? Venha, quero lhe mostrar algo.

Ela o conduz até um dos nichos entre as colunas do Salão Egípcio, tira o próprio leque de algum compartimento secreto no meio daquela profusão de rendas e babados que compõem seu vestido e o abre: varetas negras laqueadas com detalhes em madrepérola, exibindo na seda chinesa um desenho a guache de um casal à mesa do um chá da tarde em um jardim florido. Érico se distrai olhando a movimentação no baile, ela lhe dá um tapinha na cabeça com o leque.

— Preste atenção! — Maria repousa o leque aberto contra o lado direito do rosto: — Isso quer dizer um "sim" — e contra o lado esquerdo do rosto: — Isso quer dizer um "não". — Fecha o leque e com ele toca a ponta do dedo: — Isso significa "quero falar com você", mas se me viro e saio carregando o leque na mão esquerda, estou pedindo que caminhe comigo para conversarmos.

Ela fecha o leque e o aponta para a frente como se o estivesse entregando.

— Isso quer dizer que estou perguntando se você me ama.

— E o que devo responder?

— O que seu coração quiser, é claro.

— Se eu disser que sim?

Ela põe o leque contra o peito no lado esquerdo, sobre o coração.

— "Você tem o meu amor."

— E supondo que eu diga que não?

Ela abre e fecha o leque uma, duas, três vezes.

— "Você é cruel!" — Maria sorri. Olha pelo salão à procura de um exemplo prático e, quando o encontra, sussurra: — Olhe à sua direita, querido. Aquela dama ali.

Uma mulher pequena, de cinquenta anos, com um leque de varetas de marfim, desenho de ninfas dançando em um bosque rodeadas por anjinhos. Maria faz um movimento rápido com os olhos, direcionando o olhar para cima, para um homem nas galerias do segundo piso, rente à balaustrada. Aquela, explica Maria, é a baronesa Lenilda Eknésia; e aquele, seja lá quem for, não é o marido dela. A baronesa fecha o leque e com ele toca o olho direito ("Quando poderei vê-lo?", Maria sussurra). O homem tira um relógio do bolso e faz números com os dedos. A baronesa parece hesitar, olha para os lados com discrição. Abre parcialmente o leque, mostrando apenas nove das doze varetas. O homem concorda (Érico consulta o relógio de bolso, são oito e meia agora). Discretamente, a baronesa põe o leque atrás da cabeça ("Não me esqueça") e, em seguida, toca o lado esquerdo do peito, sobre o coração. O homem da casaca vermelha sorri e toca ele também o próprio peito. A baronesa cobre a orelha esquerda com o leque aberto ("Não entregue nosso segredo"), e nota Maria e Érico a espiá-la, faz uma careta irritada e gira o leque na mão esquerda ("Estamos sendo vigiados"). Afasta-se e some em meio aos convivas. Érico e Maria trocam um olhar cúmplice.

"O cavalheiro de Andaluz!", anuncia o lacaio, e bate o bastão. O nome faz Érico olhar para a entrada, crendo ter visto um rosto familiar, mas um criado com uma bandeja cheia de canapés bloqueia sua visão. Maria sugere subirem até o outro salão, convertido em sala de jogos. Sim, claro, está mais do que na hora.

Atravessam o salão rumo às escadas quando um homem ébrio cambaleia e bate nele com o ombro, gira nos calcanhares erguendo o cálice de champanhe e fazendo o líquido dourado girar no suspense de ser derrubado ou não. Não derruba e, com um movimento contínuo e suave, bebe o restante antes que se perca. Érico pede desculpas, ainda que a culpa tenha sido do outro, e nem chega a se virar. O homem, contudo, o segura pelo braço e o chama pelo nome.

— Sr. Borges? Érico Borges?

O rosto do homem está corado e inchado, os olhos enormes e vermelhos por trás da armação redonda dos óculos, a impressão de que segura seu braço mais para encontrar um eixo no qual se apoiar do que para chamar sua atenção, pois seu próprio eixo já se perdeu há dois ou três cálices. O Milanês sorri.

— O que é que surge uma vez num minuto — pergunta, enrolando a língua —, duas num momento, e nunca numa centena de anos?

— Não faço ideia — Érico ergue o pescoço procurando Maria, mas ela já está mais adiante, esperando-o diante da escadaria.

— A letra M! Sabia que a largura do M é a medida-padrão de um quadratim? M de Milanês! É como me chamam, mas, claro, não é meu nome. Sabe por que me chamam de Milanês?

— Porque você rola em ovo e farinha antes de fritar na panela?

— Não diga tolices. Nasci em Milão. *Magna europa est patria nostra*. Ah, rapaz, aqui! — Ágil, larga o cálice vazio sobre uma bandeja e já pega outro, bebe tudo em um único gole e o ergue vazio a Érico: — *Macte animo! Generose puer sic itur ad astra!* Escute, apareça na minha livraria esta semana. Descobri algo muito interessante sobre aquele seu pequeno enigma obsceno, algo muito interessante *mesmo*.

— Não pode me dar um vislumbre agora?

— Ah, sim: a fonte das suas dúvidas é também a fonte das suas respostas. E a fonte é um homem, que é a própria fonte que procura! Opa! E ali está quem *eu* procuro. Tenho que ir, há gente esperando por mim. — O Milanês se afasta, oscilante.

— Mas você não me disse nada que faça sentido!

— Baskerville, meu caro — diz, sumindo entre os convidados. — Sua fonte é Baskerville!

Minha fonte de quê? E quem é Baskerville? São as perguntas que Érico pensa em fazer, mas o livreiro some. Quem surge ao seu lado é Armando, para passar o recado de que Fribble e Maria o aguardam lá em cima, no salão de jogos.

"O reverendo Wicks Cherrycoke!", anuncia o lacaio batendo o bastão.

Antes de subir as escadas atrás de Armando, Érico olha o salão, onde novos pares ensaiam novas danças. Vê uma jovem que gira, a saia-balão se abrindo suavemente. Que mundo insustentável. Há uma onda vindo, que algum dia varrerá tudo aquilo. Érico imagina os vitrais estourando e a enxurrada das águas, incoercíveis, a envolvendo e girando e dançando ao redor dela, a orquestra sendo levada pelas ondas ainda sentada em sua cadeira, sem nem mesmo parar de tocar; as mesas do bufê engolidas pelo turbilhão e os criados até o último momento tentando repor a comida de suas bandejas; perucas e vestidos e saltos e joias e riquezas girando e rodopiando e tomados de surpresa pela onda inclemente que a tudo arrasta com a mesma fúria e força, violenta, indiferente, até só restar um belo salão vazio de pedras limpas e frescas; e então se pergunta: ninguém mais ali tem a sensação de que aquele mundo está cada vez mais perto do fim, que são gigantes lentos e pesados sustentados por pés de barro? Algum deles tem a noção de que uma tempestade se avizinha, deve estar, tem de estar por perto, pois não é mais possível que aquele mundo se mantenha? Pois ele viu o que há na periferia do mundo, ele viu a loucura da colonização e se horrorizou com ela: como não conseguem ver? Há muita luz ali, mas poucas Luzes. Quanto tempo mais supõem que vão ter aquele luxo, antes que o sentimento de injustiça que sai das beiradas e ano a ano ruma ao centro venha bater às suas portas e invadir suas casas e lhes cortar a garganta? Os impotentes serão perdoados, o desprezo e o ódio inimigos, com esforço, talvez sejam compreendidos; contudo jamais houve, e jamais haverá, salvação para aqueles que, em meio à crise, se mantiveram indiferentes, pois deles será o ônus de todo o mal e, como disse Dante, aos indiferentes em tempos de crise será reservado o espaço mais quente do inferno.

7.
Trimalquião no West End

A bola saltita na roleta sob suspiros ansiosos e eufóricos. Ali o burburinho é menor, pois ao redor das mesas se preza um silêncio quase religioso: são sussurros e murmúrios, o rolar de dados nos tabuleiros, o clique-clique vítreo do bico de jarros de vinho contra a borda dos copos. Na mesa de bacará, cumprimenta desconhecidos como se fossem amigos próximos. Uma dama anuncia "banco!" e provoca uma tensa comoção ao perder tudo. Seu jovem *beau* a consola, mas ela o interrompe: garante que *ces't ne pas important*, e pede que o amante lhe traga mais vinho.

Érico murmura no ouvido de Armando: quem é essa? É Teresa Cornelys, a "Rainha da Extravagância". Promotora de bailes e mascaradas, e a responsável por ter organizado este baile para Beckford em pouco mais de uma semana. Érico se afasta, flanando por entre as mesas com seu jeito fluido e sinuoso de andar, um gingado elegante de cadência animal circundando em busca de presa.

Na mesa seguinte, o jogo é faraó. Érico olha desinteressado para a grande caixa de madeira aberta exibindo a pontuação. Ali está o mesmo franchinote ostentando seu abacaxi nos braços tal e qual um recém-nascido, enquanto faz suas apostas. Érico não vê nada de interessante, e segue. Nas duas mesas ao fundo, o jogo é uíste. Em uma delas, percebe que um dos jogadores é um negro rechonchudo e corpulento — e o único homem preto que viu até então naquele baile.

Aproxima-se sorrateiro. O negro e seu par, um lorde inglês, jogam contra dois estrangeiros — Érico sabe disso pois os trajes mais cheios de rococós ou são de macarônis, ou de europeus do continente. Um é o pomposo de tapa-olho que entrara no baile logo atrás de Érico: Balibari. O outro veste uma casaca verde-água com detalhes em *rocaille*.

"Vinho ou ponche, senhor?", diz uma voz que parece vir da parede. Estava tão imóvel que Érico mal o notara até então; o fato de não vestir a libré azul-marinho dos demais lacaios faz sua condição de criado passar desapercebida. Deve ser um fâmulo particular, talvez um valete. Mas de quem?

"Vinho", responde o jogador da casaca verde-água. Com movimentos duros, algo militares, o valete pega de um jarro de clarete, serve o amo e regressa ao seu posto, tossindo exatamente três vezes. Pontual como um cuco de relógio.

Érico finge se distrair enquanto apura os ouvidos: o homem da casaca verde-água pergunta se é sua vez de cortar e distribuir as cartas. Quem estivesse um passo à esquerda ou à direita talvez não notasse aquele detalhe, mas, no mover das mãos ao distribuir as cartas, o lume das velas se refletiu no ângulo certo e Érico o percebeu. É o detalhe que adiciona novo contexto a tudo — o valete, o vinho, a tosse e as cartas. Pressiona os lábios para conter o sorriso e se afasta. Diante de uma lareira, de costas para o salão, mas de frente à mesa de uíste, ele finge admirar a pintura campestre que está sobre a cornija da lareira. Olha o salão: não consegue ver onde Fribble se meteu, mas Armando e Maria seguem entretidos na roleta. Precisa lhes falar o quanto antes.

"O senhor aprecia Gainsborough?", pergunta uma voz grave de barítono. Érico não percebeu que o jogo de uíste havia acabado, e o negro gorducho agora está ao seu lado. Tem a pele escura retinta, usa um bigodinho fino sobre o lábio superior e em tudo se assemelha a um Sancho Pança negro. Na mesa de jogo, outro ocupa seu lugar.

"Quem?"

"Thomas Gainsborough. Está olhando para um quadro dele."

Érico encara outra vez a pintura, à qual não havia dedicado mais do que um olhar desinteressado. É uma paisagem campestre, árvores contra um típico céu cinzento inglês, refletido nas águas de um laguinho onde um grupo de homens corta lenha e conduz mulas. É uma composição desordenada e, por isso mesmo, bastante natural e bonita.

"Confesso que estava olhando sem muita atenção", diz Érico.

"Gosto muito desse novo estilo que ele propôs, muito inglês. Mandou às favas as paisagens arrumadinhas cheias de temas clássicos e encontrou algo bastante espontâneo na beleza dessas nossas matas e estradinhas de interior... ah, desculpe. Estou perturbando? Meu nome é Charles Ignatius, mas todos me conhecem por Sancho."

"Érico de Borges-Hall, barão de Lavos", diz, forçando um sotaque não se sabe de onde. É o personagem tomando conta. Decidiu naquele momento que a voz do barão teria uma fragilidade delicada de dândi.

"Ah! Me perdoe a liberdade de ter me apresentado. Não fazia ideia."

"Não se preocupe. Ainda estou me acostumando à etiqueta inglesa... cheguei há pouco à Inglaterra." Apontou o quadro: "Não conheço o artista, mas o senhor, pelo visto, sim".

"Thomas Gainsborough é meu amigo, ele já pintou meu retrato. E o senhor, percebe-se mesmo que chegou há pouco a esta nossa pequena grande ilha."

"E por que se percebe? Me destaco muito aqui?"

"Não mais do que eu", sorri Sancho. "Apenas me ocorreu que não o conheço. E conheço todo mundo nesta cidade. Portanto, o senhor só pode ser um recém-chegado."

"Isso mesmo. Sou português. Cheguei há pouco do Brasil."

"Um português americano! Suponho que seja dono de uns tantos dessa minha cor desafortunada?" Havia um tom provocativo em sua voz.

"Não, não tenho escravo algum, por quê?"

"Um português brasileiro sem escravos? É possível tal coisa?"

Só então Érico se deu conta do tanto que poderiam supor de suas finanças com base nisso. Respirou fundo, sentindo o choque interno entre o personagem que precisa interpretar e suas ideias próprias sobre a questão. Pois o homem tem razão, não se faz fortuna no Brasil sem escravos, mas a posse de escravos se tornou insuportável para sua consciência após uma série de questões pessoais que cá não cabe detalhar — uma promessa feita a uma amiga querida. Dá uma resposta não muito longe da verdade.

"A fortuna da minha família vem dos nossos vinhedos no Porto. Não tenho mais nenhum escravo, alforriei todos eles quando meu pai morreu." O que era verdade, e deve ter feito o velho se revirar na cova. "Acredite, nem todo português aprecia um judeu na fogueira, um negro no pelourinho ou sai a estuprar índias no mato. Temos lá nossa cota moral, tanto entre os simples quanto entre os nobres, ainda que isso leve os primeiros à prisão e os segundos ao exílio. Aqui se pressupõe muita coisa sobre um continente do qual nada sabem, mas vocês também têm suas loucuras e irracionalidades."

"Peço perdão, não foi minha intenção ofender sua senhoria. Sei que há quem se recuse a anestesiar o senso de decência e considere a escravidão imoral. Mas quem sou eu para criticá-lo? Veja onde estamos: nosso anfitrião nesta festa é senhor da vida e da morte de centenas dos meus pares e, cá entre nós...", Sancho põe a mão sobre a boca em tom de fofoca, "... dizem que, dos escravos que tentam fugir, manda lhe trazerem as cabeças decepadas numa bandeja."

"Minha nossa", Érico fingiu se chocar. Já havia visto coisas assim no Brasil. "Que conste que sou fervoroso defensor da abolição. A leitura de Montaigne me abriu os olhos. Agora me diga: como alguém tão extraordinário como o senhor veio parar aqui?"

Sancho conta que nasceu em um navio negreiro no meio do oceano. Seu pai se atirou ao mar para não viver como escravo, já ele acabou na casa de três solteironas com uma boa biblioteca, com livros que lhe trouxeram as ideias e as amizades certas. Seu intelecto impressionou a duquesa de Montagu, e quando a ideia de ser escravo se tornou insuportável para ele, ela o ajudou a obter a alforria e o empregou como mordomo. Os Montagu eram uma das famílias mais bem conectadas de Londres, e Sancho fez amizade com artistas, escritores e intelectuais, de tal modo que era conhecido e benquisto por todo o *beau monde* de Londres.

"Aquele ali, com quem eu fazia par no uíste", aponta Sancho. "É lorde John Montagu, conde de Sandwich, parente dos meus ex-patrões. Não me iludo, claro. Posso não ser mais escravo, mas aos olhos dele serei sempre um criado; assim como o senhor, que aqui será sempre estrangeiro. Estava jogando com ele a seu pedido, pois necessitava de um par. Quanto a sua senhoria, eu o congratulo pelo seu espírito ilustrado. Adoraria me corresponder com o senhor para debatermos as ideias de Montaigne contra a escravidão. Como ele disse, 'sou meu próprio capital, e não tenho nada de meu exceto a mim mesmo'. O senhor aqui é uma presença tão exótica quanto a minha, pois se empenhou em não ser aquilo que todos aparentam ser."

"Como assim?"

"Olhe à sua volta, meu senhor. Não duvido que haja entre os aqui presentes uma cota que faça jus à dita nobreza dos seus títulos, uma cota moral, como o senhor tão bem expressou. Mas quantos desses homens, em segredo, batem nas mulheres? Quantas dessas damas já abandonaram seus bastardos em orfanatos? E quantos desses bastardos não estão aqui, oportunistas que são, à procura de uma viúva rica que os sustente? Covardes, mentirosos, ladrões e trapaceiros de toda sorte, cujas naturezas feias e más estão ocultas pela elegância das suas roupas e pela bela arquitetura deste salão, que, no conjunto, é o que lhes confere os ares de nobreza, que lhes dá o verniz de aristocracia."

"Sim, não poderia concordar mais", diz Érico, transparecendo seu ranço burguês contra a aristocracia. "E como estava o jogo, senhor? Uma mão ruim, pelo visto?"

"Oh, sim. E como. Mas já estive pior", garante Sancho. "Contudo, desta vez não estava jogando com meu dinheiro... e não perdi as roupas no jogo, ao menos. O conde de Sandwich só queria um parceiro no jogo, e me fez jogar com seu dinheiro. A perda foi dele, e unicamente dele."

Érico vê Armando e Maria e acena para que se aproximem. Sancho interpreta isso como uma deixa para que vá embora, mas Érico o detém, pede que fique, pois quer lhe oferecer algo em troca por ter pintado a ele um belo quadro da sociedade britânica.

Apresenta Sancho a eles, e com os três ao seu redor, explica: Armando o apresentara à cidade, Maria o havia introduzido nos segredos das comunicações amorosas e Sancho tinha mapeado o salão para ele, então agora é chegada a hora de retribuir a lição, mostrando alguns dos códigos para os quais um cavalheiro de habilidade nas cartas deve se manter sempre atento.

"A mesa de jogo onde estava, sr. Sancho", Érico aponta com os olhos. "Pode me dizer quem são os jogadores nela agora?"

"Aquele cavalheiro de casaca verde-água é um nobre italiano que prestou serviços ao rei da Espanha e está na cidade como adido militar, o conde de Bolsonaro. Sua dupla na partida, aquele com o tapa-olho no rosto e exibindo a estrela da Ordem Papal da Espora, é o Chevalier de Balibari, um cavalheiro da imperatriz-rainha. Os dois jogam contra o conde de Grantham, que tomou meu lugar como dupla do conde de Sandwich. Sandwich, como devem saber, é fanático pelo jogo, joga a noite toda e não se levanta por motivo nenhum. Veem aquela mesinha posta ao seu lado? Para que não precise se levantar, inventou aquele prato, que seus criados sempre preparam para ele, com lascas de rosbife entre duas fatias de pão tostado, para assim jogar sem sujar as mãos."

"Pois bem", retoma Érico, "se eu estiver certo, os dois condes ingleses estão prestes a perder para os dois estrangeiros na próxima rodada."

"E o que lhe dá tanta certeza disso?", pergunta Sancho.

Explica: em um jogo honesto, aquele que estiver disposto a decifrar enigmas e for dotado de memória e capacidade de observação pode, com alguma astúcia, descobrir o padrão que cada um usa para alinhar as cartas nas mãos — pois a maioria tem o hábito de ordená-las da maior para a menor, ou por naipes. Já outros as separam por cores, o que torna a adivinhação impossível. Em um jogo entre trapaceiros, contudo, as formas de ludibriar um oponente são infinitas, e ficam mais elaboradas quanto maiores forem as somas em jogo. Encerando as cartas desejadas — os ases, por exemplo — é possível fazer com que o baralho sempre corte exatamente nelas. Pode-se fazer uso de lâminas para criar minúsculas marcas nas bordas, ou traçar linhas imperceptíveis nas costas das cartas de valor maior. Cartas sempre podem ser ocultadas entre os volumosos babados das mangas. Uma tesoura pode ser usada para fazer com que algumas cartas específicas fiquem ligeiramente menores, em uma diferença imperceptível senão para o olho do especialista. Melhor ainda se o trapaceiro dispuser de um cortador próprio, que lhe permita tirar uma fração minúscula do baralho inteiro, mas deixando de fora, por exemplo, os ases, os reis e as rainhas, que assim ficariam ligeiramente maiores. Além disso, há uma infinidade de pequenos espelhos ocultos que se pode usar, como broches, joias, caixinhas de rapé etc. Tudo isso, claro, são expedientes de trapaceiros vulgares, e só úteis quando se pode garantir controle sobre as cartas. Um trapaceiro elegante usa um sócio.

"E não precisa ser aquele com o qual faz par na mesa de jogo", diz Érico, "pois nem sempre, a depender das regras, sabe-se de antemão com quem se fará dupla, e creio que é este o caso ali. Pode ser alguém externo ao jogo... como aquele valete, por exemplo." Érico baixa ainda mais o tom de voz, quase um murmúrio. "Notem que aquele valete em questão jamais enche por inteiro o copo do patrão, o que permite que este beba tudo em goles curtos e não levante suspeitas quando pede mais."

E no momento em que Érico diz isso, veem que, de fato, o conde italiano bebe tudo de um gole só e bate o copinho à mesa duas vezes, de leve, chamando a atenção de seu criado. O valete pergunta se quer ponche ou vinho. O italiano pede vinho.

"Notem que a frase muda: ainda há pouco, o valete disse 'vinho ou ponche', agora diz 'ponche ou vinho'. Também a resposta do conde se altera. Não é por acaso."

"Querido, você está vendo coisas onde não há", sugere Maria.

"Não acho. Entre uma dupla de vigaristas, cada escolha de palavras é um código. No primeiro caso, por exemplo, talvez signifique que os adversários estão fortes em copas, no segundo, em paus. Se duvidam, faça-me um favor, Armando: vá até ali, circule ao redor da mesa e dê uma rápida olhada nas cartas. Volte e nos diga como estão as mãos dos condes ingleses."

Armando obedece e circula a mesa, observando o jogo com um falso desinteresse. O valete, quieto no canto, espana o pó da cadeira que tem ao lado. Quando volta, Armando conta que Sandwich e Grantham estão fortes em ouros, o naipe do trunfo.

"Concluo, então, que o conde italiano irá declinar de aumentar as apostas nessa rodada", sugere Érico. E é exatamente o que acontece. Érico continua: "Para ser bem-sucedido, é preciso simplificar. Se o valete tira o pó da cadeira com o lenço, é porque o inimigo está forte em ouros, se a empurra de leve, é porque tem um Ás e um Rei. Um espirro, uma tosse, três tosses em sequência, tudo adquire um significado combinado previamente entre os dois. Agora, se ambos os jogadores tiverem sócios, aí haverá um verdadeiro duelo de talentos. Numa coisa, o senhor estava certo, sr. Sancho..."

Érico se vira, mas Sancho já não está mais ali.

— Para onde foi? Não o vi — diz Maria. — Terá se ofendido?

Érico sorri. Sabe que iniciou algo, resta agora aguardar e ver que resultado dará.

— Como pode ter tanta certeza, Érico querido — insiste Maria —, de que tudo não passa de coincidência?

Érico pede que os dois se aproximem mais, e murmura: vejam que em cima da mesa, entre as mãos do conde italiano, há uma pequena caixinha de rapé. As laterais são decoradas com laca negra, mas o tampo é de prata, polida feito um espelho. Desde que começou a observá-lo, notou que o conde não havia tocado na caixinha, obviamente para não alterar sua posição ou correr o risco de deixá-la com marcas de dedos. A caixinha funciona como espelho. Com ela, e com uma boa memória também, o conde sabe exatamente quais cartas estão nas mãos de quem, quando chega sua vez de distribuí-las. No fim, somando isso aos esforços do valete, possui controle absoluto sobre cada rodada. É de se surpreender que ninguém tenha percebido ainda. O italiano deve estar tirando um lucro gigantesco esta noite.

Um pigarro atrás de si. Um criado da casa pede que Érico o acompanhe, pois alguém deseja lhe falar em privado. Armando se oferece para acompanhar Érico, enquanto Maria se despede e desce para outra dança.

Os dois seguem o criado pelos corredores, até chegarem diante da pesada porta de um salão fechado. O criado abre, olha cauteloso para o interior, certifica-se de que está vazio e, antes de sair, alerta: "Por favor, não toquem em nada".

— O que ele acha que somos? — resmunga Armando, e se espanta: — Jesus!

Estão na biblioteca. As mesas foram agrupadas no centro em duas fileiras paralelas, debaixo de um lustre magnífico que as ilumina como o tesouro de uma caverna encantada. Pois que entre corbelhas, pratos duplos e triplos, bandejas de prata e pedestais de porcelana em forma de ou decorados com abacaxis, está o mais intenso, vistoso e colorido aglomerado de confeitaria que já viram em toda a vida, exalando o cheiro morno e maternal de açúcar e massa de biscoito assada. A constar:

a) macarons às centenas, dispostos com rigor militar por travessas ou em torres, os sabores evoluindo em um degradé com todas as cores que se pode obter da natureza sem causar um envenenamento; enquanto que de outros biscoitos há os de pistache, de ovos, de savoia e de *la reyna*; *mille fruits* de nozes, cavacas, *jambles*, argolinhas e *amarettinis*;

b) de confeitos, há leves e crocantes mil-folhas de geleia e creme holandês polvilhados com açúcar e canela; há cestinhos de açúcar trançado, delicados como rendas e alvos como neve, cheios de frutas cristalizadas como pequenos baús de joias; há *religieuses* de massa *choux*, recheadas de *crème pâtissière* e cobertas por glacê real e creme amanteigado, riscadas de fios crocantes de caramelo; e há grandes *croquembuches* em forma de obeliscos, compostos de profiteroles, merengues, flores e morangos.

c) das tortas, em pratos de pedestal, há as de creme de limão, de creme de pêssegos, de ginjas, de damascos, de morangos, de framboesas, de cerejas e de figos, com coberturas de creme de chantilly ou de treliças de massa *sucrée* em diferentes padrões que diferenciam os sabores;

d) dos bolos, há pequenos e fofos *cannelès* caramelizados, há bolos flamengos, bolos à polonesa e à Delfina, *kugelhopfs* e genovesas, e um bolo em caracol recheado de creme à *franchipana*;

e) das compotas e doces em caldas, há tacinhas de cristal com peras à portuguesa, cozidas e picadas em calda de groselha, em outras há bolotas de merengue a boiar em creme inglês, ditas *îles flottantes* ou ovos nevados, e em outras cremes de panacota com geleia de morangos; há *summer puddings* ingleses e *crème caramel* franceses, e há também lustrosos *trifles* ingleses, com suas camadas de pão de ló ensopadas em licor de cereja e cobertas de *crème brulée* e frutas frescas picadas;

f) das esculturas, há grandes e elaborados arranjos de flores que, quando vistas de perto, percebe-se que são feitas de açúcar-cande e pralinas em tons brancos, dourados e vermelhos; e há uma torta em forma de palacete neoclássico, com paredes de nugá, colunas de maçapão, telhados de *biscotti* polvilhados de açúcar e jardins verdejantes feitos de folhas de angélica e framboesas caramelizadas.

Também há livros na biblioteca, mas com isso ninguém se importa.

— Isso é alguma espécie de caverna de Aladim? — comenta Armando.

— Caverna de quem?

— Não vai me dizer que nunca leu *As mil e uma noites*?

— Não tudo — Érico responde distraído, enfeitiçado por aquela visão.

— Você realmente deveria ler mais francês, a tradução de Galland é...

— Armando, quer discutir literatura *agora*? Olhe *isso*! — Érico aponta aquela cornucópia de doçaria diante deles. — Deixe eu lhe dizer uma coisa sobre artes: tudo de mais magnífico que o homem pode criar é efêmero. Isso aqui é a mais bela e harmônica disposição de habilidade humana que se poderia imaginar, e em questão de poucas horas será destruída por uma horda de famintos. É como se eu cruzasse com a borboleta mais bela que já se viu, mas soubesse que ela só vai viver por um dia. Nós temos uma obrigação estética, o dever moral como sibaritas, de pegar algo dessa mesa.

— Érico, não creio que devêssemos...

Mas Érico o ignora e, com uma satisfação infantil, se aproxima da mesa. Com o polegar e o indicador em pinça, subtrai dali um macaron escolhido pela cor. Surpresa: o biscoito na verdade são dois, colados um no outro por meio de um recheio cremoso. Ele o leva à boca e é tomado por um prazer delicioso: a massa de sabor amendoado lembra o aroma do licor de amareto; a textura tão leve quanto um merengue se desfaz quando pressionada contra o palato e espalha a doçura cremosa e frutada do recheio de geleia de framboesas batida com creme holandês. Por um breve instante, as vicissitudes da vida são irrelevantes. Esse é o sabor que o amor deveria ter.

E então a porta é aberta no mesmo instante.

Quem entra é um criado da casa, em sua libré azul-marinho, trazendo pela alça uma torre de macarons recheados. Como um gato pego no flagra, Érico fica imóvel. Os dois se encaram. O criado também fica imóvel, surpreso por encontrá-los ali: é um rapaz de olhos azuis e um rosto de beleza clássica como um busto alexandrino. O garoto parece confuso, como quem teme ter feito algo errado, mas não sabe ainda bem o quê. Érico se permite um movimento: termina de mastigar e engole o macaron. O rapaz se aproxima da mesa devagar e cauteloso, larga o prato duplo no primeiro espaço que encontra e encara Érico. Olha para a mesa e percebe o vazio em uma fileira perfeita de macarons denunciando o furto. Sem tirar os olhos de Érico, também pega um e o põe na boca, saboreia, mastiga, engole, dá-lhes as costas e saí da sala, fechando a porta ao sair.

— O que foi isso, exatamente? — pergunta Armando.

— Não sei. Todos parecem loucos esta noite, não acha?

— Espero ao menos que esse seu furto tenha valido a pena.

— Ah, com certeza! — Érico tira do bolso um lenço de cambraia, limpa a boca e aponta os abacaxis da decoração: — E qual é a paixão desse povo por abacaxis?

— Não é uma fruta fácil de ser cultivada em climas frios, cá custam caro, o preço de um coche novo — explica Armando. — Há quem os alugue por dia.

— Para quê?

— Para ostentar nos salões, ora.

— Ingleses e suas inglezices...

A porta é aberta outra vez. O que entra agora é uma pequena comitiva que traz consigo um burburinho próprio, uma reverberação natural ao redor do centro. Ignatius Sancho está à frente, e junto vêm Martinho de Melo e o embaixador espanhol, conde de Fuentes. Entre eles há um homem alto, portentoso, de modos agradáveis e porte estatal.

"É este de quem falei, milorde", aponta Sancho, "o barão de Lavos."

O homem fixa nele seu olho — o olhar terrível de alcance ilimitado e poder quase absoluto, a firmeza que se pressupõe possuir uma fúria que ninguém ousa desafiar sob o risco de ser atingido por sua força, ser derrubado por ela, e até mesmo expirar —, e Martinho de Melo os apresenta:

"Sr. William Beckford, este é o barão de Lavos."

Érico o cumprimenta com um salamaleque, esquecendo-se de que seu título, ainda que falso, faz dele ali o superior na etiqueta. Mas o efeito é positivo, e o Homem do Olhar Terrível assente, estendendo-lhe a mão.

"Você me prestará um grande favor esta noite, barão", diz Beckford. Não é uma pergunta. Ele prossegue: "Um colega do comércio elevado à nobreza, pelo que soube. Magnífico! Meu ramo é o do açúcar, como pode ver". Beckford aponta para a mesa e prossegue: "Mas sejamos diretos, meu caro barão. Esta noite, como sabe, é uma noite especial. Meu pequeno William Thomas nasceu, enfim o herdeiro de tudo que construí. Uma noite de celebração, uma noite de alegrias, uma noite de festas. Não, sejamos francos: esta noite é o que vocês portugueses chamam de um beija-mão. E todos estão aqui para beijar a minha. Mas eu estou muito, *muito* ofendido, barão".

"Fico chocado em saber." Érico sente um calafrio. "O que tanto o ofendeu?"

Beckford conta que regressara a Londres na semana anterior, pronto para dar aval aos detalhes daquela festa, e pronto para ser bajulado por meia cidade. E foi na noite de sábado passado, no salão de uma de suas amantes, que ouviu falar pela primeira vez de um conde italiano que a todos surpreendia com sua habilidade nas cartas, tendo em uma única noite arrebatado quase cinco mil libras em apostas nos clubes. Ora, bom para ele, e que vá com Deus, pensara Beckford. Descobriu por acaso que o conde em questão estava entre seus convidados, na condição de adido militar da embaixada espanhola. Mesmo assim, o italiano não teria ocupado mais seus pensamentos, se não fossem boatos escutados aqui e ali: que lorde Darlington perdera sete mil libras nas cartas, o mesmo ocorrendo com Daniel Twining, com o duque de Devonshire, com lorde Spencer...

"Tenho um ditado, senhor, que é este: a primeira vez é acaso; a segunda é coincidência; a terceira vez é ação inimiga." Beckford se volta para o conde de Fuentes. "Que me diz, senhor embaixador? Será este seu adido um homem de sorte excepcional?"

"Se me permitir uma observação, senhor", intromete-se Érico, "o que chamamos de 'sorte' é aquilo que acontece quando a preparação encontra a oportunidade."

"Sim", Beckford sorri. "E chegou aos meus ouvidos que sua senhoria descreveu ao senhor Ignatius Sancho aqui, em detalhes, exatamente *como* esse italiano executa seu engenhoso ardil de trapaceiro. O que, preciso dizer, me faz ferver o sangue. Trapacear nas cartas é ofensa mortal ao cavalheirismo, que uma boa sociedade não pode tolerar. E então, Fuentes? Que me diz?"

O conde de Fuentes, visivelmente nervoso, explica que muito pouco sabe acerca daquele italiano, que não participa da rotina de sua embaixada, preferindo morar em um casarão ao norte da cidade, em Highgate. Sua posição como adido militar foi um favor pessoal concedido por sua majestade católica, por serviços que o italiano prestara nos tempos em que Carlos III era ainda rei de Nápoles e da Sicília.

"Sua presença conosco é meramente decorativa, milorde", justifica o embaixador espanhol, em uma ágil demonstração de como tirar o rabo da reta. "E seu comportamento desonesto nos envergonha profundamente. Escreverei amanhã mesmo a Madri."

"O que me incomoda nisso tudo", prossegue Beckford, "é que se trata de um homem que, já tendo seus cabedais, usa de um meio desonesto para arrancar dinheiro dos seus pares. Que motivo o leva a isso? Não se sabe que tenha perdido alguma fortuna a ponto de precisar recorrer a essas trapaças. Ou será uma índole desonesta por natureza?"

"Não sei dizer, senhor", esquiva-se o embaixador. "Conheço pouco o homem."

Não faz diferença para Beckford: o fato é que um estrangeiro está arrancando dinheiro inglês de mãos inglesas. Não quer um escândalo que macule sua noite de festa, mas não se importaria caso alguém aplicasse uma boa lição no homem.

"Tenho muita certeza de que não irá se opor, caro Fuentes, se decidirmos dar um corretivo nesse seu adido", propõe Beckford. E para Martinho de Melo: "Que me diz o senhor? Vocês, portugueses, quando escutam um espanhol peidar, já correm para nós gritando 'canhões!'. Que tal lhes dar um pequeno corretivo?". E antes que Martinho de Melo responda, se dirige a Érico: "Senhor barão, vossa senhoria me parece ser um grande conhecedor das cartas, diga-me: é possível fazê-lo com discrição?".

"Ah, sim", Érico afirma, categórico. "Como ele costuma fazer suas apostas?"

"De um modo muito particular, pelo que eu mesmo vi", explica Ignatius Sancho. "Ele não joga pela pontuação, em vez disso estabelece um valor por cada vaza, e outra pela mão. E sempre aposta alto."

"Quão alto?"

"Não se preocupe com dinheiro", interrompe Beckford, apontando o dedo para Érico. "Seu crédito fica por minha conta, e depois acertamos qualquer diferença."

"Meu crédito?", Érico troca um olhar ansioso com Martinho de Melo.

"Ah, sim. Sua senhoria é o especialista aqui. Serei seu par contra o italiano e quem mais tiver o azar de formar dupla com ele nesta noite. Sou um peixe grande, não? Em caso de vitória, deixo para o senhor o lucro nesta partida a título do serviço prestado. Em caso de derrota, cubro a aposta e o senhor ficará devendo a mim, não ao italiano."

"Me parece perfeito", Érico responde sem pensar. Só então lhe ocorre que a armadilha que prepara pode muito bem prender a ele próprio. "Precisarei de um parceiro, contudo. Não o senhor, que fará dupla comigo, mas alguém externo à mesa, para neutralizar o valete. Se meu embaixador não se importar, farei uso dos serviços do seu primeiro-secretário, o sr. Pinto."

Armando olha nervoso para Martinho de Melo, ambos abrem a boca para dizer algo, mas Beckford responde por eles: "Seu desejo é uma ordem. Que mais?".

"O mais importante: um baralho usado de cada cor, e um tempo aqui sozinho com as cartas." Érico olha ao redor, para as prateleiras de livros. "Lembro de ter lido no *Pequeno tratado de uíste*, de Mr. Hoyle, sobre um truque infalível... o senhor não teria um exemplar aqui, teria?"

"Naturalmente, como a casa de qualquer cavalheiro", Beckford ergue o braço e estala os dedos duas vezes. Um criado chega para receber a ordem: "Consiga-nos um exemplar do livro de jogos de Hoyle. Agora".

Érico também explica a eles que, ao chegar a hora, dará o sinal tirando o lenço do bolso. Quando isso ocorrer, deve deixar a condução das apostas a seu cargo, e Beckford deve jogar a partida indo sempre atrás do trunfo.

"Maravilhoso." Beckford ergue o antebraço e estala os dedos duas vezes: "Bebidas! Vamos brindar. Agora, sei que o senhor investe em vinhos, barão, e se veio a Londres, deve estar em busca de bons negócios. Posso lhe garantir que, se tudo correr bem esta noite, não haverá porta nesta cidade que não lhe será aberta".

Um modo de dizer que, da mesma forma, também poderão ser todas fechadas.

Brindam todos, incluindo o embaixador espanhol a contragosto, e bebem entre sorrisos nervosos. Os baralhos solicitados chegam. Beckford sai arrastando sua pequena comitiva, a porta se fecha, a reverberação silencia. Érico solta o ar dos pulmões devagar. Armando resmunga:

— No que foi que você nos meteu?

8.
Trunfo de paus

O olhar de colonizador, condescendente e paternal. É o olhar de quem considera a própria superioridade um fato estabelecido, uma verdade dogmática, e do alto de sua arrogância observa o mundo que o cerca como se habitado por selvagens ignorantes. Ergue o queixo ao falar, cobrindo os dentes com o lábio superior de um modo estranho, como se a todo instante e a muito custo contivesse uma explosão de raiva. O canto esquerdo da boca é caído, preso em uma expressão de eterno desgosto pelo mundo. Há algo de errado naquele rosto — mas o quê? É redondo e comum, emoldurado pela peruca branca, vistosa e cacheada. A pele do pescoço é murcha, coisa da idade — sessenta anos, talvez? Sim, há algo de errado com o rosto: o lado esquerdo não se move. Jamais. Nem a boca, nem a bochecha, nem o olho. Quando sorri, parece ser apenas por deboche. Sua voz anasalada tem a entonação de quem dá a entender que tudo é óbvio, muito óbvio, tão óbvio que é sempre uma bobagem que ainda precise ser dito, mas ele o faz mesmo assim, uma concessão entediada em abrir a boca e estabelecer qualquer diálogo. Tudo nele exala arrogância. Sim, não restam dúvidas: o conde de Bolsonaro é a pessoa mais desagradável que Érico já conhecera em toda a sua vida.

"Espadas", anuncia Beckford, ao pôr no centro da mesa a carta de trunfo.

Érico pega as suas. Está de frente para Beckford e tem Bolsonaro sentado à sua direita. À sua esquerda, o Chevalier de

Balibari pergunta de quanto serão as apostas iniciais. O coitado não sabe onde está se metendo e pega suas cartas as observando com seu único olho bom, o olhar obnóxio e indiferente. Coça o bigode grisalho. Balibari acredita ter tirado a sorte grande ao fazer dupla com o conde de Bolsonaro naquela noite, arrancando dinheiro de meia Londres. A possibilidade de lucrar em cima de um homem de posses quase ilimitadas como William Beckford é a oportunidade de uma vida. Érico sente pena, mas não se importa com ele. Um pouco antes de terem se sentado e distribuído as cartas, haviam acertado o valor das apostas:

"Cem libras por rodada costuma ser um bom começo", propôs Bolsonaro.

"Com qual limite vossa excelência costuma jogar?", perguntou Érico.

"O céu é o limite", diz o conde. "Vou agarrar cada pêni que puser na mesa."

"Tenho certeza de que vai", Érico retrucou. "Que tal quinhentas libras, então?"

Em pensamento, Érico gritou consigo próprio: que merda está fazendo, seu infeliz? Não havia necessidade alguma disso. Se algo der errado, bastará duas rodadas para que fique devendo a Beckford mais do que possui para lhe pagar, e será necessário pedir emprestado a Martinho de Melo. Abrirá um rombo nas contas da embaixada, certamente causará um constrangimento e, na pior das hipóteses, um escândalo. As coisas podem terminar muito mal em questão de minutos. Sua carreira diplomática, se é que pode chamar aquilo de carreira, estará encerrada antes mesmo de começar. E tudo isso apenas por um palpite que ainda não se confirmara.

Mesmo Bolsonaro ficou surpreso com sua ousadia: "Jogaremos a crédito, claro?".

"Naturalmente. Os perdedores assinam promissórias, ao final."

"Me parece ótimo, se o senhor honrar seus compromissos."

Érico ergueu uma sobrancelha, surpreso com aquela falta de tato, mas foi Beckford quem respondeu por ele: "Não vejo que motivo o leva crer que algum dos meus convidados não honrará sua palavra, milorde". Bolsonaro iniciou um pedido de desculpas, interrompeu a própria frase no meio, olhou de soslaio para o valete, de pé e imóvel rente à parede, e olhou as cartas: "Muito bem, quinhentas por rodada".

E assim começaram a jogar.

O jogo de uíste possui regras que, em geral, são muito similares ao jogo de copas, sendo a principal diferença que o vencedor é aquele que faz mais pontos, e não menos. O leitor familiarizado com as regras de um ou de outro, ou que pouco se importa com essas tecnicidades (o que é um direito seu), sinta-se à vontade de pular estes parágrafos.

AS REGRAS: quatro jogadores formam duas duplas, com cada jogador sentado de frente para o parceiro. Baralho-padrão francês, cinquenta e duas cartas, sem os curingas. O primeiro carteador é quem tirar a carta mais alta; o jogador à sua esquerda as embaralha; o que estiver à direita, corta. O carteador deve distribuí-las em sentido horário, e cada jogador fica com treze.

O TRUNFO: A última carta (que pertence ao carteador) é virada para cima: ela passa a ser o *trunfo*. Ao fim da primeira vaza, o carteador a pega de volta. O trunfo segue valendo.

AS VAZAS: Cada rodada é dividida em treze, até esgotarem todas as cartas (depois disso as cartas são embaralhadas, cortadas e distribuídas para a rodada seguinte).

O JOGO SE INICIA: quem estiver à esquerda do carteador põe a primeira carta, virada para cima. Os demais devem colocar cartas do mesmo naipe chamado, vencendo a maior. Apenas se não tiver nenhuma carta daquele naipe, pode colocar a do trunfo. O trunfo sempre vence. Se mais de um jogador colocar uma carta do trunfo, vence a de valor maior.

OS VALORES: em ordem decrescente, são o Ás, o Rei, a Rainha, o Valete, e os numerais por ordem. O vencedor de uma vaza ganha o direito de colocar a primeira carta da próxima vaza, até que todas as treze acabem.

A PONTUAÇÃO: cada vaza vencida pela dupla é um ponto, mas ao final se subtrai seis de cada dupla. Ou seja, se um time faz nove pontos e o outro quatro, ao final da rodada o primeiro tem três pontos e o segundo, nenhum.

O CONTRATO: para adicionar maior dificuldade ao jogo, depois de receber suas cartas, uma das duplas aposta que vencerá (ou perderá) o jogo por um número exato de vazas. Se o fizer, ganha o valor apostado — e foi esse o estilo escolhido nessa noite.

O Chevalier de Balibari põe um Rei de ouros sobre a mesa. Beckford descarta um seis, e Bolsonaro põe um dez. Érico olha suas opções: entre a Rainha de ouros e um cinco, prefere descartar o cinco, e a primeira vaza é vencida pelo Chevalier. A rodada prossegue, sem que a sorte favoreça Érico. É Bolsonaro quem dá as cartas na rodada seguinte. Érico cuida o movimento de suas mãos, tirando cada carta do baralho e as separando em quatro partes, passando rapidamente por cima da caixinha de rapé polida. O homem deve ter uma excelente memória.

"Que me dizem de animarmos um pouco esta partida?", propõe Bolsonaro. "Confesso que minha mão me deixou bastante otimista. Que tal… mais cem libras para quem vencer esta vaza?"

Ocorre a Érico que o conde possa estar testando-o. Se parecer prudente demais, desconfiará de algo? Ora, dane-se! Dinheiro vai e dinheiro vem. É preciso gastar para ganhar, é o que se diz. Érico faz uma careta de quem finge avaliar riscos.

"Muito bem", concorda. "Mas o mesmo na próxima vaza também."

"A bolsa é sua. O que dizem os demais?"

"Passo", diz Beckford.

"Também passo", diz Balibari.

"Será só entre nós dois, portanto", Bolsonaro sorri.

Érico pega suas cartas e vê que aquela mão já está perdida. Não há nada de grande valor ali e, quando Bolsonaro anuncia que vencerá por quatro pontos, Érico blefa dobrando a aposta. O Chevalier de Balibari, entretanto, não teme o blefe, ignora e redobra. Será que faz parte também daquela trapaça? Não há como saber no momento. Érico encara Beckford impávido, mas por dentro gritando: por favor, não dobre a aposta. O vereador anuncia: sem aposta. Érico solta o ar dos pulmões devagar, para não denunciar sua tensão. Bolsonaro e Balibari vencem a vaza, de qualquer modo.

"Faça um bom investimento com meu dinheiro, meu senhor", diz Érico a Bolsonaro, enquanto recolhe as cartas e as entrega para Balibari embaralhar.

"Alguma sugestão, meu bom barão?", pergunta Bolsonaro.

"Ouvi dizer que livros são um ótimo negócio no Brasil."

Armando, que observa o jogo ao redor de uma distância segura diante da lareira, encara Érico surpreso. Uma sombra também cruza o olhar do conde: "Que quer dizer?".

"Bem, nossa Coroa é bastante rígida com a circulação de impressos", comenta Érico, fingindo distração ao observar Balibari passar o baralho a Bolsonaro. "É difícil encontrar uma boa leitura que sobreviva à burocracia da Inquisição. Depende-se muito do contrabando, hoje em dia."

"Mas por que logo o Brasil?", Bolsonaro corta o baralho e o devolve.

"É de onde venho, meu senhor." Érico distribui as cartas.

"O senhor é...", Bolsonaro quase engasga em asco, "... brasileiro?"

Érico empurra uma pilha de treze cartas para cada um, sorri e olha as suas. A sorte continua correndo para as mãos de seus oponentes, e ele se vê em uma situação cada vez pior. Bolsonaro pega o copo e dá duas batidinhas contra o tampo da mesa.

"Ponche ou vinho, senhor?", pergunta o valete.

"Céus, isto fala!", berra Érico, exagerando a surpresa. "Me desculpem, não o tinha percebido até então. Que eficiência! Não se pode pedir mais da criadagem hoje em dia do que ser invisível!"

Bolsonaro fica tão desconcertado que quase se esquece de responder. "É meu valete, Jockstrap". E se dá conta de que não lembra mais a pergunta inicial: "O que você disse, rapaz?".

"Ele perguntou se o senhor quer vinho ou ponche", intromete-se Érico.

"Não", Jockstrap corrige. "Perguntei se o senhor queria ponche ou vinho."

"A ordem dos fatores não altera o resultado", Érico assume o tom arrogante de quem considera um ultraje que o criado o tenha corrigido. "Ou altera?"

"Hmm… vinho, Jockstrap. Vinho."

O valete avança para dar a volta à mesa com o jarro em mãos, pronto a servir seu amo, o que necessita que passe por trás de Beckford. É quando Armando, que até então se manteve fingindo observar o jogo com distração, vira-se de cálice em mãos, e os braços se batem. O vinho tinto de sua taça voa para as roupas do valete. A jarra voa ao chão. O vidro estilhaça e a bebida tinta se espalha no chão em uma mancha dramática. Beckford os observa de soslaio, desinteressado.

"Meu bom homem, desculpe, não o vi", diz Armando, segurando o braço de Jockstrap.

Jockstrap puxa o braço com força: "Ora, seu…".

"Eeh, que atrevimento é esse, rapaz?", interrompe Beckford. "Meu senhor, diga ao seu valete que não quero desentendimentos esta noite." Ergue o braço, estala os dedos duas vezes. Um lacaio surge ao seu lado. "Levem o valete do conde à cozinha. Façam com que descanse, o homem está aí de pé a noite inteira. Providenciem uma nova casaca para ele. Tragam alguém para servir ao conde."

Jockstrap troca olhares com seu patrão e, irritado, se deixa levar, olhando para Armando com raiva. Bolsonaro pode ter perdido o controle absoluto, mas ainda tem a caixinha de prata polida à sua frente. A partida segue o rumo. Aos poucos, aproximam-se da mesa Ignatius Sancho e o conde de Sandwich. Maria e Martinho de Melo chegam logo depois. Érico a escuta cochichar no ouvido de Armando que Fribble "já saiu para a Lua".

Mais rodadas se passam, o jogo evolui devagar, meio morno, ninguém muito disposto a correr riscos e aumentar as apostas. Quando chega outra vez a hora do conde de Bolsonaro ser o carteador, a possibilidade parece animá-lo. Beckford embaralha as cartas e as repassa para Érico, que corta e as devolve ao conde em dois montinhos.

"Mas então, sua senhoria é brasileiro?", um meio-sorriso torto surge no rosto de Bolsonaro, enquanto distribui. "Que coincidência curiosa. Pode-se dizer que conheço o Brasil. Já estive lá algumas vezes."

"Improvável, creio", responde Érico, "já que a entrada é vedada a estrangeiros."

"Não posso dizer que entrava a convite."

Algo em Érico fica mais desperto, seus sentidos mais aguçados. Ajeita sua postura na cadeira, ficando ereto, rijo. Contém um sorriso malicioso de desprezo, a condensar os tantos séculos de rivalidades ibéricas transpostas para o Novo Mundo.

"É engraçado que todos pensem em mim como 'aquele conde italiano'", diz Bolsonaro, "quando na verdade nasci em Buenos Aires. Somos todos americanos nesta mesa... exceto pelo Chevalier, é claro. Que me diz, sua senhoria, de apostarmos cem libras nas próximas duas mãos?"

"Sim, por que não?"

Érico perde ambas, e também a rodada. Somadas, suas dívidas agora são de cerca de mil e seiscentas libras, um dinheiro que não tem e tão cedo não terá. Muito bem, ele pensa, era isso, estou fodido. Tira o relógio do bolso e olha a hora: onze e meia da noite do dia 11 de outubro de 1760 (um sábado). Neste dia, nesta hora, neste instante, está falido como nunca esteve em toda a sua vida. Uma xícara de chá agora seria ótima, uma xícara de chá é tudo de que precisa. Como sempre disse sua mãe: *uma xícara de chá põe o mundo no lugar*. É a vez de Érico chamar o criado, pedir um cálice de champanha que bebe de um gole só. Se está no inferno, dance com o diabo: "Que me diz, conde, se dobrarmos as apostas nesta rodada, sim? Mil libras, que tal?".

Pode escutar Martinho e Melo respirar fundo e segurar o fôlego. O Chevalier de Balibari para de distribuir as cartas e olha atônito. Há uma eletricidade no ar, como a que precede as tempestades. O embaixador espanhol, conde de Fuentes, também se acerca da mesa de jogo. Bolsonaro faz um beicinho. Olha suas cartas. Olha para Érico.

"Sinto-me obrigado a lhe dizer, rapaz, que minha mão está muito interessante nesta rodada", diz o conde. "Tem certeza de que deseja continuar? Sabe o que diz Voltaire sobre as guerras? 'Deus está com os grandes batalhões'."

"Não poderia estar mais certo."

Bolsonaro então anuncia que vencerão por três vazas. O trunfo é um dois de copas. Os dois — Bolsonaro e Balibari — já estão vencendo por quatro vazas quando, para alívio de Érico, as cartas viram a seu favor. Beckford vence duas vazas seguidas, e Érico mais duas, empatando. Bolsonaro solta um grunhido, e Balibari se agita tenso em sua cadeira. Não há mais cartas do naipe do trunfo agora. Érico larga um Rei de ouros. Bolsonaro descarta um dois de espadas. Beckford, um às de ouros; e Balibari, um cinco de paus. Érico vence a vaza. Desconfia de que todas as cartas de ouros estejam entre ele e Beckford. Apostando na ideia, larga um três de ouros. Nem o conde nem o Chevalier possuem algo desse naipe. Beckford vence com um cinco. Quando inicia a vaza seguinte com um seis de ouros, troca um sorriso cúmplice com Érico: agora é ladeira abaixo. Vencem as últimas vazas e a rodada.

"Voltaire também disse, se não me engano...", provoca Érico, enquanto consulta o relógio de bolso, "que a virtude se avilta quando se esforça demais para se justificar."

Quinze para a meia-noite. Está na hora.

"Creio que mais uma rodada e encerraremos", anuncia. "Pois soube que lorde Beckford planeja um grande espetáculo de fogos de artifício para a meia-noite."

"Os fogos estourarão à meia-noite, sim, mas não sem minha presença", diz Beckford. "De modo que só será meia-noite quando eu determinar que seja." Érico tem um estremecimento de pânico: terá Beckford esquecido do combinado, em seu lampejo empolgado de onipotência? O vereador, contudo, logo emenda: "Mas sejamos benevolentes com o Tempo. Que seja esta a última rodada, para que a meia-noite não atrase muito".

O Chevalier de Balibari, que até então vinha se mantendo quieto a maior parte da partida, não esconde certo alívio com a ideia de encerrar aquilo antes que comece a fugir ao controle. Já Bolsonaro, contudo, ignora os dois e se dirige a Érico: "Se fazem questão, é claro, podemos encerrar o jogo quando bem quiserem. Mas seria uma pena, não? Numa noite como essa, que pede por grandiosidade... e se essa partida também se encerrasse com outra espécie de fogos de artifício? Por exemplo, com duas mil libras pela partida?".

Isca mordida. Érico analisa seu oponente. Há um leve tremor no lábio direito de Bolsonaro, um tremor de tensão e raiva contida. Céus, como Érico detesta aquele homem! Como anseia pelo momento em que verá o sorriso arrogante sumir daquele rosto semiparalisado.

"Fechado."

Um burburinho percorre o entorno da mesa. Balibari se apressa em dizer que não pretende tomar parte naquela aposta. Sem tirar os olhos de Érico, Bolsonaro tranquiliza seu par: tratar-se-á de uma apostazinha particular entre dois cavalheiros americanos, e não vê necessidade de incluir nem Balibari nem Beckford nisso. Todos estão de acordo. Bolsonaro distribui as cartas.

Érico olha as suas: uma mão forte. Bolsonaro, que bem sabe o que Érico tem, não esconde o amargor na voz: anuncia que não fará aposta. Érico e Beckford vencem onze das treze vazas, marcando cinco pontos. Érico recolhe as cartas, é sua vez de distribuí-las. Dá duas batidinhas de cada lado para alinhar o bolo e entrega para Balibari, que as embaralha e passa a Bolsonaro para que corte. O conde divide as cartas em duas metades e as desliza pela mesa, para Érico.

Ignatius Sancho faz sua parte: pergunta em quanto estão as apostas. Ao ser informado do valor, diz em alto em bom som: "Não é à toa que as cartas são 'a ruína de Londres'. Espero que isso não termine em tragédia".

"O senhor já perdeu seu dinheiro esta noite", resmunga Bolsonaro, "agora faz eu perder minha concentração. Volte à senzala de onde saiu, por favor!"
"Peço que não destrate meus convidados, por gentileza", diz Beckford.

Érico tira seu lenço de cambraia do bolso e limpa o rosto. Olha rápido para Bolsonaro e Balibari: os dois estão dando a atenção para Sancho. Guarda o lenço de volta no bolso e um baralho está em suas mãos. Começa a dar as cartas.

"Não foi minha intenção ofendê-lo", mente Bolsonaro, seco. Dando o assunto por encerrado, volta sua atenção para as cartas.

A distribuição termina, e Érico pega ansioso aquelas que lhe correspondem. Tudo precisa estar em ordem, ou tudo irá por água abaixo no modo mais terrível possível. Olha as cartas que tem em mãos: quatro do naipe de paus, incluindo o Ás e a Rainha, e nove cartas pequenas de ouros, em sequência, do dois ao dez. Inspira e expira devagar, tentando ocultar de todos seu nervosismo: sim, está tudo em ordem. Vira a última carta, que servirá de trunfo: quatro de paus. Agora é cuidar a expressão do conde.

Bolsonaro disfarça. Cobre a boca com a mão, olhando em silêncio para Balibari e Érico. Por fim diz: "Serei generoso com você, garoto. Uma cortesia, de americano para americano. O fato é que tenho uma mão muito boa aqui, mas quem sabe a sua também não o é? Vamos acrescentar um pouco de... charme à coisa? Um valor mais alto, talvez".

Bela encenação: Érico sabe que o conde tem nas mãos quase todos os ases, os reis e as rainhas, e lhe diz: "Sim, a minha também me parece ótima. Que me diz de mais cem libras por vaza?".

"Perfeito. Chame sua aposta."

"Ora, deixe-me ver..." Érico faz uma careta, como se fosse difícil pensar em seu estado de embriaguez fingida (quatro cálices, está longe de seu limite). "Sete."

Martinho de Melo engasga. Um arquejo percorre o entorno da mesa — um grupo que se torna cada vez maior, sendo formado pelos espectadores entediados das outras mesas de jogos.

"Como é?", quase grita o conde, curvando-se em sua cadeira. "Está dizendo que vai vencer sete vazas? Um grande slam, com o naipe de paus, é isso?" Bolsonaro solta um risinho irônico e relaxa na cadeira. "O dinheiro é seu para gastar, a mim resta agradecer. Que me diz, Chevalier?"

Nem todo o ruge nas bochechas maquiadas de Balibari oculta a palidez de seu pânico. Olha de Bolsonaro para Érico como quem caiu no fosso dos leões da Torre de Londres e não vê a quem pedir ajuda. Balança a cabeça em negativo, e murmura: "Sem apostas".

"Sem apostas", diz Beckford, quase entediado.

Bolsonaro bate a mão contra a mesa e sorri exibindo as gengivas: "Pois eu dobro!".

"A partida e as vazas também?", Érico quer deixar claro. "Então eu redobro. Oito mil libras pela rodada, mais quatrocentas por cada vaza."

Cochichos e murmúrios tensos ao redor. Bolsonaro o encara, confuso. Olha suas cartas apenas para se certificar de que ainda estão ali e de que aquela mão cheia de reis, rainhas e ases não é uma ilusão. Mal consegue conter o sorriso maníaco diante da estupidez daquele recém-chegado do fim do mundo embevecido na arrogância ingênua dos jovens. Bolsonaro sabe que é impossível que não vença ao menos duas vazas, o que faria ruir a aposta do outro.

Já Martinho de Melo e Castro segura o cálice de vinho com a mão trêmula. Não gostou daquele brasileiro desde o momento em que o conheceu. Havia algo de errado nele, naquele modo insolente de se portar. Mas tinha a confiança do conde de Oeiras, que podia fazer? Se algo der muito errado agora, será o nome de sua embaixada que será manchado. Sua própria posição pode ser comprometida! Bom Deus: são treze mil e duzentas libras em jogo! Quarenta e sete contos de réis! De onde irá tirar esse dinheiro? O que aquele garoto pensa que está fazendo? Às favas com a discrição! Martinho de Melo caminha ao redor da mesa, observando as cartas de cada jogador. O que vê é isto:

Beckford (Norte)
♠ 5, 4, 3, e 2
♥ 5, 4, 3 e 2
♣ 6, 5, 4, 3 e 2

Balibari (Oeste)
♠ Valete, 10, 9, 8, 7 e 6
♥ 10, 9, 8, 7 e 6
♦ Rainha e Valete

Bolsonaro (Leste)
♠ Ás, Rei e Rainha
♥ Ás, Rei, Rainha e Valete
♦ Ás e Rei
♣ Rei, Valete, 9 e 7

Érico (Sul)
♦ 10, 9, 8, 7, 6, 5, 4, 3 e 2
♣ Ás, Rainha, 10 e 8

É quando Martinho de Melo compreende: Érico tem nas mãos uma vitória contra a qual não há nenhuma defesa possível. O que quer que Balibari jogue, ele e Beckford vencerão com o trunfo. Bastará que chamem duas vezes por cartas de ouro para inutilizar as mãos do conde e do Chevalier. Os Ases, Reis e Rainhas de Bolsonaro se tornarão inúteis contra o trunfo. Um calafrio percorre sua espinha: será a mais fragorosa derrota que já testemunhou.

"Vamos logo com isso, Chevalier", é o próprio Bolsonaro quem clama, irritado.

Balibari joga o melhor que tem: a Rainha de ouros. Bolsonaro o fulmina com o olhar, sua expressão a questionar se aquilo é o melhor que pode fazer, e o Chevalier parece encolher dentro das próprias roupas. Beckford não tem nada de ouros, e vai pelo trunfo: seis de paus. Mas Bolsonaro é obrigado a jogar pelo naipe, e lança seu Ás de ouro, inutilizado. Érico lança o dez de ouro, e Beckford vence a primeira vaza.

É a vez de Beckford abrir: cinco de paus. Bolsonaro sorri. Só precisa que percam uma única vaza para ganhar a aposta. Lança seu Rei, mas Érico o pega com o Ás. Balibari, que não tem nada útil em mãos, descarta o seis de copas. Érico vence a segunda vaza.

Na terceira vaza, Érico abre com o nove de ouros. Balibari usa o Valete, mas Beckford usa o trunfo: quatro de paus. Bolsonaro se vê obrigado a dispensar seu Rei de ouros. A vitória é de Beckford, que imediatamente abre a quarta vaza com o três de paus. Bolsonaro lança o Valete, Érico cobre com a Rainha. Balibari não tem nada que possa ser útil, e Érico vence.

Bolsonaro começa a se dar conta do que se avizinha, e observa ansioso as mãos de Érico, com medo da possibilidade terrível de que o oponente esteja em posse de todos os ouros. As cartas em suas mãos começam a ficar escorregadias de suor.

Érico inicia a quinta vaza com o dez de paus. A mão do Chevalier de Balibari treme ao descartar um sete de copas inútil. Beckford lança um dois de paus e Bolsonaro perde seu nove.

Érico abre a sexta vaza com o oito de paus. Balibari e Beckford lançam cartas inúteis, e Bolsonaro faz um beicinho de raiva ao perder sua última carta de paus, o sete. Seis vazas ganhas, pontuação zerada, a contagem começa a valer. Agora é descer ladeira abaixo.

Érico encara o conde de Bolsonaro com uma curiosidade maldosa. O conde sustenta o olhar, e os dois homens se medem em uma variação tola de jogo do sério. O silêncio entre ambos só aumenta o desconforto dos que estão ao redor da mesa, crentes de que algo perigoso está prestes a ocorrer. Então Érico lentamente larga o oito de ouros sobre a mesa. Sem nem esperar pela vez do Chevalier de Balibari jogar, vai largando uma a uma todas as suas cartas. Sete. Seis. Cinco. Quatro. Três. Dois. Érico relaxa em sua cadeira e chama o criado.

"Eu aceitaria um macaron, agora."

De súbito, o conde de Bolsonaro se levanta derrubando a cadeira para trás, e arranca as cartas das mãos de Balibari. Espalha-as sobre a mesa, à procura de algo que lhe sirva. Dá-se conta do vexame de seu descontrole quase no mesmo instante, endireita o corpo, puxa as abas da casaca para baixo alinhando as roupas, respira fundo.

"Barão...", sua voz é distante e formal, mas fala entre dentes, contendo uma explosão de raiva. "Embora eu não saiba dizer como, acredito que o senhor trapaceou."

Érico também se levanta, fingindo estar muito ofendido:

"Excelência, eu nego veementemente a acusação de sua senhoria, e peço que me esclareça de que forma sua senhoria acredita ter sido enganada."

Balibari permanece sentado, pronto a desmaiar.

"Como lhe disse, não sei como...", diz Bolsonaro. "Mas acredito que fui."

"O senhor ofende meu caráter diante de uma plateia", diz Érico, "portanto exijo satisfações ao modo habitual nestes casos, e se sua coragem for igual ao seu atrevimento, podemos nos encontrar nos jardins e resolver isso como cavalheiros."

O lábio inferior de Bolsonaro começa a tremer. É Beckford quem então se levanta, e antes que a situação saia do controle, diz:

"Conde, enquanto estava ganhando, não se queixou de trapaças. E o faz agora que perde? Tal oportunismo não é digno do vosso título, nem desta festa. Eu participei desta partida desde o princípio, e não vi nada que fundamente sua acusação. Peço que a retire, e, como cortesia, que o barão aceite vossas desculpas."

Balibari, que só quer sair dali o quanto antes, também se ergue e declara que a partida foi justa e bem jogada, que não vê motivos para crer que seus adversários tenham faltado com a honestidade, e congratula Érico.

Bolsonaro cruza o olhar com o do conde de Fuentes, e por fim, consente:

"Retiro o que disse e lhe peço desculpas, barão. Chamem meu criado, para que traga minha carteira."

Treze mil e duzentas libras, pensa Érico. Será um homem rico se esse dinheiro realmente chegar até suas mãos. Mas, como dizia uma amiga sua, há coisas que valem mais do que dinheiro, e uma ideia lhe ocorre.

"Posso sugerir à sua senhoria que divida o valor em duas ordens de pagamento?"

"Ora, de que isso lhe servirá?", pergunta Bolsonaro.

"É muito simples, senhores: proponho ao bom conde aqui que assine uma letra de câmbio no valor de seis mil e seiscentas libras, para meu pagamento imediato; e uma nota promissória com a segunda metade, para alguma data anterior ao vencimento das muitas promissórias ao portador que, é notório, ele próprio recebeu dos que derrotou nas cartas. E na data acertada, aceitarei trocar uma pelas outras."

"Ora, e o que o senhor ganhará com isso?", pergunta Beckford, suspeitoso.

"Pois anuncio desde já meu compromisso de que, uma vez em posse destas muitas promissórias, aceitarei devolvê-las a seus respectivos devedores por *metade* dos seus valores originais." Érico sorri. "Afinal, esta cidade me recebeu tão bem que é meu dever retribuir a hospitalidade."

"Meu senhor", diz Ignatius Sancho, "se cumprir sua palavra, o senhor será a pessoa mais bem recebida nos salões da sociedade."

"Confesso que a possibilidade me ocorreu, sr. Sancho", sorri Érico. O mesmo não se pode dizer de Bolsonaro: tão cedo se espalhe o boato de que roubava nas cartas, não o aceitarão mais nos salões. O conde encara Érico com a disposição de quem, se pudesse, o mataria ali mesmo, mas é Beckford quem tenta animá-lo, lembrando-lhe de que não se pode lamentar a perda de um dinheiro que nunca se teve; e tanto melhor é perder meia fortuna agora do que uma fortuna inteira depois.

O valete volta. Bolsonaro pede por caneta e tinta, e em seguida redige as duas letras de câmbio autorizando seu banqueiro a pagar cada metade da dívida — uma de imediato e a outra para dali a duas semanas. É a segunda, a promissória, que Érico lê antes de guardar no casaco.

Londres, 11 de outubro de 1760. No valor de £6600.

Em duas semanas a partir da data atual, pagarei, contra a apresentação dessa letra de câmbio, a Érico de Borges-Hall, a soma de seis mil e seiscentas libras esterlinas em espécie de acordo com a taxa de câmbio corrente, por valores acertados em acordo de cavalheiros.

R.O.C., conde de Bolsonaro

Érico agradece ao conde e lhe pergunta, a título de curiosidade, pelo que correspondem aquelas iniciais; Bolsonaro lhe responde: é como assina seu nome, Reinaldo Olavo de Gavíria y Carvajal. Um belo e nobre nome, diz Érico, e já está se levantando para ir embora quando chega até eles um criado trazendo uma bandeja repleta daqueles mesmos macarons recheados que viu na biblioteca.

Érico pega um, de cor lavanda, e o oferta ao conde.

"Um pouco de açúcar, meu senhor", sorri. "Para adoçar uma derrota amarga."

Bolsonaro encara Érico em silêncio. Pega o macaron e o mantém erguido no ar entre o polegar e o indicador, e o observa mais de perto. Então seu punho se fecha sobre o confeito, esmagando-o, e abre a mão deixando os farelos caírem ao chão.

Sem dizer mais nada, dá-lhes as costas e vai embora.

Os fogos são lançados do telhado da Mansion House, para deslumbre do povaréu. Érico revolve a colher em sua taça de *syllabub* de vinho e creme batido. A noite está chegando ao fim. Maria já foi embora acompanhando o tio, e com ela o espírito da festa. O Milanês recita para um busto de Cícero uma citação obscura em latim — *"lorem ipsum, quia dolor sit amet, consectetur…"* — não há como extrair dele qualquer entendimento coerente. É a melancolia de fim de festa. Ao menos Armando permanece ali.

— Não entendo essa gente — diz Armando. — O que leva um homem rico a roubar?

— A riqueza é mais uma questão de aparências do que de saldo no banco. Talvez tenha perdido algum grande investimento e esteja com pressa para recuperá-lo — sugere Érico. — O comércio tem seus riscos, navios naufragam, são roubados… e às vezes até apreendidos na alfândega.

— Oh, você acha que…

— É cedo para dizer, mas creio que estamos num bom caminho.

— Se isso se confirmar, terá sido um golpe sensacional do acaso, não acha?

— Do acaso? Hmm, deve se dar o devido valor ao acaso, claro, mas se o imprevisto é parte da equação, não se pode considerá-lo acaso. Por exemplo, quantas vezes você viu o azul-marinho hoje?

— Como assim?

— A cor azul-marinho. Em roupas, em pinturas, nos confeitos. Era a cor das casacas dos criados da festa, mas não do valete do conde, que foi o que me fez prestar atenção nele. Me diga, quantas vezes?

— Devo ter visto diversas vezes, mas não estava contando.

— Essa é a questão. Se eu lhe disser agora para que perceba toda vez que o azul-marinho surgir à sua frente, em pouco tempo você começará a percebê-lo tanto que o verá em todo lugar. Em decorações, panos, nas obras de arte. É assim que funciona: treina-se a mente para notar certos padrões, pequenas sutilezas, peculiaridades, trejeitos... e então ela surge, e superlota sua visão, e você pensa que, céus, estará louco, será uma invasão, um surto de uma nova doença? Mas não, é só o que sempre foi e sempre será, você apenas ampliou o foco da sua mente. E há quem fique ansioso com isso e nos acuse de ser uma nova moda, quando sempre estivemos aqui.

— Ah, sim — concorda Armando. — Você tem um senso aguçado, logo notei. Deve ter me percebido desde o primeiro instante, não?

— Vindo de fora, me saltou aos olhos de imediato — diz Érico. — E quanto a mim?

— Ah, você eu só soube aquele dia, semana passada, quando pediu por entretenimentos com *discrição* — reconhece Armando. — Devo dizer, você é muito bom ator, eu jamais desconfiaria. Disfarça muito bem.

— Quem, eu? Eu não disfarço, eu sou assim — saca o relógio de bolso e consulta as horas. — O melhor personagem que já interpretei foi a mim mesmo.

— Hmm, sabe quem encontrei ainda há pouco? O capitão Whiffle. Ele e Simper vão à Lua. Afinal hoje é sábado, todos já devem estar lá agora. Vamos também? Você certamente tem o que comemorar.

As cores dos fogos iluminaram o rosto de Érico. Antes de ir a qualquer lugar, vai tirar aqueles saltos e toda aquela maquiagem, mas a noite mal começou e seria uma pena encerrá-la tão cedo.

— Sim, com certeza. Vamos à Lua.

9.
Uma comunidade de segredos

"Homens sábios encontrarão a entrada", diz a placa afixada à porta. As luzes estão apagadas; as janelas, fechadas. É um prédio antigo e discreto, de três pisos, em um trecho no fim da Brewer Street com a Wardour, conhecido como Knave's Acre. À primeira vista, não há vida alguma na cafeteria cuja placa exibe o desenho de um queijo redondo ao lado de um ancinho: THE MOON'S RAKE.

No entanto, homens sábios sabem mais. Sabem, por exemplo, que em Wiltshire, oeste da Inglaterra, corre a lenda de que um bando de contrabandistas, para fugir das vistas do fisco, escondeu barris de vinho francês no fundo de uma lagoa. À noite, munidos de ancinhos, tentavam puxar de volta os barris quando foram surpreendidos pelos fiscais da alfândega. "Que fazem vocês aí no meio da noite, dentro de um lago, com ancinhos nas mãos?", perguntaram os fiscais. "Estamos tentando puxar aquele queijão redondo ali, que alguém deixou cair no lago", disseram eles, apontando o reflexo da lua. Os fiscais riram dizendo que eram um bando de ignorantes, e foram embora, deixando os burlões livres para continuar seus contrabandos.

Da mesma forma, quem vem àquela cafeteria de dia e lê o nome "O Ancinho da Lua" a associa à lenda e julga que tudo está em ordem. Mas quando cai a noite e suas portas se fecham, a loja muda de gênero, e o *rake* que denomina um ancinho ou rastelo vira a gíria *rake*, um libertino. E no fundo azul da noite na floresta urbana, a lua ilumina a dança, a roda e a festa: é agora o Libertino da Lua. Ou apenas "Lua", para os íntimos.

"Homens sábios encontrarão a entrada." Érico e Armando olham ao redor, certificando-se de que ninguém os segue. Dobram a esquina e cruzam pelo beco de Little Crown, que vai dar em frente à velha Compton Street, onde batem à porta.

Pois a entrada, claro, se dá pelos fundos, na porta de trás.

"Que-ri-das! Pensei que tinham me abandonado!", diz aquela elegante senhora andrógina de meia-idade e nacionalidade obscura (alguns dizem ser italiana, a certeza apenas é de que é católica). Movida por compaixão, amizade, um pouco de tédio e um senso de oportunidade proporcional aos riscos que corria, fez de sua loja um porto seguro para que seus amigos bebessem, conversassem e realizassem saraus longe do olhar raivoso e persecutório dos que fiscalizam o rabo alheio. Os mais velhos, com intimidade, a tratam por "irmãzinha"; os mais novos, em busca de seus conselhos, a chamam carinhosamente de "mamãezinha", seu verdadeiro nome é um mistério, e ali todos a conhecem pelo nome de guerra que assumiu: Lady Madonna.

Faz com que entrem rápido, olha para fora uma última vez, certificando-se de que não há ninguém suspeito na rua, e fecha a porta. Faz beicinho: "Sei que não estou no mesmo nível que um Beckford…".

"Você é insubstituível, querida", rebate Armando. "E sabe disso muito bem!"

"Ah, sua bajuladorazinha, sabe que vivo para os aplausos", ela os cumprimenta com beijinhos em cada face. Veste-se à moda francesa, com um opulento vestido rosa pastel, do tipo que se mantém armado nas laterais com anquinhas de osso de baleia tão largas que cada giro é como as pás de um moinho. Lady Madonna os conduz até os umbrais do salão em cujo batente se lê a máxima de Juvenal: *Magna est inter molles concordia* — grande é a harmonia entre os que são… moles? Mas é outro trocadilho, agora com a gíria *molly*. "Vamos, venham, preciso voltar logo, pois Alejandro não está dando conta do serviço. Acabaram de chegar uns rapazes que trabalharam na festa de Beckford, há músicos hoje e a casa está cheia."

O salão é decorado como um boudoir luxuoso. Pesadas cortinas de veludo abafam os sons para o mundo exterior e lhes escondem as luzes; há um nicho convertido em saleta, uma rodinha de sofás de veludo e *chaise longues*, um quarteto de músicos a tocar melodias suaves, e ao fundo um balcão alto com banquetas, diante de um armário de bebidas. A maioria dos frequentadores, contudo, se mantém de pé, bebidas nas mãos, conversando em rodinhas envoltos na luz lânguida das velas que se refletem nos muitos espelhos das paredes. O lugar brilha com a mornidão e o conforto de um sonho.

É ali que a mais colorida e democrática mistura de classes confraterniza, entre soldados rasos a altos oficiais, ricos funcionários da Coroa e almocreves sem um tostão no bolso, aristocratas e plebeus, homens do mar e homens da terra, malandros e beleguins. Formam uma comunidade em que todos são diferentes porém iguais, pois têm em comum um único segredo, o qual o decoro tanto hesita e proíbe nomear que, por paradoxo, multiplica seus nomes na busca por metáforas: fanchonos, bujarronos, páticos, invertidos, endossantes, macios, sodomitas, jesuítas, catamitos, ganimedes, sométigos, nefandistas, pederastas, moles, frescos, putos, maricas, pula-selas, fodincus, praticantes do amor grego, navegadores de barlavento, adoradores da Vênus Prepóstera ou cavalheiros da porta dos fundos; nas províncias brasileiras sendo por vezes associados a certa espécie de cervídeo que, apesar de símbolos de virilidade e realeza entre europeus, na natureza observou-se que os machos da espécie, quando desprovidos de fêmeas, aliviam suas tensões entre si.

Não é novidade para Érico que pequenas comunidades como aquela surjam em situações restritas — navios, mosteiros, escolas ou, a dar-se crédito aos boatos, a corte de certos monarcas com excessivo apreço pela arte grega. No Rio de Janeiro havia sempre boato deste ou daquele senhor que se deitava com seus escravos, de secretas rodas de amigos que frequentavam esta ou aquela casa, ou de algum par pego de surpresa nas coxias do teatro. Contudo, é apenas em cidades tão grandes e densamente povoadas como Londres que uma comunidade com tal nível de organização se torna possível, onde mesmo uma minoria tem tamanho o suficiente para formar um grupo coeso, com códigos comuns, linguagens comuns, uma história e uma geografia comuns, e uma extensa rede de contatos, uma cultura própria a perdurar por décadas construindo sua própria história, enfrentando toda sorte de revezes.

Logo que chegara à cidade, Érico perguntara a Armando onde um cavaleiro poderia buscar o tipo de entretenimento que necessitasse de *discrição*. Armando então o apresentou ao mapa secreto de Londres. Para os que têm o hábito de "sair à noite para miar", como se diz ali, havia os arredores da Bolsa de Valores e da Catedral de Saint Paul; nenhum tão popular, contudo, quanto o trecho ao longo do muro que separa as charnecas de Moorfield, conhecido vulgarmente como *passeio dos sodomitas*. Em Covent Garden, apontou debaixo de quais arcadas poderia encontrar rapazes dispostos aos divertimentos de seus gostos. Já nos arredores de Lincoln's Inn Fields, havia um banheiro público que já testemunhara de tudo, tornado popular pelos belos e voluntariosos estudantes de direito que o frequentavam. Mas tudo isso, claro, eram passeios de risco, geralmente feitos pelos que se viam obrigados a manter vidas duplas, indo atrás das transações anônimas das ruas. Armando achava vulgar "sair à rua para miar". Muito mais confortável e seguro, em sua opinião, era ir à noite com os amigos em *petit comité* nos saraus de alguma *molly house*.

Uma verdadeira instituição londrina, as "casas de *mollies*" surgiram no começo do século, nos tempos da rainha Anne, quando certa liberalidade de costumes tornou o "vício estrangeiro" mais visível do que se desejaria — e por estrangeiro entenda-se aquele que, na Inglaterra, é dito "o vício francês"; na França, "o vício italiano"; na Itália, "o vício turco"; e assim por diante. Em contrapartida, formaram-se umas tantas "Sociedades para a Reforma dos Costumes", muito preocupadas com a moral e os bons costumes das classes baixas, mas receosos de fiscalizar o rabo da nobreza ou do clero. E se tornou notório o caso de Margaret "Molly" Clap, a dita Mãe Clap que, menos por lucro e mais por gostar da companhia, tinha as portas de sua casa sempre abertas para os fanchonos da cidade. Lá se bebeu, cantou e dançou em alegres fanchonices até aquela noite fatídica, em 1726, quando os membros da SRC cercaram a casa, invadiram-na e prenderam seus frequentadores. Alguns escaparam, muitos foram presos. Entre humilhações no pelourinho e alguns suicídios, quem não tinha dinheiro foi condenado à forca, quem o tinha subornava o juiz e fugia para o continente.

O escândalo alimentou a imprensa por semanas, mas seu efeito foi contrário ao desejado. Quem, por medo ou excesso de discrição, desconhecia a efervescente cultura subterrânea do *demi-monde* londrino, leu os jornais e teve um choque revelatório: "A cidade está cheia de outros como eu!". Aos habitués, reforçou-se a necessidade de discrição, e com o passar do tempo as Sociedades para a Reforma dos Costumes foram saindo de moda, conforme muitos de seus membros iam sendo pegos no flagra, a cometer os pecados que acusavam em outros, sendo por fim reduzidos à sua real dimensão de meros chantagistas e hipócritas, provando que todo moralista é, no fundo, um reprimido.

Ainda então, já décadas depois, volta e meia algum indiscreto era pego no ato e ia para as páginas dos jornais, mas de todo modo aquela comunidade — que Mr. Fribble considera a "mais doce sociedade do mundo" — floresce. Ou melhor: de tanto bater, endureceu, firmando-se vigorosa e tesa como convém.

Érico agora já está mais habituado ao ambiente e fica mais à vontade. Tem vindo quase toda noite nas últimas duas semanas. Na primeira vez, sentira-se deslocado, atravessando aquele alegre rebanho com o sorriso encabulado do provinciano que quer fazer bonito: tinha o coração agitado e a impressão de que Armando o usava para se exibir diante dos demais. Depois soube, por Maria, que Armando ainda se ressentia pela maneira com que seu relacionamento com Fribble havia terminado, um amargor residual temperando uma amizade bastante agridoce. A isso tudo, Érico erguia os ombros indiferente. Afinal, ele e Armando de fato vinham se divertindo um pouco nos quartos um do outro, e não viu problema em deixar que Armando alimentasse na cabeça de Fribble a fantasia de que houvesse entre os dois algo mais do que um mero passatempo. Divertia-se com as tiradas enciumadas dos dois — como se Érico fosse um donzel que precisasse ser conquistado ou protegido.

Mas tampouco Érico quer deixar transparecer sua verdadeira intenção: o desejo, às vezes intenso demais, de que todos ali gostem dele, aliado ao temor de ceder confiança em excesso e sair prejudicado. É o peso de tantos anos vivendo em segredo. Isso o deixa em um estado de alternância constante entre a tensão e o relaxamento: não sabe mais que máscara deve usar, pois não tem certeza de como se portar. Deve interpretar o soldado — seco, quieto, formal, com uma agressividade latente —, o barão — muito à vontade, com um leve senso de superioridade natural aos bem-nascidos, os modos refinados de macarôni — ou deve ser ele mesmo, e nesse caso, um rapaz de vinte e quatro anos tímido e ansioso, que deixado em seu estado natural até se efemina um pouco nos modos, mas que de tão protegido por máscara sobre máscara já nem se lembra mais de quem é? Ali dentro, Érico é um ator que já não sabe em que peça atua. Quando vivia no Rio de Janeiro, sua melhor amiga Sofia lhe dissera: "Seu tolo, acha que nós mulheres somos assim tão inferiores que a mera ideia de feminilidade o diminuiria?". Lembrar de seus amigos no Brasil o faz sentir saudades da terra natal, é a melancolia que regressa.

"Todos já estão sabendo", diz Armando ao tomá-lo pela mão, e por um instante Érico fica confuso e hesita. "O jogo, querido", explica Armando, puxando-o para o meio das pessoas. Alguém passa entre os dois e separa suas mãos, Armando para e abraça um conhecido, ali conhece quase todo mundo e todos querem saber da partida de uíste. Érico sente-se observado de soslaio de cima a baixo pelos que estão ao redor, antes de voltarem para suas próprias conversas.

Há algo muito astucioso e esperto no modo como se tratam, em suas gírias particulares. Como geralmente ocorre com aqueles que são vítimas de ofensas constantes, apropriam-se da linguagem abusiva com que são tratados e a potencializam, até transformar o que antes era ofensa e desprezo em um humor afetuoso. Se os taxam de efeminados, então ali mesmo os mais viris passam a se tratar no feminino, com apelidos próprios: o carvoeiro hercúleo é "Lucy Cooper", o barqueiro atlético é "Fanny Murray", e "Maria Pingacera" fabrica velas. Os veteranos orientam os recém-chegados sobre como se portar naquele mundinho, sendo por isso chamados "tias". Os mais notórios ganham títulos de nobreza, como a "Rainha de Ferro" (um ferreiro), "Lady Godiva" (o empregado de mesa de um clube local) ou a célebre "Princesa Serafina" (um valete de cavalheiros). Érico, que não gostava muito da ideia de ter uma alcunha, ainda estava por ganhar a sua.

Seu olhar atento capta algo, trajando o azul-marinho dos uniformes da festa de Beckford. Enquanto isso, o violão é dedilhado, a flauta soprada, o violino tocado e o ritmo dado por um tamborim, e a banda canta:

Certa noite, de minhas ovelhas cuidando,
e com zelo vigilante as guardando,
Temendo o ataque dos lobos,
que assíduos meu sono interrompiam,
E dentro de meu cercado se metiam,
Até que os espantasse aos brados

O salão está cheio, e vários ali são novos amigos feitos naquelas duas semanas, querendo uma palavrinha com ele. Fribble já nos é conhecido, ali está com uma bebida nas mãos, e ao ver Érico ergue a taça em uma discreta saudação, girando o indicador no ar e dando a entender que depois quer falar com ele. Érico assente. A essa altura, Armando já ficou para trás, preso em suas próprias rodinhas de amigos, fofocando sobre quem foi ao baile, quem não foi, quem se vestiu bem e quem se vestiu mal. O criado de madame, Alejandro, passa apressado com uma bandeja nas mãos, levando bebidas e trazendo copos vazios.

Da meia-noite, creio, à altura
(quando mais alva brilhava a lua)
Embaixo, ouvi um estrondo!
De princípio, até um susto tomei,
E nada havia em volta quando olhei,
Mas escutei algo rolando.

Quando, por fim, decidi levantar
E por três vezes três me persignar;
Alcancei meu cajado afiado
Temi que o lobo seu prêmio pegara
E não sabia dizer como o fizera
Nem por onde havia entrado

Ali está o capitão de fragata Phillip Whiffle, alto e muito magro, sempre de luvas brancas, junto de seu companheiro de muitas décadas, o cirurgião de bordo Mr. Simper. Érico os conheceu nas visitas frequentes feitas ao Libertino da Lua, e, tendo em comum a vida militar, a afinidade foi imediata. Os dois se aproximam dele, o capitão quer saber da partida de uíste: "Você lhe aplicou uma lição e tanto", diz Whiffle. Simper então retruca: "Ora, sejamos sinceros: ele enrabou o italiano de uma maneira que este deve ter esquecido que algum dia teve pregas!". Érico tem uma afeição especial por aqueles dois: estão juntos há tanto tempo que sua presença lhe traz uma inspiração romântica. O capitão Whiffle, com seus modos delicados somados à propensão de desmaiar em dias de calor, transparece uma enganosa aparência de fragilidade e feminilidade — ninguém diria que é um dos heróis da batalha da baía de Lagos, onde capturaram aqueles navios franceses. Érico sorri, pede licença e segue.

Foi que, ao luar, pude espiar
Um rapazinho, nu a se deitar
Entre o rebanho encolhido;
Aos poucos, tentei me achegar
Ele grunhiu, como se fosse expirar;
Mas que falso, que fingido!

"Por piedade", bradou, "mas que dia!
Bom mestre, você me ajudaria?
Pois estou exaurido!"
Me condoí, quando o vi implorar;
Levei-o à cama, para ali se deitar,
Mas fui eu quem foi servido!

"… a verdade é que, não encontrando nenhuma falha na minha argumentação, inventou aquela história absurda sobre o relógio e minhas finanças!", diz o velho conde Strutwell, um cálice de conhaque nas mãos, a contar pela enésima vez a mesma história para um ouvinte novo, sobre como um mal-entendido com um jovem médico foi distorcido pela pena de um escritor escocês, que o satirizou num *roman à clef* sem *clef*. Lorde Strutwell é uma figura solitária, que sai da reclusão de sua mansão em Hampstead apenas para as noites de fim de semana no Lua. Érico se afeiçoou de imediato ao conde, tanto por ser um veterano de muitas batalhas no campo dos amores discretos quanto por admirar sua erudição e conhecimentos de clássicos gregos e latinos, dono que é de uma das melhores bibliotecas da Inglaterra. Já o conde, de sua parte, não se importa em ter a atenção dos jovens, ainda mais quando são bonitos. "Oh, Érico querido, aí está você! Como estava a festa do vereador Beckford?"

"Adequada à pessoa do anfitrião, creio."

"Ah, posso imaginar, posso imaginar... Não pude ir, claro, minha saúde não me permite mais essas extravagâncias... apenas um brandy aqui entre amigos, e só", diz ele com uma ponta de tristeza resignada e melancólica no tom. Todos sabem que, desde um escândalo público muitos anos atrás, o conde foi lançado ao ostracismo e não é convidado para mais nada na sociedade.

Érico olha de novo ao longo do salão. Sim, seu alvo continua ali, sentado solitário nas banquetas do balcão diante do armário de bebidas, cujas garrafas coloridas refletem a luz das muitas velas do salão que o envolvem em um caleidoscópio de reflexos multicores. E, dobrada com cuidado sobre a banqueta ao lado, está a casaca azul-marinho.

Trazia consigo um longo dardo,
que na mão dum pintor foi bem dourado,
e duro qual aço era a ponta.

Eu o examinei com muita atenção
e disse: "Pode esta lança ferir um coração?"
"Pois toque", me falou, "e sinta!"

É um garoto com os ares saudáveis e a constituição forte de camponês, recém-saído da adolescência. A camisa branca, cordões já frouxos na frente, deixa entrever um peito musculoso e imberbe. Seus ombros robustos sustentam um pescoço gracioso, que culmina em um rosto corado cheio de frescor juvenil, o maxilar forte e o nariz arrebitado salpicado de sardas: os traços tanto viris quanto levemente femininos dos efebos, a beleza melancólica de um Antínoo incarnado. Os cabelos loiro-escuros caem soltos sobre os olhos de um modo que, embora bagunçados, lhe dão ares de estouvado e meigo. É um tipo específico de beleza campestre cuja virtude se sobressai, quando alinhada com outras mais urbanas, por sua pureza rústica. O garoto vira o rosto, tem-se a impressão de que seus olhares se cruzam por um instante, mas logo volta sua atenção para a caderneta onde escreve. Será que reconheceu Érico, daquele momento na biblioteca, no roubo mútuo dos macarons?

E logo na pica da lança eu já tocava!
E tão fundo em mim ela entrava
Com tanta força e aflição
Que nenhum bálsamo que colocar,
Irá daquela lança me curar,
Antes que fure meu coração.

A música se encerra. Aplausos, pede-se outra. Lady Madonna se aproxima e para a seu lado.

"Estão melhores esta noite, esses seus músicos", diz Érico. "Que canção era essa?"

"É só um velho poema pastoral musicado, querido", ela diz, abrindo o leque com um gesto dramático e contemplando aquele jovenzinho que atraiu o olhar de Érico.

"Poesia pastoral? Entreouvi uma teoria de que nostalgia é coisa de excêntricos."

"Acho que sim, querido, se você diz. Mas algumas de nós apenas gostam de ler. E, como sempre digo, eu vivo para os aplausos." Ela se abana e, jocosa, também abana Érico. "Não é uma coisinha bonita de se olhar, aquele ali? Mas receio que não saiba uma palavra na língua do rei. O pobre Mr. Moggy ali tentou puxar conversa, mas saiu frustrado. Creio que o jovenzinho não seja inglês. Sabe o que ele pediu? Uma limonada. E sabe como? Desenhou naquela cadernetinha ali dele um copo de água e um limão. Mas coloquei um tantinho de rum, para ver se o menino se solta um pouco."

"Hmm... será que tenho alguma chance?"

"A vida é um mistério, querido, e cada uma deve enfrentá-la sozinho." Ela fecha o leque e volta para o burburinho da festa, deixando Érico com seus próprios receios. Este se aproxima do balcão, senta-se na banqueta livre mais próxima do garoto, com a casaca azul-marinho sobre o banco a servir de divisa entre os dois.

O rapaz não olha para ele, concentrado que está em escrever na caderneta. Alejandro vai para trás do balcão preparar uma bebida e pergunta se Érico quer algo. Pede o de sempre, rum com limão e açúcar. O criado prepara e lhe entrega a bebida. Érico toma um gole e olha de esguelha para o rapaz.

"Aquele macaron estava delicioso, por sinal", diz.

O rapaz olha para ele sem falar nada e volta sua atenção para a caderneta. Será que não o reconheceu? Tanta gente, tanta coisa aconteceu naquela festa... mas sem dúvida aquele momento na biblioteca foi singular o suficiente para ser lembrado. De que país será que ele é? Bebe outro gole.

«*Parlez-vous français?*», pergunta. Sem efeito. Mas seu francês mesmo não é muito bom, então melhor assim. «*Hablas español?*» Não? Alívio. Tem pouca paciência com castelhanos. Quarta tentativa: «*Parla italiano?*». Nada. Um tiro no escuro: «*Miláte ellinriká?*». Também não. Em bom português, resmunga:

— Se você falar alemão, eu desisto. A vida é muito curta para se aprender alemão.

O rapaz para de desenhar e o encara.

— Não falo alemão, não, senhor.

— Ora! — Érico se empolga. — Eu... eu estava na biblioteca, lembra?

— Sim, claro que me lembro — diz o garoto, a tomar o último gole de sua limonada batizada. Com um tom indignado, vence a timidez e diz: — Acho que o senhor foi a única pessoa que me olhou nos olhos a noite toda. O senhor... é português *de verdade*?

— Alguém neste mundo fala português sem o ser?

— Me desculpe, senhor. É que faz muito tempo que não converso na minha língua.

— Ah, não peça desculpas. E não me chame de senhor! Não sou muito mais velho do que você, pelo amor de Deus. Tenho vinte e quatro anos, e você?

— Vinte e quatro, também.

Érico ergue uma sobrancelha, incrédulo.

— Vinte e três — o garoto enrubesce, e acrescenta: — Digo... vinte e dois.

Érico sorri, complacente, e inclina de leve o rosto.

— Vinte e um — o rapaz coça uma cicatriz no braço, ansioso. — Er... vinte?

Érico puxa o relógio de bolso:

— Isso é a contagem de quê, o Ano-Novo?

— Tenho dezenove — confessa. — É a verdade, juro.

— E qual o problema em se ter dezenove anos?

— Sempre que me tomam por muito novo, acham que sou burro — olha para a caderneta rabiscada à sua frente e a fecha. — Mas estou viajando pelo mundo desde os dezesseis, e não sou nenhum garoto besta do interior.

— Você não me parece nenhum garoto besta do interior, disso tenho certeza.

— Até porque sou do litoral.

Érico ri. Aponta a casaca azul-marinho sobre o banco e diz: — Importa-se? — O garoto a retira com cuidado, largando-a sobre outra banqueta, e Érico pula para o banco a seu lado, próximo o bastante para que o peso de sua perna pressione o joelho do outro. Érico toma outro gole de sua bebida e pergunta: — Então, de que parte deste nosso glorioso reino você vem?

— Uma vila na costa sul do Brasil, tenho certeza de que nunca ouviu falar — diz o garoto. — Chama-se Laguna.

— Ora! Mas conheço sim, e já estive de passagem por lá! — Érico se surpreende com mais aquele joguete do acaso. Passara por Laguna duas vezes na vida, indo e voltando da fronteira sul para o Rio de Janeiro, nos tempos da guerra contra as missões jesuítas. Um tempo do qual se lembra de modo ambivalente e receoso. Mas por que pensar na guerra agora? Fribble tem razão, é preciso leveza. E prossegue: — Sou do Brasil também. Passei a infância no Porto, mas depois voltei para o Rio de Janeiro. Nos últimos anos estive no exército e, bem, sou do tipo viajante, isso posso dizer. Pelo visto você também. Como se chama? Como veio parar aqui?

Seu nome é Gonçalo, e está há alguns meses em Londres trabalhando como padeiro para uma confeitaria no Soho, não muito longe dali, para uma francesa huguenote. O ofício é uma tradição familiar, o pai era padeiro — talvez ainda seja, tanto tempo faz que não tem notícias de casa, desde que fugiu. Quando precisa viajar, arranja trabalho como grumete em navios mercantes. Viveu algum tempo na Itália, de lá indo parar no Norte da França, sempre de padaria em padaria, até vir dar em Londres.

— Como trabalhou em todos esses lugares sem falar as línguas?

— Ora, o forno de pão não fala, a vassoura tampouco...

Gonçalo sorri com os olhos de um modo brejeiro, grandes e expressivos olhos amendoados cujo olhar se alterna entre um leve ressentimento adolescente com o mundo, a confiança rústica e ingênua dos rapazes de interior e lampejos de timidez, de quem quer agradar, mas não sabe onde pisa. Explica que até aprendeu um tantinho de italiano, outro de francês, e do inglês o mínimo necessário para não passar fome, mas fazia muito tempo, muito tempo mesmo, que não encontrava um conterrâneo com quem pudesse falar em sua própria língua. E quis o destino que fosse encontrar um logo ali, naquele lugar, tão cheio de... qual era a palavra para gente como eles?

— Fanchonos — diz Érico, com uma confiança provocadora.

— É, fanchonos — diz Gonçalo, testando a sonoridade. — É uma palavra estranha.

— Isso porque não significa nada. É o problema com palavras assim: são criadas para dar àquilo a que se referem uma definição comum, e no final só servem para te prender a um monte de gente com a qual não se tem quase *nada* em comum. Não se pode classificar as pessoas feito livros nas prateleiras. Veja só aqui — aponta o salão. — Metade dos que cá estão vem só fofocar e falar mal da outra metade. O que está bebendo? Deixe-me pedir algo para você...

— Melhor não, senhor. Não tenho muito dinheiro.

Érico, pousando a mão sobre a coxa do rapaz, roga para que nem pense nisso, deve-se pagar uma bebida a um conterrâneo no estrangeiro, certamente que é tradição em algum lugar, e, se não for, deveria ser. E pelo amor de Deus, que parasse de chamá-lo de "senhor"! Ergue o braço para chamar Alejandro, pede mais duas doses de rum com limão e pergunta a Gonçalo como foi trabalhar para Beckford. Mas o rapaz nem mesmo sabe quem é Beckford. A padaria na qual trabalha foi uma das muitas contratadas para fornecer os confeitos daquela noite trimalquiônica, o que fez Gonçalo passar os últimos dias em um frenesi de assar biscoitos, pastéis e bolos sem parar. E como precisavam de criados adicionais para servir aos convidados, que entrassem mudos, saíssem calados e fossem apresentáveis, ofereceram-lhe um pagamento que vinha a calhar. Precisava pagar o aluguel do quartinho onde morava, na própria padaria em que trabalhava. E teria de devolver aquela casaca azul o quanto antes.

— O macaron que você roubou, aliás, fui eu que fiz — gaba-se com orgulho. — Aprendi na Itália, mas a ideia de colar dois deles com um recheio fui eu que inventei. Você gostou?

— Estavam deliciosos, como não gostar?

— Minha patroa não gostou. Disse que era um biscoito muito caro e difícil de se fazer, para ser desperdiçado daquele modo. Mas o mestre pasteleiro da festa adorou. Disse que era "decadência com elegância". São todos loucos aqui. Comem com os olhos. Aliás, por que você roubou aquele macaron?

A pergunta direta desconcerta Érico. É uma boa pergunta, em cuja resposta vem pensando há muito tempo: por que sempre faz o que faz? Por que sempre está se intrometendo no que não lhe diz respeito e onde não foi chamado? Se ser um espia é ser metade ator, metade bisbilhoteiro, ele já está no ramo há muito tempo.

— A cor, a textura, o cheiro — conclui. — Aquela "biblioteca de doces" foi como… foi como quando a gente vê uma pintura e quer entrar nela, sentir-se parte dela. Dizem que os tupinambás faziam assim, comiam os inimigos para herdar as forças. Toda aquela beleza doce e colorida, eu queria engoli-la e ter aquilo tudo dentro de mim. Faz sentido, ou pareço louco?

— Não, aliás isso responde até a mais perguntas do que fiz — Gonçalo graceja.

— Responde mesmo, não é? — Érico ri, e põe outra vez a mão sobre a perna do rapaz, sentindo o calor da coxa no veludo do calção. — E você, por que comeu o macaron?

— Eu passei os últimos dias assando bolos e biscoitos feito um condenado, e esses esnobes agem com tanta pompa que parece até que cagam mármore. Bem, eu vi o que você fez e pensei: "Ele não é melhor do que eu; se ele pode, eu também posso". Já tinha comido alguns na cozinha, só fiz pela desfaçatez mesmo. Desculpe.

— Você não precisa pedir desculpas para mim! Aliás, para ninguém.

O rapaz sorri, ao mesmo tempo ansioso e confuso, parecendo vagamente irritado com o resto do mundo, mas alegre por estar ali. Érico se identifica com isso.

— Essa noite foi uma coisa mágica — diz Érico. — Tudo que a habilidade produz, as modas, as pinturas, os confeitos, as artes humanas se apresentaram na minha frente no seu ponto de excelência. Pensei: estou no Olimpo. Mas isso não é nada, sabe? Quando comparado com a verdadeira beleza, que vem da natureza de alguém. Agora percebo isso, e por isso sim, sou grato.

— Pela natureza? Também gosto muito de jardins, mas não vi nenhum lá.

— Não estou falando de jardins, e sim da natureza humana. Você é um rapaz lindo, sabia? E não me refiro apenas à beleza física.

— Ah — Gonçalo ruboriza e sorri, constrangido. — Seu bobo.

Olham nos olhos um do outro com a certeza secreta de um arranjo. Érico murmura em seu ouvido: aqui alugam quartos, quer brincar um pouco lá em cima? Gonçalo, que já tinha as bochechas coradas pela bebida, faz um silêncio que a princípio Érico não sabe se é de aprovação ou rejeição, mas na mão que deixou sobre a coxa do rapaz já sente o membro se mover solto.

Um quarto no segundo piso; cama, cômoda e bidê. Sobem as escadas aos tropeços, entram tão afoitos que se esquecem de virar a chave na porta. Érico põe a mão nos calções dele, acariciando-o de cima a baixo, e o conduz a fazer o mesmo em si. Sente o músculo firme dos braços acostumado a sovar pães, segura Gonçalo pela nuca e o puxa contra si, um beijo de hálito quente e doce. O rapaz se atrapalha ao tirar a camisa, mas, quando o faz, Érico sente-se arrebatado: Gonçalo tem um corpo esbelto de atleta, todo músculo e tendões sem que haja excessos ou ausências. É o talhe ao mesmo tempo macio e rijo dos mármores renascentistas em *contrapposto*, ladeado na virilha pelos sulcos ilíacos que o faz pensar na mão firme de Michelangelo dando à pedra fria a suavidade calorosa das carnes, desejoso de que sua obra fale. Gonçalo hesita, ciente de estar fora dos padrões de beleza que exigem dos homens a pancinha dos bem alimentados e desprezam musculaturas mais adequadas a trabalhadores braçais e escravos. Érico sempre preferiu o ideal atlético de beleza grega. Mas quando o rapaz vira de costas, ele suspira de susto — reação feita por reflexo, do qual de imediato se arrepende.

— Ah! O que... o que aconteceu com você? — pergunta.

Gonçalo fica constrangido. A excitação o fez esquecer, e expôs o que considera sua vergonha: uma série de cicatrizes riscando suas costas, dos ombros ao dorso e com mais constância nos glúteos, marcas de dezenas de chibatadas.

— Desculpe, deveria ter avisado — diz, constrangido. — Tive problemas em Laguna anos atrás, por... ter feito o que vamos fazer. Por isso fui embora.

— A Inquisição? — Érico morde o lábio de raiva. — Fizeram isso com você?

— Mais ou menos. Minha pena podia ser aplicada em privado, então foi meu pai.

Érico ferve de raiva. Já não há mais ânimo algum.

— Desculpe — Gonçalo senta-se na cama. — Devia ter lhe avisado. É muito feio.

Érico respira fundo, envergonhado de sua reação e com raiva daquelas marcas de violência. Então percebe que, aos olhos de Gonçalo, sua raiva pode estar sendo mal interpretada, e tenta consertar o estrago: diz que não há nada de errado naquilo, que todos nós carregamos nossas cicatrizes, e que aquelas ali nem são tão feias assim.

Gonçalo senta-se à beira da cama e fica cabisbaixo, as mãos entre os joelhos. Há algo nele que sugere uma profunda solidão. Érico senta-se ao seu lado:

— Não imagino como podem ter feito algo assim em alguém tão meigo como você.

— Já me chamaram de muita coisa, mas "meigo" nunca — Gonçalo sorri.

— Então não o trataram como merecia, porque você é a doçura encarnada — repousa a mão em suas costas. — Importa-se se eu tocar nelas?

Gonçalo se vira em silêncio, e Érico corre os dedos pelas marcas das cicatrizes, a textura sedosa intercalada pelas riscas repuxadas entre as omoplatas. Pensa em dizer que são as marcas das asas arrancadas de um anjo, mas logo descarta tal ideia como igrejeira e provinciana. E a beleza dos anjos, afinal, é sempre fria e um tanto assustadora. Não, nada de anjos: a beleza de Gonçalo é a beleza atlética e calorosa dos pastores da arcádia, com um toque do vigor carnal renascentista. Inclina-se e beija as cicatrizes seguindo o trajeto do músculo até o ombro. Gonçalo vira o rosto e seus lábios se encontram outra vez. O rapaz o apalpa entre as pernas, puxa seu membro para fora, comparam-se feito dois colegiais. Érico termina também de se despir, exibindo seu físico de soldado. Logo abaixo do peitoral esquerdo, sobre as costelas, traz na pele o desenho de uma esfera armilar circundada pela frase *Unus iuenni non sufficit orbis.*

Gonçalo fica fascinado com aquela tatuagem e sua inscrição críptica, e a toca contornando o desenho com o dedo. Érico o segura pelo queixo com uma mão, roçando seus lábios com o polegar, e com a outra lhe segura o sexo rijo, acariciando-o abaixo da ponta. Gonçalo suspira. Como vai ser então? A pergunta não é dita, mas o olhar de Gonçalo é o de quem muito quer algo e não sabe como pedir. Érico logo compreende.

— Prometo que se doer eu paro — diz Érico.

— Ora... — ri Gonçalo. — Não sou de porcelana.

De bruços, mãos agarradas à colcha e as costas úmidas de suor, Gonçalo fecha os olhos e tem seu fôlego arrancado em um gemido. Érico mordisca o lóbulo de sua orelha, lambe o ponto sensível logo abaixo enquanto o enraba com entusiasmo e firmeza. O garoto serpenteia o traseiro de modo lascivo e inclina a cabeça para trás, corando com violência, oferecendo o pescoço que Érico segura obstinado com uma mão enquanto o abraça com a outra, entorpecido pelos tremores de prazer que percorrem seu ventre e se espalham latejantes por todo o corpo. Pode ver o prazer crescendo em Gonçalo, uma frouxidão na boca e a ereção rija entre as pernas. Em coro, no conjunto de suspiros, nas lambadas úmidas e escorregadias de cada arremetida que é como uma bomba d'água sendo furiosamente movimentada, no balançar da cama sacudindo e rangendo em ritmado vaivém contra a cômoda, se estabelece uma sincronia musical, que passa despercebida na balbúrdia reinante no resto da casa, onde há outros ritmos e outras danças. Porém, no bate-bate da cama à cômoda, o vaso de latão na beira desta vai indo, vai indo e por fim despenca no chão, com um estrondo metálico que reverbera por toda a casa, fazendo cessar o burburinho lá de baixo — um instante de silêncio em que tudo que se escuta são as batidas da cama e um enérgico dueto de ganidos vindo dos andares acima, alheios a tudo.

"Um brinde ao amor ao próximo!", grita um rufião, erguendo o copo.

Risos. Volta a música, volta a casa à algazarra habitual. Os cabelos suados se grudam à testa, Érico desliza sua mão por entre as pernas de Gonçalo, em busca daquele membro formidável, e esfrega a ponta sensível com o polegar. O rapaz aperta a colcha entre os dedos, embriagado de prazer, o ritmo dos dois cresce e chega ao ápice, estourando em uma surpreendente concomitância. Érico o abraça com força e fica imóvel, no trêmulo e curto vazio que se segue. Depois desaba ao seu lado. Os dois se encaram ofegantes, com um sorriso mútuo de satisfação: a noite promete ser deliciosamente longa.

A madrugada avança, e aos poucos a cidade entra em seu habitual estado de dormência: um olho fechado, o outro sempre aberto. Ali agora o burburinho diminui, a banda já se recolhe, os que não encontraram pares ou já os têm em outro lugar vão para casa. Não muito longe dali, enquanto em um teatro se aplaude, no outro ululam vaias; enquanto músicas são cantadas em salões, gritos de socorro ecoam em becos; uma dúzia de bebês nasce, mas só metade verá o sol raiar; os sinos de centenas de relógios marcam as horas e o coração do mundo pulsa indiferente e monstruoso.

Intermezzo I

And to my heroes when I was 14 years old
And to the romance that was dressed up in gold
Only hoping one day I could be so bold
Where have all the gay guys gone?

Mika, *Good Guys*

HORAS. *Em frente ao Palazzo Vecchio de Florença, em uma tarde morna, a estátua se impõe em toda a sua glória nua e alva à visão do adolescente. A densidade da carne feita mármore, tão viva e natural que imagina poder tocá-la e sentir a macia rigidez dos músculos. Colado ao pedestal, o garoto olha para cima, por entre as coxas possantes, onde as nádegas salientes sobressaem e convergem por entre as pernas até o par de joias túrgidas detalhadas pela mão de Michelangelo, tumescência que compensa a impossibilidade que o decoro impõe na representação de outra, ainda que aquele pequeno botão de amor traga, na ponta, a sugestão de abrir o capuz protetor e revelar seu coração para o mundo. O pensamento perturba a mente e o corpo do garoto, nele intumesce e se ergue latejando o que no mármore é inerte. Por quanto tempo ficou ali, fascinado pela simetria geométrica daquela beleza, jamais saberá dizer. É como se, a qualquer momento, cansado da posição, Davi fosse se mover e apoiar o peso na outra perna. Até que escutou quando o chamaram: Érico!, e precisou dar-lhe adeus.*

DIAS. *São Sebastião, padroeiro de sua cidade natal, não morreu das flechas que aceitou passivamente que penetrassem sua carne — morreu depois, a pauladas, atirado aos esgotos de Roma. São Sebastião, que na verdade era um centurião romano de cinquenta anos, padroeiro de soldados e atletas; e não o jovem viçoso e róseo da pintura de Guido Reni à sua frente. Não importa. Os braços* erguidos acima da cabeça, a posição sinuosa do corpo, a linha serpentina que é a linha da beleza, erguendo o peito enquanto pressiona os glúteos contra a árvore, sugerindo que seu martírio é antes de tudo um êxtase; a tanga enrolada à cintura que cai um pouco abaixo do púbis, deixando à mostra parte da virilha, onde uma flecha penetra logo abaixo do umbigo... Outra vez sente a tumescência. Sozinho com a pintura no salão do Museu Capitolino, é tomado por um súbito pânico: confusão, desejo... o calor do verão italiano, das roupas e dos costumes o sufocam, o ar lhe falta. Quando dá por si, está deitado, o chão frio às costas. Seu primo o reanima com tapinhas no rosto, toma-o nos braços e, quando desperta, dá-lhe um rápido beijo nos lábios, como fazem em segredo. Ele se levanta, garante que está bem. Prometem não contar nada à sua mãe para não a preocupar.

SEMANAS. *No cais da cidade do Porto, prestes a embarcar de volta para a terra da qual não lembra de ter vindo. Seu primo vem se despedir trazendo um presente: um exemplar do* Fedro *de Platão. Leia, está tudo aí; leia e com a luz da sabedoria antiga espante a sombra que o corrói. É um gesto pleno de significados: sem que soubessem, inseria os dois jovens em uma longa tradição involuntária e secreta. Pois naqueles tempos, ó jovens, não havia livrinhos discretos e instrutivos a circularem furtivos entre os entendidos; não havia espaço para uma discussão minimamente saudável sobre sua natureza, exceto em Platão. A classe discreta à qual pertencem tinha sua identidade definida pelo ato, igualmente discreto, de uma troca de livros.*

MESES. *Em alto-mar, a tormenta joga os nauseados de um lado a outro, mas o que o abala é outra tormenta: saudoso dos lábios e da companhia do primo, devora cada página do* Fedro *com agitação febril, pois encontra tudo de que precisa ali. E agora ele sabe. Sabe quem é e onde está, sabe que vieram outros antes dele e outros continuarão vindo depois, sabe que nunca esteve sozinho.*

174

"O recém-iniciado, quando vê uma face de aparência divina que bem imita o belo ou a forma de um corpo, primeiro sente um estremecimento, depois dirige os olhos venerando-o como um deus... pois ele se aquece ao receber pelos olhos o eflúvio de beleza com o qual a natureza da asa é irrigada... o talo da asa intumesce e dá impulso para que cresça a partir da raiz e sob a forma inteira da alma, pois a alma inteira era outrora alada. Pulsa toda nele e então lateja... e quanto põe os olhos em direção à beleza do garoto, de lá recebe partículas que emanam e fluem — e por isso mesmo chamadas atração —, e, sendo irrigada e aquecida, é apaziguada de dor e regozija-se." Sim, sim! Que conforto é ver seus sentimentos ali descritos; saber-se parte de uma longa e profícua tradição que é ela própria pilar de toda cultura. Agora que sabia de onde viera, sabia também para onde ir.

ANOS. Não há pecado ao sul do equador; há o andar gingado de negros e mulatos, há a solicitude despreocupada dos indígenas, há o desejo reprimido dos brancos. Ali ele vive uma nova vida, de muitos sentimentos e desilusões, confessados em cartas ao primo, cartas que atravessam o oceano. Sim, não há culpa no que por sua natureza já o é escoimado. E há outras preocupações também: já não é mais um garoto, é um soldado, demarcando fronteiras, ajudando a desenhar o mapa da terra. Ali, onde as cartas demoram a chegar. Mas um dia as cartas cessam de vez. Os navios atrasam. Do silêncio, nasce a preocupação: terá acontecido algo? A guerra traz tanto com que se preocupar, que quase não se dá conta. Eis que chegam notícias: a terra tremeu, o mar se ergueu, o fogo se alastrou, Lisboa foi destruída e milhares estão mortos. Agora sabe que as cartas de seu primo não virão nunca mais.

Agora sabe que estará sozinho.

SEGUNDO ATO
Coincidências

10.
Baskerville

«*You must be very gay now.*»

"Perdão?"

Érico custa a traduzir as palavras que lhe são dirigidas. Havia chegado cedo à Shaken & Speared para falar com o Milanês antes que ele fosse absorvido pelo movimento da livraria. Não teve sucesso, e lá estavam os clientes rodeando o livreiro. Restou a Érico aguardar, o que fez folheando revistas e panfletos. "Todo mundo se acha qualificado a opinar sobre tudo hoje em dia", resmunga. Veja-se aquele panfleto que tem em mãos: *Considerações sobre os bons e maus efeitos do chá*, autor anônimo. Defende que o chá seja exclusivo às classes superiores, "pois as mulheres do vulgo, quando se juntam para tomá-lo, negligenciam seus deveres domésticos e desperdiçam o dinheiro do labor dos maridos em fofocas que, via de regra, as levam a fazer pouco caso da reputação de seus patrões", ao final concluindo que "se algo não for feito para vigiar com rigor seus lazeres, as classes baixas serão desvirtuadas do papel social de servir". Érico revira os olhos e se põe a folhear outro panfleto.

Já o Milanês se ocupava com um sujeitinho insistente brandindo dois livros distintos, exigindo saber qual era o melhor. O livreiro tentava se esquivar, dizendo não haver tal coisa de livro bom ou ruim, pois os gostos variam muito e aqueles em particular não havia lido. Isso só enfurecia ainda mais seu cliente: "Mas como? Não diga tolices, seu trabalho é vender livros, não pode vender algo que não leu!". O Milanês chegou a argumentar sobre a impossibilidade de se ler tudo o que é impresso, mas o homem se enfureceu: "Diabos! Faça seu trabalho direito e me diga qual é o melhor!". Derrotado, o Milanês escolheu um a esmo, o sujeito ficou satisfeito, comprou e foi embora. Assim, vendo-se livre para dar atenção a Érico, aproximou-se dele e fez aquela pergunta, que Érico a princípio não entendeu.

"Você deve estar muito alegre, agora", repetiu. "Eu soube da partida de uíste."

"Ah, sim. Mas só metade alegre, eu diria", diz Érico, devolvendo o livro à prateleira. "Vou ficar alegre por inteiro quando receber a outra metade da aposta. Mas... por que estamos falando em inglês?"

— Oh, perdão — diz o Milanês. — Ainda estou atordoado por causa daquela festa, creio que não me recuperei dos meus excessos. Minha nossa, o quanto bebi! Aposto que falei mil extravagâncias.

— O senhor falou em charadas, e fez citações em latim. "*Lorem ipsum...*"

— Ah, sim. É Cícero, não lembro agora qual obra. Sou desses que se põe a falar em latim quando bebo, não me pergunte o motivo — ele olha o livro que Érico devolveu à prateleira, um exemplar de *O mercador de Veneza*. — Mas enfim, onde estávamos mesmo?

— Esses seus clientes... isso é assim todo dia?

— Só quando a loja abre — resigna-se o livreiro, retirando o livro de onde Érico o colocou e discretamente o repondo no lugar correto. — O senhor se interessa por Shakespeare, pelo visto?

— Bastante. Confesso que acho algumas tramas banais, quase tolas. Mas para mim o valor não está nelas e sim nos personagens, não acha? Tanto faz o que lhes aconteça, contanto que tenham a oportunidade de falar e expor suas ideias sensacionais sobre o mundo. Às vezes, as personagens são mais importantes do que o enredo.

— Opinião curiosa. E qual é sua peça favorita? — instiga o livreiro.

— *O mercador de Veneza*, certamente. Tenho grande simpatia por Shylock. Ele e Antônio são duas faces da mesma moeda.

— Shylock? Que interessante. Logo o vilão judeu? — o Milanês o provoca.

— Não tenho nada contra judeus, meu caro. Creio que cada um se salva na lei da sua religião. E no caso, não vejo Shylock como um vilão — defende Érico. — De fato, ninguém forçou Antônio a assinar o contrato, ele o fez porque quis, e Deus, ou neste caso o Autor, quis que somente quem tanto ele humilhara tivesse o dinheiro para lhe emprestar — e, com um tom incisivo, conclui: — Uma libra de carne é uma libra de carne. A balança da dor não se equilibra com perdões.

— Que opinião curiosa, a sua! Mas estava apenas te provocando, garoto — o Milanês ri, já se permitindo um pouco mais de intimidade, e dando-lhe um tapa nas costas mais forte do que o habitual. — Vamos, onde havíamos parado da última vez que nos vimos?

Érico o lembra da charada recitada na festa: "A fonte de suas dúvidas é a fonte de suas respostas, e a fonte é um homem, que é a própria fonte que procuras". O rosto do Milanês se ilumina ao lembrar, e pede que o acompanhe até uma mesa em um canto, onde uma edição in-oitavo do *Paraíso perdido* de Milton, em capa de couro de bezerro com gravação dourada na lombada, edição do ano anterior, está aberta na folha de rosto.

— A solução para o mistério, sr. Borges, é uma questão de escolha dos tipos ideais.

— Meus ou do autor?

— Não, me refiro à tipografia. Diga-me, está familiarizado com o trabalho de John Baskerville, impressor-chefe da Universidade de Cambrígia?

— De onde?

— *Cambridge...* — o Milanês revira os olhos, impaciente. — Decida-se se prefere que eu fale em inglês ou português...

Érico ignora seu comentário.

— Não, não estou familiarizado.

O Milanês explica que, de Gutenberg até os dias atuais, as artes tipográficas pouco ou quase nada haviam mudado, mantendo-se a noção conservadora de que a estética deve sempre prevalecer sobre a função, doa aos olhos de quem doer. Contudo, pouco tempo antes entrara em cena John Baskerville. Com talento para a caligrafia e uma fortuna feita ao aprimorar técnicas que imitam laca, Baskerville se interessou pela tipografia, investindo em uma gráfica. E então provocou uma pequena revolução, dez anos atrás, ao lançar uma nova fonte tipográfica de sua própria criação, que buscava equilibrar função e forma em uma letra que ao mesmo tempo facilitava a leitura e mantinha a elegância, ajudando a encerrar assim o reinado das terrivelmente ilegíveis letras góticas.

— Veja só o contraste entre as partes grossas e finas de cada letra — aponta o Milanês no exemplar aberto sobre a mesa. — Ou como o oval interno das letras arredondadas é mais alto do que largo, criando uma aparência espichada. Olhe o rabo da letra Q: o traço é dinâmico e ondulado. Note os *itálicos*, como são proeminentes as serifas! Por sua nova letra ser mais fina e detalhada, Baskerville viu a necessidade de criar também uma nova fórmula de tinta, de secagem mais rápida, e que fosse mais escura e homogênea. Mas uma tinta nova necessita também de um novo tipo de papel, que ele também desenvolveu. Apesar de ainda ser feito de trapos, não possui mais as estrias verticais comuns aos papéis de tecido. Contudo, um novo papel necessita também de um novo modelo de prensa tipográfica.

— Suponho que ele também a inventou? — arrisca Érico.

— Não é fascinante? Sou um grande admirador, e tive a sorte de...

— Me desculpe, mas podemos atalhar para a parte que diz respeito ao meu livro?

O Milanês revira os olhos: "Ah, o filisteu!". Pois bem, nem tudo são rosas. Seu maior rival é o tipógrafo William Caslon, pioneiro a cujo trabalho o próprio Baskerville deve bastante. Acontece que a tipografia de Baskerville é inegavelmente *mais elegante*. Suas páginas são mais bem diagramadas, com as margens amplas e bom espaçamento entre as linhas. Mas, como Baskerville é ateu, os partidários de Caslon fazem com que seja boicotado, acusando sua fonte de ser forte demais, seu papel plano demais, que o excesso de contraste e clareza da página irá provocar *cegueira* no leitor etc.

— Mas, na minha opinião — continuou o Milanês —, o que John Baskerville está fazendo é iluminar a tipografia como os pensadores estão iluminando a filosofia, tirando dos livros seus vícios medievais barrocos, com sua estética tortuosa e irregular, e impondo uma bem-vinda austeridade clássica.

— Os clássicos estão muito macarôni— observa Érico. — Mas e meu livro?

O Milanês pede que o siga. Busca em uma mesa aquele exemplar pirata do Fanny Hill e o abre ao lado da edição do *Paraíso perdido* impressa por Baskerville.

— Percebe? É a *mesma* tipografia. Exceto que, no seu *Fanny Hill*, o papel é comum e de má qualidade, a tinta é ordinária, de modo que a impressão ficou irregular, borrando um pouco as letras — diz o Milanês. — O que não compromete a leitura, mas se torna gritante se comparado com uma edição de maior qualidade. É algo que, quando se percebe, não se pode mais evitar de notar. Aliás, tomei a liberdade de escrever a ele.

— A quem? Baskerville?

— Sim. Entenda uma coisa, sr. Borges: essa tipografia só é usada nas oficinas da Universidade de Cambrígia. É uma criação *exclusiva*. Conheço John Baskerville há anos, sempre tivemos grande afinidade, por sinal, pois ambos somos ateus. E lhe perguntei: "John, meu caro, você está agora no ramo da pornografia?", falando deste livro. E o que fiquei sabendo irá interessar muito ao senhor...

Eis o que Baskerville lhe contou: no fim do ano anterior, fora procurado por um representante da embaixada espanhola para lhe encomendar uma cópia de sua prensa tipográfica, que viesse acompanhada de um conjunto completo de seus tipos móveis, em vários tamanhos e incluindo os itálicos. Disseram-lhe que o rei da Espanha tinha grande admiração por sua edição das obras de Virgílio, e que desejava uma nova imprensa régia, para marcar seu início de reinado com ares modernos. O dinheiro oferecido era uma soma tal que tornava a proposta irrecusável. Produziu a encomenda, embarcou tudo — a prensa desmontada, caixas e mais caixas com os tipos de chumbo — em uma carroça, que enviou para Londres. Mas, no meio do caminho, a tragédia: a carroça foi atacada por salteadores da estrada, seu empregado foi morto, e a prensa, com todos os tipos móveis, foi roubada. E, como a embaixada não iria pagar pelo que nunca recebeu, Baskerville ficou sem seu pagamento.

— Isso só comprova que esse livro foi feito aqui — conclui Érico. — Se eu puder encontrar essa prensa tipográfica, terei a certeza da sua origem. Mas a pista acaba aqui, não? Pode estar em qualquer lugar. Cheguei a um beco sem saída, ou assim me parece.

— Lamento não poder ser de maior auxílio. Era o que estava ao meu alcance.

— Não se preocupe. Sou grato pela sua ajuda e certamente vou me lembrar dela. — Érico recolhe seu *Fanny Hill*, enfia-o debaixo do braço e já está de saída quando lhe ocorre uma última pergunta: — Perdoe-me a curiosidade, mas o senhor disse, se não estou enganado, que Baskerville e o senhor têm em comum o fato de serem ambos ateus, é isso? Mas o senhor não era judeu?

O Milanês contém um sorriso.

— Essa é uma pergunta em aberto, a depender de quem a faz. Para mim, não é uma questão relevante. Mas a única opinião que importa é a da Corporação.

Seu pai era livreiro, explica, e sua família viveu indo de um lado para o outro movida ora pelo trabalho de seu pai, ora pelos humores da Inquisição com sua gente. Quando tinha nove anos, estabeleceram-se em Londres, atraídos por uma grande e próspera comunidade de sefarditas. Sua irmã sempre disse que nessa vida é mais importante ter bons contatos do que dinheiro, e seu pai foi um dos últimos judeus a serem aceitos na Corporação de Londres, antes da criação de novas regras que os impedissem de ingressar. Foi isso que lhe permitiu comprar uma livraria dentro da City. Contudo, como a hereditariedade da concessão só passa a filhos nascidos *após* a outorga, para herdar os negócios do pai o Milanês também precisava ser aceito na Corporação. Para isso, precisava servir como aprendiz de livreiro do pai por sete anos e, portanto, não podia mais ser judeu, o que criava um paradoxo, resolvido de imediato pelo próprio Milanês, que propôs ao pai: "Então me converto". Sua mãe quase desmaiou, mas o pai, pragmático, a acalmou citando Maimônides, para quem as conversões movidas pela força da necessidade fogem da acusação de apostasia. O Milanês retrucou ao pai que, como não acreditava em Deus, dava na mesma. Sua mãe aí sim desmaiou, e o pai, sempre pragmático, lhe disse: "Meu filho, ninguém te perguntou".

— Então o senhor é, como se diz em Portugal, um "marrano"?

— Prefiro que não use essa palavra, se não se importa. Significa "porco" em castelhano, e, embora não tenha nada contra porcos, aliás toucinho é uma coisa tão divina que quase abala meu ateísmo, prefiro não ser comparado a um animal.

— Ficaria chocado se já não conhecesse seu irmão. Os senhores dizem coisas tais que não sei como escaparam da fogueira até agora.

— Ah! Meu pai sempre dizia: "Meus meninos serão dois fugitivos: o mais velho, da fogueira; o mais novo, da forca" — o Milanês ri.

— O que não entendo — diz Érico — é que, se o senhor ainda se considera judeu, mesmo tendo rejeitado sua religião, então o que faz uma pessoa ser judia?

— Mas o que nos faz ser qualquer coisa, rapaz? Diga-me o que é ser português, você que nasceu no Brasil? Você é o mesmo português quando está no reino? Cá o conhecem por um nome, acolá por outro. Um rio nunca é o mesmo rio, as águas estão em eterno movimento, e um mundo estático só faz sentido para estátuas. O que é um judeu, você me pergunta? É alguém para o qual essa pergunta é pertinente. Há alguns valores fixos, como nossa propensão à busca da liberdade, e a rir da nossa própria desgraça. Mas não entenda esse questionamento como uma contemplação transcendente e inativa, e sim como um forte senso de responsabilidade, o dever de reparar o mundo.

— A mesma coisa dizem os inquisidores quando forçam a conversão alheia: que todo cristão tem a responsabilidade de salvar a alma dos outros.

— Reparar o mundo não significa ter que converter os outros. Você nunca verá um missionário judeu. Significa fazer boas ações em prol da sua gente. E comunidade e responsabilidade são valores a que posso me apegar, sem necessidade de crer em Deus. Convenhamos, ninguém realmente precisa crer numa religião para agir de modo decente com o próximo. Se precisam, é apenas por ilusão de poder: quem crê que, orando, possa ser atendido, alimenta a ideia de que pode influenciar Deus e controlar o mundo.

— Mas seu irmão mesmo já me disse que ser ateu é ter a certeza de algo, a certeza de uma inexistência, e quem o faz se arroga um conhecimento de algo que não pode ser provado — lembra Érico. — O crente e o incréu saem empatados.

— Se eu fosse agora fulminado por um raio — diz o Milanês —, o que, convenhamos, é improvável, mas supondo que ocorra: você dirá que foi por mero acaso ou por vontade divina? Que Deus assim quis, ou que eu deveria ter aceitado a sugestão de Franklin e instalado um para-raios na minha casa? Que diferença fará, se estarei fulminado, e para todos os efeitos, bem morto?

— Hmm, isso funciona bem como argumento lógico, mas não se aplica sempre à realidade.

— Nisso meu irmão concordaria com você. Mas ele é individualista e inconsequente. Quando era garoto, sempre que encontrava alguma compilação de *mitzvot*, os preceitos judaicos, o alombado tomava da pena e acrescentava à revelia seu próprio 614o mandamento: "Não levarás nada disso muito a sério". Só que eu tenho família para sustentar. Algumas coisas eu *preciso* levar a sério.

Caminham em direção à saída, por entre mesas cheias de livros, revistas e panfletos à folha solta. Ensaios sobre o mau estado das cervejarias, sobre a guerra em curso, estudos médicos sobre os humores. Logo se depara com dois volumes de título curioso: *Memórias autênticas da Inquisição portuguesa*. Abre na folha de rosto: "Diversos fatos contundentes sobre os jesuítas portugueses, a conduta da corte de Roma, e onde se anuncia a tendência do jesuitismo em promover a corrupção universal dos costumes".

— Meu chefe iria gostar desse — diz Érico. — Não há coisa que o conde de Oeiras mais deteste do que jesuítas.

Dá uma folheada no volume, e se depara com um trecho em que o autor acusa os comerciantes portugueses de trapaceiros, dizendo: "Se você tem quatro portugueses, três são ladrões". Seu sangue quente se sobrepõe à fleuma.

— Qual o problema dessa gente? Não se escreve outra coisa nesta terra que não sejam difamações? Há que se pôr um basta nesse tipo de coisa...

— Há alguma inverdade nisso aí? — provoca o Milanês.

— Para ser sincero, bem sei a quantidade de espertalhões entre a gente daquela terra, mas não se pode generalizar e julgar toda a nossa gente pelo caráter de alguns. Olhe isto: chega a tal ponto que, quando vejo dizerem "português", já me condiciona a crer que o dizem como ofensa!

O Milanês dá uma olhada no texto.

— Está vendo coisas, sr. Borges. E mesmo se fosse verdade, que diferença fará? É como aquela mulher que viu semana passada, que entrou aqui me chamando de "judeu", como se isso fosse me ofender.

— Não é a palavra em si, e sim o fato de a considerarem uma ofensa.

— Mas se não é uma ofensa para mim, que me importa o que se passa na noz seca que ela traz no lugar do cérebro? Ela vê um judeu e grita "judeu", ela verá um negro e gritará "negro", ora... o que vemos em ação é apenas a inércia dos idiotas em busca de algo que os faça sentir-se superiores. Pela própria limitação natural aos idiotas, pensa que atentar para o óbvio, que um judeu é judeu ou que um português é português, seja algum tipo de lampejo de sagacidade, quando apenas externa sua própria incapacidade de ir além do que é superficial. Em outras palavras, se um cão late, você não se põe de quatro e late também, você segue em frente. O cão continuará sendo cão.

— Mas é redutor, não crê? Quando aos olhos dos outros somos limitados por uma palavra.

— Haverá sempre uma palavra à qual todos se reduzirão, no final.

— E que seria?

— Pó — o Milanês para diante de uma pilha de permutas e retira do meio um papel intitulado *O impostor detectado: ou, a vida de um português*, e mostra para Érico o subtítulo: "No qual os artifícios e intrigas dos padres romanos são humorosamente reveladas".

— Mais difamações contra minha gente — Érico suspira, já anestesiado.

— Não se preocupe com esse aqui — tranquiliza o Milanês. — É um compêndio de anedotas de padres, coisa barata redigida na Grub Street. Tem boa saída, mas são apenas ataques antipapistas sem maiores consequências. Cães latindo.

— Ah, sim, mas esse tipo de piada às nossas custas perpetua imagens falsas. Meu reino não é pior do que qualquer outra nação católica. França e Áustria sacrificam mais da sua própria gente nessa guerra tola do que jamais mandamos à fogueira. E não fizemos nem metade do que a Espanha fez. Não é como se tivéssemos a Inquisição espanhola!

— A régua é baixa, se o parâmetro for a Inquisição espanhola.

No mesmo instante, três padres católicos em batinas vermelhas entram juntos, perguntando onde ficam os livros litúrgicos. O Milanês sai para atendê-los e Érico volta a se distrair folheando outra pilha de panfletos. Pega um que está sendo vendido à folha solta e nota algo que lhe desperta a atenção: o nome do autor.

"Pedro de Nassetti." É um dos nomes falsos na contabilidade do comerciante lisboeta assassinado no barril. Não pode ser coincidência! O título do panfleto é *O trovão da razão*, uma diatribe propondo a castração dos pobres como forma de eliminar a pobreza, para que seu número excessivo de filhos diminua. Eis um trecho:

A falta de respeito dos pobres com as classes altas é emblemática desta cidade. Não toleram os bem-nascidos, a riqueza alheia, a civilização mais educada. Não aceitam conviver com as diferenças, tolerar que há locais mais refinados, que demandam comportamento mais discreto, ao contrário de seus bailes vulgares. São bárbaros incapazes de reconhecer a própria inferioridade e morrem de inveja da civilização.

Érico revira os olhos. Mas então percebe o ondulado no rabo da letra Q, os ovais altos e estreitos nas letras circulares, as serifas marcantes nos itálicos: é Baskerville. E, assim como no *Fanny Hill*, o papel grosseiro absorve demais a tinta e engrossa as letras, sacrificando a elegância da tipografia. Mas o que mais atrai sua atenção é o nome do impressor, que assina apenas como "R.O.C., na ilha dos Cães".

Ele chama o Milanês. O livreiro, depois de levar os padres à prateleira certa como quem conduz o gado por currais, volta sua atenção para Érico, que lhe mostra o panfleto.

— Por que vender este lixo?

O Milanês nem olha os papéis:

— Meu caro, é preciso aprender a conviver com a multidão. Não negligencio a venda de livros que não leio ou que jamais leria. Sou um comerciante de livros, e para mim o melhor livro é aquele que vende. Quanto a este, deixe-me ver… — pega, vê o título, e faz uma careta. — Hmm, é das permutas que chegaram mês passado, não o li ainda. Pedro de Nassetti? Nunca ouvi falar desse senhor. Deve ser um pseudônimo, ninguém assina os panfletos hoje em dia, a maioria prefere o anonimato, sentem-se mais corajosos assim. Quanto ao impressor… que estranho, também nunca ouvi falar deste. R.O.C., na ilha dos Cães? Sabe onde fica a ilha dos Cães? É um charco onde não há nada além de bois e vacas, moinhos de ventos e algumas docas. ROC se parece mais com o acrônimo de alguma corporação, ao modo das Companhia das Índias Orientais, como WIC ou EIC…

— Não se preocupe com as iniciais, disso já tenho um palpite. Mas observe a fonte. Não é nossa Baskerville?

—Você *estava* prestando atenção, afinal? Há esperança para as novas gerações! Veja só, sua prensa desgarrada está na ativa ainda, a serviço de um panfletista sectário.

— Alguma ideia de quem possa ser o autor desse aqui?

— Impossível dizer. Londres sempre foi tomada de panfletistas — o Milanês dá de ombros. — Quiçá a Europa inteira o seja. A maioria não traz uma ideia que seja aproveitável, apenas aponta culpas e pede cabeças. Como disse, vendo o que tem saída.

Não havendo nada mais a descobrir ali, Érico agradece sua disposição. O Milanês o acompanha até a saída, e no meio do caminho são interceptados por uma velha dama que vem na direção dos dois e pergunta ao Milanês se por acaso ele tem uma obra francesa chamada *Novela das cobertas russas*. Com a experiência críptica adquirida no ramo, o Milanês confirma e aponta os livros de viagem:

"Ah, sim. *Novas descobertas dos russos*, está ali."

Em seguida, entra um rapaz apressado, à guisa de mensageiro, e pergunta se o barão de Lavos se encontra. Érico se apresenta. O rapaz lhe entrega um bilhete e vai embora. Quando abre o envelope anônimo, Érico lê uma única frase:

"Eu sei o que você fez."

II.
"Iagos, tais como vós…"

Há entre os chineses em geral, e no imperador Qialong em particular, a crença arraigada de que a China é o centro do mundo e não há nada de que necessite do exterior. Quem quiser ter o privilégio de fazer comércio com ela deve, portanto, fazê-lo à base de minério de prata. E mais do que adornar altares ou a prataria da nobreza, a maior parte do que se extrai das minas de prata das Américas encontra seu fim no outro lado do globo, em troca de caixas e mais caixas do *tchay* que irá se tornar a bebida quente, perfumada e reconfortante que Érico tem agora nas mãos.

Despeja um pouco no pires. Em contraste com a porcelana chinesa ricamente decorada, a bebida tem um tom âmbar, dourado e cristalino como uma joia. Bebe do pires, imitando o modo estranho que ali se julga elegante agora, tentando não se sentir ridículo. Mas chá é chá, e já diz sua mãe que uma xícara de chá nas mãos põe o mundo no lugar.

O aroma do *hyson* o distrai de ter que pensar naquele bilhete. Afinal, o que sabem que "ele fez"? Ele fez tanta coisa. Maria e Mr. Fribble, à mesa com ele, perguntam o que está achando do novo Voltaire. É a leitura da moda, e não pode ficar fora da moda.

— Estou na parte em que Cândido encontra o negro de engenho com a mão e a perna amputados e diz: "É a esse preço que comeis açúcar na Europa".

— Ah, achei essa parte muito chocante — diz Maria.

— Quase implausível de tão exagerada — diz Fribble.

Érico não diz nada. Exagerada? Mostrou pouco, isso sim. Já soube de coisas muito piores nos engenhos de açúcar. Mas não fala disso, pois Maria está ali. Não convém lhes desfazer a ilusão de que seus luxos cotidianos descem dos céus trazidos por anjos em salvas de prata. E onde está Armando, que não veio para o chá? Precisa lhe mostrar aquele bilhete, precisa de seu conselho para saber que tipo de ameaça é aquela. Deve ter ficado preso às papeladas da embaixada. Está para nascer povo mais afeito à burocracia do que o seu.

Sorve outro gole, curto e barulhento, misturando ar ao sumo do chá e trazendo vida ao sabor. O hábito não só o ajuda a relaxar, como o auxilia a distinguir o aroma e as bases da infusão. É uma das poucas coisas em que não teme a arrogância de se considerar um especialista. Nisso, Londres tem sido um paraíso: todas as sete variedades do chá preto, dos melhores *pekoe*, *camoi* e *souchong* ao mais comum *bohea*, ou dentre os verdes, todas as variedades de *hyson* jovem ao mais aromático "chá pólvora", tudo está agora a seu alcance direto. É onde os três — Érico, Fribble e Maria — estão agora: no The Golden Lyon, no número 216 da Strand, onde Mr. Daniel Twining mantém a casa de chá fundada por seu pai há quase sessenta anos.

Fribble tem em mãos o jornal do dia, onde se contam as fofocas e se fazem comentários maldosos, sob ilustrações caricaturais, dos acertos e exageros dos figurinos da noite. O "Baile do Trovão" de Beckford ainda renderá assunto para muitos dias, e a banalidade do tema é exatamente o motivo que faz com que esteja adorando cada minuto dessa tarde.

Fribble dá um leve cutucão em seu joelho, para lhe chamar a atenção, e aponta com os olhos à sua direita. Érico olha discretamente: o rapaz de sábado, o belo padeiro parrudo que queria ser confeiteiro (qual era mesmo seu nome?), acaba de entrar na loja dos Twining. Traz um tabuleiro de madeira com algo coberto por um pano, bolinhos talvez, que entrega no balcão enquanto recebe algo em troca. Não os vê. Érico fica quieto em seu canto: não ali, não agora, melhor talvez nunca mais. Aquela noite de sábado havia sido espetacular — seis vezes, em uma única noite! —, o rapaz era um doce, ainda que um pouco simplório, e Érico chegou a dizer que poderiam se encontrar no Libertino da Lua outra noite qualquer, pois estava sempre por ali. Ainda que não tenha voltado lá desde sábado, soube por amigos que o rapaz tinha aparecido no domingo e na segunda, à sua procura.

Armando já o advertira para tomar cuidado ao se envolver com as classes inferiores: "Suas intenções são sempre obscuras". Será que lhe dissera isso por ciúmes? O que diria agora, se o visse ali? E afinal, onde está Armando, que não chega?

Érico enfia a mão no bolso da casaca e toca o bilhete.

"Eu sei o que você fez", diz o papel. Os ingleses são gente industriosa em todos os campos, e é na esquina na qual convergem dois mundos secretos — o dos fanchonos e o dos criminosos — que surgem os problemas. Há um exército de chantagistas prontos a fazer lucro às custas do desespero alheio. Uma carta, uma testemunha, os patifes não precisam de muito para fazer ameaças: paga-me o que peço, ou te acuso e causo escândalo. A chantagem é sempre uma jogada de alto risco mesmo para o chantagista, pois a punição para ambos pode ser, na melhor das hipóteses, a humilhação pública no pelourinho e o degredo, e, na pior, a forca de Tyburn. E há sempre também, claro, a possibilidade de o rapaz ser uma armadilha, um engodo a serviço de alguém disposto a caçar e perseguir os fanchonos da cidade, como faziam antigamente as Sociedades para a Reforma dos Costumes.

Esses perigos são todos novidade para ele. É uma realidade diferente da que estava acostumado no Brasil, onde a Inquisição não chega, e quando chega é tão eficiente quanto o governo.

E mesmo os padres brasileiros, com seus mancebos, amásias e inúmeros "sobrinhos", nunca tiveram grande autoridade moral para tanto.

Mas o garoto não é inglês, é brasileiro. Gonzalo, era esse o nome? No Brasil, não confiaria em um conterrâneo para nada, mas no estrangeiro surge esse senso de fraternidade acolhedor. É algo que Armando, sendo reinol, nunca compreenderia, ou por ter a memória marcada pela visão de inúmeros autos de fé, ou pelas frequentes notícias que saem nos jornais londrinos sobre a prisão de *buggers*, como chamam ali os fanchonos. A desconfiança alimentada por terceiros deixa sempre um pânico residual, que agora perturba Érico. E se o garoto for realmente parte de um esquema de extorsão? E se tiver sido enviado sob ordens do conde de Bolsonaro para seduzi-lo e conseguir o dinheiro de volta? E se Érico terminar sendo denunciado e preso? Não é do tipo que cede a gente assim: o sabre ou a pistola, com certeza, serão suas opções. Lutar até o fim, resistir, e se tudo mais der errado, estourar os miolos antes de lhes dar a satisfação de uma vitória. Érico cerra os punhos sem perceber.

Toma outro gole de chá, acompanhado de um biscoito. Vem-lhe à memória o sabor daquele macaron roubado da biblioteca, e com ele uma saudade afetuosa daquela noite de sucessos (acalme-se, Érico). Não pode negar que a visão do rapaz ali, à parte sua ansiedade, o faz se sentir calorosamente satisfeito, não só pela constatação feliz de que o garoto ainda existe em seu mundo, mas pelo teste que sua beleza natural enfrenta quando exposta à luz do dia, na casualidade cotidiana da casa de chá, passando com louvor.

"Senhor barão! Que coincidência."

A voz. O tom tenso, uma ponta de sarcasmo maldoso. Um arrepio percorre sua espinha, e Érico se vê diante do rosto meio paralisado do conde de Bolsonaro.

De imediato — não por educação, mas pelo reflexo de não ficar jamais em posição de desvantagem em relação àquele homem —, Érico se levanta da poltrona. O conde o cumprimenta, fala amenidades, pergunta se pode chamá-lo pelo nome, afinal, com tanto dinheiro passando de um para o outro, já são íntimos, e Érico não sabe o que dizer. Lembra-se de apresentar Maria e Fribble — ela, o conde cumprimenta com cortesia polida e educada; ele, com um aceno frio e desinteressado. Em troca, apresenta sua companhia, a sra. Bryant. Érico e Fribble se entreolham e pensam a mesma coisa: não é a mesma mulher que viram acompanhando o embaixador espanhol no baile? Será uma cortesã? Como se lesse seus pensamentos, o conde esclarece: a sra. Bryant está em Londres para ver a apresentação do castrato Farinelli no fim da semana.

"Oh, estaremos lá também", diz Fribble. "Na estreia, nesta sexta."

O conde o ignora, dirigindo-se a Érico:

"Certamente nos cruzaremos pela cidade de novo, meu senhor. Aguardo sua visita, no fim do mês, para trocarmos as promissórias. A curiosidade, aliás, me impele a perguntar: onde pretende aplicar o dinheiro, se não for muita indiscrição minha?"

"Oh, não pensei nisso ainda, excelência. Minha família sempre investiu em vinhedos. Mas claro, não se permite plantá-los no Brasil. Penso que a cana será um bom negócio. Afinal...", ele sorri, "sei o preço que se paga na Europa pelo nosso açúcar."

"Hmm..." Bolsonaro sorri de modo forçado, faz como se fosse ir embora sem se despedir, um leve meneio de ombros, e então regressa. Há uma precisão fingida em seus gestos. "Se me permite um conselho, eu dificilmente recomendaria investir no Brasil. Do modo como as coisas estão, quem pode dizer quanto tempo mais ele ficará em mãos portuguesas, não é mesmo? Até mais ver, senhor barão."

O conde e sua acompanhante se vão. Érico olha de novo para o interior da casa de chá, em busca da visão reconfortante de Gonçalo, mas o rapaz já não está mais ali.

"Que sujeito estranho, não acham?", diz Maria. "Parece sempre tão tenso..."

"Retenção anal, querida", sugere Fribble, "é mais comum do que se imagina."

"Agora me escute, Érico querido", chama Maria, "depois que buscar o dinheiro desse homem, prometa-me que nunca mais se envolverá com ele."

"*Se* ele pagar...", lembra Érico.

"Como assim, '*se* ele pagar?'. É claro que ele vai pagar, que outra opção ele tem?"

"Um duelo, é claro", lembra Fribble. "Duelos estão muito macarôni."

"Que coisa horrível, espero que não chegue a isso."

Maria toma outro gole de chá e muda de assunto, não quer aquele conde ocupando seus pensamentos nem mais um minuto.

Após o chá, ela e Érico decidem voltar a pé para a embaixada, em uma caminhada pela Grosvenor Square. No fim da praça, ao dobrar a esquina, uma mulher surge vinda da South Audley e grita: «*Meeew!*» Maria recua com um salto e Érico a toma pelos braços. A mulher passa por eles, indiferente, carregando em cada mão um balde tampado e, como se tendo as costas perfuradas por uma sovela de sapateiro, abre a boca outra vez e solta seu grito de harpia: «*Meeew!*» Recuperados do susto, os dois se dão conta de que é uma vendedora de leite, *milk*, e riem.

— Só tem gente doida nesta cidade — diz Érico.

— Eu estou cá faz quatro anos e ainda não me acostumei — diz Maria. — Mas também não sei se alguém deveria se acostumar com qualquer coisa. Que prazer estranho será esse que alguns têm de ver algo e dizerem "já vi disso antes" com desdém, como se perder a capacidade de se surpreender fosse uma espécie de vantagem?

— Não é desdém, querida. A repetição cria o hábito, eleva nossos parâmetros, apenas isso.

— Parâmetros elevados ou sentidos anestesiados, o efeito é o mesmo: tédio infinito. Invejo os que se impressionam com facilidade. Seu mundo é uma sucessão de assombros.

— Mas quanto mais impressionável uma pessoa for, mais fácil será falsificar o que a impressiona, não acha? É disso que vive a literatura barata, afinal. Deve-se prezar o equilíbrio, para não virarmos presa de charlatões de muita técnica e pouco talento.

Chegam à embaixada. Estão prestes a subir as escadas, cada um indo ao seu quarto, quando o lacaio avisa Érico de que há alguém o aguardando. Quem? O lacaio não sabe dizer, mas está na capela, no pátio dos fundos. Maria, desinteressada, decide subir à biblioteca para escolher uma leitura para o resto da tarde.

Érico atravessa os corredores até sair nos fundos do sobrado, um pátio fechado ladeado à esquerda pelo galpão dos coches, atrás pelos estábulos e à direita pela capela. Aperta o bilhete no bolso (como diabos o patife descobriu onde ele mora?). Um cavalo levanta a cabeça ao vê-lo sair ao pátio, e bufa pelas narinas. Érico abre a porta, entra na capela, a porta se fecha com um eco. O rapaz está de costas para a entrada, observando o altar. Quando escuta a porta se abrir, sorri para ele.

— Oi, Érico — diz Gonçalo, ao se levantar e estender a mão.

— Sr. Borges — Érico responde com frieza, mãos às costas. — Aqui, me chamará de sr. Borges.

O rapaz recolhe a mão. Sua expressão muda para algo mais duro, o que tem o efeito contrário de ressaltar suas bochechas e dar-lhe o ar de um garoto emburrado. Gonçalo abaixa o rosto e evita encará-lo.

— Você não apareceu ontem. Disse que vai sempre lá, mas não apareceu ontem...

— Eu estava indisposto.

— Eu esperei a noite toda. Domingo também, nem dormi direito e...

— Como descobriu onde eu moro?

O corte brusco é como um tapa. O rapaz cora e coça as marcas de queimado no antebraço direito.

— Seu amigo me disse.

— Mentira. Armando nunca teria lhe dito.

— Não sou mentiroso. Quem é Armando? É aquele que estava com você no sábado? Não, não foi com ele que falei. Foi seu outro amigo. Um que fala português muito mal. Aquele todo colorido.

Fribble. Um inconsequente, como Armando o alertara. Érico teria de encontrar uma forma educada de manter Fribble longe de sua privacidade. Precisa se livrar do garoto, e rápido.

— Você obviamente não está feliz em me ver — diz Gonçalo, com um tom doloroso e uma pontada de raiva. — "Érico." Não vou chamá-lo de "senhor", não. Você não é melhor do que eu, se é o que está pensando. Não depois do que fizemos sábado. Não tinha nada de "senhor" quando estávamos juntos. Você deve pensar que pode me tratar assim, como se eu fosse uma... — a palavra fica trancada em sua garganta. — Não sou assim, eu não faço o que a gente fez com qualquer um, eu...

— É uma questão de dinheiro, não é? O que você quer de mim, afinal?

— Dinheiro? Do que você está falando? Não, eu só...

Érico bate seu bastão de caminhada contra o chão.

— Vamos, seu merdinha, ataque com tudo que tem. Acha que tenho medo de você?

— Você pensou que eu vim aqui para... não! Você está entendendo tudo errado! — Há um desespero crescente no rosto do garoto, o tipo de desespero que nasce da constatação imediata de oportunidade perdida, um risco de sol logo escurecido entre nuvens de tempestade. — Você não...

Érico tira o bilhete do bolso e o entrega a Gonçalo.

— Tome aqui de volta seu recadinho. Não passei por tudo que passei até agora na vida para terminar sendo vítima de um putinho chantagista, um merda de um aprendiz de padeiro, se é que você é mesmo quem diz ser.

Gonçalo pega o bilhete e o lê.

— Não escrevi isso. Não é minha letra, eu...

— O que pensou que aconteceria? — continua Érico, em um acesso de raiva, ignorando-o. — O quão longe achou que conseguiria ir? Leis não são feitas para proteger gente da sua laia. Você vai estar pendurado numa forca antes de conseguir arrancar algum dinheiro de mim por meio de chantagens!

— Não, por Deus! Pare de falar! — grita Gonçalo. Sua voz ecoa pela capela com muito mais força do que pretende, o que tem o efeito de calar a ambos.

O rapaz senta-se num banco, o rosto inchado e avermelhado. Está prestes a chorar e murmura: "Faço tudo errado, sempre faço tudo errado".

A porta da capela é aberta. O lacaio, tendo escutado um grito, veio conferir se está tudo bem. Érico inventa que o garoto recebeu más notícias da família e precisa de um momento de privacidade. Dispensa o lacaio com um gesto displicente da mão. A porta é fechada, e os dois continuam em silêncio.

Érico então se dá conta de sua própria atuação, do exercício vulgar de autoridade. Nunca falou assim com alguém, por que o faz agora? Diz a si mesmo que este não é ele, e só a máscara do barão de Lavos tomando conta. Aos poucos, a realidade começa a vir contra ele em leves ondas, e na respiração pesada de Gonçalo, entrecortada por fungadas, o garoto visivelmente está se contendo para não começar a chorar.

Érico começa a se dar conta da possibilidade, cada vez mais concreta, de ter entendido tudo errado, de ter se deixado contaminar pela ansiedade discretiva de Armando. Se for assim, se tudo que Gonçalo disse sobre si mesmo naquela noite for verdade, então não é mais do que um rapaz solitário numa cidade indiferente, necessitado de algum contato tanto quanto ele próprio já ficou, e que agora está sendo acuado e humilhado pela única pessoa com quem havia tido uma conversa de verdade nos últimos meses. E, ao perceber isso, Érico se dá conta, pela primeira vez, da própria crueldade. Precisa lembrar a si mesmo de que é apenas um personagem, antes que sua máscara comece a se confundir com seu próprio rosto.

Será tarde demais para voltar atrás? Sempre é tarde demais. Haverá desculpas suficientes, agora que a culpa e a vergonha começam a tomar conta de si? Céus, o que não daria por outra xícara de chá agora.

— Gonzalo, eu...

— Gonçalo — o garoto responde, amargo e duro. — Meu nome é *Gonçalo*.

— ... eu sinto muito, eu não queria...

— Não sou esse tipo de gente. E não quero nada de você.

— ... minha reação foi um pouco exagerada, eu... creio que me enganei... as coisas aqui são um pouco diferentes, há esses chantagistas por todo canto e...

— ... por que eu o chantagearia?

— Não sei. É uma coisa que acontece muito aqui, e pensei que...

— Nunca roubei nada de ninguém. E nunca menti. Posso não valer grande coisa, mas valho mais do que você. Não pode falar assim comigo, não é certo. Não vou deixar.

— Eu lhe devo desculpas. Retiro tudo que falei. Se pudesse desdizer tudo, faria isso.

— E não tenho vergonha nenhuma de ser padeiro. — Ele se levanta. — É um trabalho muito honrado, muito antigo. Eu alimento as pessoas. O que *você* faz? Também não tenho vergonha do que fizemos, se é esse o seu problema.

— Eu também não. Não queria ter dito aquilo, por favor, por favor, me desculpe...

É a vez de Gonçalo falar com frieza.

— Mas já disse. E eu não te tratei do modo como você me tratou. Não é correto.

— Não, não foi correto, tem razão. Eu estava com medo, Gonçalo. Me desculpe, mas eu fiquei com muito medo de você.

— Medo de mim? Por que você teria medo de mim?

Érico ergue os ombros sem saber o que dizer. É ele quem está acuado agora. Gonçalo respira fundo, irritado. Enfia as mãos nos bolsos da casaca e olha para o chão. Está pronto para ir embora, mas não se move.

Érico se dá conta de que o rapaz está vestindo não as roupas comuns com que o viu naquela tarde nos Twining, mas a casaca azul-marinho do baile. Não a devolveu ainda, pois é sua melhor roupa. Havia se arrumado o melhor possível para ir ali. Como Érico não se deu conta disso antes?

— Eu só achei que... — continua Gonçalo, já assumindo um tom de despedida — ... eu tinha gostado de você, achei que você tinha gostado de mim, também.

— Eu gostei de você...

— Mas não apareceu lá nem domingo nem ontem, e fez que não me viu hoje na casa de chá. Acha que não percebi? Mas eu precisava vir aqui e saber, senão ia ficar voltando lá toda noite por motivo nenhum. Bem, não tem importância. Agora não mais. Acho que deu tudo errado, não é? Vamos encerrar tudo aqui, não faz mais diferença.

Estende a mão para um último cumprimento, Érico olha aquela mão estendida e hesita. Se a aceitar, estará aceitando que aquilo é o fim de algo que nem começou?

— Por favor... — Érico suplica, tomando-lhe a mão entre as suas, forçando-o a encará-lo. — Não quero que seja o fim. Não assim.

— Quer que seja como?

— Quando eu disse que havia entendido tudo errado, não me referia a você. Era de mim mesmo que falava. Parte de mim gritou em alerta, me forçou a me livrar de você, qualquer que fosse sua intenção, e essa é uma parte de mim de que não gosto mais.

— Como assim? Quantos versões de uma mesma pessoa podem existir?

— Não sei. Eu sou confuso. Me desculpe. Mas por favor, me dê outra chance.

O tom da súplica de Érico é quase choroso. Gonçalo hesita, tentando soar frio.

— Eu só quero ir embora, *sr.* Hall.

— Está bem, eu o deixo ir embora, mas com a condição de que me permita acompanhá-lo. Vamos dar uma caminhada, pode ser? Hoje o dia está tão bonito, é o primeiro dia de sol que vejo esta semana. Mesmo que você nunca mais queira me ver, me permita prolongar esse momento apenas o bastante para me dar a chance de me redimir, de mostrar que não sou aquela pessoa horrível de agora há pouco. Não sou assim. Não quero ser uma peça de teatro que nunca termina, sempre interpretando personagens conforme a necessidade, com um medo terrível de não ser convincente o bastante ou de não saber a hora certa de mudar de personagem. Entende o que falo?

— Você é ator, é isso?

— Não. Sim. De certo modo.

— Você é mesmo muito confuso. — Ele olha para a porta. — Aonde quer ir?

Estão ao lado do Hyde Park, propõe irem lá. Saem pelos fundos da embaixada, atravessando o portão de carruagens que dá para a South Street, e dali estão a uma quadra do reservatório de água. Caminham lado a lado, na maior parte do tempo em silêncio.

Atravessam a Park Street. Pouco antes de entrarem no parque, vem o cheiro de pão quente de uma casa próxima, levando Érico a perguntar sobre seu trabalho como padeiro. Foi a primeira coisa que lhe veio à mente, diligente em demonstrar interesse, de fazer o rapaz falar mais de si.

Gonçalo ergue os ombros, indiferente. Era filho de padeiros, sovando massas e vivendo diante do forno desde muito pequeno. Ao ir embora do Brasil, foi de um país a outro trabalhando em padarias e confeitarias. Chegou a Portugal e de lá foi para a Itália, onde aprendeu a fazer macarons, e depois para a França, onde conseguiu emprego com Ms. Stohrer em Paris. Mas ainda preferia fazer seus macarons à moda italiana, com merengue cozido, pois o pé do biscoito ficava mais alto e assava melhor do que quando feito à francesa, que, embora fosse o método mais fácil, era mais sensível no forno. Os macarons eram, de longe, o que mais gostava de fazer, pois, ainda que simples, eram de produção muito delicada e específica, uma massa que precisava ser mimada e tratada com carinho. O mundo seria um lugar melhor se as pessoas assassem mais biscoitos. Também adorava perfumá-los e lhes dar cores distintas. Não sabe mais dizer se quer continuar sendo apenas padeiro ou se gostaria de se especializar como mestre pasteleiro, mas tal é o prazer com que fala sobre seu ofício, e a paixão em sua voz é tão genuína, que transborda de um orgulho pueril e ao mesmo tempo gabarola, uma demonstração involuntária de sua candura inata.

A sinceridade simples de Gonçalo desperta em Érico um sentimento protetor, e a seus olhos o rapaz assume ares de ascetismo e pureza — e de novo, não o angelical solene do imaginário católico, mas o vigor absorto e ingênuo, algo distraído, de uma beleza grega, desconhecedora da própria força, despercebida do efeito que provoca nos outros.

Percebe nele também uma insegurança desajeitada, a terminar cada frase com uma nota um pouco acima do tom habitual, indeciso entre afirmar ou questionar, ansioso por aprovação.

— E como veio parar em Londres, afinal? — pergunta Érico.

Gonçalo conta que, por vicissitudes particulares, decidiu ir para o Norte, em Brest, onde se envolveu em uma querela e acabou fugindo no primeiro navio disponível, que por acaso ia para Londres. Não sabia inglês mais do que francês ou italiano, aprendia línguas de uma forma intuitiva. Mas sabia fazer pão e doces, contava com uma carta de recomendação e um colega de navio tinha conhecidos em Londres, de modo que conseguiu emprego com uma francesa huguenote em Westminster. O trabalho era bom, e havia algumas tardes de folga que ele usava para procurar, nas bibliotecas itinerantes, livros de receitas que tentava traduzir em sua caderneta com seus parcos conhecimentos linguísticos. Gostava principalmente de copiar as ilustrações — pirâmides, castelos arruinados, mosteiros e templos — que depois tentava reproduzir com marzipã.

— E fica bom?

— Acho que sim. Espero que sim... — ele enrubesce com a confissão. — A verdade é que não sou muito de doces. Digo, açúcar pesa muito na digestão, sabe? Um bocadinho já me satisfaz, só de provar as receitas já me basta. Eu gosto mais é de *fazer* as coisas. Ver a massa crescer e ganhar forma, tem algo mágico nisso, acho. Que besta que eu sou, não? Deve ter gente que sonha em poder comer essas coisas.

— Tenho certeza de que ficam todos tão deliciosos quanto os macarons.

— Espero que sim... lá na festa, você provou também os bolinhos?

— Quais? Havia tantos...

— Eram bolinhos do tamanho de canecos. Fui eu quem os assou. Foi a primeira receita que me ensinaram aqui, chamam-se *moofins* e... desculpe. Estou falando demais?

— Não me incomodo — Érico sorri. Na verdade, não tem muito interesse no assunto, mas está fascinado pela paixão detalhista de Gonçalo em explicá-lo, e quer bajulá-lo: — Acho que a confeitaria deveria ser considerada uma forma de arquitetura, as duas coisas dependem muito do equilíbrio dos elementos. Aposto que você será um dos melhores nisso em pouco tempo.

— Obrigado — ele sorri, genuinamente feliz com o elogio que não é bem um elogio, mas um voto de confiança. Gonçalo tem o jeito de alguém que aceita a vida sem grandes exigências, uma alma completamente exposta. Érico sente a necessidade de agradá-lo e corresponder às suas expectativas, de fazê-lo sorrir: há algo ali que acreditava ele próprio ter possuído algum tempo atrás e ter perdido, uma certa candura otimista, o que só o faz sentir-se mais culpado pelo tratamento repelente que lhe dera ainda há pouco. Se Gonçalo puder perdoá-lo por sua estupidez, se permitir que interrompa os juros que alimentam a dívida do remorso, o saldo que ficará em Érico será o de um sentimento de quase devoção. No sábado, predominava um intenso desejo; agora, já fermenta outro sentimento que, de tão banalizado pela literatura vulgar, parece indigno de ser nomeado com uma palavra tão velha e gasta quanto "amor".

— Você está tão quieto, acho que estou falando demais — observa Gonçalo. — Me desculpe, mas faz muito tempo que não converso com alguém. Eu o aborreço?

— Não, é claro que não! Eu é quem lhe peço desculpas, não sou de falar muito. Não sou uma pessoa muito interessante. Não há o que se dizer de mim.

— Eu acho você interessante. Você mora na embaixada. Deve ter um trabalho importante.

— Antes fosse — Érico suspira. — Justificaria algumas coisas. Mas não. Meu trabalho é apenas uma bobagem ao qual gente poderosa está dando muita importância.

— O que você faz lá, exatamente?

— Sou um, ah... — ele hesita, escolhendo a mentira certa a ser contada — ... um pesquisador. Sim, estou conduzindo uma pesquisa. Sobre a literatura inglesa.

Os dois, que haviam entrado no parque pelo portão de Grosvenor, agora caminham por uma longa trilha que corta um campo aberto e gramado, ladeado por fileiras de árvores de ambos os lados. O parque está movimentado ao fim da tarde, horário em que se sai para ver e ser visto em suas melhores roupas. Acabam tomando um caminho secundário, menos movimentado.

— Imagino que nesses livros não há nada sobre gente como nós, não?

— Em geral, não — diz Érico. — Mas às vezes uma referência escapa aqui ou ali.

— Eu tenho uma teoria, sabe? Sobre isso tudo. Eu sei ler, não sou burro.

— Não duvido. Digo, que saiba ler, não que seja burro. Ah... — Érico se atrapalha, nervoso. — E qual é sua teoria? Adoraria ouvir.

— Acho que se proíbe falar e escrever sobre nós para que, com o tempo, o único registro que fique seja o dos processos nos tribunais. Quando eu era menino, achava que era normal ser como somos, pois sabia que vários meninos com quem eu andava também eram. Vez por outra ouvia alguém dizer algo ruim a respeito, mas pensava que fosse como o celibato dos padres, sabe? Uma coisa que se diz, mas não se faz. Então... aconteceu aquilo tudo de que te falei, com o visitador da Inquisição e... achei que havia algo de errado comigo, que eu tinha nascido com algum tipo de deformação na alma ou que era alguma forma de doença que os meninos da praia haviam me passado. Mas isso foi só até eu conhecer o mundo. Não imaginava que houvesse tantos como nós no mundo todo! E você já esteve na Itália, já viu todas aquelas estátuas? Algumas têm mais de mil anos, e tenho certeza de que quem esculpiu estava pensando em fazer coisinhas com aqueles rapagões bonitos. Foi então que pensei... deve ser por isso que proíbem que se fale sobre nós. Para que, a cada nova geração, não fiquemos sabendo de todos aqueles que vieram antes. Eles fazem isso para que possam dizer "na minha época não se falava disso, então não existia, é algo novo, os tempos estão piores". Assim podem nos tratar como se fôssemos um problema, e não como algo... bem, algo natural do mundo.

— Estive na Itália, quando garoto — Érico desconversa. — Mas faz muitos anos.

— Então, não acha que minha teoria faz sentido?

— Acho que sim. Mas não gosto de pensar nisso. Fico triste em pensar que o mundo nos odeia, e este aqui é um momento feliz. Por estar te conhecendo.

— Ah — Gonçalo sorri e baixa a cabeça.

— Mas você se engana, há bastante coisa escrita sobre nossa gente. Está apenas escondido, como um código secreto...

— Ah, não gosto muito de ler.

— Você falou ainda há pouco que sabia ler.

— Falei que sabia, não que gostava... os olhos doem muito.

— Hm, já pensou em usar óculos?

— Não, acho bobo, todo mundo fica com cara de coruja.

O sol morno do final da tarde já não esquenta mais, e o dia começa a ser invadido por um vento fresco. Andam em silêncio por mais alguns metros, quando Gonçalo para, tomado por um pensamento súbito, e se volta para ele:

— Você masca fumo?

— Por Deus, não! — Érico ri da aleatoriedade absurda da pergunta. — Por quê?

— Acho uma coisa muito nojenta, realmente detestável. A maioria dos marinheiros mascava. Não conseguiria ficar com alguém que tivesse esse hábito...

— Ah, está considerando a hipótese de ficar comigo, então? Ainda tenho chances?

Gonçalo o olha de canto de olho, com um sorriso contido.

— Você está rindo de mim, não? — provoca. — Aposto que me acha um grosseirão.

— Não, nada disso. Estou te achando sincero e honesto, e são as duas coisas que mais admiro numa pessoa.

Talvez, lhe ocorre, por serem duas coisas que não vê em si mesmo. Gonçalo enrubesce, constrangido com o súbito elogio.

— Não sei ser diferente do que sou. Às vezes me sinto mal por isso.

— O que quer dizer?

— Me refiro ao que as pessoas esperam da gente. Quero que as pessoas gostem de mim, mas não sei se estou fazendo a coisa certa. Acho que nunca estou. Mas você... você não se importa muito, não? Você parece estar sempre muito à vontade. Digo... você está?

— O quê... como assim? A que se refere?

— De estar à vontade em não ser o que as pessoas querem que a gente seja.

— Não, mas por que deveria? Quem mais está preocupado em ser o que eu quero que sejam? Não vejo motivo para me preocupar também com isso.

Gonçalo solta um risinho.

— O que foi? — pergunta Érico, ansioso.

— Nada. É que é bom conversar com você.

— Eu também estou gostando muito de conversar com você.

— Na verdade, o que eu queria agora mesmo era te dar um beijo.

Érico fica vermelho. Deseja o mesmo, e isso o faz sentir-se vulnerável.

— Você sabe que não podemos fazer isso aqui. Há muita gente.

— É, eu sei.

Seguem caminhando até chegarem ao cruzamento entre duas trilhas, quando nota que, vindo ao seu encontro, há uma figura familiar, cujo corpanzil e pele negra se destacam no cenário.

"Senhor barão!", saúda Ignatius Sancho. "Que surpresa agradável encontrá-lo aqui." Érico o cumprimenta. Não sabe como apresentar Gonçalo a ele, e desconversa dizendo ser seu valete. Como Gonçalo não entende bem, pois falam em inglês, apenas assente com a cabeça. Sancho faz um comentário sobre o tempo, que belo sol, há que se aproveitar antes que suma de vez até o fim do inverno, com que Érico concorda. Sabe que jamais se discorda do comentário que um inglês faz do clima. Quando pensa que a conversa ficará só nisso, Sancho baixa o tom de voz: "A propósito, há um burburinho muito interessante entre aqueles que foram vítimas do conde de Bolsonaro nas cartas. Uma grande expectativa, se me permite. Há muito interesse em saber *quais* as promissórias lhe serão entregues em troca", fofoca Sancho. "O senhor anunciou que irá cobrar apenas metade das dívidas, e interessados em conhecê-lo não faltam. Eu mesmo devo algo ao conde, e se o senhor por um acaso fizesse essa gentileza…"

O trio está parado exatamente no meio do cruzamento entre as duas trilhas, e na distração da conversa, não percebem dois casquilhos que, vestidos à última moda, vêm em sua direção. Ao se darem conta da presença de Sancho no meio do caminho, um deles exclama, em alto e bom som:

"Saia da minha frente, ô Otelo!", e riem da própria piada tola.

A mão de Sancho se crispa sobre o castão de sua bengala de caminhada, ele faz um beiço irritado e pede a Érico um instante. Posta-se bem no meio de caminho daqueles dois, forçando-os a parar. Com a voz trovejante, bate com a mão espalmada na própria pança e brada:

"Sim, seu miserável, pois Otelos tais como eu, o senhor não encontra mais do que uma vez a cada século; já Iagos tais como vocês, encontramos um em cada beco imundo desta cidade!" Aponta-lhes a continuidade da trilha, como se liberar a passagem fosse uma generosa concessão de sua parte: "Podem prosseguir, senhores".

A dupla, constrangida, segue seu rumo e se afasta rápido, sem dizer palavra.

"A última coisa que farei na vida será baixar a cabeça para esses infelizes", diz Sancho. "Onde estávamos? Ah, sim. Mantenha-me informado sobre o assunto das promissórias, barão. Em troca, posso lhe oferecer meus préstimos para apresentá-lo a todos os artistas, escritores e intelectuais do *beau monde* desta cidade."

Acena com um toque no chapéu, despede-se e parte. Gonçalo pergunta o que foi aquela discussão. Érico lhe conta uma versão resumida da atitude de Sancho, que deixa o garoto pensativo — o sol baixo e o céu poente banham seu rosto em tons de azul e coral, dando uma aura mágica às suas feições.

— Posso segurar sua mão? — pede Gonçalo.

— Há muita gente aqui em volta, não sei se...

— Ninguém está nos olhando — e sem pedir outra vez, toma-lhe a mão. Seus dedos se entrelaçam, a mão de Gonçalo é grande e áspera, mas calorosa. Ficam em silêncio, observando o sol cada vez mais baixo para os lados de Kensington. Voltar para a embaixada significará interromper aquele momento, e é tudo que Érico não quer. Poderia passar o resto do dia (e da noite) ouvindo sobre pães e bolos, escutando sua opinião sobre qualquer coisa. Quer ter histórias em comum com ele, fazer piadas que apenas os dois entendam, quer despi-lo, entrelaçar-se com seu corpo e fazê-lo se contorcer de prazer. Quer acordar e vê-lo ao seu lado, sentindo-se seguro e tranquilo ao saber que nada estará ruim enquanto estiverem juntos.

Mas o sol já declina, está ficando tarde e precisa voltar àquela vida que, de escolha em escolha, moldou para si.

Ao ver que o sol já se põe, Maria larga o livro e decide subir para o quarto. Nas escadas, cruza com um homem enorme, um gigante loiro e pálido de olhos azuis e rosto ossudo com marcas de varíola, que pergunta em um inglês com forte sotaque russo onde fica a saída de empregados, pois veio entregar uma encomenda ao barão de Lavos e agora se perdeu na casa. Maria diz para ele descer e perguntar a algum criado. Ele assente e desce. Ela tem a sensação de que algo está errado, aquele homem não deveria estar ali. Por que não há nenhum lacaio o acompanhando pela casa?

Quando ela chega à porta de seu quarto, olha o lado oposto do corredor e vê o quarto de Érico com a porta aberta. Mas já voltou? Não escutou sua voz. E o que é essa coisa branco-perolada no chão, sobre o piso de parquete? Parece de açúcar.

Não deveria ser tão indiscreta a ponto de entrar desacompanhada no quarto de um homem, mas a curiosidade sempre supera a prudência. O que aquele barril de vinho está fazendo ali, no meio do quarto? Se Érico o ganhou de presente, deveriam colocá-lo na adega. Que descuido! O barril, contudo, está vazio. Há um cheiro adocicado nele. Só então se dá conta do que há sobre a cama.

Tal é seu horror que não é capaz de mover um único músculo. Quer fugir, mas as pernas estão rígidas, os pés não lhe obedecem, quer fechar os olhos, mas está sem ação, a imagem terrível gravada em sua mente.

Por quanto tempo ficou ali, imóvel, não soube dizer. Foi arrancada daquele estado de torpor apenas quando a camareira viu a porta aberta, entrou e a tomou pelo braço, perguntando se estava tudo bem, para então também ela ver o que havia sobre o colchão e começar a gritar.

12.
Eu vi el-rei andar de quatro

Érico volta sozinho para a embaixada com o coração leve e a promessa de um reencontro dali a algumas horas no Libertino da Lua. Quando entra pelo portão dos fundos, é imediatamente abordado por um lacaio. O rapaz está nervoso, a marca arroxeada de uma pancada no rosto, avisa que estão todos à sua espera em seu quarto no último piso. Mas o que aconteceu? O lacaio conta que foi atacado e amarrado por um homem imenso que invadiu a embaixada. Érico apressa o passo. A criadagem toda está de pé no salão de entrada, à espera de algo. Uma criada chora e é consolada.

A subida dos degraus é uma lenta agonia: há um misto de medo e ressentimento no olhar dos funcionários. Em seu silêncio há um julgamento, sente que está sendo culpado por ter atraído algo ruim. A voz de Martinho de Melo e Castro escorre abafada pela escada. Quando chega ao topo, encontra-o conversando com um médico. A porta de seu quarto está aberta.

— De que se trata isso? — protesta, irritado com aquele suspense.

— Diga-nos você, sr. Borges — retruca Martinho e Melo, ríspido. — Já que foi o senhor quem trouxe isso tudo até nós.

Entra no quarto. Sobre sua cama há um corpo deitado atravessado sobre o colchão. Está nu e virado de costas, o braço esquerdo pendendo da beira, e a pele inteiramente branca como mármore, com um brilho liso e lustroso. A impressão inicial é que alguém largou uma estátua ali. E então o reconhece: é o corpo de Armando.

Aproxima-se. Ao lhe tomar a mão e mover o braço, a cobertura branca racha: glacê real. Seu corpo inteiro foi coberto por uma grossa e rija camada de glacê real.

— O pescoço foi quebrado — explica Martinho de Melo, entrando no quarto logo atrás dele. — Pela posição, um dos braços também. Creio que, quando o limparmos de todo esse açúcar, vamos encontrar várias marcas de pancadas.

— Maria já sabe?

— Foi ela quem o encontrou.

Érico fecha os olhos com uma careta de dor. O embaixador conta do homem com o barril. Ele disse que tinha ordens para deixá-lo no quarto do barão de Lavos. O lacaio que o guiou até o último piso foi estrangulado até perder os sentidos, e depois amordaçado no quarto de banhos. Armando foi trazido morto no barril, e só coberto com aquela mistura de açúcar de confeiteiro e clara de ovos já sobre a cama, até parecer uma escultura de açúcar. Deve ter levado a tarde toda para isso, aproveitando que quase todos estavam fora. Contou que Maria chegou a cruzar caminho com o homem, viu a porta aberta e entrou. Não sabem quanto tempo ficou parada ali até a camareira chegar e alertar a casa.

— Foi ele — diz Érico, a cerrar os punhos. — Foi o conde de Bolsonaro.

— Sem dúvida que foi — diz o embaixador. — Mas por quê? Por que Armando, e por que na sua cama? E dentro de um barril, como aquele armador em Lisboa. O que você está me escondendo, rapaz?

Érico olha ao redor do quarto, vendo o que mais pode estar fora do lugar. Sua caixa de chá está onde a deixou. Já o exemplar de *Fanny Hill*, que havia posto sobre a escrivaninha ao voltar da livraria do Milanês, não está à vista.

— No início, era só um palpite — explica Érico, revirando suas gavetas. — Soube que a trapaça do conde nas cartas começou pouco antes da minha chegada a Londres, em outubro. Mais ou menos, pelos meus cálculos, o tempo que levaria para a notícia da apreensão dos livros no Rio de Janeiro também chegar a Londres. Coincidência? Armando e eu achávamos que valia a pena investigar. E o conde tem uma relação suspeita com o Brasil. Lembro-me da sua expressão quando mencionei que era de lá.

— Isso é muito pouco para se acusar alguém. Tem algo que comprove essa sua teoria? — o tom de Martinho de Melo é severo e inquisitorial, embora fale baixo. — Isto... — aponta para o corpo de Armando — me parece uma vingança pelo jogo de cartas, mas, entre suspeitas e certezas, não posso acusar um membro da embaixada da Espanha de assassinato.

— Hoje encontrei um panfleto... — Érico abre seu malão, ainda à procura do livro. Não está ali também. Põe as mãos à cintura, pensativo, e olha em volta.

— Que panfleto?

— Um panfleto político, senhor, que, ao que tudo indica, foi impresso recentemente na mesma gráfica que aquele livro. Alguém mexeu nas minhas coisas?

— Ah, está procurando por isto? — Martinho de Melo tira da casaca o calhamaço em couro bordô com o nome CATECHISMUS em letras douradas. — Eu o peguei para que não ficasse à vista dos criados. Foi deixado aberto ao lado de Armando, sobre a cama.

Martinho de Melo abre o livro e tira dele uma carta de baralho, a servir de marcação de página: a Rainha de paus. Há um recado escrito na carta: *Um pouco de açúcar adoça uma derrota amarga.*

— Estava marcando o livro? Qual parte? — pergunta Érico, temendo a resposta.

Martinho de Melo lhe mostra o trecho com a ilustração, ao fim da segunda parte, de quando Fanny Hill espia pelo buraco da fechadura e vê dois rapazes praticando entre si o dito "ato nefando". Érico não diz nada. Ocorre-lhe que, se Armando foi torturado, provavelmente o conde já sabe tudo sobre eles.

— Você poderia me explicar o significado disso? — insiste Martinho de Melo.

— O senhor é um homem vivido — Érico assume um tom cauteloso e distante, pouco disposto a se deixar intimidar. — Deve bem saber o que isso significa.

— Não brinque comigo, garoto!

— Não estou. Me parece tão somente uma provocação, nada mais.

— Uma provocação? Uma provocação! — O embaixador, irritado, olha para o médico, o padre da capela e o lacaio. Estão todos à espera de que diga algo. Olha uma última vez para o corpo glaceado de Armando e repete a célebre frase do conde de Oeiras: — Enterrem os mortos, cuidem dos vivos. Você vem comigo.

Érico o segue até seu escritório, dois andares abaixo. Martinho de Melo tranca a porta e senta-se na cadeira detrás de sua mesa, mas não convida Érico a fazer o mesmo. Melhor assim, pois, antecipando o que vem à frente, Érico prefere ficar de pé.

— Como você veio parar aqui? — pergunta Martinho de Melo, seco.

— O senhor leu minha carta de recomendação, não vejo sentido repetir — responde Érico, pontuando sua fala com piscadas rápidas, dando a entender que a pergunta é óbvia. Não está disposto a facilitar a conversa, e pode sentir o desconforto de Martinho de Melo em perguntar o que realmente quer perguntar.

— Sim, eu li a carta — Martinho de Melo evita encará-lo, preferindo olhar o teto. Faz a cara exagerada de quem pondera aquela resposta, franzindo o cenho e fazendo beicinho. É a encenação de um mau ator. — A carta em que Oeiras diz que você é de total confiança. Mas isso não é verdade, não é mesmo? Duvido que ele saiba tudo.

— Tudo, senhor? Ninguém sabe tudo sobre ninguém. Creio que o ministro soube o que julgou ser necessário saber — Érico responde indiferente, voltando sua atenção para o globo terrestre a um canto da sala. — Não cabe a mim questionar as intenções do conde de Oeiras. Aliás, tampouco ao senhor.

Martinho de Melo, que por tanto tempo viveu cercado de criados e secretários louvaminheiros, não está acostumado a ver sua autoridade desafiada. Recebe aquele comentário da pior forma possível, bate com o punho na mesa e grita:

— Meu secretário foi morto!

— Eu percebi, senhor. E pretendo resolver isso tão cedo quanto possível.

— Como? Vai ressuscitá-lo, por acaso?

— Não, vou descobrir o responsável por isso, vou encontrá-lo e vou matá-lo.

Martinho de Melo silencia. Assusta-o a certeza contida naquela resposta.

— Que tipo de homem faz uma afirmação assim com tal frieza?

— Devo lembrá-lo de que sou um oficial de cavalaria de dragões, senhor, e testado em batalha? Por que não me pergunta logo o que realmente quer me perguntar?

— O que eu quero saber... é que merda alguém como *você* faz aqui? — berra ele, o rosto se avermelhando em uma explosão raivosa. Talvez estoure uma veia, o que Érico só não deseja que aconteça por respeito aos sentimentos de Maria. — Você trouxe isso até nós, contaminando minha casa com esse *vício*...

— Se pensa assim, o senhor conhece muito pouco do mundo à sua volta — retruca Érico. — Talvez lhe seja benéfico temperar suas opiniões com um pouco de realidade.

— Como ousa falar assim comigo?! Seu desaforado inconsequente! Como ousa? Um parasita, isso sim. É o que pessoas como vocês são, grudando-se às mulheres do modo como fazem, e ainda assim... vejo que nem mesmo pensa no estado de Maria, não é mesmo? E soube aproveitar seu tempo conosco, não foi? Armando me escondia as coisas, mas tenho certeza de que, se olhar as contas da embaixada, vou encontrar o quanto me custou montar esse seu "barão de Lavos". Sem contar os contatos que você fez, os convites, as pessoas que conheceu... sim, você aproveitou bem o seu tempo.

Érico está decidido a não perder a têmpera, não elevar o tom de voz e deixar que o outro grite, o que requer dele um esforço hercúleo.

— Lembre-se de que fazer eu me passar por barão foi uma ideia que contou com seu aval. Quanto aos meus gastos, eram parte do disfarce, e foram autorizados por...

— Mesmo Armando... eu devia ter feito algo, sempre tive desconfianças... — a atenção de Martinho de Melo é seletiva, e Érico esvazia sua raiva quando conclui que lida com um homem de compreensão limitada. O embaixador continua: — É como uma deformação na alma, imagino, e tal sorte de aleijados do espírito não servem para o corpo diplomático. A culpa, no fundo, é minha. Devia ter feito algo. Mas você... eu conheço o conde de Oeiras. Por Deus, o irmão dele é monsenhor da Sé em Lisboa, preside o conselho da Inquisição! Como alguém como *você* conseguiu enganá-lo? Um *sodomita*!

— Do que me chamou? — Érico retruca, ríspido.

— Eu o chamei do que você é! Um invertido, um pederasta, um sodomita! Como alguém como você conseguiu chegar tão longe a ponto de ganhar a confiança dele?

— Isso se dá, senhor, porque nunca lhe omiti o fato.

— Como... como assim? — Martinho de Melo fica perplexo.

— Oeiras é um estadista. E a *raison d'etat* deixa a consciência de lado em prol do que a política e os negócios exigem. É o que Oeiras lhe dirá. Foi o que ele me disse.

Quando Érico foi convocado à corte, logo depois de sua chegada a Portugal, esta não se encontrava mais em Lisboa — onde el-rei d. José I nunca mais pôs os pés após o terremoto, por temer ser esmagado por algum novo tremor — e sim na Freguesia da Ajuda. Ali se erguia a Real Barraca, um amplo e luxuoso palácio de madeira e panos. Ali, naquele dia fatídico, enquanto aguardava, Érico rememorava tudo que já ouvira sobre o poderoso secretário de Estado dos Negócios do Reino e da Guerra, cargo que agora equivalia em Portugal ao de primeiro-ministro. Todos que o conheceram eram unânimes a respeito de um aspecto: o traço mais marcante de seu caráter era a forma brutal com que esmagava qualquer oposição a si. Discordar de sua opinião era o mesmo que traí-lo, criticá-lo era visto como um ataque, ir contra sua vontade, uma declaração de guerra. Sua notória tendência a ser centralizador o fazia enxergar inimigos em todo canto, sobretudo os jesuítas. Se a época em que serviu como embaixador em Londres o nutriu com uma profunda antipatia pela Inglaterra, também lhe possibilitou acumular uma imensa coleção de livros sobre comércio e economia, que estudou minuciosamente em busca de novas possibilidades de governança.

Mas, como bom português que era, sua atenção se prendera mais às leis e burocracias, aspecto apenas externo do que considerava a grandeza nacional do caráter inglês, sem se deter no fundamental: o apego bretão pelas liberdades individuais. Àquela época, o agora falecido rei d. João V o desprezava e sequer lia seus copiosos e detalhados relatórios. Jamais esqueceria da imagem de sua majestade — um rei que sonhou ser o Luís XIV português, torrou o ouro brasileiro em delírios opulentos de grandeza e terminou seus dias imobilizado física e intelectualmente, definhando até a demência e a morte cercado de falsos profetas e freiras-amantes: era o próprio Portugal que definhava com ele. Opinião compartilhada pelo príncipe e sucessor, d. José I, que viu no terremoto que destruiu

Lisboa uma limpeza divina dos excessos do pai, e, impressionado com a resposta enérgica e pragmática de seu melhor ministro diante da tragédia, deu-lhe plenos poderes para reformar o reino e arrancá-lo do atraso medieval gerado pelo fanatismo.

Agora, como secretário de Estado, concebia um novo império português a se erguer da inépcia anterior. Mas se o voo com que sonhava era alto para a realidade lusitana, quando alinhado ao resto da Europa se amesquinhava, pois em Portugal, mesmo quando se avançava era já com atraso. As ideias iluministas que agitavam o continente europeu não ecoavam nele, e preferiu eleger seu modelo entre os líderes centralizadores do século anterior, como o cardeal Richelieu. Sebastião José de Carvalho e Melo, conde de Oeiras, estava ainda há muitos anos de receber o título com que seria lembrado pela história, o de marquês de Pombal, mas já encarnava à perfeição o tipo de figura que seu tempo e época trataram de marcar: o déspota esclarecido.

Naquele dia, de pé diante do homem mais poderoso do reino depois do rei, Érico Borges aguardou em silêncio até que o ministro terminasse de analisar o *Fanny Hill* que o fizera vir lá do Brasil. Ao terminar, Oeiras fechou o falso livro de catecismos, pôs um cotovelo sobre a mesa, apoiou a face em uma das mãos e analisou o rapaz. Estar em sua presença aterrorizava Érico, sabendo que sua carreira dependia desse instante. Um passo em falso o condenaria.

— Foi o senhor quem partiu do Rio de Janeiro para nos informar sobre esse contrabando? — perguntou-lhe Oeiras. — E trouxe essa carta de recomendação do meu sobrinho Antônio José?

— Sim, excelência.

— E o senhor serviu na comissão demarcadora da fronteira Sul do Brasil, sob o comando de José Fernandes Pinto Alpoim, junto daquele meu outro sobrinho, o bastardo; de lá para cá passando por muitas coisas, inclusive lidando nos interiores da Bahia com uma revolta que já nem lembro qual foi, e de volta ao Rio de Janeiro prestou grandes serviços ao conde de Bobadela, onde aconteceu alguma coisa envolvendo sebastianistas, não me lembro mais direito, mas enfim alguma coisa; e, no mais a mais, o senhor cuidava de inspecionar a alfândega do Rio de Janeiro.

— Vossa excelência está muito bem informado.

O conde de Oeiras lhe disse que, se sabia de tudo isso, era porque saber de tudo era inerente a seu cargo. A morte de um homem dentro de um barril de vinho, por mais insólita que fosse, não seria um caso de seu interesse particular, tampouco a natureza obscena daquele livro, pois isso era assunto para a Inquisição. Mas havia algo ali para *além* dos livros que o preocupava. Algo político, que não se dispôs a especificar.

— Por tudo que me disseram do senhor, tenente, parece-me perfeito para o que preciso.

— Sou apenas um soldado fazendo meu trabalho, excelência.

— Hmm. A modéstia certamente é uma virtude entre pessoas comuns, rapaz. Mas não somos pessoas comuns, não? Não viemos dessas famílias que vivem de títulos de nobreza e pensões reais, não viemos de um mundo de privilégios hereditários. Contudo, cá estamos. Aqueles que de fato constroem a riqueza deste país, os estudiosos, os soldados, os comerciantes, enfim, a burguesia. Deixe a humildade para os medíocres. Deve se orgulhar da sua trajetória e seguir adiante fazendo cada vez melhor. Sente-se, por favor — apontou-lhe a poltrona diante de sua mesa. — O senhor é um oficial da cavalaria de dragões, e bem sei que as fronteiras do Brasil não são lugar para folgados. Se cá nós desenhamos uma linha no mapa, são homens como o senhor que as fixam na terra. Um dragão que combateu os jesuítas tem todo o meu respeito. Posso imaginar, pelo que diz nessa carta, as situações que enfrentou.

— Eu tive minha cota de acontecimentos e sucessos, excelência.

— É claro que teve. Mas o triste fato, tenente, a triste realidade deste reino, é que deste lado do oceano nossos oficiais são tidos pelo resto da Europa como incompetentes. A grande maioria não foi promovida por méritos em batalha, mas por afinidades políticas, e hoje servem como criados nas casas da nobreza. Quando emissários estrangeiros são recebidos para jantar, lá estão nossos melhores oficiais, orgulhosos no papel de lacaios, a servir comida nas mesas de quem os promoveu. Essa é apenas mais uma, tenente, das nossas muitas vergonhas diante da Europa. Os ingleses nos tratam como pedintes, os franceses como lacaios para dar recados, e os espanhóis, como presas fáceis. A monarquia agoniza. Fomos conquistados sem que nossos conquistadores tenham provado dos inconvenientes da conquista, e os ingleses puseram em obra as máximas que os levam a enfraquecer todos os outros sistemas, para aumentar a força dos seus. Somos vassalos e dependentes. Nesse momento, Portugal necessita com urgência de bons oficiais. E eu, em particular, também.

— O senhor? — Érico ficou confuso, e foi quando começou a perceber que aquele encontro não era, necessariamente, sobre os livros.

Oeiras, como todo reformador, tinha entre seus inimigos aqueles que não queriam qualquer mudança, pois não se beneficiariam com elas. A nobreza se dividia em duas metades. Uma se integrava aos novos tempos, que via com bons olhos a ascensão da burguesia comercial patrocinada por Oeiras — mesmo que, para isso, tivesse de revogar as restrições aos impuros de sangue, pois era raro em Portugal quem não tivesse um bisavozinho judeu ou mouro —, e a outra era composta de puritanos do sangue, incomodados com a ascensão de novos-ricos e orgulhosos de suas longas linhagens. Dentre estes estava a poderosa família Távora, inimiga declarada de Oeiras.

O conde contou também que, quando houve o terremoto, sua insistência para que a tragédia fosse abordada de modo racional e naturalista, estudada como fenômeno da natureza e não como sendo causado pela ira divina, o pôs em confronto com os jesuítas, que o acusaram de ímpio. O padre Malagrida, confessor da rainha, publicou panfletos acusando os teatros, a música e os divertimentos profanos das cidades como verdadeiras causas da tragédia: para evitar novos tremores, dizia, era preciso voltar a queimar judeus na fogueira, como se fazia nos tempos do rei anterior. El-rei d. José, que vive cercado de beatos a explorarem sua crendice, foi convencido de que questionar o papel da fúria divina na tragédia era um pecado em si. E contra os interesses políticos de Oeiras, uniram-se os fanáticos religiosos e a nobreza castiça do reino.

Tudo mudou no ano anterior. Após uma tentativa frustrada de assassinar o rei, os criminosos, sob tortura, confessaram o que Oeiras queria ouvir: que o crime foi planejado por seus inimigos políticos, pois, livrando-se do rei, se livrariam dele. Padre Malagrida foi posto a ferros, vivia agora em um calabouço, louco a ponto de dizer que escutava a voz de anjos. Com autorização do papa, a ordem dos jesuítas foi expulsa de Portugal e suas colônias, teve seus bens confiscados. Em praça pública, a ambiciosa marquesa de Távora foi torturada e decapitada; em praça pública, o duque de Aveiro, candidato ao trono, teve os pés e as mãos esmagados a marretadas. Os corpos dos conspiradores foram queimados em alcatrão; seus títulos, extintos; seus nomes, riscados dos livros; seus palácios, demolidos; e a terra, salgada, para que nada mais nelas crescesse. A nobreza assistiu a tudo atônita e incrédula. E assim, não havia mais oposição a Oeiras em Portugal. Este era o homem diante do qual Érico se sentava, estes eram os tempos em que vivia: entre forças terríveis e antagônicas, tentando se esquivar das faíscas de seu choque brutal.

— Quem quer que tenha feito isso — Oeiras apontou o livro que Érico trouxera consigo —, o fez com intenções políticas. De desmoralizar o reino, de desmoralizar *a mim*, de mostrar

223

meu governo como tolerante à devassidão, um império de obscenidade e heresia, oposto à santidade dos jesuítas. Mas eu represento a vontade do rei. Um crime contra mim é um crime contra o Estado.

Se a investigação de Érico indicava que o livro fora impresso na Inglaterra, então era para lá que devia voltar sua atenção. Oeiras precisava de alguém que trabalhasse com discrição, que soubesse mentir, fingir e trapacear. Para isso, era da mais suma importância que perguntasse: quanta confiança poderia ser depositada em seus ombros?

Era a hora, Érico pressentiu, de apostar alto. Sua carreira seria definida pela resposta que desse naquele momento.

— Excelência, sou mais do que preparado para servi-lo. — E naquele momento se deu conta de que, de fato, sua vida inteira se direcionara para aquilo. Deveria tentar aquela ousadia? Ousou: — De fato, excelência, não há, em todo o reino, ninguém mais qualificado para tal serviço, por uma qualidade muito própria minha.

— Hmm, é mesmo? E por que diz isso, se me permite perguntar?

— Como qualquer mortal, excelência, tenho meus vícios e virtudes, embora eu não os considere vícios, pois partem de um sentimento que a mim é natural e que, portanto, não poderia racionalmente ser considerado desvirtuado. São, contudo, de tal natureza que pela minha própria segurança passei a vida em discrição e artifícios. Sou... como Sócrates, senhor — engoliu em seco, era agora ou nunca. Percebeu que o próprio conde de Oeiras se agitava desconfortável na cadeira, antevendo a confissão. — Sei bem a punição que a Inquisição aplica àqueles que são como eu, e por isso venho desde sempre levando uma vida dupla, como um espia em terra estrangeira. Isso me torna perfeito para o trabalho, e perceba que, ao entregar ao senhor esse segredo íntimo, lhe dou poder para desde já me destruir quando bem desejar. A confiança que deposito aos seus pés é a mesma confiança que sua excelência pode depositar em mim.

Em um primeiro momento, o conde de Oeiras reagiu com um silêncio chocado. Érico tentou não pensar em quais palavras seriam sua sentença e tentou livrar sua mente de qualquer pensamento e expectativa.

— O senhor, quando aposta, aposta alto, não é? — disse Oeiras. — De fato, é a mais estranha confissão que se poderia fazer a um secretário de Estado de Portugal. O senhor está ciente de que meu próprio irmão preside o Santo Ofício, não está?

— Sim, excelência. Também estou ciente das palavras do seu sobrinho e afilhado, que sei que o senhor muito estima: de que o caráter de um homem deve ser medido pela sua atitude com o mundo, não consigo próprio.

E, ao dizer isso, sabia que sairia dali ou para a prisão ou empregado. Oeiras tamborilou os dedos no braço da poltrona, fez um muxoxo e disse:

— Sua vida particular e o que faz dela são apenas do seu entendimento. Creio que não posso, afinal, pedir a um homem que minta e roube em nome de el-rei e lhe pedir, ao mesmo tempo, que seja um santo. Não sou estranho à existência de tipos como o senhor. Na França, que na minha opinião é terra de excessiva liberalidade nos costumes, a aristocracia julga tal desvio um refinamento elegante, e soube que há até mesmo um fidalgo, chamado Éon de Beaumont, que a mando de Luís XV executou serviços secretos travestido de mulher. Mas se lembre de que não estamos na França. Caso seja exposto, o governo irá negar qualquer envolvimento com o senhor e o deixará por conta própria. Essas são as condições. Não falemos mais de assuntos de foro íntimo. Falemos do que importa.

E lhe explicou sobre o *Secret du Roy*, de suas preocupações com os espanhóis, e o despachou para a Inglaterra com total liberdade de ação.

Martinho de Melo permanece perplexo.

— Ele consentiu... em aceitar os serviços de alguém como *você*? Não entendo.

— Não entende? Então o senhor tem uma capacidade de compreensão bastante limitada, não? — diz Érico, sentando-se na poltrona em frente à mesa sem ser convidado. Seu tom é direto e casual. Seu tempo, uma concessão. — Ora, sou o que sou e isso, obviamente, é condição sine qua non dos meus serviços. *Raison d'état*, como defendia Richelieu. Oeiras está preocupado com questões mais sérias do que minha vida pessoal.

Érico tem um discurso ensaiado na ponta da língua para lidar com homens assim, mas é então tomado por um tédio mortal, por ter de dar explicações a quem nunca estará disposto a compreender nada. Gente como Martinho de Melo quer apenas ouvir o eco de seus próprios pensamentos no vazio de suas ideias.

— O senhor já esteve no Brasil? — pergunta Érico.

— Eu? Não, ainda não. Mas não vejo o que...

— Apesar de ter nascido no Rio de Janeiro, como o senhor sabe, vivi dez anos em Portugal e depois outros dez no Brasil. Um é espelho e reflexo distorcido do outro. Conheci uma senhora que ia todos os dias às missas, era generosa nas suas doações à igreja, mas em casa guardava... como chama? Torqueses. Que usava para espremer os dedos das suas meninas escravas quando ficava insatisfeita com o trabalho. E sabe como as velhas gostam de encontrar problemas com criadas. Eu as escutava gritar à noite e choramingar pela manhã, e me perguntava: o que aquela velha fazia na igreja? O que ela pensava estar comprando com suas doações e dízimos? Perdão por crueldades das quais não se arrependia?

— O que isso tem a ver com...

— E um auto de fé, isso o senhor já deve ter visto, não? Claro que sim. Quando era menino, vi um judeu queimar no fogo.

A pele vai ficando preta até se encher de bolhas, os padres e os crentes ao redor gritando feito selvagens... Nos territórios papais os judeus já são deixados em paz há anos. Por acaso nossos padres se julgam mais papistas do que o papa? A Europa nos vê com horror e vergonha. Os olhos do nosso tempo nos condenam e...

— Aonde quer chegar com isso tudo, rapaz?

— Que os tempos da ignorância da religião estão contados. O senhor sabe o que aconteceu com os Távora, e o que acontecerá com Malagrida. O senhor sabe o que acontece com quem vai contra a vontade do homem ao qual *nós dois* servimos. Oeiras vai arrastar Portugal das trevas jesuítas à luz da Razão, pelos cabelos se necessário! Então, escreva o que quiser nessa sua carta para Lisboa. Mas devo lembrá-lo de que tenho não só a confiança do conde, como cartas de recomendações do marquês de Coluna, do conde de Bobadela... O país em risco, e o senhor está preocupado com o que faço na minha intimidade? Acha que Oeiras vai ficar feliz em vê-lo atrapalhando meu trabalho por motivos tão fúteis? Devo lembrá-lo de que seu sangue e o meu têm a mesma cor, e que de bom grado deixarei o seu correr se for preciso salvar o meu.

— Quem você pensa que é para falar comigo nesses termos?

— Eu sou aquele que faz o trabalho sujo de parasitas como o senhor, para que sua alma permaneça com a consciência limpa antes ir para o inferno. — E se vira para a porta, todo dramático, já pensando em ir embora: que ator! — Senhor embaixador, a única coisa que temos em comum é o fato de que nos detestamos. Isso posto, é o momento de produzirmos resultados. Há um morto sobre nós. E garanto que ele será vingado. Farei tudo em meu poder para que isso aconteça.

Martinho de Melo respira fundo e solta o ar dos pulmões devagar, um gesto que sempre lhe serviu para aliviar a tensão e pôr as coisas em perspectiva. Vê que estão num beco sem saída, e que se seguir naquele caminho não chegará a lugar algum. Encerra o assunto com um resmungo:

— Lamento que o conde de Oeiras seja obrigado a fazer uso de pessoas tão amorais como o senhor. Tem uma língua cruel, rapaz. Não entendo o motivo que leva alguém que tanto odeia sua própria terra a se pôr ao seu serviço.

Há muitas coisas que Érico está disposto a escutar, muitos sapos a engolir, em nome de manter a calma. Contudo, sua lealdade é algo que jamais permitiu ser questionada. Com muito custo, contém sua fúria, falando pausadamente:

— O que o faz pensar que odeio minha terra?

— Meu rapaz, ou você ama seu país ou o odeia. E, pelo tom das suas críticas, para mim está bastante óbvio que despreza as tradições do nosso país.

Érico olha para a porta. Uma xícara de chá nas mãos agora ajudaria a pôr o mundo no lugar. É com calma e tranquilidade fingidas que fala, soando entediado por ter de explicar o óbvio:

— Eu não desprezo nosso país, pelo contrário. Só quem ama seu país tenta mudá-lo. É gente como o senhor quem o odeia; mal conseguem ocultar o desprezo profundo que sentem pela sua própria gente, e estariam dispostos a eliminá-la toda se não precisassem deles para servi-los. Mas vocês, no que lhes for possível, se dispõem a queimar cada música que não compreendem, cada livro que não pretendem ler, até eliminar tudo que é dissonante, para reinar sobre cinzas. Eu mesmo me pergunto: o que gente como o senhor ama no seu país? A terra, o ar, o mar? O senhor ama um mapa? Um brasão? Eles só valem alguma coisa enquanto significarem alguma coisa, e o que eles significam é a própria coisa que o senhor detesta: seu povo. Portanto, fiquemos assim: eu o desprezo de todo coração, e o senhor me despreza por igual. Dadas as circunstâncias, é melhor que eu saia daqui e me hospede em outro lugar. Pela segurança de todos.

— E que seja o quanto antes! — grita Martinho de Melo, para dar a última palavra.

Érico para, já com a mão na porta. Desiste de retrucar ao concluir que não vale a pena. Não diz nada e sai. Enquanto sobe a escada, sua mão treme de raiva.

Bate na porta do quarto de Maria. Ela está sentada na cama, recostada em almofadas, o rosto inchado e os olhos vermelhos. Sua criada a acompanha. Ao vê-lo, Maria a dispensa. Érico senta-se ao seu lado em silêncio, à espera. Um momento se passa entre os dois, até ela encontrar seu tempo.

— Bebi veneno uma vez — diz ela.

— E que gosto tinha? — Era uma curiosidade sincera.

— Ah, meu Deus... — ela começa a rir. — De todas as perguntas...! O pior é que coloquei tanto açúcar que nem me lembro!

Os dois riem juntos, depois gargalham. Ela conta sobre sua tentativa desastrada de suicídio logo que chegou a Londres, com um veneno tão diluído que só resultou em adoecer por dias, atormentada por tonturas, vômitos e diarreias. Ela fala da ocasião em que Armando se abrira com ela e lhe contara todos os seus segredos, de como vivia com medo da Inquisição em Portugal, da liberdade maior, mesmo que envolta em segredo, que desfrutava em Londres; de como a vida, mesmo quando incerta e sofrida, ainda trazia mais possibilidades do que o eterno absoluto que vinha com a morte. Uma vez investida de seu segredo, Maria se tornara sua confidente: não só ajudava Armando a escolher pretendentes, como, no papel de guardiã e analista criteriosa, fez novas amizades com aqueles homens mais interessados em dançar, beber e fofocar do que lhe fazer a corte.

— Mas meu melhor amigo está morto agora — ela diz. — Nós íamos juntos a todos os bailes, aos saraus, às mascaradas... e nos divertimos tanto! Dois passarinhos esquisitos unidos um ao outro pelas circunstâncias. Nós nos divertimos tanto.

Patinamos no gelo, fomos ao teatro tantas vezes... e ele era sempre tão divertido, tão elegante. Tudo que eu sei sobre bom gosto devo a ele. Nunca dancei tão bem quanto ele... sempre fui desajeitada, na verdade. Mas ele nunca se importou com isso. Ele era meu amigo, e agora não existe mais. Tenho esta imagem dele: um homem elegante, o mais elegante que já vi, que agora dança sozinho num salão sem música, esperando por mim. A festa acabou, todos já se foram, mas ele está lá. Ele sempre estará lá, dançando para mim e por mim.

Ela enxuga as lágrimas. O relógio bate as horas. Érico deveria ir, há alguém esperando por ele, mas sabe que não pode sair agora. Ele está onde precisa estar. Talvez, ocorre-lhe, não seja bem-visto que fique no quarto de Maria à noite, mas ela tampouco se importa. Ela lembra que ainda estão com os ingressos comprados para assistir ao castrato na ópera, então devia isso a Armando, devia a ele que continuasse vivendo e dançando e indo ao teatro e se divertindo. A tristeza não é elegante, Armando lhe dissera certa vez, ainda que ele próprio estivesse sempre em luta contra seus próprios demônios. Contudo, havia um fundo de razão nisso: não a tristeza em si, mas a autocomiseração. Ela devia isto a ele: iria honrar sua memória com alegrias, não com lamentos.

Quando Érico sai do quarto de Maria, já é madrugada, é tarde demais e está exausto. Sem Armando, agora está sozinho na cidade, sem um guia naquele labirinto que lhe diga como as coisas funcionam ali, e em quem deve ou não confiar. Suspira. Será sua última noite naquele endereço, e precisa encontrar um novo lugar para ficar. Aproxima-se da balaustrada da escadaria e encara os rostos impávidos esculpidos no teto: Alexandre, César, Adriano. As grandes fanchonas que governaram o mundo. Os olhos brancos e vazios o encaram em silêncio, olhos que viram tudo e sabem tudo, mas, como um coro de tragédia grega, não lhes cabe interferir, apenas observar.

A quarta-feira é uma tarde mais cinzenta do que de costume em Londres. Cai uma leve garoa enquanto Armando é velado na capela da embaixada, e para surpresa de Martinho de Melo, que nada sabia da vida particular de seu secretário, um grande número de amigos inesperados surge: o conde de Strutwell está ali, assim como o capitão Whiffle e Mr. Simper, e a coleção de rapazes do *beau monde* londrino frequentado por Armando, fanchonos maravilhosos em seus trajes de luto, alguns chorando copiosamente, mas ainda assim dando uma nota alegre à despedida com o espalhafato de suas plumas funéreas e maquiagem exagerada, provocando olhares atônitos no resto da equipe da embaixada.

Fribble é o mais bem-vestido de todos, trajado de negro da cabeça aos pés e nos lábios pintados, o rosto intensamente pálido de pó; mas se mantém melancólico debaixo de um magnífico chapéu negro e largo, de pomposas plumas cinzentas caídas pela aba. Por insistência de Maria, o caixão recebeu ornatos de ouro e prata, tecidos franjados da melhor qualidade, e grande quantidade de castiçais foi acesa, coisas que, ocorre a Érico, nos funerais do Brasil o governo não permite. Mas agora é Maria o centro de suas preocupações. Teme o que o luto e a despedida final possam provocar. Ela está pálida e austera, com uma beleza frágil e fantasmagórica, mas se mantém firme, conversando com alguns conhecidos em comum.

"Seu menino apareceu lá ontem, aliás", diz Fribble, surgindo a seu lado e interrompendo seus pensamentos. "Ficou até meia-noite e depois foi embora. Não conversou com ninguém, e me pareceu tristinho…"

"Pensei em procurá-lo nas padarias, mas acho que não vai querer mais me ver."

"Ora, como sabe? Talvez ele ainda apareça hoje."

"Nós dois sabemos que ele não vai aparecer mais", diz Érico, amargo. "Eu não iria, no lugar dele." E com temor supersticioso de atrair algo por dizê-lo em voz alta, arrepende-se de ter dito isso. Mas é o que sente: nunca mais verá Gonçalo. Esse navio já zarpou.

"Vamos esquecer isso por hoje, certo?", propõe Fribble. "Já tivemos tristeza o bastante, e Armando não iria querer nos deixar isso de legado. As meninas propuseram nos reunirmos todas e beber até cair. Diabos, não vejo outra solução."

"Matar o desgraçado que fez isso, talvez?"

Fribble o toma pelo braço e o puxa para fora da capela.

"Érico, querido, sei que estamos todos muito emocionados hoje, mas escute o que eu lhe digo: enquanto não puder provar nada, não há o que ser feito. Mas se souber de algo concreto sobre quem fez isso, peço, por favor, de coração, que me diga. Está me ouvindo? Não suje suas mãos. Tenho amigos que resolverão isso para nós."

Érico fica surpreso: há um brilho no olhar de Fribble, afiado como navalha.

"É claro. Falei só por falar. Não sou inclinado à violência."

Naquela noite, Érico vai ao Libertino da Lua, e como previsto, nada de Gonçalo. Tampouco na noite seguinte. Já não nutre mais nenhuma esperança, mas sente-se preso à obrigação de tentar.

"Vamos, querido, você pode ser um cadeado", diz Lady Madonna, indo para trás do balcão, "mas eu sou a chave. Abra seu coração para mim."

Érico suspira. Tem clara certeza, a essa altura da vida, que nunca amou ninguém do modo como acredita ser capaz, se a oportunidade surgir, e tampouco foi amado de volta, talvez no máximo desejado — o que, ainda que conforte seu orgulho, não serve para preencher o vazio. Vislumbrou a possibilidade em Gonçalo, nos poucos momentos que tiveram juntos. E agora essa possibilidade escorreu por entre seus dedos. O acaso que os uniu também os separou. Érico crê que poderia ser um grande amante, dedicado e carinhoso, se ao menos soubesse onde pôr seus sentimentos. A verdade é que ele, de fato, nasceu para viver na sombra.

"Ai, menino, você e eu poderíamos escrever um romance ruim", diz Lady Madonna, em um tom condescendente e maternal que faz Érico se sentir confortável em sua autocomiseração. "Mas mamãe sempre me dizia, quando eu era jovem: nascemos para brilhar como as estrelas. Não se esconda em remorsos, apenas ame a si mesmo e estará no caminho certo, pois nasceu assim."

Ela pega alguns limões e os espreme em um copo.

"De todo modo", continua, "se você se deixar consumir pelo quanto poderia ter conseguido ou ganhado, vai desperdiçar seu tempo com ódios e remorsos. E você está quebrado, quando seu coração não está aberto."

"Mas talvez seja melhor nunca ter nada do que estar sempre próximo e nunca conseguir", diz Érico.

"Querido, toda dor vale a pena." Ela mistura um pouco de açúcar ao sumo dos limões, até formar uma calda, e pega a garrafa de rum. "Além disso, uma vez que você põe a mão na chama, nunca mais é o mesmo. Há certa satisfação num pouco de dor, não acha? Porém, quando tudo mais falha..." Ela verte uma dose generosa de rum à mistura, que divide entre duas taças, "sei de um lugar para onde você pode fugir." Põe os copos sobre a mesa, um para ele, outro para ela, ergue o seu e diz: "Nada cura o passado como o futuro!".

"Só você me entende, querida", diz Érico, com um sorriso triste.

Os dois fazem um brinde, e ele toma tudo de um gole só.

13.
Nos braços de mil fúrias

Por treze anos, o italiano Carlo Maria Michelangelo Nicola Broschi — mais conhecido pelo público como Farinelli — comandou espetáculos e concertos na corte espanhola sob o reinado musical de Fernando VI. Mas seu sucessor, Carlos III, não nutre interesse algum por música, e a estadia de Farinelli na Espanha chegou ao fim. Porém, antes de partir para a aposentadoria em Bolonha, aceitou o convite de patrocinadores ingleses para uma última temporada na capital, visitada por ele vinte anos antes. Se, da primeira vez, não chegou a lotar uma casa, agora o faz graças ao peso da fama acumulada. Aos cinquenta e cinco anos, sua voz conserva o mesmo vigor da juventude, o mesmo apelo sensual que faz as damas suspirarem. Pois Farinelli é um castrato, que aos olhos dos mais jovens é uma extravagante bizarria de gerações anteriores, mas para as inúmeras senhoras que o acompanham em idade personifica o prazer sem culpas, somado ao charme nostálgico das músicas da juventude delas. E nada vende mais ingressos do que a nostalgia.

No movimentado foyer do Teatro de Sua Majestade, grupos formam rodinhas ao redor das pilastras, dos castiçais e dos sofás, enquanto aguardam a chamada para entrar. Érico circula de braços dados com Maria, à procura de Fribble. Ficam os dois em um canto, alheios ao burburinho.

— Como você está? — pergunta Érico.

— Pensando em Armando — diz ela. — Anos atrás, num dos meus, hmm, acessos de melancolia, falei que a melhor coisa que poderia me acontecer seria cair morta, e sabe o que ele me respondeu? Que, se isso acontecesse, eu perderia a noite de estreia de *Douglas*. Se não era isso, era algum baile ou mascarada. É incrível as coisas a que nos apegamos, não? É como nas mil e uma noites, sempre há mais uma história para adiar a morte. Ah! Veja quem está ali!

É lorde Strutwell quem se aproxima. Após a morte de Armando, ocorreu uma mudança no espírito do velho conde. Na ocasião do funeral, disse a Érico que quando alguém na flor da idade morre, os mais velhos sentem despertar um certo senso de urgência para aproveitar a vida. Anunciou aos mais próximos que já era hora de fortalecerem os laços de amizade daquele grupinho de ovelhas negras, e decidiu voltar a receber amigos em sua mansão em Hampstead, propondo um fim de semana de divertimentos longe do burburinho da cidade. Agora, surpresa das surpresas, voltou até mesmo a frequentar o teatro.

Também se propusera a arrendar uma propriedade sua para Érico, assim que soube que estava em busca de um novo endereço. Possuía uma bela *townhouse* desocupada, no início da New Bond Street. Érico iria ver a casa no sábado. Enquanto isso, hospedava-se em um quartinho do Libertino da Lua, na esperança de rever Gonçalo.

Quem também se junta a eles é Lady Madonna, em uma rara ocasião em que deixa sua *molly house* aos cuidados de Alejandro e vai ao teatro. Diz fazer isso apenas por Farinelli, a quem assistira vinte anos antes e lhe traz boas recordações da juventude.

"Não foi nessa ocasião que nos conhecemos, querida?", relembra lorde Strutwell.

"Oh, sim! Que peculiar, não?", ela ri, abanando-se com um vistoso leque de casco de tartaruga. "A música aproxima as pessoas, mistura a burguesia com os rebeldes."

"E aceitará meu convite para se juntar a nós semana que vem?"

"E abandonar meus meninos lá no Lua? Oh, milorde pede muito de mim." Lady Madonna faz um beicinho: "Vou pensar, mas não garanto...".

Os espectadores são chamados a tomar seus lugares. Érico olha uma última vez ao redor do salão: ainda nada de Fribble. Onde se meteu? Sobe as escadas de braços dados com Maria, abrem a porta do camarote e passam a cortina do reposteiro.

O teatro lotado se abre diante deles feito um *tableau vivant*. Antes de o espetáculo começar, a própria plateia é o palco. Maria senta-se e retira de um bolso, que foi discretamente costurado nas dobras da saia, o libreto com o programa, e finge lê-lo enquanto bisbilhota os espectadores nos outros camarotes.

A plateia se ilumina por uma espantosa profusão de lustres, pendurados em cada nível de seis em seis camarotes, suspensos por braços de madeira, de tal modo que é incrível não ocorrerem incêndios com mais frequência ali. Nas laterais do camarote real, a decoração dispôs duas longas cortinas branco-cinzentas, plissadas e estufadas, indo do chão ao teto em um simulacro de templo grego. Mas é notório que o rei não aprecia teatro, ou arte alguma, que se saiba. Érico se pergunta quem da família real estará ali hoje?

Maria questiona onde está Fribble que não chega logo, e pega o libreto para distrair sua ansiedade. Érico dá uma olhada no folheto e se assusta com a quantidade de diferentes músicos e libretistas listados na programação.

— Meu Deus, mas quantas óperas vamos assistir hoje? — assusta-se. — Meus ouvidos não aguentam mais do que duas horas de música.

— Não, querido, esta noite será apresentado um pastiche — diz Maria. — São óperas compostas com as melhores músicas de outras peças, feitas para favorecer os talentos vocais dos astros. Note que Farinelli foi esperto e escolheu as árias mais populares do seu repertório. — Ela põe de lado o folheto. — Não se ofenda com minha pergunta, mas não há óperas no Brasil?

— No Rio de Janeiro temos dois teatros, mas ultimamente quase só se encena libretos de Metastásio ou comédias de António José da Silva. É tudo mais difícil quando o governo não permite que... querida? Que aconteceu? Você parece ter visto um fantasma.

Maria está pálida e imóvel. Érico toca em seu ombro.

— Ah, desculpe — ela se recupera com um calafrio. — É aquele homem horrível, o conde com quem você jogou cartas. Está lá, veja. Céus, Érico, nada me tira da cabeça que ele está envolvido na morte de Armando!

Érico vasculha os camarotes com os olhos até encontrá-lo: por coincidência, o conde de Bolsonaro está quase imediatamente à frente deles, do outro lado. Com ele está de novo a sra. Bryant, à qual se soma um velhote enrugado de nariz adunco. De pé, atrás deles, está o valete Jockstrap. Érico aperta o punho cravando as unhas na própria carne: tem na ponta da língua a ofensa a ser feita em público, o modo mais incisivo de provocá-lo. Já está se erguendo da cadeira, pronto para a animosidade, quando a porta de seu camarote se abre e Fribble surge detrás da cortina de reposteiro, trajando uma sobrecasaca vermelho-histérica repleta de padrões florais dourados.

— *Meos quehrídos!* — ele os saúda, com um português macarrônico. — *Verh só quem eu enconthrar no caminho para the ópehra...*

— Fribble, por que está falando em portu... — Érico se interrompe ao ver Gonçalo surgir logo atrás. De chapéu nas mãos, um sorriso constrangido e seu jeito tímido de garoto recém-chegado do interior, olha receoso para Érico. Seu "olá" murmurado inunda Érico de um calor reconfortante, fluindo em um sorriso caloroso que desarma qualquer receio da parte do rapaz. Maria, ao ver os dois juntos, compreende tudo.

— É muito bom te ver outra vez — diz Érico. — Esta é a srta. Maria Fernanda Simões de Almeida, sobrinha do embaixador. Maria, este é o sr. Gonçalo...

Érico se dá conta de que não sabe ainda seu nome completo.

— Picão. — O próprio a toma pela mão e beija seus dedos. — Seu criado.

— Ah, dos Picão de Elvas, no Alentejo, suponho? — pergunta Maria.

— Acho que meu pai veio de lá. Mas eu sou brasileiro.

— Outro brasileiro! Vocês estão invadindo Londres! — Maria sorri rediviva, e se o plano de Fribble era animar os dois naquela noite, funcionou. — Sente-se, está entre amigos. Creio que o espetáculo já vai começar. Gosta de ópera?

— Nunca estive em uma, senhorita.

— Ah, ouvidos virgens! Que emoção! — Maria bate palminhas empolgada, e pede que ele se sente na cadeira atrás dela. — O senhor compreende o italiano? Não faz diferença, na realidade. Os personagens são sempre a mesma coisa: um herói, uma heroína, um vilão, um casal apaixonado e os confidentes de cada um. Às vezes há um coro também, mas que só aparece nos finais apoteóticos. Acho que o senhor irá gostar.

— E sobre o que é a história nesta de hoje? — pergunta Gonçalo.

— Ah, o de sempre — diz Érico, num chiste: — gente em lugares distantes, que se mata ou seduz nos recitativos, para depois se contorcer de angústia em árias.

— Querido, não atrapalhe o aprendizado do meu aluninho — pede Maria. — Preste atenção. São três atos: o primeiro expõe os temas, o segundo traz o desenvolvimento, e no último há o clímax. As músicas se alternam entre os recitativos, em que as ações vão construindo as emoções dos personagens, e as árias, que são comentários dessas ações. Mas é importante que entenda que nas árias os artistas não cantam para os outros personagens, e sim para nós, o público. É nelas que as emoções transbordam. Uma ópera nada mais é do que uma sucessão de árias. Todo o resto é apenas pano de fundo.

— E também é onde você mais verá homens e mulheres vestidos *en travesti* — complementa Érico. — Quase todos os papéis são escritos para vozes de sopranos ou altos, então ou os atores são mulheres ou, como Farinelli, castrados.

— Castrados? De verdade? — exclama Gonçalo, impressionado. — Quer dizer que...

— Ele não tem as bolas, querido — diz Maria.

Ocorre que, nos estados italianos, onde se considera indecente que uma mulher cante no coro das igrejas, para forni-los de vozes agudas uma das práticas mais antigas, sobretudo em Roma, é o de provê-los de meninos castrados antes da puberdade — uma prática bem menos indecente, aos olhos católicos. É um processo de seleção simples: os garotos com as vozes mais promissoras têm os testículos removidos ou por meios cirúrgicos, ou amarrados com tal aperto que a falta de irrigação os faz murchar e cair. Para uns, o epítome da extravagância artística; para outros, o cúmulo da decadência moral italiana. Não bastasse isso, os *castratti* são proibidos de se casarem, já que não podem gerar descendentes. O que aos olhos de muitas damas faz deles a mais demolidora forma de luxúria: a do sexo sem nenhuma consequência. E nisso, os boatos sobre as proezas sexuais de Farinelli são lendários.

— Vai começar, meninos — alerta Maria. — Vamos, aquietem-se todos.

A orquestra se aquece. Fribble senta-se na cadeira atrás de Érico.

"Como o encontrou?", murmura Érico.

"Falei com Daniel Twining e perguntei quem fornecia os bolos."

"Eu devia ter pensado nisso. Não sei como lhe agradecer."

"Querido...", Fribble põe a mão em seu ombro, reconfortando-o, "minha fama de libertino ofusca minha alma romântica. Adoro ser o cupido que une os jovens apaixonados." Érico assente, surpreso com aquele idealismo em quem julgava tão mundano. Fica profundamente tocado por sua sensibilidade, até que Fribble lhe dá três tapinhas no ombro e completa: "Trepem bastante".

Ergue-se a cortina. A plateia já bate palmas por reflexo, mas o palco está vazio. O cenário é de rebuscadas nuvens azuis, concentrando-se em um vórtex luminoso, feito rosa mística. Cria-se um burburinho. A orquestra começa os primeiros acordes de "Son qual nave" de Broschi, quando surge então, descendo do alto em um deus ex machina, uma biga dourada puxada por dois cavalos alados: um é branco, desenhado com o pescoço erguido em sentimentos nobres, o outro é negro, com o pescoço abaixado, a representar os baixos instintos. O auriga que conduz a carruagem, piloto da alma, é Farinelli. Traja uma esplêndida fantasia dourada, simulacro de armadura romana com um elmo do qual partem longas penas de faisão, intercaladas por plumas vermelhas, amarelas e cinzentas, e tendo nas costas um imenso estandarte que se abre em leque. Mais aplausos. A carruagem pousa, ele desembarca. Estende a mão para o público e diz:

— *Sou qual naaaaaaaaaa...* — e mantém a nota contínua, ao infinito, com uma voz que não é nem masculina nem feminina, é ambas e é impossível, mantendo-se por sabe-se lá quanto tempo mais devido aos pulmões hiperdesenvolvidos, uma voz que vai além do que a realidade impõe como limitação física — ... *aaaaaaaaaaa...* —; há boatos de que levaria no bolso alguma espécie de apito ou flauta mecânica, pois que modulação! Que êxtase! Que pulmões! Por quanto tempo mais conseguirá manter a nota? Érico não resiste à tentação de olhar para a plateia ao invés do palco: agora que a moda dos cantores castrados está passando, mantida quase apenas para o entretenimento dos bispos italianos, saberá aquele público que está escutando um som único, um tipo de voz que jamais será escutado novamente por ouvidos mortais, assim que o último deles deixar de cantar? — ... *aaaaaaaaaa*... —; que tempos para se viver e ser testemunha de maravilhosos declínios e assombrosas ascensões, que espetacular é estar vivo apenas para ser espectador de tal arroubo, que coisa excepcional e pura é a voz humana quando aplicada à arte, quão específico, quão insubstituível é o som produzido pelas cordas vocais; e ele continua, será infinito? Nada é infinito, mas enquanto sustentar aquela nota, enquanto a pureza cristalina de sua voz for capaz de vibrar, a *possibilidade* do infinito se desnuda, e as mulheres já se abanam, nervosas, os sentidos excitados por aquela promessa de que possa existir um êxtase eterno, contínuo e sublime, um orgasmo infinito da alma. Ecoa um suspiro alto: é uma dama que desmaiou de emoção nas galerias, extasiada. Outro suspiro: uma donzela desfalece é acudida nos braços pelos cavalheiros — "... *aaave!*"

Palmas. Lágrimas. O público ulula em um violento delírio. Farinelli faz biquinho ao conter o sorriso de satisfação, ciente de seu poder, da força que apenas os grandes líderes e os grandes artistas possuem de abalar a alma de uma multidão; que à força de tanto interpretar deuses, por um breve momento se torna um. E Farinelli canta:

Sou qual nave agitada
pelas rochas entre as ondas
confusa e temerária
sulcando em alto-mar.

Mas que ao ver o porto amado
deixa as ondas ao vento traiçoeiro
e vai à praia repousar.

Érico sorri ao ver Gonçalo boquiaberto. Se ele nunca ouviu uma ária de ópera antes, então sua iniciação está sendo bombástica. Quando a música termina, uma chuva de pétalas cai sobre o palco, flores são atiradas pela plateia, Farinelli ergue os braços, mestre absoluto de seu universo, a estrela que faz oscilar toda a constelação. Na plateia, enquanto as desfalecidas são reanimadas, outras entram em tal estado de euforia que beiram o conceito hipocrático da *hysteria*, que nossa moderna medicina diz derivar do mal do útero errante, a provocar agitações nervosas nas donzelas de pouca atividade sexual. Farinelli sai de cena, entram atores em um recitativo qualquer e, quando volta, é para cantar a contemplativa e obscura "Ombra mai fu" de Händel.

Érico não faz ideia do que trata a história. Em geral, é de bom-tom se inteirar de toda a trama antes de ir à ópera, mas a verdade é que estas se constroem em torno dos cantores, e não o contrário. E aquela, como pastiche, é só uma colagem feita para extrair a melhor performance do artista. Desvia sua atenção para o camarote do conde de Bolsonaro, que conversa aos cochichos com o velho narigudo e com Lady Bryant.

"Quem são aqueles dois com o conde?", sussurra para Fribble, atrás dele.

Fribble olha por cima do ombro de Érico e fica surpreso consigo mesmo por não os conhecer: "Ora, aquela é a mesma senhora que acompanhava o embaixador Fuentes, não? Mas o velho nunca vi. Deve ser do interior. Não conheço bem a aristocracia rural".

Logo são distraídos outra vez por Farinelli, que canta a espetaculosa "Cadrò, ma qual si mira", da *Berenice* de Francesco Araja: no clímax, uma sucessão de volatas e trinados virtuosísticos, que mais uma vez causam uma comoção ansiosa na plateia, cuja alma ele conduz feito maestro. E pouco importa que, na velocidade de sua pronúncia, ninguém entenda a letra, é um segredo mal guardado em óperas que a letra seja de menor importância. Apenas a força da voz importa.

Érico se vira para Fribble outra vez e sugere, murmurando, que troquem de lugares, para assim ficar ao lado de Gonçalo.

— Está gostando? — murmura ao ouvido do rapaz, recebendo um sorriso e um meneio da cabeça em resposta.

Farinelli segue agora com a melancólica "Qual farfalla innamorata", de Leonardo Leo, em que voz e flauta ondulam simulando o delicado bater de asas de uma borboleta. Enquanto no palco cantam-se as dores de amor do centurião Décio por Zenóbia, no camarote a mão de Érico busca a de Gonçalo, e se permitem escutar o resto da música com os dedos entrelaçados.

Qual borboleta enlouquecida de amor
vai girando ao redor da chama
a esperança que abrigo no coração.
E ao queimar suas asas
é em seu berço desafortunado
que será enterrada.

Palmas. Descem as cortinas, vem o intervalo de uns poucos minutos para os artistas recuperarem o fôlego. Hoje não haverá intermezzo cômico, e a plateia se entrega ao ver-e-ser-visto. Maria cochicha para Fribble:

"Não é seu amigo John Wagtail ali embaixo?"

"Jock? Onde?", pergunta Fribble, chamando-o pelo típico apelido escocês.

"Aquele ali, com os pés sobre o assento do cavalheiro à frente dele."

"Ah, quer exibir as fivelas novas dos sapatos, o pavãozinho..."

Érico tem uma revelação e um sobressalto.

— O que foi, querido? — Maria se assusta. — Parece que foi atingido por um raio!

— Com licença, volto logo.

— Aonde vai?

— Visitar um conhecido nosso — responde, trocando um olhar com Maria, que compreende tudo com um calafrio temerário, mas não diz nada. Érico põe a mão sobre o ombro de Gonçalo: — Não saia daqui. Não quero te perder de vista outra vez.

Sai andando pelo corredor acarpetado que circunda a entrada dos camarotes e passa pela porta do camarote real, onde dois guardas estão a postos, imóveis, em suas casacas vermelhas. O camarote do conde fica exatamente à frente deles, e ele tenta adivinhar qual é a porta. Vai contando-as em relação ao camarote real. Será esta? Sim, só pode ser esta. Entra sem bater. Ao afastar as cortinas do reposteiro e dizer olá, seus três ocupantes o observam atônitos.

"Senhor barão", diz o conde de Bolsonaro, surpreso, "a que devemos a honra?"

"Um mero gesto de cortesia a sua senhoria. Afinal, como o senhor mesmo tão bem falou, com o tanto de dinheiro que em breve passará de um ao outro, já somos amigos íntimos, não? Sra. Bryant, é um prazer revê-la", ele estende a mão, à espera de que ela entregue a sua para um beijo de cortesia. Ela hesita e troca olhares com o conde, antes de fazê-lo. Érico se volta ao terceiro: "Já o senhor, ainda não tive o prazer de…".

O velho o olha de cima a baixo com um misto de nojo e desprezo, e não lhe estende a mão. Em seus lábios já se forma um insulto, os dentes superiores a pressionar o lábio inferior no início do som de F, ao que Bolsonaro o interrompe.

"Este é Mr. Roger Pheuquewell, um velho amigo… mas o senhor não veio cobrar as promissórias agora, suponho?"

A mudança brusca na conversa é um tanto grosseira, o que diverte Érico.

"De modo algum, por favor, sua senhoria não me tome por um homem vulgar…", diz Érico. "Como eu disse, é apenas uma visita de cortesia. E a senhora, sra. Bryant, o que está achando da música desta noite?"

A porta do camarote é aberta e entra Jockstrap, que se detém, surpreso. Érico e o valete se medem de cima a baixo. Ambos trazem espadas embainhadas à cintura.

"E como está você, meu bom homem?", Érico aponta o dedo para ele, e faz a careta de quem tenta lembrar algo. "Jockstrap, não é? Imagino que seja apelido. Jock é um apelido escocês para John, não é? John Strapp... agora, esse nome me é familiar. Onde o ouvi antes? Ah, sim! Quando parti do Brasil, estavam à procura de alguém com um nome parecido. Algo envolvendo um capitão incompetente e covarde, que fugiu e deixou a tripulação para trás. Será parente seu? Deve ser apenas coincidência, claro. Um homônimo, talvez. O senhor trabalha há bastante tempo para o conde?"

"Bastante tempo", grunhe Bolsonaro, visivelmente incomodado.

"Oh, sim, com certeza. Deve ser constrangedor descobrir que se tem um homônimo de má reputação, um tipo de natureza tão baixa. Mas é o que ocorre quando gente de baixa estirpe é elevada para além das suas capacidades. Falo do capitão, não do senhor, claro." Érico se volta para o conde: "Mas tenho certeza de que o bom Jockstrap aqui sabe bem seu lugar, não é mesmo? O senhor é competente no seu trabalho, ao contrário do outro. Que além de tudo devia ser sodomita... mas, no caso dos homens do mar, chamá-los de sodomitas é praticamente um pleonasmo, rá-rá! Ah, o espetáculo vai recomeçar! Senhor conde, sra. Bryant, foi um prazer revê-los. Mr. Pheuquewell, um prazer conhecê-lo também. Com sua licença."

Sai sem dar tempo ao valete de reagir, mas nota seu rosto se avermelhar de raiva. Enquanto refaz o caminho pelo corredor de volta ao seu camarote, escuta o eco dos aplausos da plateia, indicando que Farinelli já regressara ao palco. Passa diante da porta do camarote real, com os dois casacas vermelhas imóveis como estátuas guardando a entrada, quando escuta atrás de si o ranger afofado das tábuas do piso acarpetado.

"Seu sodomitinha de merda!", diz Jockstrap, no meio do corredor, desembainhando a espada. Os dois casacas vermelhas se entreolham sem saber o que fazer. "O conde não gosta de você. *Eu* não gosto de você."

"Meu bom homem...", Érico afeta um sorriso e pisca, fingindo surpresa, "garanto que o sentimento é recíproco!"

"Quero ver essa sua cara de sodomita sorrir quando eu meter a espada no seu cu."

"Oh!", Érico leva a mão ao peito de modo afetado, fingindo choque. Mas já não sorri. Sua postura muda de imediato. Desembainha a espada na mão direita e o saúda a erguendo, pondo-a sobre o coração e cortando o ar com a lâmina: a Deus, ao meu Amor e à sua morte. Até os quinze anos tivera aulas com um mestre de armas, mas nunca se considerou excepcionalmente bom. A questão é: o quão habilidoso será Jockstrap? Na maioria das vezes, um duelo pessoal se resolve em pouco tempo. O tempo de um dos duelistas cometer o erro fatal. Basta uma simples perfuração, um órgão vital atingido (em geral o pulmão) para que se saiba que tudo estará perdido em questão de segundos. Seus pensamentos vão para Gonçalo: por que sempre que fica perto de tê-lo algo os afasta? Mas as coisas são como têm de ser, e se entrega resignado ao que o destino trouxer.

Os dois erguem espadas, mão na cintura, pernas bem abertas.

— Em guarda — alerta Érico.

Jockstrap dá o bote com um ataque duplo em terceira, Érico se opõe com meia estocada. O valete desengaja e responde de imediato em quarta, levando Érico a defender em quarta e lhe devolver um ataque no flanco. Mas foi um passo maior do que as pernas, e o valete rebate com um ataque contrário em segunda, que só por sorte Érico evita. Nota que atrás de si há um pedestal de mármore com um candelabro de sua altura. Érico recua até ele e o derruba na direção do valete, forçando o outro a recuar. Mármore e vidros quebram com estardalhaço. Érico tenta se manter frio e racional, mas o mesmo não ocorre com Jockstrap, que se afoba e comete erros. Os dois casacas vermelhas diante do camarote real não sabem o que fazer, pois não lhes cabe intervir. Érico está sendo encurralado contra a porta aberta do camarote vazio contíguo ao camarote real. Tenta o ataque, Jockstrap defende e devolve o golpe abrindo um corte no ombro de Érico. Rebatendo e se defendendo, não lhe resta outra opção a não ser ir recuando de costas até o camarote vazio.

O tilintar raspado típico de metal contra metal já havia sido percebido por alguns, e a queda do lustre despertou a atenção de muitos. Mas o momento em que os dois duelistas surgem no camarote é recebido por um suspiro uníssono de excitação que percorre a plateia como uma onda. Todas as cabeças se voltam para eles, os que estão nos camarotes ao lado se inclinam no parapeito, e mesmo o maestro e a orquestra se deixam distrair. É quando Farinelli, furioso — que audácia dessa gente, roubar-lhe a atenção do público! A empáfia, a ousadia! —, bate o salto alto com força no palco e grita colérico ao maestro:

— CONTINUEM TOCANDO!

— Érico? — exclama Maria, incrédula ao reconhecê-lo, e se curva no parapeito.

A orquestra retoma a música, os violinos correm velozes na melodia que parece regida mais pelo ritmo do duelo do que pelo do artista. Um golpeia e o outro apara, as lâminas se cruzam deixando seus rostos muito próximos um do outro. Farinelli canta:

Nos braços de mil fúrias
sinto que minh'alma treme
sinto que se une e funde
com ultrajes passados
que atormentam meu coração.

O valete tem mais força e a usa, empurrando as lâminas até que fiquem perigosamente perto da garganta de Érico. Este, acuado contra o parapeito, inclina o corpo para trás cada vez mais.

Enquanto a voz de Farinelli emula a tortura das fúrias com um elaborado voo ornamental sem pausas para respirar, Érico acerta um joelhaço entre as pernas de Jockstrap, que urra de dor e lhe dá um empurrão. Érico perde o equilíbrio e cai para trás pelo parapeito e vê o teatro inteiro girar de ponta-cabeça. Vertigem do vácuo, certeza de morte, presença de espírito: agarra com toda a sua força o braço de uma luminária. A plateia ulula, Maria grita, Farinelli canta — a velocidade e a fúria com que sua voz alterna variações tonais é incrível; aos pulmões hiperdesenvolvidos, ao talento e à experiência, soma-se o desespero em reconquistar para si a plateia que lhe está sendo roubada. O público fica indeciso sobre qual espetáculo acompanhar, virando o rosto de um lado ao outro feito uma partida de peteca.

Jockstrap, ainda resmungando de dor, se recupera, busca a espada e sobe no parapeito, com a espada em punho, no encalço de seu alvo. Enquanto isso, Farinelli canta:

Um agita pensamentos
de um amor rejeitado
o outro me faz lembrar
de minha honra não vingada

Érico sente a luminária ceder com seu peso ao elevar o corpo, no esforço de agarrar-se numa longa corda que pende do teto junto das cortinas ladeando o camarote real. Ele a usa para escalar de volta ao parapeito. Uma voz grita seu nome em alerta. Jockstrap, também equilibrado no parapeito, vem em sua direção.

Ainda se segurando na corda, Érico dá um impulso com as pernas, e enquanto Jockstrap erra o golpe que o teria cortado em dois, Érico gira em arco no ar ao redor dele, indo cair de volta no camarote vazio. Seu malabarismo extrai um suspiro temeroso da plateia. Érico busca sua espada no piso do camarote e volta a subir no parapeito, ficando os dois frente a frente, equilibrados naquela estreita linha de madeira feito dois equilibristas. Farinelli retoma seu refrão.

Nos braços de mil fúrias
sinto que minh'alma treme
sinto que se une e funde
com os ultrajes passados
que atormentam meu coração.

Ataque, aparo, contragolpe. Talvez Jockstrap seja um espadachim melhor, mas o excesso de força o prejudica. Érico tem como vantagem sua capacidade de manter a frieza e se concentrar.

O que não o impede de perder o equilíbrio de novo, mas gira nos calcanhares e joga o peso para dentro do camarote, caindo de costas ao chão. Jockstrap salta em seu encalço, Érico rola de lado e o valete acaba perfurando o encosto de uma cadeira. Ágil feito uma pantera, Érico se põe de pé e recua, enquanto o valete puxa seu florete do encosto e golpeia, cortando um bom naco da cortina do reposteiro.

Érico pega uma das cadeiras e vai cercando-o como se lidasse com uma fera, até trocarem posições e agora ser Jockstrap quem está de costas para a porta do camarote. Golpeia-o com força usando as pernas da cadeira, fazendo o valete perder o equilíbrio e bater de costas contra a porta fechada. Érico larga a cadeira, agarra-se ao suporte da cortina de reposteiro e balança o corpo, acertando um coice com os dois pés em cheio no peito de Jockstrap, que faz o valete e a porta serem arremessados para trás, para o corredor acarpetado. Érico retoma sua espada do chão e corre atrás do outro.

Para alívio de Farinelli, os dois duelistas somem adentrando os corredores, e agora o público não tem mais a atenção dividida: ele a tem devolvida toda para si.

Fribble, Maria e Gonçalo desistem da peça e saem de seu camarote, indo se juntar ao círculo de espectadores que aos poucos vai se formando nas galerias, entre aqueles que também desistiram de um espetáculo em prol de acompanhar o outro.

Érico sente uma ardência no ombro e só então percebe a ferida, a umidade morna e pegajosa se espalhando por dentro do braço esquerdo. Está cansando, mas Jockstrap também: o valete para, em posição de guarda, em frente à escadaria. Está à sua espera, é hora de acabar com isso. Érico deixa que Jockstrap o ataque. Impaciente, o valete golpeia como se não portasse uma espada, e sim um machado. Érico se defende com facilidade e rebate a lâmina para cima. A espada escapa das mãos de Jockstrap e salta no ar, voando em arco para trás, passa a balaustrada e cai lá embaixo no foyer. Antes que Érico possa comemorar, Jockstrap agarra seu pulso e o puxa contra si, acertando-lhe uma cabeçada. O golpe entontece Érico, que recua.

E então o valete sobe no parapeito da escadaria e pula.

Escuta-se o som de madeira quebrando. Érico corre até o topo da escada e olha para baixo: o desgraçado se atirou caindo sobre um sofá, que amorteceu sua queda ao custo de rachar no meio. Érico calcula a altura para seu próprio salto, mas primeiro hesita e depois desiste. Opta por deslizar sentado no corrimão de mármore da escadaria, e desliza rápido até o foyer — rápido, rápido demais! Velocidade, desequilíbrio, tropeço na chegada. Um erro custoso, pois Jockstrap, já recuperado e de sabre em punho, avança com tudo. Ali embaixo, lacaios e cocheiros vão se aglomerando nos pilares da entrada para observar os dois, apostas em dinheiro já começam a ser anunciadas. Ataque, aparo, contragolpe. O sangue que escorre por seu braço já chega pegajoso ao pulso e pinga no chão. Ataque, aparo, contragolpe.

Do topo da escadaria, o conde de Bolsonaro os observa.

Érico sente o próprio cansaço pesar, e com isso a iminência da derrota, mas está decidido a não pedir quartel em hipótese alguma. Suas espadas se cruzam uma última vez até encostarem os copos, no que o valete lhe acerta um soco no rosto que aumenta a ferida anterior deixada pela cabeçada. Érico cai de costas ao chão, de onde sabe que não conseguirá se erguer sozinho. Jockstrap sorri vitorioso:

"Seu invertido de merda...", diz, erguendo a espada para a estocada fatal.

A lâmina é bruscamente interrompida por um contragolpe vindo do nada.

"Que deselegante!", censura Fribble, exuberante em toda a glória pavonesca de sua casaca vermelho vivo, glamour ultrajante, sapatos fantásticos, postura perfeita: a mão na cintura qual bule de chá, e na outra o sabre do bastão de caminhada. Sorri e faz beicinho: "Prometo que, se doer, eu paro".

Jockstrap investe também contra ele, mas Fribble gira nos calcanhares com a suavidade e precisão de um bailarino, defendendo e atacando tão rápido que o valete começa a recuar de costas pelo foyer, na direção da entrada da plateia. Com um ataque desastrado que abre sua guarda, o valete termina ganhando também um corte no braço. "Touché!", anuncia Fribble, com um floreio afeminado.

O valete se enfurece. Tenta retribuir, mas é inútil: ágil e saltitante, Fribble se esquiva com uma elegância etérea, girando uma, duas, três vezes ao redor de seu oponente, tem nos pés a agilidade que Farinelli tem na voz, atacando-o de todos os lados ao mesmo tempo. Cada vez mais irritado por se ver encurralado por aquele macarôni, Jockstrap se afoba e comete outro erro: tenta um *flèche*, investindo com tudo em um salto com estocada. Mas Fribble o bloqueia e, quando Jockstrap se levanta — "touché!" —, Fribble perfura sua nádega com a ponta da lâmina. Jockstrap grita de dor.

"Ai, que frescura!", censura Fribble, "só enfiei a pontinha!"

Enquanto isso, Gonçalo está ajudando Érico a se erguer do chão, e pergunta se está bem. Érico garante que sim, nada grave, a camisa grudou sobre a ferida de modo que não perdeu muito sangue. Está um pouco tonto. A maior ferida foi em seu orgulho próprio: desejava ter feito melhor figura diante de Gonçalo. Não que fosse necessário, pois o rapaz está genuinamente admirado e deslumbrado com aquela noite.

— Isso foi sensacional — diz, animado. — Você nunca tem dias normais, não é?

— Está sendo um dia bem normal — Érico tenta um gracejo e sorri, no que é logo interrompido pelo latejar ardido de seus cortes e feridas.

Fribble pergunta se ele está bem, e Érico aproveita para lhe agradecer pela ajuda. De Jockstrap, ninguém se aproxima. Um fio de sangue sai de seu traseiro e deixa um rastro no chão. O conde de Bolsonaro o observa a uma distância segura, como se não tivesse relação alguma com aquilo.

Contudo, a rodinha de espectadores que havia se formado ao redor dos duelistas se abre, dando passagem a um rapaz pomposo de vinte e poucos anos, peruca branca e casaca amarelo-ouro, que avança com autoridade em meio à confusão, protegido pelos casacas vermelhas.

"O que está acontecendo aqui?"

"Sua alteza real", diz Fribble, tirando o chapéu, "apartei um duelo entre esses dois cavalheiros antes que ocorresse uma tragédia."

"Um duelo, pois sim, um balé é que não era. Mas por qual motivo?"

Érico não faz ideia de quem seja aquele rapaz, mas se percebe que é membro da família real. O conde de Bolsonaro vem descendo pela escadaria. Antes que diga algo, e sabendo que a melhor defesa é o ataque, é Érico quem explica:

"Sua alteza real, creio que o valete do conde de Bolsonaro tomou para si as dores do seu patrão e quis ir à desforra comigo, pela derrota que impingi ao conde nas cartas. Fui atacado à traição, apenas me defendi."

"Cartas? Ah. O senhor deve ser o barão de Lavos, suponho?"

"O próprio, senhor."

Os guardas reais confirmam que o valete ofendera a honra daquele cavalheiro insultando-o do modo mais vil, e o atacara sem que houvesse tempo de se seguir o mínimo de cavalheirismo. Um murmúrio de indignação percorre o público.

Bolsonaro se apressa a renegar a atitude de seu valete, atribuindo-a ao excesso de zelo e afirmando que agira sem seu consentimento. Jockstrap se ergue do chão, sem que ninguém o ajude, e olha com ódio para Fribble, que retribui dando um beijinho no próprio ombro e soprando, jocoso. Jockstrap crispa os punhos e avança mancando em sua direção, mas o conde o interrompe.

"Chega, Jockstrap! Não basta ter sido derrotado, ainda ataca pelas costas?" E, voltando-se para o rapaz: "Sua alteza real, a lealdade de um serviçal é artigo tão raro hoje em dia que acabo condescendente com seu excesso de zelo por mim. É sabido que sua senhoria o barão e eu temos um acerto financeiro em aberto, e receio que meu valete levou a questão para o lado pessoal. As classes inferiores, como sabe..."

O rapaz olha para Bolsonaro, empurra os lábios com a língua, pensativo.

"Diz-se que os espanhóis preferem lidar com seus inimigos assassinando-os do que duelando, mas não estamos na Espanha, conde. O cavalheirismo é a muralha de ordem que nos protege do caos e do barbarismo. Sem as regras do duelo, toda Europa ficaria tal e qual as Terras Altas da Escócia, matando-se em emboscadas a cada rixa." E, virando-se para Érico, falou: "Ouvi dizer que toda Londres aguarda ansiosa pelo desfecho desse acerto entre os senhores, mas o único estrangeiro ao qual pretendo dedicar minha atenção hoje está naquele palco. Espero que não haja mais interrupções da parte dos dois".

E, dito isso, o príncipe de Gales lhes dá as costas e, junto de seu pequeno séquito, sobe as escadas de volta ao camarote real.

Sentado em uma cadeira no lavabo, Érico insiste que está bem. Alguém lhe trouxe água, tirou seu casaco e a camisa, lavou a ferida no ombro e agora um médico a costura. Diz aos amigos que pretende voltar a tempo para o terceiro ato.

"Ainda não acredito que estive falando com o príncipe de Gales", diz. "Ele é mais novo do que eu imaginava, deve ter minha idade."

Alguém lhe serve um conhaque. Ficar bêbado agora seria uma ótima ideia. Suturado, ele veste a camisa e lamenta o estrago deixado naquela excelente casaca. Junto de Gonçalo e Fribble, volta ao camarote onde Maria os espera. O terceiro ato vai começar.

No palco, um novo cenário se descortina: um complexo e colorido jardim de flores, com um caramanchão no centro, no meio do qual está Farinelli. Mas quando começa a cantar o "Usignolo sventurato" do *Siface* de Porpora, volta-se na direção do camarote de Érico, e todos têm a impressão de que canta olhando diretamente para ele. E enquanto sua voz compete com a flauta na imitação do canto de um rouxinol, a figura de um enorme pavão azul, ao fundo do palco, vai abrindo devagar o estandarte de sua cauda, e diversas aves se movimentam em cena tal qual autômatos. O publico suspira deslumbrado com aqueles efeitos.

O rouxinol infeliz
que anseia fugir à morte
vai cantando e se lamentando
por seu destino melancólico.
Também eu me contento em meu trono
ainda assim o destino me oprime
e invejo o feliz inquilino
que numa simples cabana
busca seu abrigo.

A música termina. Palmas. Farinelli faz uma mesura ao público, voam flores e pétalas ao palco. E então dirige outra mesura a Érico, e aos poucos, entre palmas e assobios, o público se ergue das cadeiras e aplaude, ao reconhecer em sua figura estropiada, com o olho roxo, aquele que oferecera um espetáculo paralelo ainda há pouco. Pela segunda vez na mesma noite, Érico ruboriza. Nunca em toda a vida tivera tanta atenção voltada a si. Para quem se pretende um espia, não está sendo nada discreto.

Então vê o olhar de admiração orgulhosa de Gonçalo ao seu lado, e isso basta para fazê-lo crer que tudo valeu a pena.

14.
New Bond Street, nº 21

Aos olhos do amante neófito, o corpo do outro é um mapa inexplorado, com seus picos, vales e tensos caminhos ocultos aguardando para serem desbravados, à espera de quem os clame para si. Gonçalo transborda de uma vivacidade instintiva, preocupado em agradar sem saber bem como, apenas esperando ansioso que lhe indiquem o próximo passo. Desajeitado, não sabe bem o que fazer com as mãos — ora as mantém soltas ao longo do corpo, agarrando os lençóis, ora as usa para segurar a cabeça de Érico entre suas coxas. Enfim se decide: põe as duas por baixo da almofada sob a nuca, assumindo a postura de um são Sebastião, flexionando os braços e arqueando os músculos do abdômen em um longo suspiro, enquanto recebe aquela demonstração de bom uso da língua portuguesa. Ao fim de uma sequência de longas e nostálgicas sugadas, Érico troça a língua ao redor do bálano, e a noite chega a seu ápice. Gonçalo estremece, o êxtase o faz contrair o ventre e estufar o peito uma última vez; sua seiva flui aluvial e sobeja.

Érico emerge e busca seu olhar, com um meio-sorriso, limpa a boca com as costas da mão e avança por seu corpo com beijos: passa pelo baixo-ventre até a barriga que arqueja e pulsa, com a ponta da língua rodeia e titila os mamilos rosados como o interior de um figo, aplica mordiscos e chupões, o peito imberbe salpicado de sardas, o pescoço musculoso e taurino, beija aquele espaço especial logo abaixo do lóbulo da orelha que faz

Gonçalo amolecer em seus braços, e por fim os lábios; Gonçalo o segura pela nuca, suas línguas se encontram, e lhe aplica uma leve mordida. Risos, suspiros, arrulhos. Tudo termina em uma brincadeira, duelo de meninos medindo forças, que se encerra assim que Érico apoia o peso no ombro ferido. Os pontos latejam e ele desiste, tombando ao lado de Gonçalo, que aninha o rosto em seu peito.

Após algum tempo em silêncio, escutando apenas a respiração e sentindo o calor um do outro, Gonçalo passa as mãos por sobre o desenho que Érico traz tatuado no lado esquerdo do corpo; e pergunta o que significa. Érico explica que é uma esfera armilar, um instrumento do tempo das navegações formado pelo conjunto de anéis que giram ao redor de si, cada anel representando uma marcação: o equador, os meridianos, os paralelos, os trópicos. O anel mais largo corresponde à banda zodiacal, e a bolinha no centro representa o globo terrestre. Como sua vida está em eterno movimento, achou o desenho adequado. Além disso, é o símbolo de sua terral, pois é usado na bandeira do príncipe do Brasil.

— E isso aqui, o que quer dizer? *"Unus iuenni…"*? — Gonçalo aponta a frase latina, corres os dedos pelas letras, fazendo-lhe cócegas. Érico ri, toma-lhe a mão e a conduz à outra parte de seu corpo que julga mais interessante. Gonçalo solta um gritinho indignado e lhe dá um tapa na mão, jocoso. Trocam mais um beijo.

— *"Unus iuenni non sufficit orbis…"* — Érico recita. Outro beijo, Gonçalo o aperta, beija seu pescoço, os dois se agitam lânguidos fingindo outra disputa, riem. E completa com a parte que falta: — *"… aestuat infelix augusto limite mundi"*.

— Você está inventando isso! — protesta Gonçalo. Rostos colados, a respiração sai da boca de um para o outro. Cócegas, cutucões, provocações. Gonçalo tem um riso juvenil, um pouco bobo, mas adorável.

— "Para um jovem, o mundo não é o bastante; ele se inquieta confinado pelos estreitos limites do globo" — traduz Érico. — Sátira X de Juvenal.

— Mas arranjei um fidalgo mesmo, sabe até latim...

— Só sei meia dúzia de palavras — desconversa Érico.

É a primeira noite naquele seu novo endereço. A *townhouse* alugada de lorde Strutwell, ao custo razoável de cinco guinéus por semana, tem três pisos além do térreo e o subsolo. É grande demais para se viver sozinho nela, mas adequada à imagem que se espera de um rico barão. Érico a mostrara para Gonçalo no dia anterior: aqui dormem meus lacaios imaginários, ali as camareiras imaginárias, ali são meus estábulos imaginários. Mas Gonçalo não entendeu a piada: por que alguém rico e com título de nobreza não ostentaria uma criadagem enorme? Indeciso sobre o quanto contar, Érico justificou dizendo que, como não sabia ainda quanto tempo ficaria em Londres, a economia ruim no reino de Portugal o tornara cauteloso com gastos desnecessários — a mesma desculpa que havia usado com lorde Strutwell. Mas há ao menos uma criada real na casa: uma senhora escocesa chamada June, um verdadeiro tesouro, que lorde Strutwell garantiu ser de total confiança e "totalmente amigável à nossa gente".

— Você estará aqui de manhã quando eu acordar? — pergunta Érico.

— Sabe que não. Tenho que estar bem cedo na padaria.

— Isso não é aprendizado, é escravidão com salário.

— Talvez. Mas preciso de dinheiro. Além disso, gosto do meu trabalho.

— Eu tenho dinheiro. Podemos viver dele por muito tempo.

Gonçalo se ergue alerta, de joelhos sobre a cama, levemente curvado, as mãos entre as coxas possantes como se sentisse frio, o rosto coberto pelo cabelo desgrenhado: para Érico, a beleza natural e viçosa de sua nudez torna a ideia de vesti-lo quase filistina, como cobrir a nudez de uma escultura.

— Como assim, "podemos"? — Gonçalo parece incomodado.

— Nós dois... hmm... você e eu...

— Não sou um prostituto, que fique bem claro.

— Não falei que você era em momento algum.

— Eu sei, mas quero deixar isso claro. Não quero ter nada que não seja comprado do meu próprio bolso. Ninguém nunca vai me acusar disso de novo. Além do mais... é um pouco cedo ainda, não acha? A gente mal se conhece. Vamos ver como a gente se sai quando tiver um dia ruim.

— Não preciso. Eu sei o que quero.

— E o que você quer?

— Você.

— Hmm, mas eu sou difícil — Gonçalo sorri fazendo um beicinho e se deixa cair de volta a seu lado na cama. Érico o puxa para si, abraça-o e repousa outra vez o rosto em seu pescoço. Gonçalo passa o braço por baixo dele e acaricia sua nuca. — Sabe o que eu pensei quando te vi aparecer lá no clube? "Lá vem outro riquinho frajola." Estava cheio deles naquela noite, e por Deus, como são convencidos! Andam com o traseiro empinado como se cagassem ouro. Na festa, nenhum deles olhou para mim, era como se eu nem existisse, mas depois ficavam ali se pavoneando ao meu redor. Aposto que até para foderem chamam a criadagem, ou não encontrariam o caminho dum rabo.

— Você é um amor quando fica irritado — retribui Érico. — Mas, a constar, ganhei meu dinheiro trapaceando honestamente. E não precisei de criados para encontrar o caminho do seu...

Gonçalo finge indignação e lhe belisca um mamilo, Érico salta atrapalhado e bate o ombro ferido no braço de Gonçalo, grunhindo de dor e rindo ao mesmo tempo.

— Ah, me desculpe! Esqueci do seu ombro.

— Tudo bem, já tive feridas piores — murmura Érico, beijando-lhe a testa. — Já te ocorreu que nossos caminhos poderiam ter se cruzado em Laguna, ou mesmo no Rio de Janeiro, mas acabou que só fomos nos conhecer aqui? É como se estivéssemos andando ao lado um do outro todo esse tempo, mas nunca nos déssemos conta.

— Sim. Para falar a verdade, isso me ocorreu, sim.

Outro momento de silêncio entre os dois. Gonçalo sente o braço dormente e pede para Érico mudar de posição. Ficam de frente um para o outro, os rostos muito próximos, e conversam quase aos sussurros.

Gonçalo pergunta quantas vezes Érico já se apaixonou por alguém. Érico solta um grunhido, hesita na resposta: pode dizer que houve afetos recíprocos, situações em que o sentimento se confundiu com o desejo, e poderia ter pensado que isso fosse amor. Sua primeira paixão foi por um primo, alguns anos mais velho, com quem viajou pela Itália na adolescência. Com ele descobriu o afeto, o companheirismo e o desejo. Depois, já no Brasil, houve encontros aqui e ali; mas apenas dois que pode dizer que amou. O primeiro, um alferes do mesmo regimento de dragões que o seu, e da mesma idade que ele: alguém que, passada a atração inicial, aprendeu a amar tanto que nunca lhe ocorreria dormir com ele; um afeto fraterno sem o desejo, e até hoje se correspondem. Já o segundo foi o oposto: a afinidade intelectual era o motor do desejo, mais do que do afeto, com o agravante do outro ter um constante sentimento de culpa. O que, para Érico, que via seu próprio desejo como natural, acabou se tornando tortuoso e desgastante.

— Mas qual era o problema com ele? — insiste Gonçalo.

— Era noviço do Colégio dos Jesuítas.

Gonçalo tenta segurar o riso e não consegue. Érico ri nervoso, teme estar fazendo papel de tolo, mas Gonçalo aninha o rosto em seu pescoço e isso o conforta.

— Corrompendo os jovens da Igreja, veja só...

— Ele não era ordenado, então estou a salvo — lembra Érico.

— Mas me fale mais desse que você amou como amigo — pede Gonçalo.

— Hmm, por que você quer saber logo dele? — pergunta Érico, desconfiado.

— Ora, você me falou que seu trabalho é atuar para o mundo, é fingir ser o que não é. Então quero saber como você é quando está apaixonado.

— Eu estou agora — beija-lhe a testa. — Tenho certeza disso.

— Ele era bonito? — instiga Gonçalo.

— Ao seu modo, era.

— E você me acha bonito?

— Ora, isso é ciúme? Você sabe que é bonito. Basta se olhar no espelho.

— Eu já sou eu todo dia — Gonçalo dá de ombros. — Sei que me acham bonito, já me disseram isso. Mas, se tirar a aparência, o que sobra? Todo mundo envelhece um dia. Você vai continuar gostando de mim quando eu já não for mais jovem e bonito?

— Continue sorrindo assim — diz Érico. — E estarei sempre do seu lado.

Gonçalo o observa com ar intrigado. Então se levanta, senta-se no colo de Érico e lhe segura os punhos contra a cama, muito sério, olhando-o nos olhos:

— Talvez seja cedo para dizer isso, mas tudo que você sente por mim é o mesmo que sinto por você, sr. Érico de Borges-Hall, barão de Lavos.

— Eu nunca vou dizer isso que você espera que eu diga, Gon — explica Érico. — Porque é algo que já foi dito demais, é uma frase vulgar. Não dá conta de dizer tudo, é como pôr açúcar demais no chá, deixa muito… meloso. É praticamente um clichê.

— O que é isso?

— São aquelas pecinhas de chumbo com letras, que se usa nas tipografias, você já deve ter visto… quando se imprime um livro, algumas palavras são tão frequentes que o impressor já as deixa montadas com antecedência. E você merece mais do que uma frase que já foi batida à exaustão no papel de romances baratos para provincianos.

— Não me importo. Sou de cidade pequena, sou provinciano. Pode dizer.

— Quero que saiba que mora bem aqui — Érico põe a mão sobre o coração —, mas de vez em quando escorrega para cá... e a mão desce até o meio de suas pernas. — Ai! — Gonçalo lhe dá outro beliscão.

Riem juntos outra vez. E em seguida, renovados de energia e vigor, passam a se exercitar na maneira vaga e imprecisa que Shakespeare atribuía como natural a Aquiles e Pátroclo: "criando paradoxos". Nesse momento a velha governanta, escutando o bate-bate dos móveis, suspira saudosa de seus bons tempos: "Ah, os jovens quando amam...".

Na manhã seguinte, Érico acorda sozinho na cama. Gonçalo já partiu. É como acordar de um sonho bom esperando que na próxima noite ele continue de onde parou. Levanta-se da cama, busca o jarro de água e o gomil para lavar o rosto, depois urina no penico e tampa. E então pensa no dinheiro. Ele o mostrara a Gonçalo no dia anterior, por pura fanfarrice. Agora acha que não deveria ter feito isso.

Algo lhe diz para verificar se continua tudo no mesmo lugar, debaixo da tábua solta do piso do quarto. Não há motivos para desconfiar de Gonçalo, render-se à suspeita seria ofender o sentimento que nutre por ele. Mas a desconfiança vence. Levanta a tábua e vê o dinheiro ainda ali, intocado. Ótimo, agora se sentirá culpado pela desconfiança.

Demora-se em sua toalete. Toma um banho quente, longo e relaxado, digno de um príncipe, perfumado com os sais de banho de Juan Floris da Jermyn Street, por recomendação do falecido Armando.

A criada bate à porta para avisá-lo que seu desjejum está servido. Érico gosta dela. A velha June está ali há tanto tempo que é como se tivesse sido instalada junto das fundações do prédio, e viera cheia de recomendações e advertências da parte de lorde Strutwell: excelente cozinheira, um tantinho temperamental, xinga feito um marinheiro e, apesar de cristã, sua religiosidade é pouco ortodoxa, apegada aos paganismos das Terras Altas que no passado já lhe renderam fama de ser meio bruxa.

O desjejum é sua refeição favorita. Érico se serve do chá, um *congou* que lhe foi recomendado pelos Twining, mas o acha um tanto forte para seu paladar; come algumas fatias de pão torrado coberto com uma excelente geleia de morangos da Fortnum & Mason, e por fim a velha June lhe serve ovos mexidos.

"Estão excelentes, June", elogia.

"Apenas sal e pimenta, patrão. Mas dessa vez usei ovos marrons. Bem que ele me disse que ovos marrons são mais saborosos. Mas há quem pense que eles têm essa cor por sujeira!"

"De onde você tirou isso?"

"Do fiofó duma galinha, patrão, de onde mais?"

"A receita, June."

"Ah, patrão, foi esse seu rapazinho quem me passou antes de sair. Ele foi na cozinha se despedir e disse para eu tentar os ovos marrons. O senhor sabe escolher namorado, esse aí é cama, mesa e banho."

Érico agradece o elogio um pouco constrangido, indeciso sobre o quanto de liberdade deveria dar à June. Lê o jornal do dia: o interesse pelo ocorrido na ópera já arrefeceu, se é que em algum momento aquela gente blasé chegou a lhe dar alguma importância — "um ótimo espetáculo, apenas perturbado por dois cavalheiros em mais um duelo de honra que, em seu vigor, serviu de passatempo àqueles que vão ao teatro por razões alheias às que se apresentam no palco". Nada impressiona mais essa gente!

O ombro lateja. Ocorre-lhe que o dia 25, a data-limite para que a segunda metade do dinheiro lhe seja entregue, cai no próximo sábado. Precisará encontrar uma forma segura de se aproximar do conde, com testemunhas.

"Patrão, há uma moça querendo falar com o senhor", diz June, interrompendo seus pensamentos ao anunciar a visita. "Maria Fernanda Simões de Almeida. Eu a deixei na sala de leituras."

Que cedo para uma visita, Érico pensa, que horas serão? Ergue-se, toma um último gole de seu chá e desce apressado. Encontra-a de pé folheando o exemplar do mês da *London Magazine*.

— Querida! — chama Érico. — O que te traz aqui tão cedo? Caiu da cama?

— Não, nem dormi! — Maria tem um brilho meio louco no olhar. Érico até tenta perguntar "como assim, não dormiu?", mas, pondo a revista de lado, ela continua falando de um só fôlego: — Bobagem não se preocupe com isso não dormi mas tomei bastante café e Érico que bebida deliciosa acho que você deveria dar uma nova chance ao café aliás é uma pena que não se veja com bons olhos que as damas frequentem as cafeterias porque se eu pudesse nunca sairia de uma, mas estou tergiversando e tenho que lhe contar algo que me ocorreu e, desculpe, esqueci de perguntar, mas acho que o peguei num momento ruim já que você está com essa cara de sono mas está acordado agora e é isso que importa escute só: você *não faz ideia* de quem eu encontrei ontem de tarde...

— Respire, mulher! O que andou aprontando?

Ele a toma pelo braço e a faz se sentar. Maria explica, afobada mas já nem tanto, que, acometida pela insônia desde a morte de Armando, tem tentado atrair o sono com a leitura, e nisso se pôs a pensar e concluiu que todos morrerão um dia, que ela pode morrer a qualquer momento quando puser os pés fora de casa e ser atropelada por um coche, pode morrer mesmo dentro de casa se escorregar nas escadas ou se for acometida de um mal súbito, e que se repreende por não ter se dado conta disso antes, quando sua família morreu no terremoto. Ela não pode culpar ninguém pelo terremoto, mas certamente pode culpar o conde de Bolsonaro pela morte de Armando, é muito óbvio que foi uma vingança por ter ajudado Érico a vencer nas cartas, e isso ficou ainda mais evidente quando o valete o atacou na ópera. E então, ocorreu uma coincidência: no dia anterior, ela estava fazendo compras e quem cruzou seu caminho? A sra. Bryant, aquela mulher silenciosa e esquisita que lhes fora apresentada na loja dos Twining. A mulher lhe virou o rosto, fez que não a conhecia, encomendou algo na loja e voltou para o coche, não sem antes que Maria escutasse seu endereço: uma casa em Highgate. Highgate! O mesmo lugar onde o conde de Bolsonaro se hospeda! E por outra coincidência fortuita, isso é bem perto de Hampstead, onde vive o conde de Strutwell, que irão visitar na próxima semana. O que os impediria de prestar uma visita surpresa ao conde de Bolsonaro? Tendo duas mulheres presentes, ela e a sra. Bryant, o conde não tentará nada ousado contra Érico, não dentro de sua própria casa, e assim Érico pode resgatar suas promissórias em segurança e nunca mais precisará ver aquele homem outra vez.

— Maria, respire, por favor — Érico se senta ao seu lado. — É um bom plano, mas não fale disso com mais ninguém, está bem? Nem com seu tio, nem mesmo com Fribble, aliás *muito menos* com Fribble, que é um grão-alcoviteiro. Desconfio que haja algo mais por trás das ações do conde, embora não possa dizer com certeza o que é. Ele é um homem perigoso, e depois do que aconteceu na ópera, vimos que não receia em usar de violência.

— Bem, você se mostrou à altura, diga-se de passagem.

— Isso é porque também não sou estranho à violência. Maria, eu... já fiz coisas em nome de el-rei do qual não me orgulho. Não sou o arrivista burguês que aparento. Bem, sou um pouco... mas, antes disso, sou um soldado. Já matei algumas pessoas antes.

Ela fica espantada, mas, ao mesmo tempo, não totalmente surpresa.

— Oh. Certo. Tenho certeza de que eram todas pessoas más, não?

— Creio que já matei pessoas que seriam consideradas más sob qualquer tabela de valores morais, sim, mas não, nem todas eram. Os índios, por exemplo... não me orgulho do que ocorreu lá. Eles não eram nossos *verdadeiros* inimigos. Eles apenas... estavam onde não queriam que estivessem. Eles existiam, e isso não estava mais nos planos nem de Portugal nem de Espanha. E nós fizemos o que os governos sempre fazem, quando alguém insiste em existir contra sua vontade. Nós os eliminamos. Isso tem me atormentado há algum tempo. Sou o maior hipócrita da face da Terra, Maria. Porque também sou um tipo de gente que ninguém quer que exista, mas que insiste em existir.

— Mas na guerra você obedecia a ordens, Érico.

— Sim, mas ainda era minha mão na espada — ele faz um muxoxo. — Enfim, cá estou eu e, quanto ao conde de Bolsonaro... bem, há algo nele que me incomoda. Algo que não faz sentido. Por exemplo, ele detesta Portugal e os portugueses, e não entendo o que o leva a se incomodar em contrabandear livros para o Brasil.

— Então por que não aproveitamos minha ideia? — ela insiste. — Uma visita surpresa dará tempo de você bisbilhotar a casa dele. Pode descobrir algo interessante.

Sim, ela tem razão. Contudo, Érico a alerta de que aquele jogo de aparências não se resolve com visitas sociais. Aquele homem, afinal, muito provavelmente mandou matar Armando e fez do valete seu sicário para assassiná-lo na ópera. Os riscos envolvidos são muito grandes.

— Bobagem. Eu sou a sobrinha do embaixador de Portugal — diz Maria. — Ele não ousará fazer nada enquanto eu estiver com você.

— Seu tio já me odeia o bastante, não queria te envolver ainda mais nisso.

— Já estou envolvida, Érico, desde o momento em que você chegou à embaixada e trouxe essa situação até nós. Não que eu esteja te culpando pela morte de Armando, de modo algum. Cá ambos somos vítimas de um trapaceiro criminoso.

— Ainda assim, acho arriscado.

— Então vou reformular minha frase — diz Maria. — Eu *vou* te ajudar, quer queira, quer não. Armando era meu melhor amigo, eu o conheci há muito mais tempo do que você, e não vou ficar parada enquanto todos à minha volta morrem ou se matam. Não sou uma peça de decoração na vida dos outros, Érico! E está resolvido. Agora, por que não leva conosco no banquete de lorde Strutwell esse rapaz bonitinho com quem está saindo? O loirinho com braços de estivador. Eu o achei tão meigo!

— Ah, você gostou dele? — a menção a Gonçalo o distrai de todo o resto.

— Vocês ficam tão lindos um ao lado do outro, chega a dar raiva.

Érico bem que gostaria de convidá-lo, mas Gonçalo está preso ao trabalho na padaria, à obrigação de se levantar cedo todo dia para assar e confeitar. Além do mais, o desdém de Gonçalo em relação às classes superiores é ainda mais forte do que o ranço burguês nutrido por Érico, e teme que o rapaz se sinta muito deslocado no meio daquele bando de fanchonos ricos que, por mais divertida que seja sua companhia, são uns esnobes.

— Ai, querido, o que seria de você sem mim? — ri Maria. — Sei exatamente o que fazer. Agora, termine de se vestir, e vamos resolver isso.

Uma hora depois, os dois descem do coche na Wardour Street, diante de uma pequena confeitaria no piso térreo de um edifício. Das portas abertas transborda um calor morno cheirando a pão e açúcar, mais agradável contra o frio de outubro que avança a cada dia. Nas janelas se exibem cestos de vime com pilhas de filões de pães brancos e integrais, pães de centeio e pães de azeitona, sob o olhar de uma estatueta de Deméter em cerâmica creme. Uma plaquinha anuncia que ali foram feitos os doces servidos no Baile do Trovão de William Beckford. Os dois entram.

É um grande salão, com um balcão cheio de pães e bolos que mantém os clientes afastados da área de cozinha. Nas paredes, inúmeros pratos com desenhos pintados à mão são exibidos enfileirados em prateleiras, abaixo das quais ficam dependuradas as mais variadas formas de cobre para bolos: redondas, quadradas, em formato de estrela ou de palacetes. Alguns frangos depenados pendem de ganchos no teto. Uma meia dúzia de rapazes, todos em mangas de camisa e usando gorros brancos, vão e vem batendo massas, mexendo em um caldeirão, vertendo leite em tachos, tirando e colocando massas do forno com uma longa pá.

A proprietária, uma huguenote de longos cabelos ruivos, pergunta no que pode lhes ser útil. Érico usa o tom afetado e esnobe de sua persona do barão de Lavos, lançando um olhar de desdém para a loja. Ignorando a mulher, diz para Maria:

"Querida, tem certeza de que é este o endereço? É menos elegante do que eu imaginava…"

"Foi o próprio lorde Beckford quem me passou", Maria solta aquele nome com fingido acaso, já prevendo o efeito que provocará na francesa. "Oh, o que era mesmo aquilo que comemos? Aquele biscoitinho de amêndoa, de nome francês?"

"Eram macarons, mas alguém teve a boa ideia de uni-los de dois em dois com um recheio cremoso", diz Érico, e então se volta para a francesa. "Uma ideia muito original, me pareceu. Disseram-nos que vieram desta padaria. Quem foi o *pâtissier*?"

A mulher se anima ao confirmar que sim, foram feitos ali, e que colar os macarons de dois em dois teria sido ideia sua, executada por um dos aprendizes de padeiro, um rapaz português que mal fala inglês, mas com uma excelente mão para confeitaria.

Érico e Maria falam do conde Strutwell, de um banquete para muitos convidados, gente rica e importante, aristocracia rural, e que o conde quer servir os mesmos biscoitos recheados de que tanto ouviu falarem bem na festa de Beckford. Seria bom ter o *pâtissier* com eles para treinar os empregados do conde, e queriam alugar seus serviços pelo fim de semana. Érico arremata com as palavras mágicas:

"Dinheiro não é problema."

A francesa, com os olhos cintilando, berra a seus padeiros: "Chamem *le petit portugais* aqui no balcão!". Eis que Gonçalo surge dentre eles, a camisa aberta no peito feito herói de romance, as mangas arregaçadas, os braços brancos de farinha das mãos até os cotovelos, como se interrompido no processo de virar uma estátua de mármore. Ao ver os dois, fica perplexo.

— Mas o que vocês estão...?

— Estamos te contratando, querido — anuncia Érico.

— Me contratando? Para fazer o quê?

Maria mal se contém:

— Compras!

Nem abre-te-Sésamo, tampouco abracadabra: as mais eficientes palavras mágicas são "dinheiro não é problema". Portas se abrem, vendedores se desdobram, a nata da nata do bom e do melhor se conjura à frente deles pelos balcões do comércio.

É a prerrogativa da nobreza tratar o dinheiro com o desdém destinado às coisas vulgares do cotidiano, ela o menospreza quando dele não precisa, e o menospreza também quando precisa, mas quer manter as aparências. Contudo, Érico não é um fidalgo, ninguém em sua família jamais ganhou uma pensão de fidalgo. É um burguês pelos quatro costados: dois deles vindos da mais mercantil e bem-sucedida de todas as nações, e os outros dois do que talvez seja o mais perdulário e mal administrado dos reinos. E como todo burguês, sua vida é definida pela tensão entre a perspectiva de ascensão social e o temor da queda na pobreza. Se por um lado teme ter herdado a tendência portuguesa ao desperdício, por outro se horroriza diante da ideia de se tornar um Crusoé, incapaz de ver no mundo para além de utilidades e vantagens econômicas.

Enfim, dinheiro não dá em árvore, o que tem ganhou trapaceando honestamente, e cada libra gasta martela em sua mente a necessidade de investir em algo seguro.

No ateliê de seu alfaiate na Conduit Street, enquanto entrega o casaco rasgado na ópera para reparos, os aprendizes tiram as medidas de Gonçalo.

"Lado esquerdo ou direito, cavalheiro?", pergunta o alfaiate.

— Érico, não entendi o que ele está perguntando.

"Direito", Érico responde por Gonçalo, e o aprendiz troca com ele um olhar malicioso. Maria, por sua vez, está sendo atormentada pela indecisão entre um par de sapatos em cetim azul-céu com solas à luís-quinze, franjado e com uma rosa azul bordada; e outro de ponta fina, em seda canelada cor creme, com brocados de flores. Resolve o problema levando os dois. Há uma profusão de tecidos sendo oferecidos a eles: cetins florentinos, tafetás, damascos e brocados, sarjas de Pádua em diversas cores, veludos ingleses, holandeses e genoveses; lustrinas, lamês, tules e rendas; camelões, calamancos para anáguas, sedas negras para mantas. Maria lamenta: oxalá não fossem tantos, é impossível escolher. Mas Gonçalo, por sua vez, sabe o que quer: opta por um traje em seda branca, com bordados de flores e pássaros em bege e creme nas beiras, e um colete e calções em tom amarelo-queimado. Érico lhe compra luvas, perucas, camisas, botas de montaria e sapatos para a corte.

O passeio de compras segue rumo ao ateliê de James Lock, para comprar um novo chapéu para Gonçalo. Mas, ao passarem diante de uma livraria e verem o sortimento de gravuras expostas à venda, uma em particular capta sua atenção: reproduz um grupo ao redor de uma mesa de uíste, em um baile suntuoso cuja decoração lhe parece bastante familiar. Olhando bem, os jogadores também lhe parecem familiares, embora nomes não sejam citados. Sim, são familiares até demais: dá-se conta de que é o Baile do Trovão de Beckford, e que é ele próprio um dos personagens caricaturados dando as cartas aos outros jogadores. Abaixo da gravura, está o seguinte texto:

"QUANDO UM HOMEM COM DINHEIRO
ENCONTRA UM HOMEM COM EXPERIÊNCIA,
O HOMEM COM A EXPERIÊNCIA FICA COM O DINHEIRO,
E O HOMEM COM O DINHEIRO FICA COM A EXPERIÊNCIA."
William Beckford's Thunder Ball, outubro de 1760

Érico sorri ao ver sua versão impressa: está longe da discrição que se esperaria de um espia. Nesse ritmo, iria também ele acabar se tornando cedo ou tarde personagem de algum *roman à clef*. Decide entrar na livraria e comprar uma cópia da ilustração para si. Gonçalo e Maria vão logo atrás.

Está pagando ao livreiro quando Maria, que se detivera folheando revistas e panfletos, chega até ele transtornada:

— Que ultraje! Isso aqui nem sequer é um argumento, é a defesa da falta deles! — Ela lhe entrega o panfleto para que ele leia: — Veja!

O folheto se intitula *Tratado acerca de cabras e espinafre*, e maldiz os suecos, por serem excessivamente liberais e terem concedido às mulheres o direito ao voto. Mas é outra coisa que chama sua atenção: a fonte é Baskerville. E a impressão, de novo, foi feita por R.O.C., na ilha dos Cães, agora sob encomenda de um tal Jean Melville — outro dos nomes que constavam na contabilidade do português assassinado. Diz o panfleto:

As mulheres se consideram discriminadas, por exemplo, por não terem direito ao voto. Mas o direito ao voto não é um direito ilimitado — também estão proibidos de votar os estrangeiros, os judeus, os negros ou as cabras. Um homem não pode votar numa cabra para o parlamento — pode até admirar suas ideias políticas, mas não pode votar nela. Que discriminação haveria contra as mulheres, então, se há limites de direitos a todos?

Érico diz para ela não se ater a essas bobagens, que só servem para alentar o conformismo de ignorantes. De todo modo, a indignação se somou ao cansaço insone, e Maria diz que vai para casa, despedindo-se dos dois sob a promessa de revê-los sexta, quando partirem para Hampstead.

Melhor assim: à noite, Érico e Gonçalo voltam ao Libertino da Lua. Passam a maior parte do tempo sentados longe do burburinho, namorando na discrição de um sofá ao canto, o braço de um por sobre os ombros do outro, em fervorosa troca de beijos.

Quando chega um quarteto de músicos, descobrem que dois deles, já tendo passado pelo Brasil como marinheiros, conhecem algumas modinhas e lundus, e pedem uma música. Érico toma Gonçalo pela mão e o traz para o centro da sala. O quarteto começa a tocar uma modinha romântica, música lenta de se dançar juntos, e cantam:

Desde que te quero bem/ Deu o mundo em murmurar
Porém que eu hei de lhe fazer?/ É mundo, deixa falar
Não te enfades, menino, é mundo, deixa falar

Sabes por que fala o mundo/ É só por nos invejar
Ele tem ódio aos ditosos/ É mundo, deixa falar
Não te enfades, menino, é mundo, deixa falar

As loucas vozes do mundo/ Tu não deves escutar
Pois que sem razão, murmura/ É mundo, deixa falar
Não te enfades, menino, é mundo, deixa falar

Ouve somente a quem te adora/ Que por ti anda a bradar
Dos outros, não faças caso/ É mundo, deixa falar
Não te enfades, menino, é mundo, deixa falar

Menino, vamos amando/ Que não é culpa o amar,
O mundo ralha de tudo/ É mundo, deixa falar
Não te enfades, menino, é mundo, deixa falar

Que fazem nossos amores/ Para o mundo murmurar?
É mau costume do mundo/ É mundo, deixa falar
Não te enfades, menino, é mundo, deixa falar

Todos sempre hão de me ver/ Por meu amor suspirar
Se disso falar o mundo/ É mundo, deixa falar
Não te enfades, menino, é mundo, deixa falar

Oh, meu bem, não pretendamos/ Do povo a boca tapar
Bem sabes que o povo é mundo/ É mundo, deixa falar
Não te enfades, menino, é mundo, deixa falar

Ao ritmo brasileiro, seguem-se outros mais ingleses, de agitadas e alegres contradanças do interior, que dois soldados irlandeses dançam alegremente. Érico se afasta um pouco para ir ao balcão pedir bebidas, quando um habitué da casa, visivelmente bêbado, chega até ele:

"É uma coisinha, esse teu *beau*. Não consigo parar de olhar para aquele traseiro..."

"Uma beleza, não é?", responde Érico, sorriso forçado. "Mas já tem dono."

Érico pede a Alejandro dois *shrubs* e larga as moedas no balcão. O bêbado insiste:

"Deve ter um pau sensacional também... me conta, o que fez para pegar esse daí?"

"Foi meu pote de ouro no fim do arco-íris", desconversa irritado. "Com licença."

Volta para Gonçalo com as bebidas nas mãos, e, ambos sedentos, bebem tudo quase de um gole só, o álcool subindo rápido à cabeça. Érico conta o que tivera de escutar no balcão e Gonçalo, tendo afogado a timidez com rum, sorri confiante, tira a camisa e exibe orgulhoso o corpo de atleta e as costas lanhadas dos açoites, puxa Érico para si, segura-o pela nuca e o beija na boca diante de todos do modo mais sensual e afrontoso com que dois rapazes poderiam se beijar, atraindo apupos de apoio e olhares de inveja. É mundo, deixa falar.

Quando saem para a rua, horas mais tarde, são surpreendidos pelo frio da madrugada. Acordam um cocheiro e pagam para que os leve de volta ao número 21 da New Bond Street. Sentados de frente um para o outro, sorriem com uma alegria tola e juvenil, ao antever os planos para o resto da noite, para a madrugada; ora, para o dia seguinte inteiro, se quiserem.

Chegam ao sobrado exaustos, suados e excitados. Bêbado de alegria, Érico deixa Gonçalo subir as escadas à sua frente apenas para melhor admirar os movimentos de seu traseiro. Chegam ao quarto, se despem e se lavam. Érico busca na cômoda o jarrinho onde guarda óleo perfumado. Logo já se senta à cama, as costas apoiadas em almofadas contra a cabeceira, pronto para Gonçalo. Num instante já o tem sentado em seu colo o segurando firme pelos sulcos convexos acima das coxas, entrando devagar; no momento seguinte Gonçalo cavalga com uma abnegação furiosa e urgente, apoiando-se com as mãos em seus ombros, contraindo o rosto e soltando suaves murmúrios queixosos enquanto é penetrado. As mãos de Érico sobem por suas costas úmidas de suor até chegar às omoplatas, onde sente os músculos poderosos se concentrarem e se dispersarem. Érico o segura pela nuca e o puxa para si em um beijo. Há uma simetria perfeita e natural entre eles, uma composição harmônica em V: Gonçalo cavalga fulgurando feito um semideus dourado, Érico é ao mesmo tempo servido e dominado por ele, segurando-o em um gesto como de adoração, tomado pela súbita consciência de que este é o momento mais completo de sua vida, seus corpos o porto seguro um do outro. Oxalá alguma górgona os transformasse assim num mármore, eternizados em sua completude — uma trepada eterna. O beijo, a saliva, o sorriso: quando o olha, vê a si mesmo; não no reflexo narcísico e egoísta, mas na contraparte aristofânica e complementar. Confiam, entregam-se, completam-se: quando a Pérsia foi conquistada, a rainha ruborizou ao se prostrar aos pés de Hefestião o tomando por Alexandre, no que este próprio a confortou: "Não te enganaste, pois ele *também* é Alexandre". No Amor, não há um sem o outro. Então tomba Gonçalo de costas sobre o colchão, montado sobre ele feito um lutador, abraçado por suas coxas vigorosas, a pele em fricção, a rija ereção de Gonçalo pressionando seu ventre, amorosos pensamentos e amorosos lábios e amorosas mãos e amorosos ventres colados em seus amorosos sucos — é Aquiles que amava Pátroclo e Hércules que amava Iolaus e Harmódio que amava Aristógito e Alexandre que amava Hefestião e Davi que amava Jônatas e Adriano que amava Antínoo. É o êxtase que irriga as asas da alma, asas abertas e aquecidas latejando como artérias pulsantes: o que antes estava encerrado agora se liberta e respira, aguilhões e dores que se soltam a gozar do mais doce prazer, desejando nunca mais se separarem.

De seu quartinho no último andar, a governanta escuta o batuque ritmado da cama contra a parede em sua sinfonia noturna, e suspira saudosa de seus bons tempos: "Ah, os jovens quando amam...".

15.
Banquetes

Desde a juventude, lorde John Agathon Strutwell, terceiro conde de Strutwell, buscou viver seus amores com discrição. Porém, isso não evitou que um dia se tornasse vítima do descuido e do acaso. Tinha o hábito arriscado de "sair à noite para miar", e em certa ocasião abordou um belo vigia da guarda em Whitehall. O vigia, que em um primeiro momento se mostrou receptivo à sedução, em um segundo instante se revelou oportunista, as coisas deram terrivelmente errado e, para evitar um escândalo, lorde Strutwell lhe entregou seu valioso relógio de ouro, mais um guinéu e meio, e outros bens que trazia nos bolsos à guisa de comprar seu silêncio.

Na mesma semana, surgiu nos jornais um anúncio anônimo: ao cavalheiro que deixara os pertences tais e tais — e seguia-se a descrição detalhada do brasão de família gravado no relógio —, poderia reclamá-los junto ao adjunto do regimento de infantaria do quartel próximo. O que havia acontecido? O vigia se gabou da boa sorte ao cabo, que contou ao sargento, e este ao adjunto, até todo o corpo de guarda e a imprensa ficarem a par da história. A descrição do brasão indicava de modo pouco sutil a identidade do cavalheiro, e logo toda Londres confirmou o que boatos ao longo dos anos insinuavam a respeito de lorde Strutwell.

Para fugir do escândalo, o conde viajou para o continente, passando a maior parte do tempo entre Portugal e a Itália. Voltou alguns anos depois esperando que a história já estivesse esquecida. Qual não foi sua surpresa, então, ao se descobrir transformado em personagem de ficção: outro mal-entendido, um episódio menor de seu passado, havia sido eternizado no novo romance picaresco de um conhecido autor escocês, lançando insinuações não apenas sobre suas preferências, mas também sobre suas finanças, e ainda o chamando de ladrão. Pensou até mesmo em processar o autor por libelo, mas foi convencido de que isso só atrairia mais atenção pública.

Os convites para jantar, que já eram poucos, desapareceram, e os convites que fazia não eram respondidos: jantar em sua casa era malvisto, e passou a ser evitado em público. Entendeu que estava condenado ao ostracismo e se isolou do mundo exterior, dedicando-se unicamente à leitura de sua extensa biblioteca e a colecionar arte em sua mansão, a esplendorosa Kenwood Park, em Hampstead. Com o passar do tempo, mesmo que o escândalo tenha sido esquecido e os vizinhos o tenham deixado em paz, manteve-se isolado, e raramente saía de casa. Quando o fazia, era apenas para visitar a "terra sagrada" para "ver as relíquias" — no caso, o Libertino da Lua e seus frequentadores.

Portanto, é uma saudável novidade verem-no assim revigorado e disposto a receber em sua mansão. Diante do imponente pórtico jônico do palacete, lorde Strutwell aguarda os convidados, ladeado por seus dois cães galgos, Domenico e Stefano, por Mr. Lanyon, o mordomo de ar austero e expressão severa, por lindos jovens lacaios de ares mediterrâneos, um grupo de corpulentas arrumadeiras e empregadas de copa, além do cozinheiro temperamental e do delicado jardineiro-chefe.

Os coches param em fileiras e os convidados descem. Érico, Gonçalo e Maria vieram juntos, logo atrás está o coche do capitão Whiffle e Mr. Simper. Em seguida, de uma sucessão de coches descem homens vestidos com tanta cor e brilho quanto uma revoada de pássaros ornamentais, uma alegre entourage que seu santo padroeiro e grão-filósofo — o próprio Mr. Fribble — chama de "a mais doce sociedade do mundo": o advogado Mr. Moggy, o modista Billy Loveman com seu valete Turtle, lorde Trip e Sir Dilbery Diddle, membros do parlamento e informalmente conhecidos como "o partido macarôni", e por fim o dr. Jacky Wagtail e o peruqueiro Billy Dimple (que o falecido Armando dizia ser "a língua mais venenosa de toda Londres").

Mas nenhum deles se destaca mais na excelência de laços e fitas, ou na combinação de cores, do que o próprio Fribble. E de súbito, o mundo austero do velho lorde se enche de cor e alegria — e de muitos olhares cobiçosos para Gonçalo, em seu traje de seda branca emoldurando seu belo aspecto de beleza que é proporcional à sua timidez, um Antínoo na corte de Adriano. Notando os olhares, Érico o toma pela mão, protetor e possessivo, marcando seu território diante daquelas esfomeadas e sitibundas.

— Ele mora sozinho nisso tudo aí? — pergunta Gonçalo, impressionado.

Sozinho, sim, mas em uma casa daquele tamanho mesmo a solidão é relativa. A criadagem é comandada com mão de ferro pelo experiente Mr. Lanyon, um ex-marinheiro que lorde Strutwell conheceu em Bath e que ajudou a fugir de uma punição obscura. Os serviçais e os cavalariços são na maioria rapazes de origem mediterrânea, todos belos e cheios de viço, do tipo com mais sangue circulando entre as pernas do que acima do pescoço — "importados" para Kenwood Park com os mesmos fins decorativos das relíquias do mundo antigo que lorde Strutwell, muito faceiro, exibe aos convidados.

"Este vaso aqui veio de Atenas, como aliás aquele meu lacaio", diz o velho lorde; "este mármore é romano, aquele é etrusco, aquele meu copeiro é de Taormina, não é uma beleza? Olhe a delicadeza do talhe, você quase sente a maciez da carne quando toca no... sim, estou falando do mármore, não do copeiro, não estou senil. O nome? Creio que seja uma reprodução do Antínoo Capitolino, mas não tenho certeza se... ah, do rapaz? Não faço ideia, eles vão e vêm o tempo todo, chamo todos da mesma forma: *ma belle ami*. Decorar nomes dá trabalho, queridos, eles estão aqui para enfeitar a paisagem e pôr a mesa, é para isso que os pago. Sou o próprio Lísias no *Fedro*, na minha idade não tenho mais fôlego para me envolver com paixões. E não há nada mais cruel do que apenas ouvir falar de um mármore grego ou um rapaz italiano, e não poder comprá-los, não acha?"

"Ouvi dizer que o senhor possui uma biblioteca extraordinária", lembra Érico.

"Ah, sim!", o rosto de Strutwell se ilumina. "De fato, é extraordinária! Venha, vou lhe mostrar", e o toma pelo braço como uma velha comadre, não sem antes dar uma apalpada para testar a força do músculo. Strutwell prefere as belezas mediterrâneas e parece ter uma queda por Érico. Gonçalo sorri condescendente, e junto de Maria, segue os dois até a biblioteca.

Esta é mesmo motivo de orgulho, um salão de tom azul pastel com absides colunares dos dois lados cujas alcovas abrigam as muitas estantes de livros. Enormes espelhos entre as janelas abertas a banham de luz, tapetes turcos cobrem o piso, bustos de mármore de grandes vultos pontuam a decoração.

Érico caminha embasbacado ao longo das estantes, tocando as lombadas das encadernações com as pontas dos dedos, saudando os livros como quem cumprimenta convidados em uma festa. Detém-se ao encontrar uma portentosa edição do *Satyricon* em uma estante zelada por um busto de Platão.

"Em que ordem estão organizados?"

"Essa estante em particular, mantenho na sua ordem histórica."

"Da história do quê?", pergunta Érico, enquanto retira o exemplar e o abre.

"Da nossa", sorri Strutwell. "Vejo que conhece Petrônio. O senhor gosta?"

"Sim, mas é uma pena que só existam partes isoladas do livro. Adoraria saber o começo. E o fim. E as partes que faltam do meio."

"Ah, é verdade", ri o lorde. "O *Satyricon* é como alguém que se conhece em viagens, não acha? As personagens saltam de um espaço para o outro, você não sabe de onde vieram, mal sabe para onde vão, só as conhece naquele instante de passagem, porém... as imagens que nos entrega! Creio que sempre haverá entre pessoas de bom gosto um espaço para ele. Sabe como Petrônio era chamado pelos seus pares? *Elegantiae Arbiter*. O árbitro da elegância!"

"De fato", Érico devolve o livro à estante. "Onde estão o *Banquete* e o *Fedro*?"

"Você está entre os romanos. Tem que começar do princípio, com os gregos."

— Do que vocês estão falando? — pergunta Gonçalo, impaciente, sem entender nada.

— Olhe só isso, Gon — Érico o traz para perto dos livros. — Lembra do que me disse aquela vez no parque, sobre não escreverem ao nosso respeito para que não se saiba que existimos? Não é bem verdade. Sempre estivemos aqui, há tanto tempo quanto existem livros. Olhe só, essa prateleira é nossa história, e ela acompanha a própria literatura.

Gonçalo conhece Érico bem o bastante para saber que aquilo irá absorvê-lo por algum tempo e busca ao redor um lugar para se sentar. Érico perde a noção do tempo quando se detém em objetos de sua afeição, e não há mal em alertar o leitor filistino de que pode pular alguns parágrafos, indo se sentar com Gonçalo no sofá de veludo vermelho.

Começando pelos gregos: há o *Banquete* e o *Fedro* platônicos, com seus diálogos sobre a natureza do amor, seguidos pelos *Idílios* de Teócrito — "não te recordas, quando te comia, sorrias e me balançava teu rabo, contra aquele carvalho ali?" (Idílio 5, linha 116) —; as *Elegias* de Teógnis de Mégara — "garoto, sois qual potro: dês que teve sua cota de cevada, a nosso estábulo regressa, saudoso de um bom cavaleiro e de um delicioso pasto, do frescor da primavera e da sombra dos bosques" (linhas 1249-52) —; um raro exemplar da *Mousa Paidike*, compilação de poemas eróticos feita por Estratão de Sardes, e uma belíssima edição ilustrada da *Ilíada*.

"Já percebeu", comenta Strutwell, "que o centro emocional do épico de Homero, o duelo entre Aquiles e Heitor, é a fúria do amante indo vingar a morte do seu amado Pátroclo? Afinal, desde a primeira linha, o poeta diz: 'Canta, o Musa, a fúria de Aquiles'."

Na sessão romana: além do *Satyricon* de Petrônio, há uma *Priapeia* latina, reunindo os versos feitos em louvor ao bem-dotado deus fálico que protegia os jardins — "este cetro, duma árvore cortado, não poderá jamais reverdejar; cetro, que jovens putas vêm buscar, que certos reis desejam segurar, que por nobres chupadores é beijado, e nas vísceras dum ladrão enfiado, até aos meus pelos e bagos chegar" —; há também os *Epigramas* de Marcial — "vindos da sauna, Flaco, aplausos vivos: a pica de Marão é o motivo" —; a segunda Écloga de Virgílio, com o lamento do pastor Corydon por Alexis, bem como uma edição ricamente ilustrada de sua *Eneida*.

Essa é uma obra de muito apreço para Érico, que a tira da estante e a abre à procura de uma ilustração que mostre o vigoroso relato dos amantes Niso e Euríalo.

— Oh, esse eu li. Mas eles eram mesmo um casal? — questiona Maria. — Na tradução que li, dava a entender que fossem apenas bons amigos...

— É comum aos tradutores fazerem isto — explica Érico —: para não ceder nos seus pudores, traem o sentido da obra original da obra. E terminamos sempre como "apenas bons amigos", "colegas de quarto". Amigos muito íntimos, que morrem abraçados um ao outro... Gon, olhe só isso.

Érico lhe mostra a ilustração, empolgado feito um garoto a falar de seus heróis favoritos: Niso e Euríalo, amante e amado, eram os melhores soldados de Eneias, inseparáveis e invencíveis; invadem juntos o acampamento dos tirrenos e matam sozinhos todos os inimigos. Mas Euríalo comete o erro de tomar para si o elmo do rei como troféu, e quando voltam ao acampamento, a lua se reflete no elmo e entrega a posição de Euríalo, que acaba cercado. Niso só percebe quando já é tarde demais, e ao ver o garoto ser morto com uma espada no peito, é tomado por uma fúria tal que corre e mete sua espada na boca do líder dos cavaleiros.

Érico gesticula empolgado e sorri. Aquelas histórias violentas e heroicas embalaram sua adolescência:

— E então, antes de ser morto, ele se atira sobre o corpo de Euríalo, e os dois morrem abraçados... — Érico busca em Gonçalo a mesma empolgação, e Gonçalo sorri condescendente, receando dizer que acha aquelas histórias antigas meio bobas.

Érico avança para a sessão medieval: há os *Contos da Cantuária* de Chaucer e o *Decamerão* de Bocaccio. Uma escolha curiosa, pois não se lembra de haver ali histórias pederásticas de particular importância, exceto, no caso do *Decamerão*, a história de Pietro de Vinciola, na quinta noite.

"Nem sempre os seleciono só pelo assunto do livro, mas pelo seu espírito", explica o velho lorde. "Bocaccio, por exemplo, sobreviveu à peste negra, e enquanto a epidemia levava embora seus amigos, parentes, gerações inteiras, ele buscou refrigério se isolando, como no seu livro, para contar piadas de humor vulgar, exagerado, afetado, teatral... e ora, não é esse nosso modo também? Usar o humor como forma de manter a sanidade nestes tempos sombrios, em meio à ignorância da religião?"

Chega à sessão árabe, onde há uma compilação, feita sob encomenda particular, de *A delícia dos corações*, do poeta Ahmad al-Tifashi, onde lê um dos famosos poemas eróticos pederásticos de Abu Nuwas, que viveu no século VIII: "Na casa de banhos, os mistérios ocultos por calções te são revelados, tudo se torna radiante e evidente: não te contém e banqueteia teus olhos. Vê belos traseiros, torsos bem torneados".

"Ah, as casas de banhos turcos…", o conde suspira saudoso.

Érico avança para a Renascença: de Pietro Aretino, encontra sonetos luxuriosos e a comédia *Il Marescalco*, sobre um mestre de estábulos com especial apetite por rapazes. De poesia, há compilações poéticas de Michelangelo, e *O pastor afetuoso* de Richard Barnfield. É quando chega ao teatro: há peças de Marlowe, como *Eduardo II* ("aquela vadia", diz Strutwell), além de uma seleção de peças de Shakespeare.

"Há que se ter em conta", diz o conde, "de que naqueles tempos era vetado às mulheres subir aos palcos. De modo que todos os papéis femininos foram escritos para ser interpretados por rapazes efeminados, vestidos *en travesti*. Isso dá uma perspectiva inteiramente nova a *Romeu & Julieta*, não acha?"

Aponta *O mercador de Veneza* ("Antônio é um tolo apaixonado, deixando-se iludir por Bassânio"), *Otelo* ("Iago é a fancha mais perversa e ciumenta já criada"), *Troilo e Créssida* ("vê que até o bardo já conhecia o amor de Aquiles e Pátroclo") e, claro, os *Sonetos*, com suas declarações de amor ao misterioso sr. W. H.

Há uma rara cópia de *Sodoma, ou A quintessência da devassidão*, um "drama de armário" escrita pelo libertino conde de Rochester como crítica à autorização do rei Carlos II à prática do catolicismo, ao compará-lo com o rei de Sodoma autorizando a prática da sodomia ("essa peça é talvez a coisa mais obscena que já li", diz o conde, "mas os trocadilhos são hilários").

Chegam enfim aos contemporâneos. Há diversas obras francesas obscenas, como *Histoire de Dom Bougre*, sobre um padre devasso, escrita por um autor anônimo que todos julgam ser Gervaise de Latouche; há uma edição original do *Histoire de Prince Apprius* de Pierre Beauchamps, e uma tradução para o inglês feita por John Cleland de um panfleto italiano, *A verdadeira história e aventuras de Catharina Vizzani*, sobre uma dama italiana com gosto por travestismo e atração por outras mulheres.

E, por fim, há os dois volumes do fatídico *Fanny Hill* de John Cleland, ao lado de um dos últimos exemplares existentes do *Antiga e moderna pederastia investigada e exemplificada*, de Thomas Cannon, um tratado histórico que defende o amor grego como algo tão natural ao homem como a cor dos olhos ou cabelos. Érico não pode deixar de notar que ambos foram editados no mesmo ano, e o livro de Cannon continha uma dedicatória do autor ao próprio lorde Strutwell.

"Eram muito amigos, Cleland e Cannon", diz o conde. "E talvez *mais* do que amigos, se entende o que digo. Contudo, tiveram um desentendimento amargo. É uma história triste."

"O que aconteceu?", perguntou Érico.

"John Cleland voltou do exterior endividado e pediu dinheiro emprestado a muita gente, incluindo Thomas Cannon, mas terminou preso pelas dívidas. Na prisão, enquanto redigia seu *Fanny Hill*, mandou bilhetes ameaçadores a seu credor e agora ex-amigo, acusando-o de ser sodomita. O que não era nenhuma mentira, claro, mas Cannon o processou mesmo assim. Cleland acabou conseguindo sair da prisão, e por coincidência ambos publicaram suas obras no mesmo ano. Por estranho que pareça, o *Antiga e moderna pederastia* de Cannon, um tratado teórico em defesa do amor grego, passou despercebido, enquanto o romance de Cleland provocou aquele escândalo todo que o senhor já deve saber, enfurecendo o bispo, sendo acusado de provocar terremotos, e fazendo Cleland ser processado e voltar para a cadeia..."

"Sim, dessa parte estou bem a par", diz Érico.

"Já viu um balde de caranguejos, meu senhor, em que cada um puxa o outro para baixo? Por vezes, nossa pequena comunidade parece sofrer do mesmo mal."

"Por quê? O que aconteceu?"

"Cleland ficou rancoroso por ter sido preso outra vez, e então mandou uma carta ao juiz perguntando por que ele fora censurado e a obra de Cannon não, e assim *os dois* acabaram presos. Cannon pagou a fiança e fugiu do país por alguns anos... eu mesmo o ajudei nisso com minha experiência no assunto. E seu *Antiga e moderna pederastia* teve a tiragem toda destruída. Algum tempo depois, as acusações foram retiradas a pedido da sua mãe, e ele voltou ao país. Vive agora com ela em Windsor, em discreta reclusão."

Érico folheia o livreto e lê um trecho.

Um "desejo contra a natureza" é uma contradição em termos, que beira a falta de sentido. O desejo é um impulso amatório de nossas partes mais intrinsecamente humanas. Não serão, portanto, quaisquer que sejam, e por consequência, ímpetos da natureza?

"Que coisa triste", diz Érico. "E o que aconteceu com Cleland? Tentei falar com ele, mas me bateu a porta na cara assim que citei o *Fanny Hill*. Quando tentei abordá-lo numa cafeteria, só faltou me agredir a bengaladas. Me pareceu reticente e amargurado."

"Ele tem motivos para isso, não crê?", lorde Strutwell ergue os ombros. "Li seu livro, e creio sinceramente que é uma obra de grande valor literário, o contraste entre a elegância da escrita e a vulgaridade do tema... e cá entre nós, foi engenhoso da sua parte escolher uma mulher como protagonista, pois assim, ao tomar o ponto de vista dela, pode se deliciar com aquelas descrições tão vívidas e detalhadas de membros viris em diversas formas e tamanhos... um bom modo de falar das suas preferências sem levantar suspeitas. Mas eis sua tragédia: escreveu o maior sucesso literário do século e é o único que não pode ganhar um centavo com isso, pois o livro foi proibido e todas as edições que circulam são piratas."

"Ele não escreveu mais nada desde então?"

"Nada de relevância ou sucesso semelhante. Nenhuma das suas peças foi sequer encenada. Ele crê que os inimigos sabotam seus esforços. Outros dizem que nada do que escreveu depois foi realmente bom."

Érico guarda o livreto de volta à estante. Há um espaço vago reservado.

"Nenhuma coleção nunca está completa", diz o velho lorde. "Ainda quero encomendar uma pequena edição privada de uma obra chinesa chamada *As paixões da manga cortada*, e outra japonesa, intitulada *Nanshoku Okagami*, 'o grande espelho do amor masculino'. Mas antes preciso encontrar quem os traduza."

Érico olha para Gonçalo, que havia se sentado em uma das *chaise longues* debaixo dos janelões, o corpo reclinado com o braço solto por sobre o encosto, a mão áspera e forte caída com graça renascentista, observando a decoração com certo ar de enfado.

— Você parece mortalmente entediado, querido — diz Érico, aproximando-se.

— Ah, é um monte de livros em línguas que não consigo ler — Gonçalo sorri, complacente, e deixa que Érico afague sua cabeça. — Mas gosto de te ver assim, feito criança em loja de doces. Acho bonito.

— Posso traduzir para você — sugere Érico.

— É, pode ser — desconversa, e olha o dia lá fora. — Sou mais interessado em ver os jardins. Essa gente rica costuma ter jardins muito bonitos.

Lorde Strutwell tem muito mais do que um jardim, e sua propriedade não se chama "parque" à toa: há um bosque inteiro, com laguinhos, trilhas obscuras, patos e veados correndo soltos pela propriedade. Depois de tomarem chá com o conde ao meio-dia, os dois pedem instruções ao guarda-caças e cavalgam sozinhos pela propriedade até chegarem a uma clareira de capim alto, banhada pelo sol, ao lado de um laguinho.

Estão em outubro, o frio já intimida a ideia de um banho. Apeiam, estendem uma toalha sobre a grama e se deitam sob o sol morno. Gonçalo repousa a cabeça em seu peito e Érico fica acariciando seus cabelos.

— Te contei de quando te vi pela primeira vez? — pergunta Gonçalo.

— Sim, no clube de Lady Madonna. Você me achou um janota empoladinho...

— Não, digo, sim, mas digo antes, no baile. Naquela biblioteca de doces. Quando entrei e vi vocês dois, na hora pensei que... que vocês iam fazer algo que não deviam ali. Você e aquele Armando, vocês tiveram alguma coisa, não?

Érico confessa que sim, mas foi apenas um divertimento discreto para espantar o tédio naqueles primeiros dias na cidade, algo casual e sem nenhum envolvimento sentimental. Algo tratado com extrema discrição de ambos na embaixada.

O que não conta a Gonçalo é que a imagem do corpo de Armando, morto e glaceado em sua cama, o assombra desde então, uma lembrança mórbida pairando como uma espécie de punição aos dois, a ameaça silenciosa do conde.

— Mas então — retoma Gonçalo — eu te vi roubar aquele macaron, aí roubei o outro, e a gente ficou ali comendo e se olhando, e pensei... "eu e esse aí, bem que eu queria ver...". E depois você reapareceu do meu lado na mesma noite, como se meu desejo tivesse se realizado. E sabe, apesar de tudo de ruim que já aconteceu na minha vida, também teve muita coisa boa, e eu devia agradecer mais por isso. Me sinto mal por não ser mais grato, faz tanto tempo que não vou à missa que... — ele nota Érico suspirar. — Certo, não li todos esses franceses que você diz que ficam aí questionando a religião, não sou tão sofisticado como você...

— Gon, que bobagem, não diga isso, você só...

— Não, me escute. Não é que eu não me interesse pelas coisas que você gosta, eu gosto delas porque você gosta delas, entende? É o modo como você vê as coisas que faz com que eu as veja diferente também. Você faz tudo ser tão único e especial! E saber que você me olha e vê algum valor em mim fez com que pela primeira vez eu... eu sentisse... que eu valesse... — ele hesita e se engasga. Érico segura sua mão. Gonçalo ergue o rosto e se deixa tocar pelo sol. — Aquela capela em que esperei por você, lá na embaixada, eles rezam a missa em latim lá?

— Para que você quer uma missa em latim, Gon?

— Porque se vão rezar numa língua que não entendo, que seja ao menos numa que estou acostumado a não entender. Quero ir à missa para rezar e agradecer.

— Só falta dizer que vai se confessar ao padre também.

— Vou, ora. Confessar o que for pecado, como desejar que o conde morra. Nosso amor eu sei que não é, então não preciso confessar nada.

Érico se apoia nos cotovelos, desconcertado. Gonçalo se senta ao seu lado, ruboriza e desvia o olhar. Quando fala, é quase num murmúrio, com ares de teimosia.

— Eu imagino que você ache isso uma bobagem, mas é importante para mim.

— Eu não disse nada — defende-se Érico.

— É, não disse, mas pensou, que eu sei.

Religião era um assunto que ainda não haviam discutido, exceto pelos comentários irônicos de Érico a respeito. Julgava que Gonçalo não devia ter boa opinião da Igreja, depois do que a Inquisição lhe fizera.

— A palavra do Senhor é o perdão e o amor — diz Gonçalo. — E isso vale mais do que a opinião de qualquer padre que faz escondido o que nos outros condena.

Érico fica confuso e um pouco decepcionado. Não quer lhe dizer que acha aquilo tudo um simplismo tolo, mas ao mesmo tempo também fica enternecido por aquele desprendimento que ele próprio nunca conseguiria ter. O perdão não é um sentimento que se acostumou a cultivar. Que Gonçalo se disponha a perdoar quem tanto lhe fez mal, quem jamais reconhecerá a grandeza de seus sentimentos, é um testemunho de sua natureza intrinsecamente boa e amorosa.

— Você está olhando para mim daquele jeito... — resmunga Gonçalo.

— Que jeito? Não estou não, eu...

— Está sim. Daquele jeito que você olha para as pessoas quando acha que elas são burras. Só porque você não acredita não significa... não significa que não seja importante para os outros... e eu.... — Gonçalo espreme os lábios, seus olhos ficam úmidos. — Eu não sei dizer as coisas do jeito como você diz, mas não quer dizer... que eu não penso nas coisas, está bem? Eu penso bastante, só não sei como expressar as palavras certas... não sou um grosseirão, eu... bem, às vezes eu sou sim, mas só às vezes.

Ele funga e vira o rosto, limpando os olhos com as costas das mãos. Érico o abraça e beija seu rosto, e lembra que Gonçalo tem só dezenove anos. Ele mesmo, afinal, não é tão mais velho assim, não passam de dois garotos apaixonados, ainda muito jovens para aprender a lidar com seus sentimentos. Quando se aprende como dizer a alguém que basta olhar em seus olhos para saber que, dali por diante, sua vida ficará incompleta sem tê-lo a seu lado? Que escutar sua voz faz sua alma derreter e escoar pelos poros em deleite? Que não consegue conceber mais a si mesmo sem sua companhia? Só há uma forma de dizer, e Érico diz. Tinta ao chumbo, chumbo ao papel: bate o clichê.

— Eu te amo, Gon.

— Também te amo, Érico. Mas pensei que dizer isso fosse provinciano...

— Então sejamos elegantes e falemos em italiano: é *cafone*.

— Acho que falar em estrangeiro para parecer elegante é ainda mais provinciano.

— Que seja. Os ingleses nos tomam todos por selvagens mesmo.

Os dois riem. Érico aponta o laguinho.

— Eu prometo que vamos voltar para cá no verão — diz ele. — E vamos nadar naquele lago. E depois vamos nos deitar aqui e fazer amor sob o sol, até ele começar a enrubescer e se esconder de nós.

— É uma promessa promissora. Vou cobrar.

As luzes de Kenwood Park se acendem. Diferente dos portugueses, que fazem do jantar ao meio-dia sua refeição mais importante, esta para o inglês é a ceia, servida ao fim da tarde. Os dois descem de seus quartos já vestindo seus melhores trajes. Ao cruzar caminho com lorde Strutwell, Érico o chama à parte e revela sua intenção de fazer uma visita surpresa ao conde de Bolsonaro depois do banquete, batendo em sua porta alegando um motivo qualquer, e lhe cobrar a entrega das promissórias. Maria e Gonçalo estarão junto, de modo que não correrá riscos indo sozinho.

"Highgate não é muito longe daqui, suponho?"

"Não muito, mas esse conde não é o tipo de pessoa do qual busco me aproximar, como pode imaginar. Agora, Érico, meu caro...", diz Strutwell, que o toma pelo braço com os modos condescendentes de um avô bondoso a distribuir conselhos. "O que fez naquela ópera foi uma bela demonstração de coragem, mas não brinque com a sorte. Esse conde italiano, ou espanhol, que seja... ouvi dizer que é ligado àquelas detestáveis Sociedades para a Reforma dos Costumes, sabia? É verdade que hoje em dia não nos incomodam como no passado, porém... eu próprio já precisei subornar muitos bolsos para que deixassem nossa gente em paz, principalmente no Libertino da Lua. Você pode estar atraindo uma atenção indesejada para si."

"Não se preocupe, senhor. Sou precavido".

"Mesmo assim... pela amizade que tenho por você, aceite este conselho: vá armado. Você tem uma arma? Há uma bela coleção nesta casa, em algum lugar... Mr. Lanyon poderá lhe mostrar. E use meu coche, sim? Há um compartimento debaixo dos bancos onde pode ocultá-las."

"Aceitarei de bom grado sua oferta, milorde."

Os dois entram no vistoso salão de jantar, decorado com as coleções de arte antiga e pinturas do conde, sendo a peça de maior destaque uma estátua de Antínoo esculpido ao estilo dos *kouros* grego, que o conde mandara trazer do Egito. O mordomo anuncia que o banquete terá três serviços de pratos, mais a sequência de sobremesas, e o serviço será à *la française*. A lareira acesa aquece o ambiente e lorde Strutwell, como anfitrião, senta-se de costas para ela. O lugar de cada um dos demais é marcado à mesa por um prato de prata acompanhado de uma abundância de talheres.

A doce ironia: no Brasil, onde quase não há talheres e se costuma comer com as mãos, Érico era visto como esnobe apenas por saber usar garfo e faca; agora, diante daquele esbanjamento de prataria, fica confuso com a quantidade de peças e é Gonçalo, que está há mais tempo na Europa e muito já serviu mesas, quem murmura conselhos: use-os na ordem, de fora para dentro, conforme virem os pratos.

Sobre a mesa, tudo é simétrico e especular: no centro, há um triunfo de porcelana em estilo rococó, cujo topo é coroado por arranjos de flores e frutas, ao seu redor tendo dispostos saleiros, terrines de patê e sopeiras de faiança com *oilles*. Todos se sentam, puxam os guardanapos e os prendem às gravatas — exceto, claro, por Maria, que o prende no decote. Vem o primeiro serviço: sopa Juliana e sopa à *la reine*, e mais pratinhos de diversos *hors d'oeuvres*.

"Capitão, conte-nos as boas notícias", pede lorde Strutwell.

"Oh, sim, tenho mesmo uma novidade para anunciar", diz o capitão Whiffle. "Depois de vários anos de serviços à Marinha de sua majestade, ingresso agora na Companhia das Índias Ocidentais. Um novo navio, com tripulação e oficiais escolhidos por mim."

"Já era tempo de Phillip ter o devido reconhecimento", diz Mr. Simper, sempre zeloso. "Depois de dar o sangue pelo rei em Lagos e na baía de Quiberon, e ser desfavorecido apenas por... hmm."

"Por ter bom gosto no vestir e modos mais educados do que a maioria dos capitães", completa o próprio Whiffle, "bem como, diga-se de passagem, um currículo impecável em batalha. Há aqueles para o qual bravura e coragem não se provam pela competência profissional, apenas no falar alto e bater na mesa. E eu me recuso a ser assim e... ora, águas passadas. O que importa é que tenho um navio novo."

O inglês de Gonçalo ainda é um trabalho em andamento, ele entende parte da conversa e o resto Érico vai traduzindo. E perguntou, por curiosidade, como era este novo navio que o capitão comandaria.

"Ah, ela é fantabulosa", diz Whiffle, com um brilho jovial nos olhos, enquanto os criados já recolhem os pratos e colheres. "Foi armada para escoltar as naus de carga da companhia. E uma das vantagens de ter amigos bem posicionados foi a de poder acatar a sugestão da sua senhoria, milorde, e selecionar pessoalmente cada tripulante e oficial pelos meus próprios critérios. Partiremos em breve para a América, e devemos estar de volta no início de março."

"Se é o que estou pensando, adorarei saber o resultado", diz lorde Strutwell.

Antes que mais explicações sejam dadas, são interrompidos pela entrada de Mr. Lanyon conduzindo um pomposo séquito de lacaios, em librés impecáveis, trazendo o segundo serviço: duas travessas ovais com faisões assados *a la mongela*, recheados de patê de fígado gordo e toucinho defumado e guarnecidos com *coulis* de vegetais. As sopeiras são retiradas e em seu lugar entram *relevés* de linguado e salmão, mantendo a disposição simétrica sobre a mesa.

— Não se serve salada nesta casa? — murmura Gonçalo.

— Gon, essa gente não come salada — explica Érico, constrangido. — Aqui tudo o que vem da terra é considerado vulgar, comida de camponeses pobretões...

Gonçalo revira os olhos e murmura:

— Na Itália serviam saladas...

Érico ergue os ombros, como dizendo "não fui eu quem fez as regras". A conversa à mesa prossegue, falam agora da tripulação e dos critérios de seleção desta.

"O Batalhão Sagrado de Tebas!", empolga-se Strutwell.

— O que isso quer dizer? — pergunta Gonçalo.

"Estou à deriva nessas águas também", resmunga Fribble, "as meninas mais estudiosas e cultas poderiam explicar a nós, pobres iliteratas?"

"Ah, isso eu posso explicar...", diz Érico. "O Batalhão Sagrado de Tebas foram trezentos hoplitas tebanos composto de casais de homens que tivessem trocado votos de amor. Na Batalha de Tegira, derrotaram sozinhos mil espartanos, e, mais tarde, tal foi sua vitória sobre Esparta que encerraram seu domínio sobre a Grécia. A ideia por trás de um exército de amantes era que estes seriam invencíveis porque jamais cederiam à covardia — pois um homem apaixonado suporta qualquer coisa para que seu amado não o veja depondo armas ou abandonando seu posto, mil vezes preferindo morrer na glória da batalha do que deixar o outro para trás ou desprotegido. É a força que Eros dá aos apaixonados", conclui Érico.

Ao fim, há suspiros emocionados entre todos, mas Gonçalo o encara de um modo muito sério e reflexivo. Aquilo parece fazê-lo mergulhar em uma reflexão profunda.

De tanto falar, Érico fica com a boca seca e pede vinho. Um lacaio traz a bandeja com um cálice e dois jarros de basalto negro. O primeiro jarro tem o bico ornado com uma figura de Baco, para o vinho; o segundo, a de Netuno, para a água, para que os convidados diluam a seu gosto, como é de hábito.

"Eles foram invencíveis, então?", pergunta Mr. Moggy, o advogado.

"Bem, não para sempre", diz Érico. "Foram derrotados depois por Alexandre."

"Mas por uma questão de tecnologia, não de bravura", lembra lorde Strutwell, outro aficionado por história militar. "As falanges macedônicas usavam sarissas, lanças muito mais longas do que as dos hoplitas tebanos."

"Ah, bem que eu desconfiava", conclui Fribble, "que o 'grande' de Alexandre era o comprimento da lança. Mas se era para essas fanchas serem derrotadas, melhor que tenha sido pela maior conquistadora dentre todas, não?"

"Desculpe, mas essa com certeza foi Julio César", propõe lorde Trip, o político. "Que, quando sequestrado por piratas, apelidou-se de 'Rainha da Bitínia'... E ainda adotou como filho aquele marmanjo, Brutus..."

"Para depois ser morto por ele com uma facada nas costas", completa Sir Dilbery Diddle, seu colega no Parlamento. "História que, aliás, muito se repete com quem escolhe seus amores sem critério."

"Mas e Frederico II, da Prússia?", lembra Érico. "Já há quem o chame de 'o Grande', e digo que o merece, pois o uso que fez da ordem oblíqua na batalha de Rossbach foi coisa de gênio, de dar inveja aos antigos..."

"Dizem que sua coleção de arte pederástica é enorme", observa Billy Loveman.

"E que passa em revista toda a soldadesca de Berlim", complementa Fribble.

"Quem, Frederico?", resmunga lorde Strutwell. "Bah, um autômato, como todo alemão, sem a sensibilidade e o apetite mediterrâneos. Compará-lo a Césares e Alexandres é uma heresia. E esta guerra, senhores, esta guerra absurda… melhor voltarmos ao passado, pois os dias atuais não merecem nossa atenção."

Volta o séquito de criados. Nenhum prato parece ficar à mesa mais do que quinze minutos. Érico estranha que ninguém mais fique deslumbrado por aquele constante balé de lacaios ao seu redor, o tirar e botar de pratos e o vaivém dos serviçais com novas travessas, criando sobre a mesa uma paisagem em constante mutação. Entra o terceiro serviço, um pernil de vitela marinado com endívias, com dois pratos de carne de caça e dois com salada, sempre mantendo a simetria na mesa.

— Enfim salada — diz Gonçalo. — Sorte minha esse seu conde ter gostos italianos.

— Ele não é "meu" conde — Érico sente a provocação.

"Mas continue, capitão", pede lorde Strutwell. "E sua tripulação de fanchonos?"

"Bem, não é exatamente algo de conhecimento público, claro…", explica Whiffle, "mas tampouco foi tarefa difícil, pois não é como se estivessem em falta na Marinha. Foi preciso apenas descobrir quais eram os casais, o que requer discrição, claro, e avaliar seu histórico e o caráter. Selecionei pessoalmente cada par. É claro que sodomia e embriaguez ainda são puníveis pelo código da Marinha, e afinal comando uma nau de guerra, não um bordel. Mas também não é como se fôssemos amarrá-los dentro de sacos com pedras e jogá-los ao mar, como fazem os holandeses. Confiança e tolerância, senhores. E também ter um imediato de pulso firme, que mantém os rapazes na linha."

"E qual será, capitão", pergunta Maria, "a figura de proa escolhida para o navio?"

"Ai, senhorita", o capitão Whiffle enrubesce, "sabe como os marinheiros são dados a obscenidades... não ouso descrevê-la na frente de uma moça de família."

"Ora, capitão, estamos entre amigos, e não sou nenhuma freira."

"Bem, é um... um quilhão alado."

"Um quilhão?", ela não compreende.

— Um vergalho — explica Érico, constrangido. — Uma natura, um membro viril...

— Uma piça — simplifica Gonçalo — com asas.

— Ah, um *passaralho*! — ri Maria.

"Não sabia que existia nome para tal coisa", diz Whiffle.

"Em Portugal, quando as moças vão se banhar em rios", explica Maria, "as amas dizem, 'não tomem banho desnudas, meninas, ou virá voando o passaralho e lhes deixará com barriga'. Creio que seja mais fácil do que explicar como nascem os bebês."

"Você está ficando informada *demais*, querida", diz Fribble. "Logo será você quem nos estará ensinando uma coisinha ou outra."

"Ora, não se faça de pudibunda, sua fingida", retruca Maria, e continua: "E com tal figura de proa, qual será o nome deste navio indiscreto, capitão?".

"Ah", o capitão Whiffle suspira, "o nome dela é *Joy Stick*, querida."

"Ela?", estranha Maria.

"Em inglês, os navios são tradicionalmente tratados no feminino", explica Érico.

"Sim, mas neste caso 'ela' vai ter um falo no meio da quilha."

"Algumas excelentes damas que conheço também têm", retruca Fribble, provocando gargalhadas à mesa.

Os lacaios recolhem os últimos pratos, e são enfim trazidas as sobremesas. Érico puxa o relógio de bolso e verifica a hora, trocando olhares com Maria e Gonçalo. Fribble nota que há algo secreto entre os três, mas finge não perceber. Tão cedo surge a ocasião — quando lorde Strutwell anuncia que passarão à biblioteca para os licores —, Érico murmura algo no ouvido de seu anfitrião, que passa instruções ao mordomo. Com Maria e Gonçalo, saem os três à francesa, direto para o coche nos estábulos. É chegada a hora de entrar em ação.

16.
Merryland

Noite. A berlinda negra cruza veloz a estrada que liga Hampstead à Highgate, com Érico no assento do cocheiro atiçando os animais, Maria e Gonçalo em seu interior.

— Conheço Érico há duas semanas — diz Gonçalo. — E parece que são dois anos.

— Ele é um tantinho intenso, não? — observa Maria.

— Me pergunto se ele já teve algum dia comum. Do tipo em que se dorme até tarde e passeia pelo parque, sem se envolver com gente armada de espadas ou pistolas.

— Dias comuns são para pessoas comuns, querido.

— E nós não somos pessoas comuns?

— Qual foi a última vez que se sentiu absolutamente comum?

Gonçalo ergue os ombros. A berlinda para em frente a um portão de ferro trabalhado, única passagem em um muro alto e coberto de hera. Érico desce e abre a portinhola do coche para os dois desembarcarem. Gonçalo ficará a postos no assento de cocheiro, com os cavalos prontos para partir a qualquer momento. Érico e Maria se dirigem ao portão. Está entreaberto e não há porteiro. Acima, em letras de ferro fundido, o nome daquela propriedade: MERRYLAND.

Percorrem uma trilha por entre árvores e arbustos, o chão coberto de folhas mortas, onde podem ver marcas recentes de muitas rodas. Os jardins estão malcuidados, tudo parece decadente, inclusive o casarão de dois andares, que surge no meio de uma clareira entre as árvores. Há luz saindo de algumas janelas. Chegam diante da porta e puxam o cordão da sineta de campainha. Passos se aproximam, a porta se abre.

E Maria aperta a mão de Érico com tanta força que dói.

"Pois não?", pergunta um brutamontes de sotaque russo cuja figura é mais adequada a um estivador do que a um mordomo. O homem olha de um para o outro sério e impassível, o rosto cheio de marcas de varíola. Érico espera de Maria que faça sua pequena encenação, mas ela está imóvel. Cabe então a ele dizer algo.

"Vim ver sua senhoria, o conde de Bolsonaro."

"Ele o aguarda?", o mordomo pergunta desconfiado.

"Ele me espera amanhã, e será amanhã em poucas horas. Sou o barão de Lavos, esta é a senhorita Maria Fernanda Simões de Almeida, sobrinha do embaixador de..."

"Oh, barão, pelo amor de Deus!", diz Maria, finalmente despertando para o personagem que deve interpretar. "Estou *tão* cansada, *preciso* de uma xícara de chá. Não é possível que seja tão pouca a hospitalidade dessa casa que não se disponham a oferecer uma mísera xícara de chá!"

O mordomo parece ficar confuso. Por fim cede, abrindo a porta para que entrem. O saguão de entrada é dominado ao fundo por duas lareiras separadas por uma porta alta e ogival, acima da qual há uma panóplia de rifles e lanças.

"Aguardem aqui", grunhe o mordomo, e sai.

— O que houve com você? — Érico resmunga. — Dormiu em pé?

— Érico, é *ele*... — ela murmura, apavorada. — O homem do barril.

— Qual barril? O de Armando? Tem certeza? Será que ele a reconheceu?

— Não sei, não tenho como dizer. Mas tenho certeza de que é ele — ela põe a mão ao peito, tentando conter a ansiedade. — O que faremos? Talvez seja melhor ir embora.

— Calma, agora já estamos aqui. Você é a sobrinha do embaixador, e eles sabem disso. Você mais do que ninguém estará segura aqui. E além disso... minha Nossa Senhora, mas o que é tudo isso?

Não havia dado atenção ainda às pinturas no saguão de entrada, e agora que o fez, fica um pouco perturbado: é uma sucessão de pinturas de santos católicos retratados em pleno martírio. Ali está santo André crucificado em X, santa Inês com a espada atravessada na garganta, são Simão serrado ao meio, são Bartolomeu esfolado vivo e segurando nas mãos a própria pele, são Pedro crucificado de cabeça para baixo, santa Doroteia decapitada e santo Estêvão apedrejado. O que Gonçalo diria de sua fé se visse aquela seleção de pinturas horríveis? Vem à sua memória uma observação do Milanês: de que uma mesma informação, quando disposta ou rearranjada de outra forma, adquire novo sentido. A religião é como um espelho, cujo reflexo entrega o que cada um busca para si. E onde uns baseiam sua fé no perdão, outros enxergam apenas punição, dor e sofrimento — de preferência dos outros, como deve ser o caso de quem mora ali.

— Agora sei de que vivem aqueles pintores baratos de Covent Garden — diz Maria.

— Como assim?

— Ora, olhe as proporções erradas, o estilo tosco... E aquele ali é cópia de um que vi na casa de Lady Pumphrey, quando ela ainda me recebia. Cópia malfeita, aliás.

A porta abaixo da panóplia é aberta e o conde de Bolsonaro entra acompanhado do mordomo. Veste uma sobrecasaca marrom repleta de pequenos e delicados *rocailles* bordados, o que lhe dá uma aparência escamosa, quase réptil. Seu rosto está tenso como sempre: a metade imóvel parece agitada por um leve frêmito, como a conter uma explosão de raiva. Mas, quando fala, sua voz soa tranquila, melíflua.

"Sua senhoria, que visita... curiosa, para dizer o mínimo."

"Meu senhor", Érico finge alegria ao vê-lo, "espero não ter vindo em má hora, mas estávamos voltando a Londres vindos de Kenwood Park, e creio que a condição deplorável em que os ingleses mantêm suas estradas fez o pior pelos nervos da srta. Simões de Almeida. Então me lembrei de que estávamos perto das suas terras e pensei: já que estamos por esses lados, por que não resolver logo a questão das promissórias, enquanto Maria descansa um pouco? Afinal, será sábado em questão de algumas horas.

"Compreendo", o conde de Bolsonaro respira fundo, parece hesitar, então sorri: "Mas claro, é uma excelente ideia, pois assim matamos dois coelhos com uma cajadada só, não é mesmo? Contudo, estou recebendo visitas no momento, e se não se importarem de aguardar um pouco...". Volta-se para o mordomo. "Creio que já conheceram meu criado, Kroptopp. Ele os conduzirá até a saleta de chá no segundo piso, se puderem aguardar lá. Agora, com sua licença", faz uma mesura e sai.

Kroptopp pede que o sigam. Abre uma porta dupla para a ala leste, que é contornada do outro lado por um par de armaduras medievais. É uma casa estranha: há ali um segundo saguão, dominado pela grande escadaria que leva ao piso superior em dois lanços alinhados às paredes. Eles são ligados, na curva, por um patamar intermediário, onde se impõe uma imensa estátua de Vênus, com detalhes em prata, erguendo nas mãos o globo terrestre. O parapeito da balaustrada é pontuado por bustos dos reis espanhóis da dinastia Bourbon. Enquanto sobem os degraus atrás do mordomo, Érico não deixa de perceber que os bustos são todos de gesso, como também a Vênus, pois a tinta prata já descasca nas bordas. Ao subir, cruzam com dois criados descendo, e apesar das elegantes librés, ambos têm aparência desagradável, maltratados de sol e mar.

Chegam ao topo. Ali no primeiro piso, a galeria superior que leva à ala sul é aberta no lado do vão da escadaria. Érico espia de canto de olho os dois criados lá embaixo, e um deles olha de volta para ele — estaria enganado, ou viu brilhar um olho de vidro?

Enquanto seguem o criado, Érico para diante de um grande espelho oval e finge ajustar o jabô no pescoço: olha para o lado norte, onde a galeria se fecha em um corredor. Ali há uma porta dupla ladeada por plintos com vasos, de onde vê saírem outros dois criados, que não chaveiam a porta: um é careca e tem o rosto manchado, com brincos de argola nas orelhas; o outro é caolho e não usa camisa por baixo da libré, exibindo no peito musculoso a tatuagem de um monstro marinho. Olho de vidro, cara de mau — há algo de muito estranho naquela criadagem. Kroptopp pigarreia, e Érico volta a segui-lo na direção oposta, entrando em uma saleta de chá com janelas voltadas para leste.

"Esperem aqui", diz o mordomo, em tom de comando, mas antes de sair hesita, parecendo ter esquecido algo; então força um sorriso pavoroso e pede: "Por favor".

Ele sai. Érico e Maria se entreolham.

— E então? — pergunta Érico.

— E então podemos ver que dinheiro não compra bom gosto. Parece que alguém pensou, "agora sou rico, preciso ter obras de arte", mas não sabe diferenciar o que é arte do que é só decoração. O que são aqueles bustos na escadaria? Que coisa fora de lugar. E os retratos no corredor? Nada é bonito, nada é bem-feito ou proporcional. Posso sentir um desprezo hostil pela arte em cada parede daqui.

— As estátuas e os bustos são todos de gesso — Érico puxa o relógio e vê a hora.

— Sim, e a criadagem? Percebe que aqui não há nenhuma mulher? Isso não é um estafe, parece mais uma tripulação... Érico, o que está fazendo?

— Me espere aqui — ele guarda o relógio e segue em direção à porta.

— Aonde vai?

— Fazer meu trabalho. Sou um espia, vou espiar. Não me demoro.

— E vai me deixar aqui? O que digo quando trouxerem o chá?

— Improvise. Diga que precisei fazer água e fui procurar o banheiro.

Ela morde o lábio, ansiosa. Érico lhe entrega sua pistola, pergunta se ela já usou alguma vez (já, mas faz tempo) e se ela sabe como recarregar uma pistola (não sabe). Ele mostra: primeiro é preciso se certificar de que o cão esteja abaixado. O polvorinho que lorde Strutwell lhes emprestara tem uma câmara que dá a medida exata de pólvora, uns vinte e cinco grãos. Deposita-se a pólvora, enrola-se a bala num pedaço de estopa, enfia-se a bala. Tira-se a vareta que está presa abaixo do cano, e com ela se empurra a bala até o fundo do cano. Guarda-se a vareta. Abre-se a caçoleta e enfia-se ali três ou quatro grãos. Fecha-se a caçoleta, e o cão é puxado. Está pronta.

— Lembre-se de uma coisa: mire no peito. É o modo mais garantido. Entendeu?

— Sim, mas... Érico? Por favor, tome cuidado, sim? Não crie confusões desnecessárias.

O corredor da galeria superior está vazio agora. Érico anda com passos leves até aquela portentosa porta dupla, encosta o ouvido (nenhum som), testa a maçaneta, abre, entra. É um cômodo amplo e espaçoso que funciona como escritório e biblioteca. Logo que entra, à sua esquerda, uma porta se comunica com o que supõe ser o quarto de dormir do conde. À direita há uma mesa de trabalho, muitos papéis soltos e um armário com escaninhos. Os janelões vão do chão ao teto e estão tapados por longas cortinas de veludo vermelho. Há castiçais acesos por todo o cômodo, sinal de que está sendo preparado para receber alguém. Nas paredes, mais pinturas de santos em martírio: são Felipe enforcado invertido, são Tomé apedrejado etc. Quem vive ali gosta de se cercar de imagens de violência. O que mais atrai sua atenção são as seis grandes prateleiras de mogno rentes às paredes, cada uma com algo em torno de duzentos livros. Érico se dá conta, porém, de que em cada uma se repete o mesmo sortimento de apenas três obras, em quantidades idênticas. São livros pequenos, in-oitavo, encadernados com capas em três cores: azul-marinho, amarelo-queimado e verde-escuro. E todos, sem exceção, com o mesmo título.

CATECHISMUS.

Pega um exemplar do azul e o traz à luz. Está em português, é *O sofá*, de Crébillon Fils. Este ele já leu: é sobre um cortesão condenado por um gênio a reencarnar sucessivamente como sete sofás, usados nos encontros amorosos de sete casais distintos, só se livrando de sua sina no dia em que um casal virgem fizer amor sobre ele.

Érico pega a edição de capa amarela: trata-se de *As joias indiscretas*, de Denis Diderot, sobre um sultão em posse de um anel mágico que faz os genitais femininos falarem e revelarem seus segredos, para surpresa de suas donas. Também está traduzido para o português, mas uma rápida folheada já revela diversos erros e falsos cognatos. Já as edições verdes são uma tradução do *Sodoma, ou a quintessência da devassidão*, de John Wilmot, que conhecera na biblioteca do conde Strutwell algumas horas antes.

Curiosamente, *Fanny Hill* não parece ter sido reimpresso. Érico então vasculha os papéis e as gavetas na escrivaninha. Encontra as várias promissórias que o conde vinha conquistando de suas vítimas no jogo, os manuscritos de *O trovão da razão* e do *Tratado sobre cabras e espinafres* e de um terceiro panfleto, ainda inédito. Há também uma pistola em uma das gavetas, carregada e já com pólvora presa na caçoleta. Érico tira a pólvora, e depois bate o cano na perna, até fazer a bala de chumbo cair. Em seguida, guarda a pistola de volta no lugar.

Nota algo que quase passara despercebido: cada uma das seis estantes apresenta uma plaquinha de latão com um nome escrito, que lembra as placas postas no depósito dos navios para organizar o destino de cada parte da carga. A primeira é um nome de santa: Nossa Senhora de Belém. Que peculiar. Na estante seguinte, outro santo: São Luís. Qual será o sentido disso? Mais um santo: São Salvador. E logo a seguinte: Santo Antônio de Recife. É quando se dá conta de que não são nomes de santos. A seguinte: São Sebastião do Rio de Janeiro. E por último: Vila Rica.

Um arrepio percorre sua espinha. Aquela listagem dá conta das principais cidades da América portuguesa, do Norte ao Sul da colônia. Um plano de distribuição de livros que lhe parece mais com um plano de invasão. Mas como?

«How big it is? It has to be big, you know. Are you sure it will fit?»

Distraído, não ouviu as vozes até que estivessem muito próximas, do outro lado da porta. Parecia ser a voz do conde. Do que falava? Não havia prestado atenção. Érico olha ao redor: esconda-se, rápido! Mas onde? Tenta a porta lateral que se comunica com o quarto. Está trancada. A cortina? Muito shakespeariano, mas talvez sirva aquela no canto escuro, longe da luz de castiçais e espelhos. Se serviu à Polônio... basta não ter o mesmo fim. Entra atrás dela e fica imóvel.

A porta se abre, as vozes entram antes de seus donos. Érico descobre que, de onde está, pode também ver sem ser visto. Quem entra primeiro é o valete, Jockstrap. Logo atrás vêm o conde de Bolsonaro, a sra. Bryant e o velho inglês, Roger Pheuquewell, depois do qual Jockstrap fecha a porta e se junta ao grupo com passos trôpegos. O conde de Bolsonaro lhe parece diferente agora: mais relaxado, sem a tensão habitual. Está entre amigos e, desfeito de sua máscara, fica livre para ser ele mesmo.

«Well, sire, we can honestly say that the Cock was the biggest available. I'm sure will be fit for it», diz Jockstrap.

Do que ele estava falando? Galos? Diabos, Érico, se concentre! Talvez queiram recuperar o prejuízo com apostas? Voltar suas trapaças para as rinhas de galo, agora que ninguém mais irá recebê-lo nas mesas de carteado da cidade? Faz sentido, deve ser uma das poucas opções que lhe resta. Érico então se concentra em ouvir o que dizem.

"Esta 'arma', como o senhor chama...", diz a sra. Bryant, "estamos falando da mesma coisa, correto? Daquela que está lá embaixo, no porão?"

Sua voz tem um tom grave, meio rouco (será que ela fuma)? Revela também um sotaque estrangeiro (francesa?). Ela lhe parece ser em tudo furtiva, e mesmo agora está posicionada em um canto mal iluminado, de costas para ele. Mas há certa jovialidade nela, apostaria sua idade em torno dos trinta anos. E, quando fala, o faz com autoridade quase militar, tratando os homens ali de igual para igual.

"Vai continuar funcionando, quando a reposicionar num espaço tão... instável?"

"Garanto que sim", responde Pheuquewell. "Já fiz isso antes, anos atrás."

O conde de Bolsonaro vai até a escrivaninha e abre algumas gavetas.

"Reinaldo, o que está fazendo?", pergunta a mulher.

"Tenho que me livrar daquele português de merda logo de uma vez."

"Sim, o quanto antes!", resmunga Pheuquewell. "Não quero saber de fanchonos aqui dentro da minha casa!"

"*Sua* casa?", Bolsonaro ergue a sobrancelha.

"Se a comprou com meu dinheiro, conde, eu a considero minha", retruca o inglês.

"Você é um investidor aqui, Roger, não um proprietário. Não se esqueça disso."

Batidas à porta. É Kroptopp quem surge.

"Ele chegou, senhor", diz o mordomo.

"Que entre."

Érico tinha suas desconfianças, que agora se confirmam. Era bastante óbvio que, se o conde foi atrás de Armando, era porque alguém contou de sua cumplicidade com Érico na trapaça das cartas. Imaginou que poderia ter sido o próprio Beckford — o poder ilimitado, a ambição titânica, o açúcar... mas toda dúvida se dissipou na noite da ópera, ao ver a sra. Bryant no camarote do conde. Pois lembrava com quem ela estava durante o baile: a mesma figura que agora entra na sala — cabeça oval, grandes olheiras, o bigodinho ridículo sobre o lábio superior —: ninguém menos do que o embaixador da Espanha, o conde de Fuentes.

"Acabo de receber uma carta do continente", diz ele, com ares de preocupação. "Os russos entraram em Berlim, mas Frederico já se mobiliza para o contra-ataque. Não ficarão lá por muito tempo."

"As idas e vindas daquele sodomita alemão não nos afetam", diz Bolsonaro. E, virando-se para Roger Pheuquewell: "É um sodomita, sabia? Vive cercado de poetinhas, escritores, essa porra de gente toda. A Europa toda sabe. O pai dele sim, foi um grande homem. Duro e rígido, másculo como se deve ser. Eu o servi por algum tempo, muitos anos atrás. Enfim, deixe os russos e os prussianos se matarem. Nossos olhos estão na América". E para a sra. Bryant: "Quanto tempo até termos o galo?".

"O galo estará pronto até o fim do ano", responde ela. "Mais dois, talvez três meses na ilha dos Cães. Creio que em abril o terá em mãos. Se cumprir sua parte, é claro."

"Abril? Ora, porra! Mas isso é só na droga do ano que vem!", protesta Bolsonaro.

"E ele será meu depois disso?", pergunta Pheuquewell.

"Quê? Ora, não, de modo algum. Continuará sendo nosso", diz a sra. Bryant. "Considere um empréstimo. Não me olhe assim, não fui eu quem pôs tudo a perder."

Jockstrap abre a boca para falar algo, mas desiste.

"Mas eu quero meu dinheiro de volta!", protesta o velho Pheuquewell.

"Devo lembrar que foram os senhores que vieram até nós, pedindo ajuda?", rebate a sra. Bryant, com frieza. "Nós somos seus credores, e não o contrário."

"De todo modo, Roger, *sua* operação também está saindo um pouco cara", lembra Bolsonaro.

O velho inglês resmunga e se resigna.

"Sim, todos nós temos nossos interesses aqui, e quando cada um tiver cumprido sua parte, este... 'consórcio transnacional' estará encerrado", diz Bryant, que se volta para Bolsonaro: "Seu rei terá o que quer e, pelo nosso investimento, receberemos nossa cota".

"Uma nova França Antártica", o conde de Fuentes resmunga ressentido.

"Ora, o que é para vocês uma cidade, em troca de um continente inteiro?", diz o velho Pheuquewell. "O rei dela ficará satisfeito, o seu rei ficará mais do que satisfeito, e o meu rei...", ele se volta para Jockstrap, "nosso *verdadeiro* e *legítimo* rei, bem, ele ficará satisfeito também."

"Não creio que precise lembrá-los", retoma a sra. Bryant, voltando-se para Bolsonaro e Fuentes, "de que nada disso deve ser tratado com o Chevalier d'Aubigny. Meu embaixador não está a par das minhas ações, e não deve estar."

"E quanto ao sodomita?", insiste o velho inglês. "Não quero aquele pederasta na minha casa, isso aqui é uma casa cristã, uma casa católica! Não admito fanchono fazendo fanchonice aqui."

"A quem ele se refere?", pergunta Fuentes.

"Aquele portuguesinho de merda com quem joguei cartas", diz Bolsonaro.

"O barão de Lavos?", Fuentes fica nervoso. "O que ele faz aqui hoje?"

"Eu havia combinado a data de amanhã como prazo para entregar as malditas promissórias", lembra Bolsonaro, "e receio que seja preciso pagá-lo. Ainda mais depois daquele vexame de Jockstrap na frente do príncipe de Gales. Do contrário, irão me negar crédito em toda Londres, e vamos precisar do dinheiro. Agora que sua senhoria tem me negado crédito…"

"Reinaldo, já fiz tudo que sua majestade me autorizou a fazer", rebate Fuentes. "Este plano todo… nada disso saiu barato."

"E quem é ele, afinal de contas?", pergunta a sra. Bryant, receosa.

"O barão? Um oportunistazinho de merda", diz Bolsonaro. "A Europa está infestada desses vermes, são como ratos, sabe-se lá Deus como se multiplicam."

"Devo me preocupar com ele?", questiona a mulher.

"Não, não. Já arranquei tudo que precisava saber daquele outro. Vocês sabem, o secretário de Martinho de Melo. Este que está aí não passa de um trapaceiro, outra porcaria de aristocrata português falido. Herdam os títulos, mas não tem um pêni no bolso; a Coroa não tem mais com que lhes pagar as pensões reais, e saem em busca de dinheiro fácil, como bela raça de trapaceiros que são todos os portugueses. Fui enganado naquela noite, e com seu consentimento, sua graça…"

"Que podia eu fazer?", defende-se Fuentes. "Não estava em meu poder…"

"Não importa", interrompe Bolsonaro, rude. "Quando tudo terminar, não irei embora desta cidade sem dar a paga que aquele pedacinho de merda merece. Aliás, não bastasse ser um maldito português do inferno, ainda por cima é brasileiro! O que só me dará mais gosto em matá-lo."

Armando, bendito seja!, pensa Érico. Mesmo submetido a sabe-se lá qual formas de tortura, teve forças para manter seu disfarce até o fim.

"Por que não o matamos agora?", sugere o velho inglês.

"É necessário fazer uso de tal violência?", o embaixador espanhol fica ansioso.

"A sobrinha de Martinho de Melo e Castro está com ele", lembra Bolsonaro.

"Matemos os dois", propõe Jockstrap. "Farei com que pareça um assalto na estrada."

"Cale-se!", rosna Bolsonaro. "Se tivesse feito seu trabalho direito e o matado na ópera, não estaríamos tendo esse problema agora. Só quero me ver livre dele. Depois, quando chegar o momento, nos preocupamos com esse serzinho insignificante. Agora... gostaria de agradecer a presença de todos os senhores neste... como a senhora o chamou? 'Consórcio transnacional.' Sra. Bryant, o generoso empréstimo que nos fez será inestimável; Roger, seus arranjos nos foram essenciais desde o começo, da ajuda na tradução à impressão, e quanto ao senhor embaixador...", Bolsonaro hesita, "bem, obrigado pela confiança em mim depositada, em nome de sua majestade católica."

"Senhor, e os portugueses?", é o mordomo Kroptopp quem pergunta.

"Ah, céus, sirva-lhes chá e diga para esperarem mais um pouco", diz Bolsonaro.

"Ainda acho que devemos matá-lo", insiste Roger Pheuquewell.

"Meu caro, quando chegar a hora de partirmos, vou cuidar pessoalmente para que aquele merdinha seja castrado", diz Bolsonaro. "Vou cortar seu membro à faca e fazê-lo engolir. E então outro barril de vinho chegará à embaixada deles."

Os seis saem da sala.

Érico espera um minuto e sai também. Percorre a galeria superior lembrando as palavras da sra. Bryant: "Esta arma que está lá embaixo no porão". Desce a escadaria, volta ao saguão de entrada e abre a porta debaixo da panóplia de armas, de onde o conde primeiro veio, ao recebê-los. É um salão de baile mal iluminado e sujo, com ares de abandono, papel de parede rasgado, e ocupado apenas por um velho piano. Vozes vêm da ala leste em sua direção. Érico se esconde atrás do piano e os vê passar. Os dois criados passam sem notá-lo, falando inglês com os tiques e gírias de marinheiros.

Sozinho outra vez, vai até a porta de onde vieram. É um corredor estreito, para empregados. No meio do caminho há uma porta à sua direita e uma escada estreita à sua esquerda. Abre uma porta e vê que ela dá para fora, para as cavalariças. A escada desce ao porão. Ele desce. Escuta o som distante e abafado de panelas, cheiro de carnes assadas e temperos, mas longe dali. Aquela sessão do subsolo parece abandonada. Encontra uma porta cujo batente diz: "Oficina – entrada restrita".

— Te peguei, desgraçado — murmura Érico, exultante.

Tenta a maçaneta, está trancada. Mas Érico não veio despreparado. Nos tempos como fiscal de alfândega, sempre lidava com quem dizia ter "esquecido a chave" de seus baús para não serem revistados. Tira do bolso da casaca uma gazua, que enfia no buraco da fechadura. Gira o pulso com cuidado. Estalos suaves. Um clique. A porta se abre.

Ali dentro há uma oficina tipográfica completa: prateleiras com bandejas e caixas cheias de clichês moldados em chumbo, a grande prensa tipográfica com a prancha e o trilho por onde corre o papel, além do próprio material que constitui a carne e o sangue da impressão: o papel guardado em pilhas, a tinta em potes. Há ferros de passar para secagem da tinta, mata-borrões, molduras de madeira com páginas compostas, uma dúzia de cordões estendidos pelo teto, feito varais, de onde folhas recém-impressas pendem secando. Érico pega uma delas e reconhece de imediato a tipografia Baskerville. São partes ainda não encadernadas de um novo panfleto sectário, em inglês: *The Earthquakers*. Em uma mesa encontra cópias em francês, *Les Provocateurs des Tremblements de Terre*. Há também em espanhol e, por fim, português: *Os incitadores de terremotos*. Lê um trecho:

*A mais exemplar punição deve ser aplicada aos que cometem
este crime, o mais horrendo e detestável de todos, pois, se deixados vivos, a ação dos sodomitas logo irá infectar toda a nação, e dali, carregada pelos navios, toda a humanidade, enquanto os que ficarem em terra treinarão mesmo as crianças a
praticarem este que é o mais abjeto vício. Se a justiça continuar
leniente, cedo chegará o momento em que a mulher se tornará
um elemento inútil da Criação, uma vez que o homem, sendo
naturalmente superior, terá encontrado em sua própria semelhança um suprimento de suas necessidades lascivas.*

Érico estufa as bochechas tentando conter a gargalhada, e
tapa a boca com a mão para não fazer barulho. Isso é sério?
O conde realmente acredita que a atração pelo mesmo sexo é
algo inato que pode ser despertado em cada um? Ora, o próprio Érico tem lá suas dúvidas se não é mesmo assim, como
crê já ter sido no passado, nas sociedades gregas e romanas.
Mas muito o surpreende encontrar tal fatalismo no conde, que
tanto os odeia. No fim, o que o conde teme e despreza é ser re-
baixado à mesma condição da mulher. Isso explica sua necessidade de reduzir os fanchonos a caricaturas, pois a simplifi-
cação grotesca desumaniza seu alvo e o distancia de si. Afinal,
nenhum inimigo é mais temido do que aquele que se crê estar
dentro de si mesmo. Continua a ler:

*Um velho provérbio me vem à mente: "Nenhum mal é feito se
uma boa criança nascer". É a ação natural do homem engravidar
a mulher, contudo somente um animal irá praticar... — enoja-
-me macular esta página com a mera menção do ato. A verdade
é que homens são duros, mulheres são sensíveis; homens são ati-
vos, mulheres são passivas. Homens pensam de modo funcional,
enquanto as mulheres, dominadas pela emoção, têm uma mente
que opera de modo decorativo. É por isso que os praticantes desse*

vício sujo são incapazes de satisfazer uma mulher, pois qualquer sombra de hombridade é diametralmente oposta às suas práticas. São eunucos impotentes, de forma que preferem cair em vícios praticados uns nos outros do que terem a macheza de tentarem algo para o qual são muito sensíveis.

A lógica do texto é confusa: se fanchonos são eunucos que não conseguem satisfazer uma mulher, então como satisfazem uns aos outros? Mas a essas alturas, já sabe que a prerrogativa desse tipo de panfletista é a de não carecer de coerência interna: "Se der cara eu ganho, se der coroa você perde".

Apenas por desencargo de consciência, Érico dá uma última olhada no texto:

Tal forma inferior de gente, dada a tais hábitos pútridos, encontra-se em toda sorte de classe social, às ruas, casas vazias, escritórios ou qualquer local que lhes for conveniente para suas intenções pervertidas; contudo, tal é a natureza de seu crime chocante que requer sempre o manto da noite, pois é por demais monstruosa para se demonstrar durante o dia. A podridão de seus sentimentos os leva, naturalmente, ao ódio, ao crime e à rejeição. Criaturas tais que, mais baixas do que cães, não merecem tratamento melhor do que o dado a animais. O pecado nefando é um crime à parte, merecedor de punição mais memorável do que o estupro e o assassinato, e aqueles que o cometem formam uma casta inferior dentre os homens. Uma punição adequada seria fazer-lhes como os maometanos fazem com seus ladrões, mas, em vez das mãos, ter-lhes os membros viris decepados e a ferida selada a ferro em brasa, a título de servirem de exemplo, e por fim a forca, para purgar a terra de sua existência.

Chega, é demais. Érico amassa o papel com raiva e o atira a um canto. É preciso se concentrar em seu problema imediato:

o que leva alguém tão moralista a editar e distribuir obras pornográficas? O que significa todo aquele esquema de distribuição? E como isso se relaciona com as ambições coloniais daquela gente? Seja lá o que esse Consórcio Transnacional planeje, não se invade uma terra só com livros. Ao menos não o Brasil.

A madeira range. Uma mão agarra seu pescoço com a força de um torquês, puxando-o para bem perto daquele rosto bestial cheio de marcas de varíola. Érico tenta se livrar da mão de Kroptopp, mas este o arremessa longe, contra uma mesa que se quebra ao meio. Kroptopp então o agarra pela gola da casaca, forçando-o a se levantar. O criado o imobiliza com uma chave de pescoço e o faz se virar, deixando Érico de frente para a porta. Há alguém ali parado observando tudo, segurando um castiçal aceso, que larga sobre um aparador.

— Sr. Borges... — diz o conde de Bolsonaro, em bom português. — Nem as regras menstruais de uma mulher surgem com tanta regularidade quanto o senhor cruza meu caminho.

"Falei que deveríamos matá-lo", resmunga Jockstrap, vindo logo atrás de seu patrão, também com um castiçal. "Me dê essa satisfação, senhor."

Kroptopp chuta as canelas de Érico, fazendo-o ficar de joelhos, sem aliviar o braço que quase o sufoca. O conde se aproxima, agacha-se e o encara com seu meio-sorriso.

— Desde quando você fala português? — grunhe Érico.

— Como eu lhe disse aquele dia, meu caro — diz Bolsonaro. — Somos ambos filhos da América. Muito já precisei lidar com sua gente desgraçada, e acabei aprendendo a língua. — O conde se empertiga, olha-o com desprezo e solta um risinho. — Admito que somos muito parecidos, você e eu. Com uma pequena e óbvia diferença, uma diferença que é tudo. Veja bem, quando Deus decidiu insuflar nossos corpos com nossas almas, ele nos fez homens, para controlar os desequilíbrios emocionais das mulheres; nos fez brancos, para subjugar as raças inferiores; e nos fez católicos, seguindo a única e verdadeira fé. Mas, como disse, com uma pequena diferença, uma diferença crucial. Ele fez com que *você* fosse falho. Minha alma, quando confrontada com desafios, resiste; a sua, não. Seu espírito é fraco, deformado. E assim a inversão degenerada que há em você cresceu e o consumiu por inteiro, a tal ponto que crê, de fato, que ela é sua própria natureza. Sua natureza! Que mãe ou pai pode ter orgulho de uma deformação assim? Isso não é natureza. Você sabe o que é isso, não sabe? É o Diabo. Ele tenta a todos nós, joga esposas contra maridos, escravos contra seus senhores, pobres contra ricos, hereges contra crentes. E quando ele não consegue, invade nosso próprio coração...

— Que tal dizer para seu cão de guarda aqui me soltar, e tratamos disso como cavalheiros?

— E por que eu faria isso, sr. Borges? Para tê-lo por aí, bisbilhotando pela minha casa? Pois bem, você descobriu meu passatempo. Gosto de escrever minhas opiniões, e quero ser lido. Seria estupidez não ter aproveitado isso, tendo essa minha "arma" à disposição. Se os ingleses são idiotas o bastante para garantir a liberdade de livre expressão, porque não a aproveitar, não é mesmo? Mas não tenho tempo para processos e libelos, por isso o anonimato. Nada que alguns subornos não resolvam, mas, como prezo muito a discrição, creio que você ultrapassou a fronteira do que posso tolerar. E como falei, também sei dos *seus* passatempos... sei um bocado sobre você, seu merdinha.

Érico tenta um protesto, mas Kroptopp aperta ainda mais a chave de braço.

— Você é só mais um português falido, um trapaceiro, e um so-do-mi-ta! — grita Bolsonaro. — Eu sei *tudo* sobre você, e você não sabe *nada* de mim! — Bolsonaro ri. — Esse *maricón* não é a coisa mais ridícula que já viu, Kroptopp?

O mordomo não entende português, mas, por profissionalismo, dá risada.

— Bem, meu caro barão, eu ia lhe entregar suas promissórias, ia mesmo — continua o conde. — Mas já é a terceira vez que você surge no meu caminho, e começo a desconfiar que não seja mera coincidência. Começo a crer que o senhor, na sua infinita estupidez, crê ter achado em mim uma fonte de dinheiro inesgotável, primeiro trapaceando para me roubar nas cartas, depois me constrangendo na frente de toda a sociedade, e agora vindo aqui, exigir o pagamento no meio da noite... imagino que pensou que, tendo descoberto um segredinho meu, poderia lucrar com isso, me chantagear...

O mordomo solta seu pescoço, mas torce seus braços, e Érico grunhe de dor. Não apenas a falsa confissão de Armando lhe dera um bom álibi, mas a falta de imaginação do conde, em sua prepotência, ajuda a completar o resto. Se entrar no jogo, talvez tenha alguma chance.

— Muito bem, você me pegou. Estamos quites. O senhor me tem à sua mercê. O que propõe? Que eu abdique das promissórias?

— Não, sr. Borges, eu proponho que morra — diz o conde, em tom casual. — Conhece o ditado "a curiosidade matou o gato"? Pois os anos no mar deram a Kroptopp uma mão muito firme. Ele é capaz de pegar um gato e, apenas lhe torcendo o pescoço, "pop!", a cabeça é separada do corpo. É uma coisa fantástica, volta e meia ele faz isso para entreter os rapazes. Quanto a mim, estou recebendo convidados, e não posso mais perder tempo com o senhor... — O conde saca uma pistola, larga-a sobre o aparador ao lado da porta e diz para o mordomo: — Essas mariconas adoram fazer drama. Quando terminar, faça parecer um suicídio. E você — aponta para Jockstrap: — Avise os rapazes que, se escutarem alguns gritos e um tiro, ignorem. Quanto ao senhor, barão: passar bem. Desta vez, foi realmente um prazer.

"E a garota?", pergunta Jockstrap.

"Hmm, é verdade", o conde pensa por um instante. "Aquela sua proposta de simular um assalto na estrada me soa mais interessante agora. Cuidaremos dela depois."

Bolsonaro sai, Jockstrap sai logo atrás. Porém o valete para na porta, hesita, volta para Érico e lhe acerta um murro no estômago que tira todo o ar de seus pulmões. Jockstrap dá uma risadinha e sai de vez.

A porta fica aberta, com um dos castiçais iluminando a oficina. Érico está a sós com o mordomo. Kroptopp torce seu braço e o atira contra a prensa tipográfica. Érico bate a cabeça e fica zonzo, mas pensa rápido: vê o ferro de passar ao seu alcance, pega e o atira contra o bruto. É inútil, como se lhe atirasse pão velho. Kroptopp recua um passo com o impacto, massageia o peito dolorido e fica irritado. Érico olha em volta em busca de outra coisa para arremessar, mas é tarde.

Kroptopp agarra seu pescoço com as duas mãos e aperta. O homem fede a gim e suor. Érico fecha os olhos e cerra os dentes com tanta força que sente como se fossem quebrar em sua boca, se debate, tenta lhe agarrar os olhos, mas Kroptopp apenas sorri, é como scr estrangulado por uma estátua viva. Érico sente o ar abandonar seus pulmões, a pressão sem fim pronta a esmagar sua traqueia, o fluxo do sangue na carótida interrompido. É questão de segundos até que perca os sentidos. Vê pontos luminosos, a vista começa a escurecer, a pulsação lateja cada vez mais lenta. Uma profusão de imagens confusas se forma em sua mente: grama, árvores, um jardim; o Davi de Michelangelo, um beijo trocado com seu primo à beira de um lago na Itália… as margens do rio Douro, a baía de Guanabara, o sorriso de Gonçalo, os amigos que deixará para trás em dois continentes, Maria, Fribble, Licurgo, Sofia… Sua mãe lhe servindo chá e dizendo que tudo vai ficar bem, uma xícara de chá põe o mundo no lugar.

Sabe agora que falhou, mas já não lamenta o próprio fracasso, está além da autocomiseração; pois ele teve Gonçalo, ele o amou e sabe que ao menos uma vez na vida foi igualmente amado, ninguém é um fracasso quando se tem a certeza do sentimento retribuído. Tudo está em seu lugar, o mundo estará em seu lugar, contanto que tenha uma xícara de chá em mãos. Cometera um erro terrível ao subestimar seu adversário, mas é preciso saber a hora de parar. É preciso saber a hora de sair de cena e aceitar os próprios limites. Às vezes, é preciso reconhecer o momento de abandonar uma narrativa e entregá-la nas mãos de outros.

17.
Fuga de Merryland

Sozinha com seus pensamentos, mas sem café. É inevitável que se ponha a pensar em Armando. Sente sua falta a cada instante, sente falta da habilidade natural que ele tinha em encontrar saídas elegantes de situações difíceis — o tipo de habilidade que parece faltar a Érico, com sua agitação de espadas e pistolas e cavalos, que arrasta tudo consigo. A pistola pesa em suas mãos. Não devia deixá-la à mostra, e se alguém entrar, o que pensarão? Esconde-a debaixo de uma almofada da poltrona. O que fará de sua vida agora, sem Armando? Voltar para Lisboa? Jamais! Recusa-se a ser como as outras mulheres portuguesas, enclausurada em casa, vendo o mundo pelas janelas, não conhecendo outros homens senão os de seu círculo familiar, e terminando por se casar provavelmente com algum primo, como é de hábito no reino. Com Armando ao seu lado, pôde se manter naquele delicioso limbo de bailes e saraus, afrontando costumes mesmo a custo de ir perdendo convites, ser a excêntrica do continente.

Mas tudo isso acabou, e a imagem do pobre Armando, glaceado e alvo como um mármore, vem à sua mente. Mais de uma vez se insinuou a intenção de casá-los, o que talvez tivesse funcionado melhor do que o imaginado — ouvira dizer que arranjos assim são muito comuns. Sim, teria sido um arranjo perfeito para ambos, mas era cedo ainda, e então o tempo passou, depois não se pensou mais no assunto e agora Armando se foi. Sim, teria sido um bom arranjo: cessariam as cobranças de suas famílias, estariam livres para viverem cada um sua própria vida... o que Érico pensaria disso?

Érico é diferente, ainda mais discreto do que Armando, tanto que no começo não fazia ideia de que ele fosse fanchono, mas ao mesmo tempo há nele uma confiança agressiva... algo que a faz pensar nos heróis atormentados dos romances ingleses da moda, morenos sombrios e melancólicos. O quão *exclusivo* será que ele é? Afinal de contas, não é nenhum eunuco. Ela costuma dizer que jamais se casará com um homem que a queira levar para a cama, e era este o plano original com Armando: um casamento por disfarce, que encerrasse as cobranças familiares de ambos os lados, e deixasse cada um livre para ir atrás de sua própria vida, seus próprios amantes. Mas Érico... Há o rapaz, Gonçalo, que é um doce, mas ele e Érico se conhecem há apenas duas semanas... se for assim, ela o conhece há *três* semanas, mais tempo, portanto. Érico talvez concorde que uma coisa não exclui a outra, homens e mulheres são naturezas tão distintas que, se ficassem juntos, nem sequer poderia ver isso como uma traição... ou seria? Há algo na imagem de dois rapazes bonitos apaixonados nos braços um do outro que lhe parece... excitante?

Passos se aproximam, a maçaneta gira, a porta se abre. Ela já está pronta a xingar Érico por aquela demora intolerável, mas não é ele quem entra e sim aquele homem bestial, o mordomo cujo rosto é marcado pela varíola. Nas mãos, traz a bandeja com bule e xícaras. Ele a encara, surpreso de vê-la sozinha. Olha ao redor da sala à procura de Érico, e seu rosto se torna feroz.

"Oh, o barão saiu para procurar o retrete, não se demora...", ela tenta explicar, mas Kroptopp a ignora, larga a bandeja em uma cômoda e sai apressado da sala.

A tranca é chaveada. Maria corre até a porta, força a maçaneta, mas é inútil. Está presa. Caminha em círculos pela saleta. Há a pistola, poderia tentar arrebentar a fechadura, mas isso chamará muita atenção. Terá de esperar Érico. Ele irá voltar, repete para si mesma. Ele precisa voltar. Sente-se, Maria. Acalme-se, Maria. A ansiedade faz suas mãos suarem. Caminha até a janela-guilhotina, abre e olha para fora, vendo a escuridão da noite virando madrugada. Que horas serão? O vento frio agita os fios de sua peruca. A altura não é muita, e se usasse aquelas cortinas para... ora, por que não? Mas a janela é estreita, e aquele maldito vestido de saia armada não passaria. O nervosismo a deixa com calor, o espartilho a sufoca. E se tirar a roupa? Não, não. Se Érico volta e a vê assim, imagine o escândalo!

É quando percebe alguém passando por baixo da janela, e reconhece a casaca branca. Numa espécie de grito sussurrado, ela chama seu nome.

Gonçalo está tão imerso em si que mal se dá conta do tempo. Na manga da casaca, guarda escondido um lenço que roubou de Érico, na primeira noite que passou em sua casa. Leva o lenço ao rosto e sente ainda traços daquele seu perfume e do cheiro de seu corpo. Tudo com Érico é tão intenso, tão rápido, uma confiança impulsiva que às vezes sente faltar em si mesmo, a coragem de agir apesar do medo das consequências. E ao mesmo tempo há outro Érico por baixo das roupas bem cortadas, que encontra em Gonçalo a fonte de sua segurança. Como é possível? Que ele próprio seja capaz de dar algo que lhe falta, isso o fascina. Érico conhece mais livros e músicas do que ele, é mais vivido e aculturado, na maioria das vezes parece estar um passo à frente, sabe sempre dizer quais músicas o farão chorar, quais livros agitarão sua alma.

Conclui que deve ser cauteloso no meio dessa gente, teme dizer algo tolo que o faça parecer inculto demais, jovem demais, não quer que Érico tenha vergonha dele. Mas não, também Érico tem suas fragilidades, as brechas em sua armadura bem cortada de cetim e veludo, um lado sensível e às vezes até assustado, suas pequenas manias, o modo calculado com que molha um biscoito na xícara de chá e controla o tempo certo até que o biscoito amoleça para enfiá-lo na boca. E, ao mesmo tempo, aquela força apaixonada e violenta, que irrompe do nada, capaz de duelar até a exaustão na ópera, ou de um vigor incansável quando os dois...

Algo vem pela estrada.

É um coche que, pelo garbo, deve pertencer a alguém importante. Vê o lacaio descer, abrir o portão, subir de volta e entrar. Os dois trocam um olhar rápido, Gonçalo assente. Olha rápido para a janela e vê que seu passageiro é um sujeito com cara de fuinha e um bigodinho ralo. O portão não é trancado depois de entrarem, e vê isso como um convite. Afinal, Érico e Maria estão demorando demais, de quanto tempo precisam só para pegar alguns papéis? Espere mais um pouco, não se afobe.

Os minutos passam. Não tem um relógio, mas certamente já é tempo demais, então decide: chega de esperar na berlinda. Verifica o freio da roda, salta ao chão e entra em Merryland. A trilha o conduz ao pátio frontal da mansão. No lado leste, há uma senda para onde a marca das rodas conduz, próximo de um bosquete de árvores baixas que oculta o muro. Deve ser o caminho para as cavalariças, e é para lá que ele se dirige.

Olha para cima, para aquele prédio incomum recortado contra o céu estrelado. Há luz em uma janela da frente, e alguém lá em cima o está observando. É então que escuta seu nome em um sussurro alto, de quem quer gritar sem chamar atenção.

— Gonçalo!

Ele reconhece Maria e ergue o braço em um aceno.

— Eu estou presa! — ela sopra.

— Hein? Como assim?

— Chavearam a porta!

— Onde está Érico? — pergunta ele.

— Não sei — ela olha para baixo, para a queda. — Vou pular! Me segure!

— Não! Sua louca, não faça isso! — Gonçalo ergue as mãos pedindo calma. Olha ao redor. Deve haver uma entrada próxima à cozinha, para entregas. Pode supor que seja perto do estábulo. — Espere, vou até aí.

Acompanha a fachada leste do casarão, janelas e mais janelas e nenhuma entrada à vista. Está próximo às cavalariças, onde um par de rapazes cuida dos cavalos. Por acaso, os dois são gêmeos idênticos e conversam distraídos. Gonçalo os interpela em inglês:

«*Where is the...*», faz um esforço, não sabe se está usando as palavras corretas, «*... the... servant's... kitchen?*»

Faz um gesto lateral deslizando a mão aberta no ar. Os gêmeos se entreolham.

«*The servant's entrance?*», corrige um dos cavalariços, e aponta: «*There*».

Agradece, e ao se afastar escuta sem entender os gêmeos falando entre si:

«*Those damn pirates they hired can barely speak English...*»

Gonçalo segue a indicação e encontra uma porta de madeira. Entra e fecha a porta atrás de si. Está tudo um breu ali dentro, mas logo vê a claridade de velas surgir do chão à sua frente, e compreende que se encontra diante de uma escada estreita. Vê duas pessoas subindo, e o que está mais à frente porta um castiçal com velas. Gonçalo recua para abrir espaço.

E se vê diante do próprio conde de Bolsonaro. Logo atrás está aquele valete que atacou Érico na ópera. Bolsonaro o encara em silêncio por um instante, e então diz:

«*If you hear someone scream, or maybe a shot, ignore it. It's nothing to worry about. Tell the boys to ignore it too. Do you understand?*»

Ainda que Gonçalo não faça a menor ideia do que o conde esteja dizendo, sua experiência em lidar com aquela gente o ensinou que, na maioria das vezes, a única coisa que esperam que seja dita é "sim, senhor", e felizmente essa é uma frase que ele sabe.

«*Yes, sir*», diz Gonçalo.

O conde e seu valete seguem caminho, sumindo no corredor. Gonçalo escuta o baque de algo pesado caindo lá embaixo, alguns grunhidos abafados, e desce as escadas.

Em um instante, tudo o que há à sua frente é a massa escura e volumosa do mordomo no lume trêmulo das velas, e no instante seguinte é como se Kroptopp tivesse sido atingido por um coche desgovernado, e um grito de raiva animalesca preenche a oficina. Vê Kroptopp ser derrubado, vê o braço musculoso que se ergue no ar e desce e sobe e desce e sobe e desce no ritmo de um cavalo a pleno galope, cada soco pontuado por uma palavra furiosa:

— VOCÊ. NÃO. VAI. MACHUCAR. ELE!

Érico custa um pouco a recuperar o senso de onde está e o que está acontecendo, a falta de ar o deixou tonto, estava prestes a desfalecer. Tateia o próprio pescoço, certificando-se de que está tudo no lugar, e engole em seco. Mas o que é aquele som úmido e repetitivo? Quando olha ao redor, vê Gonçalo montado sobre o peito de Kroptopp, os braços a subir e descer contra algo que, à luz de velas, não consegue ver bem, parece-lhe uma massa de carne e sangue no que um dia foi um rosto.

Érico segura o braço de Gonçalo.

— Gon... já chega! Não há necessidade, se acalme.

Gonçalo, o peito agitado com a respiração acelerada, olha o corpo caído a seus pés, as próprias mãos sujas de sangue, ao mesmo tempo horrorizado e maravilhado com a descoberta de sua fúria, eufórico demais para raciocinar direito. Tenta balbuciar algo, mas é calado pelo beijo apaixonado de Érico, que o segura pela nuca. Então se dão conta de que estão se beijando por cima do provável cadáver de um homem, e se afastam. Érico lhe parece perturbadoramente calmo.

— Ele... está morto? — pergunta Gonçalo, ansioso. — Nunca matei ninguém...

Érico olha o mordomo caído ao chão, imóvel, parecendo respirar com dificuldade. Não pode dizer com certeza, mas não quer assustar Gonçalo, e o impede de olhar também, ainda o segurando pela nuca e o fazendo encará-lo.

— Não olhe para ele, olhe para mim. Está tudo bem. Entendeu? Está tudo bem.

— Eu nunca... nunca matei ninguém... — murmura. Suas mãos tremem, e Érico as segura para acalmá-lo, manchando as suas também com sangue. — Que coisa horrível, não me sinto culpado, mas deveria, não deveria? Me sinto culpado por não me sentir culpado.

— Está tudo bem, Gon.

— Érico, você está bem? Você está estranho. Por que está sorrindo?

— Porque nunca estive melhor.

E é verdade, não consegue conter o sorriso, o brilho de calma e tranquilidade que sabe ser o prenúncio de uma tempestade. Não pode deixar de conter a agitação pulsando em seu sangue, a sanha violenta que parece despertar uma parte quase animal de si. Acabou de ter um vislumbre da própria obliteração, foi o mais próximo que já chegou disso até então. Tudo está claro agora. Não há dúvidas ou inseguranças. Sabe quem é, onde está e o que precisa fazer. Sente-se aliviado, na realidade. Pela primeira vez em sua vida, sente a serenidade de uma certeza absoluta, o que, em tais circunstâncias, se torna uma forma de loucura. E repete:

— Nunca estive melhor.

— Ele ia te matar, eu pensei que...

— Eu sei.

E então Gonçalo se dá conta de algo óbvio que não havia pensado antes:

— Você já fez isso antes, não? Já matou pessoas.

— Já — responde Érico, sorrindo tranquilizador.

— Eu não estou acostumado com isso, eu...

— A primeira vez é mais difícil. A segunda é consideravelmente mais fácil. Acredite, eu sei. Mas não é algo com que você precisa se acostumar, meu amor — ele larga as mãos de Gonçalo, vendo que o outro já está mais calmo: — Tudo vai ficar bem.

— Maria está lá em cima, ela está presa e...

— Eu sei — olha para a cintura de Gonçalo. — A arma que deixei com você, onde está? — Gonçalo a entrega. — Obrigado. Agora, me escute com atenção e faça exatamente o que eu lhe disser. Volte para nossa berlinda e me espere. Vou buscar Maria. Quando sairmos da casa, será preciso correr. Correr bastante, como nunca na vida. Está prestando atenção? Se algo acontecer, e nenhum de nós dois sair de dentro da casa, volte para Kenwood Park. Fale com Fribble ou lorde Strutwell e conte-lhes o que aconteceu. Eles o ajudarão. E dê a seguinte mensagem ao nosso embaixador: "O pacto de família já foi assinado". Ele sabe o que isso significa. Entendeu?

Gonçalo assente, balançando a cabeça.

— Então vá. E... Gon? Saiba que eu te amo. E quando sairmos daqui, se sairmos vivos, tem algo que vamos precisar fazer assim que for possível.

— Que seria?

— Trepar feito bichos.

Gonçalo sorri constrangido, e faz o que ele pediu.

Érico sabe que o que fará agora precisa ser feito sozinho. Kroptopp grunhe, respirando com dificuldade. Quanto tempo mais ficará vivo não sabe dizer, mas vasculha suas roupas e toma dele um molho de chaves, um punhal e um gancho para pistola, desses de prender na cinta. Do aparador ao lado da porta, toma a outra pistola, cuja bala estava destinada a si. Duas armas, dois tiros. Isso é bom. Não encontra ninguém no caminho de volta ao saguão de entrada, que também está vazio. Diz para si mesmo que agora não é mais um espia e sim um soldado, e está em guerra. Das lareiras do saguão de entrada, toma um atiçador cuja extremidade se bifurca em uma ponta reta e um gancho curvo. Golpeia o ar em um silvo, testando o peso e a velocidade do golpe. Passa para o segundo saguão pela porta lateral ladeada de armaduras, sobe a grande escadaria da Vênus e busca a porta do gabinete do conde. Entra.

De pé atrás da mesa, com um candelabro nas mãos enquanto verifica alguns papéis, está o próprio conde de Bolsonaro. Érico não esperava isso, mas será um bônus. O clique da porta ao abrir chama a atenção do conde, e ao ver diante de si Érico com ar de louco empunhando o atiçador, busca a pistola na gaveta.

Bolsonaro saca e aperta o gatilho: nada acontece. Érico caminha calmamente em direção à mesa. Bolsonaro abre a boca, pronto a gritar por ajuda, quando Érico abre a casaca e mostra as duas pistolas penduradas na cintura. O conde tenta se recompor.

— Sr. Borges, que surpresa. Suponho que meu mordomo esteja morto?

— Talvez. A realidade lhe pesou sobre a consciência.

— Hm, compreendo... E agora, o senhor vai me matar?

— Sua senhoria não me tome por um tipo vulgar. Creio que podemos encontrar uma solução mais elegante para nossas diferenças...

E lhe dá um soco no estômago.

Bolsonaro cai de joelhos, grunhindo de dor e apertando a barriga. Érico larga o atiçador sobre a escrivaninha, saca sua pistola e puxa o cão da arma, coloca dois grãos de pólvora na caçoleta e a aponta para a cabeça do conde.

— Não se incomode, deixe que eu mesmo pego as promissórias. Estão aqui, não?

Abre a gaveta onde já sabia que elas estavam, fingindo surpresa ao encontrá-las.

— Ora, ora, veja só quantas! O senhor fez bom uso daquele seu expediente com a caixa de rapé e o valete. Vejamos: uma promissória de oitocentas libras do conde de Sandwich; seiscentas de Teresa Cornelys; meu Deus, duas mil libras do conde de Grantham! Mil libras de... ora, veja só, David Garrick. Mil e duzentas de lorde Darlington, quinhentas de Ignatius Sancho e... ah, isso vem a calhar: setecentas libras de Daniel Twining. Deixe-me pensar. Somadas essas, creio que ficarei com umas duzentas libras a mais do que o combinado, mas que seja a título de me indenizar pelo meu transtorno no teatro essa semana, pode ser? — Érico enrola as promissórias como um charuto, coloca-as no bolso da casaca, e tira aquela que foi assinada pelo próprio Bolsonaro no Baile do Trovão, largando-a sobre a mesa: — Aqui está de volta a sua.

— Seu sodomita de merda... — grunhe Bolsonaro, recuperando o fôlego.

— Ah, o que temos aqui? — Érico finge encontrar na gaveta o texto original do manuscrito de *Os incitadores de terremotos*, em inglês. — O senhor tem uma veia literária, não é mesmo? Mas estou muito confuso: como alguém tão ignorante pode ser fluente em tantas línguas? O senhor é espanhol, mas fala inglês e português com bastante fluência, apesar do sotaque. Pois então, vejamos como estão suas habilidades de tradutor.

Érico atira algumas das folhas contra o rosto do conde.

— Leia.

As mãos de Bolsonaro tremem de raiva. Ajoelhado no chão, pega o folheto e lê suas próprias palavras: «*the rotten state of their feelings...*».

— Não, meu senhor, estou farto de línguas estrangeiras. Quero escutar isso em uma língua latina, língua de gente civilizada, não de bárbaros. — Érico senta-se na beirada da mesa, ainda apontando a pistola. — Em português, por obséquio.

— "A podridão de seus sentimentos leva ao ódio, ao crime e à rejeição..."

— Veja só! Sua senhoria escreve com tanto vigor! — o tom de Érico é caricato, meio louco. — Logo se vê que escreve com o fígado, tirando suas palavras do âmago! Faça-me então um favor, pois não? Separe aí este trecho que acabou de ler. Pode rasgar.

Bolsonaro rasga uma tira do papel e ergue o braço para entregá-la.

— Ah, não, não é para mim — Érico ri. — É para sua senhoria. Como falei, o texto saiu do seu âmago, e uma coisa tão visceral precisa voltar ao local de origem. Coma.

— Hein?

— COMA! — Érico eleva a voz. — Acha que estou brincando, desgraçado? Você vai engolir suas próprias palavras, *literalmente*! Coma!

O rosto de Bolsonaro treme de ódio. Abre a boca devagar, e insere a tira de papel. Mastiga, mastiga e, com muita dificuldade, engole. Érico busca o atiçador de lareira e golpeia Bolsonaro no braço direito. O conde cai no chão segurando o braço, grunhindo de dor. Érico pega ele próprio uma folha inteira do manuscrito, amassa-a numa bolota e a enfia na boca do conde, falando baixinho como se tranquilizasse uma criança birrenta:

— Shh... calma, calma, meu caro. Não se preocupe, são somente palavras, e palavras não machucam ninguém, não é o que dizem? Já o papel é feito de trapos de roupas, então vá saber quem um dia vestiu essas páginas? Pense na bunda suarenta de algum camponês num dia quente do verão. Será? Nunca saberemos. Aqui, vamos.

Érico se cansa daquela brincadeira cruel, levanta-se e chuta o conde no estômago, que cospe a bola de papel e se contorce no chão. Érico arranca a corda de uma cortina, arrasta Bolsonaro até uma cadeira e o amarra nela.

— Agora, uma bebidinha para a comida descer bem — Érico pega o tinteiro de cima da mesa. — Um bom gole de terebentina, fuligem e óleo de nozes para sua senhoria. Muito refrescante!

Érico o faz beber a tinta, e o conde se engasga. Pega outra folha do manuscrito, amassa-a e enfia a bola na boca do conde, para então amordaçá-lo com o próprio lenço.

Antes de sair pela porta, Érico sorri, aponta-lhe o dedo, dá uma piscadela e estrala a língua. Fecha a porta atrás de si e percorre o corredor, só parando diante do espelho oval para ajustar o jabô. Busca o molho de chaves e abre a porta da saleta de chá.

Encontra Maria apavorada, com um castiçal nas mãos (desistira de usar a pistola). Assim que o vê, larga o objeto e corre até ele desesperada. Antes que Érico tenha qualquer reação, ela segura seu rosto e o beija. Ele não sabe o que fazer, não quer parecer rude, tenta retribuir o beijo por questão de cortesia, sem deixar de perceber que Maria tem os lábios muito macios e úmidos: não pode esquecer depois de lhe perguntar que creme hidratante maravilhoso ela vem usando.

Quando volta a si e se dá conta do que fez, ela se afasta, surpresa com a própria impulsividade e confusa e ansiosa e apavorada, mas algo deve ser dito, talvez pedir desculpas ou talvez fazer de conta que não aconteceu nada, mas é Érico quem, ainda a tendo nos braços, mira-a nos olhos e diz:

— Obrigado, Maria, mas minha "princesa" não fica neste castelo.

Ela enrubesce e evita fitá-lo, mas algo capta seu olhar, Érico percebe um reflexo de movimento em sua íris, e, ato reflexo, saca a pistola, gira nos calcanhares e atira para trás. O estampido seco não produz eco, a nuvem de pólvora se espalha na saleta mas se dissipa rápido, e o homem parado na porta os encara atônito, com um terceiro olho acrescentado ao rosto bem em meio à testa, enquanto um filete de sangue escorre até seu queixo. Cai, primeiro de joelhos, depois de rosto ao chão, e um olho de vidro sai rolando pelo tapete.

Érico recarrega a pistola e avisa Maria: quando saírem da sala, ele lhe jogará cada pistola usada, ela deve se concentrar em recarregá-las. Caso se atrapalhe, caso deixe cair uma bala ou uma estopa, não se preocupe, ignore, pegue outra. Mas não se detenha, em hipótese alguma. Pede de volta a arma que havia deixado com ela. Agora tem três pistolas, três disparos. Precisa usá-los com parcimônia. Por cavalheirismo, pede que ela vire o rosto se necessário, para não ver o que ele fará de agora em diante, pois não será nada bonito. Mas ela não se importa: já teve sua cota de horrores na vida, não há muito mais que ainda a assuste. Érico a toma pela mão e saem ao corredor.

Como esperado, o disparo atraiu atenções. Dois criados sobem a escadaria, enquanto outro vem coxeando da outra ponta do corredor: é Jockstrap. Ele e Érico se encaram com um reconhecimento mútuo. Hesitantes, ficam imóveis. Os outros dois na escadaria, sem entender o que ocorre, também param. Mas a porta do gabinete do conde abre de supetão e Bolsonaro surge, de camisa aberta no peito, desperucado e despenteado, o queixo e o pescoço tingidos de negro. Olha de um ao outro e grita:

"Por que estão todos parados? Matem-no! Matem o sodomita!"

Os dois criados na escadaria desembainham as espadas e avançam contra ele: o primeiro duela de modo vulgar e precipitado e golpeia gritando. Érico apara o golpe com o atiçador, a lâmina do sabre se prende no gancho curvo e com uma torção do pulso desarma o sujeito que, movimento contínuo, se desequilibra, tropeça e cai de cara no chão. Antes que o segundo criado ataque, é Érico quem o ataca, o outro defende o golpe mas recebe um chute no estômago que o joga para trás. Érico não avança, pois volta sua atenção para o primeiro, ainda caído, e sem hesitar afunda a ponta do atiçador em sua nuca com tanta força que lhe atravessa a garganta e prende no assoalho. Maria grita de horror. O gancho curvo prende no osso do maxilar e o atiçador não sai, mas não há tempo a perder. Érico saca uma pistola e atira contra o segundo criado, que já contra-atacava. O pipoco estoura em seu peito e o homem tomba morto.

— Recarregue! — grita Érico, jogando a pistola para Maria.

— Érico!

O aviso dela chega tarde: Jockstrap salta sobre ele com um punhal, Érico segura o valete pelo pulso, e os dois medem forças. Érico lhe acerta uma cabeçada que o desconcerta e o faz largar o punhal. Ainda o segurando pelo pulso, Érico puxa com força, fazendo-o girar e jogando Jockstrap de cara contra a parede da galeria. O valete cai, tenta se apoiar em um joelho, a fisgada de dor em sua nádega cobra o preço e o faz perder o equilíbrio, e então Érico aproveita e o agarra pela nuca, batendo seu rosto com força contra o espelho oval da parede uma, duas, três vezes, rachando o vidro.

Do fundo do corredor da galeria, surgem dois atiradores com rifles de cano longo, que levam aos ombros e disparam. Érico puxa Jockstrap fazendo-o de escudo humano, deixando que receba as duas balas em seu lugar. O valete grita. Érico o segura pelo colarinho e pelo cós dos calções, e então o arremessa com força contra o parapeito que se abre para o vão das escadarias — e sem ter no que apoiar, Jockstrap bate contra o parapeito, perde o equilíbrio na inércia do movimento que o faz virar de pernas ao alto e despenca. Cai rodopiando no ar pelo vão central e se espatifa de cabeça no pé da escadaria.

Os atiradores iniciam o processo de recarregar seus rifles, e Érico reage por instinto: saca as duas pistolas e dispara, abdicando da precisão em prol da rapidez, fazendo mira no peito para ter um alvo maior. Os dois atiradores recebem as balas ao mesmo tempo e tombam. Maria lhe devolve a primeira pistola recarregada. Não há tempo para recarregar as outras duas, e as abandona. O conde de Bolsonaro correu para se trancar em seu escritório e berra por socorro. Érico pega do chão o punhal e um sabre largados, e toma a mão de Maria.

— Vamos! — grita para ela.

Os dois começam a descer a escadaria. Subindo os degraus de dois em dois, outro par de criados avança na direção deles: é o careca de rosto manchado; e o do tapa-olho com a tatuagem de serpente marinha no peito. Ambos portam espadas.

Érico joga neles um dos bustos de gesso (a constar: Fernando VI), o careca é atingido em cheio e rola pelos degraus, parando no patamar intermediário aos pés da Vênus, com os joelhos quebrados em ângulos irregulares. Resta o caolho tatuado: Érico salta sobre ele golpeando com a espada. O caolho é robusto, apara o golpe sem perder o equilíbrio e revida.

— Vai, vai! — Érico grita para Maria.

Ela levanta a barra das saias ("maldito vestido, maldito vestido!"), desce apressada maldizendo as modas que só a atrapalham, e ao passar diante da estátua de Vênus sente que algo se prendeu à sua canela. Ela grita de susto e cai.

— Maria! — grita Érico.

Por sorte, o piso plano do patamar intermediário é largo e evita que ela role pelos degraus, e o vestido amortece o tombo. Olha para o tornozelo e vê o careca de joelhos quebrados a segurar seu pé. Tenta se soltar dele e perde o sapato. O homem se agarra à barra da sua saia com força, a ponto de Maria só conseguir se mover se o arrastar junto. Agarra-se à um balaústre do parapeito da escada, se levanta e alcança um busto de gesso (a constar: Felipe V) e o joga contra a cabeça do careca, que larga o vestido para proteger o rosto.

Érico se desespera ao vê-la cair. O caolho aproveita e lhe acerta um soco que o faz recuar. O caolho golpeia, e Érico apara o golpe, sentindo o parapeito contra suas costas. É quando lembra do punhal que havia tomado do mordomo. Érico saca o punhal na mão livre e ataca-lhe as pernas, o homem defende de um lado, mas abre a guarda do outro, no que Érico lhe passa uma rasteira. O caolho cai de costas nos degraus, e Érico se ajoelha rápido e afunda o punhal no peito, bem no meio do desenho de monstro marinho. O homem berra e gargareja sangue.

Érico toma Maria pelo braço, ajudando-a a se erguer. Falta só metade da escadaria, e Érico, que por distração abandonara a espada, tem agora uma única pistola nas mãos. Os dois descem os últimos degraus chegando ao piso térreo no instante em que a porta dupla, ladeada de armaduras, se abre com um chute. Surge um brutamontes cujo rosto é uma massa confusa de sangue e cabelos desgrenhados, a ocultar as marcas de varíola, mas não o olhar furioso e minotáurico de Kroptopp portando uma *amusette*, espécie de canhão portátil que, nas mãos de alguém normal, necessitaria de um tripé para ser usado. O mordomo mira, mas, antes que puxe o gatilho, Érico passa uma rasteira em Maria e a derruba junto consigo. Os dois caem de costas, Érico dispara, a bala acerta a rótula de Kroptopp, o joelho arrebenta em um estouro, o mordomo grita e tomba de lado, apontando o cano da *amusette* para cima enquanto puxa o gatilho, a bala vai dar entre os seios da estátua de Vênus, que estoura aos pedaços enquanto espalha uma nuvem de pó de gesso e cacos pela escadaria.

Kroptopp berra impropérios, seus gritos atraem outros em resposta. Um baixinho vem correndo e Érico derruba sobre ele uma das armaduras que ladeiam a porta. O baixinho cai e larga a pistola, mas se põe de pé com muita agilidade. Érico, que havia tomado do chão a alabarda da armadura, gira-a no ar, crava a lâmina no estômago do homem e tem o rosto atingido por um jorro de sangue. O baixinho grita. Com um chute, Érico desprende o moribundo da lâmina, levanta-a e a arremessa contra o rosto do criado que vem logo atrás, o impacto fazendo o sujeito cair para trás com braços e pernas ao ar feito um boneco de pano deixado de lado. Enquanto o baixinho se ocupa de tentar em vão segurar o sangue que lhe escapa do estômago, Érico toma dele as pistolas e chama Maria para que se junte a ele: estão em frente à porta de saída, um fim para aquela loucura. Os dois emergem para o ar frio da noite com alívio. No topo da escadaria, o conde de Bolsonaro grita descabelado e com a boca negra de tinta:

«*La concha de tu puta madre! Te destriparé, maricón de mierda!*»

Gonçalo escuta os disparos e gritos com apreensão. Quando os dois vêm correndo, pergunta se estão bem. Érico o ignora, abre a portinhola, empurra Maria para dentro e se joga logo atrás, apenas gritando: vai, vai, vai! Os cavalos são chicoteados, a berlinda dispara a toda a velocidade pela estrada na direção errada, estão indo para Londres e não voltando para Kenwood Park, mas não há tempo de dar meia-volta. Érico tem o olhar vidrado e segura as duas mãos de Maria.

— Querida, como você está? É importante que eu saiba.

— Estou bem, Érico, juro. Você tem certeza de que não estão vindo atrás de nós?

Érico põe a cabeça para fora da janela: na escuridão da madrugada, é difícil ver qualquer coisa. Confere a carga das duas pistolas que trouxe consigo. Abre o compartimento debaixo dos bancos e tira dali um par de rifles Brow Bess; balas, pólvora e outro par de pistolas. Vai carregando as armas uma por uma, sendo auxiliado por Maria. Ocorre-lhe que Gonçalo está muito exposto do lado de fora, no banco do condutor. Olha de novo para fora e vê o brilho de seis tochas galopando em sua direção.

Eles estão vindo.

Baixa a janela da frente, que se comunica com o banco do condutor, e passa por ela, sentando-se ao lado de Gonçalo. Dá um terno beijo em sua bochecha.

— Oi.

— Oi — responde Gonçalo, tenso. Olha para Érico de cima a baixo: — Está ferido?

— Estou bem, juro.

— E de quem é esse sangue todo em você?

— De um monte de gente.

Faz-se silêncio entre os dois. Érico olha para trás, para as seis tochas que já convertem, sob a luz da lua, em seis cavaleiros. Toma as rédeas de Gonçalo:

— Deixe que eu assumo. Fique lá dentro com as armas.

Gonçalo passa pela janela para dentro do carro da berlinda. Érico atiça os cavalos com gritos e chicotadas. Quanto tempo até chegarem a Londres e aqueles homens desistirem da perseguição, sob o risco de atraírem soldados? Érico não sabe nem mesmo se está indo na direção correta. Os primeiros disparos pipocam no ar, e um deles atinge uma das lanternas traseiras, que balançam loucamente, denunciando a posição do coche. Maria e Gonçalo esvaziam suas armas contra os cavaleiros, Érico olha para trás e vê que duas das tochas caem. Isso dá conta de um terço dos atacantes. Os quatro restantes logo percebem que suas tochas fornecem alvos fáceis e as abandonam. Maria e Gonçalo começam a recarregar as armas, e Gonçalo passa pela janela de volta ao banco do condutor, trazendo consigo um rifle.

— Não, não! — Érico protesta, desesperado. — Fique lá dentro, é mais seguro!

— "Ui, ui, eu sou um soldado crescido, eu faço tudo sozinho" — provoca Gonçalo, que se vira de costas, faz mira e dispara contra o mais adiantado dos perseguidores. Atingido, o homem cai do cavalo. — Viu? Você não é o único que... — o rastro incandescente de uma bala cruza o espaço entre o rosto dos dois. Olham para trás: um par de cavaleiros quase emparelha com eles, um de cada lado da berlinda. Gonçalo reconhece os cavalariços gêmeos que viu na mansão.

O cavalariço da esquerda se ergue no lombo do cavalo e salta, ficando dependurado pela janela da portinhola. Maria pega uma pistola e lhe bate no rosto e nas mãos com a coronha, tentando fazer com que se solte. O cavalariço xinga e grita e por fim cai, a roda passa por cima de seu corpo fazendo o carro dar um pulo que quase o vira de lado.

O cavalariço da direita vê o que seu gêmeo faz e o imita: põe-se de pé no cavalo e salta. Com seu irmão ocupando a atenção da mulher, consegue subir ao topo do coche. Gonçalo ainda está escorvando o rifle quando o homem saca a pistola. Mas a berlinda dá um pulo, e o cavalariço cai de costas, perde a arma e fica dependurado no suporte de bagagens traseiro.

Atento à estrada diante de si, Érico pergunta:

— Ele caiu?

O gêmeo restante se ergue no bagageiro. Ao se dar conta de que o irmão tombou, grita de ódio. Engatinha de volta ao teto da berlinda e se põe de pé. Gonçalo aponta o rifle e aperta o gatilho. A arma falha. O homem sorri.

— Você esqueceu de pôr pólvora na caçoleta, seu idiota! — berra Érico.

— Não me xingue, seu grosso! — berra Gonçalo.

O teto da berlinda é perfurado de baixo para cima, um projétil que atinge o cavalariço no queixo. Sangue sai de sua boca e no solavanco seguinte cai morto para trás, de volta ao bagageiro. Maria abana a fumaceira da pólvora.

— Acertei?

— Sim! Grande disparo, querida! — agradece Gonçalo.

— Restou algum? — pergunta Érico.

— Acho que foram todos.

— Me desculpe por gritar com você — diz Érico.

— Tudo bem, eu... — e Gonçalo é interrompido por um disparo que atinge em cheio a lanterna direita frontal. Os dois olham para trás.

O sexto e último cavaleiro que, mais tardio, havia passado despercebido, continua a persegui-los. Érico põe as rédeas nas mãos de Gonçalo e lhe toma o rifle. Levanta-se virado para trás, fixa os pés no banco do condutor, coloca a pólvora na caçoleta, faz mira e dispara. A bala atinge o homem no braço esquerdo, e quase faz com que ele deixe cair o rifle. Porém o homem precisaria dos dois braços para dispará-lo, e passa a empunhá--lo como lança. Érico antevê o que o homem pretende e grita para que Maria o acerte. Não há tempo. O homem enfia o rifle na roda traseira direita. A roda arrebenta. O carro inclina e o eixo traseiro quebrado prende ao chão.

A berlinda inteira salta, girando no ar.

Na torção, o eixo que a prende aos cavalos arrebenta. Gonçalo é arremessado longe. Maria grita enquanto tudo gira e rodopia e capota. Vidros estouram. Érico é jogado contra o chão, rolando, rasgando as roupas e ralando braços e pernas. Os cavalos se perdem na noite, arrastando consigo as rodas dianteiras. Então vem o silêncio.

Abre os olhos. É noite ainda. Quando tempo se passou? Segundos, minutos, horas? Érico grunhe, e seu corpo inteiro dói. A primeira coisa que lhe ocorre é mover os pés. Sim, pode senti-los, é um alívio. Ainda que zonzo, escuta o galope se aproximar. O último cavaleiro desmonta, segurando o braço ferido. Veio verificar se Érico está mesmo morto. Melhor não se mover ainda. Vê o homem se aproximando mais e mais. Tem ainda uma pistola na cinta, que sabe estar carregada. Puxa o cão da arma muito devagar, não quer que o barulho do engatilhar alerte o homem. Busca o polvorinho em seu bolso e tira dele três grãos. Move as mãos lentamente, esperando que, no escuro, o outro não perceba seus movimentos. O homem saca o sabre.

Érico dispara e o acerta no estômago. O cavaleiro se curva e tomba. Érico se levanta com cautela. Talvez tenha quebrado uma costela, e o pé está torcido, mas não quebrado. A pele nos braços e nas pernas arde. A berlinda jaz virada de lado no meio da estrada, uma lanterna lateral ainda intacta, balançando. Maria. Gonçalo. Eles eram sua responsabilidade. Não devia tê-los incluído nisso tudo, mas também não tinha noção do que iria encontrar. Foi ingênuo, foi descuidado, e agora seriam outros que pagariam por seus erros. O que quer que lhes tenha acontecido será sua culpa.

No meio dos arbustos à margem da estrada, distingue uma casaca branca, um vulto que espana terra das mangas e das pernas e, quando vê Érico, vem correndo animado em sua direção e o abraça com força. Érico chora de dor, a pele esfolada dos braços ardendo como o fogo do inferno.

— Ah, me desculpe! — diz Gonçalo. — Meu Deus, você está bem? Está tremendo.

— Vou ficar — grunhe Érico.

Os dois olham para a berlinda tombada e se entreolham. Pelas janelas de vidros quebrados, veem Maria sentada, imóvel. Cortara as mãos nos cacos de vidro, e seu vestido está sujo de sangue. Quando a chamam, ela ergue o rosto, pálida e assustada. Gonçalo estica o braço tentando alcançá-la.

— Não adianta — ela choraminga. — O vestido não passa pelas janelas.

Gonçalo escala a berlinda virada e abre a portinhola por cima. Estica o braço para ela e a iça para fora. Depois a ajuda a descer, fazendo com que pule em seus braços, e a põe no chão. Ao ver Érico, ela também tem o impulso de abraçá-lo, mas ele recua, apavorado.

— Temos que ir — diz Érico. — Virão mais a qualquer momento. Temos que ir — e então balbucia consigo próprio uma série de palavras desconexas.

Maria e Gonçalo se entreolham.

— Você está bem? — ela pergunta.

— ...sair da estrada... — diz Érico. — ...temos que ir. Uma xícara de chá. Virão mais a qualquer momento. Sim, uma xícara de chá põe o mundo no lugar, vamos logo! Sair da estrada, temos que sair da estrada. Sim, eu estou bem, Maria. Eu estou perfeitamente bem, vamos.

Ela olha para Gonçalo com ar preocupado, ele ergue os ombros em resposta.

— Você vai conseguir caminhar sem sapatos? — Gonçalo pergunta a Maria com delicadeza. — Eu posso te carregar, se for preciso. Você parece ser leve.

— Não, querido, obrigada, vou caminhar com meus próprios pés enquanto puder. — E, mais baixinho, para que Érico não a escute: — Mas talvez *ele* precise de ajuda.

— Temos que sair da estrada! — grita Érico, já mais adiante no caminho.

— Querido, você está indo na direção de Islington! — ela avisa. — Londres é do outro lado!

Érico para. Olha um lado, olha o outro, e volta até eles, resmungando sozinho.

Meia hora depois, já estão a uma boa distância avançando por um descampado, quando enxergam a luz de tochas na estrada, que parecem parar e se aglomerar no ponto onde a berlinda tombou, e depois se espalham para vários lados. Os três apressam o passo. O terreno que atravessam é irregular, cheio de pedras chatas e relva baixa. Alcançam uma plantação de milho, mas as folhas ainda estão muito baixas, não mais do que meio metro de altura, insuficiente para ocultá-los. É noite de lua cheia, o que lhes dá uma boa visão do caminho a seguir, mas também pode beneficiar seus perseguidores. Em algum momento, Maria machuca o pé em uma pedra e começa a mancar, mas insiste que não quer ninguém a carregando.

No meio da madrugada, encontram uma fazenda em cuja porta vão bater pedindo ajuda. São recebidos por uma família de quacres, o pai viúvo e suas duas filhas. Contam que foram assaltados na estrada e pedem abrigo apenas até o sol raiar. O quacre lhes oferece pão e sopa quente, além de água limpa para que Érico lave as esfoladuras. Uma de suas filhas faz um unguento para queimaduras que lhe aplica nos braços. Fazem chá. Quando finalmente lhe entregam a xícara quente, Érico bebe um gole e fica imóvel, segurando a xícara com as duas mãos, sentindo o calor da porcelana. Suas mãos tremem. Fecha os olhos e, discreto, começa a chorar. Maria esboça a reação de confortá-lo, mas Gonçalo a detém com um toque no braço e um balançar negativo de cabeça, dando a entender que é melhor deixarem-no quieto. Em pouco tempo, Érico adormece.

A claridade bate em seu rosto, e Érico acorda de sobressalto. Está em uma cama, alguém havia tirado suas botas e o deitado ali. Escuta um galo cantar. O sol não nasceu ainda. Ergue-se nos cotovelos e os braços ardem ao se desencostarem dos lençóis. Calça as botas, deixadas ao lado da cama, e sai do quarto. Maria está sentada à mesa com as filhas do velho quacre, enquanto Gonçalo respira pesado, adormecido em uma poltrona. Uma das moças corta fatias de pão sobre a mesa. Dão bom-dia ao vê-lo entrar na sala, Érico responde. Observa Gonçalo adormecido.

— Ele ficou quase a noite toda do seu lado — diz Maria. — Sabe que é uma espécie de herói para ele, não sabe? Ele fala de você como se contasse um romance de cavalaria.

— Hmm. Ele só vai se decepcionar se pensar assim — resmunga Érico. — Precisamos ir.

Insistem em deixar algum dinheiro pela hospitalidade, mas os quacres não aceitam. A moça mais velha, que é leiteira, se oferece para levá-los em sua carroça até próximo da igreja de Marybone, e eles aceitam a carona. Partem.

Conforme avançam para sudoeste, banhados na luz do dia nascente, cruzam em frequência cada vez maior com outros passantes que, vestidos com tanta elegância quanto eles, também têm o aspecto tão perdido e desolado quanto o deles. Um jovem confuso e atordoado, de peruca torta e roupas desalinhadas; uma mulher com um vestido que à noite poderia se passar por belíssimo, mas que sob o sol da manhã se mostra velho e puído. Gente de todos os sexos e classes a vagar, como que tendo sobrevivido ao fim do mundo, mantém a fleugma e tranquilidade cada qual em seu pós-apocalipse particular.

Logo os três descobrem, com alívio, que o mundo exterior não acabou, e sim que estão nas proximidades dos jardins públicos de Marybone. A moça leiteira explica que aqueles ali são os sobreviventes das folias da noite anterior que, entre sóbrios e ébrios, tentam reencontrar o caminho de casa. Ocorre aos três que é uma boa oportunidade para passarem despercebidos. Descem da carroça, se despedem e se misturam àquele povo.

Passando os muros dos jardins públicos, seguem rumo ao sul. Notam um homem que vem galopando na direção deles. Os três se põem à beira da estrada e veem o homem, um soldado de casaca vermelha, passar por eles com muita pressa, sem lhes dar atenção. Pouco depois, os sinos da Capela Oxford começam a tocar. Logo mais, em resposta, escutam distante deles também o sino da igreja de St. Mary le Bone e, para além, os sinos de todas as igrejas e capelas de Londres e Westminster se somam em coro. O que vem a ser isso? As missas não se realizam todas no mesmo horário.

Entram em Westminster pela Wellbeck Street, onde as janelas vão sendo abertas nas casas e prédios, e as pessoas saem às ruas nervosas. O coro de sinos perdura.

— Mas o que está acontecendo? — pergunta Gonçalo.

Maria sente as pernas fraquejarem de pavor e se apoia em Gonçalo.

— Não... não será outro terremoto?

Mas não é um terremoto. Na esquina com a Henrietta Street, um garotinho sai de casa, senta-se nos degraus, abraça os joelhos e começa a chorar desconsolado. Érico se aproxima e pergunta o que está acontecendo. Em meio às lágrimas, o garoto berra: "O rei está morto, senhor! O rei está morto!"

Intermezzo II

And as hard as they would try
They'd hurt to make you cry
But you never cried to them, just to your soul
No, you never cried to them, just to your soul

Bronski Beat, *Smalltown Boy*

ANOS. *Os filhos dos pescadores o ensinaram a nadar e a não temer o mar, a fazer armadilhas no mato, a brigar e a trepar em árvores; livres e soltos a correr nas areias da praia e nos matos do morro, naturais e instintivos, garotos selvagens. Mas ele cresceu para fazer pão; os outros, para trazerem peixes. Pães e peixes. Cresceram. Corpos nus e dourados ao sol. O frescor do mar. Vamos ali ao mato passarinhar, disse um, a tomá-lo pela mão. Vamos que tenho algo para te mostrar e tocar e apalpar e intumescer na molície inocente dos jovens. Céu e sol, vento nas folhas, folhas na relva; banhados no calor e no suor, refrescados no sopro do vento, inebriados nos prazeres recém-descobertos tocando um no outro, repetindo e repetindo na beira da lagoa, na mata, ocultos em silêncio baloiçando em redes nas tardes modorrentas.*

DIAS. *Foi com um grumete em um navio de passagem, três anos mais velho. Mal falava português, mas se entendiam bem. Disse-lhe que não há mulheres nos navios, lá um enraba o outro. Na primeira vez dói, é como ser atravessado pelo cabo de uma vassoura. Pede para tirar, espera a dor passar. Retoma a coragem: agora vai. Está mais tranquilo e relaxado. O outro pede que ele aperte mais e ele obedece, está quase lá, quase lá e lá e o inunda. A princípio não quis admitir o quanto gostara, no dia seguinte já anseia por mais. Discretos e ocultos, arfadas curtas para não atrair atenções, uma última vez antes de o outro partir. E então a porta é escancarada.*

O dono do armazém protesta, indignado: sodomitas! O grumete recolhe as calças e foge para nunca mais voltar. Mas ele não tem para onde fugir.

HORAS. *Na sala da igreja, o visitador do Santo Ofício mostra a Bíblia e fala do inferno, da culpa e do pecado nefando, cujo nome não deve ser dito, pois mesmo pronunciá-lo suja a boca de quem o fala e polui os ouvidos de quem o escuta. Você foi agente ou paciente? Ele cumpriu? Você cumpriu? Os detalhes são importantes, pois aquele que mete seu membro desonesto no vaso traseiro do outro comete uma sodomia imperfeita, que pode ser perdoada, ao passo que aquele que cumpre e lança sua semente no outro comete uma sodomia perfeita, passível de açoites no pelourinho, de degredo, até de fogueira. A depender da gravidade, de seu arrependimento e de sua pouca idade, a pena pode variar. Confesse e saberemos. O outro já está condenado ao inferno, mas, se você confessar, há a chance de salvação. Ele confessa. A sentença, como de costume, é lida na praça da vila, diante de todos.*

SEMANAS. *Os garotos o evitam. As velhas cochicham. Em uma cidade pequena, todos sabem. As costas ainda ardem, feridas por trinta chibatadas. O visitador fez vista grossa, cedeu aos apelos do pároco local, foi benevolente e permitiu que os açoites fossem feitos em particular. Seu pai, tomado de fúria, se encarregou de aplicá-las diante da família, seus gritos de dor escutados por toda a vizinhança, o choro da mãe e das irmãs. É quando encontra um homem do mundo, que lhe diz: não há do que se envergonhar, pois os desejos são impulsos naturais à condição humana, e se você sufocá-los, deixará de ser humano. O mundo é grande e cheio de possibilidades, as pessoas assumem riscos e mudam conforme seus espíritos desejam; vá embora e não olhe para trás, pois o crime de Sodoma não foi outro senão o da inospitalidade: deixe que eles queimem, deixe que virem estátuas de sal.*

MESES. *No navio em alto-mar, rumo a outros mundos. Não olha para trás, lágrimas nos olhos, não se despediu sequer da mãe, pois, se o fizesse, não conseguiria partir. Deixara somente uma carta. Escreverá outras, as quais sabe que não serão respondidas. Para eles será como se ele tivesse morrido, mas eles não estarão mortos para si, e rezará por eles todas as noites. O mundo é cruel, dizem--lhe. Não, o mundo é indiferente, são as pessoas que decidem ser ou não cruéis. Cada um deve cuidar de sua alma, e apenas o covarde delega tal cuidado ao mundo. Ele responderá por si, decidido que está a não permitir mais que os outros lhe ditem as regras. E se isso levá-lo ao fim, que assim seja. Pois o que é certo é certo, e quando seu dia chegar, poderá dizer que fez sua escolha: escolheu não ser o que outros lhe impuseram, escolheu seguir sua natureza. Nada que nasce do amor pode ser impuro, pois sabe que não há corrup- ção no amor. E Ele é amor.*

Agora sabe que nunca estará sozinho.

TERCEIRO ATO
Ação inimiga

18.
Um inverno de descontentamento

Neva. Não é a neve densa que gostaria de ver, e sim um chuvisco flocado, que mal sente quando cai no corpo. Gonçalo gosta de caminhar no frio, vestir aquelas roupas, sentir-se importante e dramático ao andar pelas ruas com a capa negra nos ombros, chapéu, luvas, os trajes elegantes com que Érico o presenteava na esperança de animá-lo. Os dois caminham lado a lado pela Oxford Street, entram à direita na Wardour e passam pelos restos de um boneco de Guido Fawkes queimado três semanas antes, na Noite da Fogueira. Gonçalo havia inventado um significado pessoal para aqueles bonecos: era sua antiga vida que foi queimada em efígie. E se assusta ao pensar no que teria feito consigo se não tivesse Érico a seu lado nesse momento difícil. Se ainda estivesse sozinho no mundo quando recebeu aquela carta. Talvez já tivesse subido no topo do Monumento ao Grande Incêndio e pulado. Mas agora eles têm um ao outro, e, por mais que ambos sintam saudades do tempo passado na terra natal, sabem que foi apenas ao tomarem distância dela que a vida lhes permitiu encontrar alguma felicidade.

O ar gelado sempre o revigora. Apesar de toda a tristeza que aquela carta lhe trouxe, já está melhor e capaz de encarar o futuro com algum otimismo. Quando os dois chegam à padaria onde ele vinha trabalhando até então, Gonçalo respira fundo e rememora as frases em inglês que decorou, para enfim comunicar sua demissão.

— Não vou demorar — diz Gonçalo. — Me espere aqui fora, está bem?

Érico sorri e assente. Ele o vê entrar e se volta para a rua, distraído com a névoa deixada por sua respiração. Aquela carta fez Gonçalo sofrer, mas talvez seja positiva, pois o libertará do passado. A chegada da missiva provocou um duplo estranhamento. Primeiro que, embora Gonçalo viesse mandando cartas à sua mãe com regularidade, mantendo-a atualizada de cada troca de endereço, era a primeira vez que recebia uma resposta após todos esses anos — e a primeira confirmação de que suas cartas de fato chegavam ao destino. Segundo, que sua mãe e irmãs não sabiam ler ou escrever, pois o pai dizia que a "leitura desvirtua a mulher", e por isso nunca esperou de fato uma resposta. A carta veio redigida por frei Caetano, o pároco da vila, e comunicava que sua mãe havia falecido.

Sua mãe. Gonçalo rezava por ela todas as noites, pensava nela quase todos os dias. O choque de saber de sua morte foi enorme. Assim soube que ela recebera todas as cartas que ele enviou, que pedia que frei Caetano, o pároco da vila de Laguna, as lesse para ela e suas filhas, e tinha tanto apego por aqueles pedaços de papel quanto por uma relíquia sagrada, a tal ponto que as filhas colocaram as cartas todas junto dela no caixão, para que levasse consigo aos céus a lembrança do filho amado. Que seu grande arrependimento foi nunca ter pedido a alguém que lhe escrevesse em resposta para dizer que o amava e perdoava, pelo dever de obediência ao marido, que a proibira. E o que se dizia na vila era que seu coração estourou por não suportar mais se dividir entre o dever ao marido e o amor ao filho.

Gonçalo sai da padaria cabisbaixo e engasgado. Traz um grande embrulho de papel debaixo do braço, amarrado com barbante.

— Está tudo bem? — pergunta Érico.

— Sim, está. Eu só... É que eu gostava bastante de trabalhar aqui, só isso. Fazer pão todo dia, confeitar... essas coisas me lembravam de casa. Mas tudo acaba um dia, não é? É hora de seguir em frente. — Ele dá uma fungada e limpa o canto do olho com as costas da mão. — Desculpe. Estou muito dramático, não é?

Érico sorri para confortá-lo, e Gonçalo avança um passo na expectativa de ser abraçado, mas há passantes na rua e os dois hesitam. Tudo de que precisaria nesse momento é de um abraço, mas sabem que é perigoso demais. Seguem caminho, andando lado a lado. Se dependesse de Érico, comprava aquela padaria para dá-la a Gonçalo de presente, mas este diz que ainda precisa de tempo para decidir seu futuro.

Mesmo assim, saber que alguém precisa dele e que é capaz de dar esse apoio faz com que Érico se sinta mais digno e completo. A segurança e autoconfiança, antes tão bem fingidas em público, agora finalmente têm um lastro.

E a seu ver, depois de tudo que passaram juntos para conseguir aquele dinheiro ganho em sua "trapaça honesta", ele é tanto seu quanto dele. Dez mil libras equivalem a trinta e cinco milhões de réis. Trinta e cinco contos! Estão agora tão ricos quanto um senhor de engenho brasileiro, ou como um negociante português de grosso trato.

E, sendo agora mais dinheiro do que cabia esconder debaixo do piso ou do colchão, Érico abriu para si uma conta-corrente no Banco da Inglaterra, um local seguro que lhe permitiria ter acesso ao montante sempre que o quisesse. Porém, como parado aquele dinheiro não renderia juros, investiu também em ações sob custódia do banco, algumas em seu nome e outras no de Gonçalo, das quais poderia resgatar os dividendos a cada semestre — ou seja, assumiu um compromisso de longo prazo com aquela cidade.

Antes mesmo disso, ao ir atrás dos credores das promissórias, mantendo sua palavra de cavalheiro de cobrar somente metade das somas devidas, que por si só já foi o suficiente para lhe angariar aquela fortuna, também ampliou sua rede de contatos por toda Londres. Agradecido, David Garrick, o grande ator e empresário dos teatros, deu-lhe um camarote no Teatro de Sua Majestade sempre que quisesse; Daniel Twining, o maior mercador de chá de Londres, o presenteou com duas caixas de seu melhor *souchong* chinês aromatizado com favas de baunilha, o *blend* favorito de Érico; já Teresa Cornelys, organizadora dos melhores bailes de Londres, colocaria seu nome em todas as listas de convidados; e, por último, Ignatius Sancho ofereceu o que tinha de melhor: fofocas, informações e contatos no *beau monde*. Os demais condes, lordes e membros do Parlamento lhe enviaram convites para jantares e ceias, além de garrafas dos melhores vinhos e espumantes contrabandeados da França.

Sua despensa agora está tão cheia quanto sua agenda, por toda a "temporada", como os ingleses chamavam aquele período, entre o inverno e a primavera, em que a aristocracia rural vem a Londres para as sessões do Parlamento e a vida social se torna uma sucessão sem fim de jantares, saraus e mascaradas. Uma única questão o preocupava: como justificar a presença de Gonçalo ao seu lado? É o que discutem agora, enquanto caminham de volta à Oxford Street.

— Vou pensar em algo — diz Érico. — Há muitos arranjos como o nosso, de "apenas bons amigos" que dividem o aluguel. Ou você poderia ser meu valete...

— Sei. Junto da criadagem, onde é o meu lugar.

— Gon, não foi isso que eu quis dizer...

— Sim, eu sei. Desculpe — Gonçalo não se sente à vontade naqueles ambientes, e Érico sabe disso. — Esse não é o meu mundo. Inventando histórias, nomes falsos...

— Seremos sócios, então. Não será invenção — justifica Érico. — Encare como inevitável: em breve, você terá seu próprio negócio. Com os contatos que fiz, quem sabe? Logo você estará fornecendo para as melhores casas desta cidade. Um novo Vatel!

— Esse não é aquele cozinheiro do rei francês que se matou porque acabou o peixe? Não, obrigado. Além do mais, não é assim que as coisas funcionam, Érico. Os nobres têm seus próprios confeiteiros e cozinheiros residentes, não mandam comprar na rua. E eu é que não vou morar servindo nesses palacetes.

— Eu não estava pensando na aristocracia quando disse "as melhores casas", estava pensando nas famílias burguesas mesmo. As coisas estão mudando. Na Inglaterra, já são a nova nobreza.

— Você sempre quer acelerar as coisas... eu não sei se estou pronto para isso.

— Querido, você faz pães desde criança, isso é mais tempo do que qualquer aprendiz.

— Não, você iria jogar seu dinheiro fora comigo. Eu não estou pronto.

Érico ergue as mãos agarrando o ar e grunhe irritado.

— Céus, você consegue ser cabeça-dura e orgulhoso até quando é humilde!

— E você é pretensioso e arrogante até quando é bem-intencionado!

Os dois param de caminhar e encaram um ao outro, muito sérios. Logo a irritação se tornar um jogo, rompido por Gonçalo que lhe mostra a língua feito moleque. Érico sorri. São essas coisas que fazem com que o ame.

— Érico, está tudo bem se eu não for com você até lá, agora?

— Mas pensei que você também queria revê-lo.... ainda mais agora que sei que ele é um amigo em comum.

— Eu quero... mas iremos jantar com eles na próxima semana, não é? Até lá eu melhoro, prometo. Só não quero rever ninguém do Brasil agora, ainda mais alguém daquela época, em Laguna... — Gonçalo lhe entrega o embrulho. — Apenas entregue isso a ele e diga que fui eu quem mandou. São amêndoas confeitadas, ele adora. E tome cuidado. Você não devia estar andando sozinho por aí.

— Não se preocupe. Sei me virar sozinho.

— Ainda acho absurdo o conde estar à solta, como se nada tivesse acontecido. Bem, até logo. E Érico... — Gonçalo olha ao redor cauteloso, vendo se não há ninguém próximo que pareça saber português, e diz: — Eu te amo.

— Que *cafone*... — diz Érico, sorrindo. — Também te amo.

Gonçalo parte, e Érico segue rumo à Soho Square. Em uma coisa Gonçalo tem razão: é uma situação tão absurda quanto incontornável. Fazer uma queixa formal aos ingleses seria inútil. Os espanhóis retribuiriam na mesma moeda, e acabariam ambos, Érico e Bolsonaro, sendo chamados de volta aos seus respectivos países. O jogo se encerraria, e ninguém quer parar de jogar. Além disso, como Martinho de Melo bem os lembrou naquela manhã fatídica, quando os três chegaram à embaixada exaustos e esfarrapados, não há nada que possa ser comprovado.

A versão oficial, que lorde Strutwell ajudou a confirmar, dava conta de terem sido assaltados na estrada. Os jornais noticiaram também que dezessete marinheiros foram encontrados mortos boiando no Tâmisa, vítimas prováveis, segundo o governo, de um naufrágio noturno, notícia que se perdeu em meio à comoção pela morte de Jorge II.

Érico escreveu a Portugal um mês depois, e a resposta do conde de Oeiras o pegou de surpresa: sua missão já não era mais prioridade, deveria aguardar novas instruções. Que os espanhóis quisessem invadir o Brasil não era novidade, já as conspirações internas dos ingleses pouco lhes interessavam. O fato era que um segundo rei Jorge morrera, e um terceiro já estava em seu lugar. Um novo rei significa novos ministros, uma nova política, e é preciso sondar o terreno antes de dar o próximo passo. Quanto aos Bourbon, agora que um novo pacto de família é iminente, e com Portugal não tendo exércitos com que se defender, a dependência dos ingleses se tornou questão de sobrevivência. E, de todo modo, não se invade países com livros.

Mas havia algo mais, nas entrelinhas da carta de Oeiras: Érico teve impressão de que, agora que *Fanny Hill* não constava mais dentre as obras a serem contrabandeadas, o assunto caíra no desinteresse de Oeiras. Érico ficou intrigado, motivo pelo qual mais uma vez vai agora em busca de quem tenha experiência no meio editorial.

Alguém o está seguindo? Tem a impressão de que sim.

Ajusta o embrulho no braço, o chuvisco flocado fica um pouco mais forte, uma espécie de chuva granizada que cai sem força e logo para ao se aproximar da esquina com a Tottenham Court Road. Olha para trás. Não, talvez seja apenas sua imaginação. Atravessa a rua, entra à esquerda e dobra imediatamente à direita, na Great Russel, o exemplar de "catecismos" pesando no bolso da casaca. Na rua, um menino vende algum novo panfleto. Érico para e compra um. Aquele sujeito continua andando atrás dele.

Na esquina da Great Russel com a Queen Street, entra na taverna Cão & Pato, e finge ler o panfleto — uma diatribe crítica à condução da guerra pelo governo, nada que o interesse muito. Pelas janelas, vê que o sujeito que vinha logo atrás de si passa reto, sem sequer notá-lo. Alarme falso. Olha para fora: apesar da neve, é um dia de céu cinza-claro e iluminado. E então divaga sobre como morrem os reis.

Ao que consta oficialmente, Jorge II da Inglaterra acordou cedo na manhã do dia 25 de outubro, às seis da manhã, como sua natureza metódica fazia todo dia, bebeu seu chocolate e, no caminho até a privada para urinar, caiu morto. A autópsia do cadáver real descobriu seu pericárdio distendido com quase um quartilho de sangue coagulado, e o coração tão comprimido que impedia qualquer gota em suas veias de ser lançada aos átrios, quiçá de chegarem aos ventrículos. Na parede da aorta, foi encontrado um rasgão transversal no lado interno por onde uma boa quantidade de sangue vazou para as paredes, criando uma equimose. Ninguém sabia o que podia provocar tal rompimento, mas rei morto, rei posto. Jorge II não havia sido um rei particularmente querido por seus súditos, uma vez que sequer falava inglês. Ao longo de seu reinado, passara mais tempo em Hanôver do que na Inglaterra, o que lhe renderia a acusação, da parte do povo, de se preocupar mais com assuntos hanoverianos do que ingleses. Quem agora assumiria a coroa como Jorge III era seu neto, o rapaz que Érico conheceu na ópera. Finalmente, os ingleses contariam com um monarca que poderiam interpelar em sua própria língua.

Érico olha pela janela outra vez. Hora de seguir caminho. Sente-se seguro em Londres, ali é "o bom barão português" que salvou a nobreza das trapaças de outro estrangeiro. Contar com a simpatia da cidade pesa a seu favor, mas por via das dúvidas tem uma lâmina oculta dentro do bastão de caminhada. Não será pego desprevenido.

Sai da taverna, atravessa a rua e vai percorrendo o muro de Montagu House até a entrada sob o pórtico de pedra, onde entrega seu ingresso ao porteiro. Atravessa o pátio interno confrontando a mansão seiscentista que abriga a coleção particular de sir Hans Sloane. Ainda que gerações futuras serão mais gratas por ele ter sugerido acrescentar leite à bebida da moda, criando o assim chamado *chocolate ao leite*; para os londrinos ele será mais lembrado por sua gigantesca coleção de manuscritos, livros, desenhos, moedas, medalhas, joias, fauna e flora adquiridas ao longo de uma vida de viagens e que agora, aos cuidados do governo, compunha o acervo daquele que, recém-inaugurado no ano anterior, era agora o primeiro museu nacional público dedicado a todos os campos do conhecimento humano: o Museu Britânico.

Érico pergunta pelos irmãos Da Silva. Um funcionário pede que o acompanhe. Sobem uma grande escadaria em cujo topo há três exemplares empalhados de um animal exótico e impossível, que Érico observa embasbacado: são malhados como a onça, seu longo pescoço é como o da lhama, compridos como nunca viu, e têm cabeças de cavalo com duas protuberâncias que lembram os chifres de um cervo jovem. Já havia visto no Brasil animais estranhos e imprevistos, já ouvira falar dos unicórnios africanos, mais brutos e grosseiros do que nas descrições medievais, mas nunca soube de criatura tão majestática e altiva quando aquelas diante de si. Ele lê a plaquinha que as identifica conforme a nova nomenclatura de Lineu: *cervus camelopardis*. Mas é a Itália quem dita a moda, e esta determinou que se chamariam *girafas*.

— Que tempos para se viver... — murmura impressionado.

O funcionário o chama. É conduzido por uma sucessão de salas: uma múmia egípcia aqui, dezenas de insetos espetados em alfinetes ali, uma sequência mórbida de animais conservados em vidros, curiosidades artificiais das ilhas do Pacífico. Os irmãos Da Silva? "Estão sempre por aqui, parecem duas crianças", comenta o guia, "discutem o tempo todo, é insuportável!" Descem por uma escada auxiliar e entram no par de salões conjugados que abriga os doze mil volumes da Biblioteca Real.

No primeiro salão, o único ocupante é um velho encurvado, peruca branca e óculos. A porta divisória está aberta, e do segundo salão ecoam as vozes familiares do Milanês e seu irmão. Érico agradece e dispensa o guia.

O Milanês está distraído sobre uma escadinha de madeira, a retirar da estante livros que passa para um diligente funcionário do museu, em cujos braços a pilha se acumula, tapando seu rosto. Tudo isso sob olhar atento de seu irmão caçula, que, de pé ao lado dos dois, é tão ou mais alto do que o mais velho.

Trata-se de um sujeito imenso, muito alto e forte. A aparência viril é suavizada pela elegância da casaca cor de café, e pela peruca de cachos castanhos caindo pelos ombros. O rosto escanhoado deixa evidente a semelhança entre os irmãos. Usa óculos de lentes muito escuras que lhe ocultam os olhos, e tem nas mãos um bastão de caminhada cujo castão de prata é uma cabeça de cavalo andaluz. Discute acaloradamente com o irmão misturando português, inglês e o dialeto ladino comum aos judeus sefarditas, de tal modo que é impossível dizer se estão concordando, discordando ou brigando, pois ambos falam muito rápido. Érico pigarreia para chamar a atenção. O grandalhão se vira e sorri. Ali está, enfim, o homem que pode dar a Érico algumas respostas.

E, modéstia à parte, este homem sou eu.

19.
Elegâncias excepcionais

Creio que por educação deveria me apresentar. Porém aqueles que me conhecem sabem que não sou afeito a formalidades. Quem sou? Sou aquele a cujas mãos inábeis, muitos anos depois desses acontecimentos, foram confiados os diários e cartas de Érico Borges, para deles extrair este romance, mentiroso e vulgar como toda ficção em prosa. Se narro a você no presente, para mim já é passado; em breve também seu presente será o passado de outros. Somos todos fantasmas vivendo no papel. Mas esta trama não é sobre mim, narradores não deveriam se intrometer demais nos enredos, aqui estou apenas de passagem e me abstenho de mais formalidades: eu narro, você lê, Érico vive.

Ele pigarreia para chamar minha atenção: eu me viro e sorrio, abro os braços e o provoco: mas veja só quem é! Derrabando muitos rabos, seu grão-rabaceiro peralvilho?

— Não me diga judiarias, seu marrano cheio de marra — diz-me Érico, que olha para mim e meu irmão e pergunta: — Espero não estar interrompendo uma reunião de família.

— Sim, estamos no encontro anual da Sociedade dos Sem-Prepúcio. Deixe o seu na entrada, se quiser participar.

— Melhor não — retruca ele —, vai que eu fico com um narigão como esse seu?

— A perda é sua — respondo —, pois já sabe o vulgo que, quanto maior o nariz, maior o...

"Silêncio!", protesta o velho da sala ao lado.

Ele e eu nos abraçamos, tapinhas nas costas, Érico lembra de ter me visto de relance no baile de Beckford, mas não teve certeza se era eu. Sim, eu estava lá, mas fico irreconhecível sem minha bela barba. Cá em Londres, meu pai sempre dizia: para um sefardita fazer sucesso há que estar bem barbeado, do contrário nos confundem com aqueles asquenazes pobretões que vendem roupas usadas nas ruas. Mas é sempre bom ver um rosto amigo quando se está em viagem.

O caga-regras que atende pela alcunha de Milanês desce da escadinha — juram nossos pais que é meu irmão, ainda que na infância ele tenha tentado me convencer de que nasci de chocadeira. Mano, digo-lhe eu, este aqui é amigo meu da maior confiança, espero que o tenha tratado bem.

— Com toda a civilidade possível — garante-me ele.

Pergunto a Érico se já conheceu o orgulho da família, nossa livraria. Passei minha juventude entre aquelas prateleiras: Shaken & Speared — ou como eu chamava, *shake my spear*, rá-rá! Mas espere, se meu irmão está aqui, quem cuida da loja?

— Ora, quem? Meu garoto, seu sobrinho — o Milanês murmura indignado.

Ah, claro. E explico a Érico: tanto tempo faz que não via o moleque, da última vez era uma coisinha de nada. Esqueço como crescem rápido essas pragas. É incrível, numa hora só o que sabem fazer é cagar e chorar, passa-se um par de anos e já estão crescidos e te olham como se soubessem algo da vida. Será que já está na idade de correr atrás das meninas? Ou dos meninos, sejamos modernos! Dou um afetuoso tapa no ombro de Érico e gargalho, talvez com um pouco de força em excesso pois nunca calculo bem, e ele grunhe de dor, e enrubesce com minha indiscrição, olhando preocupado para o Milanês.

Não se preocupe, digo-lhe: meu irmão, apesar de caga-regras como ele só, é um homem tolerante e moderno, não é de ficar julgando a vida alheia, exceto a minha.

— Do que você está falando, cáspita? — o Milanês me pergunta, desatento.

Ora, do nosso amigo aqui, praticante do amor grego, como Sócrates.

— Também não precisa anunciar aos quatro ventos... — Érico olha ao redor.

— Ah, sim — diz o Milanês. — Soube que, entre nobres franceses, é visto como hábito elegante. Mas eles comem rãs e lesmas, não é de se estranhar o que põem na boca.

O velho na outra sala chia, pedindo silêncio outra vez.

— E por que vieram os dois até aqui? — pergunta Érico.

Aponto-lhe a imensidão de livros ao nosso redor: a Biblioteca Real recebe uma cópia de tudo que se publica anualmente no Reino Unido. Ali, meu irmão e eu abrimos sobre a mesa diversas edições do *The Critical Review*, que resenha tudo que é editado na cidade todo ano. Do pouco que meu irmão e eu temos em comum, está o gosto por livros e por prospectar novas leituras, temas da moda, coisas que podem interessar nas permutas. Mas... me fale de você, Érico, que sempre foi tão anglófilo, o que está achando enfim de *la nisa Londra*?

— Sigo constantemente perplexo. Os dias foram agitados... — ele desconversa e me entrega um embrulho. Desato o barbante e tiro dali um saco de pano com duas libras de amêndoas confeitadas, estalando feito contas de vidro. — É um presente de Gonçalo.

Quem é Gonçalo? O nome me é familiar. Eu o conheço?

— Ele te conheceu no Brasil, em Laguna, anos atrás. Você o ajudou em certo incidente do passado, envolvendo a Inquisição. Gonçalo Picão, o filho do padeiro.

Ah, sim! Ora, o mundo é mesmo pequeno! Como são estranhos os caminhos do mundo, que fazem os fios soltos do passado irem se enredando! Abro o saco de pano e seleciono duas amêndoas, brancas e lustrosas como porcelana, que levo à boca.

Fale mais de você, Érico. Fiquei sabendo que é um elitista até mesmo nas inimizades: só compra briga de conde para cima.

— Fale baixo — censura-me o mano. — Não está num palco!

Érico empurra à minha frente aquele encadernado carmesim com o falso título de *Catecismos*. Abro o livro, que o leitor já bem sabe ser o exemplar de *Fanny Hill*, mas que na ocasião me causa surpresa. Que boa lembrança aquele livro me traz de meus doze anos! Mas... divago. Voltemos à situação. Érico me apresenta também àqueles panfletos sectários que surgem de tempos em tempos, todos com as mesmas características: a tipografia de Baskerville, a assinatura de R.O.C., o indicativo da ilha dos Cães, os nomes falsos, e o ódio do autor a praticamente tudo que, se supõe, não seja reflexo dele próprio: mulheres, negros, judeus, fanchonos, pobres. Ponho o livro ao lado dos panfletos: incitação à lascívia de um lado, condenação moralista do outro. Ele cria demandas, e depois as condena? Qual a lógica disso?

— Meu caro, se quer saber... — diz meu irmão, o Milanês. — Esses loucos são como pássaros em gaiolas com a porta aberta. Por não saberem o que há do lado de fora, grasnam horrores reais e imaginários de um mundo que desconhecem, e logo passam a crer que aqueles que estão livres do lado de fora são os responsáveis pela sua incapacidade de abandonar a própria prisão. Mas, na verdade, tal é o medo que têm de assumirem o próprio desconhecimento que vociferam contra todos aqueles que os fazem lembrar que a porta continua lá, aberta. Alguns até mesmo matariam para não admitir isso.

— Então ele pode ser naturalmente doido, e não propositalmente doido? — sugere Érico, e acrescenta, murmurando: — Não há método ou objetivos na sua loucura? Não preciso me preocupar?

Naturalmente que discordo de meu irmão, e digo a Érico que meu mano, no conforto de sua casa, crê que se esperar sentado por tempo o bastante, os loucos serão esquecidos e a mudança virá sozinha. Vou lhe contar sobre como eram as coisas quando nossa família se fixou aqui. Pois a tolerância inglesa é apenas superficial, e nossa estadia nunca foi das mais tranquilas. Lembra, mano, daquela louca que atacou o pai no meio da rua, esfregando um pedaço de carne de porco no rosto dele?

— E o pai até gostava de porco — lembra o Milanês, saudoso da memória do velho.

Pois nessa época, enquanto o queridinho do papai ali assumia sua posição respeitável como aprendiz de livreiro, eu fui trabalhar na frutaria do sr. Da Costa, um primo da nossa mãe...

— Foi porque quis, ninguém te obrigou — intromete-se meu irmão.

Como se o drama que a mãe fazia não fosse o bastante.

— Como se a mãe não fizesse drama por tudo que te envolvesse, não é? — retruca meu irmão, que começa a me provocar: — O doentinho da mamãe. Ela sempre te mimou.

Falou o ateuzinho revoltado da mesa de jantar.

— Espere um pouco — interrompe-me Érico. — E desde quando *você* é religioso?

Eu? Eu sinceramente nunca me preocupei com a questão. Tenho certeza de que, qualquer que seja minha opinião a respeito, não irá alterar a ordem do mundo. Com um pouco de boa vontade, pode-se provar a existência ou ausência de qualquer coisa, mais pela falta de respostas do que pelo seu excesso. Terá o mundo surgido do ventre de Gaia, como acreditavam os gregos; de cada parte do corpo do gigante Ymir, como diziam os antigos nórdicos; ou da palavra de Javé, como crê meu povo? Os hindus sustentam que o universo nunca teve um começo, consistindo de um fluxo contínuo, infinito e eterno, pois Vishnu, protetor de toda criação, dorme no oceano formado pela serpente Sheshnaga. Há tantos deuses quantos são os povos, e mesmo o Deus único é distinto para cada um que assim o crê. Que apenas uma dentre tantas concepções seja a correta é impossível: ou todas as crenças são falsas (como crê meu irmão), ou todas são verdadeiras. Se a afirmação de uma verdade se situa para além da Razão, então não vejo por que levá-la seriamente em consideração. Não que eu descarte também a possibilidade de estar errado, é claro. Esta é a diferença principal entre meu irmão e eu: ele continua sendo um ponto de exclamação; eu serei sempre um ponto de interrogação. Isso, e o fato de que nosso pai sempre o preferiu.

— Eu dei motivos para ele se orgulhar — protesta ele, mordendo a isca. — Em vez de ficar vadiando e arrumando encrenca com todas as moças do bairro.

Tal não nego, tampouco lamento. E lhe digo que tem é inveja de minha liberdade. E porque tive mais mulheres do que ele.

— Teve? O que foi que teve? Uma ocupação respeitável é que não foi. Você não construiu nada, mano, e não se pode ter inveja de nada.

Ora, cale a boca.

— Vem calar.

Minha mão nessa sua cara vai calar.

— Meu pé na sua bunda, é o que você vai receber.

Ora, vá para a puta que te pariu.

— É a tua mãe também, seu mentecapto.

Érico pigarreia.

Tergiversei outra vez, não foi? Bem, retomo minha história. Pois eu trabalhava na frutaria do sr. Da Costa, e os garotos da vizinhança viviam importunando-o. Roubavam-lhe laranjas, gritavam "assassino de bebês", "bebedores de sangue" e toda sorte de impropérios a que se chama "judiarias". Entenda-se: fui uma criança adoentada, passei metade da infância na cama. Tudo que eu fazia era ler, enquanto meu pai precisou baixar a cabeça para todos os desaforos que o mundo lhe fez. À época dos meus treze anos, já estava bem grandinho para a minha idade, bem saudável também, e farto disso tudo. E sabe o que eu fiz?

— Passou a revidar? — sugere Érico.

Sim, passei a revidar. Batia nos outros moleques, sem dó nem piedade. Eu já estava ficando grande assim, já era mais alto do que meu irmão. Era forte e rápido, corria atrás daqueles pirralhos imbecis e arrebentava seus dentes a socos. E assim, pararam de nos importunar. O "terror dos gentios", era como me chamava o sr. Da Costa.

— Está vivo ainda, sabia? — diz meu irmão. — A filha casou com um dos Mendoza.

E garanto que não casou virgem. Mas enfim: aos dezesseis anos, entrei nas competições de pugilismo de Londres, onde assumi a alcunha com que sou mais conhecido. E, modéstia a parte, eu era imbatível. De todo modo, a meu ver é assim que se conquista respeito: fazendo o agressor temer a retaliação, fazer com que tenha medo de virar alvo da agressão que tanto se animou em praticar. Me parece uma realidade triste que a boa vontade que une uma sociedade só funciona com o poder de coerção da força.

— Mas essa é a mesma lógica que move a guerra! — exaspera-se o Milanês.

E lhe pergunto: não é uma guerra? Quem não está diretamente envolvido nessas questões, pode se dar ao luxo de tratá-las como meras conjeturas, uma questão intelectual, o esforço abstrato de se levar um argumento perverso adiante e bancar o advogado do diabo. Mas para nós, é da nossa própria sobrevivência de que estamos falando, do nosso direito de existir. Pois note, Érico, que quando se fala das mulheres e dos negros, falam em termos de *submissão* e controle; quando falam de judeus ou dos que são iguais a você, é sempre em termos de *extermínio*. Não tenha dúvida: pudessem confeccionar uma forma de nos fazer morrer todos em silêncio, crê que não o fariam? Crê que lamentariam? Talvez lamentassem, com a indiferença de quem lamenta um vizinho que desaparece levado não se sabe para onde, mas com o qual no fundo não se importam. Lamentariam com o distanciamento de quem lamenta as notícias ocorridas em um país distante. Pois a grande maioria é exatamente isto: indiferente. Compreende então o problema, Érico? Aquele que é alvo de uma violência, ao se recusar a usar de violência em sua própria defesa, está fazendo o serviço de seu inimigo e contribuindo para sua própria extinção.

— Você tem opiniões fortes — diz Érico. — Da minha parte, só quero cuidar da minha vida. Quero só o que é meu por direito e ser deixado em paz.

Mas não te será dado esse direito! Não sem luta! Pois aos olhos daqueles que te creem inferior, ter os mesmos direitos não é visto como igualdade, e sim como privilégio. Para essa gente, diminui a noção que eles têm de si próprios quando se veem igualados com aquilo que mais desprezam. E jamais irão permitir que isso ocorra.

— E o que *você* diz disso tudo, Milanês? — Érico pergunta ao meu irmão.

— O mano sempre preferiu o confronto — diz ele, me apontando. — Já eu prefiro buscar formas de integração. Uma concessão cá gera, em retorno, uma concessão ali. Com o tempo, o convívio elimina a desconfiança, e tudo pode ser negociado. Quando se tem responsabilidade com os outros, é preciso ser mais político. Nosso pai era assim, e eu tenho a tendência a seguir o exemplo dele. Já meu irmão puxou mais à nossa mãe: tudo precisa virar uma ópera! Imagino que o radicalismo seja a primazia dos caçulas.

"Silêncio!", brada o velho de óculos.

— Seus jantares em família devem ser um espetáculo — murmura Érico. — Mas, voltando ao que me trouxe aqui... — aponta os papéis sobre a mesa. — Alguém faz ideia de como se invade um reino com livros pornográficos?

— Tem certeza de que não há nenhuma mensagem oculta? — propõe o Milanês.

Érico garante que não, pois conhece bem as técnicas: utilizar-se de uma agulha para perfurar letras específicas, formando frases; ou compor a página impressa variando o estilo da fonte (um itálico, por exemplo) apenas em um conjunto de letras específicas, que juntas compõem uma mensagem. Não havia nada disso naqueles livros. São, pura e simplesmente, livros feitos para serem lidos. O que no Brasil não faz nenhum sentido.

Abro o livro em uma ilustração sugestiva, na passagem em que a voluptuosa Fanny deflora o jovem lacaio bem-dotado, e digo-lhe: se for seguir a lógica do bispo Sherlock, isso daqui converteria todos os portugueses das colônias em putas e fanchonos. Afinal, são como "catecismos", não? Imagine! Decerto pensam serem capazes de invocar um terremoto e arrasar o Brasil. Não faltaria quem achasse isso provável.

— Sim, e não falta quem ainda ache que a terra é plana — retruca Érico. — Mas desde que alertei Lisboa sobre os novos títulos impressos pelo conde de Bolsonaro, deixaram de se importar. Nas palavras de Oeiras, estes livros, por mais libertinos que sejam, "não oferecem o mesmo risco político do que o outro". E é isso que não entendo.

Eis que sorrio com o conhecimento de uma memória que, em Londres, já fora esquecida fazia anos, e talvez nunca tenha chegado a Portugal. Digo a Érico: tenho um palpite. O quanto você sabe da trajetória do seu temido chefe, o conde de Oeiras?

— Não muito. Qualquer possibilidade será um alento.

Muito antes de ser o onipotente marquês de Pombal, ou mesmo o poderoso conde de Oeiras, Sebastião José de Carvalho e Melo havia sido embaixador de Portugal em Londres. Na ocasião, travara contato com um ex-servidor da Companhia Britânica das Índias Orientais, recém-chegado do Oriente. Esse funcionário público, insatisfeito com a desatenção de seus superiores, havia se exonerado do cargo e, de volta à Inglaterra, buscava descortinar uma forma de, ao mesmo tempo, promover a própria fortuna e se vingar dos chefes que o haviam desprezado, objetivo para o qual tinha se apossado de relatórios e documentos secretos da Companhia das Índias.

Carvalho reconheceu nele um sujeito ambicioso e inteligente, e da convivência dos dois surgiu a ideia de um projeto: uma companhia nacional, aos moldes das inglesas e holandesas, que detivesse o monopólio do comércio com a Índia portuguesa. A proposta agradou Carvalho, simpático a ideias centralizadoras e monopólios nacionais.

Em 1742, o inglês redigira para ele um projeto que lançava as bases, enumerava os fundamentos e descrevia as vantagens, para a economia portuguesa, da criação de uma companhia nacional de monopólio. O inglês viajou à Lisboa, foi apresentado ao rei e primeiro-ministro, e tudo parecia ir bem. Contudo, Carvalho tinha muitos inimigos na corte que o maldiziam para o rei d. João V, criando intrigas às suas costas. O financiamento não veio, o projeto não avançou. O inglês foi embora de Lisboa endividado, e Carvalho se viu preso no emaranhado político de então, sendo enviado à embaixada de Viena.

Os anos se passaram. Em 1750, o rei faleceu e seu filho, d. José, querendo afastar a letargia do governo anterior, demitiu todos os ministros de seu pai e chamou Carvalho para ser secretário de Estado. A essas alturas, aquele funcionário inglês havia se endividado, acabou preso, e depois disso nunca mais houvera notícias dele. Mas a ideia que deixou, das companhias nacionais, esta floresceu.

Primeiro, Carvalho criou a Companhia Geral do Comércio do Grão-Pará e Maranhão; depois, a Companhia das Vinhas do Alto Douro, uma tentativa de tirar dos ingleses o domínio sobre o comércio de vinhos. Por fim, em 1753, concedeu a Feliciano

Velho Oldemberg, o maior empresário brasileiro à época, que havia feito fortunas no tabaco, um contrato de dez anos para explorar com exclusividade o comércio com o Oriente — junto de um generoso empréstimo para a construção de navios. Com outros sócios, Oldemberg criou a Companhia do Comércio da Ásia Portuguesa. Se tudo corresse como o planejado, se tornaria uma corporação nacional capaz de reerguer a combalida economia do reino e, na visão do conde de Oeiras, pôr a nação em termos de igualdade com o resto da Europa.

Contudo, nada correu como o planejado.

Os navios voltaram das Índias carregados de riquezas, mas calharam de chegar a Lisboa justamente no dia 1º de novembro de 1755, quando a cidade foi atingida pelo grande terremoto. O Tejo avançou sobre a cidade em ondas gigantes, levando consigo os navios recém-chegados e as cargas recém-desembarcadas. Tudo se perdeu: Oldemberg não tinha como pagar nem o empréstimo do governo nem como buscar mais cargas nas Índias, e o governo precisava do dinheiro de volta para reconstruir Lisboa. Com as dívidas, surgem os rancores. O filho de Oldemberg publicou um violento libelo contra Carvalho, e diferenças irreconciliáveis foram criadas.

Por outro lado, o próprio Carvalho renasceu da tragédia: sua atitude enérgica na reconstrução da cidade lhe valeu o reconhecimento do rei e o título de conde de Oeiras, tornando-o o homem mais poderoso de Portugal, com os meios para moldar o reino à sua vontade. O fracasso da companhia portuguesa seria apenas um incômodo que enfim se encerrava, naquele mesmo ano de 1760, com o pedido de falência do velho Oldemberg. Em breve tudo cairia no esquecimento, sublimado pelos sucessos que Oeiras projetava para o futuro.

Quando então surgiu aquele livro.

Assim que Oeiras soube que, dentre todas as obras possíveis, era justo aquela que estava sendo contrabandeada para o

Brasil, um fantasma de seu passado retornava para assombrá--lo: o inglês que havia fornecido os planos para as companhias nacionais, aquele ex-funcionário da Companhia Britânica das Índias Orientais, responsável por semear a ideia que sustentava toda a política econômica de Portugal, tinha um nome.

Era John Cleland, o infame autor de *Fanny Hill*.

— Estou chocado — murmura Érico. — Por que ele próprio não me disse isso?

— Como você mesmo já me disse — intromete-se o Milanês —, você é apenas o instrumento de forças maiores. Em qualquer outro reino europeu, ter se aliado a um autor de livros obscenos não é nada que vá chocar a sociedade, convenhamos que até dá certo status em alguns círculos. Mas no reino mais santarrão de toda a Europa? Se já o acusam de herege por querer analisar o terremoto com viés científico, o que dirão os inimigos do ministro mais poderoso de Portugal, quando souberem que a política econômica que move seu governo foi sugerida por um pornógrafo?

Pois creio que dirão que agora nossa economia faz sentido! O problema é que o conde de Oeiras vê inimigos por todo canto, e crê que tudo seja um ataque pessoal à sua figura. Agora que você sabe, Érico, que há outros livros sendo traduzidos, olhe o quadro maior: os jesuítas foram expulsos de Portugal, mas ainda não da Espanha, e o papa Clemente XIII, aquele imbecil que está a pregar folhas de figueiras nos pintos de todas as estátuas do Vaticano, os vê com simpatia. Em última instância, sabe quem sanciona os tratados de território entre Portugal e Espanha? O papa. Se houver guerra na Europa, ela se estenderá à América, e a fronteira que vocês a tanto custo demarcaram pode mudar. Talvez os espanhóis estejam buscando uma forma de fazer a balança pesar para o lado deles, acusando os portugueses de devassos?

Érico se larga na cadeira e solta um suspiro. É uma trama que até faz sentido, embora falte encaixar uma peça: na reunião secreta em Merryland, havia entendido que se tratava de uma invasão — e para que mais seria necessário aquele pequeno exército de marinheiros e piratas que o conde de Bolsonaro contratara?

Ergo os ombros: quem poderá saber? Talvez goste de se cercar de homens do mar. Não desconsidero a possibilidade de uma invasão, mas minha ideia faz mais sentido.

Nisso, Érico concorda comigo. Talvez seja mesmo preferível que o conde continue a imprimir seus livros e panfletos, dar-lhe corda para ver até onde vai, e ter uma visão mais clara de seus planos. Faz sentido agora: a perda do navio que acabou confiscado no Rio de Janeiro criou a necessidade de levantarem fundos, e para isso o conde recorreu à trapaça nas cartas. Contudo, Érico surgiu em seu caminho, o que o forçou a buscar o financiamento dos franceses. Em algum lugar de Londres, há um navio sendo preparado para levar mais livros eróticos ao Brasil. Mas, por algum motivo, o conde parece mais interessado em investir em… galos? Ainda há muitas respostas a ser encontradas, mas, diante da inação de seu chefe, está de mãos atadas.

— Bem, agora só me resta feriar — Érico se levanta, recolhendo o livro e os panfletos, e roubando uma amêndoa confeitada. — Que me recomenda da cidade?

Sugiro que visite os leões mantidos na Torre. Quanto a mim, daqui vou para climas mais quentes, em busca de mais histórias. Mas, por favor, leva este meu conselho, Érico: não se ponha em risco por quem não reconhecerá seu valor.

— Ah, não há o que fazer — responde Érico. — Sou fiel à minha terra.

Eu o provoco: isso seria o Brasil ou Portugal?

— Ora, ambos são a mesma coisa, pelo que me consta.

São? Se há algo com que meu irmão e eu concordamos, é que a identidade de alguém não se define por outro que não a si próprio. Que importância tem o lugar em que se nasce ou a religião de seus pais?

— Algumas coisas são absolutas, meu caro — diz-me Érico. — Mesmo que existam apenas como conceito. Como o Deus que você e seu irmão não entram em acordo nem para desacreditar: o conceito em si nasce de uma ideia absoluta. E acho que isso é a origem de todos os nossos problemas.

Entendo seu ponto, Érico, mas parte de um princípio falso. Deus, um conceito absoluto? Quando Moisés pergunta em nome de quem deverá se dirigir a seu povo, a resposta que recebe em hebraico, *Ehyeh Asher Ehyeh*, costuma ser traduzida como "Eu Sou Aquele que É". Mas isso está errado, como se pode esperar de traduções secundárias — talvez o mais terrível erro de tradução já cometido. No original em hebraico, o verbo é conjugado no futuro: "Eu Serei o que Serei", ou seja, a ideia de uma possibilidade aberta às mudanças do tempo, à transformação constante, à adaptação. São terríveis as consequências de uma má tradução: cria-se uma ideia petrificada e imutável de algo que deveria ser fluido e adaptável. A mente conservadora é uma górgona, desejando transformar em pedra tudo que vê. Já a ideia do texto bíblico é poderosa: também esse criador é uma evolução constante, um movimento contínuo que engloba, infinito, todas as possibilidades que o futuro pode trazer. E, para encerrar mais essa divagação, digo-te, Érico, que mesmo que *eu* não acredite na realidade factual desse conceito, preciso reconhecer que a ideia em si é de uma elegância excepcional.

— Então me explique, seu sabichão — meu irmão parte ao ataque —, se nada é fixo no mundo e todos somos parte da mesma coisa, é o homem uma identidade universal? O que dirá ele quando lhe perguntarem onde nasceu? O que pensa ele?

Poderá ter *alguma* religião, se todas são a mesma? E quando duas comunidades entrarem em conflito, de qual lado ele vai ficar?

Pergunte cá a Érico, que é filho das colônias. Que me diz, Érico, você que é homem do mundo? Se Brasil e Portugal deixassem de ser o mesmo reino, de que lado ficaria?

— Nesse dia — ele sorri —, serei fiel à *minha* terra.

Érico pega o livro, agradece nossa ajuda e se despede. Antes de sair, nos convida para jantar em sua casa no Natal, e logo em seguida se desculpa pelo ato falho. Mas aceito o convite, pois um bom jantar não se dispensa. E lhe digo o que quero de presente: que, quando chegar ao fim de suas aventuras, me ceda suas memórias para que delas eu extraia um belo e indecoroso *roman à clef*. Ele sorri lisonjeado com a ideia, diz que vai pensar na possibilidade, e sai.

E aqui, pedindo escusas a você, leitor, por essa intromissão, saio da narrativa e dou lugar somente à minha pena. Prometo que minha indiscrição não se repetirá. Volto à condição passiva de mero narrador dos fatos, tal e qual eles chegaram até mim.

No início de dezembro, notícias da guerra dão conta de trinta mil vidas perdidas na batalha de Torgau, das quais dezesseis mil no lado prussiano, quinze mil no austríaco, e não se sabe dizer quem saiu vitorioso. No norte da América, ingleses e franceses se engalfinham, arregimentando para si as diversas tribos nativas; na Índia, tanto a Companhia das Índias Orientais francesa quanto a inglesa guerreiam entre si, por meio dos nababos locais. A década de sessenta, que se iniciará em alguns dias, começa pouco auspiciosa, mas o produto mais exportado pela Europa sempre foi a guerra. Quanto tempo Portugal e suas colônias conseguirão ficar à parte de tudo isso?

É o que Érico conversa com Fribble, em uma caminhada pelo Hyde Park, descobrindo, surpreso, que seu amigo macarôni não apenas se interessa por assuntos sérios, como está muito bem informado.

"Eu *realmente* me importo com os fatos do mundo, querido", diz Fribble. "Entre as dez e as onze da manhã, quando leio o jornal; e duas vezes por semana, no White's. Mas somente de segunda a quinta, pois sexta e sábado eu fervo no caldeirão da noite e no domingo vou à missa."

"Você, na missa? O que um dissoluto como você vai fazer lá?"

"Ora, querido, prospectar. Quem quer pagar pelos seus pecados antes precisa pecar. E eu, boa samaritana que sou, estou sempre disposto a ajudar um crente de rabo quente. Falando nisso, como está seu *beau*?"

Érico suspira. Gonçalo pouco tem saído de casa, alternando momentos de desânimo em que não sente vontade de se levantar da cama, dizendo-se um tabaréu inútil, com outros mais eufóricos, em que acorda a casa sovando pães furiosamente ou assando bolos feito um louco. Seu estado de espírito está muito delicado e instável, e às vezes apenas se abraça a Érico e chora em silêncio. Mas, aos poucos, começa a levar a sério a ideia de ter sua própria padaria.

"Não quero forçá-lo a nada, e, mesmo que quisesse, ele é teimoso demais para isso", lamenta Érico. "É uma agonia ver tanto talento se apequenar por receios tolos."

"Tenho certeza de que o talento dele é enorme, só esperando ser estimulado para crescer", Fribble se diverte. "Mas entendo o receio. Ele é filho de um padeiro dos cafundós portugueses... Nunca teve outra opção na vida. Aqui, ele pode ser qualquer coisa. Não precisa seguir lidando com gentinha no pequeno comércio..."

"Você não entende, Fribble, as coisas são diferentes no Brasil. Lá não se come pães de trigo como aqui, se usa farinhas mais grosseiras, de milho ou de mandioca. De modo que lá, um padeiro é uma profissão de muito requinte, um serviço voltado para aristocratas reinóis ou estrangeiros."

"Essa gente muito requintada nos gostos e modas, que são os portugueses..."

"Não há necessidade de ser cruel."

"Não estou sendo cruel, Érico querido", Fribble assume ar de seriedade na face maquiada. "Estou sendo realista. Gosto de vocês dois o bastante para não os prejudicar sendo condescendente. Você se apaixonou por um rapaz de bom coração, mas que, convenhamos, vem de uma classe menos... hmm, favorecida. Você diz que ele tem talento. Mas, ora... o que é talento? É uma promessa, baseada na excelência do uso da técnica. Muita gente de talento não entrega o que promete. É preciso mais do que apenas técnica, é preciso... espírito. Apelar às emoções da plateia, como Farinelli faz. É preciso páthos."

"Você me disse uma vez que o verdadeiro artista é aquele que conjura algo do nada", lembra Érico. "Troque as tintas e os pincéis por leite e ovos, e de montes de farinha e pães de açúcar ele faz surgir mosaicos e catedrais de maçapão. Ele seleciona ingredientes como um pintor escolhe tintas, sabe o efeito que cada sabor provoca e os combina como um artista. Se há artes que agradam aos olhos e outras aos ouvidos, porque não pode haver uma que agrade ao paladar? Toda arte é, no fim das contas, uma forma de se transmitir novas sensações. A arquitetura com certeza é uma arte, e a confeitaria, para mim, é a forma mais elevada de arquitetura."

"Querido, você está de quatro por ele, não? E eu jurava que fosse o contrário", Fribble dá uma risadinha. "Você está *tão* apaixonadinho, falando do seu amorzinho como se ele fosse o novo Vatel, é bonito de ver. Espere! Algo está acontecendo!"

Fribble para e segura o braço de Érico com força, este já olha ao redor assustado — é assalto, turba, um capanga do conde?

"Sim! É isso! Estou tendo uma ideia! Que sensação emocionante!"

Érico puxa de volta o braço, irritado. Mas o que Fribble propõe é o que sabe fazer de melhor: reunir gente interessante e influente, servir-lhes o que há de mais refinado, e falar a maior quantidade de asneiras possíveis até todos irem embora pensando que não se divertiam assim há muito tempo. O resultado? Uma reação quase alquímica, que lhe entrega a mais volátil e valiosa das essências: *bona fide*. Que se torna muito útil ao se converter em favores, agrados e atalhos da vida em geral.

"Deixe que eu organizo tudo", diz Fribble. "Tenho o nome de toda fanchona rica desta cidade no meu caderninho. Vamos fazer o *début* dos talentos do seu amado diante do lado mais alegre e colorido da sociedade. Podemos fazer na minha casa ou... ainda melhor! Convencer lorde Strutwell a receber em Kenwood Park outra vez, tenho certeza de que ele irá gostar da ideia. Quero fazer algo por ele também; temos que cuidar dos nossos veteranos nas batalhas do amor grego. Que me diz? Tenho certeza de que será um sucesso. Jovenzinho e bonitinho como é, basta Gonçalo ter metade do talento que você me convenceu de que ele tem, e todos ficarão de joelhos nessa cidade. Que tal?"

"Como você diz: fantabuloso."

Os dois se despedem, e Érico volta para casa sonhador e animado, ansioso para contar a Gonçalo a boa nova. É com o coração aberto e vulnerável que abre a porta, entra em casa e escuta os passos de June, a velha criada escocesa, vindo pelo corredor.

Quando cruza com ela, percebe um sorriso e um beicinho como de quem diz "não sabe o que te espera ali dentro". Ela volta para a cozinha antes que Érico possa perguntar qualquer coisa, e da porta entreaberta da saleta de chá escapam as vozes de uma conversa. A primeira é a de Gonçalo, solícito e educado; a segunda é uma voz de mulher que lhe parece *muito* familiar. Até demais.

Érico estanca, receoso. Aproxima-se da porta: escuta o tilintar de talheres de prata contra xícaras de porcelana. Uma voz, inconfundível, melodiosa, que fala em um bom português, sempre em tom impositivo, porém caloroso:

— Deveras delicioso, querido. E esses bolinhos, de que são? Parecem ótimos.

Érico suspira. Reconheceria aquela voz em qualquer lugar do mundo.

— Não, não, querido, o leite se põe na xícara *antes* do chá, para preparar a porcelana — continua ela. — Isso, assim está bom, obrigada. Não há nada que substitua uma boa xícara de chá, é um ritual de civilidade, é o que nos separa dos bárbaros. Sabe o que sempre digo sobre o chá? — Sim, Érico sabe o que ela sempre diz sobre o chá, e o sabe tão bem que, quando ela fala, ele move os lábios, a fazer coro em silêncio: — "Uma xícara de chá põe o mundo no lugar".

Érico respira fundo, empurra a porta e entra.

20.
Lady Tamora, *ou* Da importância de ser sincero

PERSONAGENS

Gonçalo Picão, *um marido ideal*

Érico Borges, *o espião que o amava*

Lady Tamora Hall Borges, *uma mulher de certa importância*

CENA

Sala de estar na casa de Érico na New Bond Street. A sala é decorada com luxo e bom gosto: duas poltronas e um sofá, dispostos ao redor de uma mesinha com muffins em uma bandeja e um jogo de chá. Sobre o aparador, um vistoso arranjo de flores domina a parede. As janelas estão abertas, o ambiente está arejado. Lady Tamora está sentada na poltrona estofada fauteil a la reine, *de forro de tapeçaria, à direita. Usa um vestido de seda amarelo-mostarda com brocados de flores e pássaros, junto a um casaquinho e xale negros; e um chapéu também amarelo, de aba mui larga, com um laço de cetim negro, uma pluma negra e um vistoso alfinete de prata lavrada, com pérolas. Gonçalo, de pé, verte chá em uma xícara. Érico está parado à porta.*

GONÇALO Ah, Érico! Estávamos à sua espera!

LADY TAMORA Meu anjinho desnaturado!

ÉRICO (*suspirando com desânimo*) Mãe...

LADY TAMORA Estávamos falando justamente de você, querido.

ÉRICO (*sentando na* chaufesse *ao lado da mãe*) Não sabia que a senhora estava em Londres.

LADY TAMORA Cheguei ontem, meu bebê, estou na casa de uma prima. Ora, não me olhe assim! Você passou quase voando por Portugal, dizendo que viajaria a negócios, mas nunca mais me deu notícias! E falamos por tantos anos sobre vir para cá... não fossem os planos do seu pai, Deus o tenha, já teria vindo antes. Não achou que eu fosse ficar lá, à toa no reino, podendo vir para Londres, não? Já me bastam os tempos que passamos no Brasil.

GONÇALO (*entrega a xícara a Érico e senta-se no sofá em frente aos dois*) A senhora não gostou do Brasil?

LADY TAMORA É impossível não gostar do Brasil, meu querido, é uma terra linda, o difícil é ter paciência com os brasileiros. São gente muito perplexa, na minha opinião.

ÉRICO Lembre-se de que eu sou brasileiro, mãe.

LADY TAMORA Eu sei, querido, mas não é culpa sua.

ÉRICO Por sinal, Gonçalo também é.

LADY TAMORA É mesmo? Mas ele fala português tão bem!

GONÇALO E como foi sua viagem, senhora?

LADY TAMORA Ah, Érico sabe o quanto eu detesto essas travessias, mas foi muito melhor do Porto para cá do que quando cheguei ao reino. Da outra vez, mal desembarquei, e disse a mim mesma: de volta à civilização! E sabe o que me aconteceu?

GONÇALO Não faço ideia.

LADY TAMORA Pois quase me viraram um penico na cabeça! Um *penico*! Lá os esvaziam pelas janelas, na rua! Imagine como deve ser para quem anda à noite. Não há nem iluminação. Que povo sem costume! Sabem o que diferencia o espírito português do espírito inglês? O inglês faz da simplicidade o refúgio da sua complexidade; já o português quer tornar tudo complexo para disfarçar sua natureza simples (*toma um gole do chá*). Oh, é um *bohea*, não? É meu favorito. E de ótima qualidade, também. (*Para Érico*) Aposto como foi escolha sua, meu bebê.

ÉRICO Na verdade, foi uma cortesia que ganhei do sr. Twining, mãe.

LADY TAMORA Ora, você tem bom gosto mesmo quando joga ao acaso, meu bebê. (*Para Gonçalo*) Fui eu quem lhe ensinou isso, sabia? Modéstia à parte, tenho um paladar excelente para chás. Me sirva dez tipos diferentes, e sou capaz de distinguir qualquer variedade, mesmo sem lhes ver a cor. Ou duas, se misturadas em proporções iguais. Meu irmão Cimbelino...

ÉRICO Mãe, essa história outra vez...?

LADY TAMORA Tenho certeza de que *ele* não a escutou ainda. Como dizia, meu irmão Cimbelino, certa vez, me desafiou a provar uma mistura de três variedades diferentes e dizer a proporção em que cada uma foi usada. E adivinhe só?

GONÇALO A senhora acertou, naturalmente.

LADY TAMORA Naturalmente. É como na literatura, meu querido: uma pessoa de saber refinado não só sabe indicar as belezas e imperfeições de um autor, mas também todas as formas de pensar e se expressar que o diferenciam dos outros. O *connoisseur* distingue as infusões de pensamentos e de linguagens, o aroma dos autores dos quais as toma emprestadas. Nunca conheci alguém que, tendo bom gosto para o chá, não o tivesse também para os livros.

GONÇALO Acho que não tenho para nenhum, senhora, mas seu filho está me ajudando com isso.

LADY TAMORA E garanto que ele será um ótimo professor. (*Para Érico*) Mas agora me diga, por que está aqui há tanto tempo e não me dá notícias? Fiquei preocupada com a falta de cartas suas.

ÉRICO Eu falei para a senhora que estava a negócios. Não houve tempo.

LADY TAMORA Sim, sim, mas não pude imaginar que negócios seriam esses que precisassem... oh, é uma *garota*, não é? Quando se esquecem de dormir, de comer, de mandar cartas à mãe, é porque há uma mulher envolvida. Certo que conheço os homens. Ao menos conheci seu pai, se isso conta. Vamos, não esconda isso da sua mamãe! Sabe o quanto me preocupo com você. Me diga: quem é ela?

GONÇALO Mais bolinhos, senhora?

LADY TAMORA Pegarei mais um deste, de que é? Framboesa? Por gentileza. Obrigada. Érico, meu anjo, não estou exatamente rejuvenescendo, você sabe. Adoraria ver meu único filho casado e encaminhado, antes que alguma coisa me acontecesse.

ÉRICO (*irônico*) E a senhora perdeu seu tempo vindo a Londres só para me dizer isso?

GONÇALO Érico! Isso são modos de falar com sua mãe?

LADY TAMORA (*Para Gonçalo*) Não se preocupe, querido, estou acostumada. Sempre lhe disse que antes a sinceridade ofensiva do que a falsidade educada. (*Para Érico, ofendida*) Desculpe se o pressiono, desculpe mesmo. Vejo que não está satisfeito em me ver.

Larga a xícara sobre a mesinha e se levanta. Érico e Gonçalo se levantam por educação.

LADY TAMORA Não quis atrapalhar seu trabalho, querido. Foi uma decisão de impulso ter vindo para cá, você sabe o que sempre digo: "Não pense e faça, faça e depois pense". Antes se arrepender da tentativa do que da oportunidade perdida, não é mesmo? A verdade é que sou muito ansiosa. Queria apenas me certificar de que estava tudo bem com meu único bebê. Não culpe uma mãe por se preocupar e querer o melhor para seu filho.

ÉRICO Mãe, mãezinha, sabe muito bem que não foi minha intenção magoá-la. Fique, por favor. Apenas... eu realmente estou aqui a negócios. Não há moça nenhuma, essa é a verdade.

LADY TAMORA Ora, mas isso é realmente uma pena. Um menino tão bonito e garboso... (*Para Gonçalo*) Não é um homem elegante, o meu bebê?

GONÇALO Ah, sim. Aliás, são ambos muito parecidos. Ele certamente é filho da mãe.

LADY TAMORA (*Empertigando-se, orgulhosa*) Oh, modéstia à parte! (*Para Érico*) E soube também que você tem se saído muito bem na sociedade aqui. Deveria haver filas e filas de pretendentes. Você positivamente tem trabalhado demais. (*Para Gonçalo*) O que me diz? Não acha que meu menino tem potencial?

GONÇALO Consta na cidade que ele tem um charme matador...

LADY TAMORA (*Para Érico*) Ouviu isso, querido? Você deveria usar mais esses seus charmes.

GONÇALO ... deixa praticamente um rastro de destruição por onde passa.

LADY TAMORA Hmm... folgo em saber. Então, meu anjo, afaste essa tendência ao celibato. Adoraria também ter um neto nos meus braços. Seu tio Coriolano virou avô neste verão, sabia? E Cimbelino já tem duas netinhas. Eu adoraria um bebê para ter que visitar de tempos em tempos... menino ou menina, tanto faz, não sou exigente. (*Para Gonçalo*) Que me diz? Eu não seria uma excelente avó?

GONÇALO Tenho certeza que sim.

ÉRICO (*irritado*) Ora, sou jovem ainda, mãe, há muito tempo pela frente.

LADY TAMORA Com a sua idade, seu pai e eu já estávamos casados, querido. Além do mais, estás na Inglaterra agora. Como é mesmo o ditado? "Um homem solteiro, em posse de uma boa fortuna, deve necessariamente estar à caça de uma raposa."

ÉRICO "Esposa."

LADY TAMORA Tanto faz, querido. Apenas vá atrás dela.

ÉRICO Mãe, já lhe ocorreu que talvez eu não queira ter filhos?

LADY TAMORA/GONÇALO (*em coro*) Não quer!?

Érico e Lady Tamora se voltam surpresos para Gonçalo.

LADY TAMORA (*Para Érico*) Viu só, meu anjo? Até esse seu criado enxerido acha seu comportamento inadequado. Que história é essa de não querer filhos?

GONÇALO (*ofendido*) Minha senhora, não sou um criado!

Érico se agita, prestes a entrar em pânico.

LADY TAMORA Não? Me desculpe, mas eu pensei que... você abriu a porta, serviu o chá, o que você... (*Para Érico*) o que ele faz aqui, afinal?

ÉRICO Ele é... nós somos... como direi...?

GONÇALO Somos parceiros.

ÉRICO De negócios. Parceiros de negócios.

LADY TAMORA Oh, mas posso jurar que ele me disse ainda há pouco que era padeiro! Terei escutado errado? Não estou entendendo.

GONÇALO Sim, é isso mesmo. Érico quer que eu tenha minha própria padaria, mas isso ainda está por ser decidido. Não sei se estou pronto ainda, e ele sabe disso. Talvez seja muito precipitado.

LADY TAMORA Uma... padaria? Érico, meu anjo, quando você disse que viria a Londres a negócios, pensei que se tratava de coisa de grosso trato. Nossa família lida com vinhos há três gerações, não que tenha algum mal com o pequeno comércio, mas... perdão, creio ter me distraído na conversa. Como foi que vocês se conheceram mesmo?

GONÇALO Ah, foi aqui mesmo em Londres, numa festa...

ÉRICO (*tenso*) É sempre um alívio encontrar um conterrâneo em terras estrangeiras.

LADY TAMORA Com certeza que é, querido. O que não compreendo foi o momento em que se formou essa "parceria"...?

Érico e Gonçalo se entreolham. Gonçalo consente com um meneio.

ÉRICO Posso contar com sua discrição, mãe?

LADY TAMORA É claro que pode, meu querido, você sabe que sim. Só deixe eu me sentar aqui um pouco, por via das dúvidas (*ela se senta*).

ÉRICO Mãe, eu... como dizer isso? Estou aqui em Londres... a serviço secreto de sua senhoria, o conde de Oeiras.

LADY TAMORA (*levando a mão ao peito*) Oh!

Gonçalo se senta, irritado.

ÉRICO Espero que compreenda porque precisei manter o sigilo...

LADY TAMORA Claro, claro, eu não fazia ideia... deve ser algo muito importante, não?

ÉRICO Sim, mãe, bastante, por isso é secreto e não podia avisá--la de nada.

LADY TAMORA Eu... não imaginava. Mesmo! Juro que pensei que fosse algum plano de negócios, não imaginei que... (*emocionada*) oh, meu neném, tão importante na corte! (*Ela se levanta, assustada*) Meu Deus, que imprudência ter vindo aqui! Peguei seu endereço na embaixada, espero não estar te atrapalhando, não quero ser nenhum incômodo. Vocês dois são... como chamam aqueles homens com vidas duplas, cheios de segredos? Espias? Espiões?

GONÇALO Não sei se essa é a palavra que...

ÉRICO Sim, pode-se dizer que sim. O caso que investigamos é mui importante ao reino, e por isso às vezes, para disfarçar, recorremos a essa farsa... de nos fazer passar por criado e patrão.

GONÇALO Érico é muito discreto e gosta de manter as coisas em sigilo.

LADY TAMORA Entendo. Mas quem faz o criado e quem faz o patrão?

GONÇALO Ah, depende da necessidade. Em geral eu me passo por criado, mas em algumas ocasiões invertemos os papéis. Seu filho é muito versátil.

Érico deixa cair sua xícara ao chão, que se quebra. Gonçalo se levanta para recolher os cacos, mas Érico o impede.

ÉRICO (*agachando-se*) Não, deixe que eu junto...

LADY TAMORA (*Esticando o pescoço para observar*) E um pouco dramático também, eu acrescentaria.

GONÇALO Sim, ele ama um bom teatro.

LADY TAMORA Ele queria ser ator quando era menino, sabia? Mas é uma carreira muito difícil...

GONÇALO O público é muito exigente em Portugal?

LADY TAMORA Pode-se dizer que por lá queimam reputações com muita facilidade.

ÉRICO A senhora nos dá licença por um minuto, mamãe? Vou buscar outra xícara. Gonçalo, vem comigo?

GONÇALO Mas tem uma xícara sobressalente aqui...

ÉRICO Mas eu também quero outro chá (*Aponta a porta*). Por favor?

GONÇALO Sim, sim. (*Para Lady Tamora*) Com sua licença, senhora.

Saem os dois da sala e ficam ao corredor, atrás da porta. Na sala, Lady Tamora olha para a porta, olha para a bandeja, olha ao redor e se serve de mais um bolinho de framboesas como se cometesse um crime.

ÉRICO (*falando baixo*) O que você está fazendo? Está maluco?

GONÇALO Ora, Érico, é sua mãe, estou só sendo cortês.

ÉRICO Sim, mas ela não sabe nada sobre mim.

GONÇALO Como não? É claro que sabe!

ÉRICO Não, não sabe! O que te faz pensar isso?

GONÇALO Ela é sua mãe, ora. Mães sempre sabem. Tenho certeza de que a minha sabia, antes mesmo de tudo que me aconteceu. E se eu, que te conheço menos do que ela deve te conhecer, consigo te ler como um livro, para ela deve ser mais óbvio ainda.

ÉRICO O que... o que quer dizer com isso? Você me acha muito... afeminado?

GONÇALO Oh, não, não... você é muito macho. Tão macho que só dorme tranquilo se estiver abraçado a outro.

ÉRICO Não dá para conversar a sério com você...

GONÇALO Ora, Érico, convenhamos... você e sua obsessão por esses heróis gregos e romanos musculosos que viviam lutando entre si... isso já diz tudo, não crê? Além disso, ela e eu conversamos bastante antes de você chegar e, bem, em nenhum momento eu disse que sim, mas também não disse que não... enfim, falei de você, dos seus gostos, seu jeito, ficou claro que o conheço muito bem... e ela não estranhou nada. De fato, ela protestou que você fala muito pouco da sua própria vida, e a ela pareceu natural supor que eu o conheça tão bem quanto se espera de um... namorado. Ela só está fazendo cena, no que, aliás, vocês dois se parecem. Plateia um para o outro, é isso que são. Érico, por que você não aproveita e conta logo?

ÉRICO Está louco? Vou matá-la do coração.

GONÇALO Ora, por quê? Ela é muito católica?

ÉRICO Ela é inglesa. Ou gosta de imaginar que é.

GONÇALO Pois ela me parece bastante saudável, com certeza aguentará a novidade. E coração de mãe não se arrebenta assim tão fácil. Olhe para mim: se eu pudesse, ao menos por um minuto, rever a minha, sabendo agora o quanto ela me amava apesar de tudo que me aconteceu... o que você acha que eu não daria por isso? Céus, "sr. Dragão de Cavalaria", às vezes penso que, à força de lidar com cavalos, você acabou se tornando um, com aquelas viseiras no rosto, incapaz de olhar para os lados.

ÉRICO Agora *você* está sendo dramático.

GONÇALO Érico...

ÉRICO E que história foi aquela sobre filhos? Você quer ter filhos? Somos muito jovens para isso.

GONÇALO É claro que quero! Não agora, mal consigo cuidar de mim mesmo, mas por que não iria querer um dia? Eu adoro crianças. É tão divertido ter criança por perto.

ÉRICO Mas como imagina isso? Nenhum de nós vai engravidar, por mais que se siga tentando...

GONÇALO Não diga tolices. Quando chegar o momento, um de nós pode adotar uma criança. Há pessoas largando filhos pelos cantos o tempo todo. Podemos adotar uma menina. Ou mesmo um casal.

ÉRICO Mesmo assim... não é o momento para contar à minha mãe...

GONÇALO E quando seria o momento? Sobre o túmulo dela? Érico, com toda a sinceridade... sua vida pessoal é um coche desgovernado, e está na hora de alguém assumir as rédeas.

ÉRICO (*choroso*) Pare de me pressionar, por favor!

GONÇALO (*segura os ombros de Érico*) Está com medo? Sabe que pode dizer para mim.

ÉRICO (*abaixa a cabeça*) Sim, eu estou com medo, Gon. Estou apavorado, está bem?

GONÇALO Não há problema em se ter medo, e você não se apequena aos meus olhos por admitir isso. Você não precisa ser forte o tempo todo, Érico. Eu posso ser forte por nós dois, quando você precisar que eu seja. E acho que você precisa agora. Vou estar do seu lado de qualquer jeito, o que quer que aconteça.

Uma pausa.

ÉRICO Eu devo ter me revelado uma decepção para você.

GONÇALO Por quê? Por ser o filhinho mimado da mamãe? Sempre achei que você fosse.

ÉRICO Não, por ser tão covarde.

GONÇALO (*segurando o rosto de Érico com as duas mãos*) Érico, você não é covarde. Nunca mais diga isso.

ÉRICO Está bem, está bem. Vá pegar mais chá, que eu encaro a esfinge.

GONÇALO Tem certeza de que não quer que eu fique junto?

ÉRICO Não, não precisa. Vai ser rápido, ou não vai ser nunca. Vá, por favor.

Gonçalo sai. Érico volta para a sala, senta-se de novo na chaufesse ao lado da poltrona de sua mãe.

ÉRICO Ele foi buscar mais chá.

LADY TAMORA É muito querido e prestativo, este seu... amigo. (*Aponta para os muffins*) Os bolinhos certamente estão muito bons. Como se chama essa receita?

ÉRICO Aqui chamam de muffins. É um bolinho inglês típico.

LADY TAMORA Ele tem mesmo uma boa mão para pães e bolos.

ÉRICO Sim, vem de uma família de padeiros. A mãe morreu, infelizmente. Soubemos faz pouco.

LADY TAMORA Oh, pobrezinho! Eles eram muito próximos?

ÉRICO Sim, mas não se falavam fazia alguns anos... ele ficou muito abalado quando soube, mas está melhorando aos poucos. Eu o tenho ajudado a lidar com isso. É um amigo muito querido, muito especial.

LADY TAMORA É bom ter amigos assim, em que se possa confiar.

ÉRICO Sim.

Uma pausa. Lady Tamora revira o leque nas mãos, nervosa.

LADY TAMORA E como você...

ÉRICO Há algo que eu tenho que lhe contar.

LADY TAMORA Oh, diga...

ÉRICO Não, a senhora ia falar antes...

LADY TAMORA Querido, não era nada importante. O que ia me dizer?

ÉRICO Eu... eu não estava mentindo, mas não estava dizendo toda a verdade, sobre não haver ninguém... em perspectiva. Na verdade, há alguém sim. Alguém muito importante, muito especial para mim.

LADY TAMORA Oh, meu anjo, eu estava agitada com todo esse açúcar, não quis ser indiscreta... você tem todo o direito de manter sua vida pessoal para si.

ÉRICO Mas eu quero que a senhora saiba que, pela primeira vez em anos, talvez pela primeira vez em toda a minha vida, posso dizer que estou realmente *feliz*. Feliz como achei que nunca poderia ficar, e tudo graças a essa pessoa especial.

LADY TAMORA É tão bom saber disso, meu anjo. Eu fico aliviada.

ÉRICO Fica mesmo, mamãe?

LADY TAMORA É claro que sim, meu querido. Você sempre foi tão solitário... queria poder ter lhe dado um irmão ou uma irmã, mas... eu perdi três bebês antes de ter você, e depois as coisas entre mim e seu pai... bem, não falemos disso. Fale dessa pessoa tão especial que você conheceu.

ÉRICO (*animado*) Oh, mãe, é a pessoa mais importante da minha vida agora. Tem uma natureza tão doce e amorosa que é incapaz de fazer mal a alguém. E um coração muito bondoso também. Faz com que eu me sinta em paz quando estamos juntos, de uma forma que nunca imaginei que pudesse me sentir. Só percebi o quanto minha vida afundava no abismo até o momento em que fui resgatado, e agora finalmente me sinto livre de todo aquele peso melancólico que eu carregava...

LADY TAMORA Fico tão feliz em saber! Você sempre foi tão propenso à melancolia, mas sempre tão cioso de falar a respeito. É muito bom ouvir essas palavras de você. Mas, diga, quando vou poder conhecer essa pessoa tão especial?

ÉRICO A senhora já a conheceu.

A porta se abre. Entra Gonçalo com a bandeja, e um bule com mais chá.

GONÇALO Eu acho que este é o *souchong* com aroma de baunilha que você tanto adora, Érico. Não entendo nada disso, não sou *eu* o especialista. Mas era o que estava naquela sua intocável caixa de chá. Não sei qual você guarda ali... (*larga a bandeja sobre a mesa e olha para os dois*) Está tudo bem?

Lady Tamora olha de um para o outro. Esgotado, Érico se encolhe na poltrona.

LADY TAMORA Sim, sim, está tudo ótimo, querido. (*Para Érico*) Oh, ele se refere àquela caixa que eu lhe dei quando você voltou da guerra, meu anjo? Você ainda a traz consigo?

GONÇALO A caixa de chá? É a joia da Coroa nesta casa. A pobre June nem toca nela, e eu só abro quando ele me pede. Ele é muito ciumento, a senhora pode imaginar.

LADY TAMORA É uma legítima Chippendale, sabia? Eu a encomendei especialmente para ele.

GONÇALO É mesmo? Ouvi dizer que Chippendale está bastante macarôni hoje em dia.

ÉRICO Hein? Você ouviu? De quem?

GONÇALO De Maria, ora. Quem mais? Só conheço duas pessoas que falam português nesta cidade, você e ela. Três, se contar Bill Fribble. (*Para Lady Tamora*) Não falei que ele era ciumento? Aliás, a senhora vai ficar para o Natal, imagino? Seria ótimo tê-la conosco nas festas.

ÉRICO Mas lorde Strutwell...

GONÇALO Querido, lorde Strutwell já nos convidou para passar o verão inteiro naquele palacete, certamente ele pode abdicar da sua presença por uma semana ou duas no fim do ano. Sua mãe está conosco, afinal.

LADY TAMORA Oh, não, não quero atrapalhar os planos de vocês...

GONÇALO Atrapalhar? Não, de modo algum. Não haverá trabalho até segunda ordem vir do reino, não é mesmo, Érico? Antes do fim do inverno, não vamos a lugar nenhum. Ele é orgulhoso demais para admitir, mas sei que se sentirá melhor se a senhora estiver conosco. Seria muito importante para nós dois. Na verdade, se me permite... minha mãe faleceu há poucos meses, seria bom ter um Natal em família outra vez, depois de tantos anos.

LADY TAMORA Sim, claro.

GONÇALO E há muito para se fazer na cidade, também. Seu filho é muito benquisto na sociedade, sabia? Podemos ir ao teatro. Temos um camarote reservado sempre que quisermos, daquele ator famoso... (*Para Érico*) Como é o nome mesmo? O que sabe tudo de Shakespeare?

Érico funga, limpa os olhos com as costas das mãos e ergue o rosto, sorrindo.

ÉRICO Garrick. O nome dele é Garrick.

LADY TAMORA Oh, você conheceu David Garrick, querido? Como ele é?

ÉRICO Muito educado e espirituoso, mãe. Posso apresentá-lo à senhora, se quiser.

LADY TAMORA Seria encantador, eu adoraria.

GONÇALO Ai, esqueci de trazer mais leite para o chá! Já volto, me deem um instante.

Gonçalo sai. Lady Tamora pega sua xícara de cima da mesinha.

LADY TAMORA Não sei se já lhe contei, meu doce, que, quando era jovem, sonhava que viajaria o mundo como Lady Montagu, ou seria uma cientista como Margareth Cavendish. Ah, as coisas com que a gente sonha! Mas então me casei com seu pai e... enfim, os sonhos deram lugar à realidade. Mas se há algo em que sempre fui teimosa, foi em não me rebaixar à mediocridade dos nossos tempos. Quando lemos sobre as grandes personalidades, não são aquelas que se adequam à sua época que se destacam, não é mesmo? São as que se põem à frente dela (*sopra o chá e toma um gole*). Enfim, é realmente um rapaz muito gentil, este seu... parceiro de negócios. E muito bonito também. Tem uma beleza grega, eu diria. Sempre digo que se deve ter companhias que valham o tempo dedicado, que sejam boas conosco. Você é um bom menino, querido, e merece ter um bom... amigo junto de si.

ÉRICO A senhora gostou dele, então?

LADY TAMORA Bem, é apenas uma impressão inicial, claro. (*Sopra o chá e toma um gole*) Mas creio que vamos nos dar muito bem.

CORTINA.

21.
Fique calmo e siga em frente

QUINTA CARTA
De Érico Borges para Sofia Boaventura, no Rio de Janeiro

Minha querida amiga do coração, é inexplicável o gosto com que recebi sua última carta, a qual, no desafogo que podem ter os ausentes, me veio aliviar a prolongada saudade. Pede-me notícias da velha Europa, quer que a atualize nos vaivéns políticos, mas algo tão mais fantástico ocorreu hoje que... não, me adianto aos fatos. Vamos primeiro atender ao seu pedido.

Os rumores aqui dão conta de que a França já está exaurida com a guerra, e aqueles navios que os ingleses capturaram em nossas águas foram em grande parte responsáveis por isso. Sabe-se que Luís XV pressiona a Espanha para declarar guerra à Inglaterra logo de uma vez. Se isso ocorrer, não haverá escapatória, e teremos de escolher um lado. Mas antes precisamos nos certificar de que ainda há um lado a escolher! Pois aquele Tratado de Madri, que nos levou à guerra contra as missões jesuítas anos atrás, tinha uma cláusula explicitando que cada reino deveria ser responsável por sua própria segurança. Ninguém percebeu na ocasião que isso anulava nossos tratados de defesa anteriores, desobrigando os ingleses de nos dar auxílio em caso de invasão. Agora Martinho de Melo fica a correr de um lado ao outro, indo do Parlamento à corte em busca de garantias de que nossa aliança se manterá; só com essa confirmação é que poderá respirar aliviado. Toda a Europa sabe de nossa carência de soldados, é segredo mal guardado, mas os ingleses não se mostram muito dispostos a ajudar, e o que nos sobra é negociar com a única coisa que temos e que lhes interessa, que é o Brasil. Pois se quando as frotas brasileiras tardam a chegar, o preço do ouro logo sobe na Bolsa de Londres, o que julgam que ocorrerá caso cessem por completo os carregamentos de nosso ouro? Sem o Brasil, a Coroa portuguesa não tem nada. Mas chega de falar de política.

Janeiro passou, e continuo sem resposta de Lisboa. Visito a embaixada toda semana na esperança de receber a ordem que irá me pôr em ação, e sempre volto de mãos vazias. A inércia no trabalho me lançou a outro ritmo em casa, onde cada dia é perfeitamente igual ao anterior. Para ser sincero, é a melhor coisa que já me aconteceu. A repetição faz com que nossa rotina seja feita de pequenos detalhes. Gonçalo tem por hábito acordar cedo e ir à cozinha sovar seus pães, enquanto reclamo para mim seu lado vazio da cama. Um de meus pequenos prazeres é o de adormecer novamente, sentindo nas cobertas o calor residual de seu corpo e seu cheiro. Um dia em que seus bolinhos saem do forno perfeitamente acabados já se anuncia um dia bom; quando o tempo se apresenta menos cinzento e mais propício a cavalgadas, temos pequenos grandes dias. Receber para o chá ou ir ao teatro são nossos eventos da semana. Aliás, minha mãe é nossa hóspede desde o Natal, e ficará conosco até poder assistir à coroação de Jorge III.

Posso imaginar sua expressão, minha querida, ao ler isso! Mas adianto que foi ideia de Gonçalo, e confesso que a princípio fiquei receoso (você conhece bem a personalidade excêntrica de mamãe). Mas seus modos maternais têm efeito positivo no ânimo de Gonçalo, que tem por ela um carinho muito filial, e os dois parecem se dar bem. Para mamãe, somos "os meninos", e com June é sempre "os meninos já voltaram?", ou "os meninos vão cear em casa hoje?". Creio mesmo que ela agora prefere a ideia de um genro à de uma nora, pois noto nela certo alívio ao concluir que nunca terá de disputar minha atenção com outra mulher.

Isso me traz lembranças do Rio. Lembra-se, minha querida, de quando você subia comigo o Morro do Castelo, às escondidas, para frequentar nossas aulas de grego? Que saudades tenho daqueles dias, de nosso pequeno clube de leitura, nossas discussões intermináveis sobre literatura ou qualquer coisa que nos fizesse sentir menos isolados naquela terra erma que é o Brasil. Contudo, nunca fui tão feliz como agora.

Lorde Strutwell, de quem lhe contei na carta anterior, nos convidou para uma caçada na próxima semana. Será bom também para que Gon conheça a cozinha de Kenwood Park. Ele aceitou a proposta de Fribble e tem se dedicado a refinar as receitas para seu grande début. É sempre prazeroso ver um especialista discorrer sobre sua técnica, e ouvir Gon falar sobre as diferenças entre abrir uma massa de pão ou de torta, ou de como saber se seus macarons atingiram o ponto certo, enche-me de emoção. A displicência artística com que faz tudo parecer tão simples, aceitando a efemeridade de tudo que faz, é sobretudo uma forma de dispersar sua intensa energia vital. Entre outras formas, claro, que não ponho nesta carta, mas deixo para sua imaginação. E, como se não bastasse isso, administra seus sentimentos com uma maturidade que eu mesmo ainda não consegui ter.

O inverno tem ficado mais rigoroso, e nos dá preguiça de sair à rua. Nossa sala de leitura possui o que aqui chamam de *bow-window*, uma pequena varanda fechada por janelas formando um tríptico, uma alcova em que pusemos um gostoso banco acolchoado e ladeamos com estantes dos livros que mandei vir de Portugal, junto de outros tantos que encontrei aqui. É nosso lugar favorito da casa. Ali sentados, costas contra costas, ficamos entre chás, bolos e leituras. Uma pequena vitória minha foi convencer Gon a usar óculos, e com isso ele redescobriu a leitura. Dei-lhe alguns livros de aventuras de Smolett e Dafoe, para que veja que nem toda leitura precisa ser de lições moralizantes, mas a que ele mais se dedica é ao estudo de livros de receitas e técnicas de cozinha, o qual tem servido também para que aprenda mais da língua inglesa. O *Dicionário do cozinheiro e confeiteiro* de Notts lhe foi mais útil do que o melhor dos professores. Mas fizemos um acordo: leio para ele uma seleção de meus livros favoritos, e ele me faz experimentar suas novas receitas.

Há mais coisas, é claro. Coisas deliciosas que fazemos e poderia descrever a você por páginas sem fim feito um romance libertino, mas temo não ser tão bom autor que torne interessante algo por natureza tão repetitivo, ainda que com variações. Mas, cá entre nós, escrevo-lhe isso com o mesmo sorriso bobo de um adolescente que descobriu o amor. Chego a corar só de lembrar que ainda há pouco... bem, estou divagando. Voltando aos livros, li um interessantíssimo de nosso francês favorito, Voltaire. Junto desta carta você deve receber um exemplar do *Cândido*, motivo pelo qual esta chegará às suas mãos por vias mais tortuosas e discretas do que as habituais. Ainda estou digerindo a leitura, mas anseio por saber sua opinião. Sabe bem o quanto a admiro!

Mas eis que chegamos ao tópico central desta carta. O fato é que estou desacostumado a invernos rigorosos, e padeci de uma grande febre que me fez cair de cama e, em pouco tempo, me pôs em grande abatimento de forças e espírito, de sorte que foi chamado um médico para me sangrar. Não se atreveu este a passar de quatro sangrias, porque na última me viu reduzido a uma debilidade incrível. Gonçalo não saiu de meu lado em nenhum instante, empurrando-me colheradas de manjar-branco goela abaixo. Sua dedicação para comigo comoveu muito mamãe. Quando adoeço, volto a ser uma criança, não sou o melhor dos pacientes. Então tomei Gonçalo pela mão e lhe disse à guisa de pedido de desculpas: "Não mereço você", e ele me respondeu: "Já eu certamente mereço você". Não sei bem o que ele quis dizer, mas deve ser verdade.

Quando o médico quis me aplicar ainda mais sangrias, a velha June o enxotou de casa chamando-o de abutre carniceiro, preparou-me um tônico e uns caldos paliativos que funcionaram melhor do que qualquer sangria, e, aos poucos, pela mercê dos deuses fui arribando e ficando fora da cama. Mamãe diz que a mulher tem algo de bruxa, como todas as escocesas. Mas hoje acordei tão bem-disposto que chutei as cobertas e me pus em pé de imediato, tão cedo que mesmo Gonçalo, o madrugador, ainda dormia. Fiz minha toilette, vesti meu melhor *banyan*, calcei minhas chinelas e saí pela casa à procura de algo para meu desjejum. Nem mesmo o sol havia nascido, embora já houvesse claridade da alvorada. Peguei uma lamparina e, decidido a esquentar eu mesmo a água de meu chá, desci até a cozinha.

Foi quando o chão começou a tremer! A princípio, pensei ser uma tontura repentina, mas escutei as porcelanas tilintarem nos armários, as panelas e as formas chacoalharem nos balcões, uma chaleira que caiu ao chão com estrondo e algumas cadeiras virando. Ao longe, escutei o despencar dos tijolos de uma chaminé vizinha. No instante seguinte tudo já estava calmo outra vez, exceto pelos cães latindo pela vizinhança. A casa inteira acordara com o tremor. Vesti uma capa e saí para os jardins dos fundos; Gonçalo, mamãe e June vieram logo depois. A chaminé do vizinho despencara em nosso jardim, mas, fora isso, tudo parecia normal. Gonçalo perguntou: "Então é isso um terremoto?", e não pude deixar de notar seu tom de decepção.

Com isso, me despeço, minha querida. Sinto saudades de vocês dois, sinto saudades de nossa terra, sinto saudades das comidas, dos cheiros e, perdoe-me o excesso, sinto saudades até mesmo de escutar um canto de pássaro decente, pois é coisa muito estranha cá sair à rua e escutar os corvos, crocitando tal que parecem rogar maus agouros o tempo todo. Contudo, estou feliz aqui, e de nada me arrependo. Encerro, como sempre, com os desejos de felicidades e saúde a vocês dois e a meu querido afilhado.

E.B.
Londres, New Bond Street, n° 21, neste 8 de fevereiro de 1761

SEXTA CARTA
Érico Borges a Sofia Boaventura, no Rio de Janeiro

Querida, cá estou sentado em um jardim inglês, esperando pelo sol, enquanto escrevo estas linhas. Como sempre, faço isso sabendo que minha carta anterior ainda se encontra no meio do caminho. Porém, tão extraordinários foram os eventos que preciso lhe contar no calor do momento. Primeiro, os políticos: esta semana nos chegou a notícia de que, no dia 12 do mês passado, o conde de Oeiras aboliu o comércio de escravos em todo o reino e em Goa! Que notícia extraordinária! Claro, o fim desse infame comércio não se estendeu às feitorias na África ou ao Brasil; a economia brasileira, dizem, não sobreviveria sem escravos. Mas é um passo na direção certa, me dá alívio saber que estou trabalhando para o lado certo. Ou, talvez, o menos ruim? Em Londres é assunto que já se começa também a discutir. Torço para que não demore a se estender ao Brasil.

Mas vamos ao chá! Como havia dito, estava planejado para março, quando o tempo estaria mais agradável. Porém, a chegada de viagem de um casal de amigos que logo devem partir de novo (o capitão e o médico de bordo, creio que já falei deles) nos motivou a adiantar a data. Lorde Strutwell propôs usarmos a *orangerie* de sua mansão, um ambiente muito iluminado e fresco graças às enormes portas e janelas envidraçadas, que recebe a luz do sol e, ao mesmo tempo, nos protege do frio. Não sei dizer quem estava mais ansioso com a recepção, se Gonçalo ou o próprio conde. Lorde Strutwell coordenava a disposição de suas poltronas e cadeiras, dos vasos gigantescos e das mesinhas de metal trançado com rigor artístico. Propôs usarmos menos criados e servirmos nós mesmos o chá, pois está muito na moda agora, diz-se que é assim se faz na França, onde Luís XV coa ele próprio o café para os convidados de seu *souper intime* após as caçadas.

A verdade é que, dada a vida reclusa do conde, já faz algum tempo que Kenwood opera com uma quantidade diminuta de criados, e esses rapazes que o velho emprega e que chama de seus *"belle amis"* são realmente muito belos, mas nenhum primor de competência. Ou inteligência. De todo modo, Gonçalo e eu chegamos à mansão dois dias antes, para que ele pudesse treinar o pessoal de cozinha. O resultado foi excelente. Pela *orangerie* se espalharam canapés, doces e bolos decorados com esmero exemplar.

Maria veio acompanhando mamãe e foi muito útil para conter suas perguntas indiscretas ao conde — "E a senhora condessa, onde está?". O conde, escaldado nesse tipo de impertinência, deu sua desculpa tradicional: a de ser "um solteirão convicto". Mamãe logo percebeu que naquela tarde conheceria muitos "solteirões convictos" e muitos pares de "bons amigos" dividindo o endereço. Devo reconhecer seu esforço pessoal em se adaptar à minha realidade. Como você sabe, não há coisa que ela mais deteste que a pequenez do pensamento provinciano, e tem se esforçado em se mostrar o mais cosmopolita possível. A todo momento faz questão de lembrar um bom amigo de infância que hoje é cabeleireiro da rainha Mariana, ou então se põe a discutir modas com Fribble.

Ah, Fribble! Da porta escutou-se sua voz inconfundível, e com ele veio todo o seu *entourage*, "a mais doce sociedade do mundo": o modista, o advogado, o peruqueiro, aqueles dois membros do Parlamento e aquela venenosa que vive de renda e que não suporto. Porém, conhecendo a história de cada um deles, uma sucessão de pequenos dramas familiares e amores dificultados pelas circunstâncias, passei a vê-los, acima de tudo, como um grupo de sobreviventes dos preconceitos de nossa sociedade, onde os méritos da "doutrina futilitária" de Fribble (que todos ali consideram o grande filósofo dessa nossa casta) se mostram de valor incalculável.

O próprio Fribble, aliás, veio vestido como se pretendesse receber a distinção de ser o peralvilho mais casquilho da terra dos janotas: casaca azul-bebê, justíssima ao corpo, de bordados em brocado dourado, um lenço amarelo-ouro ao pescoço, e uma pinta de veludo negro colada às bochechas cheias de pó e ruge, com aquele seu sorriso habitualmente malicioso, capaz de dar segundas intenções até à previsão do tempo. E, querida, hoje ele estava impossível! A certa altura lançou um grito tão agudo que julguei que racharia os cristais, virei-me assustado pensando que algo terrível acontecia, mas era apenas seu entusiasmo esfuziante com a chegada de Lady Madonna — ela própria num enorme e vistoso vestido azul-bebê que combinava com a casaca de Fribble à perfeição, e uma peruca tão alta quanto as torres de uma catedral, decorada no topo com um arranjo de passarinhos empalhados. Ela gritou seu entusiasmo em retorno, os dois trocaram beijinhos sem encostar as bochechas (para não borrar a maquiagem), ele a tomou pela mão e a fez rodar em uma dancinha, exibindo a magnificência de seu vestido. Que escândalo, esses dois!

Sir Phillip Whiffle, aquele capitão de fragata de que lhe falei, veio acompanhado de Mr. Simper, o cirurgião de bordo e seu companheiro de muitos anos. Ambos acabam de regressar de uma viagem às Américas e, mal me viram, vieram me perguntar do "terrível assalto" que sofrêramos na estrada naquela noite do banquete. Eles não sabem nada sobre o que ocorreu em Merryland, claro. Simper ainda me aconselhou a fazer como os ingleses fazem, levando sempre duas bolsas quando viajam: uma grande, para os gastos próprios, e outra pequena, para entregar ao assaltante. Céus, esses ingleses... espero que tais hábitos nunca cheguem ao Brasil. Ah, outra convidada que vale mencionar é Teresa Cornelys, a "rainha da extravagância". Consta que tem em sua folha de pagamento vários "jornalistas-baiacu", como se diz aqui, que se encarregam de inflar os fatos e manter seu nome circulando na imprensa por meio de fofocas que ela mesma espalha. Um bom nome para se ter entre as relações.

Não quero aborrecê-la com a descrição de cada doce que Gonçalo nos serviu nesta tarde, peço apenas que imagine a *orangerie* tomada pela mais esplendorosa seleção de tortas e confeitos coloridos, digna daquela da biblioteca de Beckford, e então saberá que, no fim das contas, foi tudo um sucesso. Fribble, olhando-me com um sorriso cúmplice, ergueu sua xícara de chá em saudação e me disse: "*páthos*".

Foi pouco depois disso que Maria me tomou pela mão e pediu que a seguisse. Saímos da *orangerie* para o ar frio daquela tarde, caminhando sobre a grama úmida. Falei-lhe que esperava não ser uma proposta de casamento de aparências, pois tenho um limite de farsas que consigo assumir, e minha cota já estava preenchida.

"Não diga bobagens, tenho algo importante para lhe mostrar", ela me tranquilizou, e então tirou do vestido a cópia de um panfleto que reconheci de imediato: *The Earthquakers*, autor anônimo. Perguntei onde havia conseguido aquilo. "Passaram a vender nas ruas, logo após o terremoto." Ela queria saber se era aquele mesmo panfleto que eu havia visto em Merryland no ano anterior, e confirmei. "É absurdo que não possamos fazer nada contra esse homem", protestou indignada. Expliquei que não há o que se possa fazer. O conde de Bolsonaro está protegido por um engenhoso expediente inglês, chamado "imunidade diplomática", que também me protege. Acusá-lo fará apenas com que seja mandado embora do Reino Unido, e essa solução não me serve. Esses meses podem ter sido um idílio amoroso e ocioso, mas não foi por escolha minha! Enquanto o conde de Oeiras não se manifestar, estou preso às minhas ordens.

Maria abriu a boca para protestar, mas fomos interrompidos por uma enorme revoada de pássaros, que vimos se erguer de bosques distantes ao sul, e que parecia vir em nossa direção. Comentei que algo assustou as aves, mas Maria, sem me dar atenção, voltou para dentro da *orangerie* irritada. Fui logo atrás. Ali dentro, no calor confortável da sala envidraçada, Fribble bateu a colher na xícara chamando a atenção de todos, e lorde Strutwell se levantou para um discurso.

Não estavam reunidos ali, disse ele, apenas para dar as boas-vindas a Whiffle e Simper por seu retorno à Inglaterra, mas também para reforçar os laços que os uniam — "pois somente unidos poderemos, na adversidade, encontrar um ponto de apoio que nos faça seguir em frente". Primeiro propôs um brinde "à memória daqueles que tombaram em batalha contra o ódio de mentes pequenas", e todos saudamos pensando em Armando. Então chamou Gonçalo à frente e o anunciou como responsável pelos quitutes daquela tarde. Teceu os maiores elogios à sua habilidade, à sua beleza, à sua juventude, enfeitou-lhe a biografia apresentando-o como "o mestre pasteleiro mais famoso de Portugal", tendo treinado "nas melhores cortes da Itália", e viajado pela França para "estudar as técnicas de La Chapelle" (Gonçalo vinha lendo seu *The Modern Cook*). Gonçalo corou quando lhe deram palmas, agradeceu os elogios e, com a confiança cedida por um ambiente excepcionalmente acolhedor, olhou-me nos olhos e me apontou em meio a todos dizendo: "Eu não seria metade do que sou se não fosse por aquele que amo. Érico, meu herói, você é tão parte disso quanto eu". Bateram-lhe palmas ainda mais entusiasmadas, e vi, de canto de olho, que mamãe ocultava as lágrimas.

Deixei Gonçalo conversando com os convidados, e me sentei mais afastado, ao lado de Lady Madonna. Ela perguntou se eu estava orgulhoso do sucesso de meu *beau*, mas, antes que eu respondesse, fomos interrompidos pelo par de cães de lorde Strutwell, que, sem motivo aparente, começaram a uivar.

"Os animais estão estranhos hoje, não?", comentei. Então os dois cães saíram em disparada, escapando para o jardim pela porta aberta da *orangerie*, com lorde Strutwell correndo atrás, aos gritos: "Domenico! Stefano! Voltem aqui!".

Lady Madonna e eu não demos maior importância ao caso, e voltamos à conversa. Contei-lhe do temor supersticioso que tinha com algumas palavras, em especial aquelas que, de tão desgastadas pelo excesso de uso, eu não podia aceitar que fossem empregadas senão quando muito merecedoras de seu uso. Agora isso me parece tão tolo, tão idealista, tão juvenil. Gonçalo me ensinara seu valor real, e ele estava muito acima de meu temerário fetiche semântico. Da mesma forma que "marido" e "esposa" me vinham à mente: são apenas termos relativos às partes de um contrato. Aos casais, impõe-se que devam casar, não que devam se amar. E, no meu caso, o que isso significaria? Uma formalidade, uma burocracia, uma declaração pública? Jurei a mim mesmo que não faria como tantos outros, um casamento de aparências, transformando seus verdadeiros amores em sombras ocultas nos cantos escuros de suas vidas. Gonçalo tem uma alma solar, e não trairei o que sinto por ele deixando-o à sombra. Se for para provocar escândalo, se for para me tornar um pária como lorde Strutwell, que seja, mas não cederei um passo no que tange à minha própria felicidade.

Ao ouvir isso, Lady Madonna ficou emocionada, tomou minhas mãos nas suas e, com sua infinita sabedoria, me disse:

"Querido, pobre é aquele cujos prazeres dependem da aprovação de outros". Mas mal tive tempo de agradecer o conselho.

Pois o chão começou a tremer outra vez.

Começou fraco, gerando murmúrios nervosos, então uma mesinha virou, espatifando bule e xícaras, e madame Cornelys gritou de susto. Maria se levantou e ficou paralisada, os cotovelos erguidos, como se com medo de tocar em qualquer coisa, olhando ao seu redor com horror e murmurando: "De novo não, de novo não!". Fribble e eu nos entreolhamos: ela estava tendo um colapso nervoso.

Então o forte reverbero de um estrondo distante provocou um baque, que fez muitas das grandes vidraças da *orangerie* estourarem, lançando cacos de vidro sobre os convidados. O capitão Whiffle gritou "abandonar o navio!", tomei mamãe pela mão e todos corremos para fora, exceto lorde Strutwell que, apavorado com a cacofonia de objetos caindo dentro da mansão, foi atrás de suas preciosas coleções.

E o tremor parou, tão de repente quanto veio.

De dentro da mansão, ecoou um grito de dor na voz do conde. Gonçalo e Mr. Simper foram atrás e encontraram o velho de joelhos no salão de jantar. A preciosa estátua de Antínoo havia tombado, e na queda, partira-se ao meio. O conde, tal qual o imperador Adriano um dia o fizera, lamentava a perda de seu belo efebo. O pobre Antínoo, pela segunda vez entregando-se em sacrifício, foi a única vítima desse dia.

E.B.
Hampstead, Kenwood Park, neste 8 de março de 1761

22.
Veado à moda da casa

Nos dias seguintes, não falta quem aponte a coincidência de que, entre aqueles que ficaram conhecidos como "os tremores gêmeos" de Londres, em 8 de fevereiro e 8 de março de 1761, decorreu o intervalo exato de um mês. As palavras de conforto oferecidas nas igrejas pela ocasião do primeiro tremor agora são recebidas com descrédito, e qualquer carroça mais pesada que passe à rua já faz muitos londrinos saltarem em pânico da cama, crentes de que lhes aguarda o mesmo destino de Lisboa.

O maior estrago não é físico, mas mental. Como nada nunca está tão ruim que não possa piorar, logo um soldado impressionável do regimento dos Life Guards, chamado William Bell, começa a ter visões. "A terra irá se abrir; o Tâmisa, ferver e borbulhar; as pontes, a despencar; e o fogo da danação, cuspido das entranhas da Terra, levará os espíritos de santos e pecadores à presença dos anjos do Senhor, erguendo as almas dos mortos, e deixando a terra limpa e nua, livre dos pecados e feitos do homem, amém." Tão vívidas são suas visões que Bell as sai contando para quem quiser ouvi-las. Tão eloquente é seu discurso que, em poucos dias, sua profecia toma conta de Londres feito uma febre. Uma semana após o segundo tremor, não se fala de outra coisa nos cafés, nos jardins de chá, nos jantares em família. A cidade se divide entre os que acreditam em sua visão e nos que riem da credulidade alheia. E tudo acontecerá, seguindo a lógica dos terremotos anteriores, vinte e oito dias após o último: em 5 de abril, portanto.

Assim se estabelece o prazo para o fim do mundo.

"O dia dos bobos, 1º de abril, teria sido uma data mais adequada", resmunga Fribble, profundamente incomodado com toda aquela situação.

"É surpreendente como as coisas estão bem num momento e, no outro, tudo muda", comenta Érico ao seu lado.

Fribble lhe enviara uma mensagem no dia anterior, convidando-o para uma refeição em seu clube, o "mais macarôni da cidade", onde queria discutir um "importante assunto particular". Gonçalo, com um erguer de sobrancelha, perguntou se deveria ficar preocupado. Érico então riu e fez um muxoxo: "Fribble não faz meu tipo". Provavelmente, seria alguma questão pessoal, que Fribble preferia tratar em privado.

Os dois agora caminham pelo Green Park, quando Fribble comenta que leu nos jornais que Portugal assinou com a Espanha o Tratado de El Pardo, anulando assim todas as determinações do Tratado de Madri.

"Deve ser um alívio para seu embaixador, não? Maria me disse que ele andava muito ansioso com a questão."

"É, imagino que sim", diz Érico, amargo. Sim, ele também leu aquela notícia nos jornais, o que só serviu para lhe tirar o bom humor. "Toda a guerra que tivemos no Sul do Brasil, contra as missões jesuítas, cinco anos lutando contra os guaranis, foi inútil, por um acordo que acabam de anular. Uma perda imensa de tempo, dinheiro e vidas."

"Ah, é a guerra...", diz Fribble, *en passant*, "e guerras nunca mudam."

"Nem os malditos espanhóis", resmunga Érico.

"Querido, reveja seus conceitos", censura Fribble. "Já disse, essa sua má vontade com os espanhóis é uma bobagem. Veja nós escoceses, por exemplo: vivemos séculos às turras com os ingleses, e decerto que eles nos conquistaram, mas não mais do que os romanos quando conquistaram os gregos, pois hoje admiram nossos autores, nossos pensadores, a beleza das nossas terras, e nós lhes admiramos... não faço ideia pelo quê, mas enfim, por alguma coisa."

"Nunca conheci um castelhano de que gostasse", insiste Érico. "Além do mais, vocês ao menos falam a mesma língua. Se os desgraçados conquistarem Portugal outra vez, Deus que me perdoe, mas arrancarei minha língua antes de ter que falar a de uma nação estrangeira na minha própria terra."

"Foi o que os índios do Brasil fizeram?"

Érico não responde nada. Passam pelo reservatório de água de Chelsea e saem do Green Park para Picadilly, onde um vendedor de rua anuncia "pílulas contra terremotos", embora não detalhe como isso poderia funcionar. Mesmo assim, não falta quem compre. Fribble muda de assunto: "A propósito, soube que foi o mais recente alvo das intenções matrimoniais de Maria".

"Ah, sim. Por favor, não comente nada com Gonçalo. Ele ficou um pouco chateado com isso tudo... um ciúme bobo, mas quero evitar problemas em casa."

"*Já disse o poeta/ que dura mais a relação/ quando o agente é quietinho/ e o paciente mandão*", cantarola Fribble. "Mas veja só como Maria é uma garota esperta. Se o casamento é a escravidão da mulher, ela busca uma forma de fazer dele sua alforria."

"A quem mais ela já propôs?"

"Ah, me parece que em tempos passados, houve boatos sobre ela e Armando."

"Ouvi dizer. Mas por que isso não foi em frente?"

"Ele temia que isso o obrigasse, de alguma forma, a ter que voltar para Portugal", diz Fribble. "Mas, claro, não é só isso. Uma hora te pressionam por casamento, e quando você pensa que o deixarão em paz, o pressionam por filhos. E um só não bastará, e vão sempre querer de você mais e mais provas de que está comprometido em viver a vida que planejaram para você sem nunca o consultar, e com pouca ou nenhuma consideração pelos seus próprios planos. E não basta vivê-la, precisa convencê-los de que acredita no que dizem. Não estão verdadeiramente interessados em você, querem apenas confirmar as próprias inseguranças, fazendo uso de você para isso."

"Ora, há famílias e famílias", defende Érico. "Agora é você quem está prejulgando. Suponho que não tem um bom relacionamento com a sua?"

"Olhe, querido, se tem uma coisa que eu invejo nas classes baixas", suspira Fribble, "é a facilidade com que lhes morrem os parentes. Gente rica, para morrer, é uma desgraça, demora muito. Mas a meu ver a culpa de tudo é das religiões. É por isso que elas persistem, mesmo que atraiam mais misérias do que qualquer outra coisa: há sempre a esperança de que as regras funcionarão, de que algum dia encontrarão alguma felicidade na própria subserviência. Sinceramente... repetir geração após geração a mesma roda de infortúnios, o mesmo processo, as mesmas regras, esperando que algo novo surja disso, me parece a própria definição de loucura. E em algum momento você se pergunta se é nisto mesmo em que consiste a vida: uma existência miserável a satisfazer as exigências dos outros, tendo que viver nas margens que lhes deixam. E quando vê, um dia se está velho e solitário, e percebe que aquilo que você realmente viveu foi muito pouco, foi apenas a sombra de uma vida, no espaço apertado e sufocado onde te permitiram ser você mesmo, pois só ali não estavam vigiando. Um dia você acorda e percebe que se tornou lorde Strutwell."

"Fribble!", Érico protesta. "Não seja cruel. E quando foi que você passou de dândi delirante a apóstata?"

"Ah, querido, sou como um bolo de casamento: por baixo dessa linda cobertura, sou duro como pedra... mas não menos saboroso, claro."

Dobram a esquina na St. James Street. Fribble aponta com a bengala um prédio do outro lado da rua, em cuja janela em arco, no térreo, vê um criado puxando as cortinas.

Entram e são recebidos pelo guardião do clube, que cumprimenta Fribble como um velho conhecido. Acompanham-no até uma porta alta, que o criado abre para que entrem em um grande salão preto e dourado, onde dois elegantes macarônis com enormes perucas comparam seus bordados diante da lareira, e o seguem até uma mesa disposta em um canto discreto. Fribble indica as duas confortáveis cadeiras com braços para que se sente, e acomoda-se ao seu lado. O criado de mesa deixa um cardápio diante de cada um.

Fribble tira o cardápio das mãos de Érico: "Não, não, deixe tudo por minha conta, aqui você é meu convidado". E voltando-se para o criado: "Traga-nos um pouco daquele caviar com que o embaixador russo nos presenteou no começo da semana, se ainda houver, e uma garrafa de clarete. Érico, você gosta de carnes de caça, suponho? Ora, quem não gosta? Eles conseguem um veado excelente aqui, que você precisa experimentar. Sim, está decidido. Vamos querer o melhor veado à moda da casa, para os dois. Algumas fatias do seu excelente toucinho, seria bom também. Ervilhas e batatas, e aspargos também, se os tiver, me parece maravilhoso. Ao final, traga morangos *au kirsch*, e… ora, vamos abrir a carteira um pouco! Traga-nos uma fatia de ananás para cada um. Mas traga o clarete e o caviar antes, sim? Estamos precisando de algo que nos anime".

O criado assente com um aceno da cabeça e se vai. É quando Fribble se vira para ele com um sorriso enigmático, e surge com a mais peculiar das perguntas:

"Diga-me, Érico, o que você sabe sobre jacobitas?"

"Você quer dizer jacobeus?" Érico o encara com espanto. Que pergunta arbitrária! Que interesse teria Fribble por um bando de frades portugueses fanáticos?

"Não, não disse jacobeus, nem sei o que é isso", Fribble revira os olhos. "Jacobitas. Os seguidores de Jaime Stuart, você sabe… o Velho Pretendente…"

411

Mas minúcias da política inglesa não são bem o campo de conhecimento de Érico, e Fribble explica: Carlos II, o fanfarrão mais libertino que já governou o Reino Unido, apesar de ter espalhado bastardos por toda Inglaterra, falhou em gerar um herdeiro legítimo. Após sua morte, assumiu seu irmão, Jaime II. Porém, tendo vivido na França, este havia — que horror! — se convertido ao catolicismo, e por consequência, trazia consigo uma simpatia pelas monarquias absolutistas, bem ao gosto católico, o que o fazia entrar em constante conflito com o Parlamento. Em resumo: de atrito em atrito, Jaime II acabou deposto na chamada Revolução Gloriosa, indo para o exílio, e em seu lugar o Parlamento pôs a coroa sobre a cabeça protestante de Guilherme III de Orange, conquanto este aceitasse uma declaração de direitos que limitava o poder do rei, estabelecia um inédito direito à liberdade de expressão, e o mais importante: determinava que nenhum católico jamais poderia sentar-se no trono inglês de novo.

Pois bem, isso tudo se passou no século anterior. Ocorre que muitos dentre os católicos britânicos, em especial os escoceses, nutrem a esperança de restabelecer sua linhagem por meio do filho de Jaime II, Jaime Stuart, a quem brindam como "Rei Sobre as Águas", ou então o neto do rei deposto, Carlos Eduardo Stuart, a quem chamam de "Belo Príncipe Charlie". Esses apoiadores são chamados de jacobitas. E um dos motivos pelos quais o Reino Unido não tem embaixadores no Vaticano é que o papa também reconhece apenas o velho Jaime Stuart como legítimo herdeiro do trono.

"Houve duas revoltas jacobitas na Escócia, a última foi quinze anos atrás", lembrou Fribble, "e até ano passado, os franceses ainda planejavam invadir a Inglaterra, depor Jorge II e instaurar Jaime Stuart em seu lugar. Mas a derrota francesa na Batalha de Lagos mudou isso."

"Sim, *dessa* parte eu estou a par", diz Érico, sarcástico. Aquela súbita mudança em Fribble, de macarôni avoado para o mais preocupado *connoisseur* das questões políticas de seu tempo, o perturba. Soa como uma traição aos seus princípios. "É aquela batalha em que vocês invadiram nossas águas e roubaram os navios franceses, não? Confesso que estou surpreso: não fazia ideia de que se interessasse por política. Um assunto de tanta seriedade não vai vulgarizar a refeição?"

"Ora, estamos num clube de cavalheiros, Érico. Se há uma conversa que pode encerrar a guerra, me parece o lugar perfeito para que ela ocorra."

"Nesse caso, vamos esperar o clarete. Jamais discuto política sóbrio."

O criado traz clarete e uma porção de finas fatias de pãezinhos torrados, acompanhando o caviar. Serve um cálice para cada um e se retira.

"Tenho a impressão de que não me convidou para tratar de assuntos pessoais."

"Eu nunca disse que queria discutir assuntos pessoais", sorri Fribble. "Oh, Érico, querido, por favor, não se ofenda nem se sinta traído. Minha amizade é sincera, e os tenho em grande estima. Digo isso por experiência própria: no nosso ramo, é preciso saber oscilar entre a esfera de interesses particulares e a de interesses profissionais."

"*Nosso* ramo?"

"O trabalho de levar e buscar fofocas e intrigas através de fronteiras. De bisbilhotar cartas. De entrar onde não se é convidado e descobrir aquilo que não querem que saibamos. É o que somos, não? Alcoviteiros profissionais, velhas turgimonas em nível estatal. Ah, meu caro… agora percebo, você nunca se perguntou como e por quê me aproximei de Maria e Armando?"

Palmas. Ergue-se a cortina. Érico, que havia se acomodado largado e solto, empertiga-se na cadeira: a nuvem de preocupações pessoais se dissipa em um piscar de olhos. É como se fosse atingido por um raio. Mais desperto. Não está entre amigos e, agora percebe que, com Fribble, talvez nunca estivesse. Desde o momento em que o conhecera, os chás, as idas ao teatro, os jantares, as ofertas para ajudá-lo em sua vida pessoal — como pôde ser tão ingênuo? —, tudo isso era parte de um jogo de sedução a que não estava acostumado. Os modos elegantes, despreocupados, a conversa superficial... como não havia se dado conta daquele conjunto de sinais? Ai, Érico: deixaste te seduzir por todo aquele brilho, e não viste o que estava à tua frente o tempo todo. Compreende então que este será um jogo entre profissionais do mesmo ramo: a espionagem.

"Você e Armando nunca foram amigos", conclui Érico, precipitado.

"Ora, muito pelo contrário! Ambos, Armando e Maria, são muito amigos meus. Era, no caso dele. Preciso me acostumar a falar de Armando no passado, pobrezinho. Lamento muito o que lhe ocorreu. Duas joias, os dois. Maria ainda não sabe sobre isso, claro, é um gesto de confiança meu o que lhe conto aqui, pois ocorreu uma situação excepcional, que requer medidas excepcionais. Quanto a Armando, creio que nossa relação se confundiu em diversos momentos, e ele teve dificuldade em lidar com isso. Se preciso extrair algo do filho do embaixador de Veneza aqui, ou se o adido austríaco ali está, como direi?, disposto a abrir a boca... são oportunidades que *devem* ser aproveitadas. Vocês, estrangeiros, quando estão longe da terra natal, é surpreendente o quanto se dispõem a abrir as pernas. Não que eu não me divirta com a jovem e viçosa diplomacia europeia, mas creio que Armando, com seus pudores portugueses, ficou com uma impressão um pouco errada de mim. Mas nossos interesses eram mútuos: ele queria encontrar um lugar para si que fosse bem longe de Portugal, e eu poderia arranjar isso em troca de ser mantido bem informado. Contudo, 'Inês é morta', como vocês costumam dizer. Infelizmente, nesse caso, de modo literal."

"E agora, você precisa de uma nova fonte de informações", conclui Érico. Bebe seu clarete de um gole só. "Não sei o que levou Armando a aceitar isso, mas aqui eu estou em condições diferentes. Ao contrário dele, não sou um maldito traidor."

"É mesmo tão difícil assim de entender, Érico? Veja o homem para o qual ele trabalhava! Que você mesmo detesta, por sinal. E você, que é um rapaz aculturado, apesar de português, me diga: o que uma nação de pobretanas e provincianos supersticiosos como Portugal tem para lhe oferecer? Uma auto de fé onde ser queimado, o símbolo máximo da barbárie de vocês. Tenho certeza de que consegue ver meu ponto. Armando viu. Ele não conseguia respirar, morria de medo da ideia de voltar para esse grande claustro do espírito que sua nação se tornou. Ele queria mais, e não se pode culpar ninguém por querer mais da vida do que aquilo que nos destinam. O que Portugal tinha a oferecer para ele? Aliás, o que tem a oferecer para você?"

Chega o criado e lhes serve os escalopes de veado assado e as batatas. Ao se curvar, o braço do rapaz toca o de Érico, que não desvia. Os dois, Érico e o criado, trocam olhares, maliciosos e brilhantes, fitando-se por alguns segundos até o rapaz se virar de costas e voltar para a cozinha, com um passo manhoso que o faz lembrar de um rapaz no Rio de Janeiro, que tinha os mesmos modos maleáveis no andar. Fribble, percebe, também ficou como que enfeitiçado pela beleza do empregado de mesa.

"É por coisas assim que gosto de vir aqui", diz ele, sorrindo para Érico.

Recuperados da distração, os dois voltam suas atenções um para o outro. Érico se propõe a também contar uma pequena história, testemunhada pouco antes do Natal, e que, a seu ver, ilustra o que os ingleses têm a lhe oferecer como civilização.

Andava com Gonçalo à procura de um presente para sua mãe, quando se depararam com um grupo amontoado ao redor de um moribundo. Meteu-se no meio e perguntou o que havia acontecido.

Dois homens, uma discussão, briga. Um deles, golpeado com força no rosto, estava no chão à beira da morte. Érico perguntou se não havia ninguém que pudesse salvá-lo. Havia, o cirurgião estava ali, mas não o deixavam ajudar, pois outros dois haviam feito uma aposta em dinheiro. Um, que o homem sobreviveria; o outro, que morreria. E por causa disso, nada se fez pelo sujeito.

"Sei o que dirá", adianta-se Érico, "que não se deve tomar uma pequena fração como representativa do todo. Mas, para mim, aquele momento foi revelador. Sabe do que me dei conta, Fribble? Que ali estava o espírito da sociedade que os pariu. Percebi que vocês, ingleses..."

"Britânicos", corrige Fribble.

"Que seja. Vocês, britânicos, também são uma nação de fanáticos. A fé de vocês não se volta à Igreja, mas ao dinheiro. Uma fé que move pessoas, cidades e uma nação inteiras tendo como base um único critério: extrair o maior lucro possível da mais ínfima atividade humana. Chamam-nos de santarrões delirantes, mas o que são vocês? Bárbaros educados, hunos elegantes, é o que são: Átila com uma xícara de chá. Não o culpo por defender seu país, mas convenhamos que mudar o nome da merda não a faz feder menos. Ingleses, escoceses, franceses, espanhóis... mesmo os portugueses reinóis... vocês europeus são movidos pelo desejo de convencer o mundo da sua própria superioridade, mas convenhamos, Fribble, nós dois apenas servimos dois monstros diferentes, nem por isso menos monstruosos. Vocês acreditam ser o berço das culturas, mas vivem num continente feito de ruínas; põem a si próprios no centro dos mapas, mas se ajoelham para beijar os pés da China em troca de um pouco de chá. E fanchonos como nós..."

"Psst! Fale mais baixo!", murmura Fribble.

"Nossa gente não é mais bem recebida aqui do que em Portugal", lembra Érico, baixando o tom. "Não é como se você me ofertasse sair do inferno para o paraíso, é apenas um círculo superior do inferno, um pouco mais perto do purgatório. E vem me falar de fogueiras? Sabe que aqui também se queima na fogueira, não sabe? E por qual crime? Falsificação de dinheiro. Cada religião com sua heresia."

"Armando não pensava como você", lembra Fribble.

"Não vou julgar o desespero alheio", retruca, bebendo mais um gole do clarete. "Ele estava desesperado e não via perspectivas. E eu, a meu modo, também estava desesperado, mas a natureza do meu desespero era outra. Além do mais, Armando era um reinol. Ora, o que realmente sabem vocês europeus da natureza do mundo e do homem? Rousseau? Limpo minha bunda com Rousseau! Eu conheço a natureza do mundo, Fribble. Como disse Voltaire, 'eu sei o quanto custa o açúcar que se come na Europa'. Sabe qual a diferença entre o espírito europeu e o espírito brasileiro?"

"Não faço ideia, mas tenho certeza de que você me dirá."

"A Europa está sempre tentando salvar o mundo de si mesma, e empreende esforços descomunais que inevitavelmente a conduzem à própria ruína; nós brasileiros já vemos a ruína desde o princípio: apenas relaxamos e aproveitamos a viagem. Então, deixemos claro que você não tem nada a me oferecer que eu já não tenha ou talvez nem queira. Mas você quer algo, não quer? Quer informação. Você me manipulou como o belo titereiro que é, e me ajudou bastante em tudo relacionado a Gonçalo, nisso lhe sou grato… mas esta é a diferença entre Armando e eu: minha vida pessoal não depende disso. Serei grato, mas não servil. Então, vamos tratar de negócios, vamos tratar do que o seu país quer do meu, e o que está disposto a oferecer em troca", Érico corta um pedaço da carne e a leva à boca. "O veado está ótimo, aliás. Creio que poderia cortá-lo com uma colher."

Fribble sorri fazendo um *moue* com os lábios, enquanto gira o castão da bengala na mão. Olha em volta, certificando-se de que ninguém escuta ou dá atenção à sua mesa.

"Como você deve saber, o velho Jorge II veio a falecer de causas naturais."

"Li no jornal."

"Mas sabe quem *não* faleceu de causas naturais? Isso você não lerá na imprensa."

"Não faço ideia."

"O valete do príncipe de Gales. No mesmo dia, no fim da manhã. Envenenado, imagine só, ao beber de uma xícara de chocolate destinada ao príncipe."

"Espere", Érico pisca, confuso. "O valete... do príncipe de Gales? Não o do rei?"

"Exato. Não é extraordinário? Imagine que você planeje envenenar o príncipe herdeiro do trono. Contudo, em vez disso, quem morre é o rei, em outro palácio, por meios naturais. Como manda o protocolo, o rei está morto, vida longa ao rei: o príncipe é acordado mais cedo e comunicado. Sua rotina se altera, e sequer toma o desjejum. O valete não quis desperdiçar uma boa xícara de chocolate e a bebeu ele mesmo. Você consideraria isso acaso, coincidência ou intervenção divina?"

"Consideraria uma ação inimiga."

"Como dois terremotos no exato intervalo de um mês?"

"Convenhamos que ninguém sabe como os terremotos surgem."

"Saber, não se sabe", Fribble tira do bolso da casaca um panfleto, que larga sobre a mesa, um exemplar de *Os incitadores de terremotos*. "Mas isso não impede que explorem o pânico com fins muito curiosos, não? Agora, Érico, sei que você veio para Londres atrás de um impressor de obras piratas. Para o bem ou para o mal, toda a literatura de dissidência da Europa acaba sendo impressa por nós, são os males de se ter um reino com liberdade de imprensa. Agora, sei o que veio fazer aqui em Londres e sei que teve algum sucesso nas suas investigações."

É então que Érico se dá conta: Armando foi assassinado antes que pudesse compartilhar com Fribble das desconfianças surgidas no jogo contra o conde de Bolsonaro. Fribble provavelmente sabe tudo sobre Érico, sabe que não existe nenhum barão de Lavos, mas não está a par de nada do que descobriu — Baskerville, os panfletos, tudo. Érico está com todas as cartas certas nas mãos.

"Soube apenas que estão vendendo isso às ruas", pega o panfleto e o folheia sem interesse. "Qual a relação disso com o envenenamento do valete do príncipe de Gales?"

Fribble explica que o ajudante do cozinheiro que preparou o chocolate foi preso, e quando o fizeram confessar para quem trabalhava, enumerou uma série de nomes: Jean Melville, Pedro de Nassetti, Alexandre de Marins. Todos eles são autores de panfletos que andaram circulando pela cidade nos últimos meses. Panfletos que costumam aparecer às portas das livrarias, misturados às encomendas, e os livreiros, não vendo mal em vender o que lhes chegava sem custo algum, os colocaram nas prateleiras.

"Vocês não podem simplesmente confiscá-lo, censurá-lo, recolher todas as cópias?", pergunta Érico.

"Não é assim tão simples. Não sem um motivo concreto. Este é um panfleto que, basicamente, acusa os sodomitas de atraírem o apocalipse. Em tempos como este que vivemos, vai ao encontro da opinião de muitas autoridades. Chegamos a cogitar que fosse obra do velho bispo Sherlock, mas ele negou, não é da sua lavra. Aos olhos da lei, não há nada que justifique seu confisco. Os mais crédulos já abandonaram a cidade, e quanto mais perto chegarmos da data para o 'fim do mundo', mesmo os incrédulos começarão a se questionar. Serão levados pelo pânico, e a razão é sempre a primeira que colapsa."

"Quer dizer que não há nada que a avançada e moderna Inglaterra possa fazer para conter esse delírio?", provoca Érico. "Apenas sentar e ver a casa pegar fogo?"

Fribble disfarça a irritação com um sorriso. Ignora o comentário e aponta a coincidência de que a data escolhida pelo soldado Bell, 5 de abril, caia bem no meio do período de eleições para o Parlamento. Outra coincidência? Não há como saber. Às vezes se fica tão envolvido pela política que todos os eventos do mundo parecem conectados, justificando-se mutuamente.

"E o que o leva a crer que eu saiba de algo a respeito disso tudo?"

"Bem, meu querido, sei que Armando foi levado morto à embaixada dentro de um barril, do mesmo modo que o mercador de vinhos em Lisboa; perguntei sobre isso para Maria e ela apenas me disse: fale com Érico. Sei que vocês se envolveram em algo grave na noite anterior à morte do rei, após o jantar com lorde Strutwell; perguntei e ela me disse: fale com Érico. Pois então, aqui estou eu, aí está você, há seis meses na nossa cidade investigando os meandros da nossa imprensa clandestina. Deve haver algo para compartilhar conosco, que pode nos pôr em alguma direção. E então lhe pergunto: o que você tem para nos dar, e o que você quer em troca?"

"Eu tenho um nome", responde Érico.

"Só um nome?", Fribble ergue a sobrancelha.

"E um endereço", completa. "Que, a essas alturas, já deve ter sido abandonado. Envolve os interesses tanto de franceses quanto de espanhóis; sei que o embaixador francês não está a par de nada, mas o da Espanha, sim. Isso não fará diferença, não é? Imunidade diplomática, essas coisas. Porém, havia interesses ingleses envolvidos nisso, e eu não fazia ideia de onde essa peça se encaixava nesse quebra-cabeça. Até agora. Jacobitas, então? Pois é este o nome que posso lhe dar, um nome inglês. Havia um conterrâneo seu também, um escocês chamado John "Jock" Strapp, mas este já é carta fora do baralho."

"Por quê? O que ocorreu com ele?"

"O mercado editorial é um negócio arriscado", Érico dá de ombros e sorri, gaiato.

"Querido, que coisa feia vir ao país dos outros e aprontar confusões."

"Bem, William... posso tratá-lo pelo seu nome de batismo agora? Já que somos amigos e colegas de profissão, é o costume no Brasil, não somos tão pomposos como vocês", provoca Érico. "Este grupo se autoproclama um 'consórcio transnacional', para resolverem mutuamente os interesses uns dos outros. Os interesses jacobitas estão claros agora. Os de franceses e espanhóis me são mais nebulosos, embora eu seja levado a crer que envolvam uma invasão ao Brasil. E tome nota que, se o Brasil for invadido, será a coisa mais catastrófica que ocorrerá para a economia do *seu* reino, tanto quanto do meu... a não ser que seu reino esteja envolvido nisso também. O que me diz disso?"

Fribble ri. "Você precisa entender uma coisa sobre nós, Érico: a guerra é uma extensão da nossa política, e nossa política é uma extensão dos nossos negócios. Tudo o que precisamos do Brasil, já podemos conseguir por outros meios. Você e eu viemos de duas nações mercantis, é essa a razão da nossa aliança durar tanto. Embora, para nossa sorte, vocês portugueses darem mais atenção aos livros de orações do que aos contábeis..."

Érico acena para que o empregado de mesa lhes sirva mais vinho. O criado vem e, quando se vai, o movimento ondulado de seus glúteos contra os calções muito apertados, o peso redistribuído a cada passo, subindo e descendo, os enfeitiça outra vez. Refeitos da distração, voltam aos negócios:

"Pois bem, eis minhas condições", diz Érico. "Quero tomar parte em qualquer ação que se faça contra o consórcio. Quero ser o dedo a puxar o gatilho. E, quando chegar o momento, quero ser autorizado a resolver a questão ao meu modo. Por Armando. E essa garantia, meu caro, quero por escrito. Em documento secreto, entregue a mim, com cópia enviada à minha embaixada."

"Espere um pouco", diz Fribble, baixando o tom de voz. "O que está nos pedindo é uma permissão para matar um estrangeiro no nosso país. Isso não existe."

"Se bem entendi essa história, William, é uma tentativa de regicídio de que estamos tratando aqui. Situações excepcionais requerem medidas excepcionais."

Fribble se recosta na cadeira e bebe seu clarete todo de um gole só. Parece analisar Érico sob uma nova lente, remoendo suas ideias. Por fim se decide, e sorri manhoso.

"Érico, Érico... que menino travesso você é. Preciso levar isso aos meus superiores."

"Tudo bem. Não vou a lugar nenhum mesmo." Ergue a taça em saudação: "Mas agradeço por este veado, querido. Certamente é o melhor que já comi".

23.
O colapso da Razão

Segunda-feira, 16 de março.

A se confirmarem as previsões do soldado Bell, faltam vinte dias para o fim do mundo.

Pelas ruas de Londres, famílias carregam seus baús em carroças e partem para o interior. A cada dia, as ruas vão ficando mais vazias. Mas o bom e velho lorde Strutwell, que não costuma ler jornais, decidido a contrariar seus hábitos de eremita, e animado com o sucesso recente de seus saraus e banquetes, resolve voltar a frequentar o mundo para além das paredes de sua mansão ou do Libertino da Lua. Entra então em uma cafeteria: ah, o cheiro do café e o burburinho das discussões incessantes sobre todos os assuntos possíveis! Pede um café. Na mesa ao lado, um grupinho muito exaltado discute se o que ocorre em Londres é um delírio das massas ou se a cidade será de fato o alvo da ira divina, seguindo nos passos de Lisboa e Pompeia. Um sujeito baixinho e pernóstico, com uma cópia de *Os incitadores de terremotos* nas mãos, brada contra os culpados por transformarem Londres em uma nova Sodoma: as mulheres desacompanhadas, a estimular a lascívia nos homens; os jesuítas com seus planos de dominação mundial; e, é claro, os pederastas e sodomitas, que conspurcam a terra com sua existência.

Uma feira de ódios se instaura naquela mesa e, de absurdo em absurdo, já se propõe sair às ruas e caçar os efeminados para livrar a terra de sua existência odiosa. É então que lorde Strutwell, com a fleugma que lhe é característica, e considerando que aquilo já passou dos limites, ergue-se e diz: "Ora, vocês não pretendem propor que se enforque tais pessoas, simplesmente por seguirem o que são suas inclinações naturais". O baixinho volta sua atenção para o conde, a discussão prossegue, cada vez mais exaltada. Neste momento chega um mensageiro, que pergunta: "Lorde Strutwell está aqui? Foi-me dito que ele estava aqui, tenho uma mensagem para ele". O conde se identifica e pega a carta. É quando o baixinho exaltado, lembrando-se ou de eventos muito antigos ou do personagem literário homônimo que é uma paródia do conde, associa o nome à pessoa e, aproveitando-se da distração do velho, se aproxima dele.

"Pois esta, senhor, é minha inclinação natural", anuncia.

E joga sua xícara de chocolate quente no rosto de Strutwell. O resto da cafeteria faz o mesmo: a atendente vira o café quente em suas calças, outro lhe atira o leite no pescoço. Forma-se uma turba. Lorde Strutwell tenta alcançar a porta para escapar, mas o agarram pelos braços. Recebe uma pancada na altura dos rins, outra na cabeça. Uma costela é quebrada. Entre socos e pauladas, o velho conde é surrado e erguido nos braços e levado para fora, onde o atiram na grande pilha de estrume do estábulo ao lado.

No leste da cidade, em uma pequena taverna no número 76 da Narrow Street, próximo às docas de Lime Kiln e de frente para a entrada de Ropemakers Field, há uma taverna chamada The Grapes. O lugar costuma ser frequentado pelos marinheiros do *Joy Stick*, e quando Fribble entra o encontra apinhado. Olhando o espaço de modo crítico, com má vontade, não parece ter largura maior do que o interior de um coche. Em uma mesa mais discreta ao fundo, vê Érico almoçando com o capitão Phillip Whiffle, o que o deixa desconcertado: não planejava ter mais companhia hoje.

"Capitão...", cumprimenta-o. "Érico, pensei que nossa conversa seria privada."

Érico mostra sobre a mesa uma cópia de *Os incitadores de terremotos*.

"O bom capitão estava me contando", diz Érico, convidando Fribble para se sentar, "dos problemas que este panfleto tem lhe trazido. Sabia que sete membros da tripulação do *Joy Stick* foram presos na semana passada? Há boatos de que uma nova Sociedade para a Reforma dos Costumes foi organizada. Lady Madonna está apavorada, pensando em fechar o Libertino da Lua até passar essa loucura toda."

"Creio que lorde Strutwell paga uma boa soma ao magistrado para que ela seja deixada em paz. Eu próprio, no que posso, cobro favores aqui e ali, para lhe reforçar a segurança", diz Fribble, atirando um livro à mesa e sentando-se no banco.

Érico puxa o livro e o abre na folha de rosto: *Uma nova descrição de Merryland, contendo a topografia, a geografia e a história natural deste país*. Escrito por Roger Pheuquewell, em 1741. Folheia o que parece ser alguma espécie de guia de viagens, com descrições detalhadas da topografia de uma ilha distante, até perceber que não é geografia, mas o corpo de uma mulher que está sendo descrito. Geografia erótica. Um estilo muito particular de livro licencioso, que esteve na moda alguns anos antes.

"Então, teve sucesso com o endereço que lhe dei?", pergunta Érico.

Fribble balança a cabeça. A mansão de Merryland havia sido abandonada da noite para o dia após o segundo tremor, e vendida por um preço irrisório. Segundo o novo proprietário, o dono parecia muito perturbado pelos terremotos, visto que o epicentro fora justamente em Highgate. Toda a mobília, os quadros, os "mármores" que na verdade eram gesso, as armas e armaduras antigas e enferrujadas foram vendidos junto com a casa. Segundo o novo senhorio, a única coisa que levaram consigo foram os móveis da biblioteca e algo do porão. Não sabia dizer para onde haviam partido.

Fribble parece estar cansado. Seu tom, sempre tão alegre e afetado, traz notas amargas. O gabinete do secretário de Estado para os Departamentos do Sul, para o qual trabalha, está sob grande pressão. Tira a caderneta do bolso e lê suas anotações.

Eis o que descobriu até agora:

Roger Pheuquewell é, na verdade, o pseudônimo de Thomas Stretzer. E, se o nome não diz nada a ninguém nem traz lembrança alguma, é porque Stretzer havia sido, ao longo dos anos, um completo medíocre, o tipo de homem que parece nascer para passar à margem mesmo das notas de rodapé de qualquer história. Durante boa parte da vida, viveu à sombra de seu sócio, Edmund Curll, este sim um nome que provoca arrepios e arroubos de raiva quando escutado por qualquer livreiro, editor ou autor que viveu em Londres na primeira metade do século.

Pois Curll era um pilantra, um oportunista do meio editorial. Dono de um pequeno império de oficinas gráficas, viveu da publicação de toda sorte de panfleto, sempre alimentando sua publicidade por meio de escândalos. Para ele, toda propaganda era boa propaganda. Seu catálogo incluía obras pornográficas disfarçadas de tratados médicos; panfletos com histórias bizarras dos condenados à morte, como a do bispo irlandês enforcado por cometer o pecado impuro com uma vaca; biografias feitas às pressas de personalidades como Swift ou o duque de Buckingham; livros que parasitavam o sucesso de obras da época, oferecendo interpretações à revelia de seus autores; e chegando mesmo a editar textos de Pope e Swift sem autorização — um flerte com a pirataria, formando um conjunto de práticas oportunistas tão malvistas que o tornou um adjetivo: "curllicismos".

Stretzer, ou Pheuquewell, era seu braço direito. Escrevera para ele uma série de falsos livros de viagens centrados nas descrições da ilha-mulher de Merryland e também livros eróticos sobre eunucos, hermafroditas, onanistas e toda sorte de prática sexual, disfarçados como tratados médicos. Curll morreu em 1747, e Stretzer/Pheuquewell ludibriou a viúva, convencendo-a a lhe vender a parte do falecido marido nos negócios a um preço baixo, para logo em seguida dividir seu império gráfico e revendê-lo com lucro. Desde então, havia sumido no anonimato.

"E o conde de Bolsonaro nesta história?", pergunta o capitão Whiffle.

"O conde planeja contrabandear grande quantidade de obras eróticas para o Brasil", explica Érico, "e Pheuquewell, ao que parece, deu-lhe o suporte técnico. Contudo, eles desapareceram junto com toda a tiragem dos seus livros e a prensa tipográfica. Foi por isso que chamei o capitão e o dr. Simper. Creio que podem nos ajudar nessa busca. Onde está Simper, por sinal?"

"Atrasado, como de costume", lamenta Whiffle. "Já vai chegar."

"Ainda assim, continuo sem entender", diz Fribble.

Érico explicou que fizera aquela descoberta graças a um lampejo de intuição, uma ponta solta, quando lembrou a conversa entreouvida naquela noite em Merryland, quatro meses atrás. Um detalhe crucial. *Cocks*.

"Perdão?", Fribble, confuso.

Érico aponta o panfleto: *impresso na ilha dos Cães*. Que na verdade não é uma ilha, mas um pedaço de terra pantanosa formado por uma curva em U no Tâmisa, a surgir no mapa na forma de certa parte da anatomia masculina que se faz ausente nos bois que povoam seus charcos e campos de abate. Fora as pobres bestas castradas, não há nada lá além de moinhos de vento e algumas poucas docas, como as de Lime Kiln e Blackwall. Mas onde há docas, há navios ancorados e marinheiros entediados. E o que notoriamente fazem os marinheiros, em uma nação viciada em apostas, quando o tempo abunda?

"Um passatempo horrível, as rinhas de galos", resmunga Whiffle. "Não aprovo. Simper diz que sou uma flor delicada insensível ao prazer da violência, mas... sinceramente? Ver dois galos se digladiando dentro de um ringue, lambuzados dos seus efluxos sanguíneos, não compreendo onde está o esporte nisso."

"Bolsonaro estava muito preocupado com um galo em particular", explica Érico. "Não tenho certeza, mas creio que seja um grande campeão, que só estará crescido o bastante por agora, em abril. Pheuquewell, pelo que entendi, quer o galo para si. Se acharmos o animal, acharemos ambos."

O capitão Whiffle levanta a hipótese de que talvez não seja um animal, mas uma taverna que abrigue rinhas de galos, ou o tenha no nome. Há nas redondezas o Golden Cock, o Cock & Bush, o The Morning Cock, e um dos mais conhecidos, o The Cock-Ring. Os rapazes do *Joy Stick*, garante, terão o maior prazer em ajudar na busca.

Mas quando Simper entra no The Grapes, todos percebem que há algo errado. O bom doutor, ao qual anos de serviço como cirurgião de bordo em tempos de guerra legaram um espírito direto e prático, está com o rosto inchado e raivoso, e os olhos úmidos. Toca o ombro do capitão Whiffle a pedir um espaço na mesa e senta-se sem dizer nada. Eis que vê a cópia de *Os incitadores de terremotos* e, em um acesso de fúria, a estraçalha.

"Acalme-se!", pede o capitão Whiffle, pondo a mão sobre seu braço, fazendo com que volte a si. "Meu querido, o que houve?"

"Não é mais possível, Phillip... não é mais possível...", fala entredentes, a muito custo segurando uma explosão de raiva. "Primeiro nossos rapazes, e agora... por quanto tempo mais aceitaremos ser tratados assim?"

"Calma, doutor", diz Érico, entregando-lhe um caneco de cerveja. "O que houve?"

Simper lhes conta o que ocorreu com lorde Strutwell naquela manhã. Tratara das feridas e queimaduras mais graves, mas sendo o conde um homem de idade avançada, não sabe se irá resistir. O rosto do velho lorde está tão inchado que é quase impossível reconhecê-lo, e o próprio Simper precisou de toda a sua frieza de médico para não chorar ao ver seu amigo naquele estado.

"Eu só gostaria", diz o doutor, "que todos esses filhos da puta tivessem um único pescoço, que eu pudesse apertar até que sufocassem!"

Quinta-feira, 19 de março. Dezessete dias para o fim do mundo.

Com a cidade cada vez mais vazia, os comerciantes estão desesperados e se desdobram em salamaleques para cada cliente solitário que enfim surge. Érico e Gonçalo aproveitam para fazer compras em ruas mais vazias, sem levar ombradas e empurrões, a saborear a doce domesticidade de flanarem lado a lado pelo mercado de Leadenhall, escolhendo carnes e queijos para abastecer a cozinha. Érico é um desastre fazendo compras, sempre se deixa atrair mais pelo que vê exposto do que pela necessidade daquilo que falta em casa e, não raro, compra coisas em dobro. Compensa sendo bom negociador, de modo que Gonçalo o direciona aos vendedores como quem aponta os canhões.

Depois de fazerem suas encomendas, entram em uma confeitaria em cujo pátio sentam-se para provar sorvetes feitos na hora, que vão direto da *sorbetière* para elegantes tacinhas de faiança azul. É assim que estão fazendo na França, então está muito na moda. Érico escolhe *crème glacée au girofle*, que não tem bem certeza do que seja. Acaba se arrependendo na primeira colherada, e Gonçalo oferece o seu, sabor de castanhas.

— Você sempre escolhe o melhor sabor — diz Érico.

— Quem mandou escolher sorvete de cravo-da-índia?

— Eu não sabia. Escolhi pelo nome bonito em francês.

— Sabe que sabor sinto mais falta? De goiabada — diz Gonçalo. — Imagino que não se encontra goiabada em lugar nenhum por aqui. E, se encontrar, deve ser caro.

— Bem, dinheiro não é problema para nós, querido — lembra Érico.

— Você não vai torrar seu dinheiro importando goiabada.

— *Nosso* dinheiro — ressalta. — Você se arriscou tanto quanto eu por ele.

— Ainda assim, é desperdício. Deve haver coisas mais importantes em que gastar.

Seguem seu passeio. Gonçalo está decidido a visitar o Monumento ao Grande Incêndio, o gigantesco obelisco cujo topo já vê despontar à frente, acima das casas. Érico comenta que precisam discutir a contratação de mais criados: com sua mãe vivendo com eles, não podem esperar que a velha June dê conta de tudo sozinha. Pedirá a conhecidos indicações de confiança. Fribble deve ter alguém para indicar.

— Fribble ainda é um amigo? — pergunta Gonçalo.

— De certo modo. Creio que posso confiar nele, exceto para falar de trabalho.

— Acho que ele é um homem bom. Ele te ajudou bastante.

— Sim, mas tinha interesses na minha amizade. *Bona fide*, como ele diz. Fribble é um mestre em conseguir isso, da mesma forma que te ajudou.

— Na época, não achei que fosse boa vontade. Achei só que ele queria me comer.

— Não o recrimino pelo bom gosto. Afinal, eu também queria e consegui — e, após um instante de reflexão, ocorreu-lhe perguntar: — Mas ele não conseguiu, certo?

— O quê? Me comer? Claro que não. Ele não faz muito meu tipo.

— E qual é seu tipo?

— Hmm… moços morenos com ares românticos, sombrios e atormentados, talvez?

— Por que o plural? Houve muitos antes de mim?

— Isso é ciúme? Ora, nunca te imaginei como um tipo ciumento.

— Eu? — Érico ruboriza. — Jamais. Imagine. Não. Nem tenho motivo. Tenho?

— Espero não estar ferindo seus sentimentos românticos e atormentados com essa revelação, ó Érico Borges, mas você não foi exatamente o Pedro Álvares Cabral do meu pau-brasil.

— Mas certamente alarguei as fronteiras do seu... — Gonçalo lhe acerta uma bastonada nas canelas antes que complete a frase. — Ai! Eu ia dizer "coração"!

O Monumento se desnuda por inteiro: há algo inerentemente fálico naquela torre de pedra, que assume a forma de uma colossal coluna dórica romana. Erguida para marcar o ponto em que começou o grande incêndio que devastou Londres em 1666, a maior coluna de pedra isolada já erguida pelo homem tem uma escadaria espiral interna que permite que se suba até o topo, onde o passadiço ao redor de uma urna dourada entrega uma das melhores vistas da cidade. A base apresenta inscrições em latim lembrando como o fogo começou, o que destruiu e como foi contido — e põe toda a culpa nos católicos.

— Aqui tudo é culpa dos católicos — resmunga Gonçalo, olhando os desenhos.

— Na verdade, dizem que a culpa teria sido de um padeiro — explica Érico. — Que esqueceu um forno aceso.

— Que bom! Isso deve tê-los ensinado a respeitarem os padeiros. Vamos — Gonçalo o toma pela mão na direção da porta, mas Érico recua, assustado.

— Você quer subir lá em cima? — olha para o monumento com um arrepio.

— Você não tem medo de alturas, não é?

— Não — mente Érico. — Mas devem ser muitos degraus. Vou ficar tonto.

— Ora, você *está* com medo!

— Só não vejo sentido em subir. Olhe aquele louco lá, que sobe até no parapeito.

— Eu muito subia nas enxárcias nos meus tempos de grumete, é sempre um bom exercício para os braços. — Aponta o topo do monumento. — Olhe aquelas pessoas na passarela lá em cima, é perfeitamente seguro. Claro, não precisa ficar de pé no parapeito como aquele lá, basta que AI MEU DEUS, ELE PULOU!

O homem cai veloz e estoura de cabeça no chão com um som úmido e um borrifo vermelho. Uma mulher berra de horror. Outra desmaia. Uma lufa-lufa de pessoas corre em direção ao corpo. Alguém grita que o fim do mundo está próximo.

— Os ingleses estão todos loucos — resmunga Érico. — Vamos embora daqui.

Após as compras, voltam para casa e avisam que não querem ser perturbados. Fechados no quarto, passam o resto da tarde fazendo amor com a disposição enérgica que só se tem aos vinte e poucos anos. No fim da tarde, a luz do poente encontra Érico recostado na cama, apreciando o peso e o calor do corpo exausto de Gonçalo dormindo deliciosamente solto sobre o seu, a cabeça em seu peito subindo e descendo devagar ao ritmo de sua respiração. Érico afaga com ternura seus cabelos e admira a luz alaranjada iluminando a fina penugem loira que cobre a curva serpentina do traseiro à lombar de Gonçalo, as marcas de cicatrizes deixando-o malhado feito um gato, seu grande gato, seu leãozinho.

Não nota a porta abrir, mas percebe a velha criada entrando com a bandeja nas mãos, trazendo chá, biscoitos, três cartas e um punhal, e largando tudo sobre um aparador.

"June!", murmura Érico, que pensa em se levantar mas não o faz, por temor de perturbar o sono de Gonçalo. "A porta... não estava trancada?"

"A porta?", ela olha para trás, confusa. "Oh, mas eu tenho a outra chave, patrão. Chegou correspondência para o senhor, disseram ser urgente. Há chá e biscoitos aqui, se quiserem."

"June, eu... nós...", gagueja ele, indeciso se fica indignado, assustado ou surpreso.

"Quê? Ah, meninos, não sejamos pudicos", ela dá de ombros, indiferente. "Já vi de tudo, de todas as formas e tamanhos." Ela sai, com o cuidado de chavear a porta.

Érico se levanta devagar, tentando não acordar Gonçalo. Sai da cama, caminha nu pelo quarto, atiça o braseiro e acende as velas de um candelabro. Na cama, Gonçalo se contorce, resmunga algo e estica o corpo, bocejando lânguido como um gato.

— O que ela quis dizer com "de todas as formas e tamanhos"? — murmura.

— Prefiro nem saber — diz Érico, buscando as correspondências sobre o aparador.

A primeira é de Fribble, que deseja marcar um encontro para breve, na presença de Martinho de Melo. Diz ter informações pertinentes. A outra é de Teresa Cornelys, que os convida para uma mascarada pública nos jardins de Vauxhall: o tema será "o fim do mundo", e a data marcada é a da noite de sábado, 4 de abril — a última noite antes do apocalipse de Bell. Essa mulher sabe fazer propaganda, pensa Érico.

Na terceira e última carta, reconhece o selo do conde de Oeiras. Endereçada ao "barão de Lavos", traz embaixo do nome uma anotação em tinta vermelha: *somente para seus olhos*. Érico não deixa de notar a ironia de ter passado os últimos quatro meses à espera de respostas, e de repente tudo parece acontecer ao mesmo tempo.

Gonçalo está impaciente, levanta-se da cama e vem até ele. Abraça-o pelas costas e afaga seu peito, beijando-lhe o ombro e depois repousando ali o queixo, enquanto pressiona seu sexo contra as nádegas de Érico e, manhoso, esfrega o rosto contra o seu, pedindo que volte logo para o calor da cama.

Érico quebra o lacre de cera e abre: é uma carta inteiramente em branco.

— Ué! O que significa isso? — pergunta Gonçalo.

Érico aproxima o papel do lume do candelabro, e aos poucos o calor vai atuando sobre o sumo ácido de limões, revelando uma mensagem: "A guerra é iminente. Encerre a questão o quanto antes, nos melhores interesses de Portugal".

— O que isso quer dizer? — pergunta Gonçalo.

— Que estou livre para resolver a situação com o conde como achar melhor.

— E o que você vai fazer agora?

— O que jurei que faria: encontrá-lo e matá-lo.

Segunda, 23 de março. Treze dias para o apocalipse de Bell.

Dos sete marinheiros do *Joy Stick* presos durante as batidas feitas pela Sociedade para a Reforma dos Costumes, três conseguiram se safar devido à falta de evidências. Contudo, quatro foram considerados culpados por tentativa de sodomia. Cada um recebeu sentenças de durações diversas, tendo em comum a mesma punição: ir para o pelourinho. À uma da tarde, Érico e Gonçalo estão na sacada que alugaram de uma casa ao redor de Charing Cross, observando a turba.

A multidão, que vinha se aglomerando desde o Old Bailey, é tal que parece que todo habitante que ainda não fugiu da cidade se reuniu ali, ao longo do trajeto percorrido pela carroça que traz os prisioneiros. Mercadores circulam vendendo maçãs, verduras e restos de cães e gatos mortos para municiar a multidão. As lojas de comércio fecharam suas portas, temerosas do que pode acontecer. A aproximação da carroça é antecipada pelo coro de vaias e apupos. Quando desponta, os prisioneiros em cima dela não estão mais discerníveis como seres humanos: cobertos de lama e dejetos que lhes são constantemente atirados pela multidão, um deles sangra em profusão por causa de uma tijolada na cabeça, enquanto o povo arremessa bolas de lama, culpando-os por atraírem a ira divina e provocado terremotos. Apenas a escolta, de quase duzentos soldados a cavalo e de infantaria, evita que sejam linchados.

Os quatro condenados descem das carroças e sobem ao palanque, cada um tendo seus punhos e a cabeça presos aos quatro braços do pelourinho. Sua punição é andar em círculos por uma hora, à mercê dos projéteis que a multidão arremessa sem parar: lama, fezes, ovos, frutas e verduras podres, gatos e cães mortos. Após poucos minutos, estão completamente cobertos de sujeira.

"Pobres almas", diz Mr. Simper, olhando para a praça abaixo. Aponta alguém na multidão: é o capitão Whiffle que está lá embaixo, em trajes civis, de pé e imóvel, a olhar fixo para seus homens andando em círculos no pelourinho. A cada volta, os quatro encontram seu olhar silencioso. Roda a roda. O capitão não pode se manifestar, sob o risco de se tornar também ele alvo daquela turba enlouquecida, mas é seu capitão, e não pode lhes faltar neste momento: força, rapazes, força, saibam que há alguém na multidão que lamenta por eles. Um dos prisioneiros é atingido na cabeça por um pedregulho e quase desmaia. Roda a roda. Um inchaço do tamanho de um ovo cresce na testa de um, o outro tem os dois olhos praticamente fechados pelas feridas intumescidas.

Roda-se a roda. Érico insiste para irem embora, mas Gonçalo se recusa. Eles devem ficar, eles precisam ficar, é seu dever ser testemunha, e não tira o olho por um minuto. Roda-se a roda. Após uma hora, termina o martírio: os quatro prisioneiros são retirados. Um grupo de mulheres, as que foram mais ativas em arremessar peixes e dejetos nos condenados, recebem agora brindes de gim e gargalham faceiras. Já um dos prisioneiros, ao subir nas carroças, recebe de um cocheiro sete chibatadas, tropeça e cai. O homem chuta seu crânio, não há como saber se aquilo que parece saltar com o chute é lama ou outra coisa, e Gonçalo cobre a boca, horrorizado. Há um princípio de tumulto. Um dos soldados empurra o cocheiro furioso, pega o homem caído e o joga inerte para dentro da carroça, que parte. Gonçalo, muito quieto, olha fixo para a multidão.

Quinta-feira, dia 26 de março. Dez dias para o fim do mundo.

Martinho de Melo e Castro, sentado na sala de chá da casa de Fribble em Leicester Fields, observa entre curiosidade e espanto o mordomo negro que o trata com um francês melhor do que o seu. Érico, sentado muito à vontade em uma *chaise longue*, põe o embaixador a par da situação: Roger Pheuquewell e o conde de Bolsonaro desapareceram, e a embaixada espanhola diz que não sabe seu endereço atual, embora, é claro, o conde de Fuentes provavelmente saiba. Há um ponto, contudo, que ainda é um enigma: a sra. Bryant, que está hospedada na embaixada espanhola.

— Se ela é francesa, por que não na sua própria? — questiona Martinho de Melo.

— Provavelmente porque o Chevalier d'Aubigny, o embaixador francês, não está a par dos interesses e movimentações dela.

Martinho de Melo assente em silêncio, os dois se lembrando daquele boato acerca da existência do *Secret du Roy*. É quando Fribble entra na sala, em um vistoso *banyan* de chita com um elegante boné de musselina rendada.

— Ah, darlings. Desculpar-me o demóhra — saúda Fribble, maltratando a língua lusa pois Martinho de Melo não entende inglês, e o francês de Érico não é dos melhores. — Vou ir direto ao ponto. Os senhoures receber os convites para a mascarwada de madame Cornelys?

Explica que não foi mero oportunismo comercial que a levou a organizar sua mascarada para uma noite antes do "fim do mundo". O Parlamento indiretamente financia a festa, como forma de ridicularizar e amenizar a loucura coletiva e lembrar que tudo não passa de delírio de um lunático, portanto nada melhor do que recorrer a uma festa à fantasia. Haverá fogos de artifício, malabaristas e orquestra, comida, bebida e dança, toda sorte de passatempo possível. Por trás da sra. Cornelys está o apoio de William Beckford, pressionando todos os grandes da cidade para irem ao baile, como forma de mostrar apoio — incluindo-se aí as embaixadas estrangeiras, e, dentre elas, a do conde de Fuentes.

— Então até mesmo a frivolidade ganhou fins políticos — provoca Érico.

— Touché. É vulgar, eu sei... — Fribble lamenta. — Mas ser extremos tempos.

— E o que garante que Fuentes comparecerá? — questiona Martinho de Melo.

Fribble explica que os espanhóis têm questões diplomáticas pendentes, algo envolvendo os direitos da pesca de bacalhau na Terra Nova, portanto o conde de Fuentes foi levado a crer que o primeiro-ministro Newcastle estará presente e lhe concederá uma rápida audiência para resolver o assunto, em um local discreto. Será a oportunidade perfeita para que seja posto contra a parede.

— Por quem? — pergunta Érico. — Seu primeiro-ministro?

— Oh, no, darling, Newcastle sequer irá to the masquerade — Fribble acena para o mordomo Flechette, que se aproxima de Érico oferecendo uma carta em uma bandeja. — Isso ser para você. Se aceitar, claro.

Érico reconhece no envelope o lacre do rei Jorge III. Abre e lê:

É por ordem minha e pelo bem do Estado que Érico Borges fez o que fez.

12 de março de 1761 — sua majestade britânica, Jorge III.

Há duas cópias do mesmo documento. Érico guarda a sua no bolso com um sorriso e entrega a outra para Martinho de Melo, que reage mal.

— Estão loucos os dois? — espanta-se. — Atacar o próprio embaixador espanhol! Sabem que tipo de consequências isso pode nos trazer?

— Oh, pleaaaase — Fribble revira os olhos. — Ser um baile de máscaras, Fuentes no vai nem saber quem realmente abordar ele. E como essa conspirata na que ele se meteu envolver tanto nossos interwesses quanto o dos senhoures...

Fribble lembra a eles que o conde de Bolsonaro precisa escoar sua produção para o Brasil de alguma forma, e tal carga de livros não se transporta fácil. Precisará, no mínimo, fretar um navio para isso. E, aos ingleses, incomoda-lhes saber que há uma rede de contrabandos dentro de seu reino, operando sob interesses de franceses e espanhóis.

— Considere uma reparação — sugere. — Por aqueles franceses navios.

— Por falar neles... — aproveita Martinho de Melo, retomando a ideia fixa da diplomacia portuguesa. — Vi que um deles está aqui em Londres para reparos, creio que é a fragata *Redoutable*. Devo lembrá-los de que aquelas naus estavam nas nossas águas, sob nossa custódia, e que os senhores não tinham o direito de invadir a baía de Lagos e atacá-los do modo como...

— Meu bom senhor — Fribble o interrompe, impaciente, e revira os olhos. — Vamos ser pragmatics: o que espera conseguir disso? Lagos foi a maior vitória da nossa marinha em years! Do you acredita que vamos destratar nossos heróis fazendo que devolvam seus butins? Mr. Pitt está faz meses tentando encontrar uma educada forma de fazer vocês entender: isso nunca acontecerá. Nós não vamos devolver os franceses navios aos senhores, nem hoje nem nunca. Apenas *parem* de pedir.

— E como fica o direito português, meu senhor? Como fica nosso orgulho pátrio?

— Continuar no mesmo lugar onde está: implorando pela ajuda de nós.

Martinho de Melo fecha a cara. Érico a essas alturas já o conhece bem o bastante para saber o quanto detesta ser encurralado. Mas, assim como o reino que representa, o leque de suas opções é cada vez menor, e precisa aceitar o que lhe oferecem. Martinho de Melo se levanta da cadeira, como quem diz: pois bem, façam o que for necessário.

— Vocês ingleses tratam seus aliados muito mal — resmunga ao sair.

— Se servir de consolo — sorri Fribble —, nós tratar nossos inimigos pior ainda.

Terça-feira, dia 31 de março. Cinco dias para o fim do mundo.

O salão está revirado. Cadeiras e mesas e bancos quebrados, o grande armário de bebidas tombado por sobre o balcão, garrafas e cacos multicores espalhados pelo chão. O papel de parede pende rasgado, os livros nas prateleiras tiveram suas páginas arrancadas. Muita louça quebrada e, aqui e ali, algumas manchas de sangue. Foi Alejandro quem mandou a mensagem dizendo: "a Lua caiu". O empregado de mesa, com um olho roxo, chora toda vez que olha para o interior do Libertino da Lua.

Era para ter sido uma noite discreta, de poucos convidados. Não havia sequer música e, graças a Deus, nenhum deles tinha subido para os quartos naquela noite, de modo que ninguém poderia ser diretamente acusado de nada. Bateram à porta e, mal Lady Madonna abriu uma fresta, como sempre fazia para ver quem era, eles entraram: a Sociedade para a Reforma dos Costumes, com bíblias nas mãos e o ódio injetado nos olhos — embora nem todos parecessem ser do tipo religioso, pois havia entre eles alguns que se pareciam mais com estivadores e marinheiros. Todos estavam impecavelmente vestidos de branco, exceto por botas e chapéus negros, batendo em tudo e em todos com bengalas e cacetes. Alguns dos frequentadores conseguiram fugir, subindo para o primeiro piso e de lá saltando pelas janelas, já os mais lentos ficaram para as pancadas.

Ela foi quem mais apanhou.

Lady Madonna, sentada em um dos poucos móveis que lhe restou inteiro, com metade do rosto inchado de pancadas e a maquiagem escorrendo dos olhos, está quieta a um canto. Tem em mãos a única garrafa de rum que sobreviveu, e Alejandro entrega o que talvez seja a única taça que restou. Érico e Gonçalo levantam duas cadeiras e sentam-se à sua frente, em silêncio.

"Já lhes contei de mamãe?", pergunta ela. "Mamãe me dizia, quando eu era pequena, que todos nós nascemos para brilhar. Que não há nada de errado em amar ser quem você é." Ela tira os brincos e os larga no sofá rasgado. "Mantenha a cabeça erguida, faça como o vento, nunca olhe para trás, pois a vida não é justa." Ela tira a grande e vistosa peruca, e a larga também sobre o sofá, revelando os cabelos curtos e grisalhos. "Digo a mim mesma: garotinha, nunca se esqueça dos olhos dela. Mantenha-os vivos lá dentro." Lágrimas escorrem de seus olhos. Érico lhe oferece seu lenço. "Eu... eu prometi tentar, mas não é a mesma coisa", diz ela. Mete a mão dentro do decote e tira dali as meias dobradas que lhe serviam de seios. "Será que ela vai me ver chorar quando eu tropeçar e cair? Será que ela vai escutar minha voz chamando-a à noite? Eu sei o que ela dirá. Ela dirá: 'Enxugue suas lágrimas, tudo vai ficar bem.'" Tira do pescoço o lenço que usa para ocultar o pomo de adão e enxuga as lágrimas junto da maquiagem e do batom. Começa a chorar copiosamente, e esconde o rosto nas palmas das mãos.

"Se houver algo que nós possamos...", Érico tenta consolá-la.

"Ele entrou aqui, me agarrou pela nuca e disse que eu era um monstro", conta ela, aos prantos, "que eu era uma criatura de alma deformada. Mas era ele quem tinha o rosto deformado! Paralisado pela metade, incapaz de expressar nada senão ódio! Que tipo de gente é essa? Que tipo de demônios são esses com os quais estamos lidando?"

Érico e Gonçalo se entreolham. Bolsonaro esteve ali. Sua loucura se espalha pela cidade feito um câncer. Saber que pretende exportá-la ao Brasil lhes dá calafrios.

"Eu olhei para ele bem nos olhos", continua Lady Madonna, "e lhe disse: 'Eu sei onde a beleza mora. Eu a vi uma vez, eu sei o calor que ela dá, a luz que você nunca conseguirá enxergar brilha aqui dentro, e você não conseguirá tirá-la de mim'. E então ele... ele bateu meu rosto contra a parede com tanta raiva... tanta raiva..."

Alejandro traz os limões. Ela espreme, mistura com açúcar e rum, prepara um último *shrub* e bebe tudo de um gole só, sem oferecer a ninguém. "Eu já passei por tanta coisa nessa vida", diz. Sua voz já é outra agora, mais grave e cansada. "Vocês, garotos... vocês já viram seu melhor amigo morrer? Já viram um homem adulto chorar? Há quem diga que a vida não é justa, mas eu digo que as pessoas simplesmente não se importam, preferem virar as costas, enquanto esperam que essa coisa toda vá embora. Para quê? Por que precisamos fingir? Rezo para que, algum dia, isso tudo acabe. Eu só espero que seja nessa vida. Só espero que seja ainda nessa vida."

Alejandro passa levando um baú de roupas para o coche que aguarda do lado de fora. Ela se levanta. Está cansada, cansada de lutar cada dia uma nova batalha. Está ficando velha demais para isso, e é hora de os mais jovens assumirem o fardo. Irá para Kenwood Park cuidar da saúde de seu amigo lorde Strutwell, pois não se sabe quanto tempo irá viver naquele estado. É a única coisa com que pode contar agora: a companhia dos amigos, outros veteranos de guerra como ela. Sim, é hora de os mais jovens assumirem essa responsabilidade. Ela fez o que podia enquanto foi capaz. Sobe para se trocar, e pede que a aguardem. Ao descer, já não é mais Lady Madonna. De calções, colete e sobrecasaca, ele coloca o chapéu, empunha o bastão de caminhada e diz: "Vamos agora?".

Olha uma última vez para o que sobrou do Libertino da Lua e para os dois. Ao menos, diz, pode ficar feliz por tudo que aquele lugar proporcionou, por todas as amizades feitas e pelos amores reunidos. Os dois, Érico e Gonçalo, se conheceram ali, como tantos outros antes deles, e fica feliz em saber que fez parte na construção de algo bom.

"Mas agora não há mais nada a se perder", diz. "Não há mais um coração para ferir." E, com um toque na aba do chapéu, se despede e sai de cena: "Meninos, não há poder maior do que o poder de dizer adeus".

24.
Confissões de uma máscara

O coche corre pela estrada ao longo da margem sul do Tâmisa. Os três observam o rio coagulado de barcas, chatas e botes superlotados daqueles que, sem dinheiro para os altíssimos aluguéis que se está cobrando nas cidades dos arredores, preferiram aguardar o fim dos tempos sobre o rio. Quando param em frente aos muros que cercam os jardins, o portão de entrada concentra um agitado vaivém, e o som da orquestra reverbera pelo ar dourado do poente.

Desce Maria: seu vestido tem temas orientais, evocando uma sultana árabe no robe verde-esmeralda com costuras em fios de ouro, turbante com uma flor de jasmim, o rosto coberto por uma máscara de columbina.

Desce Gonçalo: por sobre o traje de seda branca, uma réplica de armadura grega com placa peitoral, caneleiras em madeira pintada com tinta prata, e um saiote de couro vermelho; nas mãos segura uma réplica de escudo beócio, e na cabeça um elmo dourado com topete de crina vermelha.

Por último, desce Érico: gibão de couro negro, gola rufada branca e uma cartola de aba larga, evocando no conjunto os puritanos radicais do século anterior, e no rosto a máscara sorridente e enigmática do piromaníaco expiatório que foi Guido Fawkes.

Vauxhall: doze vistosos acres de jardins com aleias arborizadas, passeios majestosos e matagais dominados por revoadas de rouxinóis. Ali, onde libertinos viram padres, devassas viram freiras e homens viram mulheres, muitas honras e virtudes já se perderam no escurinho de seus bosques, fazendo valer o nome que locais como este recebem dos ingleses: Jardins de Prazeres.

Logo que entram, os três se veem no Grande Passeio, uma avenida de trezentas jardas de comprimento, toda ladeada por olmos. À sua esquerda está o prédio da rotunda, ao longo de cujas laterais serpenteia uma colunata formando uma sucessão de alcovas com mesas para cearem. À direita, corre em paralelo o Passeio Sul, percorrendo toda a extensão do parque, pontuado por três grandes arcos triunfais e terminando em um grande painel ao ar livre, com uma pintura das ruínas de Palmira.

Entre os dois passeios há uma praça dominada por um grande pavilhão gótico elevado, composto de dois coretos conjugados onde, no piso superior, uma orquestra de cinquenta músicos toca para um grupo de convidados distintos, enquanto no térreo, entre suas pilastras, há mesas para os convivas cearem. É ali que, ao passarem, notam um homem alto e corpulento vestindo trajes dourados, coberto com uma capa dourada e tendo à cabeça uma coroa dourada, assim como também é dourada a máscara bauta, as luvas e os anéis em suas mãos.

"Richmond? Deus me livre!", resmunga o candidato a rei Midas, conversando com alguém vestido de grão-mongol. "Ares pouco saudáveis, na minha opinião. Perdi doze bastardos meus por lá, só no ano passado." Quando gargalha, reconhecem a voz de William Beckford.

Érico e Maria observam aquela multidão de fantasiados e mascarados. É preciso encontrar Fribble e saber dos preparativos, mas desconhecem qual fantasia veio usando. Gonçalo, que se afastara para ver o preço das comidas vendidas nas mesas, volta horrorizado: meia-coroa por coxinhas que não são maiores do que um pardal! Passa por eles uma figura gorducha em fantasia de soldado mouro veneziano, um grande chapéu de plumas e uma máscara de pantaleão negra, do mesmo tom de sua pele.

"Ah! Otelo!", chama Érico. "Encontrou muitos Iagos no teu caminho?"

"É como diz o Doge: 'O que não tem remédio, remediado está'", responde Ignatius Sancho saudando com um erguer do chapéu e seguindo caminho.

A atenção de Érico é atraída para seis mascarados que andam juntos, fantasiados de divindades gregas representando cada qual um dos seis planetas do sistema solar: Mercúrio, Vênus, Terra (Gaia), Marte, Júpiter e Saturno. O sexteto orbita ao redor de alguém de pé em uma das cabinas, cuja máscara parece encarar Érico de modo insistente, apesar de ter olhos perturbadoramente vazios. Mas é só ilusão, pois o homem está de costas, aquela máscara é sua nuca. Quando se vira, a mesma máscara se repete na frente: Jano Bifronte, o deus de duas caras que dá nome ao mês de janeiro. O mascarado se aproxima dos três, olha em silêncio para cada um deles e se inclina para Érico, dizendo:

"Em Londres, abril é primavera."

"Mas no Rio de Janeiro é verão o ano todo", Érico responde a contrassenha.

A máscara assente com um meneio e aponta uma das cabinas de cear debaixo da colunata, onde se sentam. As seis figuras celestiais ficam de pé ao redor da mesa, como guarda-costas, ocultando-os da visão de passantes. Os quatro se acomodam, e Jano Bifronte tira o chapéu e a máscara com certo alívio.

"Queridos!", saúda Fribble. "Estão ótimos! Maria, Gonçalo, lindas fantasias. Não sei se posso dizer o mesmo da sua, Érico. Veio explodir nosso Parlamento?"

"Ouvi dizer que foi o último a entrar lá com intenções honestas", rebate Érico.

"Hmm... não sei se sabe, mas Guido Fawkes trabalhava para os espanhóis", lembra Fribble. "Há uma razão para queimarmos seu boneco no 5 de novembro. Se fosse bem-sucedido, teríamos aqui que beijar a mão do papa ou ir à fogueira da Inquisição, como vocês portugueses fazem."

"Mas, em vez disso, vocês têm o Old Bailey", retruca Érico, "que nunca mandou à forca ninguém com dinheiro o bastante para subornar um juiz."

"Onde a ganância vira fé, a pobreza vira heresia", concorda Gonçalo.

"Céus, são dois contra um!", provoca Fribble. "Vou chamá-los de Cruz e Espada."

"As fanchonas aí querem parar de arrancar as penas umas das outras?", interrompe Maria, irritada. "Antes que se ponham a discutir assuntos graves e estatais, podemos resolver as questões mais urgentes? Eu estou com *fome*!"

Fribble acena para um dos deuses celestiais que cercam a cabina e o manda servir a mesa. Servem-lhes um bom ponche de áraque e algumas fatias do presunto mais superfaturado da Inglaterra, que Érico ergue com o garfo achando-as tão finas que poderia ler o jornal através delas se quisesse. Como os bailes de Vauxhall são públicos, ali se paga a comida à parte, e a preços exorbitantes.

"Não se preocupem, ponho na conta do rei", diz Fribble, incomodado. "Se quiserem, mando vir à mesa algumas coxinhas de frango."

"Meu querido", Érico balança a cabeça em negativa, rejeitando a oferta, "há um lugar especial no inferno para o tolo que aceita pagar meia-coroa por uma coxinha."

"O burguês em você está vindo à tona", diz Fribble, entregando-lhe um cálice. "Aqui, rápido, afogue-o com vinho."

"Batizado com água, imagino?", lembra Érico, e se volta para Gonçalo: "Devíamos ter comido algo em casa".

"Foi o que eu disse, mas você me escuta?", murmura Gonçalo.

"Eu preferia quando os dois não eram sincronizados feito um par de relógios", resmunga Fribble, quando então a barreira dos seis astros se abre para dar passagem a um homem negro, alto e esguio, com uma máscara *volto* — que logo reconhecem ser Flechette, o mordomo. Murmura um recado ao ouvido de Fribble, que assente com um meneio e avisa aos demais: "Ele chegou".

Juan Joaquín Atanasio Pignatelli de Aragón y Moncayo, sexto marquês de Mora, quarto marquês de Coscojuela e décimo sexto conde de Fuentes, nomeado embaixador plenipotenciário da Espanha em Londres, entra em Vauxhall e é recebido pelo olhar desinteressado de uma dezena de máscaras. Se ninguém souber quem ele é, que graça há nisso? É por coisas assim que detesta os bailes de máscaras, mas que fazer? Ajusta no rosto a sua própria, de *scaramouche*, que lhe cobre as maças do rosto e o entorno dos olhos, projetando um longo nariz curvo.

Tão logo avança pelo Grande Passeio, é abordado pela figura silenciosa de uma sultana árabe com máscara de colombina, cercada por seis representações dos astros. Ela chega mais perto, olha para os dois secretários que acompanham o embaixador e faz um gesto para que a sigam, deixando os planetas para trás.

Avançam até a praça do pavilhão gótico, onde os cinquenta músicos da orquestra tocam uma peça qualquer de Porpora no coreto frontal, enquanto o segundo coreto abriga a área para convidados de distinção, que assistem sentados em cadeiras. Na ligação entre os dois coretos há uma pequena torre, com uma água-furtada. Nas pilastras do térreo, a mulher primeiro aponta para os dois secretários, depois para uma das mesas, onde há vinho e cadeiras vagas ao lado de uma pessoa fantasiada de hoplita tebano e outro com máscara *volto*. Nenhuma palavra é dita.

O conde de Fuentes concorda com um aceno, aponta um secretário, aponta o outro, e indica a mesa. Aqueles dois entendem que devem esperá-lo ali e obedecem. A sultana faz um meneio, demonstrando seu agrado, e faz sinal para que o conde a siga. Sobem a escada do segundo coreto, até a área de convidados. Ao chegarem lá em cima, ela abre a porta da torre da água-furtada e sinaliza para que Fuentes suba. Ele obedece, mas ela mesma não entra: fecha a porta e vai embora.

Ali em cima, Fuentes se vê a sós. A saleta na torre possui um conjunto de janelas semicirculares em cada um de seus quatro lados, mas como o sol já começa a se pôr, as velas estão acesas. Há uma cadeira e um aparador, sobre o qual há uma garrafa do que parece ser água, e um copo.

Escuta a porta da escada se abrir, passos subindo os degraus, e Fuentes suspira ansioso para tratar logo com o primeiro-ministro e poder ir embora daquele lugar. A fantasia que vê surgir, contudo, não deixa de surpreendê-lo: um puritano de gibão e colar, com uma máscara de cavanhaque e bigodes de sorriso irônico. Guido Fawkes. Uma escolha de fantasia peculiar para um político inglês. Fuentes o cumprimenta com um aceno, e Fawkes retribui com o mesmo gesto.

Então um apito ecoa por toda Vauxhall. Guido Fawkes aponta a janela leste, e Fuentes olha para fora: dali pode ver o parque em toda a sua extensão, já escurecido sob o crepúsculo. Por um engenho de sincronia entre os empregados dos jardins, que constitui uma das principais atrações de Vauxhall, as lanternas que se dependuram nas árvores por toda a extensão do parque são acesas ao mesmo tempo, criando uma luminescência calorosa que a tudo banha e envolve. O efeito é sublime.

E então Fuentes escuta o clique de uma pistola.

"Se sua senhoria se mover, os fogos de artifício começarão mais cedo."

"Quem é o senhor?", questiona Fuentes, horrorizado ao perceber que aquele *não é* Newcastle.

"Eu lembro, eu lembro…", canta Érico, a voz abafada pela máscara, "o 5 de novembro; a pólvora, a trama e a traição.

E não vejo razão para que alguém se esqueça, da pólvora, a conspiração."

"Seja você quem for, será enforcado por isso!"

"Não, não serei, meu senhor. Mesmo se o matar aqui e agora, talvez uma guerra se inicie, mas uma guerra vai se iniciar de qualquer modo, a essas alturas. Quanto a mim, estou a salvo. E sabe por quê? Porque fui autorizado por sua majestade britânica a matar quem quer que tenha se envolvido em conspirações de regicídio. Que me diz? Sabe se há algum regicida por aqui? Vamos, meu dedo coça."

"Oh, Deus... eu não... nós não...", as pernas do conde de Fuentes amolecem, ele busca o apoio da cadeira. "Posso me sentar?", e antes que Érico responda, ele se senta. "A embaixada não teve nenhuma relação com isso. Sua majestade não tem nenhuma relação com isso e... oh, meu Deus."

Fuentes vislumbra um futuro pior do que a morte, pior do que qualquer tortura: um escândalo, o regresso à corte em desonra, o ostracismo até o final de seus dias.

"Aquele louco... nos arrastou para isso... você não compreende, nós nunca... nós nunca apoiamos seus planos, apenas lhe demos liberdade para... ora, ele tinha a boa vontade do rei, tinha contatos e foi... foi preciso, até por cortesia ao rei Carlos, dar-lhe livre trânsito! Com a guerra, a situação no rio da Prata, tudo ficou tão nebuloso agora que... mas para o rei, qualquer possibilidade pareceu boa. Afinal, não poderia ser regicídio se o príncipe de Gales não era ainda o rei. Como poderíamos ter previsto que Jorge II viria a falecer no mesmo dia? E, de todo modo, quando Bolsonaro nos contou da contrapartida exigida por Pheuquewell, já era tarde. Tarde demais para voltarmos atrás. Não havia tempo para entrar em contato com Madri, a data marcada passou e o acaso se encarregou de fazer com que o plano não funcionasse. Achei melhor que nem soubessem. Rezei todo o dia para que o assunto fosse esquecido e eu me visse livre daquele louco que quase arrastou minha embaixada para um escândalo sem precedentes."

Érico assente, ponderando o quanto acredita naquela história. Aponta o copo e garrafa sobre o aparador, que conseguiu na cozinha da embaixada portuguesa. Gesticula dando a entender que deseja que Fuentes sirva um copo. O embaixador obedece, vertendo uma dose daquele líquido translúcido para a taça.

"Beba", ordena Érico, e Fuentes olha desconfiado para a bebida. "O senhor fique tranquilo, é só um sedativo. Um elixir da verdade, se preferir. Ajudará a soltar vossa língua e, ao final, fará com que adormeça e acorde amanhã com não mais do que uma dor de cabeça forte e a impressão de que essa noite não passou de um sonho ruim. Vamos. À sua saúde!"

Fuentes bebe. Desacostumado a um destilado tão forte, a garganta arde. Ele tosse.

"Agora me diga", retoma Érico. "O conde de Bolsonaro. Quem é ele, afinal?"

O embaixador diz que há muitos pontos nebulosos na biografia daquele sujeito, ele próprio só o conheceu ali, já em Londres. Nasceu em Buenos Aires como Reinaldo de Carvajal, na virada do século. Seu pai, d. Olavo de Gavíria y Carvajal, era um militar de alta patente que morreu quando Reinaldo tinha cinco anos, durante um dos cercos a Colônia do Sacramento, num malsucedido ataque frontal à vila.

Uma semana após a morte do pai, os portugueses abandonaram Sacramento e esta foi ocupada pelos espanhóis, para onde Reinaldo e sua mãe se mudaram. Ali cresceu, rancoroso dos portugueses em geral e dos brasileiros em particular. Quando, anos depois, o Tratado de Utrecht foi assinado, pondo fim à Guerra de Sucessão Espanhola e devolvendo a Colônia do Sacramento aos portugueses, ele e sua mãe tiveram de abandonar a vila. Remoído de desgosto com o que considerou uma fraqueza de seu rei e uma traição ao sacrifício de seu pai, Reinaldo foi-se embora para a Europa.

Pouco se soube de sua vida desde então, exceto que havia servido aqui e ali como mercenário, ora para a Prússia, ora para os austríacos. É já passado dos trinta anos que ele ressurge em Milão, tendo mudado seu nome para Reinaldo Olavo de Gavíria y Carvajal, na crença de que um nome mais longo lhe dava ares de fidalgo. Foi quando se aproximou da marquesa de Bolzano. As más línguas diziam que o fez por interesse em sua riqueza e título — motivo pelo qual o filho desta o apelidara publicamente de *il Bolson*. "Lá vai a Bolzano com seu *Bolson*", dizia o vulgo. Reinaldo, que entendia mal o italiano, achou que o chamavam de *bolzón*, nome que se dá à seta da balestra, e assumiu a alcunha com gosto. Não sabia que, naquela região, *bolsón* era o pássaro falso que se usa como isca em armadilhas, gíria lombarda para se referir a um tolo que só envergonha os seus. Riam dele pelas costas, e talvez alguém tenha explicado isso a Reinaldo, pois o filho da marquesa foi assassinado em circunstâncias obscuras no Carnaval de Veneza — e as suspeitas recaíram sobre o *Bolsón*, de modo que o noivado deste com a marquesa naufragou. Para fugir de um escândalo, saiu de Milão, indo servir à Coroa austríaca ao sul, comandando a guarnição que defendia a Fortaleza de Cápua, no reino de Nápoles. Mas era visto com desconfiança por seus superiores, pois era tido como meio maluco, dizendo coisas sem lógica e externando demais o desejo de enriquecer rápido. Era, em geral, considerado um mau militar.

Eis, então, que a roda da fortuna girou e a oportunidade surgiu: com a invasão espanhola, Cápua logo se viu na inglória posição de último bastião austríaco na Itália, e cercada de todo lado pelo exército do príncipe Carlos de Bourbon, irmão mais novo do rei da Espanha. Reinaldo percebeu que, sendo a derrota iminente, é sempre melhor estar do lado vitorioso.

Em segredo, negociou com os espanhóis a sabotagem do depósito de suprimentos da fortaleza, por meio de um incêndio. Seu plano deu certo, e sem ter como sustentar o longo cerco, a fortaleza se rendeu. Com a conquista, Carlos de Bourbon se consolidou como rei de Nápoles e das Duas Sicílias, e como recompensa aos serviços de Reinaldo, sua majestade lhe deu ouro e terras, e junto delas um condado. Quando perguntado que nome queria para si e suas terras, Reinaldo lembrou do apelido que lhe davam os lombardos: tornou-se o conde de Bolsonaro. Contudo, pouco ficou em suas terras: logo foi enviado como embaixador à França, onde se casou. Encontrando ali a oportunidade para alimentar seu ódio pelos portugueses e pelo Brasil, patrocinou a expedição francesa do capitão Lesquelin, que invadiu Fernando de Noronha em 1736. Uma vitória de Pirro, pois a conquista durou um ano e deu mais prejuízo do que lucro. Em sua biografia, contudo este seria o menor dos insucessos...

"Mais uma dose, senhor?", sugere Érico, apontando a garrafa.

"Mas que elixir é esse, afinal?", questiona o embaixador, enquanto se serve.

"Vinho de cana-de-açúcar. A 'água-que-arde', feita nas casas de cozer méis do Brasil. Uma pequena lembrança da terra na qual, lhe garanto, nenhum castelhano desgraçado como sua senhoria jamais irá pôr os pés. Continue, vamos."

Ele continua: o fracasso da expedição em Noronha lhe custou a credibilidade entre os franceses, e o conde acabou enviado à corte do então rei da Prússia, Frederico Guilherme, com quem se deu muito bem, uma vez que eram ambos homens de temperamentos violentos e agressivos. Menos simpatia teve pelo príncipe herdeiro, e em uma escandalosa falta de tato, Bolsonaro comentava de modo indiscreto sobre as preferências do príncipe por suas amizades masculinas, seus gostos por antiguidade grega, e a distância do rapaz em relação à jovem esposa. O resultado é que, quando morreu o rei e o príncipe assumiu o trono como Frederico II, não havia condições de Bolsonaro permanecer naquela corte. Com a Guerra da Sucessão Austríaca tendo início, foi preciso encontrar um lugar neutro onde não criasse problemas. Acabou enviado para o reino que mais odiava: Portugal. Este, contudo, se revelou o menor de seus desgostos...

"Isso é pior do que veneno!", resmunga Fuentes, bebendo a terceira dose.

"Ora, meu senhor, como quer conquistar uma terra se não domina a bebida nativa? Vamos, continue, estou tomando gosto por esta história."

Em Lisboa, como adido militar, passou nove anos sem criar problemas, visto que Portugal se manteve neutro em todas as guerras desde então. Até que uma sequência de eventos sinistros maculou sua biografia: o conde teve um ataque de nervos que quase lhe custou a vida, de cuja motivação nada se soube. O que se soube foi isto: que, assim que se recuperou, um rapaz português que trabalhava em sua casa como cavalariço morreu envenenado, nunca se descobriu por quem ou qual motivo. O jovem, porém, era o *melhor amigo* do filho mais velho do conde, um jovem de catorze anos, que então entrou em um profundo desespero, terminando por se enforcar no dossel da cama. Isso abalou menos o conde do que sua esposa, inconformada que o suicídio impedisse um enterro cristão. De luto pela morte do filho, a condessa adoeceu, caindo em um estado tal de melancolia que veio também a falecer pouco depois. Isso pareceu não abalar o conde. Sua falta de empatia diante de tal sequência de tragédias fez má figura de sua pessoa no meio diplomático, criaram-se suspeitas e teorias várias, enfim, as notícias chegaram à Itália, e Reinaldo acabou sendo chamado de volta à corte de Nápoles. Mas ainda não foi o fim de sua carreira diplomática...

"Vamos, sua graça, tudo que é bom vem em quatro. Beba mais uma dose."

"Se não há como evitar…", resigna-se Fuentes, e dá prosseguimento à sua história.

A longa estadia em Portugal, porém, o enchera de novas ideias, planos, esquemas. Uma vez de volta a Nápoles, tornou-se um ardoroso defensor da Inquisição e propôs a Carlos de Bourbon reinstalá-la nos territórios italianos. A essa altura, o rei não estava interessado em assuntos religiosos, quando já corria pela Europa uma crescente antipatia pelos jesuítas. Bolsonaro, porém, ainda tinha sua utilidade: tornara-se hábil panfletista, atacando os inimigos do rei e elogiando suas políticas. Mas seus modos intempestivos, aliados a seu humor irritadiço e ansioso, tiveram um custo: em 1750, ao ser informado de que a Espanha havia assinado o Tratado de Madri com Portugal, trocando as Missões Jesuítas pela Colônia do Sacramento, tal foi a intensidade de seu raivoso estado de nervos que ele sofreu um choque apoplético, o qual deixou a metade esquerda de seu rosto eternamente paralisada.

Depois disso, nos cinco anos seguintes o conde pareceu se retirar da vida pública, vivendo sozinho em suas terras, até que a Europa foi abalada pela mais trágica notícia de seu tempo: o terremoto de 1755 em Lisboa. Inspirado pela tragédia, Bolsonaro publicou um panfleto criticando a falta de senso de oportunidade do rei Fernando VI de Espanha em aproveitar para invadir Portugal logo de vez, livrando a Europa (e a América, por consequência) "dos pérfidos lusitanos". O panfleto, que já na corte de Nápoles foi considerado desumano e insensível, chegou à corte de Madri e provocou um grande constrangimento entre os reis irmãos. Carlos de Bourbon então ordenou ao conde que parasse de publicar seus libelos. Isso, contudo, estava longe de ser o fim para o conde…

"Mais uma dose para sua senhoria", Érico aponta a garrafa, "a quinta, uma para cada dedo da sua mão."

"Ai de mim, que ainda tenho os da outra para contar…"

Resignado com a censura recebida, o conde passa então a dedicar um profundo interesse pela origem dos tremores de terra. Em Portugal, diversos panfletos jesuítas apontam o pecado como única causa plausível para as tragédias naturais; na colônia de Massachussets, também assolada por um tremor naquele mesmo ano, Thomas Prince publica seu panfleto *Terremotos são o trabalho de Deus & Símbolos de seu justo desgosto*. Ainda que um seja português e o outro calvinista — o que, aos olhos do conde, faz de ambos menos do que gente —, suas propostas conciliavam teorias científicas com a ortodoxia religiosa, o que caiu ao gosto de Bolsonaro. Com essa mistura de ciência e religião, passou a elaborar um curioso plano, só interrompido em 1759 pela morte do rei Fernando VI da Espanha. Com ela, Carlos de Bourbon se tornou Carlos III da Espanha, e sua corte se mudou toda de Nápoles para Madri. A situação política na América se tornava cada vez mais intrincada, o Tratado de Madri não tinha vingado, a Europa se via imersa numa nova guerra que aos poucos se espalhava para todos os continentes, e nisso o conde de Bolsonaro viu a oportunidade de dar a volta por cima, pleiteando a embaixada em Londres. Mas, claro, o rei não era louco de pôr uma representação diplomática tão importante nas mãos de um irresponsável como o conde, porém tampouco gostaria de tê-lo na corte em Madri, de modo que o enviou a Londres como adido militar, o menos público e sociável dos cargos diplomáticos. Como se isso fosse satisfazer às ambições do conde…

"Mais uma dose, senhor. Seis, dizem os matemáticos, é o número perfeito."

O conde de Fuentes enrola a língua, oscila sobre a cadeira e se apoia no aparador. Já não se serve mais do copo, pega a garrafa e toma um gole direto do gargalo. Estrala os lábios com um suspiro e retoma sua história, a voz cada vez mais pastosa.

O que conta acaba tendo poucas partes inteligíveis, mas Érico consegue juntar os fragmentos: nos tempos em que Bolsonaro havia sido embaixador na França, tinha travado contato com escoceses jacobitas exilados, e uma vez de volta a Londres, fez uso de John "Jock" Strapp como *agent de liaison* entre ele e Roger Pheuquewell. Em troca de suporte, que incluiu contratar homens, conseguir um navio e produzir os impressos, Bolsonaro fez uso de seu status diplomático para infiltrar os jacobitas de Pheuquewell na corte. O resto, Érico poderia preencher as lacunas: com a apreensão do navio no Rio de Janeiro e a perda de seu investimento, foi preciso financiar uma segunda nau. Também esses planos deram errado pela intervenção de Érico no jogo de uíste, em outubro. Isso fez Bolsonaro buscar o contato da sra. Bryant na embaixada francesa, que lhe prometera um novo navio — e assim se formou o Consórcio Transnacional.

"Onde estão os dois?", questiona Érico. "Bolsonaro e Pheuquewell. Onde se escondem?"

"Os livros, os panfletos, está ali, está tudo ali...", balbucia Fuentes. "Na ilha dos Cães, ora! Na ilha dos cãezinhos e das vaquinhas e do... galo de rinha. O galo, o galo, o galinho de rinhas, o imenso galinho de rinhas...."

"Como assim? De que lhes serve esse galo? Que farão com ele?" Érico lhe dá um tapa no rosto, que deixa o embaixador mais desperto. "Vamos, homem!"

"Ave? Que ave? Ah! Haha! Não, não, nananinanão... não é uma ave..."

"É um lugar, portanto? Mas onde?"

"Mais um gole, mais um golinho e eu conto... prometo... sete é o número da sorte", o conde busca a garrafa e bebe um gole. Érico, irritado, toma-lhe a garrafa da mão.

"O galo, homem. Onde está o galo?"

Fuentes sorri feito um abobado e gesticula com o indicador para que se aproxime. Érico põe o cano da pistola na têmpora do conde e aproxima o rosto. Saem palavras pastosas e um hálito terrível, mas escuta o que quer ouvir — tão óbvio! Como ele e Fribble não haviam se dado conta? Precisa avisá-lo o quanto antes.

"Mas eles não estão lá agora... estão aqui... os três, os três me aguardam ali no... ali no... atrás da... como se chama? Retonda. Rodunda. Rotunda. Um último encontro... antes de... partir... à meia-noite. Um salvo... conduto... para *ela*."

Com um senso de urgência terrível, Érico compreende: os três conspiradores, Bolsonaro, Bryant e Pheuquewell, estão ali em Vauxhall. É a oportunidade de ouro. Não há tempo para planejar, precisa agir de improviso. Mas deve avisar Fribble. Consulta o relógio: pouco tempo. Olha de si para o embaixador e do embaixador para si: sim, vai servir. Terá de servir. Seus trajes, afinal, são ambos negros, suas alturas são semelhantes. Coberto por capas, não se notará diferença.

"Oito... é o número do infinito...", Fuentes tenta pegar a garrafa mais uma vez e tomba, mas Érico o segura pelos braços a tempo de evitar que caia ao chão. Ele o põe sentado de volta, mete a mão em sua casaca e encontra o salvo-conduto que entregaria para a sra. Bryant. Não tem ali recursos para abri-lo sem romper o lacre, mas não há como evitar: rompe, abre. O que lê faz ferver seu sangue: o documento é dedicado a outro nome, o nome que, conclui ele, é o *verdadeiro* nome dela. E é a prova do envolvimento da França na conspiração, a prova que poderá lançar Portugal na guerra.

Érico troca de máscaras com um desfalecido Fuentes, tomando para si a de *scaramouche* e o deixando com a de Guido Fawkes. Tira dos bolsos um alfinete, uma tirinha de papel e uma bala oca, que desenrosca até se abrir em duas metades.

"Empreste-me um pouco de tinta, sua graça", diz ao desacordado, e pica a ponta de um dedo com o alfinete, molhando-o com sangue, e escreve sua mensagem. Enrola a tirinha de papel o máximo que consegue e mete dentro da bala oca que trazia no bolso. Guarda a pistola, que nem carregada estava, vira o resto da garrafa sobre Fuentes, para que o deixe fedendo a álcool, larga-a vazia nas mãos do embaixador e desce da torre.

Lá embaixo, os secretários do embaixador também estão um pouco ébrios, pois, em nome da harmonia entre os povos, Gonçalo e Flechette também vinham lhes servindo uma dose atrás da outra. Nenhum deles percebe, porém, que é Érico sob o disfarce de *scaramouche*. Enquanto os espanhóis cambaleiam levando-o embora, Gonçalo estranha que o embaixador tenha chegado tão próximo dele, murmurado algo incompreensível em seu ouvido e lhe deixado algumas moedas na mão.

Gonçalo os vê partir. Só então tira o elmo grego e olha a própria mão: as moedas são de real português, e entre elas há uma bala de pistola fendida.

Érico entra na rotunda e, não vendo ninguém que desperte atenção em especial, pergunta aos secretários: «*donde están?*». Os dois, ébrios, apontam direções contrárias, mas eis que em seu auxílio vem um fantasiado vestido com máscara de médico da peste, pedindo que o siga. Saem da rotunda e avançam por uma área menos visada, atrás dos galpões de ateliê dos artesãos, onde outros dois médicos da peste guardam o perímetro.

«*Soy yo, el embajador*», diz Érico, com uma imitação do tom afetado de Fuentes. Então o deixam passar. Em um círculo iluminado por lanternas, duas figuras estão em conferência: um velho recurvado apoiado com bengala, trajando uma fantasia vermelha com máscara de pantaleão, e uma mulher usando fantasia de *La Signora*, em um transbordo de joias, flores, penas e fitas, com o rosto oculto pela sinistra máscara oval e sem boca da *moretta*.

"Sodomitas!", resmunga o velho. "Sua graça, há sodomitas por toda parte aqui!"

"Creio que tanto o senhor embaixador quanto nós temos preocupações mais urgentes", diz a mulher, a voz abafada pela máscara. E, voltando-se para Érico: "E vós, meu senhor, tivestes sucesso com o duque de Newcastle?".

Érico balança a cabeça em negativo.

Ela faz um muxoxo e diz: "Hmm. A diplomacia é a arte de prolongar a hesitação até que tudo corra para o inevitável. Se esta cidade sobreviver, é claro".

"E onde está Bolsonaro, afinal?", pergunta o velho.

"Está atrasado, como de hábito", diz a mulher. "Mas de todo modo não precisamos dele para fazer nossos acertos finais." Ela tira do decote uma carta, que entrega ao velho. "Sr. Pheuquewell, aqui está seu salvo-conduto para a França. E quanto a vós, meu senhor, o que trazes para mim?"

Érico tira do bolso do gibão o envelope que tomou de Fuentes, mas, quando o estende, deixa intencionalmente que caia ao chão. Na mesma hora se agacha, pedindo perdão, tateia perguntando onde está e, quando o pega, o amassa de modo a justificar o lacre rompido. Estende-o para ela outra vez, que o toma irritada.

Ela nota o lacre rompido, olha desconfiada para ele, abre e lê. Guarda o salvo-conduto em seu decote e encara Érico — é possível ver, pelos buracos dos olhos em sua máscara, o olhar frio e analítico. Os dois se encaram.

Ela sabe.

Ele sabe que ela sabe.

Ela sabe que ele sabe que ela sabe.

O disfarce ruiu. Érico mete a mão na casaca em busca da pistola. Ela é mais rápida: da manga bufante de seu vestido puxa um estilete e, com a fúria de uma tigresa, salta para sua garganta. Érico recua um passo, a tempo apenas de ver a lâmina bater no longo nariz de *scaramouche* e arrancar a máscara de seu rosto. Agora é correr. Tarde demais. Os médicos da peste o cercam e o derrubam de costas no chão.

"Quem diabos é você?", pergunta Pheuquewell, que não o reconheceu no escuro.

"Ah, meu caro Roger", responde uma figura que adentra o círculo iluminado, "essa é a pergunta que venho me fazendo há seis meses." Usa uma fantasia listrada de *Capitán*, com gola rufada e chapéu de pena de faisão espetada, a máscara grotesca cobrindo os olhos e o nariz, mas deixando livre a boca, que morde com voracidade as coxinhas que traz nas mãos engorduradas. Quando fala, o faz de boca cheia e com calma. "Mas agora não mais, agora não mais."

"Você *leu* isso?", pergunta a sra. Bryant, exaltada, brandindo o salvo-conduto contra o rosto de Érico. "Oh, Deus, você leu! Você sabe sobre mim! Devo partir. Onde está Fuentes? ONDE?"

"Acalme-se, querida", diz Bolsonaro, mordendo calmamente outra coxinha, e jogando a anterior em uma moita. "Alguém quer uma? Estão deliciosas. Acalmem-se, pois o sr. Borges aqui não vai a lugar nenhum."

"É o barão de Lavos?", Pheuquewell se espanta, cerrando os olhos. "O maldito sodomita?"

"Oh, não mesmo", diz Bolsonaro, agachando-se ao lado de Érico e apontando uma coxa roída contra seu rosto. "Nós dois sabemos que isso não é verdade, não é? Nada que algumas cartas e uma consulta à genealogia das famílias portuguesas não esclareçam. Não existe nenhum barão de Lavos. Mas sodomita? Isso sem dúvida ele é. Um maldito sodomita, um beija-bundas de Bafomé e, o que é pior, um brasileiro, a raça mais desgraçada com que já tive de lidar em toda a minha vida. Mas vos digo, senhores, que este *maricón* aqui se intrometeu nos meus negócios pela última vez."

"Mate-o agora", propõe Pheuquewell. "Será um a menos no mundo."

"Não, Roger, ainda não. Tenho a obrigação de procurar os modos mais criativos de dar fim a este pederastazinho. Vamos levá-lo conosco. Bryant, você virá?"

"Não", diz ela. "Preciso encontrar Fuentes e sair daqui, mas não com vocês."

"Se isso é uma despedida...", Bolsonaro ergue os ombros, "diga ao poltrão do conde de Fuentes que, da próxima vez que nos virmos, ele estará tratando com o novo vice-rei do Brasil."

A sra. Bryant vai embora, levando consigo os secretários ébrios do embaixador. Os médicos da peste erguem Érico pelos braços, que sente o cutucar de um punhal contra suas costelas. Se abrir a boca, dizem-lhe, não sairá vivo de Vauxhall. Põem de volta nele a máscara de *scaramouche* e o chapéu. Saem pelo lado de trás da rotunda, passando pelo portão quase sem serem percebidos. Érico olha ao redor, na esperança de ver Gonçalo ou Maria. Com um empurrão, enfiam-no em um coche.

Pela noite, o coche cruza Southwark em direção a Rotherhite. Pelas janelas, Érico percebe que agora faz o caminho inverso ao de sua chegada: as mesmas paisagens monótonas de plantações e fazendas, até mesmo passando pelo Elephant & Castle. Londres, aquele monstro urbano que o devorara, que passara a amar e odiar em iguais proporções, agora o regurgita.

Uma hora depois, desce em um píer na margem sul do Tâmisa e embarca em uma balsa junto com Bolsonaro, cruzando o rio. A oeste, o céu se ilumina com o clarão dos fogos de artifício sobre Vauxhall. Pensa em Gonçalo. A certeza de que nunca mais o verá o deprime. Olha para Bolsonaro: este sorri.

"Não é o maior galo que você já viu, sr. Borges?"

O conde aponta algo logo à sua frente: das sombras da noite, o lume das lanternas refletido nas águas escuras do rio ampliam seu tamanho, e surge majestoso e imperativo um colosso de dois deques e setenta e quatro canhões — um navio de terceira classe, do tipo capaz de abrigar uma tripulação de até seiscentos homens. Um vaso de guerra como aquele talvez não pudesse conquistar o Brasil sozinho, mas nas atuais condições da colônia, se estiver plenamente tripulado, Bolsonaro dispõe de um exército capaz de tomar ao menos uma fortaleza costeira. Surge então o nome, escrito em letras cursivas no castelo de popa: GAME-COCK.

O *Galo de Rinha*.

Começa a cair uma chuva fina e fria. Uma escada de corda é jogada, e Érico sobe com pistolas apontadas para si. Pheuquewell resmunga de quanto o desagrada ter um sodomita a bordo. Todos no convés se voltam de imediato para Érico, com olhares ameaçadores.

"Sr. Borges, temos a bordo um velho conhecido seu", diz Bolsonaro, guardando a pistola, "que está muito desejoso de lhe dar as boas-vindas."

No silêncio que domina o convés, escuta o toque-toque claudicante de madeira contra madeira, e do meio dos marinheiros se abre uma passagem para que se aproxime um homem imenso, a perna esquerda substituída por uma de pau à altura do joelho, e o rosto repleto de marcas de varíola tem um nariz falso moldado em metal, preso por uma correia de couro, em substituição àquele que lhe fora esmagado a socos. Kroptopp sorri, enquanto Érico murmura para si mesmo: "Agora fodeu".

25.
O incitador de terremotos

Luz do dia. Érico abre os olhos. Foi uma longa madrugada. Contrai o rosto, craquelando o sangue seco sobre a têmpora, o nariz e o pescoço. O supercílio esquerdo está tão inchado que mal consegue abrir o olho. Seu corpo oscila no balanço das ondas. Está amarrado a uma cadeira no que julga ser a cabine do capitão, no castelo de popa, logo abaixo do passadiço. Está sozinho.

Foi uma longa noite, e todo o seu corpo lateja. Nas janelas, vê o brilho do sol refletido no mar. Engole em seco. Sua vida pregressa ficou para trás. Tenta mover o ombro, mas dói. Está de peito desnudo, vê a camisa e o gibão jogados a um canto. Metade de seu tórax está agora escurecido pelas manchas arroxeadas das pancadas, a outra metade está suja de mais sangue seco — novas cicatrizes para acrescentar às antigas. Olha à sua volta e vê que está rodeado por armários, e que estes estão repletos de livros obscenos editados em Merryland, separados por suas cidades de destino. Escuta o toque-toque da perna de pau contra o chão, e já contrai os músculos, antecipando as pancadas que provavelmente virão. Entra o conde de Bolsonaro, seguido pelo mordomo Kroptopp.

"Ah, finalmente acordado!", diz o conde. Tira o relógio de bolso da casaca. "Teve uma boa madrugada? Falei para Kroptopp: tire um pouco de sangue, deixe-lhe tantas marcas quanto quiser, mas não quebre nenhum osso essencial. Eu o quero vivo, sr. Borges. Quebrado, mas vivo. Para que testemunhe o que pretendo fazer com aquela terra nojenta da qual você tanto se orgulha a ponto de trazê-la marcada no corpo."

Aponta para a tatuagem da esfera armilar em suas costelas, onde as pancadas foram mais frequentes, a ponto de a carne inchar e sangrar, provavelmente deixando uma ou duas costelas quebradas. O conde abre os braços:

"E que tal minhas instalações? Esteve à procura delas, não? Pois aqui estamos! Quer rever minha bela prensa tipográfica? Não há mal nisso, pois agora não há mais nada que possa fazer para me impedir. E afinal, teremos bastante tempo juntos até chegarmos ao Brasil. Ah, vamos nos divertir tanto com o senhor… será preciso montar uma tabela, uma programação… nada em excesso, apenas arrancaremos umas unhazinhas aqui, e depois alguns dentes ali, ou alguns dedos. É uma perspectiva empolgante, não acha?"

"Ô, se é", balbucia Érico. "Você deve ficar de pau duro só de pensar nisso."

Kroptopp ergue o punho fechado e avança. Érico se retrai antecipando o golpe, mas Bolsonaro detém seu mordomo.

"Está tudo bem, deixe-me a sós com ele. Temos muito o que conversar."

O mordomo sai, e Érico se concentra na visão oferecida pelas janelas de popa. Delas, pode ver uns tantos navios circulando próximos, talvez ainda estejam no movimentado estuário do Tâmisa. Seria capaz de nadar até a costa, caso consiga subir ao convés e se atirar pela amurada? Provavelmente não, mas mesmo a possibilidade de um afogamento lhe parece melhor do que continuar à mercê daquele fanático.

«*I love a cock fight, you know.*»

Distraído, Érico volta sua atenção para Bolsonaro.

— Hein?

— Falei que adoro rinhas de galo, sr. Borges. E me ocorre que nós dois somos como um par de galos, presos na mesma rinha. Nos nossos encontros anteriores, o senhor obteve a primeira vitória, mas nosso segundo confronto foi, definitivamente, um empate. Agora é hora de virar o jogo. Sabe como foi executado o primeiro da sua laia em terras brasileiras? Uma história muito instrutiva. Havia um índio afeminado, mais mulher do que homem. Foi capturado e julgado pelos franceses no Maranhão, que encontraram um modo muito prático de purgá-lo de seus crimes contra Deus. Sabe como? Eles o amarraram à boca de um canhão e dispararam — Bolsonaro sorri com as gengivas, ergue o punho no ar e abre os dedos. — Cortaram-no em dois, espalhando suas tripas no ar, purificando a terra com sangue. Não é uma ideia excelente, sr. Borges? Que me diz de fazermos o mesmo com o senhor?

— Para isso terá que desembarcar no Brasil, antes. E vai precisar de mais do que apenas um navio para isso.

— Será? Que diferença fará, se tudo já estiver destruído? Meus homens marcharão sobre as ruínas das suas cidades e sobre os corpos da sua gente mestiça.

Érico olha as prateleiras ao seu redor, revisando o nome das cidades: Belém, São Luís, Salvador, Recife, Rio de Janeiro e Vila Rica. Algo não faz sentido ali.

— Você não tem poder de fogo para tanto. E Vila Rica nem sequer fica no litoral.

— Não faz ideia, não é mesmo?

Érico sabe que só com quinhentos homens não se ocupa uma terra de proporções continentais como o Brasil, mas Bolsonaro parece convencido do contrário. Agora, a arrogância inata do conde assume o controle, e qualquer precaução que antes tomava para ocultar suas verdadeiras intenções se foi.

— O senhor não vai sair vivo daqui, então não faz mais diferença… não há mal algum que saiba de tudo — conclui o conde, pondo a mão sobre o ombro de Érico e o apertando, deliciando-se com as próprias palavras. — Tem-se pensado em formas de tirar o Brasil dos portugueses por anos. E a verdade, sr. Borges, é que vocês, tal qual uma peste, se espalharam demais por aquela terra, a tal ponto que, invada-se pelo Sul ou pela costa do Nordeste, não importa, o território é muito grande, muito amplo. Pela força das armas seria necessário um esforço grande demais, dispendioso demais. Contudo, há várias formas de se fazer guerra. E tenho vislumbrado um plano que, a longo prazo, irá devolver o império português à sua correta dimensão nanica. O que é Portugal, ora merda? Apenas o prepúcio da Europa, prestes a ser circuncidado! Que ironia, não? Purgar seu reino da praga judaica talvez tenha sido a única coisa decente que vocês fizeram, e agora estarão prestes a sofrer a mesma sorte! Mas... não sou ingênuo! Não, não, não, senhor. Não cometerei esse erro estratégico... tentar eliminar um povo é como matar a hidra, corta-se a cabeça, e outra nasce no seu lugar. Invadir Portugal não basta: nada agrega mais os povos do que um inimigo comum, e isso não posso permitir que ocorra! É preciso mantê-lo dividido. É preciso desnortear seu povo por completo.

Retira um exemplar da prateleira e o folheia.

— Como eu lhe disse, sr. Borges, meu plano foi originalmente pensado para ser executado a longo prazo. Sabia que a peste negra começou com ratos, arremessados pelos mouros nos portos europeus? É o mesmo princípio: enviando aos portos brasileiros essa literatura libertina e herética, a praga que este século degenerado considera sua grande produção intelectual... imagine só! Numa terra que já é povoada de gente da pior espécie, degredados e judeus marranos, todos a fornicar com índios, com negros e sabe-se lá que outras raças infectas? Em poucas gerações o Brasil será habitado por uma subraça de anões cor de bronze, de feições simiescas e lascívia incontrolável!

— E o que o fez mudar de planos? — Érico sente que as cordas em seus punhos se afrouxaram. Precisa fazer o homem continuar falando.

— Meus planos não mudaram, o mundo é que os acelerou. Sou impaciente, sr. Borges. A guerra está cada vez mais próxima, a invasão de Portugal será incontornável, o que faz com que a questão brasileira precise ser resolvida com urgência. Era necessário agir, então agi. Se há uma verdade neste mundo, meu caro, é que uma prensa tipográfica vale por mil canhões. E como toda arma, sua mobilidade é crucial. Por isso a minha foi adaptada para funcionar dentro de um navio, o que me permite manter "seu poder de fogo", isto é, sua capacidade de impressão, longe de mãos inimigas. Ela agora viaja conosco, está duas cobertas abaixo de nós, onde antes era o alojamento dos oficiais subalternos. As vantagens de se ter um navio tão grande é que há bastante espaço.

— Primeiro espalha os livros, depois os panfletos condenando a leitura dos livros que você mesmo distribuiu... — conclui Érico. — Que ideia confusa. Sinceramente, não me parece um plano muito prático, conde.

— Oh, não, não, de modo algum. O senhor não está entendendo. Os panfletos não eram parte do meu plano. Eram apenas um teste... usar a liberdade de expressão que os ingleses tanto apreciam contra eles próprios. Se fiz tantas cópias de *Os incitadores de terremotos* em várias línguas, é porque pretendo deixar fardos desses panfletos por onde passarmos: França, Espanha, Portugal e toda ilha que cruzar nosso caminho, até que não sobre nação ou reino onde um sodomita possa dormir tranquilo. Isso, sr. Borges, é uma questão pessoal para mim. Mas, claro, reconheço que seria mesquinho da minha parte usar um poder de fogo tal, capaz de derrubar reis, incitar revoluções e criar terremotos, com algo tão insignificante como sua laia degenerada.

— Não se dê tanto crédito, conde.

— Ora, o senhor não tem como negar! Viu o que houve em Londres.

— Pensa que incitar pânico e delírios entre o povo é algo novo? Lamento decepcioná-lo, mas há uma longa história de...

— Não, não me refiro a isso. Estou falando dos terremotos.

Érico o encara surpreso.

— Como assim? Você pensa ser capaz de criar um...

— Não apenas um, mas *dois* terremotos. E o segundo tremor teve seu epicentro justamente em Highgate!

— Sim, o segundo apenas. Uma coincidência, não mais do que...

— Coincidência? Acho sua falta de fé perturbadora, meu caro. Isso é o que nos diferencia, sr. Borges. A escolástica prova que religião e ciência são perfeitamente compatíveis, enquanto a segunda se mantiver subjugada à primeira. Como deve ser tudo na vida. O que provoca os terremotos? Estudiosos dizem que são os vapores e relâmpagos no interior oco da terra. Certo, é possível. Mas quem desperta a fagulha, o raio que fará tudo tremer? Você, um herege degenerado, dirá que é o acaso. Mas eu, um crente fiel de Nosso Senhor, afirmo: é a vontade divina que, ofendida pela iniquidade do homem, atiça as chamas do inferno! Então, invertendo-se o processo, para invocar a ira divina é necessário atiçar a alma das pessoas. E os homens, como vimos, são fáceis de conduzir.

Ele tira o relógio do bolso e vê a hora.

— A essas alturas, Londres já deve estar em ruínas. Vê? Eu manipulo os homens feito um titereiro. E é o que farei agora com o Brasil: não será mais um plano lento e gradual para degenerar sua raça, e sim uma enxurrada tão intensa de incitações aos piores instintos, que fará com que cada vila e cidade daquela terra de mulatos e mamelucos se multiplique em Sodomas e Gomorras! Pois as mulheres, coisa que você não conhece, são naturalmente inclinadas à lascívia. É seu instinto natural de fêmeas, que se acentua ainda mais em raças inferiores como a negra e a índia. E numa terra em que há quase três negros para cada branco, que acha que farão? Infidelidades às centenas!

As mulheres copularão com os pretos, darão crias mestiças e bestiais, enquanto os homens brancos, abandonados, terão que recorrer à sodomia para se satisfazerem. E eu lhe garanto que, antes do final deste ano, a depravação na colônia do Brasil será tanta que irá de imediato atrair a ira divina e arrasar suas cidades. — Aponta as prateleiras de livros num gesto amplo e teatral. — Belém, São Luiz e Recife! Rio de Janeiro, Salvador e Vila Rica... todas em ruínas! Livre dessa sua gente asquerosa, as ruas lavadas desse povo infecto por ondas gigantes que se erguerão do mar! E tendo um oceano de distância separando-a de Portugal, antes do rei José ser informado, os exércitos franco-espanhóis no Prata e nas Guianas estarão prontos para invadir e conquistar! E neste dia, sr. Borges, o que sobrar de VOCÊ será amarrado na boca de um canhão, e suas vísceras serão espalhadas por toda aquela maldita terra! O que me diz agora, hein? Seu pederasta sodomita de merda, verme degenerado, fanchono, *maricón*? O que me diz agora?

Érico está boquiaberto.

Sua mente foi tão violentamente assaltada por aquele discurso que, quando se dá conta, cresce-lhe no peito uma pressão que se espalha por todo o seu corpo dolorido. Tenta segurar aquele impulso, mas é impossível, inevitável. Fecha a boca, comprime os lábios, seu corpo treme tomado de soluços até não ser mais possível se conter.

E então gargalha.

Começa com um som espichado feito rojão riscando o ar, que logo se converte em um riso solto e desbragado como o riso dos loucos e dos bufões, batendo o pé no chão, balançando-se todo, ainda que o corpo doesse. Então quer dizer que tudo aquilo, todo o dinheiro gasto, todas as mortes e intrigas e correspondências indo e vindo entre Londres e Lisboa eram por causa DISSO? Podia imaginar o conde de Oeiras sendo informado por carta e caindo da cadeira de tanto gargalhar!

Ah, se Érico soubesse antes! Poderia ter ficado tomando chá, dançando em bailes e namorando Gonçalo, e deixaria aquele tolo fanático afundar no mar com suas ideias simplórias, encalhado nas praias brasileiras, esperando seus terremotos. Como foi possível que tantos tivessem dado crédito e dinheiro para financiar aquela estupidez, era um mistério. Ou talvez não: quando o mundo enlouquece, os loucos se passam por sãos.

— Ai, ai... — suspira Érico, recuperando o fôlego. — Por essa eu não esperava.

O conde de Bolsonaro fica profundamente ofendido.

— Vamos ver quem rirá mais — grunhe. — Quando a Espanha dominar o Brasil, teremos meios e condições de expulsar também os ingleses; primeiro do Caribe e depois de toda a América. E antes que este século chegue ao fim, a Espanha será o maior império que a cristandade já vislumbrou, e meu nome, sr. Borges, será gravado ao lado dos grandes generais da história! Alexandre, Júlio César...

— As fanchonas que governaram o mundo! — Érico ri de novo. Bolsonaro o estapeia.

— Seu pedaço de merda! Vou viver o bastante para ver todo o seu povo imundo arder na fogueira, mesmo que seja uma fileira tão longa que circunde o globo. Seu nome não será digno sequer de uma nota de rodapé na minha biografia!

— Isso é tão, tão ridículo que não faz sentido nem mesmo na sua própria lógica! — troça Érico. — Como espera que um terremoto que destrua o Brasil não afete as colônias espanholas ao lado?

— Do mesmo modo que o mar Vermelho poupou judeus e afogou egípcios — diz Bolsonaro, como se fosse uma obviedade gritante. — O que Deus quer, Ele consegue.

— Ah, que seja, faça o que quiser. Sonhe o quanto quiser, pois sonhar é de graça. Mas não se engane. No que tange ao Brasil, já expulsamos vocês, os holandeses, os franceses, até os ingleses já foram expulsos de lá, podem continuar tentando e nós continuaremos os escorraçando como sempre fizemos. Está no sangue português fazer os espanhóis correrem. Faça o que quiser, cerque a costa, invada pelo sul, eu lhe garanto: vão falhar. A América não é a Europa, e o Brasil não é Portugal. Você não entende. Pode ter nascido americano, como eu, mas suas ideias são todas ilusões de grandeza alimentadas em jardins europeus. Você detesta tudo que não é você mesmo, mas no fundo é só a si mesmo que detesta. Quer alterar o mundo apenas para ficar à vontade consigo próprio. Outro estrangeiro com ideias prontas sobre algo que nunca tentou compreender. Só há mais uma coisa que me intriga nisso tudo.

— E o que seria? — Bolsonaro está de costas, irritado.

— Para que se dar ao trabalho de roubar os tipos móveis do pobre Baskerville?

— Ora, não se diz que o Diabo está nos detalhes? Baskerville é ateu. Um autor não pode ser separado da sua obra; logo, o desenho da sua fonte emana suas crenças de apóstata. Meus livros precisam atrair a ira divina, então nada mais natural que...

— Acha que Deus se importa tanto assim com a escolha da fonte?

— E eu sei lá? Não me cabe questionar o funcionamento da vontade divina! Eu...

São interrompidos por batidas à porta. Kroptopp entra trazendo um ferrete de marcar gado incandescente, que entrega a Bolsonaro, e sai. O conde aponta o metal para Érico, que vê a letra M rubra de calor chiar no ar à sua frente.

— Ah! Veja, sr. Borges, seus instintos sodomíticos são mais próprios a um animal, portanto, irei marcá-lo como um deles. Bem na testa. M de *maricón*. Para que todos saibam, até os seus últimos dias, a criatura odiosa que você é. Que me diz?

Érico sente que o nó em seus punhos está mais frouxo, mas não tanto ainda que consiga já se libertar. Em pensamento, grita consigo mesmo: faça com que continue falando, ganhe tempo! A corda é grossa, a pele está ferida. Soltar-se, correr, atirar-se ao mar. É esse o plano.

— Preciso reconhecer, conde: o senhor dedicou tanto estudo sobre as práticas da minha gente que se tornou um especialista, um *connoisseur*. Eu deveria ficar lisonjeado. Nem meu amante pensa em cada parte do meu corpo com tanta dedicação.

O lado direito do rosto de Bolsonaro se contorce de ódio. Ele brande o ferrete, ameaçador.

— Sabe o que farei com você, seu merdinha insignificante? Vou hoje mesmo mandá-lo ao cirurgião de bordo, para amputarem suas duas pernas e os dois braços. Farei com que se transforme de fato na aberração que você é, vou enfiá-lo dentro do nosso maior canhão e vou espalhá-lo no mar o quanto antes. Cansei do senhor. Não quero mais sua presença imunda no meu navio!!

É quando Érico se dá conta que não vai conseguir soltar as cordas a tempo. A queimadura será inevitável, não há escapatória. Terá de suportar a dor. Respira fundo, fecha os olhos, abre os olhos de novo. E então algo absurdo desvia sua atenção para as janelas de bombordo, onde vê, atravessando pelo lado de fora, uma imagem inusitada.

— Que é aquilo...?

Tal é sua cara de espanto que o conde também se vira. E para incredulidade de ambos, o grande objeto de madeira que vem passando pelas janelas de bombordo, navegando em sentido contrário ao do navio, é um mastro de gurupés trazendo em si a mais inusitada figura de proa, esculpida de modo a apontar a cabeça para o alto, em orgulhosa e eterna ascensão. Sim, é ele próprio: o brinquedo dos meninos, o aparelho dos ardores, a gazua dos furores e chave mestra dos corações; a espada do amor, a viga central dos homens, pêndulo do mundo, membro-rei das bainhas, formão dos prazeres, bastão dos regozijos e mastro-mestre dos deleites — munido de um divinal par de asas.

Perplexos, os dois contemplam o avanço de um enorme passaralho.

26.
O auriga

Vauxhall, na noite anterior. Gonçalo aperta o papelinho em sua mão, percorrendo ansioso o pavilhão da orquestra em busca daquela máscara nariguda de *scaramouche*. Quando ele e Flechette encontraram o conde de Fuentes completamente bêbado, separaram-se: o mordomo foi avisar Fribble e ele foi avisar Maria, com quem se dividiu nas buscas, sem sucesso. Quando se reencontram, ele chega até ela ansioso.

— Você o viu? — pergunta Gonçalo.

Ela balança a cabeça, negando.

Gonçalo não quer contar a Fribble do conteúdo do bilhete, não ainda. Não quer acreditar que Érico outra vez corre perigo. Por quê, pergunta a si mesmo, por que Érico precisa ser sempre tão impulsivo? Aperta o papel na mão, como se assim evitasse ter de encarar a realidade de que Érico está em risco outra vez. A mensagem diz: *Game-Cock navio 74 ilha dos* Cães *meia-noite avisar Fribble*.

Não, não quer avisar Fribble. Quer encontrar Érico, agarrá-lo pelo colarinho e gritar com ele, arrastá-lo para longe daquela gente louca que dança e se empanturra às vésperas do fim do mundo; para longe de perseguir o perigo e a própria destruição. Mas é inútil. É isso que mais detesta nele, é por isso que o ama. Suspira, desconsolado.

— Precisamos encontrar Fribble — diz Maria.

Eles o encontram no mesmo coreto chinês onde ainda há pouco cearam. A essas alturas, os "planetas" de Fribble já percorreram os jardins e ele está bem informado: sabe que alguém com a máscara do conde de Fuentes foi visto saindo de Vauxhall na companhia de um pequeno grupo de fantasiados; o verdadeiro Fuentes está caído bêbado na água-furtada do pavilhão da orquestra.

Gonçalo mostra a mensagem, Fribble lê e balança a cabeça: não, isso não faz sentido. Um navio de setenta e quatro canhões significa uma nau de terceira classe com ao menos dois deques, uma coisa imensa que não se esconde em qualquer doca. Além do mais, só os franceses fabricam navios desse tamanho, e um navio francês não passaria incógnito pelas baterias de defesa do Tâmisa a ponto de chegar tão próximos de Londres, a não ser que...

A não ser que já estivesse ali *desde o começo*.

Fribble tapa a boca, horrorizado. Não, não pode ser! Mas é. Olha desolado para Maria e Gonçalo, pensando em como explicar que Érico está perdido. Que tudo assumiu, subitamente, uma proporção terrível, algo que não pode se dar mais ao luxo de incluí-los. Pois isso não diz mais respeito às intrigas dos portugueses, e sim à própria segurança da Coroa inglesa. Foram enganados todo esse tempo. É preciso avisar Mr. Pitt, é preciso acordar o rei...

"Você sabe onde ele está", afirma Gonçalo. "Érico. E o navio."

"Sim, querido, eu sei, mas não há nada que possamos fazer agora."

"Ora, se estão num navio, precisamos de outro. E sabemos onde conseguir um."

"Não é uma questão de recursos. Vocês não compreendem. Só há um navio desse tipo em Londres. E, se isso for verdade, para ter caído nas mãos dos jacobitas... oh, Deus, foi necessário subornar tanta gente que nem posso imaginar. Será um escândalo que..."

Gonçalo o segura com força pelo braço. Fribble o encara ofendido e alerta como quem diz: garoto, não me provoque.

Mas é Maria quem chega ao seu lado, suave e gentil, e põe a mão em seu ombro, dizendo: "Não, Fribble, querido... é você quem não está compreendendo. Ou você vem conosco, ou não deixaremos que vá a lugar algum".

Agitado feito bordel em dia de pagamento: assim está o The Grapes em Lime Kiln. Os três estão sentados em torno da mesa, em conferência com os oficiais do *Joy Stick*. Mr. Simper bufa indignado e bate com o punho na mesa: "A hora de agir é agora". Mas o capitão Whiffle pondera consequências. Passa já das dez horas. A maior parte da tripulação está nos arredores, mas alguns foram para a City, e até reuni-los todos já terá passado da meia-noite. Não conseguirão levantar âncora a tempo de impedir o *Game-Cock* de zarpar. Contudo, o *Joy Stick* é mais leve, é capaz de alcançá-lo no Tâmisa ainda na madrugada, mas um confronto ali é improvável. A estratégia mais sensata seria ultrapassá-lo e emboscá-lo no estuário do Tâmisa, ao amanhecer. Isso atrairia atenção de outros navios e deixaria o *Game-Cock* encurralado.

Mas há outro fator a considerar: se fizer isso, se sair em caçada, o capitão Whiffle estará na prática roubando seu próprio navio, ao partir sem autorização da Companhia das Índias. Além, é claro, do problema principal: enfrentar um oponente com o dobro de seu tamanho.

De todos, o mais tenso ali é Fribble, que a todo momento consulta o relógio. Havia despachado mensageiros para alertar Mr. Pitt, lorde Bute e o primeiro-ministro. Deveria ser ele próprio a levar a notícia e dar o alerta, com toda a eloquência necessária à gravidade do ocorrido. Mas não foi. Poderia dizer que foi sequestrado por Gonçalo e Maria, mas, se quisesse resistir, teria feito isso ainda em Vauxhall. Por que não o fez? Por que continua ali, deixando aquele plano suicida seguir adiante? A resposta é tão simples que teme admiti-la: porque, no fundo, quer tomar parte naquela vingança, quaisquer que sejam as consequências. Não, não uma vingança: uma reparação. Por Armando. Ainda assim, cabe a ele ser o advogado do diabo ali, a lembrá-los do tamanho da encrenca.

"Não sou nenhum especialista em assuntos náuticos, capitão", pondera, "mas até eu sei que uma fragata de quinta classe não tem a menor chance contra um setenta e quatro francês de terceira."

"Como diz o vulgo, William, tamanho não é documento", rebate o capitão Whiffle. "O *Joy Stick* é mais rápido. Além disso, eu já derrotei aquele navio antes, e posso fazê-lo outra vez."

Sim, pois antes de ser roubado pelos membros do Consórcio Transnacional e rebatizado de *Game-Cock*, aquele navio foi o *Redoutable*, uma das famigeradas naus francesas capturada há um ano e meio na baía de Lagos, em Portugal. Quase destruído na batalha, foi rebocado até Southampton, onde a Marinha o comprou por dezoito mil libras e o comissionou para a defesa do canal, sendo rebatizado de *HMS Redoutable*. Em setembro último, porém, quando patrulhava o litoral de Dorset atrás de contrabandistas de bebidas perto de Moonfleet, uma tempestade lhe arrebentou o mastro e quase o levou a pique, ficando à deriva por dois dias até ser rebocado outra vez, agora para as docas de Chapham, no estuário do Tâmisa. A Marinha concluiu que não valia a pena continuar investindo nele e decidiu rebocá-lo até as docas Drunken, na ilha dos Cães, onde seria desmontado e teria suas partes revendidas. Uma série de entraves burocráticos e financeiros — ações que agora supunha terem sido movidas a subornos e traições — não só atrasaram sua desmonta, como possibilitaram que, ao que tudo indicava, fosse reformado em segredo. Mas, desta vez, para uso de jacobitas aliados aos franceses.

Que o puseram nas mãos do conde de Bolsonaro.

"Suas loucas!", exalta-se Fribble. "Não podemos tratar um assunto de Estado dessa gravidade como uma *vendetta* pessoal!"

"Para mim é pessoal", intromete-se Maria. "Como é para Gonçalo. E para lorde Strutwell, e para Lady Madonna, e o capitão e o doutor e aqueles marinheiros no pelourinho e toda a tripulação do *Joy Stick*. E deveria ser para você também, se algum dia se julgou amigo de Armando."

Fribble suspira e se cala.

"Ela tem razão", diz o capitão Whiffle. "Suportei o escárnio de medíocres e o desprezo de superiores por toda a minha vida. Ora minha voz era muito aguda, ora achavam meus modos muito delicados... pois digo, ao diabo com todos! Esta munheca aqui já cortou muita garganta, e o último que me subestimou agora jaz no fundo da baía de Lagos! Que me importa o tamanho do navio deles? É Davi contra Golias! Conheço meu navio e conheço meus homens. Estratégia e velocidade são tudo de que precisamos. Isso, e saber explorar o ponto fraco deles."

"Que seria?", questiona Fribble.

"Uma tripulação de mercenários, querido, assim que perde o comando, foge feito baratas. Ainda mais estando tão perto da costa. Meus homens estão afiados, e podemos disparar duas canhonadas no tempo que eles levarão para disparar apenas uma, o que já nos põe em pé de igualdade. E talvez eles não consigam nem isso, se os atordoarmos antes. Rasgo-lhes o rabo à bala! Sim! Pois está decidido! Se você não tem colhões, William, corra e se esconda debaixo do seu cargo no governo ou do seu dinheiro, pois estas fanchas aqui lutarão por você, mesmo que não faça o mesmo por eles!"

"Phillip...", Fribble se magoa. "Eu estou do seu lado. Não sou eu o inimigo."

"Então *esteja* do nosso lado agora, William. Pois poucos estão, e toda ajuda é necessária."

Suas atenções são desviadas para uma figura excepcional que entra no The Grapes e caminha decidida até a mesa, estancando muito ereta e formal ao lado do capitão. Tem botas de couro que sobem até as coxas, casaca de couro azul tão gasta que já assume cor de terra, luvas pretas e duas bandoleiras entrecruzadas entre os seios, onde carrega um par de pistolas além do par que já traz pendendo da cinta, junto de inúmeros polvorinhos com tampos em forma de crucifixos que chacoalham ao andar. O toque de delicadeza fica por conta de um elegante lenço marrom-escuro rendado. Leva um tapa-olho no olho esquerdo e traz os longos cabelos ruivos presos em um rabo de cavalo com fita de seda, cobertos por um chapéu com plumas azuis de faisão.

"As princesas terminaram o tricô?", resmunga ela. "O que ficou decidido?"

"Senhores", aponta Whiffle, "esta é a sra. Hanna Snell, nossa imediato e primeira-piloto."

"... senhorita", corrige ela. "Estou solteira agora, o desgraçado já faleceu."

"Hanna, quanto tempo para reunir os homens?"

"O fancharedo está quase todo nos arredores, mas algumas foram caçar rabos em Moorfield." Ela tira um relógio de bolso da casaca. "Até meia-noite os tenho de volta."

"Preciso de todos reunidos a bordo antes da meia-noite."

"Sim, senhor, farei o possível, senhor." Ela assente com um meneio e sai.

Fribble pergunta se aquela é a famosa Hanna Snell de que leu nos jornais. A ocasião em que revelou à Marinha ser mulher disfarçada de homem causara comoção.

"A própria", confirma Whiffle.

"Ela é uma…", Maria hesita, curiosa. "Como se diz?"

"Uma seguidora de Safo?", propõem Simper.

"Uma jogadora de esfrega-cartas?", sugere Whiffle.

"Uma tríbade", Maria encontra a palavra. "Não sabia que existissem de verdade. Achei que fosse só coisa de livros franceses."

"Hmm, quando convém…", diz o capitão. "Creio que Hanna pode seduzir qualquer coisa que ande sobre duas pernas. Não sei nem faço fofocas da vida pessoal dos meus oficiais...", o capitão Whiffle ergue os ombros, "... mas, cá *entre nous*, quando se vestia de homem na Marinha, seduziu metade das damas no porto em Lisboa, diz ela que só para manter o disfarce. Mas agora fisgou um noivo, já fala em se aposentar dessa vida de soldado. Mas enfim, ela mantém os rapazes na linha. Com um navio cheio de fanchonos, precisávamos de alguém com pulso firme."

"E afinal de contas, ela tem mais peito do que todos nós", completa Simper.

É já meia-noite quando a tripulação enfim se reúne no convés do *Joy-Stick*. Se as previsões do soldado Bell estiverem corretas, o fim do mundo começará a qualquer instante. Mas, exceto por uma chuva fina e inofensiva, o mundo parece se manter. No passadiço do castelo de popa, o capitão Whiffle observa seus homens e pergunta a Mr. Simper quantas almas estão a bordo. Simper faz cálculos mentais e conclui, surpreso: "Ora, capitão, ou muito me engano, ou temos exatos trezentos".

"O número perfeito", sorri o capitão.

Whiffle pede a atenção de todos. Ergue o braço apontando o oeste e explica que, a poucas léguas de distância, traidores e conspiradores acabam de roubar um dos navios que a Marinha de sua majestade tomou dos franceses. Quis o destino que somente eles estejam em condições de se pôr em seu caminho, a impedir que fujam para alto-mar. Porém, há mais: não se trata de um navio qualquer, mas de uma máquina de ódio. Aqueles que a tripulam são conspiradores e sectários, responsáveis por publicar aquele terrível panfleto que tanto sofrimento e dor causou à sua comunidade. É deles o dever de impedi-los de partir. Sua missão, contudo, não foi autorizada pela Companhia das Índias Ocidentais, pois nem sequer há tempo de buscar tal autorização. Será, portanto, no espírito mais plenamente grego, o democrático, anuncia o capitão, que ele busca o consentimento de seus homens.

Os marinheiros olham uns aos outros e erguem os braços: a decisão é unânime.

"Snell!", chama o capitão. "Dê o toque."

"Tambores, suas putas velhas!", grita Hanna Snell. "Içar âncoras. Meia-vela!"

Amarras são soltas, âncoras são levantadas e panos são baixados. É no ritmo marcial dos tambores que os homens cantam, o ar tomado de uma energia transformadora. O *Joy Stick* começa a se mover, modesto em suas proporções, imponente em sua determinação, majestático em seus propósitos, tal qual um Argo recomposto navegando noite adentro.

Em sentido contrário, uma dezena de mensageiros corre pelas ruas, a pé ou em coches, acordando secretários de Estado e embaixadores. Um mensageiro em especial toma um rumo diferente: é Flechette, que corre a cavalo para o norte, rumo a Hampstead, indo bater à porta de Kenwood Park, onde sobe as escadas apressado, levando a mensagem até as mãos trêmulas e feridas de lorde Strutwell.

O velho conde lê em silêncio a carta onde é informado de tudo, e sorri. Seus olhos brilham úmidos sob a luz das velas. Ele a entrega para que sua velha amiga também leia, mas não sem antes ele próprio beijar o papel e dizer: abençoados sejam os jovens, pois é deles a herança das nossas dores e o fardo das nossas esperanças.

O *Joy Stick* desliza pelas águas do Tâmisa. Quando veem as luzes das lanternas do *Game-Cock*, o capitão Whiffle assume ele próprio o leme e manda apagar todas as lamparinas. Passam incógnitos ao lado de seu futuro alvo. Gonçalo se aproxima da amurada e observa aquele colosso que navega à noite feito uma aparição de pesadelo, carregando Érico ali dentro em algum lugar, sofrendo sabe-se lá que sorte de torturas e sevícias nas mãos daqueles loucos.

Érico, o seu Érico. Murmura seu nome de modo supersticioso, como se nomeá-lo tivesse o poder de conjurá-lo, de trazê-lo de volta para si. Érico, que aos seus olhos está sempre tentando esconder sua natureza sensível e delicada com máscara sobre máscara: o soldado, o esnobe, o irônico; mas que, quando estão a sós, deixa entrever aquele desejo intenso e altruísta de compartilhar, de dividir cada instante de beleza e alegria como se somente assim pudesse se certificar de sua existência. Érico, que foi a primeira pessoa que Gonçalo conheceu a ver algo de valor em si; que, às vezes, podia ser orgulhoso e arrogante e com certeza era um esnobe, mas que ensinara Gonçalo a erguer o rosto e não deixar mais que as circunstâncias ditassem o rumo de sua vida. Érico, que pensa saber o que é a solidão, mas nunca conheceu a dor e o sofrimento de se ver de fato sozinho e abandonado por todos, e a ideia de que agora talvez esteja se sentindo assim faz Gonçalo se contorcer de ansiedade e raiva em sua impotência. Por um instante, pensa em se atirar ao Tâmisa, nadar e embarcar oculto naquele navio. Não pode perdê-lo. Estão o ultrapassando, agora. Mas o que poderia fazer? Lutar sozinho contra quinhentos?

"Então, este é o navio dos jacobitas?", pergunta Hanna Snell, chegando ao seu lado na amurada. "Lutei contra os bastardos em Culloden. Nossa, já faz uns quinze anos! Bons tempos."

Gonçalo nada diz. O *Game-Cock* vai ficando mais e mais para trás.

"Seu namorado está lá, não é?", diz Snell. "Não desanime. O capitão pode parecer delicado feito um beija-flor, mas beija--flores são rápidos. E agilidade sempre vence força bruta. Sabe o que ele irá fazer? Irá manobrar o navio para pegá-los pela popa. 'Tiro de enfiada', é como chamamos na Marinha. Nome bem apropriado, por sinal."

No fim da madrugada, já se encontram na boca do estuário do Tâmisa, o navio é virado de volta na direção do rio, as velas recolhidas e a âncora baixada. O sol logo irá se levantar, e a qualquer momento o oponente pode surgir saindo do rio.

Mas há algo acontecendo entre os marinheiros: os homens viram o tamanho do *Game-Cock* e corre entre eles o burburinho temeroso de que atacar um setenta e quatro francês com um navio menor é loucura, quando não suicídio. Por que se sacrificarão fazendo o trabalho sujo para o mesmo governo que os persegue e os humilha a cada mínima oportunidade? Por que correr o risco?

O capitão Whiffle fica ansioso. Apelar ao patriotismo de nada adiantará a uma tripulação mista da Companhia das Índias, composta de uma grande porção de ingleses, mas também de escoceses, irlandeses, negros libertos de diversas nações, holandeses, avilanenses, dois ou três westfalianos e um bom punhado de franceses huguenotes, que sabem todos muito bem que não é o rei Jorge quem paga seus salários.

Whiffle chama Snell, Simper e os outros oficiais para confabular uma solução, antes que o inimigo desponte e a oportunidade se perca. Fribble defende que, agora que estão ali, e vendo o *Joy Stick* como único e último recurso a impedir que o *Game-Cock* ganhe o mar, devem atacar. Gonçalo pede permissão para se dirigir à tripulação: tem algo a dizer, algo que fermenta em seu peito há meses, e que pode motivá-los. O capitão concorda. Então Gonçalo toma Maria pela mão.

— Meu inglês não é bom o bastante, preciso de uma intérprete — explica ele. — Tenho algo a dizer, mas não consigo dizer em outra língua senão a minha.

Ela o acompanha. Gonçalo sobe no passadiço do castelo de popa, diante do leme, à vista de todos. Ergue os braços e pede atenção. Os homens todos se voltam para ele.

E então ocorre algo excepcional: uma transformação, na qual a conhecida candura de seus modos serve de base a uma firmeza confiante, e a paixão insufla sua eloquência. Todos ficam fascinados. Não é raro que um coração condense dentro de si, pelo acaso, pelo destino ou por oportunidade, a soma das dores e dos desejos de tantas outras almas. Afinal, foram meses transformadores, e o que ocorre agora não é senão o resultado de tudo aquilo: um desabrochar do qual Érico se orgulharia caso estivesse ali para ver. Uma energia que não é mais possível conter. Amontoados no convés, pendurados nas enxárcias, do alto do cesto da gávea, os homens fazem por ele um silêncio tão solene quanto o recebido por um sacerdote em seu púlpito. Gonçalo respira fundo e fala:

— Escutem! Por favor, me escutem! Vocês precisam entender. Precisam entender contra quem vamos lutar. Nós não o escolhemos, foi ele quem nos escolheu. É ele quem sempre nos escolhe, nosso único e verdadeiro inimigo. Que nos odeia, e nunca poupa esforços para nos perseguir e humilhar. Ele diz que somos inferiores e indignos da nossa própria humanidade, quando é ele mesmo que não possui mais a compaixão que é própria da humanidade. Escutem-me! Ele é poderoso? Sim. Ele é traiçoeiro? Sim. Mas ele é mais do que uma pessoa. Vocês sabem do que estou falando. Todos vocês já o conheceram, pois sei que cada um dentre vocês aqui já o viu e já precisou enfrentá-lo. Ele não é mais um homem, nem um navio, ele é o Ódio encarnado, corroendo a alma dos seus adoradores, adversário de todo amor e de todo afeto. E eles têm a pachorra de invocar contra nós as palavras de Nosso Senhor? Pois *eu conheço* a palavra de Nosso Senhor, e ela é o Amor, não o Ódio. Quanto tempo mais irão tolerar que ela seja deturpada? Pois eu digo: *nem um dia a mais!*

Ai, meu Deus, pensa Fribble: ele está jogando com as cartas da religião, e isso pode sair do controle muito rápido. Vê Gonçalo erguer o braço e apontar a saída do Tâmisa.

— E se há dentre vocês quem alimente ideias pacíficas, contra um inimigo feito de puro ódio, eu lhes garanto: são ideias vãs. Pois aquele que tolera o intolerante, que aceita o ódio como um direito natural, aceita dialogar com a ideia do seu próprio extermínio, e está sendo complacente com a própria extinção! E por quanto tempo mais permitirão isso? Pois eu digo: *nem um dia a mais!*

A aurora desponta a leste em um céu claro sem nuvens. Gonçalo, do alto do passadiço, surge aos olhos da tripulação banhado por uma luminosidade entre o amarelo e o brilho do estanho; uma luz que somente um pintor de talento poderia recriar. Ele é jovem, é belo e brilha sob a luz furioso como uma aparição guerreira. Os homens o escutam em silêncio: estão sendo confrontados com algo cujo escopo pressentem, mas não compreendem, e, portanto, aguardam. O olhar de Fribble vai de Gonçalo para Maria traduzindo suas palavras, para a tripulação impressionada: esse é o tipo de liderança espontânea que não pode ser planejada, mas que surge naturalmente quando se faz necessária. O tipo mais perigoso.

— Devemos isso a nós — continua Gonçalo. — Devemos a todos que sofreram antes, aos que sofrem hoje, e aos que ainda estão por vir e sofrerão pela nossa negligência. Pois quando formos velhos e os jovens perguntarem, "o que você fez pelos que lhe são iguais?", o que responderão? Que se esconderam porque estavam com medo? Que sobreviveram sem nunca viverem? Que abdicaram dos seus sentimentos e da sua própria natureza, abrindo mão do que os torna humanos, por medo *dos outros*? Deus não comete erros, Ele nos fez como quis que fôssemos, e quem renuncia à sua natureza, renuncia à sua humanidade, e renuncia a Deus! Como estes que tanto nos odeiam renunciaram, mesmo quando pensam que agem em seu nome!

"Eles são maiores e mais fortes!", diz um marinheiro.

— E nós somos fracos, por acaso? Ignorem quem disser isso. Se somos fracos agora, quando seremos fortes? Quando eles estiverem nos conduzindo à forca? Não! O Senhor da Natureza pôs um poder em suas mãos, o próprio poder que nos move, o amor que nos liga e nos fortalece, e que faz com que cada homem e mulher aqui valha o dobro daqueles mercadores do ódio. Trezentos somos, e não será preciso nem um a mais! Por isso eu pergunto: quanto tempo mais pretenderão esperar?

"Nem um dia a mais!", grita a tripulação em coro, maravilhados com aquele garoto que lhes surge feito um deus ex machina de fúria e beleza — sim, um deus: belo, furioso e vingativo. Estão apaixonados por ele, devotados a ele.

— Lembrem-se: ninguém aqui está sozinho! Aquele que ama nunca estará sozinho, pois há um Deus justo e bom que preside sobre o destino das nações e dos homens, um Deus que é feito de Amor, que nos erguerá amigos e lutará ao nosso lado. Essa batalha, que começou antes de nascermos, continuará muito depois da nossa morte, mas nela fomos conscritos desde sempre. E se ela é inevitável, eu digo: que venha! *Que venha!* Vamos lutar com corações e almas e vamos prevalecer! Juntem nas mãos toda a dor e sofrimento que nos foi imposto, agarre-os pelo pescoço e *enfiem na garganta deles até que sufoquem!* E eles serão derrotados! Serão desmascarados como os monstros que sempre foram e serão esmagados e destruídos até que sua existência seja só uma lembrança ruim do passado! Por isso pergunto: quanto tempo mais?

"Nem um dia a mais!", grita a tripulação, punhos ao ar.

Um calafrio percorre a espinha de Fribble, pois tem uma revelação: a de que todo herói não é mais do que um fanático vitorioso. O sofisticado mundo de indagações filosóficas ao qual se acostumou, quando comparado à simplicidade de tal força, é fugaz feito merengue, e inconsequente quanto ao que é capaz de provocar, mas nunca de controlar, destinado que está a ser esmagado pelas certezas dos que não cedem em suas convicções. E que resultado sempre traz o choque do irrefreável contra o que não pode ser demovido? Mesmo Gonçalo não parece ter ali a noção da estatura — grandiloquente, perigosa e assustadora — que adquiriu naquele convés. Será que Érico sabia? É claro que sabia. Érico, com seu gosto por heróis clássicos, certamente viu isso em Gonçalo desde o começo: o potencial, a convicção sólida, a pureza e a determinação de rocha, a suprimir todas as incertezas do mundo.

"Capitão", chama Snell, erguendo a luneta. "O inimigo está à vista."

"Suspender ferros, baixar panos", grita Whiffle.

O navio se agita com energias renovadas. Fribble capta por um instante o olhar de Gonçalo: rígido e solene. Sim, uma rocha. Que, tal qual sua natureza de rocha, fará agora o que está destinada a fazer: rolar, esmagando tudo em seu caminho, até que algo a impeça de continuar.

27.
Joy Stick vs. *Game-Cock*

O velho Roger Pheuquewell tanto atormentou o imediato, que este por fim cedeu ao seu capricho de conduzir o timão do *Game-Cock* naquela primeira manhã. Com o conde lá embaixo se divertindo com seu prisioneiro, Roger pode agora ao menos por um instante fingir que aquele navio é seu, olhar para trás, para a Inglaterra, e lhe dizer: adeus, terra ingrata, que só me deixou dívidas e dissabores! O sol se levanta, dissipando a névoa noturna e revelando o estuário do Tâmisa, com seu habitual trânsito de naus indo e vindo em suas rotas, conectadas ao coração do mundo. Sim, conclui Pheuquewell, se a Inglaterra é o coração do mundo, a Itália é o pulmão, e é para ares mais frescos que pretende se retirar, em algum vilarejo perdido onde possa tomar uma mocinha estúpida e servil como amante, e se dedicar a não fazer nada até o fim de seus dias. O rei, o pretendente, os jacobitas? Que se danem todos.

Um navio se aproxima. Pede ao imediato sua luneta: vê que o outro capitão usa uma casaca vulgar, a tripulação toda veste trapos simples de marinha mercante, e conclui que é só um navio de carga ou baleeiro em retorno, que irá passar muito perto.

Não sabe, porém, que ocultos debaixo daquelas lonas há canhões de convés carregados de metralha e prontos para o disparo. Não percebe que aqueles homens usam braçadeiras coloridas nos braços, para melhor se identificarem na abordagem. Ou que por baixo das roupas todos trazem pistolas com pederneiras novas nas travas e rifles ocultos em baldes cobertos, ou

487

que os homens nas gáveas portam mosquetes ocultos. Tampouco Pheuquewell tem como saber que, no deque inferior, os canhoneiros estão sendo orientados a mirarem direto nos mastros de seu *Game-Cock*.

"Se levar um tiro, não se desespere", Snell sussurra para Gonçalo, no convés do *Joy Stick*. "Já levei um em Pondicherry, bem na virilha. Na hora não dói tanto assim. O que dói é extrair a bala, ainda mais que tive de fazer sozinha, para não descobrirem meu disfarce. Mas a gente sobrevive."

Gonçalo assente. Aperta com mais força o cabo do machado que tomou como arma. As duas naus se aproximam o suficiente para que o capitão Whiffle, vendo o brilho da luneta nas mãos de Pheuquewell, erga o chapéu em um deboche disfarçado de cortesia.

É o sinal.

As portinholas são abertas, os canhões empurrados para fora, os homens sacam as armas. No *Game-Cock*, a surpresa cria um momento fatal de hesitação, até que o imediato pule sobre Roger Pheuquewell gritando: "Abaixe-se!".

Os canhões vomitam chamas, o impacto os faz recuar para dentro. Balas voam arrebentando madeira, rompendo escotas, cortando velas e carnes. Algumas perfuram o castelo de proa, outras atingem as bases do mastro do traquete. O ar é cortado pelo uivo das balas de corrente e das balas de barra, que agitam o ar num movimento quase

A parede da cabine do capitão explode em lascas de madeira e cacos do vidro. Érico se atira para trás na cadeira, e esta vira com tanta força que o espaldar se arrebenta ao tombar. Bate a cabeça. Outro estrondo. Vê uma bala de canhão do tamanho da cabeça de um homem atravessar o camarote arrebentando as pesadas prateleiras, espalhando sobrenatural e arrebentam tudo em seu caminho. Ao comando de Snell, os canhões de convés, cheios de metralha, varrem a tripulação inimiga, e os homens com mosquetes na mastração e na gávea completam o serviço, estraçalhando os marinheiros do *Game-Cock* que estão no convés.

Mas debaixo do convés, na coberta de canhões superior, o inimigo já começa a se recuperar do susto, e seus canhões também disparam. As duas naus são envoltas numa espessa nuvem de fumaça de pólvora, erguendo-se aos céus feito um pilar teofânico, onde apenas os clarões das chamas são visíveis. Os homens do *Joy Stick* atiram-se ao chão quando seu navio recebe a carga inimiga. Voam farpas de madeira, cabos se arrebentam chicoteando o convés. Um marujo é despedaçado por uma bala de canhão.

Contudo, Pheuquewell teima em assumir o timão do *Game-Cock*, e faz uma papel no ar. Enquanto se livra do encosto quebrado e das cordas, o conde de Bolsonaro, atordoado, tenta entender o que ocorre. Encontra o ferrete em brasa e o brande tal clava, grita enlouquecido ao atacar Érico, mas o navio inteiro estremece e vira brusco para estibordo. O conde perde o equilíbrio e cai, batendo a cabeça. Érico, ainda preso ao espaldar quebrado, escorrega até a parede. As prateleiras a bombordo soltam-se dos pregos das paredes, tombam com estrondo e escorregam na sua direção. Érico se livra das cordas e sai do seu caminho, antes de ser atingido por uma avalanche de livros. Encontra o ferrete em brasa e o toma, será ele a golpear o conde — porém, outro estrondo, e o navio se inclina ainda mais, antes de voltar para o outro lado com violência.

Agora são as prateleiras de estibordo que se soltam e tombam, o conde sai do caminho dos pesados móveis que fazem rachar a madeira manobra desastrada que vira seu navio a estibordo, afastando seus canhões do alvo. A verga que sustenta a vela de traquete oscila e por fim cai ao mar, puxando o navio ainda mais para o lado; o mastro de vante, já fragilizado, com o peso arrebenta e despenca, majestático como um titã que tomba. Por um instante parece que o *Game-Cock* vai virar. Os piratas correm para cortar as cordas, e uma vez liberto do contrapeso do mastro caído, o navio inteiro se reequilibra e se realinha, chacoalha para bombordo e, para seu desespero, deixa a popa exposta ao inimigo. O *Joy Stick* se afasta, deixando o *Game-Cock* para trás como uma ave de asa ferida, incapaz de voar, mas ainda perigosa. Uma lufada do vento dissipa a fumaça. O capitão Whiffle vê o estado de seu oponente e grita: "todo leme à bombordo!".

"Içar vela grande!", comanda Snell. "Desfraldar as gáveas!" "Para os canhões do piso, já maltratada por duas balas de canhão que haviam arrebentado as estruturas. O chão cede. Os dois despencam, com livros e tudo, sobre a praça d'armas da coberta inferior, caindo sobre a mesa de jantar.

Érico passa a mão no rosto e limpa o sangue nos olhos. Põe-se de pé e olha ao redor: tudo é um zigue-zague confuso de madeira arrebentada. Sente uma dor nas costelas e arranca dali um prego. Vê que Bolsonaro se move, portanto vive. Pelo buraco onde antes havia as janelas de popa, vê que o *Joy Stick* está virando e voltando para mais uma carga. Não é marinheiro, mas de uma coisa sabe: uma salva de enfiada pela ré rasgará o *Game-Cock* pelas entranhas. Encontra entre os destroços aquele gibão negro que usava como fantasia e o veste, avançando rápido pela porta arrebentada, atravessando o corredor que dá acesso aos camarotes de terceira classe e indo sair na coberta de canhões superior.

de estibordo, rapazes!", grita o dr. Simper. O *Joy Stick* se volta para sua presa até que a popa do *Game-Cock* entre na mira. Roger Pheuquewell não entende por que os lábios do seu imediato tremem, pois não sabe que, num tiro de enfiada, as balas penetram ao comprido.

O chão está lavado em sangue e água do mar, há corpos por todo canto e os sobreviventes fazem seu trabalho de recarregar os canhões e jogar os mortos pelas portinholas para liberar espaço. Ninguém lhe dá atenção, é só mais um marinheiro atordoado. Tem pouco tempo. Ninguém lhe pergunta por que se deita no chão e se encolhe abraçando os joelhos atrás do eixo do cabrestante.

O convés do *Joy Stick* estremece e cospe o inferno contra o castelo de popa do *Game-Cock*, as balas arrebentando o leme, atravessando a praça d'armas e se espalhando pela coberta de canhões superior e inferior; as que cruzam por sobre o castelo de popa fazem rachar o mastro de mezena, atravessam todas as velas de uma vez só, até deixá-las em farrapos, esburacadas como queijos.

Enquanto esperam se dissipar a nuvem de pó de pólvora, que já se espalha por uma milha ao seu redor, são tomados por um silêncio onde apenas se escuta o marulho.

Gonçalo observa em silêncio, o lábio a tremer de raiva e ansiedade. Érico bem pode ter morrido com isso. Fribble está ao seu lado e, ciente dos pensamentos do rapaz, tenta tranquilizá-lo, lembrando-lhe que as celas dos prisioneiros ficam abaixo da linha d'água. Como aquela onde Maria está se protegendo naquele momento.

"Ele está bem protegido. Creio. Espero", diz Fribble.

Gonçalo o encara com um espasmo de raiva incontrolável no rosto. Vê os homens no convés parecendo aguardar que ele diga algo, agora que assumiu uma espécie de liderança sobre aquela gente.

"Encontraremos Érico, não se preocupe", insiste Fribble. "Retomaremos o navio, vamos levá-lo de volta para Londres junto dos prisioneiros, tudo acabará bem."

"Não", murmura Gonçalo, "não haverá navio. Não haverá prisioneiros."

"Querido, são quase quinhentas pessoas que...", mas Fribble se cala diante do olhar de Gonçalo, o olhar de resignação diante do inevitável, de quem já deu o futuro por concretizado, de modo que nada mais resta do que executá-lo com indiferença.

Do leme, o capitão Whiffle grita: "Preparar para abordagem!". Snell sopra o apito, três tons distintos. Busca-se as armas nos baldes, todos correm para suas posições.

"Agora escutem aqui, moçoilas", grita Snell, circulando entre os marinheiros e os passando em revista, "seja homem ou mulher, judeu, mouro ou cristão; preto, pardo ou branco, mocinha ou machão; eu não vejo diferenças, vocês são todos o mesmo baldezinho de merda para mim e espero de cada um que faça seu trabalho, e o faça direito! Assim como eu farei o meu! Rasguem os desgraçados, cortem os desgraçados, esmaguem os desgraçados, sangrem os desgraçados! Façam com que sofram! Façam o pior que puderem, e façam direito! Estão me ouvindo?"

"Sim, senhora!", grita em coro a tripulação.

"Sem prisioneiros!", grita Gonçalo.

"Sem prisioneiros!", Snell lhe faz eco.

"Sem prisioneiros!", repete a tripulação em coro.

Meu são Jorge, murmura Fribble: o mundo enlouqueceu.

O *Joy Stick* emparelha com sua presa, ganchos e pranchas são jogados enquanto as naus socam uma à outra no contato de seus cascos, como um par de pugilistas já cansados da batalha. Gonçalo sobe no talabardão, segurando-se no cabo de uma enxárcia brandindo o machado — quer estar entre os primeiros a saltar para o *Game-Cock*, pois quer encontrar e salvar e proteger Érico de qualquer perigo. Enquanto isso, Snell e Simper lideram um grupo na abertura do portaló pronto para saltar para o convés inimigo, apenas aguardando a ordem. Snell grita: "Atacar!".

Os marinheiros pendurados nas vergas e enxárcias do *Joy Stick* cruzam o ar como harpias, agarrados às cordas do velame, saltando para as cordas do *Game-Cock* com facas nos dentes e pistolas nas mãos. Os que atravessam as pranchas de uma nau à outra tomam cuidado ao pisar no convés, pois está escorregadio de sangue. Das vergas inimigas vêm os primeiros disparos, de pronto o fogo é retribuído pelos atiradores no velame do *Joy Stick*. Não parece haver mais do que trinta piratas ainda vivos no convés do *Game-Cock*, contudo mais e mais surgem das escotilhas, feito ratos. Rápida qual raio, Hanna Snell saca e dispara cada uma de suas quatro pistolas — o primeiro ela acerta em um ombro, a bala esmagando a omoplata; o segundo alvo é atingido na perna e tomba; um terceiro recebe o tiro no estômago e se recurva; o quarto leva o tiro na fronte e cai morto na hora. Gonçalo enlouquecido brande o machado, apara um golpe e puxa, arrancando a espada da mão do outro, gira a lâmina e a afunda no peito do pirata; usa de um chute para desprender o corpo moribundo da lâmina. Em golpes curtos e violentos, vai derrubando quem lhe surge no caminho. Um pobre coitado, marinheiro do *Joy Stick* que ia logo à sua frente, tem o crânio esmagado por um pirata loiro-pálido, com um pé de cabra dos usados para mover os canhões. Gonçalo o vinga: gira o braço e faz a lâmina atingir o loiro por baixo, entre as pernas — e o homem solta o mais horrível grito que já se escutou até então. O sangue flui aluvial. Trovões ribombam: são os canhoneiros de ambas as naus que, retomando o trabalho, rasgam os navios de um lado ao outro. Voam madeira, farpas, cordame, ondas: sendo mais baixo, o *Joy Stick* é quem sofre mais, e o *Game-Cock*, recobrando-se do susto inicial, parece recuperar seu fôlego. Vinte homens, liderados pelo capitão Whiffle, combatem no convés principal da nau inimiga: laceram, esfaqueiam, gritam. Um pedaço do convés do *Joy Stick* estoura com uma bala, homens voam com a explosão. Um grupo pequeno de piratas salta ao talabardão de boreste do *Joy Stick*, esperançosos de aproveitar o caos para invadir seu agressor: encontram ali a furiosa resistência do dr. Simper de pistola nas mãos liderando seus homens. Já quanto a Fribble... Fribble dança. Sua lâmina gira e corta e perfura e rasga e antes mesmo que saibam o que ocorre, a morte lhes chega em um borrão colorido e ágil, cada golpe pontuado pelo bater do tacão de seus saltos contra o convés de madeira — é um bailarino que executa a mais mortal das coreografias. Sua delicadeza, sua *finesse*, sua deliciosa afetação: nunca antes se viu tão elegante massacre!

Roger Pheuquewell, tendo sobrevivido às canhonadas apenas pela teimosia de se manter vivo, se põe de pé no passadiço e contempla o caos instalado em seu navio.

"Sodomitas!", berra, em um tom agudo e desesperado. "Sodomitas! Sodomitas por todo lado! Tirem esses malditos sodomitas do meu navio!"

Abaixo, no convés, Gonçalo abre caminho rumo à cabine do capitão, logo abaixo do passadiço: feito um batedor penetrando em meio à mata fechada, golpeia a esmo com sua lâmina, despedaçando membros em meio às gentes. Com um chute potente, coice equino, arrebenta as portas da câmara de jantar e pasma: não há mais nada ali. O chão desabou. Olha para baixo e vê que a sala inteira afundou sobre o nível inferior, em um amontoado de retalhos de madeira e livros. Ocorre-lhe, horrorizado, que Érico pode ter sido soterrado naquilo tudo. Não vê que atrás de si se ergue uma espada traiçoeira pronta a lhe rachar o crânio, não nota o velho Roger Pheuquewell, em sua fúria de perdigotos, exceto quando já é tarde demais para reagir e o velho grita: "Morre, sodomita do diabo!".

Mas o golpe não vem: o velho faz uma careta surpresa e olha para baixo, para o próprio peito, de onde uma fina e afiada lâmina se projeta logo abaixo da caixa toráxica, e que em seguida some, como se voltasse para dentro de si. O sangue eflui aos pulmões e na garganta; cai primeiro de joelhos, e em seguida de rosto ao chão. Atrás, Fribble ergue o sabre e elegantemente limpa o sangue da lâmina passando-a nas botas. Sorri com um beicinho confiante: "Detesto homem que dá chilique". Gonçalo agradece com um meneio, e os dois contemplam o vazio da cabine do capitão. Antes que Fribble o impeça, Gonçalo salta, caindo nas entranhas daquele titã agonizante.

Gonçalo sai pela praça d'armas para o corredor dos camarotes de terceira classe, e daí para a coberta de canhões. Há corpos por todo lado, sangue indo e vindo no chão de madeira conforme o balanço do navio. A parede explode logo à sua frente, arrebentada por uma bala de canhão do *Joy Stick*. "Não atirem!", ele grita. Não há quase nenhum marinheiro vivo ali, a maior parte subiu para o convés ou correu para a proa, abandonando os canhões que, na maioria, caíram dos eixos e agora jazem inutilizados. Do convés, ecoa o tilintar constante de aço contra aço, gritos de guerra e dor.

O cabrestante da vela principal está rachado, com uma bala de canhão alojada no meio. Sente que o navio já está com uma inclinação acentuada, não há muito tempo. Onde ficam as celas de prisioneiros em um navio desse tamanho? De modo imprudente, grita alto o nome de Érico, e um rosto pálido e apavorado surge detrás do cabrestante, coberto em sangue seco, o olhar incrédulo.

— Gon? — Há um instante feliz de reconhecimento, seguido por desespero: — O que você está fazendo aqui? Não devia...

Érico é tomado pelo pânico: a única coisa que o fez suportar aquela madrugada de dor foi a certeza do bem-estar de Gonçalo, uma certeza que agora se esvai ao vê-lo presente. Não era para ele estar ali. Ali só há morte e desespero: em poucos minutos, vira aquele convés ser rasgado por balas que arrebentaram homens e amassaram canhões, em um carnaval de sangue e horrores que não via desde a Batalha de Caiboaté.

— Érico? Você está bem?

Mas a única resposta de Érico é gritar:

— Atrás de você!

Gonçalo se vira a tempo de ver o conde de Bolsonaro, munido de um punhal que tomou do chão, rasgar-lhe a carne na altura das costelas. O conde recebe de volta um cotovelaço atordoante, que o derruba de costas contra um canhão tombado. Gonçalo deixa cair seu machado, só depois se dando conta da dor latejante do corte. Pega o punhal do chão e o joga no mar por uma portinhola, enquanto Bolsonaro se ergue.

— Então é você o catamito dele? — esbraveja o conde, erguendo os punhos ao modo de um pugilista. Tenta lhe acertar um soco, mas Gonçalo se desvia com facilidade. — Vamos, diga, você geme feito uma putinha quando ele te enraba? Hein? Hein?

Bolsonaro tenta outro soco, mas Gonçalo agarra seu braço e o torce, de modo a puxar o conde em um movimento pendular que o joga de rosto contra uma viga.

— Érico tem razão — diz Gonçalo, levantando-o pelo colarinho e lhe acertando um soco no rosto. — Você pensa *demais* nisso.

Érico avança querendo ajudar, mas alguém o segura pela gola do gibão e o puxa. É outra vez Kroptopp — esse desgraçado não morre nunca? Sem o nariz de metal que lhe cobria a face, tem no lugar agora apenas o buraco deixado pelo cirurgião, o que dá ao mordomo uma aparência ainda mais tétrica. Kroptopp, contudo, ao ver que seu patrão está recebendo uma bela sova do padeiro, joga Érico longe e corre em seu auxílio. Do chão, toma o mesmo machado que Gonçalo havia deixado cair, e contra este desfere um golpe. Gonçalo larga o conde e recua a tempo de evitar ser atingido, mas escorrega em uma poça de sangue e cai de costas no chão. Kroptopp golpeia. Por instinto, Gonçalo se vira de lado, e a lâmina racha o piso de madeira onde antes estava sua cabeça. Kroptopp puxa o machado com força e dá outra machadada; Gonçalo rola para a direita a tempo de se esquivar novamente. Desta vez, a lâmina fica presa ao piso. Kroptopp chuta sua coxa para afastá-lo, desprende o machado do chão e o brande outra vez.

— Gon, sai da frente! — grita Érico.

Para Gonçalo, basta olhar por cima do ombro de Kroptopp para ver o que Érico prepara e então se atirar longe, saindo do caminho. Mas o mordomo se vira a tempo apenas de ver que um canhão está apontado para si. E Érico, detrás do pavio aceso, diz:

"Sorri disso, filho da puta."

Explosão. O coice joga o canhão para trás com força, derrubando Érico. A bala atinge Kroptopp em cheio no estômago, seu corpo é arrebatado como uma marionete cujo titereiro, cansado do espetáculo, o puxasse de supetão. Gonçalo vê apenas o estouro carmim e o borrifo de sangue em seu rosto, e pedaços de carne voando. Fecha os olhos, limpa a face. Em meio a destroços de madeira e canhões tombados, encontra apenas a metade superior de Kroptopp que, partido ao meio, as vísceras espalhadas em uma massa indistinta, tenta erguer as mãos em garra, tremelicando em espasmos, enquanto lhe lança um último olhar indignado, e enfim expira.

— Que sujeito teimoso — diz Érico, esticando-se para olhar seus restos.

— Érico, eu...

— Sim, eu sei — Érico limpa o sangue do rosto. — Onde está o conde?

Os dois olham à volta e veem Bolsonaro de pé, próximo à escotilha que leva ao convés superior. Parece hesitar em subir, diante do som constante de aço e gritos vindo de cima. Um tremor chacoalha o *Game-Cock* todo, o conde escorrega e cai pela escotilha que leva à coberta inferior. Érico faz menção de ir atrás dele, mas Gonçalo o impede.

— Se ele não morrer afogado, será preso no litoral — insiste Gonçalo.

— Não é um risco que vou correr.

Gonçalo suspira. Eis que sua força irrefreável se confronta com uma que não pode ser demovida, o que conduz ao inevitável: um beijo. No meio do qual, Érico tira a pistola de sua cinta e a toma para si.

— Volte para o *Joy Stick* — pede Érico. — Não espere por mim. Por favor, Gon.

E antes que Gonçalo proteste, Érico o afasta com um empurrão e salta pela escotilha atrás do conde, descendo ainda mais navio adentro. Gonçalo pensa em ir atrás dele, mas sabe que de nada adiantará — nunca conseguirá conter o impulso de Érico, o modo contundente e certeiro com que descarta tudo ao seu redor para conseguir o que quer ou fazer o que precisa. Foi isso que o fez amá-lo desde o começo. Não há o que fazer, exceto esperar. Gonçalo sobe ao convés.

Ali, a situação parece ter se modificado de modo dramático: os homens do *Joy Stick* recuam às pressas de volta ao seu navio, e os do *Game-Cock* baixam escaleres. Na proa, o forno da cozinha, atingido por uma bala de canhão, espalhou brasas que viraram chamas. "Vamos", grita o capitão Whiffle, "quero meu navio longe daqui o quanto antes!" O fogo é o pesadelo de qualquer navio, e quando as chamas atingirem as velas, irão se espalhar rápido e consumirão tudo em seu entorno.

Fribble e Snell o chamam, ambos de pé no talabardão do *Joy Stick*. Mas Gonçalo se recusa a ir. As chamas crescem na proa e logo tomarão conta do navio. O corte nas costelas arde, mas é superficial. Vê os marinheiros usando os remos para empurrar o *Game-Cock* para longe, vê os piratas se atirando ao mar e subindo nos escaleres. Mas não irá a lugar algum sem Érico, pois lugar algum lhe interessa sem ele.

Érico sente o corpo latejar em uma pequena sinfonia de dores que, no calor da agitação, em vez de se tornarem impeditivas, pelo contrário, o enraivecem ainda mais. Logo à frente vê o conde de Bolsonaro tomar do chão um sabre e caminhar, trôpego, em direção à popa, para o alojamento dos oficiais subalternos, logo abaixo da cana do leme. Érico vai atrás. Atravessa uma passagem dividida pela base do mastro da vela de mezena, por sobre destroços de camas e barris, até chegar aos alojamentos em si, convertidos na oficina tipográfica do navio. Por um milagre, a prensa permaneceu intacta a todas as canhonadas, embora as paredes ao seu redor estejam tão esburacadas que a luz do dia penetra no compartimento em riscos entrecruzados, junto de borrifos de água do mar, e folhas de papel úmidas se espalham pelo chão.

O que busca o conde? Talvez uma portinhola por onde se atirar ao mar, ou talvez seja um senso de destino que o atrai para olhar, pela última vez, aquela máquina que foi o pilar insustentável de seu plano absurdo? Não: ele busca uma cópia, a última ainda intacta, de seu *Os incitadores de terremotos*, que guarda dentro da casaca.

Assim que vê Érico entrar na câmara, o conde ergue um sabre que tomou do chão e corta o ar com um silvo, fazendo Érico recuar um passo.

— Em guarda, seu brasileiro sodomita do inferno — ruge o conde, de espada em punho. — Já alerta: fui treinado na

Verdadera Destreza, estudei a esgrima da Escola Dardi de Bolonha, e conheço o estilo francês do florete!

— Bom para você — Érico ergue a pistola e puxa o gatilho.

Ao estouro da pólvora segue-se um estampido úmido, o som da bala contra o ombro direito do conde — uma rótula deslocada, certamente. A mancha de sangue vai se espalhando pela camisa. Não é um disparo fatal, mas faz Bolsonaro largar o sabre e, antes que reaja, Érico o acerta com um soco no estômago, outro no rosto e outro nas costelas. Um por Armando, outro por Strutwell, outro pelo Brasil, por seu reino, por cada reino no mundo, e ainda assim o mundo não seria o bastante. O conde fica atordoado, tenta proteger o rosto com as mãos. Érico o agarra pela camisa e, com todas as forças concedidas pela raiva e pela dor, o levanta no ar e o derruba sobre a prancha móvel da matriz tipográfica, fazendo com que ela deslize até que a cabeça do conde fique debaixo do prelo.

"Que está fazendo?", grita Bolsonaro, não porque não saiba, mas porque não quer acreditar. A perda de sangue o enfraqueceu, não tem forças para resistir, e balbucia palavras desconexas, um pedido inútil por clemência. Érico puxa a barra que movimenta a rosca, fazendo o pequeno prato de platina descer sobre a têmpora de seu rival. Contudo, há a resistência forte do osso do crânio. Reinaldo Olavo de Gavíria y Carvajal, conde de Bolsonaro, grita. Apoiando o pé contra a prensa, Érico joga o peso de seu corpo para trás. O conde grita outra vez, a barra cede — e com um estalo úmido e pastoso como o do esmagar de um ovo, a cabeça sucumbe ao prelo. Então vem o silêncio.

Ao sair da sala de impressão, Érico está física e emocionalmente exausto. Uma explosão violenta chacoalha o navio. As chamas logo chegarão ao depósito de pólvora. O navio inteiro se inclina a bombordo, erguendo ainda mais a popa. O cheiro intenso de madeira queimada avança junto com dezenas de ratos que surgem sabe-se lá de onde. Érico sobe a escada para a coberta superior, que já encontra deserta. O navio balança, quase fazendo-o cair da escada.

Quando enfim chega ao convés, vê que as chamas estão chegando às velas, que oscilam ao vento como um lençol de fogo. O navio parece abandonado por todos, exceto por um único marinheiro que, indiferente ao caos, o aguarda de pé em meio aos corpos: Gonçalo, dourado e rubro, coberto de sangue e sujeira como um jovem leão que guarda os restos de sua caçada, mas que ao vê-lo sorri furioso e aliviado, exceto por uma dúvida:

— O que fez com o conde?

Érico ergue os ombros, indiferente.

— Eu o deixei com uma boa impressão.

Meia hora depois, ambos estão no tombadilho do *Joy Stick*, encharcados até a alma, a água do mar lavando e ardendo nas feridas, enquanto observam o que restou do *Game-Cock* se transformar em uma grande fogueira. O embate atraiu a atenção de um brigue da Marinha britânica que estava de passagem, e que se ocupou de capturar os escaleres dos sobreviventes — para frustração de Snell, ansiosa que estava para exercitar a mira de seus canhoneiros. A bordo do *Joy-Stick*, cobrando explicações sem muito entusiasmo e recebendo um relatório do capitão Whiffle, está agora o comandante Adam Duncan, que partia em direção ao cerco de Belle Île quando se viu detido por aquela pequena e inesperada batalha no meio do caminho.

Fribble os observa e se abana com o chapéu, exausto de toda aquela agitação, tentando convencer alguém a lhe trazer uma bebida, enquanto produz mentalmente a série de relatórios falsos que precisará redigir, e as explicações que terá de inventar nos próximos dias, para que o governo não precise explicar ao Parlamento como e por que um de seus navios foi afundado tão próximo da capital. Ao fim do dia, a verdade será escondida tão fundo em uma pilha de burocracias que ninguém nunca saberá o que de fato ocorreu, haverá uma nota nos jornais e logo o caso todo será apenas mais um, em uma longa série de eventos comuns à guerra, até que a história os perca em seus anais.

Olha para a entrada do Tâmisa, puxa o relógio e vê a hora. Será que consegue voltar a Londres a tempo de se trocar para a noite? O que haverá de interessante em cartaz hoje?

28.
Os acontecimentos e sucessos de Homens Elegantes

O local é a vila de Bradgate, no ponto mais sudeste da costa de Kent. Na estreita faixa de areia entre o mar calmo e o paredão branco das falésias, ela olha para o sul, para onde fica Calais, tão próxima e ao mesmo tempo tão distante. Tudo que quer no momento é se afastar da Inglaterra o quanto antes. Ainda não há sinal do barco, só desceu até a beira da praia por ansiedade. Volta-se para o paredão rochoso e sobe pelo túnel de trinta e nove degraus escavados em meio à rocha, até os arredores do casarão alugado dias antes, assim que soube do completo fracasso do Consórcio Transnacional.

Porém, sobre a tábua de madeira do último degrau, há um envelope fechado com um lacre de cera. A sra. Bryant pega-o do chão e olha ao redor: ali no topo do penhasco se está em um campo gramado, o verde da vegetação avivado pela umidade que contrasta com o branco das rochas. De um lado há o casarão e do outro um bosque de árvores, mas ninguém à vista. Tampouco reconhece o sinal daquele lacre: uma esfera armilar.

Ela rompe a cera e puxa a carta enquanto caminha de volta ao casarão, confusa pela falta de sentido: há uma única frase, escrita em inglês.

Precisamos conversar.

O som de um tiro a pega de surpresa e, antes que possa fugir ou se atirar ao chão, a bala corta o ar e atravessa a saia de seu vestido, passando de raspão por sua coxa direita. Ela solta um grito, deixa cair a carta e tomba ao chão.

Dentre as árvores próximas à casa, vê surgir um jovem moreno, elegantemente vestido com uma sobrecasaca cinza de bordados em fio de prata, botões trespassados e um lenço negro no pescoço. Usa botas de montaria e tem nas mãos um rifle inglês Brown Bess de cano longo, que escorva com habilidade militar enquanto caminha calmamente em sua direção, socando a bala e a estopa com a vareta. A sra. Bryant, apavorada, arrasta-se pelo gramado na direção da escadaria de pedra.

"A não ser que consiga andar por cem jardas em menos de um minuto, querida", diz Érico, "eu não tentaria isso se fosse você."

"Como ousa?", ela protesta. "Só um covarde atira numa mulher indefesa."

"Você não se encaixa na minha definição de 'indefesa', madame", diz Érico, tentando erguer suas anáguas com o cano do rifle para ver a ferida na perna, que ela entende como impudor e afasta com um tapa. "Já quanto a ser mulher", Érico continua, "cada um sabe de si. Não creio que faça diferença, afinal, e mesmo você merece alguma cortesia: quer que continue a tratando por madame? Ou devemos tirar nossas máscaras, *monsieur* Éon de Beaumont?"

Elæ empalidece.

"Quem… quem é você afinal?"

"Você sabe meu nome", diz Érico. "E agora sei o seu: Charles-Geneviève-Louis-Auguste-André-Timothée d'Éon de Beaumont. A questão aqui é: faz anos que não erro um disparo, e este pegou de raspão. É um pouco difícil calcular onde fica a perna debaixo desse vestido, então vou considerar como um acerto. Mas, se preferir, posso deixar seu disfarce mais realista", aponta o rifle para o meio das pernas delæ.

"Não seja vulgar", diz elæ, afastando o cano da arma.

"Bem, vontade não me falta. Como pôde se aliar com aquela gente? Logo alguém como você? Veja o que faziam com outros como nós! Eles sabiam quem você era?"

"O conde? É claro que não." Beaumont suspira. "Nunca aprovei seus métodos ou opiniões, e não tive nenhuma relação com o que ele fez aos seus amigos. Quando ele nos procurou, vocês todos já haviam feito suas jogadas no tabuleiro. Eu não fazia ideia do que ele planejava, meu trabalho aqui era ajudar os jacobitas. Foram eles que propuseram aquela tolice. Convenhamos, era um absurdo do começo ao fim."

"Mas você aceitou tomar parte nisso."

"*C'est la guerre*, querido. Não tem nada a ver comigo, com você, com sua 'comunidade', ou seja lá como a chame. É apenas política. É a França. Os ventos não têm soprado a nosso favor, e qualquer coisa que tirasse aquele navio de mãos inglesas nos parecia ótimo. Nosso investimento foi pequeno. Você é novo nesse jogo, mas é assim que a coisa funciona: entre planos e conspirações, as peças se movem no tabuleiro menos por estratégia e mais por reações ao acaso e a coincidências. A verdade é que ninguém nunca sabe exatamente o que está fazendo até que as coisas começam a acontecer."

Érico reflete sobre isso, olhando para o horizonte, para o mar. Estreita os olhos: há um navio se aproximando. Elæ se vira para olhar também, mas Érico fala:

"Você realmente acredita que ele provocou aqueles terremotos? Que ele atraiu a ira divina publicando livros obscenos?"

Beaumont gargalha.

"Quem sabe? Para gente como Bolsonaro, a realidade é um detalhe irrelevante na opinião que eles têm sobre o mundo. Ou sobre si mesmo. A única vantagem real daquele plano era ter um navio de guerra atormentando a costa brasileira. Teria sido útil quando a guerra viesse. E ela virá, querido. É inevitável." Elæ olha ao redor. "Os ingleses... eles não estão com você?"

"Céus, não. Não trabalho para eles. Estou aqui em nome do *meu* rei."

"Então... o que vai fazer comigo?"

"Isso depende inteiramente de você, e do que pode me dar em troca. Falando cá entre profissionais dos segredos, convenhamos... como disse, é tudo um jogo. Se eu te matasse agora, ou se te entregasse aos ingleses, o jogo se encerraria para mim. Eles não compartilham nada. Mas, como disse, sou novo aqui, e não sei quanto a você, mas agora que aprendi a jogar, quero continuar no jogo. Me dê algo substancial, algo que contente bastante meu chefe em Lisboa, e você pode descer para tomar aquela escuna que está vindo lá e tenho certeza de que veio buscá-lo. Está em tempo de ver essa ferida na perna, querida. Se infeccionar, só amputando."

Beaumont estica o pescoço para ver o navio no horizonte. Olha para Érico.

"Que garantia tenho?"

"Minha palavra de cavalheiro."

"E isso vale alguma coisa?"

"Encare desta forma: para todos os quais jurei matar, cumpri minha palavra."

Elæ assente. Cita os nomes de diversos informantes que trabalham para os franceses: um criado de cozinha na embaixada portuguesa em Paris, um vinheiro em Lisboa, um cavalariço na South Audley Street... Nomes que terão pouco a revelar, mas é tudo que Érico precisa para agradar ao conde de Oeiras e garantir a generosa soma em dinheiro que, a título de tença, lhe foi prometida no cumprimento da missão.

Beaumont olha para o navio que se aproxima e para a escadaria de pedra que desce até a praia e que acabou de subir. Antecipando o transtorno de descer cada um daqueles trinta e nove degraus, diz:

"Você poderia ser um cavalheiro e me ajudar a descer", resmunga Beaumont.

"Sou um cavalheiro quando vejo uma dama", retruca Érico. "E você não passa de uma vadia vulgar. Passar bem."

E vai embora, dando-lhe as costas.

Londres, como se pôde supor, não sucumbiu ao apocalipse. Um mês depois, o pobre soldado Bell até tentou atualizar sua visão para outra data, mas a essas alturas ninguém mais lhe deu crédito, e acabou sendo conduzido ao hospício de Bedlam. Quem lhe conta isso é o Milanês, que vê tudo como uma grande anedota. Depois de tantos anos vivendo naquela cidade, pouca coisa o surpreende. Érico aproveita para entregar aquele exemplar em português de *Fanny Hill*, o último de sua espécie.

— Tem certeza de que quer se desfazer dele? — insiste o Milanês. — Poderia guardá-lo como lembrança dessa sua aventura em Londres.

— Tenho lembranças melhores e mais duradouras me esperando em casa — diz Érico. — E, para ser sincero, nem é uma tradução muito boa.

— A propósito, recebi algumas gravuras que talvez o interessem.

Pede que Érico o siga por entre pilhas de panfletos e livros desencadernados, amontoados pelas mesas da Shake & Speared. Entre caricaturas de membros do Parlamento e charges da sociedade, o Milanês aponta uma nova série de reproduções suspensas nos fios. A gravura mostra o interior de uma ópera onde, enquanto Farinelli canta, dois homens duelam com espadas. Dos camarotes, um casal observa a ação, e pergaminhos se desenrolam da cabeça deles contendo falas. A mulher pergunta ao marido: "Isso está muito inverossímil! Será parte do espetáculo?", ao que este lhe responde: "É claro que não! Hoje em dia só a ficção é realista".

— Quanto está? Acho que vou começar uma coleção.

— Leve uma de presente. Bem sabemos que você fez por merecer.

— Obrigado. — Érico enrola e guarda a gravura na casaca. Depois, observando uma pilha de livros próximos, passa a mão sobre o couro das lombadas. — A propósito, que leituras recomenda nesta temporada? Quero novidades. Gostei muito de *Cândido*.

— Ah, *Cândido* é muito "ano passado". A sensação agora é este novo aqui — o Milanês aponta uma pilha na mesa dos livros mais vendidos da loja: — *Lettres de deux amans*, de Rousseau, cuja mocinha, Júlia, o público está chamando de "a nova Heloísa". Disseram-me que na França as leitoras suspiram, choram e se descabelam como se as personagens fossem reais, há mesmo quem se recuse a crer que não o sejam e maldizem o autor por lhes quebrar esse encanto. Está vendendo muito bem, tão rápido que não se dá conta da demanda. Já há livreiros alugando o livro por dia, até por hora de leitura.

Érico solta um grunhido.

— Arre... acho Rousseau tão superestimado. Não sou admirador. Não é que eu seja um pessimista como Hobbes, mas... de todo modo, não gosto de ler em francês. Vou esperar por uma tradução na minha língua.

— Em português? — o Milanês ri. — Espere sentado! Mas, veja, se gostou tanto assim do *Cândido*, talvez goste deste aqui... — Ele retira de uma pilha um calhamaço com o descarado título de *Cândido Parte II*, e explica: — É uma continuação, mas já se sabe que foi escrita à revelia de Voltaire.

— Ora! E o que será que ele pensa disso?

— Quem sabe? Depois que se põe o personagem no mundo, ele não pertence mais ao autor — o Milanês ergue os ombros, indiferente. — Além disso, não se pode exigir muita originalidade dos autores de hoje. Eu diria que deixaram de ser originais desde os romanos. Claro que, dentre os que seguem os gostos da moda, há uma grande diferença entre aqueles que apenas as reproduzem por oportunismo e aqueles que o fazem com espírito e alma. E, no segundo caso, há também uma forma de autenticidade. Mas autenticidade e originalidade são apenas efeitos e truques de palco. Ao final, é o leitor quem decide o lugar que dará para cada coisa. Ideias são como pessoas: não importa tanto de onde vêm, mas para onde vão. Esta é a verdadeira autenticidade.

— Sim, concordo com isso. Mas este também está em francês. Não o teria em outra língua? Em inglês, talvez?

— Em inglês? Sim, tenho sim, porém há um problema...

— E qual seria?

— As edições são todas piratas...

Érico suspira. Devolve o livro e agradece: está cansado dos meandros editoriais. Entre apócrifos e plagiadores, é preciso ter cuidado com o que se deixa andar solto por nossa imaginação, pois sabe-se lá se limpam os pés antes de entrarem.

O local é a casa de número 72 na South Audley Street. Na sala de Martinho de Melo e Castro, este o põe a par dos desdobramentos que suas ações tiveram no último mês. A própria postura e o humor do embaixador, no trato com Érico, mudaram substancialmente. Em especial porque, tendo Érico recebido do rei Jorge uma soma generosa a título de recompensa por seus préstimos, decidira emprestar parte do dinheiro para saldar as dívidas acumuladas da embaixada, sempre pendentes devido ao atraso no repasse da verba do governo em Lisboa. Além disso, suas ações impactaram positivamente na boa vontade diplomática dos ingleses.

— Eles enfim me responderam — revela Martinho de Melo. — Lorde Bute me deu garantias de que nossa aliança permanecerá. Teremos o apoio inglês em caso de invasão.

— Tenho certeza de que o conde de Oeiras ficará aliviado, senhor.

— Aliviado, talvez, mas não satisfeito. Nem os ingleses nem os franceses aceitaram nossa mediação nesse congresso de paz que estão a preparar. Ao menos, se servir de consolo, também não aceitaram a dos espanhóis.

— Talvez seja melhor assim, senhor. Não creio que haverá paz alguma entre eles.

— Eu tampouco, mas que opção nos resta, exceto tentar? Eles são os senhores dos mares agora, e temos que nos manter nas suas boas graças. Ao menos enquanto houver um oceano nos separando do Brasil. A propósito, isto chegou de Lisboa para você.

Entrega-lhe um envelope lacrado com o selo do conde de Oeiras. Érico pede que alcance o punhal de abrir cartas.

— Use sua língua — retruca Martinho de Melo. — Costuma ser afiada.

Érico sorri, rompe o lacre com os dedos e lê. É difícil precisar que impacto aquele desenlace teve na corte em Lisboa. Dizia-se que o conde de Oeiras, ao ser informado do real intento daquele consórcio maligno, caiu num raro e intenso surto de gargalhadas. Agora escreve para lhe dizer que, por mais grato que esteja por seus serviços, que certamente são merecedores da recompensa prometida, por se tratarem de assuntos secretos cuja natureza não convém divulgar, não há por enquanto como recomendá-lo para fidalgo da Casa Real. A mercê prometida, contudo, virá tão logo se ultrapassem os encargos burocráticos, e no mais a mais, deve-se contentar em seu orgulho pátrio por ter servido tão bem aos interesses de sua majestade fidelíssima. Também lhe pedem que pare de se designar barão de Lavos antes que isso cause algum inconveniente à Coroa.

Mostra a carta a Martinho de Melo, que lhe diz que há que se resignar, pois é assim que roda o mundo. Érico ergue os ombros, indiferente. Levanta-se para ir embora, mas, antes de sair da sala, pede licença para olhar o globo terrestre do escritório. Toca com a ponta dos dedos o relevo do mapa do Brasil, percorrendo a costa com um langor supersticioso: um oceano de distância.

Sai para o corredor e passa pela porta aberta do gabinete contíguo. Há seis meses, a burocracia retarda o envio de um novo secretário que substitua Armando, e, para não sobrecarregar os demais, Maria se ofereceu para fazer o serviço enquanto isso. Ainda que seu tio não visse tal iniciativa com bons olhos, a solução se mostrou prática e eficiente — o que, em se tratando de serviços no reino, foi uma bem-vinda novidade.

Maria está concentrada na organização de papéis, sentada detrás de uma mesa, com um armário cheio de gavetas ao seu lado. A ausência de Armando havia deixado uma bagunça nas ordens da casa, incluindo a organização dos pagamentos. Ela não nota quando Érico para à porta, tampouco quando ele atira seu chapéu tricorne pela sala e o faz pousar, certeiro e preciso, sob a cabeça dela.

— Érico! — ela protesta, indignada. — Onde esteve a manhã toda?

— Resolvendo as pontas soltas da minha vida — diz, sentando-se à beira da mesa.

— Poderia aproveitar e resolver as da minha também — ela tira o chapéu da cabeça e o olha de modo analítico antes de devolvê-lo.

— O que a aflige, querida?

— Este dedo cá — ela ergue a mão esquerda e aponta o anelar. — Está com frio. Penso que, se me der um belo anel, poderá aquecê-lo.

— Querida, ao tipo de homem que você costuma solicitar, o único anel que terão para dar não te servirá em nada — ele toma a mão estendida e a beija educadamente, como fizeram no dia em que se conheceram. — Não se preocupe, logo encontrará o fanchono perfeito para seu casamento de aparências. Por que não propõe a Fribble?

— Céus! Não, jamais! — ela recolhe a mão. — Não daria certo, querido. Ele roubaria todos os meus amantes. Vamos, já falou com titio? Ele estava à sua espera.

— Sim, sim, já me falou tudo que eu precisava saber.

— E então? Acha que haverá guerra?

— Tão certo quanto o sol nascer. Agora é só uma questão de tempo.

— Que transtorno — ela responde com a impassibilidade resignada de quem já está há tempo demais entre ingleses. — Mas, com ou sem guerra, sempre haverá trabalho para você, não?

— Sim, suponho que sim — ele põe o chapéu. — Nos veremos na próxima semana, no sarau de lorde Strutwell, não?

— Isso depende. Haverá boa música, boa comida e boas bebidas?

— Da melhor qualidade.

— Então é lá que estarei, querido.

Enquanto caminha de volta para casa, carrega debaixo do braço uma caixinha de madeira embrulhada em panos, arranjada na cozinha da embaixada. Assovia e pensa no quanto será bom rever Kenwood Park no verão. O conde Strutwell, recuperado mais no espírito do que no físico, ficou tão animado ao lhe narrarem o que chamou de "nova vitória da Banda Sagrada", que propôs um banquete em homenagem ao capitão Whiffle e todos os seus oficiais, e até mesmo Lady Madonna já fala em abrir outra *molly house* em sua homenagem. A Companhia das Índias Ocidentais ignorou a ilegalidade daquela aventura. Em nome do rei, do reino e, principalmente, de quem manda de fato — os acionistas da City —, o galardoaram, contanto que a honraria fosse mantida em segredo. De tudo que se publicou na imprensa, os relatos foram tão confusos que nem sequer se concordou sobre o nome do navio afundado. Logo ocorreu outro escândalo político ou notícia de guerra para cativar a atenção do público, e o assunto se perdeu. Como bem sabe todo historiador que se preze, nem sempre os relatos nos anais estão em acordo com os orais, portanto é sempre de bom-tom que um seja complementado pelo outro.

Érico chega diante do número 21 e se dá conta de que saiu de casa sem as chaves. Bate à porta com seu bastão e escuta os passos do andar próprio de Gonçalo, seu ritmo pendular e pesado. Quando a porta se abre, Érico vê com o costumeiro choque de felicidade que Gonçalo continua ali sendo ele mesmo, diligente e vital. Põe em suas mãos a caixinha de madeira e diz:

— Isso me custou um negro e um cachimbo, que não digam que não sei ser romântico.

Érico entra, Gonçalo fecha a porta com o pé enquanto abre curioso a caixinha, até revelar em seu interior o brilho lustroso e rubro de um bloco de goiabada.

— Ai, meu Deus... eu te amo!

Os dois se encaram com um sorriso. Érico tem os olhos marejados, evitando a muito custo o impulso constante de querer abraçá-lo como se estivessem sem se ver há meses, e não apenas há poucas horas. Gonçalo, por sua vez, ao mesmo tempo que percebe no outro a carência, descobre em si o prazer de se saber capaz de supri-la. Ambos foram despertados para o horror cotidiano do mundo, cientes de que naquele instante em que viram as últimas páginas de um novo capítulo de suas vidas, enquanto as ações mais horrendas são cometidas pelos motivos mais absurdos em toda parte do mundo ao seu redor, reconhecem com alívio que, no amor um pelo outro, têm um porto seguro, um eixo sobre o qual agora se equilibram. E quem tem um eixo, move o mundo.

— Nunca imaginei que ficaria tão emocionado com uma caixa de goiabada — diz Gonçalo, e o empurra corredor adentro, em um gesto displicente e afetuoso, como quem diz que é melhor não deixar a felicidade se tornar muito consciente de si mesma e apenas desfrutá-la. Afinal, há chá quente no bule e o cheiro indulgente de pão no forno espalhado pela casa, e a mãe de Érico os espera para o chá. Há aquele pequeno paraíso de contentamento burguês que escavaram a ferro e fogo para si, fugaz e efêmero, e deve-se aproveitar cada instante, pois só se vive uma vez.

Não é ali, contudo, que a trama finaliza: *pour épater la bourgeoisie*, há o verão, há o campo, há os jardins de Kenwood, onde o ar é aguçado pelo cheiro exuberante e úmido de grama secando ao sol após a chuva. Como Érico lhe prometera, encontram um recanto não tão discreto quanto perfeitamente pastoril, com a sombra das árvores os protegendo do calor inclemente, ao som de cigarras e próximos do frescor de um lago. É ali que séculos e séculos de poéticas insinuações pastorais são enfim postas em prática. E embora seja legítimo considerar que, no calor da ação, as horas passam mais rápido, também o é afirmar que o furor amoroso de dois jovens apaixonados — que a tudo impregna com o vigor juvenil de seus aulidos e vaivéns — bem pode ser o verdadeiro responsável por fazer o céu, ainda há pouco azul, assumir aquele rubor maroto. E o sol descendente, a se ocultar com condescendência, torna-se tal e qual a velha criada que suspirava, saudosa: "Ah, os jovens quando amam... como trepam!".

E aqui encerro o trabalho desta pena. Do tipo à prensa, da prensa à tinta, da tinta ao papel, do papel à leitura: imprima, não reprima. Conclui-se assim esta narrativa licenciosa que, impressa em material barato em alguma gráfica clandestina da Fleet Street, será vendida à socapa na loja dos irmãos Da Silva ao número 8 em Paternoster Row; mas facilmente encontrável, à folha solta ou encadernada, por aqueles que frequentam os círculos clandestinos corretos — por uma soma que, não sendo possível a modéstia considerá-la módica, roga-se que seja digna do prazer que seu tamanho proporciona.

ET FINIS CORONAT OPUS

Epílogo

*Foi durante o reinado de d. José I de Portugal
que os personagens aqui mencionados viveram e lutaram;
bons ou maus, bonitos ou feios, ricos ou pobres,
são todos iguais agora.*

Nota do autor

Aos que opinaram e influenciaram decisivamente este livro, meus mais sinceros agradecimentos a Antônio Xerxenesky, Denise Schittine, Leonardo Stein, Marianna Teixeira Soares e Tamara Machado Pias; a Rafael Lembert Kasper, cujos ensaios e disponibilidade para longas conversas sobre judaísmo e hegelianismo alimentaram as discussões do Milanês; a Geraldo Soares, meu homem elegante; a toda a equipe da Todavia, pelo empenho de sempre, e a meu editor André Conti, o último verdadeiro homem da Renascença.

DA PESQUISA HISTÓRICA

Este livro não seria possível sem referenciar diversas obras, às quais presto a devida reverência, bem como aos seus autores. Destas, sou particularmente grato a três: *London in the Eighteenth Century: a Great and Monstrous Thing*, de Jerry White (Vintage, 2013); *O marquês de Pombal e sua época*, de João Lúcio Azevedo (Texto Editores, 2009); e *Mother Clap's Molly House: Gay Subcultures in England 1700-1830*, de Rictor Norton (Gay Men's Press, 1992).

Os seguintes títulos também foram extremamente úteis: *A History of Gay Literature: The Male Tradition*, de Gregory Woods (Yale University Press, 2009); *O Rio de Janeiro setecentista*, de Nireu Cavalcanti (Zahar, 2015); *A ascensão do romance*, de Ian Watt (Companhia de Bolso, 2010); *Edição e sedição: o universo da literatura clandestina no século XVIII*, de Robert Darnton

(Companhia das Letras, 1992); *Pretty Gentleman: Macaroni Men and the Eighteenth-Century Fashion World*, de Peter McNeil (Yale University Press, 2018); *Banquete: uma história ilustrada da culinária*, de Roy C. Strong (Zahar, 2004); *Arte de cozinha: alimentação e dietética em Portugal e no Brasil — séculos XVII-XIX*, de Cristiana Couto (Senac-SP, 2007); *Pequeno dicionário de gastronomia*, de Maria Lúcia Gomensoro (Objetiva, 1999); *Uma história da ópera*, de Carolyn Abbate e Roger Parker (Companhia das Letras, 2015); *Fanny Hill in Bombay: The Making and Unmaking of John Cleland*, de Hal Gladfelder (John Hopkins University Press, 2012); *Trajetória do homem e estadista Melo e Castro*, de Virgínia Maria Trindade Valadares, publicado em *Cadernos de História* v.3, n. 4 (PUC Minas, 1997); e *The James Bond Dossier*, de Kingsley Amis (Jonathan Cape, 1965). Dentre muitas fontes online consultadas, de particular relevância me foram os artigos "Food Timeline", de Lynne Olve, e "Homosexuality in Eighteenth Century England: A Sourcebook", de Rictor Norton.

A canção do capítulo 1 é uma tradução livre do poema *A description of London*, de John Bancks (1738); a do capítulo 9, um excerto de *Parthenophil and Parthenophe*, de Barnabe Barnes (1569); e a do capítulo 14 é adaptada da canção "Desprezo da maledicência", de Domingos Caldas Barbosa, extraída de sua coletânea *Viola de Lereno* (1798). Os demais poemas têm suas fontes citadas no contexto da obra.

DE JOGOS E DINHEIRO

O truque nas cartas executado por Érico foi primeiro proposto por Edmond Hoyle na edição de 1750 de seu *A Short Treatise on the Game of Whist*, e ficou conhecido como "a mão do duque de Cumberland", quando Ernesto Augusto, filho do rei Jorge III, teria recebido as cartas marcadas e perdido cerca de vinte mil libras em aposta. Apostas altas como essa não eram incomuns nas mesas de jogo da época.

As equivalências entre a libra esterlina e o real setecentistas foram feitas através do site *The Marteau Early 18th Century Currency Converter*. A conversão dos valores da época para atuais seria um trabalho mais especulativo do que científico, dadas as flutuações do câmbio. A título de curiosidade, tomando como base as conversões do site *Measuring Worth*, as 10 mil libras que Érico ganha em 1760 equivaleriam (vagamente) a 1,9 milhão de libras em poder de compra atuais — ou cerca de 14 milhões de reais.* Da mesma forma, os livros citados pelo Milanês custariam hoje entre 28 a 47 libras (200 a 350 reais)* para um salário médio atual de 380 libras (ou 2800 reais) por mês.

DOS PERSONAGENS E DOS FATOS

Muitos personagens deste livro são figuras históricas, como Sebastião José de Carvalho e Melo, o marquês de Pombal (1699-1782), o embaixador português Martinho de Melo e Castro (1716-95) e o espanhol conde de Fuentes (1724-76); como também o são o milionário William Beckford (1709-70), cujo filho homônimo viria a ser o autor de *Vathek*; o espião transgênero Éon de Beaumont (1718-1810), popularmente conhecido como "Chevalier d'Éon", que à época em que este romance se ambienta ainda assumia publicamente uma identidade masculina; o castrato italiano Farinelli (1705-82), o abolicionista inglês Ignatius Sancho (1729-80) e a soldado Hanna Snell (1723-92).

Os outros são criaturas de ficção. Destes, porém, nem todos são criações minhas. Ainda que tratados com enorme liberdade em relação às suas origens, aos seus autores deve ser dado

---

* Essas conversões se baseiam no câmbio médio da libra à época da presente edição. [N.A.]

o devido crédito: Mr. Fribble foi criado originalmente por David Garrick para sua peça *Miss in Her Teens* em 1746; o conde Strutwell, o capitão Whiffle e o dr. Simper são criações de Tobias Smolett para *Roderick Random*, de 1748; o Chevalier de Balibari foi criado por William Makepeace Thackeray em *The Luck of Barry Lyndon*, de 1844; Roger Pheuquewell é uma criação de Thomas Stretser em *A New Description of Merryland*, de 1740. Quanto ao título de nobreza adotado por Érico, foi inventado pelo escritor português Abel Coelho em *O barão de Lavos*, de 1891, primeiro romance em língua portuguesa a ter a homossexualidade como tema, precedendo ao *Bom Crioulo*, de Adolfo Caminha, em quatro anos.

Do mesmo modo, diversas passagens se fundamentam em fatos históricos, e o leitor judicioso não terá dificuldade em distinguir uma coisa da outra. A disputa pela posse de navios franceses, capturados ilegalmente pelos ingleses em águas territoriais portuguesas, movimentou a diplomacia lusitana às vésperas da entrada de Portugal na Guerra dos Sete Anos, complicando sua relação de completa dependência militar e econômica com a Inglaterra. Também vale citar que os pouco conhecidos terremotos-gêmeos de Londres (e a histeria pública provocada pelas visões do soldado Bell) de fato ocorreram, em fevereiro e março de 1761, sendo descritos por Charles Mackay em seu *Ilusões populares e a loucura das massas* (Ediouro, 2001).

Consta que John Cleland, autor de *Fanny Hill*, foi realmente quem propôs a Sebastião José de Carvalho e Melo, futuro marquês de Pombal, a recriação da Companhia Portuguesa da Índia Oriental, quando este ainda era embaixador em Londres. De sua obra mais conhecida, porém, a primeira tradução em português de que se tem registro foi feita somente em meados do século XIX, a partir de uma edição francesa, e publicada em Portugal sob o título de *O voo da inocência ao auge da prostituição ou Memórias de Miss Fanny*. Em edição ilustrada com litografias, hoje é considerada raríssima.

DOS FANCHONOS

Em português, o mais antigo termo desprovido de conotações religiosas para o que hoje nos referimos pelo anglicismo *gay* surgiu no século XVI. Era "fanchono", palavra de origem obscura que designava um homem efeminado, talvez derivada do italiano *fanciullo* ("menino" ou "rapaz"), por metonímia associada à prostituição, como em *putto* e *putta* — ainda que no bilhar, jogo que se popularizou na mesma época, o *fancho* seja o taco auxiliar usado, em um movimento sugestivo, para conduzir o principal. A palavra foi registrada pela primeira vez em 1562, na peça *Comédia do fanchono*, de Antonio Ferreira.

Visões sobre sexualidade, gênero e identidades variam conforme cada sociedade e período histórico. Contrariando Foucault, para quem o conceito de orientação sexual só teria sido criado no fim do século XIX pelo discurso médico, Rictor Norton aponta que já no século XVIII, com o Iluminismo, os homossexuais começaram a se organizar em estruturas sociais que hoje podemos chamar de subcultura, e já com a consciência de que sua sexualidade era uma característica intrínseca na formação de sua identidade — a Londres de 1720 tinha mais bares e clubes gays do que em 1950. Em Portugal, essa reorganização só viria na segunda metade do século XVIII, com a diminuição dos poderes da Inquisição.

Por último, vale citar que apenas em 1791 o chamado "crime de sodomia" foi pela primeira vez abolido do código penal de uma nação ocidental, papel que coube à França revolucionária. Levaria ainda mais quarenta anos até que outra nação seguisse esse exemplo, e isso só ocorreria em 1830, sendo então o segundo país no mundo todo a fazê-lo, bem como o primeiro nas Américas e em todo o hemisfério sul.

Esse país foi o Brasil.

© Samir Machado de Machado, 2025.
Publicado mediante acordo com MTS Agência.

Todos os direitos desta edição reservados à Todavia.

Grafia atualizada segundo o Acordo Ortográfico da Língua Portuguesa de 1990, que entrou em vigor no Brasil em 2009.

capa
Rafael Nobre
mapa pp. 8-9
John Rocque e John Pine, *A plan of the cities of London and Westminster, and the borough of Southwark* (1747)
ilustração p. 10
Antoine Jean Duclos, *Le Bal Paré* (1776)
ilustração p. 525
John Gwynn, "Cinquieme position du Salut", para o livro *L'École des armes*, de Domenico Angelo (1763)
composição
Lívia Takemura
preparação
Silvia Massimini Felix
revisão
Tomoe Moroizumi
Ana Alvares

Dados Internacionais de Catalogação na Publicação (CIP)

Machado, Samir Machado de (1981-)
Homens elegantes / Samir Machado de Machado.
— 1. ed.; edição revista e atualizada pelo autor. — São Paulo : Todavia, 2025.

ISBN 978-65-5692-762-6

1. Literatura brasileira. 2. Romance. 3. Ficção contemporânea. 4. literatura queer. 5. Literatura LGBTQIA+. I. Título.

CDD B869.3

Índice para catálogo sistemático:
1. Literatura brasileira : Romance B869.3

Bruna Heller — Bibliotecária — CRB 10/2348

todavia
Rua Luís Anhaia, 44
05433.020 São Paulo SP
T. 55 11. 3094 0500
www.todavialivros.com.br

fonte
Register*
papel
Pólen natural 80 g/m²
impressão
Geográfica